SACRAMENTO PUBLIC LIBRARY
828 "I" Street
Sacramento, CA 95814
12/18

Withdraw
Sacra

of

Biblioteca Carlos Fuentes

Contemporánea

Carlos Fuentes (1928-2012). Connotado intelectual y uno de los principales exponentes de la narrativa mexicana, su vasta obra incluye novela, cuento, teatro y ensayo. Recibió numerosos premios, entre ellos los siguientes: Premio Biblioteca Breve 1967 por *Cambio de piel*. Premio Xavier Villaurrutia y Premio Rómulo Gallegos por *Terra Nostra*. Premio Internacional Alfonso Reyes 1979. Premio Nacional de Ciencias y Artes en Lingüística y Literatura 1984. Premio Cervantes 1987. Orden de la Independencia Cultural Rubén Darío, otorgada por el Gobierno Sandinista, 1988. Premio del Instituto Italo-Americano 1989 por *Gringo viejo*. Medalla Rectoral de la Universidad de Chile, 1991. Condecoración con la Orden al Mérito de Chile, en grado de Comendador, 1993. Premio Príncipe de Asturias, 1994. Premio Internacional Grizane Cavour, 1994. Premio Picasso, otorgado por la UNESCO, Francia, 1994. Premio de la Latinidad otorgado por las Academias Brasileña y Francesa de la Lengua, 2000. Legión de Honor del Gobierno Francés, 2003. Premio Roger Caillois, 2003. Premio Real Academia Española 2004 por *En esto creo*. Premio Galileo 2000, Italia, 2005. Gran Cruz de la Orden de Isabel la Católica, 2008. Premio Internacional Don Quijote de la Mancha, 2008. Gran Medalla de Verneil, 2010. Premio Internacional Fundación Cristóbal Gabarrón de las Letras 2011. Premio Formentor de las Letras 2011.

CARLOS FUENTES

Cristóbal Nonato

DEBOLS!LLO

Cristóbal Nonato

Primera edición en Debolsillo: agosto, 2016

D. R. © 1987, Carlos Fuentes y Herederos de Carlos Fuentes

D. R. © 2016, derechos de edición mundiales en lengua castellana:
Penguin Random House Grupo Editorial, S. A. de C. V.
Blvd. Miguel de Cervantes Saavedra núm. 301, 1er piso,
colonia Granada, delegación Miguel Hidalgo, C. P. 11520,
México, D. F.

www.megustaleer.com.mx

Penguin Random House Grupo Editorial apoya la protección del *copyright*.
El *copyright* estimula la creatividad, defiende la diversidad en el ámbito de las ideas y el conocimiento,
promueve la libre expresión y favorece una cultura viva. Gracias por comprar una edición autorizada
de este libro y por respetar las leyes del Derecho de Autor y *copyright*. Al hacerlo está respaldando a los autores
y permitiendo que PRHGE continúe publicando libros para todos los lectores.

Queda prohibido bajo las sanciones establecidas por las leyes escanear, reproducir total o parcialmente esta
obra por cualquier medio o procedimiento así como la distribución de ejemplares
mediante alquiler o préstamo público sin previa autorización.
Si necesita fotocopiar o escanear algún fragmento de esta obra diríjase a CemPro
(Centro Mexicano de Protección y Fomento de los Derechos de Autor, http://www.cempro.com.mx).

ISBN: 978-607-314-472-8

Impreso en México – *Printed in Mexico*

El papel utilizado para la impresión de este libro ha sido fabricado a partir de madera procedente
de bosques y plantaciones gestionadas con los más altos estándares ambientales, garantizando
una explotación de los recursos sostenible con el medio ambiente y beneficiosa para las personas.

Penguin
Random House
Grupo Editorial

Naturalmente, a mi madre y a mis hijos.

El autor agradece la ayuda —crítica y creadora—
de sus amigos Juan Goytisolo y el profesor Roald Hoffman.

Prólogo:
Yo soy creado

> El cuerpo es la parte de nuestra representación
> que continuamente está naciendo.
> HENRI BERGSON

México es un país de hombres tristes y de niños alegres dijo Ángel mi padre (22 años) en el instante de crearme. Antes mi madre Ángeles (menos de 30 años) había suspirado: "Océano origen de los dioses." Pero pronto no habrá tiempo para la felicidad y todos serán tristes, niños y viejos juntos, continuó mi padre quitándose los espejuelos redondos, violetas, con aro de oro, muy johnlenones. Para qué quieres un hijo entonces?, volvió a suspirar mi madre.

—Pronto ya no habrá tiempo para la felicidad.

—Cuándo lo hubo, tú?

—Qué dijiste? En México nos va mal.

—Eso es una tautología. México es para que nos vaya mal.

Y ella insistió:

—Para qué quieres un hijo entonces?

—Porque yo estoy contento, gritó mi padre, *yo estoy contento*, gritó más fuerte volteando a mirar las incansables olas del Océano Pacífico, ¡yo estoy poseído de la más íntima alegría reaccionaria!

"Océano origen de los dioses" y ella se colocó su edición de los *Diálogos* de Platón publicada por el rector don José Vasconcelos en los años veinte sobre la cara: las tapas verdes con el escudo negro de la Universidad de México POR MI RAZA HABLARÁ EL ESPÍRITU se mancharon de sudor coppertónico.

Pero mi padre dijo que quería tener un hijo (yo, cero años) con ella aquí en Acapulco de vacaciones frente al océano origen de los dioses que dice homérica ves pussy, arrastrándose boca abajo y desnudo sobre la playa caliente, sintiéndose el muy cachondo como la arena del mediodía comienza a moverse entre sus piernas, acercándose a mi madre, diciendo coño origen de los dioses y de las diosas, arrastrándose como culebra, ceba, culea, celebra, cerebra, el sexo no anda entre las piernas sino dentro del coconut grove que produce más hormonas que cualquier otro planeta de nuestro afrodisiaco cuerpo solar mamacita alrededor del cuerpo esbelto, desnudo, inocente, divino de mi madre con su tomo de Platón cubriéndole la careta, mi padre y mi madre desnudos bajo los litros del sol torrencial y borracho de Acapulque el día que me inventaron a mí gracias gracias.

—Cómo le pondremos al niño?

Mi madre no contesta sino que se quita el libraco de la cara y mira a mi padre con sorna y reprobación y hasta desprecio por no decir compasión, aunque no se atreve a llamarlo cerdo chovinista macho indecente, qué tal si es niña?, pero prefiere pasar por alto el asunto aunque él sabe que algo anda mal y no lo puede permitir a estas alturas y circunstancias de modo que todo se resuelve con él lamiéndole los pezones a ella como si fuesen gomitas sabor de cereza mentiras y mentadas pospriandales y prepriapales se imagina el vacilador de mi jefe en cuyo saco prostático yo yazco aún, inocente y filadélfico con mis dormidos hermanitos (y hermanitas) cromosómicos y espermatoides.

—Óyeme, tengo que presentar el examen de filosofía en marzo, es a título de suficiencia, falté demasiado a clase por andarte siguiendo en tus relajos, ahora no vas a querer que me reprueben, verdad?

—Cómo le pondremos al niño?

—Todas las cosas son sin que nadie las nombre, dijo ella para no caer otra vez en el argumento sobre el sexo de los ángeles.

—Seguro pero yo quiero tu perita en dulce.

—Tú y yo no necesitamos tener un nombre para ser, verdad?

Yo sólo necesito tu cosita rica.

—Ya ves, también la llamas la hidra y otras cosas.

—Y higo.

—E higo, rió mi mamá, como diría tu tío Homero.

—*Nuestro* tío Homero, la regañó en broma mi padre, ¡ay! —no supo él mismo si se quejaba del indeseado parentesco o si exclamaba a causa del placer precipitado que él no quería perdido en la arena, estéril, aunque supiera tirado allí de barriga que tanto el bien como el mal son sólo un violento placer, en eso se parecen y se excusan, en su excepcional irrupción y lo demás matal el tiempo y metel el culo.

—Sí, mucho ay, mucho reírse del viejo, dijo Ángeles mi madre, pero aquí estamos de vacaciones en Kafkapulco frente al océano origen de los dioses invitados por él a su casa.

—Su casa chiles, respinga mi padre Ángel, casa de los ejidatarios a los que despojó, pinche viejo talegas y jijo de su abuelita que también es tuya mi amor porque tú y yo le decimos mar al mar pero quién sabe cuál sea su nombre verdadero, el nombre que se dicen los dioses cuando quieren agitarlo y decirse a sí mismos: "Talassa. Talassa. El mar es nuestro origen."

Bendita madre mía: gracias por tu mente de varios carriles, en uno de ellos explicas a Platón y en el otro acaricias a mi padre y en el tercero te preguntas por qué a fuerzas ha de ser niño, por qué no niña? y dices talassa talassa bien nombrado Astynax hijo de Héctor señor y mantenedor de la ciudad heredera de su padre (mira hacia el mar colérico Ángeles mi madre Ángeles mi mujer) bien nombrado Agamenón que quiere decir admirable por su resistencia (y mi aguante qué Ángeles mi amor? si sintieras cómo aguanta mi chile faulkneriano, no sólo dura, sobrevive, y no sólo perdura, es duro): bien nombrados todos los héroes, murmura mi madre leyendo su libraco vasconcelista de tan elegante tipografía art-deco para aplazar con el ejercicio del primer carril de su mente el irrepetible placer del segundo: Héroes que comparten la raíz de su identidad con Eros: eros, héroes, cómo le pondremos al niño qué vamos a hacer hoy 6 de enero de 1992, día de la epifanía y aniversario mismísimo de la primera ley agraria de la revolución para que el niño sea generado en viejos terrenos ejidales indebidamente apropiados por nuestro tío el señor licenciado don Homero Fagoaga y gane el concurso del descubrimiento de América el 12 de octubre entrante? en cuál de los circuitos y sistemas de la mente a triple carril de mi minamami me van a insertar onomásticamente, no quiero saberlo, los genes paternos me comunican horrores Sóstenes Rocha Genovevo de la O Pánfilo Natera Natalicio González Marmaduke Grove Assis de Chateaubriand Archibald Leach Montgomery Ward Snopes Frutos Gutiérrez Mark Funderbuck y mi madre le pregunta: para qué quieres un hijo entonces?

—Chuchito en Chihuahua.

—Jesusita en Nazareth.

—*Porque estoy contento!*, grita mi padre y ella tira lejos el tomo verde publicado en 1921 por don José Vasconcelos con sus hojas gruesas y platónicas que sobrevivieron miren nomás sus demencias La Bombilla y Huitzilac y Tlatelolco, los cadáveres importantes y los cadáveres subalternos, los muertos con mausoleo y los muertos sin petate, los cáiganse cadáver y los que no tienen en qué caerse muertos: cómo le pondremos al niño? por qué a fuerzas niño, carajo?, porque así dice el manifiesto del concurso:

> SEPAN CUANTOS: El niño de sexo masculino que nazca precisamente a las 0:00 del día 12 de octubre de 1992 y cuyo nombre de familia, aparte del nombre de pila (seguramente, lo estimamos bien, Cristóbal) más semejanzas guarde con el Ilustre Navegante será proclamado HIJO PRÓDIGO DE LA PATRIA, su educación será proveída por la República y dentro de dieciocho años le serán entregadas las LLAVES DE LA REPÚBLICA, proemio a su instalación, al cumplir los veintiún años, como REGENTE DE LA NACIÓN, con poderes de elección, sucesión y selección prácticamente omnímodos. De manera CIUDADANOS que si su apellido por pura casualidad es Colonia, Colombia, Columbiario, Colombo, Colombiano o Columbus, para no hablar de Colón, Colombo, Colomba, o Palomo, Palomares, Palomar o Santospirito, e incluso, ya de perdida, Genovese (quién sabe? quizás ninguno de los anteriores y entonces A USTED YA SE LE HIZO) ENTONCES ÓYEME MACHO MEXICANO, EMBARAZA A TU SEÑORA, PERO YA!

> MAÑANA PUEDE SER DEMASIADO TARDE
> LAS LUNAS LUNERAS SON CADA VEZ MÁS
> CASCABELERAS
> EL MOMENTO ES AHORA
> ESTOS NUEVE MESES NUNCA VOLVERÁN A
> OCURRIR

> ¡A procrear, pues, señoras y señores! ¡Su placer es su deber y su deber es su libertad! ¡En México todos somos libres y el que no quiera ser libre será castigado! ¡Y confíen ustedes en sus jueces! Alguna vez les hemos fallado?

y ella por lo menos en el carril de su conciencia ya no opuso resistencia, ya no dijo qué tal si es niña? cómo le pondremos a la niña, tú?, sólo dijo qué bonito es amar así en la playa, al mediodía mi amor, desde que me dijiste no te cuides Ángeles quiero hacerte un hijo junto al mar me puse caliente, me rasuré las axilas por primera vez en un año aunque se me enojen las sorellas del movimiento y también el vello que se me asoma por las ranuras de mi chair asada por el sol en este calorón acapulqueño, no el sol mi amor, tu chère

asada en mi boca hambrienta, tu cherezada tampiqueña con sus rajitas y sus frijolitos que estoy escarbando con mi dedo largo, tu
cunto, tu cuento, tu ass chèrie, tu cherry ass, Chère Sade, flagelada
por mi látigo furioso aquí sobre la playa de Pichilingue, pero una
playa privada mi amor, a veces tiene sus ventajas la propiedad individual, verdad Prudón?, perdón?, no hables mi amor, déjame imaginar tus chers rassés, tu ché arrasado, déjame vivir, Chère Sade, en
el calendario febril de tus opep and one nights y tus ciento veinte
cornadas de sodoma y nadar en tu sudor de colores, tu cromohidro-
sis, déjame habitar tu maravillosa grupa de yegua árabe por sólo
treinta segundos sobre Tokio, toko yo mi Ángeles divina tus nalgas
que son todas las nalgas que te parieron mi amor, las olas traen algas a tus nalgas, bebo el vino de tus nalglass, oh tus nalgas mexicanas Ángeles mía de membrillo dulce olorosas a mango maduro y a
huachinango fresco, tus nalgas con historia, Ángeles, fenicias y fe-
briles, romanas y rumberas, turcas y tuercas, nalgas castellanas y
moriscas, rayadas de azteca, cordobesables, náhuatl nalgas, nalgas
almohades y almohadas para mis nalgas, nalgas a caballo y a camello, cachetes del culo, segundo rostro, cómo dices que te llamas?,
cómo le pondremos a los niños? qué dice la parte plutónica de tu libro platónico? tienes las palabras contadas, mi amor?

Se atrevió a mirarla. Ella tenía una *aureola* iluminada sobre la cabeza, es decir (decía ella) más iluminada que nunca cuando
decía lo que tenía que sentir o sentía lo que tenía que decir o escuchaba lo que tenía que escuchar, pero apagada, triste la aureola
cuando se la desgastaban los idiotas, los metiches, los sinhumor, los
planos: de esto se quejaba mi madre con su aura muy brillante este
mediodía brillante y con los codos clavados en la arena, exilando
sus preguntas:

—Qué tal si es niña a pesar del concurso.

—Qué tal si salen mellizos.

Mi padre mira los codos de mi madre y los desea casi más
que su cuca: codos núbiles, sensuales, excitantes, enterrados en la
arena. El olor seco del techo de palapa: una frescura marchita. Coco
y mango y cayo de hacha con salsa de Tabasco. El mar es el Pacífico.
Mientras más lejos se mira más parece arder el agua. Talassa, talassa.

Y mi padre vuelve a chuparle los pezones como sucrettes, al
ritmo mismo de la respiración: Aire, Hera, Aire, Hair, Eros, Aura,
Aire, Héroes, Ángeles, Cherezada, Contadora Pública Titulada, Pri-

mera Novelista, húndete en las aguas del tiempo, remójate el silabario mi amorcito, nalgas de mi amor angelino (mi madre es amada
por mi padre a la orilla del mar y yo estoy a punto de ser creado) en
Acapulco tengo hambre a las doce del día y quiero tener un hijo en
país de niños alegres y hombres tristes antes de que cese el tiempo
para la felicidad y aunque México sea para que nos vaya mal, frente
al océano origen de los dioses y darte leche para que me des queso
riquirrán los maderos de San Juan, dame tu feta, por el mar voy llegando, déjame deshebrar tu quesito de Oaxaca, vengo de muy lejos,
mordisquear tu riccottage, la ruta ha sido larga, tu jocoque, nadie
creía que saliendo de Palos regresaría a Palos, vinagreta de la casa
para tu mozzarella en carozza en troika y en trajinera, tu cajetita
quemada, tu tocinito del cielo, me prometieron el desastre y la
muerte por agua, Isabel, si es niña le pondremos Isabel, gimió mi
madre agarrada al palo mayor de la carabela de mi padre, enchufada
de repente en su carril inconsciente, puede ser niña, a pesar de tu
prepucilánime autor siciliano, acercando su mastrodón gesualdo a
mi homérica ves pussy, giovanni, falacia, falacia! Emanuel Cunt,
Cunning Linguist, Hard Times, Vulva Boatman, lecha cuntdensada,
Cherezada, tragarme las natas con las que haces tus hostias, reina
mía, cómo le pondremos a la niña, eh!, por qué a fuerzas niño? eh?,
le pondremos Isabel a la niña, Isabel la Católica, Isabel la Catatónica, Isabel la Catártica, Isabel la Caótica, Isabel la Carbólica, Isabel
la Retórica, Isabel la Plutónica, Isabel la Platónica, Isabel la Pletó-
rica, Isabel la Estrambótica, Isabel la Esclerótica, Isabel la Babiló-
nica, Isabel la Supersónica, Isabel la Neurótica, Isabel la Nostálgica,
Isabel la Neurálgica, Isabel la Zoológica, Isabel la Botánica, Isabel
la Metódica, Isabel la Alcojólica, Isabel la Flemática, Isabel la Famé-
lica, Isabel la Hiperbólica, Isabel la Diabólica:

Reina Mía: dame América, dale Ameriquita a tu Angelito;
déjame acercarme a tu Guanahaní, acariciarte el Golfo de México,
rascarte rico la delta del Mississippi, alborotarte la Fernandina, des-
taparte el tapón del Darién:

Dame América, Ángel: véngase mi Martín Fierro, aquí está
su pampa mía, dame tu Veragua, ponme tu Maracaibo, arrímame
tu Tabasco, clávame el Cayo Hueso, piden pan y les dan queso, riquirrán, riquirrán, fondea en mi puerto, rico, déjame ahí el gran
caimán, hazme sentir en la española, Vene, Vene, Venezuela! y una
mordidita en el pescuezo: Draculea, ay Santiago, ay Jardines de la
Reina, ayayay Nombre de Dios:

Nhombre nos dé Dios: ERBMON, ERBMOH, nómbralo, ya salió, hierbabuena, semillita, el único entre millones, plateado y veloz, chinaco, espadachín, torero torerazo, escapado de la compañía millonaria de las legiones cromosómicas, semillita, y mañana serán hombres, gran producción luminosa y plateada, espérame esperma, esparce espermanente, coño sur

"LUMITON ARGENTINA PRESENTA
Y MAÑANA SERÁN HOMBRES"

Nómbralo: ya salió, ya ni modo, con todos sus genes a cuestas, portando, por Dios, portando todo lo que somos, hierba mala nunca muere: semillita, semillonaria:

—La culpa de todo la tienen los genes, dijo el tío Fernando Benítez.

—Ciertamente: la culpa de todo la tienen los Hegels, contestó el tío Homero Fagoaga.

—Así es, confirmó el tío Fernando:

todo lo que semos desde el origen, todo viene inscrito en él, ay mi DNA del alma, va a encontrar tu huevo Ángeles, tu esperma Ángel, portando por Dios, Nombre de Dios, Española, la Reina por Dios, portándolo, Cristo, Cristo,

CRISTÓBAL

ya se encontraron, ya se abrió paso por el bosque del sudor y sangre y mucosas palpitantes y impacientes (E impacientes, niño, corrige el tío Homero con don Andrés Bello en la mano): ya salí doloroso y doliente desprendido para siempre de la única compañía que he conocido nunca: mis paquetes de células, mis amadas generaciones armadas de células precursoras, almacenadas, pacientes, regenerándose a sí mismas sin esperanza alguna, mis verdaderos abuelos y bisabuelos, mis padres auténticos aunque transitorios, mi interna genealogía, adiós!, ay Dios, voy corriendo afuera llorando, portado por la sangre y por los nervios de mi nuevo padre, dejando atrás lo que hasta ahora conocí y amé, ahimé, ay de mí, oh me oh my, alas que me llevan veloz y yolanda, yo que llevo quién sabe cuánto tiempo en esa cueva de cuero ciruelo de mi padre de afuera, el que me está arrancando de mi arbolito secreto de padres y abuelos y bisa y tátara de adentro, el árbol de células al que pertenecía hasta el momento en que *este* hombre decidió hacer lo que está haciendo: sacarme de quicio, arrancarme de cuajo, cortarme de raíz y eyacularme, expulsarme de la península, eyaculado y ella culeada, despedido, en el inicio del viaje en la mitad de mi verdadera vida, nadie me conoce, ellos que están gozando allá afuera no saben que aquí voy yo,

AHÍ VOY YO!

acompañado de la invencible jajá armada de mis mil millones de hermanos y hermanas, Cristobalitos y Isabelitas (E ISABELITAS, grita el tío Homero furibundo) a latigazos, en filas cerradas, impulsadas por el cómo me gusta el gusto de mi padre allá afuera, luego abandonado a todos los accidentes del negro túnel, luchando río arriba en el desagüe Delagüera de mi madre, su salada mina y mi trifulcar, filas veloces de infantería lúbricas dentro de los termópelos de mi madre, boteros del Vulva, cabecitas pequeñas y colas largas, somos legión dijo Luci, a latigazos, saltando obstáculos, los muros de la mucosa inhóspita que acabarán siendo los muros de la patria mía, los baños calientes de las secreciones ácidas que nos secan nuestros jugos salados, salá mina, gauchita sódica, perdiéndose en los desiertos silenciosos de las salidas cílicas equivocadas, el periférico del útero, Luther's Turnpike, el expressway sin éxito, el laberinto de la soledad, ¡ay!, los veo morir como chinches porque se les acaba la gasolina, porque tienen dos cabezas y doce dedos, porque la cucaracha ya no puede caminar, mueren por millones a mi lado, mis hermanitos y hermanitas del alma, Fred waring y sus pennsylvanos, Guy Lombardo y sus royalcanadianos, las hermanitas Andrews y los Hermanitos Brothers, los miserables que no llegaron victoriosos a la meta, *victor who? go!*: los millones de esperanzados espermas tumbados en Otumba, oh Guaterlú aguado de mis fratelinos decimados, termopelados, para siempre separados de nuestros jóvenes abuelos precursores que nos dieron suave patria y todas esas memorias que la pareja cachonda en la playa ignora, batallas y canciones, nombres y sabores, oh Water Mock Loo, oh Guater Mock Sin que nunca escaparon de la talega carcelaria del que ahora va a ser padre y señor mío, los demás muertos en el combate contra los jugos y la sangre y los perversos túneles de la que va decirse mamma mia, mira que nos están dando pamba colectiva en la mucosa cervical, no hay vuelta a la izquierda por la cerviz destapada, un río de vidrio me ahoga, voy por la resbaladilla del esperma, sólo quedamos unos cuantos ya, a latigazos, exhaustos, la naturaleza no es piadosa, la naturaleza es implacable, la naturaleza no nos llora, mis pobres hermanitos moribundos, y yo, yo?

SOLO AL FIN: AL FIN SOLO

……………….. Terror …………. Dolor ……….. Yo solo otra vez? ……….. Yo el único que llegué a la isla del tesoro? ……. El huevo de mi madre me espera en su escondite …. En su trono de sangre: ……….. la reina Isabel de los Ángeles, mi hermanita piadosa, mi madre cruel, me abren los brazos a mí, el campión, victorioso sobre los millones de soldados y soldaderas muertos en la carrera inútil por llegar hasta aquí, donde yo estoy calientito, ávido, triste, pidiendo posada. Un esperma para un huevo. Madre, solo hay uno. Ya se enredó en sus raíces el Cristobalito, ya ni quién lo salve de su suerte, ya se encontró su destino, ya déjenlo hablar oír saber; ahí está él, no tuvo tiempo de montar a su caballo.

Vas a ver, Angelito, le dijo mi mamá a mi papá cuando los dos se separaron y él le lamió los codos mientras yo pugnaba por alojarme singular y triunfante en el útero de Ángeles mi madre, quien le repitió a mi papá vas a ver cómo sí nace cuando debe, cuando tú quieres que nazca, yo te lo juro amor que te lo paro a tiempo, te echo a tu hijo al mundo el mero día, cómo no si desde que te conocí no dormí toda la noche de pura felicidad, no importa, te juro que te doy un hijo hombre porque así dice el concurso, ni modo, ya no pido que sea niña, no Isabel sino Cristóbal, con tal de que me sigas diciendo a la oreja lo que siempre me has dicho amor:

—En México todo el problema es la actitud ante los hombres con poder y ante las mujeres sin poder.

—Regresa.

—Siempre he estado aquí.

—Ven.

—Te esperaba.

Los dos aquí sobre la arena en el calderón acapulqueño donde la vida es sueño, contentos, país de hombres tristes pero de niños alegres pero antes de que no haya tiempo para la felicidad pero en México donde nos tiene que ir mal pero ahora nomás tú y yo tomados de la mano, desnudos, exhaustos, bocarriba, con los ojos cerrados para defendernos del sol pero con mi aureola derramada sobre la arena como un sol desgranado y del cielo llueve, el sol se oscurece tantito, las alas del moscardón nos cubren y desde arriba nos llueve, nos llueven, mariposas, pétalos, plumas, nubes tropicales?

Qué va.

—Mira, dijo mi padre, viene de allá arriba.

—Huele, dijo mi madre, es caca.

Encima de sus cabezas pasaron volando un par de nalgas como dos alas temblorosas de un incierto murciélago, blanco y blando, drenado de sangre por los vampiros del sol: un hombre iba volando arrastrado a lo largo y ancho del cielo mexicano por una reata —POR EL ESPÍRITU HABLARÁ MI— colgado desde un paracaídas de rayas naranja y azul, jalado por una cuerda y la lancha apresurada, rugiente, que mantenía flotando en el aire espeso a nuestro tío Homero Fagoaga (60 años), no tuvo tiempo de montar a su caballo, las guerrillas guerrerenses se le echaron de a montón, sólo su guayabera amarilla y sus posaderas desnudas chorreando venganzas de Xocoyotzin, carterizando y pataleando, lleno de *malaise,* contra el aire, acicateando con un látigo imaginario a la lancha que se alejaba de Pichilingue y el viejo aterrado huyendo, diarreico del susto, seguido de un anuncio fabricado de nubes

WELCOME TO SUNNY ACAPULCO

Homer, oh mére, oh mar, oh madre, oh mer, oh merde origen de los dioses: talassa, talassa.

—Ahora qué vas a hacer?

—Mañana es otro día.

—Cuándo? Qué clase de día?

—El niño tiene que nacer, me entiendes?

—Pero está tan solito. Nueve meses solo. Con quién se entenderá?

—Con sus mercedes benz.

—A saber?

—Elector, nomás, elector.

BIENVENIDO A LA VIDA, CRISTÓBAL PALOMAR

Primero:

La suave patria

La patria es impecable y diamantina…
RAMÓN LÓPEZ VELARDE,
La suave patria

1

Viene corriendo el niño desde la Isla de Pascua, tibio y malsano, el infante de la muerte por agua, azotado contra las costas del Perú sofocando en su abrazo caliente a las anchoas y las algas, secuestrando la frescura vital de los nitratos y fosfatos ecuatoriales, rompiendo la vasta cadena de la nutrición y la creación de los grandes peces del océano: pesado y sudoroso nada El Niño, arrojando peces muertos contra las paredes del continente, adormeciendo y pudriéndolo todo, el agua hundiendo al agua, el océano asfixiado en su propia marea muerta, el océano frío ahogado por el océano caliente, los vientos enloquecidos y desplazados: El Niño destructor, El Niño criminal arrasa las costas de California, seca las planicies de Australia, inunda de lodo los declives del Ecuador. Mi tío Fernando Benítez (80 años) vuela hacia el Usumacinta llorando por una patria perdida; al mismo tiempo que mi tío Homero Fagoaga vuela sobre Acapulco diarreico del miedo, huyendo de los guerrilleros y pues bien recapitula mi padre, mientras yo hago esfuerzos inauditos por prenderme a tierra firme en el oviducto del útero rumbo a su cavidad de ella que se dispone a ser mi cueva mía, el espacio que se supone ella y yo vamos a compartir por quién sabe cuánto tiempo (espero que ellos, es lo menos que pueden hacer, me den cuenta cuanto antes de lo que significa esa palabra "tiempo" que empiezo a intuir capital para entender qué carajos me sucede, cómo voy a vivir con ellos y sin ellos, adentro y afuera de mí y de ellos) que se apuren a explicarme cuándo fui concebido, por cuánto "tiempo" voy a vivir aquí adentro, si voy a salir algún día o no y a dónde voy a dar en caso afirmativo, qué significa todo esto, "lugar", "espacio", "patria", "tierra", mi hogar nuevo ahora que dejé (me corrieron de) mi vieja casa de cuero y esperma entre las piernas de mi padre (me corrió el muy miserable, todo por un fugaz minuto de placer, eh? , oh!, cómo he de olvidar este hecho, cómo perdonarlo?) donde tan a gusto me encontraba con mis genealogías secretas, toda una feliz familia ahora dispersa, lanzada a los cuatro vientos y todas estas preguntas mías (tiempo? qué es? cuánto? cuándo empiezo a contar mi vida? en los testículos de mi padre? en el huevo de mi madre? adentro de adentro? afuera ahora que pasé por el placer de mi padre a la posesión de mi madre? por cuánto "tiempo"?, pregunto desesperado!) toda mi ubicación y serenidad previas destruidas por las cachonderías del señor don Ángel Palomar y Fagoaga (22 años, eso lo dijimos ya) y uno ochenta metros de alto (novedad descriptiva para Susmercescesbenz) y ojos de pantera amarillentos pero cegatones (sabido) y piel de aceituna gitana (ignorado) que ante el mundo pretenderá y presumirá de ser mi padre; pues bien yo necesito decirte que te quiero, papá, que a pesar de todo yo te adoro y que desde ahora vivo en la complicidad de la imaginación contigo y que de ti dependo para que me digas dónde estoy, de dónde vengo, y cuál es, habiendo conocido ya mi nombre, mi tiempo dicen, esto es mi tiempo, ahora mi espacio, qué país es éste?, dónde estamos?, dónde acaban de gestarme, dónde me destinan a nacer?, es cierto todo lo que me informa mi cadena genética?: que como este país no hay dos? y es una bendición o una maldición que no haya dos?, es cierto que a ninguna nación le hizo *alguien* (Él, Ella) algo semejante?, que ahora nuestro problema es administrar la riqueza?, que todavía no estamos maduros para la democracia?, que la culpa de todo la tienen los tlaxcaltecas?, que al indio hay que darle la razón aunque no la tenga?, que salimos a coger gachupines?, que hombres necios que acusáis a la mujer sin razón?, que no hemos venido a vivir, hemos venido a soñar?, que hay un Ford en su Futuro?, que nos crecemos en las crisis?, que Dios nos negó genio para el periodismo y el cine pero en cambio nos hizo geniales para sobrevivir?, que por qué no quiere mi padre que yo sea niña?, a poco nada más por el mentado concurso ése? por los Cristobalitos?

Dijo que quería tener un hijo (yo, cero años) con ella porque si yo era concebido la Duodécima Noche con buena suerte vendría al mundo el Día de la Raza. Mi madre se incorporó como resorte cubriéndose los senos con el clásico de la Universidad. Un niño concebido junto al mar el 6 de enero nacería oportunamente el 12 de octubre?

—Y si nace en septiembre?

—Ganaría el Concurso de la Independencia de Dolores, pero no es lo mismo.

—Claro que no. Dónde estábamos el quince de septiembre pasado, tú?

—Frente al balcón de Palacio en el Zócalo, viendo la primera aparición de la aparición.

—Y el 12 de octubre pasado, dónde, a que ya no te acuerdas?

—Frente al monumento a Colón en el Paseo de la Reforma.

—Ella fue sacada en palanquín por las calles, hasta el monumento de Colón para proclamar…

—Ella nunca habla. Ella sólo grita una vez al año.

—Tienes razón.

—Y no hables de ella con ese tono de rendida admiración. Mejor contéstame volando mis tres preguntitas.

—Dispone.

—Ahí te van. Primero, cómo le vamos a poner al niño?

—Qué te pasa? Estás mota? Cristóbal!

—Y si es niña?

—Okey, okey. Isabel. La Caótica.

—Segundo, en qué idioma va a hablar el niño?

—Español, qué no?

—Y todas esas jergas nuevas, qué? El espanglés y el angloñol y el ánglatl inventado por nuestros cuates los Four Jodiditos y…

—Y el habla de nuestra amiga la chilena Concha Toro, y el gabachototacho de la cabaretera francesa Ada Ching. Ángeles adorada: por favor date cuenta de que estamos en una arena donde combaten todos los lenguajes.

—No me distraigas.

—Dispara.

—Y tres: en qué país va a nacer nuestro hijo?

—Fácil: en la suave patria. Tú lee a Platón, Ángeles. Yo leo a Ramón López Velarde.

—Ramón who?

—López Velarde Ramón. Nacido el 15 de junio de 1888 en Jerez de Zacatecas. Muerto a los treinta y tres años por andarse saliendo del viejo parque de su corazón provinciano para venirse a morir en el ruidoso paseo de la metrópoli ojerosa y pintada. Una inyección de penicilina lo hubiera salvado hoy de su pobre infección entonces mortal. En 1921, una mañana de junio, se murió el poeta Ramón con las bolsas llenas de papeles sin adjetivos.

—A quién se parecía?

—Parece que a mí. Un poquito, me dicen. Moreno olivo, ojos rasgados. Pero él usaba bigote y era trompudito.

—Qué escribió?

—"La patria es impecable y diamantina", dijo mi padre.

—"Impecable y ...", se detuvo mi madre, desconcertada: Aquí va a nacer nuestro hijo?

2. Patria, tu mutilado territorio

Don Fernando Benítez va volando el día de mi concepción rumbo a la selva lacandona en la frontera del río Usumacinta y en un momento dado la vista se le nubla, siente un anticipo de tinieblas y trata de imaginar la proximidad de un volcán, una aldea, un río. Quiere darles nombre para decirse y decirle al joven piloto del helicóptero que lo conduce al aeropuerto de Frontera Corazos:

—Joven, muéstrame desde acá arriba el territorio de la patria; dime, qué queda de México?

Le pide al piloto que le ayude a ver desde la altura la totalidad del territorio de la Suave Patria, nuevamente mutilado. Quiso (estuvo a punto de distinguir) más allá de la selva lacandona el territorio de Yucatán enajenado en exclusiva al Club Mediterránée para crear el Fideicomiso Turístico Peninsular (FITUPE), sin injerencia del gobierno federal, sólo para pagar los intereses de la deuda externa (la deuda eterna) que este año llegará, se calcula, a los 1492 millones de dólares: bonita cifra para celebrar los cinco siglos de Colón-y-Zeción. Y ahora mismo vuelan con permiso especial sobre el Chitacam Trusteeschip (Chiapas-Tabasco-Campeche), enajenado a los consorcios petroleros norteamericanos de las Cinco Hermanas hasta pagar el principal de la misma deuda, que de todos modos no hace sino aumentar, asegurándoles una posesión a perpetuidad a las compañías extranjeras. Y no quiso distinguir más allá de aquel cúmulo de nubes la media luna asediada de Veracruz, de Tampico a Coatzacoalcos y del puerto jarocho a las faldas de la Malinche, tierras enajenadas a una guerra incomprensible, revolución agraria según unos, invasión norteamericana según otros: depende, señores, del canal de televisión que miren ustedes de noche. El hecho es que nadie se puede comunicar con Veracruz, qué tiene de extraño que de repente nadie se pueda comunicar con Acapulco?, imposible penetrar estos misterios, qué dice usted, don Fernando?, no se oye con el ruido del motor, digo que Veracruz se ha vuelto materialmente impenetrable porque una fila de soldados, codo con codo, helicópteros, sí éste es un helicóptero don Fernando; no no me entiendes y artillerías antiaéreas le cierran al intruso toda la franja del Cerro de Perote a las lagunas de Tamiahua y Catemaco. Y no quisiera don Fernando extender la mirada del cielo hasta esa atroz nación de la frontera norte: Mexamérica independiente de México y de los Estados Unidos, rebanando su faja de maquilas y fayucas y espanglés y refugio para los perseguidos políticos y paso franco para los indocumentados de la costa del Pacífico a la costa del Golfo, cien kilómetros al norte y cien al sur de la antigua frontera, de Sandy Ego y Antijane a Coffeeville y Killmoors: independientes sin que mediara proclama alguna, el puro hecho es que allí ya nadie le hace el menor caso a los gobiernos de México o Washington / Y hubiera querido mirar también hasta el Pacífico y entender qué cosa había pasado con toda la costa al norte de Ixtapa-Zihuatanejo, toditita, incluyendo los litorales de Michoacán, Colima, Jalisco y Nayarit, Sinaloa, Sonora y la Baja California: por qué no se hablaba de estas tierras, a quién le pertenecían, por qué no había explicaciones, por qué era la República Mexicana sólo una especie de espectro de su antigua cornucopia?

Vio una angosta nación esquelética y decapitada, el pecho en los desiertos del norte, el corazón infartado en la salida del Golfo en Tampico, el vientre en la Ciudad de México, el ano supurante y venéreo en Acapulco, las rodillas recortadas en Guerrero y Oaxaca… Esto quedaba. Esto administraba el gobierno federal, su presidente panista, su aparato priísta, su burguesía financiera ahora totalmente adicta al sector público (o éste a aquélla: ya daba lo mismo), su policía impuesta a un ejército desbandado por descontento y desmoralización, sus nuevos símbolos de legitimación, sus Augustas Progenitoras y sus Concursos Nacionales y sus millares de periódicos ilegibles…

Don Fernando Benítez estuvo a punto de vomitar desde la ventanilla del helicóptero, pero una vacilación lo serenó, advirtiéndole secretamente contra el horror de la simetría.

—Crees en la Virgen de Guadalupe?, le preguntó al piloto.

—La qué?, le contestó (el ruidero, los audífonos).

—Digo que sólo un milagro como la reaparición de la Virgen puede salvar a México…

—No, no vamos a México, gritó el piloto… Vamos a Frontera…

Fernando Benítez cerró los ojos y apretó el hombro del joven piloto.

—Sólo un milagro...

Aunque para él ese milagro, detrás de la mirada nublada, consistía en poder recordar una montaña, una aldea, un río, y repetir en voz baja ahora, sin importar el ruido del motor, Nevado de Colima, Tepoztlán, Usumacinta...

Suave patria impecable y diamantina: el bosque de ceibas, la velocidad plateada del río, el cocodrilo y el ocelote, los monos y los tucanes bajo la bóveda vegetal. Y una columna de humo que ascendía desde el corazón de la selva: los bosques talados, las nuevas carreteras, las perforaciones de las Cinco Hermanas, el curso desviado del río, las huellas del pasado borradas para siempre por el lodazal y el petróleo: Yaxchilán, Planchón de las Figuras, la selva lacandona... La suave patria invisible.

3

Tomen aire Susmercedes Electas y continúen la relación que mi padre le está haciendo a mi madre el día de la Epifanía mientras se limpian la mierda llovida del cielo y los dos, creo saberlo, se disponen a contarme todo lo que conduce a *este instante* que es el de mi postconcha inmediata, pero que sin duda sólo recordaré en el momento en que mi cabecita empiece a funcionar dentro de mi madre pero fuera de ella, si así puede decirse, independiente de ella, yo digno de respeto y consideración a partir de qué momento? desde cuándo más importante que ella, con tanto derecho a la vida como ella, desde qué instante, digo yo? Ellos no se preguntan seriamente nada de esto; están en la playa donde acaban de concebirme sin estar seguros del éxito de sus afanes, recordando lo que pasó en días pasados, luego en años anteriores, añadiendo estratos y más estratos al dónde y al cuándo que me las huelo volando, son y serán siempre algo así como el cautiverio y la libertad simultáneos de mi "persona"?

Dónde estamos?

En Acapulco.

Qué está ocurriendo?

Que tú y yo vamos a entrar al mar a lavarnos la mierda de nuestro tío Homero Fagoaga.

No, te pregunto por las circunstancias, no por nosotros.

El señor Presidente se dirige a la nación con su mensaje para el año nuevo 1992, año del quinto centenario del descú/

Qué hace el pueblo de Acapulco?

Está reunido en la plaza municipal de cemento y mogotes escultóricos para oír mediante magnavoz las palabras del señor Presidente de la Repú/

Pero no se entiende lo que sale por los altoparlantes, de modo que el pueblo no escuchó la parte medular del mensaje presidencial de don Jesús María y José Paredes, en el que alborotó a la parvada política del país anunciando solemnemente que el más importante deber de un Presidente de México en los noventas era elegir a su sucesor y luego morir: "Ya no debe haber expresidentes, sólo debe haber candidatos", dijo crípticamente, abriendo así todas las puertas a la especulación: nuestro Chuchema nacional va a morirse al dejar la presidencia? se va a suicidar?, va a ser candidato a algo????? preguntas que mantuvieron entretenida a la Nación a lo largo del Primer Mes del Quincentenario añadiendo su aparatosa simbología a las otras novedades de la patria después de la elección que siguió a los sucesos del Año Noventa: la del presidente Jesús María y José Paredes, el primer candidato triunfante del PAN (Partido de Acción Nacional), clerical y derechista, cuya victoria sobre el poder único del PRI (Partido Revolucionario Institucional) detentador de la presidencia, de todas las gubernaturas y de todos los Senados desde 1929 y autor de la democracia dirigida, la unidad nacional, la industrialización, la reforma agraria, el surgimiento de la clase media y la burguesía, el milagro mexicano, la apertura, la reforma, la bonanza, el desplome, la austeridad, la renovación moral, la deuda eterna, el terremoto del Quinto Sol, la revancha oligárquica y finalmente el Trueno del Año Noventa, fue al cabo pírrica victoria (dice el tío don Homero Fagoaga mirando desde los aires la corrupta bahía de Acapulco) pues el primer presidente del PAN viose obligado a gobernar con los cuadros, organizaciones y estructuras del PRI, con la Confederación de Trabajadores de México, con la Confederación Nacional Campesina, con la Confederación Nacional de Organizaciones Populares, con los burócratas, los técnicos, los administradores y oficiales del PRI: resulta que no había otros, dijo con la baba verde rodándole por el mentón el coronel Nemesio Inclán (de indefinibles años) jefe de la policía de la Ciudad de México, echándose una copiosa de raíz desde la cubierta de la discoteca flotante Diván el Terrible frente a la Califurnace Beach en Aka y eternamente abrazado a la almohada sobre la cual murió su mamacita; debemos crear nuevos poderes cívicos, una real sociedad civil, se dijo desde el balcón del palacio en el centro de la capital mexicana el joven y fogoso secretario de la SEPAVRE (Secretaría de Patrimonio y Vehiculación de Recursos), Federico Robles Chacón (39 años) pero primero hay que hacer explotar, como judas de cartón, todos los símbolos terribles de México; *plus ça change,* murmuró su rival don Ulises López (64 años), el titular de la SEPAFÚ (Secretaría de Patriotismo y Fomento Ultranacional), observando la extensión de su cacicazgo guerrerense desde las alturas de su finca en el Fraccionamiento Lost Breezes: nombrado Ministro permanente para que no renuncie ni a su posición cimera en la burocracia política ni a su bien ganado sitial como capitán de la iniciativa privada, don Ulises contempla la frase emblemática que ustedes pueden ver en todos los cerros pelones del país pero que él ha mandado instalar con luces neón en todo lo alto del Faro de la Roqueta:

MEXICANO INDUSTRIALÍZATE:
VIVIRÁS MENOS PERO VIVIRÁS MEJOR

y de la frase no menos lapidaria que sólo adorna, bordada, la cabecera de su cama: EL QUE LA PAGA LA HACE.

El niño tiene que saber qué país es éste donde va a nacer y quién lo gobierna, no crees Ángeles?

"No crees Ángeles", dijo ella imitando burlescamente a mi padre pero rindiéndose ante sus razones: evidente, como dicen los suramericanos que nos mandaron esta corriente de El Niño que me remueve, apenas concebido, en el seno de mi madre.

Con todo lo cual me obligan a admitir desde el huevo que Yo soy Yo Cristóbal Más mi Circunstancia.

Mi madre hace tres preguntas:
En qué país va a nacer el niño?
Cómo se va a llamar el niño?
Qué lengua va a hablar el niño?
Pero yo tengo mis propias preguntas, señores electores.
Seré yo ese niño?
Cómo saberlo sin saber tres cosas:

Qué es mi tiempo? Qué es mi espacio? Y ahora, cuál es mi circunstancia?, que ellos relatan como si atendieran mi súplica sin escuchar un rumor de fondo, tan persistente que era hermano del silencio, semejante al ronroneo de una jauría de gatos, recordando en cada movimiento, en cada ruido, su origen montés pero disfrazándolo con su callado deslizarse hogareño, que no deja de ser una memoria temible del movimiento de la pantera antes de atacar: así se escuchaba sin escucharse la entrada y la salida de Acapulco de los camiones foráneos, cargados de los productos que el estéril balneario necesitaba pero no creaba: desde el New York Cut steak hasta el papel higiénico, desde las cajas de Taitinger hasta las horquillas para el pelo; papel, pollos y petardos; mostaza, moscatel y manzanas; velocípedos, vaporub y vychysoisse: todo debía ser traído de lejos y el rumor de los camiones que lo traía era el más implícito de todos; quién volteaba jamás a mirar un camión de dieciocho ruedas, su entraña refrigerada, sus fauces humeantes, sus extremidades vulcanizadas, sus escapes envenenados, sus fatales altarcillos en los parabrisas?

Nadie. Salvo este día.

Al frente de la armada camionera, el muchacho albino vestido con chamarra de cuero negro se detuvo, saltó del camión, levantó la mano color de rosa, miró detrás de sus anteojos negros de envoltura hacia el puerto desde las alturas del derrotado ejido de la Santa Cruz y dijo:

—Hoy no entramos, hoy nos paramos aquí. Hoy está pasando algo. Que no nos pase a nosotros, mis cuates. Hoy no entramos a Aca.

Se miró con disgusto y sorpresa la mano levantada, descolorida, y la escondió en el acto. Buscó desesperadamente su guante negro. Lo vio en el asiento del camión, subió, lo tomó, se sentó en el trono del conductor y al ponerse el guante miró el altarcillo móvil que colgaba de su visor: veladoras, la virgen de Guadalupe, la Señora Margaret Thatcher, la mamacita morena del chofer drenado de color y una foto de la Señora, la Madre y Doctora de los Mexicanos. Los del sindicato le ordenaron que añadiera esa estampa a las de la virgen y la mamacita y la P.M. en su visor. Primero Bubble Gómez se encabritó, estuvo a punto de escupir su eterno chicle: por lo menos su altarcito santo era suyo, nomás suyo y no del PRI o del sindicato! Pero se había encariñado con la foto de la Señora, palabra que sí, hasta iba bien con las otras tres, y la prueba de su cariño es que a cada rato, para matar las horas largas en la carretera, el chofer hacía globitos con el chicle hasta reventarlo; éste era su máximo homenaje a la vida: Bubble Gómez, llevando al balneario estéril los víveres indispensables, acarreando de un lugar a otro la riqueza producida en otra parte, por otros, inconsciente de la ironía de la riqueza hispánica, importada, improductiva camino de Santiago, oro de las Indias, tesoros de los Austrias, aparatos eléctricos de Texas, los tesoros se cuelan como agua entre nuestros dedos, sólo los símbolos permanecen, sólo la continuidad de los símbolos nos pertenece.

Ahora ELLA ES EL SÍMBOLO.

La veía —le dijo al hombrón de bigotes de aguacero sentado a su lado con una muchachilla de trece años vestida de carmelita sentada sobre las rodillas— como, pues, uno de nosotros, una mujer popular, a pesar de las joyas y las plumas, una como muy cuatita, no le parecía a él?

El mostachudo se bajó del camión.

—Vente, Colasa. El camión no va a entrar. Vamos a pie.

Cerró de un golpazo la puerta y le dijo al albino:

—No seas de a tiro inocente. Esa vieja es la puta de Babilonia. Te lo dice el ayatola Matamoros.

Levantó dos dedos en señal de bendición, colocó la otra mano sobre la cabeza de la muchacha color de té y le dijo al chofer que podía repetir sus palabras, si quería.

Bubble Gómez encendió el motor e hizo estallar un globo de chicle en las narices de la fotografía de la Señora.

4. Madre y Doctora de los mexicanos

Ella fue sentada frente al espejo. Ella se miró en el espejo de camerino teatral, rodeado de poderosos focos perforadores de poros. Ella no tuvo tiempo de recordarse. No le habían permitido mirarse en un espejo durante más de un año.

El escuadrón de maquillistas y peinadoras le cayó encima. Primero le borraron su cara, la que traía, con la que entró al cuarto de maquillaje. Por lo menos quiso ver y recordar esa cara. No le dieron tiempo ni de eso. Recordar su cara anterior, la verdadera, la primera, eso sí que no era posible. Hasta llegó a dudar de que alguna vez tuvo una primera cara.

Ella cerró los ojos mientras le rizaban el pelo en francés y se negó a aceptar lo que acababa de pensar. Arrugó la frente para aferrarse al harapo de su recuerdo y la maquillista le dijo, Señora, no frunza el ceño.

Ella decidió que esta mañana, antes de que la sacaran a mostrar otra vez, iba a recordarse a sí misma; al rato ya no habría tiempo. Ella sería retirada del espejo. Un año después de su entronización, ya le permitían mirarse al espejo cuando era maquillada. Pero ella prefería intentar lo imposible: recordarse como fue antes de esto. Y no podía. El presente era demasiado fuerte, lavaba su memoria y la dejaba abandonada en la isla del instante, como si su presente pudiese ser su salvación y no, como su alma se lo advertía, la cárcel. Hasta llegó a pensar que la memoria era su peor enemigo, el tiburón de una marea ciega y opulenta que la mantenía en la cresta pero sin jamás moverla: una ola fijada para siempre en el terror del pasado.

Por eso fue un acto tan valiente para ella bostezar frente al espejo y decidir, en contra de, a pesar de que esta mañana, antes de que la sacaran a mostrar, iba a recordar a la muchacha que trabajaba dos años antes en el pool secretarial de la Secretaría de Patrimonio y Vehiculación de Recursos (SEPAVRE) en la Avenida de los Insurgentes.

Cómo era?

Ése era el problema: los dos años pasados le parecían un siglo y cómo iba a reconocerse siquiera en una taquimecanógrafa delgada y alta aunque dicen que bien dotada, de pelo castañorratónlacio, un maquillaje pálido que le sobraba un poco porque tenía una piel canela muy bonita y usaba una combinación de saco y pantalón comprada en el Palacio de Hierro con los ahorros de su anterior empleito que ése sí no lo recordaba.

El de la SEPAVRE sí, es cuando era novia de Leoncito el agente funerario de la calle de San Luis Potosí, no muy lejos de la Secretaría, se daban cita en el Café Viena del Parque Hipódromo porque ese jardín era el oasis de estas colonias por donde corrían los autobuses diesel y los materialistas con el escape abierto (en México Nader es Nadie y aquí se fundó la Sociedad Nada con Nader, Enemigo del Desarrollo Nacional) vomitando nubes de veneno sobre los árboles muertos: ellos bebían capuchino y comían pasteles de chocolate con nombres alemanes y él le ofreció para que se engalanara un poquito, para que no se viera tan simple, pues para que él se sintiera orgulloso de ella, unos listones que siempre le sobraban de las fiestas patrias de septiembre, unos listones tricolores verde blanco y colorado, con las siglas favoritas del agente fúnebre inscritas a lo largo del moño: R.I.P.

—También el Día del Grito de Dolores hay muertos, sabes?, le decía para educarla.

Claro que alguien se rió de ella por llegar así a la oficina, pero con tal de darle gusto a Leoncito su novio, le venían guangas las burlas; hasta le gustó que se fijaran un poquito más en ella, aunque fuera para distraerse de tanto desastre nacional y todas las demás secretarias que antes nomás vacilaban o hablaban de amores y películas y telenovelas de repente chismeaban de deuda externa y devaluación y captación de ahorro, ay Dios, y ella nada, nomás con sus listones muy coquetos, la bandera tricolor y el R.I.P. y unas flores resecas, sobras de antiguos velorios, que le daba Leoncito.

No que estuviera ciega y sorda, qué va. Cuando entraba a recibir dictado (de los funcionarios tradicionalistas que aún no usaban medios mecánicos o que temían que quedara prueba de sus voces en una cinta o testimonio alguno que fuera directamente atribuible a ellos) o a pasar carpeta para firmas (en ausencia de secretarias ejecutivas superiores a ella que oyeoye no te andes creyendo que tú o nadie pasa por encima de mí para llegar al boss) pescaba una palabra aquí, una palabra allá. Claro que no entendía nada. Y al salir de las salas de conferencias donde un pool de secretarias se afanaba para inmortalizar cada paréntesis, cada coma, cada cláusula subordinada de los equipos de economistas que se sucedían con velocidad de montaña rusa aunque su coro verbal fuese siempre el mismo (los economistas, al contrario de los políticos, aspiraban a que todas sus palabras quedasen fijadas) ella se preguntaba si alguien en alguna parte podía realmente entender la prosa del enésimo Plan Nacional de Desarrollo.

Pero luego pasaron dos cosas consecutivamente. El señor licenciado Federico Robles Chacón llegó al ministerio lanzando madres a diestra y siniestra contra el lenguaje de los economistas, dijo, pensar que en el siglo 18 Montesquieu llamó a la economía la ciencia de la felicidad humana, gracias Carlyle por corregirlo y llamarla mejor la ciencia abismal, tétrica ciencia. Y la otra cosa fue que ella entró a tomar su puesto de amanuense en la junta interministerial con sus moños tricolores y su cuadernito de dictado cuando Robles Chacón decía:

—Mae West no se viste con plumas y chaquiras ni se pone todos sus diamantes encima y luego sale a pasear por Central Park a las doce de la noche.

Entonces (hecho que cambió para siempre el derrotero de la ciencia mexicana) Robles Chacón, por estar hablando de una mujer seguramente, buscó intuitivamente a una mujer en el salón de juntas del ministerio, la miró a ella y las palabras se le fueron muriendo en la boca.

—Eso… hicimos… con… nuestra… política… petr
o
l
e
r
a…

La miró intensamente, miró sus flores secas, sus listones tricolores y sus iniciales fúnebres; tronó los dedos como si fuese a bailar la jota y de un clóset vecino apareció un hombrecito pequeño, elegante y relamido, en posición de atención militar, vestido de smoking y con zapatillas de charol con moños negros.

—A ver, le dijo Robles Chacón, dame las cifras del ingreso nacional per cápita…

—Pues bien, dijo con una voz desmayada el señor de etiqueta, si atendemos a los parámetros del aumento del p.n.b. en términos globales de 300 mil millones de pesos, en virtud de insumos importados por valor del 75% de las exportaciones, mas sin hacer caso omiso del aumento de salarios en un 49% y precios ajustados a los índices de inflación real, que fueron respectivamente del orden del 150.7% y de…

—A ver, interrumpió el ministro, y ahora descríbeme la misma situación en Guinea-Bisseau…

—…296.8%, llegamos a percibir (dijo el hombre del clóset sin solución de continuidad) que el previsible aumento de la demanda de empleos será en el orden de dos millones de nuevas plazas, aproximativamente, y su incidencia en la demanda de bienes y servicios sumamente fluctuante, toda vez que no coincide necesariamente con las necesidades de infraestructuras evaluadas en parámetros clásicos de un gasto público deficitario del orden de…

Robles Chacón dio un manotazo en la mesa, que casi se le caen los gruesos anteojos de aviador: —Esto les demuestra, señores, que detrás de cada estadística se esconde un mentiroso. La única verdad no dicha de todo lo que acaban de oír es que la inmensa mayoría de la gente en México y en Guinea-Bisseau está *jodida*.

El estadígrafo regresó como sonámbulo al clóset pero el ministro vitalicio Ulises López, titular de la Secretaría de Patriotismo y Fomento Ultranacional (SEPAFÚ) se incorporó con rabia y dijo que era bien conocido el afán del señor licenciado Robles Chacón por desprestigiar a la profesión económica en beneficio de una superada grilla política de paliacate y pistola.

—La verdad palmaria de México, le contestó Robles Chacón sin mirarlo, es que un sistema se nos agota pero no tenemos otro sistema con qué sustituirlo.

Sí, dijo López siempre de pie, pomadoso, calvo, cepillado y gris todo él, tenemos un sistema de competencia económica y científica, que es inagotable, pues la economía es ciencia exacta.

Robles Chacón, al cabo el discípulo preferido del maestro Horacio Flores de la Peña, continuó sin perturbarse: —Los cementerios están llenos de estadísticas. Como el descontento no se resuelve con estadísticas, quisiéramos que se resolviese con hechos. Pero como los hechos son testarudos y, además, resolverlos puede conducir al caos, propongo que no empleemos ni hechos ni estadísticas, sino imaginación y símbolos.

Ulises López dijo en voz alta que él volvería a las juntas interministeriales cuando se expulsara de ellas a los soñadores, a la gente que no sabía poner los pies en la tierra, a los poetas, en suma. Se echó con furia un salvavidas de menta en la boca y salió de la sala con taconazos de bailarín de flamenco enojado.

Mas Robles Chacón no se perturbó. La miró a ella otra vez. Se acomodó los anteojos en la punta de la nariz. Y la señaló con un dedo, que a ella la hizo temblar de miedo, como nunca en su vida, más que al ver el coraje titánico del superministro Ulises López, con su experiencia y sus años, ante la insolencia del joven y advenedizo licenciado Robles, así que ella dejó caer el bloque y el lápiz de puro susto cuando el señor licenciado exclamó:

—Vean a esa muchacha. La ven? Qué ven? A una pinche secretaria mecanógafa. Pues yo veo lo mismo que el Obispo Juan de Zumárraga hace cuatro siglos. Yo veo a una virgencita mexicana.

Ella se ruborizó —Señor, ay señor, no sabe usted lo que dice.

Pero él ya estaba de pie, moreno y tenso, nervioso y flaco, una especie de Dantón de la burocracia, a los treinta y nueve años el ministro más joven del régimen del presidente Jesús María y José Paredes (55 años), arengando al gabinete con una convicción que demolía sus propias ideas personales en beneficio del sistema que, ayuno de ideas, le servía a la colectividad: auguró todas las catástrofes, empréstito tras empréstito para pagar los intereses de una deuda creciente en virtud de los nuevos empréstitos, sin arañar siquiera el pago del principal; devaluación tras devaluación, agricultura de exportación para pagar mínimamente más deudas en un mercado mundial en declive; falta de divisas para importar alimentos para una población creciente; maquinita de billetes e inflación a la brasileña, a la argentina, a la ángelazul; presiones, desmembramientos y al cabo —cayó sentado, exhausto— la necesidad de salvar algo, lo salvable.

—Vamos a ser un Weimar sin democracia o una utopía con símbolos?

Robles Chacón guardó silencio religiosamente un instante. Ella dijo que hasta cree que ella misma se persignó y se tapó los ojos. Pero el licenciado rompió el silencio estruendosamente señalándola de nuevo a ella, Jesús mil veces, a ella, a ella tan modosa con su traje-pantalón del Palacio de Hierro y sus listones en el pelo que su novio el agente fú…

—Les repito: mírenla. Miren a esa muchacha.

—Yo? A mí, señor licenciado? Mírenme a mí?

—Qué ven, señores ministros? Ni me lo cuenten. Una secretaria del pool. Ya sé. Pues miren bien sus trenzas, sus listones tricolores. Qué leen inscritos en ellos? Ya sé. Ni me digan. Ustedes, ciegos, leen R.I.P. Pero yo, abusado, leo P.R.I.

Suspiró hondo. —Primero vamos a hacerla reina de la oficina, nomás para empezar. Esto hay que hacerlo sin prisa pero sin pausa. Pero recuerden una sola cosa. A este país lo único que le interesa es la legitimación simbólica del poder.

Ya nunca la dejaron sola desde ese momento. En la oficina le cambiaron los listones fúnebres por los partidistas, la llevaron en Mercedes a una casa nueva rodeada de muros en el Pedregal, una casa para el olvido, se dijo ella, porque ella no reconocía nada allí, ni nada quería, y todo lo que tocaba lo olvidaba: muros blancos, muebles empotrados blancos como los muros, como si la hubieran metido dentro de un huevo, una casa hecha para el blanco olvido, sí, a Leoncito lo mandaron a vender cajones de muerto a Empalme Escobedo, nunca más lo vio, a ella la desaparecieron dentro del cascarón blanco del Pedregal, ya no la dejaron ver a nadie, hablar con nadie, sino oír boleros el día entero por un sistema de altoparlantes que se le colaba por todas partes de la casa, hasta el excusado, hasta debajo de la almohada, oír boleros para saberse dominante y no dominada por el mundo de los machos, sólo en el bolero la mujer era triunfadora, castigadora, hacía sufrir, dominaba y doblegaba al macho lloricón, que pasaba de su mamacita a su virgencita a su huilita, todo cabe en un bolero sabiéndolo acomodar, para que a ella le digan, sublimadamente, mediante altavoces, de día y de noche, enviándole el mensaje directo al subconsciente, como para compensar su encierro, un hombre cantándole desde las alturas invisibles del cielo romántico de la celebridad y el amor y la seguridad, donde son las mujeres las que tienen el poder y los hombres los que tiene la impotencia:

> *Usted* es la culpable
> de *todas* mis angustias
> y *todos* mis quebrantos…

y después de una cura de soledad de un año y tres meses, sin saber qué pasaba afuera, llegó el ejército de peinadores, maquillistas, costureros, modistas, sombrereros, lo invadió todo, vistió la casa de manequíes y estolas, nubes de gasa y cofres de lentejuela, pelucas platinadas y polisones de piel de culebra.

Un día todos la dejaron sola. Regresó Robles Chacón con toda su gente. La miraron asombrados. Pero más asombrada ella de que ellos se asombraran. De qué?

No la habían dejado mirarse. El señor licenciado dijo que los espejos a ella no le hacían falta por ahora, debía irse acostumbrando a ellos más tarde, poco a poco: espejos prohibidos en la mansión de la ceguera en El Pedregal, sólo boleros. Ella sólo pudo mirarse en el asombro de los demás, por encima de las palabras siempre enérgicas de Robles Chacón.

—Señores: a medida que la crisis nacional se ahonda, resulta obvio que no podemos contentarnos con expedientes esporádicos. México se ha salvado siempre porque ha sabido institucionalizarlo todo —desgraciadamente, hasta sus vicios. La pobre Argentina, ni eso logra; incluso sus vicios son caóticos e insignificantes. Aquí no. Ahora lo veremos. En la antigüedad, cuando los espíritus del pueblo andaban bajos, los emperadores ofrecían pan y circo. Entre nosotros, en años recientes, dos soluciones esporádicas han ofrecido el circo, que no el pan, cuando cunde el descontento: una visita del Papa o un pleito con los gringos. Hasta el más contundente agnóstico debe admitir que las sucesivas visitas de Woytila no sólo han creado euforia popular al grado de demostrar que a marxistas pragmáticos nadie nos gana y que aunque el opio nos venga de Polonia, opio se queda, sino que han creado oportunidades de comercio inusitadas: sombreros, globos, playeras, sillas de lona, botellas, discos y exclusivas de TV. Pero como el descontento cunde y la solución de los problemas no tiene para cuándo, ni modo que tengamos al Papa instalado en México todo el año. El pleito con los Estados Unidos lo hemos escalado hasta una conflagración que nos tiene ocupado todo el estado de Veracruz, con batallones de infantería de marines entrados hasta Huamantla y Apizaco. Lo sé: no falta quién diga que esto lo hicimos de acuerdo con los gringos para estabilizar y darle cauce al antinorteamericanismo en México, y otros, menos generosos, insinúan que invitamos a los marines para sofocar una rebelión agrario-socialista en Veracruz. Si así fue, logramos todos nuestros objetivos. Esas batallas ya tienen menos fuerza que el proverbial Tehuacán destapado, como decía mi maestro Flores de la Peña. Señores, yo les ofrezco algo mejor: una institución nuestra. Una bruja. Una curandera. Una enfermera de los pobres:

(y abrieron la puerta de su recámara, y la empujaron a la pobrecita hacia afuera)

una Doña Bárbara en helicóptero

(y de la mano la llevaron hasta el descenso de la costosísima escalera de acrílico blanco, cegante)

una mujer que llene el cántaro vacío de la legitimación nacional: una nueva Madre para México

(y la soltaron, la dejaron sola y ella sintió que se caía desde lo alto de la escalera de caracol a una barranca sin fondo, sin manos hermanas que la salvaran, sin una piel contigua)

Madre antigua fue Nuestra Señora la Coatlicue, la de la falda de serpientes

(pero se contuvo, cerró los ojos, no supo si los iba a poder abrir otra vez, tanto rimmel, tanta ojera, tanto polvo de estrellas en sus párpados, en sus pestañas embadurnadas)

Madre impura fue Nuestra Señora la Malinche, la traidora amante del conquistador, la puta madre del primer mexicano

(y con cada peldaño que descendía, le temblaban más los senos inyectados, inflados, sillycónicos, manoseados quirúrgicamente hasta obtener la consistencia, el ritmo y el equilibrio necesarios para rebotar como ahora aunque apretados y levantados y escotados como ahora bajo la cascada de sofocantes diamantinos)

Madre Pura fue nuestra Señora de Guadalupe, la redentora del indio humilde: de Babilonia a Belén con un ramo de rosas instantáneas, Nescaflores, señores: ya tenemos mamacita santa

(así le enseñaron durante un año y tres meses, cimbra la cadera, muchacha, mueve el poto, cabrita, sabor, negra, mueve la cintura, como si fueras por un malecón habanero, el as es el ass, tú no lo olvides, pokerona)

Madre revoltosa fue Nuestra Señora la Adelita, la mera madrina de la revolución

(encorsetada, ceñida, cimbrante, llena de secretos sólo para ella, le dijeron, un rubí incrustado en el ombligo que nadie vería, en el vientre una comba blanca y una espuma rizada, ya no lacia y desgarbada como llegó, hasta allí le hicieron la permanente y la onda marcel, una vulva cocida con hilo de oro y guarnecida por dos docenas de brillantes afilados como dientecillos de tiburón, como húsares de esa entrada a todos prohibida; le dijeron que su tentación iba a ser ofrecer el odio como esperanza; que pensara entonces que ella no era real, era inventada, atornillada por piedras preciosas, un monstruo frankedénico con cátodos de cuarenta kilates: el que entre en ti, Mamacita, será achicharrado, pulverizado, destajado)

y Madres secretas todas las mujeres de cuya imagen descendimos, pero que jamás pudimos tocar: las estrellas de cine, las devoradoras, las vampiresas, las grandes rumberas y exóticas de nuestros inmensos sueños adolescentes, Ninón, Mapy, María Antonieta, Dinorah Judith, Rosa la más hermosa, Carmina, Iris la más chacona Chacón

(pero los pies descalzos, nunca usaría zapatos, le dijeron, le ordenaron, descalza siempre como la virgencita de los humildes, descalza como los tamemes y los esclavos, Madre Santa, mírate, desnuda como un poema: no regresas tú, regresan tus pies esclavos; el pueblo amará tus pies porque anduvieron sobre la tierra y en el viento y el agua hasta que me encontraron, Mamacita, tus pies salieron a buscar y encontraron a tu niño perdido, Mamacita, tus plantas no fueron hechas para los bailes frívolos del mundo sino para subir por los calvarios del mundo, tus pies desnudos, sangrantes, en ruta de espinas, Mamacita mueve la cintura, que no puedo más, pero nunca te calces los pies: piensa en tus hijos Eddy Pies Oddy Shoes Niños Perdidos) y Madres supersecretas todas las gringas de nuestros sueños masturbadores, Lana, Marilyn, y Ava, pero por encima de todas la ubre de la urbe, ubérrima Mae West de la Gran Manzana, buena cuando eres buena pero mejor cuando eres mala, Madre Occidente perdidos en tus lonjas blancas, tus profundidades secretas, tus oropeles fastuosos: cogerte Madrastra del Oeste es vengarse de toda nuestra historia de inseguridades y sumisiones, Nalga Blanca, véngase con su Camote Negro, ándele, tírese un pedo para que me oriente, occidente, accidente, órale güera rejega que se lo ordena su mero papacito prieto

(los labios de sofá satín carmesí, sí, eso sí lo mostrará usted, señora —dejaron de decirle muchacha sólo al final, sólo señora: salga al balcón, señora, baje por la escalera de acrílico blanco sin mirarse los pies, salude sin ver a nadie, señora)

superimpuesta a todas ellas, señores, liberados al fin de la dulzura empalagante de unas, del terror nocturno de otras, de la inaccesible lejanía de éstas, del desprecio familiar e íntimo de aquéllas, aquí está nuestra legitimación limítrofe, nuestro premio permanente, la fuente de todo poder en México, la construcción suprema de la supremacía machista, muchachos,

la mezcla perfecta de Mae West, la Coatlicue y la Virgen de Guadalupe. Un símbolo,

El más grande símbolo humano jamás inventado:

LA MADRE,

el dulce nombre donde la *biología* adquiere un *alma*,

donde la *naturaleza* se vuelve *trascendente*

y donde el *sexo* se convierte en *historia*:

LA MAMACITA SANTA !!!

Y el señor licenciado le ofreció la mano en el último peldaño a la increíble aparición:

SEÑORES: LES PRESENTO A NUESTRA SEÑORA MAMADOC.

Le soltó la mano, fatigado, Júpiter sin gloria, Pigmalión devaluado, diciendo con su voz más calmada que la burocracia acaba por crear lo que concibe. Mamadoc comprobará que el secreto del sistema *es* su secreto. Lo importante ahora es mantener el *momentum*, señores, de lo que hemos puesto en marcha.

—Se las regalo, señores.

Ella nunca lo volvió a ver. En un momento hasta creyó que se estaba enamorando de él. Locuras, locuras. La subieron a su Mercedes con ventanas ciegas, plateadas por fuera; con motociclistas la llevaron al Palacio Nacional, la subieron por un elevador, la sacaron al balcón, ella sabía lo que tenía que hacer, llorar, agradecer, saludar, hacer como si la ovacionaran y lloraran con ella y entonces ellos, la muchedumbre nocturna de un millón de chilangos, en esta noche de castillos de fuego y bandas y cohetes y estrellas muertas y lluvia de oros, asociaría su fiesta nacional, su quince de septiembre ya no con un presidente o un libertador, todos ellos devaluados, sino con ella, la indevaluable, la madre que regresó con sus pies esclavos, sus pies en busca de sus hijos, sus pies ideales…

Qué mexicano vivo en el Año de Nuestra Señora de 1992, cuando ocurre esta historia de la gestación polifónica del niño Cristóbal Palomar y de sus próximos viajes alrededor de un huevo oceánico, podrá olvidar el instante supremo de los destinos patrios que ahora recuerdan mi padre y mi madre mientras planifican mi nacimiento para el 12 de octubre entrante a fin de ganar el Concurso de los Cristobalitos, que sin Ella no habría tal Concurso: quién, repito, olvida el instante en que el reflector arrojado sobre el balcón central de Palacio en la noche de oros voladores, la noche del Quince de septiembre de 1991, cuando la única cornucopia de México era un castillo de luz y la pedrería de un cohete fugaz, cuando la luz del spot se alejó del señor presidente don Jesús María y José Paredes, de su familia, de su gabinete, de sus guaruras, para temblar un instante, indeciso, y posarse en seguida, blanco y encalado como el objeto de sus mimos, en Ella?

Ella esa noche con su montaña de rizos platinados y su rostro más blanco que la luna (la misma que miraba Robles Chacón, pero *él* la había creado; cómo la miraban, ahora, las criaturas de Nuestra Señora la Madre Doctora de los Mexicanos!) y su falda como de china poblana pero brillante de escamas verdes de reptil y sus piececitos regordetes, blancos, desnudos, ahora que Ella pareció, simuló, hizo creer que levitaba, se levantó más allá del barandal de cobre y mostró sus patitas desnudas, Nuestra Señora, sus patitas encueradas posadas delicadamente sobre dos cuernos de toro; quién iba a fijarse en el señor presidente, ya resignado a esto en bien de la continuidad del sistema; quién iba a fijarse en los labios apretados de muina del contrincante de Robles Chacón, el superministro Ulises López, dispuesto ante tantas derrotas a cambiar de plano el futurismo por el trinquete, o en el torvo jefe de la policía, el coronel Nemesio Inclán de tan singular ahínco a los arquetipos con sus anteojos oscuros a las once de la noche y su hilo de baba verde corriéndole por una comisura de la boca, cuando esta aparición celestial, suma sutil de todas nuestras madres y amantes, agitaba el lábaro patrio sobre las cabezas de un millón de mexicanos y gritaba, señores, se dan cuenta?, no hizo discursos, no recordó a los héroes, no condenó a los gachupines, nada!: si se trataba de dar el Grito de Dolores, Mamadoc, aquí mismo, dio su primer *Grito*, como si pariera a la muchedumbre que la miraba embelesada, un grito que hizo que se cuartearan las campanas de Catedral y se cayeran un par de angelotes de piedra del Sagrario Metropolitano, un *Grito* que hizo sentir a todas y cada una de la millonada de almas allá abajo con sus banderitas tricolores y sus algodones azucarados y sus pirulíes en forma de torres perforadoras, que *Ella* los paría a todos, que ahora *sí* tenía sentido esta ceremonia, que al fin entendían qué cosa era eso del Grito de Dolores: es que nuestra mamacita nos está pariendo con dolor, jijos de la rechifosca! y sin embargo ese grito tan fuerte era tan melodioso, tan cariñoso, tan dulce, que parecía un bolero entonado en tarde de terciopelo crepuscular por Avelina Landín, por Amparo Montes, por las hermanas Águila…

Mi padre y mi madre fueron juntos. Mi padre, muy lopezvelardiano él, le gritó con un amor apasionado y repugnante a esa figura que desde ahora iba a ocupar el centro de nuestra historia:

—Prisionera del Valle de México! No sabes en la que te has metido!

Robles Chacón miraba su creación desde un balcón alejado del centro nervioso del sistema. Miró a Mamadoc y luego al pueblo —su enemigo plural. Pensó en sus propios padres. Nunca había visto a su padre, Federico Robles, un banquero arruinado que murió antes de que naciera su hijo. Y su madre, Hortensia Chacón, nunca lo había visto a él: era ciega. Ahora *él* le estaba dando a *todo México* una Madre que *todos* pudieran ver y que podría verlos a *ellos*. Ahora *él* era el *padre* de la *madre* de *todos*.

A ella se le perdonaría todo, ése era el asunto. El triunfo del pueblo sería ver en ella todo lo que *ellos* no tuvieron: ella tendría derecho a tener lo que tuvieron los ricos, porque ella salió del pool secretarial de la SEPAVRE y fue novia de un agente de pompas fúnebres y se aprendió de memoria todos los boleros de Manzanero y Agustín Lara al grado de que ganaría uno de sus propios concursos, los famosos, desde ahora, Certámenes Nacionales de Mamadoc.

Ella sí podría admitir, y sublimar en nombre del sistema, toda la corrupción del sistema: ella admitiría su gusto por el lujo, la extravagancia, el derroche; a ella se le perdonaría eso y más, pero a nadie más; lo que en los demás sería vicio, en ella serían sinceridad, popularidad, admiración, derecho matriarcal.

Su creador la miró, admirado, con su alto peinado de platinos, su escote pródigo en diamantes, las cartucheras cruzadas, el polizón de chaquiras, las enaguas de piel de serpiente, los pies descalzos, encalada como una luna, respondiendo a las exclamaciones que suscitaba, temblando y llorando un instante antes que la masa pero haciéndole creer a la masa que ellos la hacían llorar y temblar por ellos; y hubiera querido decirle como despedida, viéndola ya entronizada, asegurando ella solita la legitimación política por cincuenta o cien años más, sin revoluciones, con esperanzas renovadas, que el pecado de otros fue destruir un país para satisfacer su vanidad; ella, en cambio, podría hacer eso mismo, porque, a sabiendas de que, o ignorando que

—Todo lo que no es vanidad es dolor, muchachita.

Se corrigió en seguida:

—Perdón... Señora.

Entonces los fuegos artificiales deletrearon el mensaje de la noche:

NADIE LA POSEERÁ EXCEPTO EL PUEBLO

Por lo cual ella bostezó esta mañana frente al espejo y la peinadorcita le dijo, Nena, no frunzas el coño y ella se incorporó, alta como era y montada en los elaborados coturnos que usaba en privado para compensar tanta hora de andar descalza en público, y le dio un manotazo a la atrevida, la alzada, Señora!, Señora!, yo Señora y tú mi gata, mi gata sumisa, mi pendeja, sí Señora, perdón Señora y ahora podía recordarse cómo era antes de esto porque tenía una razón y una fuerza para hacerlo: el licenciado Federico Robles Chacón, su creador, su torturador, el objeto de su pasión, empezó Mamadoc a escupir como una bestia de carga trepada en los picachos de los Andes, escupiendo contra los espejos que al fin le permitieron mirar, aunque le prohibieron tener un hijo, ahora lo entendía al proclamar este pinche concurso de los pinches cristobalitos, ella cosida para siempre con brillantes afilados como dientes de tiburón, ella condenada para siempre a la Virginidad, ni a María le exigieron tanto, a María la dejaron parir, a Mamadoc no, María perdió la virginidad, Mamadoc la ganó, Mamadoc no tendría un hijo, pero proclamaría al Hijo de la República, el odioso infante que naciera el 12 de octubre para inaugurar, él sí, la dinastía mexicana de los Cristóbales, colonos colonizados, ya no más necesidad de elecciones, dolores de cabeza, tapados, sucesiones, norreelecciones, se acabó: una dinastía, genial Federico Robles Chacón y ella muerta de rabia, arañando todos los cristales de la identidad, sus manos pegajosas de reflejos, sus dedos embarrando su propia saliva sobre esos retratos fugaces de su iconografía acumulada, atrapada por un bolero para sentir que a pesar de todo ella existía, tenía un amor, era querida, que él era quien le decía al oído con la voz de Lucho Gatica

> Usted llenó mi vida
> de dulces inquietudes
> y amargos desencantos

que las cosas eran como siempre, que el problema era cómo tratar a los hombres con poder y a las mujeres sin poder y ella rompiendo a puñetazos los vidrios del vestidor, mientras las peinadoras salían huyendo y ella con sus manos sangrantes embarradas en sus faldas de serpientes y en sus rebozos de bolitas y en su rostro polveado y depilado, ella contestando al bolero tierno con otro bolero de lágrimas, que ella misma cantó en medio de la ruina de vidrio y azogue y sangre

> Pasastes a mi lado
> con gran indiferencia

ay mi amor, mi amor, voltea a mirarme, mi amorcito, sé nice, aquí está tu mera vieja, tu peoresnada, ay déjame compartir tu sombra, ay mi amor, ella enamorada de él, locuras, locuras, ella con todo el poder aparente y ningún poder real, ella escupiendo contra los espejos y el tío Homero Fagoaga viéndola detrás de los cristales de doble vista, después de haberles pagado a las peinadoras con terrenos en Tumbledown Beach como mordida para que lo dejaran entrar a escondidas a ese espacio preparado por las peinadoras para admitir mediante módica mordida (MMM) a los voyeurs que quisieran ver a Mamadoc polvearse y rizarse las menudencias del cuerpo: con una especie de éxtasis recibió el tío Homero los escupitajos andinos de la Señora de México, humillado pero limpio, ansiando que un auténtico gargajo de Mamadoc le sacudiera los cachetes, viniéndose don

Homero con un placer inédito, secreto, escondidísimo y tibio; acariciando también un odio pequeño pero creciente contra el hombre por el cual ella hacía estas escenas, desparramaba estas pasiones: no él, no Homero Fagoaga, sino otro hombre, odioso, odiado: Federico Robles Chacón!

5. En calles como espejos

La rivalidad entre los dos secretarios de Estado (nos informa nuestro tío don Fernando Benítez) data del catastrófico terremoto del 19 de septiembre de 1985, una fecha que nuestro tío recuerda doblemente y con idéntica tristeza: primero vino el temblor, que afectó a todos, y en seguida él escuchó la noticia de la muerte, muy lejos de México (en Siena) de Italo Calvino, el gran escritor italiano que imaginaba a la tierra tan vecina de la luna que todos podíamos ir a beber la leche de Diana en canoa. Compartió este dolor con miles de lectores; pero afuera de los muros protectores de su casa de Coyoacán, don Fernando compartió también el dolor de millones de seres sorprendidos por una catástrofe física en la que la imagen de la ciudad se convertía, dijo Benítez, en su destino. Y mi padre, al cual me une en cada instante la imaginación, repitió para siempre:

—La imagen de la Ciudad es desde hoy su destino.

A mi padre le jodió profundamente que estando el epicentro del espantoso temblor en Acapulco, a Acapulco no le pasara nada. Mi padre era hijo de la Ciudad de México, de su historia, de su increíble capacidad de supervivencia: incendiada, arrasada, invadida, víctima de guerras y ocupaciones, pestes y hambrunas que habrían acabado en veinticuatro horas con Nueva York o Los Ángeles, donde la gente hace una eternidad que no sabe que el tiempo se acaba y el Quinto Sol se incendia y sacude a la tierra hasta destruirla. Para mi padre el sufrimiento y la resistencia de su ciudad era comparable sólo al de las ciudades devastadas por la guerra en Japón y Europa; le hubiera interesado ver a Nueva York o Los Ángeles bombardeadas, sin comida, ocupadas por un ejército extranjero, sitiadas por una insurrección guerrillera. No hubieran durado una semana.

Desde niño, desde que vivió el terremoto a los 16 años en la casa de sus abuelos don Rigoberto Palomar y doña Susana Rentería y milagrosamente la pequeña casa de la calle de Génova, en la zona más afectada, resultó ilesa, mi padre se admiró de que todo lo antiguo permaneciera de pie, intocado: pirámides aztecas, palacios barrocos, edificios coloniales españoles, y que sólo lo reciente, lo construido de prisa y ahorrando gastos para embolsarlos, se desplomase sin excusa, con un rictus de burla en cada vidrio roto, en cada fierro torcido. Salió asombrado mi padre a la mañana catastrófica: vio el derrumbe de los castillos de caliche, los alcázares de cartón: acordeones de fierro, pasteles de polvo, ruinas barajadas.

Giró mi padre joven sobre sus talones en la acera inquieta del Paseo de la Reforma; no sabía qué hacer pero sí que se necesitaba hacer algo, pasó una combi repleta de muchachos, de su edad, mayores que él, pero todos jóvenes, gritando por encima del eco estruendoso de la tierra y los derrumbes concatenados; un hombre joven, moreno, con lentes de aviador y chamarra beige le tendió la mano, Ángel mi padre saltó, se agarró de esa mano fuerte: iban al hospital, era el peor derrumbe y no te angusties, Fede, seguro que tu mamacita está bien, le dijo otro muchacho abrazando fugazmente al líder de esta cuadrilla de auxilio, que no era la única y a medida que avanzaban velozmente esta mañana por la Reforma, Ejido, Juárez, los camiones, las camionetas, las combis, los autos llenos de jóvenes armados al instante con picas, palas, lo que fuera: las manos. Organizados por su cuenta, con un instinto feroz y lúcido de supervivencia, un abanico espontáneo abriéndose por toda la ciudad a la media hora, a la hora, a las dos horas de la catástrofe. Mi padre Ángel miró los ojos de sus compañeros inmediatos. Como a él, nadie los había organizado, se habían organizado solos y sabían perfectamente qué cosa había que hacer, sin instrucciones de gobierno o partido o jefe. A mi padre le dio un coraje bárbaro que el killer quake, como lo llamaron en el extranjero, o KQ, como llegó a conocerse aquí y en todas partes, no ocurriera en Acapulco y desde entonces regresó a su casa, fatigado, pensando qué hacer y pintó un cartón, lo ensartó en una rama de árbol caído y lo sacó a la calle, proclamando con pintura naranja, para que todos lo vieran: DELENDA EST ACAPULCO.

Mi padre, tan chamaco, se fijó en el hombre que tomó el lidcrazgo de la operación de salvamento en el hospital. Era nervioso, moreno, se acomodaba sin cesar los anteojos de aviador sobre el caballete de la nariz, su pelo oscuro y rizado estaba blanqueado por el polvo de los edificios muertos, su gesto, su brazo, su dedo índice eran el fiel magnético de un compás de decisiones, órdenes, incorporaciones activadas al trabajo de salvamento: llegaron médicos y abogados, ingenieros y comerciantes, hombres que abandonaron sus bufetes y consultorios y tiendas para formar cadena hacia las cimas de las montañas de cemento, la cordillera herida de hospitales y hoteles y apartamentos sin aliento, desplomados sin la capacidad de volver a respirar nunca más. Se formó una cuerda de soldados alrededor del hospital. La gente desesperada arañaba las ruinas, los gritos aislados de ayuda (desde adentro del desastre, desde afuera también) se dirigieron a los soldados, como una cadena de voces idéntica a la cadena de brazos que entre la cúspide de la ruina y los escombros de la calle pasaba pedazos de cemento, alambre torcido, el cuerpo de una niña en una canasta: algunos trozos de cemento volaron contra la tropa, pegaron contra los cascos, hirieron las manos tensas empuñando las armas: puños sangrantes, el mundo como un vasto puño ensangrentado, soldados, víctimas, equipos de rescate. Esto recuerda mi padre, le cuenta a mi madre. Una piedra fue a pegar contra el casco de un sargento al mando del destacamento. Mi padre recuerda hoy la cara verdosa, los anteojos negros, el hilo de baba verde escurriendo por las comisuras labiales de ese militar: la mirada invisible y la mueca de paciente venganza.

Miró mejor los ojos del hombre joven que había organizado el rescate.

—Dónde estará tu mamacita?, le preguntó un compañero.

—No sé. Eso no importa.

Pero cada minuto, cada hora que pasaba, contaría Federico Robles Chacón al final de esta historia, él se iba resignando a no ver nunca más a su madre Hortensia Chacón, internada en el hospital la víspera del terremoto y en cambio, a medida que pasaron los días, no se resignó a abandonar a los recién nacidos que fueron salvados, uno por uno, a lo largo de una semana, dos semanas, niñas nacidas una hora o una noche antes del terremoto que sobrevivieron en las ruinas siete o nueve días después de nacer: imágenes terribles de la supervivencia de la ciudad, del país entero: una niña acogotada por una barra de fierro: salió viva, una niña amamantada por su madre moribunda: salió viva, otro niño inmóvil, sin más sustento que sus fluidos fetales, sin más aire que su hemoglobina fetal: salió vivo —dotados para luchar, dotados para sobrevivir; escucho esto en el seno de mi líquida marea prenatal y quiero llorar de asombro, de alegría, de miedo: lograré yo también sobrevivir a las catástrofes que me aguardan, Dios mío, lo lograré yo igual que esos niños milagrosos del terremoto de México?

Mi padre de 16 años se pasea con su pancarta casera DE-LENDA EST ACAPULCO frente a las oficinas de don Ulises López en River Nylon y el pequeño, astuto funcionario y financiero se ríe al ver semejante disparate, la ciudad se ha llenado de locos extravagantes, santeros, charlatanes, miren a ese loquito pidiendo la destrucción de Acapulco!, le dijo a la reunión de consejo administrativo de sus empresas de construcción y bienes raíces, dándole la espalda a la ventana: cómo no, lo que vamos a hacer en Acapulco es lo mismo que vamos a hacer en México D.F.: darle valor al terreno, no malbaratarlo. Qué idea de locos es ésta de limpiar los escombros del temblor y hacer parquecitos y bibliotecas? Pelusa y papel en terrenos que valdrán cinco veces más que antes nomás porque los edificios de al lado no se cayeron y nosotros —nosotros, señores, nosotros, mis socios— vamos a construir los mejores, los más sólidos y seguros edificios, oficinas de gobierno primero para taparle el ojo al macho, luego —francamente— edificios de valor comercial, total el gobierno no sabe llevar las cuentas ni identificar los terrenos ni dónde está nada. Nosotros sí, se incorporó Ulises López, nosotros vamos a evaluar, pero luego, cada centímetro cuadrado de los terrenos catastrofeados con miras a potenciar su valor y reconstruir sobre ellos si no hoy, pues entonces mañana; en México, tarde o temprano, todo se puede hacer porque tarde o temprano alguien que piensa como nosotros, mis socios!, tendrá más poder que quienes se oponen a nosotros.

Los sin techo, treinta mil, cuarenta, cincuenta, cien mil? hicieron algunas manifestaciones pidiendo morada, algunos las obtuvieron, la mayor parte pasaron una temporada en un bodegón, un hangar, una escuela, luego tuvieron que desalojar, se fueron a sus lugares de origen o se quedaron a vivir con parientes o se desparramaron por las glorietas y los camellones de las avenidas y allí instalaron sus tiendas y covachas: inamovibles. Otros regresaron a los lugares vacíos donde tuvieron una casa, un empleo, un estanquillo, se instalaron en los solares desiertos y Ulises López nomás los miró con risa, saboreando el día en que la fuerza pública estuviera de acuerdo con él en desalojarlos; se tronó los dedos el financiero-funcionario y dijo, vaya, este sí que fue un terremoto a la mexicana, clasista, racista, jenófobo y qué hace allí el joven economista ese, Robles qué?, escarbando?, busca a su madre, jajá, no sabía qué tenía madre!: se cruzaron las miradas de Ulises López en su limusina Shogún, de Federico Robles Chacón con un tabique destruido entre las manos y de mi padre con su ridícula pancarta contra Acapulco.

6

Y yo dónde quedé? Dímelo pronto antes de que se me olvide, Elector: Mis padres acaban de concebirme rodeados de las playas incendiadas y las torres descascaradas y los peñascos blanqueados como huesos y las laderas miserables donde vivía, dice mi padre, la hiedra humana de Acapulquérrimo, prendida como garrapatas al cuerpo suntuoso, dice, aunque ya blando, agusanado, de la vieja Acapulca, oh mi núbil niña pescadora con el pelo lacio hasta las caderas (dice en nombre de todos los niños del pasado que fueron a pasar vacaciones contentas y prepolutas a Acapulco) antaño ocupada en tus redes y tus barcos de colores, ahora una prometida de la muerte, una cortesana de arenas que se agotan: mira Ángeles, mira tu Acapulco como una Cleopatra a punto de anidar el escorpión entre sus senos, una Mesalina dispuesta a beber el copón de aguas negras, una Pompadura empelucada para esconder el cáncer de su cuero cabelludo, uff...

Los bajaron a culatazos de los montes alrededor de la bahía incluso de los montes que no eran visibles desde las medialunas blancas de hoteles y restorantes y los Macdonald's que los guerrilleros, decía la gente decente, querían convertir horror en Marxdonald's y seguramente servir chalupitas de caviar en vez de castizos chisburgers con cáchup. Todo fue cuestión de estética, dijo un locutor de televisión, porque (esto ya no lo dijo el mismo locutor) nadie se metió con los invisibles barrios chatos de refaccionarias, polvo, merenderos y toldos detrás de la barrera de rascacielos cada vez más parecidos a la arena: pero como los sacaron a culatazos de montes visibles e invisibles, todos se dijeron que no era salud ni estética sino interés: los montes iban a ser fraccionados, la base naval de Icacos fue vendida a un consorcio de hoteleros japoneses y los habitantes de los cerros resistieron meses y meses sentados allí, desafiando, negando con las panzas infladas de sus niños y sus triquinas y su agua llena de venganzas y sus ojos velados por llantos y glaucomas que ya no podían ver el tapete de las maravillas a sus pies, los diamantes acapulqueños sobre aterciopelada noche, aguamarina jornada, rubioso atardecer, la opulenta asfixia de cuerpos tostados y jeeps color de rosa

y condominios pálidos y loncherías gangrenadas y discotecas cada-
véricas y moteles ladrilleros y anuncios neón encendidos al mediodía porque

MÉXICO TIENE ENERGÍA PARA BOTAR

le dice mi mamá a mi papá la tarde de mi concepción: los que fueron desplazados a las tierras escondidas —señala mi madre desde el
mar— detrás de las montañas donde ningún turista podía ofendido
verlos y menos olerlos se encontraron con que las promesas de nuevas viviendas eran purísimo jarabe de picorete: se las metieron hondo
y bonito mandándolos de los cerros frente al mar a un pantano llamado Ciudad Florida porque allí sólo había muladares sin luz eléctrica ni desagüe ni techo, apenas unos lodazales entre una fábrica
de cemento y un rastro, unos montones de varillas y tabiques prefab
que luego resultaron comprados por el presidente municipal de Acapulco a la compañía de un cuñado que era primo del señor gobernador que fue compañero de banca del ministro don Ulises López
dueño de la susodicha fábrica de cemento, tío del administrador del
mentado rastro y a quien Dios tenga por mucho tiempo en el gabinete de nuestro actual primer mandatario don Jesús María y José
Paredes y que ojalá (dan su voto razonado las fuerzas vivas de Saca-
pulco) (el espaldarazo moral pues) el actual señor presidente de la
República cuando dentro de menos de cuatro años tenga que cumplir con la ingente responsabilidad revolucionaria de nombrar a su
sucesor, lo haga a favor de, please, destape, s.v.p., se sirve ungir,
prego, al mentado don Ulises López hijo preferido y proferido (y
prefabricado dicen desde atrás de los cerros donde está Ciudad Florida) de la Costa Chica de Guerrero donde yo me estoy dando un
buen baño de asiento, donde yo palpito ya, sabiendo, saben?, la-
tiendo, me late, que el coral y el aguamala me rodean fuera del vientre de mi mami (gracias madre por acogerme cuando mi padre me
corrió por sus pistolas, sospecho que nada más por esto, amantísima
protectora, te voy a querer a ti siempre más que a él, lero lero can-
delero):

Dicen que el presidente municipal de Rajapulco, licenciado
don Noel Guridi, recibió un regalo de treinta coyotes entrenados por
el señor gobernador del estado de Guerrero general don Vicente Alcocer y le dijo no tenga miedo, a los revoltosos hay que darles cran,
usted me entiende, hay que darles cran.

Y los coyotes entrenados salieron de noche con sus lenguas y sus ojos igualmente irritados e incendiados, fogatas de humo y de sangre en las miradas y en los hocicos, salieron los coyotes a dar cran, a irse con sus cuerpos de pelambres roñosas y sus garras enlodadas sobre los cuellos de viejos y de moribundos, de enfermos y de incapacitados, tomasen el fresco en la cuesta, durmiesen quejumbrosos sobre sus petates, crujiesen inmóviles dentro de sus casuchas. Fueron los últimos rebeldes en quedarse arañando los cerros con vista al mar y a la bahía: el mar y la bahía son del jet set, no de los paracaidistas, dijo mirándose retratado en París Match el gobernador don Vicente Alcocer.

El muchacho con la cara larga y hocicona como de coyote emplumado se para como una banderilla en el centro del cocotal seco en las alturas del viejo ejido de la Santa Cruz con los ojos amarillos bien abiertos y espera con paciencia lo que debe venir: los ojos pardos, los hocicos mojados, la piel color polvo de cobre —los aullidos nerviosos— las risas, los animales que ríen, esperando la luna llena: él los espera con la paciencia de la hermandad, cayéndose a pedazos, como si el tiempo y la angustia de la espera lo rasgaran por fuera y por dentro.

Ahora el muchacho con el traje de harapos y el cinturón de piel de víboras cierra los ojos cuando sale la luna para que lo vean a él pero él no quiere verlos a ellos: sabe que no debe mirarlos de frente, que hipnotizan, que entienden mal las miradas ajenas y comunican erróneamente las miradas propias: creen en desafíos inexistentes, o los comunican.

Él cierra los ojos y los huele, sudando él y sudando ellos. Se han reunido en círculo, como si conferenciaran. Callan. Oyen a su amo que es siempre el animal más viejo. Los demás lo imitan, lo van a imitar. El muchacho de las greñas largas y grasosas sólo sabe que el coyote es animal miedoso y por eso no se acerca a la gente.

Abre los ojos. Les ofrece una mano llena de huitlacoches. Los coyotes se acercan. El muchacho aúlla cuando sale la luna nueva. La manada se le acerca y come el hongo de maíz de su mano. El muchacho siente los hocicos mojados en la palma abierta, acaricia las pelambres color polvo de cobre, al fin mira los ojos pardos de las bestias.

Se saca una bocina de la bolsa y empieza a tocarla: los pitazos primero ahuyentan a la manda, la hacen dar vueltas nerviosas, hasta que el coyote más viejo se acerca al muchacho, identifica el sonido con él, y los demás lo siguen, todos se acercan a él.

—Un coyote lo mismo sirve para atacar a un oprimido que a un opresor. Devuélvanles el chirrión por el palito.

Le dice a la gente escondida detrás de los cerros donde nadie pueda verlos nunca más, denles de comer, quítenles el miedo, tóquenles claxons y sinfonolas, que se les quite el susto, luego bájenlos al puerto, que no los asusten los coches, pónganlos a correr contra un camión, van a ver, acostúmbrenlos al ruido del puerto, al olor de los turistas, un día dejen suelto a uno en el lobby de un hotel, a ver qué pasa/

Yo me prendo desesperado al oviducto de mi madre.

Segundo:
La Sagrada Familia

> Las tradiciones de todas las generaciones
> pasadas pesan, como una pesadilla, sobre el
> cerebro de los vivos.
> KARL MARX, *El 18 Brumario*
> *de Luis Bonaparte*

1

Luego van a salir del mar mi padre y mi madre y van a pegar la oreja a la arena, como para oír de lejos, vencer paredes, honduras, oír los temblores que se aproximan, oír el crecimiento de la hierba y el crujir de los camposantos, el rumor de El Niño moviéndose en el mar y el trote de los coyotes bajando desde los cerros.

Yo oigo ruidos desde el principio, suenan, sueño, dondequiera que esté estaré cubierto, enmascarado, pero sonando, oyendo, soñando, quizás un día dejándome escuchar, escuchándolos a ellos a través de mis filtros prenatales, a saber:

—Ésta es mi segunda pregunta: Cómo se va a llamar el niño?

—Cristóbal.

—No seas burro. Eso ya lo sé, qué más?, apellidos!

—Palomar.

—Qué más?

—No sé cómo te llamas tú. Yo te puse Ángeles. Ángel y Ángeles: suena bonito.

—Descríbeme hoy.

Una llama verde a la que me hubiera gustado tocar de niña, antes de y antes de y antes de, llama verde me parece ahora, esmeralda líquida, hija del amanecer (bueno, de este amanecer: el que nos tocó), mi peoresnada. Alta, espigada, blanca pero quemada por el sol, insistentemente buscando un color moreno. Pelo negro, corto, rasurado en la nuca, ala de cuervo y kissmequick sobre el ojo: muy veintes. Los dos nos vestimos muy veintes. La jipiza pasó de moda. La rebeldía de la moda es hoy un retro muy serio: yo uso trajes oscuros, polainas, sombreros, fistoles, corbatas, cuellos duros. Ella usa bandós negros sobre la frente, medias de seda gris, zapatos para bailar el charleston. Ahora la obligué a vestirse de tehuana para engañar al tío Homero: ella de tehuana y yo de jipi; folklor y revolución, cosas que no asustan a nuestro pariente, ni a nadie.

Ángeles: tan dura a veces en su expresión, siendo su carne tan suave y blanda. Me encantan su nuca perfumada, sus axilas ácidas, sus pies desnudos. Ángeles que me dice: Dame cosas de qué pensar en las noches. Mi Engelschen de pierna larga y busto que parece inmóvil de tan chiquito y bien puesto en su lugar. Pálida y lacia y blanca (ahora tostándose bajo el sol de Acapulco en enero) que conmemoró su ausencia de pasado así como su llegada a la Ciudad de México yendo solita al atardecer al Monumento de la Revolución a hacer pipí sobre la llama eterna y después declarando en la comisaría cuando la arrestaron por desacato:

—Esa llama no le cuesta un quinto al gobierno. Por eso la apagué.

Luego le confesó a Ángel que sólo lo hizo por vengarse, para demostrar llena de muina que una mujer no sólo puede orinar de pie si se lo propone, hasta puede apagar así la sagrada llama de la revolución mexicana. El tío Fernando Benítez le dio protección a Ángeles cuando la muchacha se le presentó un buen día a principios del año noventa y uno, después de los desastres nacionales del 90 que nos dejaron sin la mitad de la mitad del territorio que nos quedaba, y mucha gente de la provincia optó por huir de Chitacam, de Yucatán, de Mexamérica, de la costa al norte de Ixtapa-Zihuatanejo, para seguir siendo gente mexicana. Ángeles se le presentó a Benítez sin una maleta, sin una muda siquiera, cosa que le gustó a don Fernando porque él no quería averiguar más; dijo que a él le gustaba convencerse de las cosas de un golpe, convencerse del amor o de la amistad o la justicia sin pruebas ni explicaciones. De todos modos, ella le dijo que lo había visto de lejos en la plaza de su pueblo natal y le había gustado cómo se acercaba a la gente, le hablaba a gente a la que nadie se le acercaba a hablar nunca: eso le gustó y por eso vino aquí. Lo había leído.

Él la proclamó su sobrina y la defendió con argucias de buen abogado mexicano, pues aunque no se recibió, Fernando Benítez trae, como todos los mexicanos letrados, a un jurista encerrado en el pecho y angustiado por salir al mundo. Mientras Ángeles estaba detenida, don Fernando Benítez mandó a su ágil aliado juvenil, el Huérfano Huerta, a prender de nuevo la llama; cuando Ángeles llegó ante el juez, fue imposible probar que la llama jamás se hubiese apagado y Benítez pudo declarar lo que sigue: pretende usted, señor juez, que la llama de la revolución mexicana puede apagarse así nomás —como lo han descrito dos tecolotes seguramente mordelones, probablemente beodos y probadamente concupiscentes, unos miserables cualesquiera!, ésta es la verdad, mi sobrina sintió urgencias, es cierto, fue vista y perseguida por los agentes de la justicia, esto animó aún más el nerviosismo y sus consecuencias sobre la vejiga, ella hizo donde pudo —pero apagar la llama de nuestra revolución permanente? con un chisguetazo de pipí? eso quién? ni ella, ni yo, ni usted mismo, señor juez!

Y Ángel? Lo describes, mamá?

Verde también, muy gitano, alto, un muchacho de esta nueva generación de mexicanos flacos y altos, morenos verdes los dos, yo de ojo negro y él de ojo verde limón: nos miramos: es miope, sabe chiflar *Don Giovanni* completa y dice que yo hubiera sido una perfecta cortesana tuberculosa de ópera si hubiera nacido hace cien años, y no me embarco a leer a Platón de cabo a rabo. La colección de tapas verdes de los clásicos. Vasconcelos. La Universidad Nacional Autónoma de México. Caray, es lo único que me permite mirarme al espejo y decirme: Ahí estás. Te llamas Ángeles. Amas a Ángel. Vas a tener un hijo. Cómo crees que no me voy a leer completito el *Cratilo*, que es un libro sobre los nombres: Ángel, Ángeles, Cristóbal: son los nombres que nos corresponden (mi amor, mi hombre, ni nombre, mi hijo)? los nombres son nosotros, o somos nosotros los nombres, nombramos o somos nombrados?, son nuestros nombres una pura convención? nos dieron los dioses nuestros nombres pero al decirlos (nosotros y los otros) los desgastamos y pervertimos? al *llamar*nos nos *incend*iamos? Nada de eso me importa: intuyo que si tengo un nombre y te nombro a ti (Ángel/Ángeles) es para descubrir poco a poco tu naturaleza y la mía. No es esto lo más importante? Qué importancia tiene entonces que yo no tenga pasado, o no lo recuerde, que es lo mismo. Tómame como soy, Ángel y no me hagas más preguntas. Éste es nuestro pacto. Nómbrame. Descúbreme. Voy a tener un hijo y voy a leer a Platón. Cómo crees que no, a pesar de todos los accidentes que en México hacen imposible una empresa intelectual, todas las distracciones, el buen clima, el ambiente deteriorado, vamos de paseo, las tertulias, los chismes, las fiestas, no hay verano verdadero, el invierno es invisible, la política nos la resuelven cada seis años, nada funciona pero todo sobrevive, nacites, te morites, no leítes, no escribites. Cómo crees? Entiendes por qué me aprendo de memoria a Platón? Esos libros son ellos, Ángel, los demás, la gente, los que hicieron algo, leyeron, hablaron, escucharon: Ángel, no tengo otra liga con los demás, ni con un pasado, ni con una familia, ni con nadie. No tengo pasado, Ángel mi amor, por eso se me pegan todas las cosas que me caen encima, todas las causas, todas las ideas, feminismo, izquierda, tercer mundo, ecología, banabomba, Karl und Sigi, teología de la liberación, hasta catolicismo tradicional con tal de ir contra la conformidad, todo se me pega y todo lo que se me pega ha de ser bueno, mi amor, porque lo único que no se me pega es el respeto a la autoridad, la fe en el jefe, las razas superiores, la muerte y la opresión de nadie en nombre de la idea, la historia, la nación o el líder, eso sí que no. Soy un receptáculo bueno, Ángel, un muro blanco sin recuerdos ni pasado propios mi amor, pero donde sólo se escriben cosas bonitas y lo feo no tiene lugar. Ahora te dejo a ti escribir allí conmigo, pero no me fuerces a nada, mi amor; te necesito, pero no me pongas cadenas; te sigo, pero no me digas sígueme; déjame hacer la vida que no tuve ni recuerdo contigo Ángel y un día podremos recordar juntos, pero yo no tendré más memoria que la de mi vida contigo: por favor vamos a compartirlo todo. Perdona mi silencio habitual. No estoy ausente. Observo y absorbo, mi amor. Éste es nuestro pacto.

Ángel tu padre dice que me siento superior a él porque como no tengo pasado he debido entrar de sopetón a la universalidad actual, que es la universalidad de la violencia, la prisa, la crueldad y la muerte, nada más. En cambio sus padres murieron cómicamente comiendo unos tacos.

   ¡Qué hacían mis abuelitos, papá?

   Tus abuelos Diego e Isabela Palomar eran inventores, Cristobalito: en los tabloides de la época los llamaban los Curie de Tlalpan. Te digo para que lo sepas en seguida que en este país todo le es perdonado al que de una manera o de otra sirve para justificar y legitimar el estado de cosas. Tus tíos Homero y Fernando, que tanto se detestan, tienen por lo menos esto en común. A don Homero se le perdonan sus trafiques ilegales porque cumple la función de ser el Defensor de la Lengua Castellana. A don Fernando se le perdonan sus ex-abruptos críticos porque es el Defensor de los Indios. A mi abuelito el general Rigoberto Palomar se le perdonan sus excentricidades porque es la única persona que cree a pies juntillas que La Revolución Mexicana Triunfó. Y a mis padres se les dio protección oficial para sus inventos porque eran los Curie de Tlalpan: dos científicos inventivos y audaces en la época, mi hijito, en que México se imaginó que podía ser independiente tecnológicamente. Una ilusión menos! Durante treinta años, estuvimos recibiendo técnicas obsoletas a altos precios; cada cinco o seis años, teníamos que cambiar todo el equipo envejecido por nuevo equipo obsoleto y así y así y así... Y así nos pasaron de lado las técnicas de la robótica y la criogenética, de la biomedicina y la óptica de fibras, de las computadoras interactivas y de la industria aeroespacial: un día cuando seas grande te llevaré a ver las ruinas de las inversiones del boom petrolero, hijito mío, cuando nos gastamos cuarenta mil millones de dólares en comprar chatarra. Te llevaré a ver las ruinas de la planta nuclear de Palo Verde, junto a las cuales Chichén-Itzá parece una flamante lonchería de cocacolas y hotdogs. Te llevaré a ver, hijito querido, la maquinaria costosa y herrumbrosa en los inservibles puertos industriales del Golfo. Y si quieres darte un paseo ultramoderno en ferrocarril bala japonés, mejor diviértete en el trenecito de niños de Chapultepec que no en la paralizada vía del tren interoceánico que iba a darle en la madre, según los planificadores mexicanos, al Canal de Panamá: busca en vano, hijo mío, el acelerado traslado de barriles de petróleo de Coatzacoalcos a Salina Cruz, la ruta más corta de Abu Dabi a San Francisco y Yokohama: busca, hijito, y sólo verás los rieles fríos y las ilusiones calientes de la enloquecida grandeza petrolífera mexicana: ninguna primavera inmortal, sólo estas Fabio ay dolor: el mustio collado entre el Golfo de México y el Pacífico mexicano. Montañas de arena y el cadáver de un mono araña. Viva la Generación Opepsycola!

Pero a ti, papá, a ti cuándo te hicieron?

(Sus padres concibieron a mi padre la noche del 2 de octubre de 1968, como una respuesta contra la muerte. Alguna vez pensaron no tener hijos y dedicarse por entero a la ciencia. Pero la noche de Tlatelolco, se dijeron que si en ese instante no afirmaban los derechos a la vida tan brutalmente pisoteados por un poder arrogante, enloquecido y ciego, jamás habría ciencia en nuestro país: habían visto a la tropa destruir laboratorios enteros en la Ciudad Universitaria, robarse máquinas de escribir, desmantelar la labor de cuatro generaciones de universitarios. Mis abuelos hicieron el amor sin aislarse del rumor de sirenas, ambulancias, metralla y fuego.

Mi padre nació el 14 de julio de 1969. Su vida intrauterina se desarrolló, así, entre dos fechas simbólicas. En ello ve un augurio bueno para mi propia concepción: entre el Día de Reyes y el Día de la Raza. Pero mi madre compensa esta abundancia de símbolos: ella no sabe ni cuándo nació, mucho menos cuándo fue gestada.)

Pero los abuelos, papá, cuéntamente de los abuelos.

Yo no sé si lo que inventaban mis papás en el sótano de su casa de Tlalpan (donde yo nací) era útil o no. En todo caso, las invenciones de mis padres Diego e Isabela no le hacían daño a nadie sino, como resultó ser, a ellos mismos. Ellos creían en la ciencia con toda la novedad y furia de su emancipación liberal mexicana y su rechazo de las sombras inquisitoriales y gazmoñas del pasado. En consecuencia lo primero que inventaron fue un aparato expulsador de supersticiones. Concebido a escala doméstica y tan fácil de manipular como una aspiradora, este aparato manual y fotostático permitía, por ejemplo, transformar a un gato negro en gato blanco en el instante en que el felino cruzaba frente a uno.

Otras hazañas del aparato eran éstas, mi hijito:

Lograron reconstituir de inmediato un espejo roto, magnetizando los pedazos para reintegrarlos a su unidad, utilidad y reflejo anteriores. Luego aprendieron a saltarse con gracia los martes 13 en los calendarios y a cerrar automáticamente las escaleras portátiles bajo las cuales se podría pasar en las calles (un movimiento auxiliar desviaba los botes de pintura que pudiesen, por ello mismo, caerle a uno sobre la cabeza). Acabaron por hacer levitar indefinidamente los sombreros arrojados, con descuido, sobre las camas. E inventaron la sal-saltán, que al derramarse del salero, inmediatamente rebotaba sobre el hombro del autor del desaguisado.

La más bella de sus invenciones fue sin duda la que creaba un precioso espacio en el cielo y nubes sobre cualquier paraguas abierto dentro de una casa. Y la más controvertida, la que permitía a una dueña de casa convocar instantáneamente a un decimocuarto invitado cuando, a última hora, la anfitriona se encontraba con trece en la mesa. Mis propios padres nunca entendieron si ese invitado salvador era un mero espectro fabricado de rayos láser, o si su invención, realmente, creaba a un nuevo comensal, de carne y hueso cuya única función vital era comer esa comida particular y luego desaparecer para siempre sin dejar traza de sí, o si, en fin, existía una complicidad inasible entre el aparato y ciertos seres vivos y hambrientos que, al saber de este dilema protocolario y supersticioso, se presentaban a recibir una comida gratis, convocados por algún mensaje entre computadora y comensal que escapaba al dominio o intención de mis hacendosos padres.

La invención del Invitado Catorce condujo, a su vez, a dos inventos más, uno metafísico y el otro, ay!, demasiado físico. Mi madre Isabela, por muy moderna y científica que fuese, sobre todo porque estaba en rebelión contra su familia, los Fagoaga, no lograba liberarse de un terror femenino antiquísimo: al ver a un ratón, gritaba y se subía a una silla. Por una parte, se accidentó varias veces trepando a endebles taburetes e improvisadas tarimas, rompiendo probetas y a veces frustrando experimentos en camino. Por la otra, semejante actitud no se avenía con el propósito declarado de mis padres: convertir la superstición en ciencia. El hecho es que el sótano de la casa de Tlalpan estaba lleno de roedores; pero también lo estaba el resto de la ciudad, caviló mi padre Diego Palomar, y si Diego e Isabela tenían el dinero necesario para invertir en trozos y hasta rebanadas de queso para poner en sus ratoneras, qué podía hacer el arenero o el pepenador en las suyas?

Movidos por este afán científico y humanitario que tanto les alejaba de la familia de mi madre, Isabela y Diego procedieron a inventar una ratonera para los pobres en la cual, en vez de un pedacito de queso auténtico, era preciso poner solamente la fotografía de un pedacito de queso. Esta fotografía era parte integral del invento, que se vendería (o distribuiría) con su foto a colores de un maravilloso pedazo de queso Roquefort ensartado verticalmente en la ratonera. Excitados, tus abuelos empezaron, como siempre, por hacer la prueba en casa. Dejaron la ratonera en el sótano una noche y regresaron, ávidamente, de mañana, a ver los resultados.

La trampa había funcionado. La foto del queso había desaparecido. Pero en su lugar, mis abuelos encontraron la foto de un ratón.

No supieron si considerar este resultado un éxito o un fracaso. De todas maneras, no se desanimaron, sino que derivaron el siguiente corolario: si la representación de la materia, al reproducirse, se repite y se complementa con su término opuesto, debe ser posible intentar esta relación dentro de la materia misma, buscando en cada objeto del universo el principio de la antimateria que es como el gemelo potencial del objeto. Actualizar la antimateria en el instante de la desaparición de la materia se convirtió en la avenida concentrada y obsesiva del genio de tus abuelitos, Cristóbal.

Empezaron por tomar objetos muy simples pero orgánicos —un frijol, una rebanada de cebolla, una hoja de lechuga, un chile jalapeño— y someterlos a una especie de infinita carrera entre Aquiles y la tortuga. Manteniendo cada uno de esos objetos unidos a su principio vital —la raíz nutriente— mis padres buscaron acelerar el proceso por el cual el frijol, la lechuga, el chile y la cebolla eran ingeridos al tiempo que eran reemplazados por una reproducción acelerada de otros objetos idénticos. De allí a integrar el proceso de crecimiento al proceso del consumo medió sólo un paso revolucionario: introducir dentro de cada chile, lechuga, frijol o cebolla un principio de reproducción inherente pero separado del objeto en cuestión: el Aquiles del consumo sería alcanzado cada vez, y cada vez más, por la tortuga de la reproducción, actuando como principio activo de la antimateria.

Qué les faltaba a mis padres Isabela y Diego sino aplicar este descubrimiento al sobre natural de esos ingredientes: la tortilla, nuestro alimento nacional y sobrenatural, y proclamar el descubrimiento del Taco Inconsumible: un Taco que crece cada vez que se come, mientras más se come: la solución de los problemas de la nutrición mexicana! la más grande idea nacional —se rió cuando se enteró el tío Homero Fagoaga— desde que el mole fue inventado en Puebla de los Ángeles por dispéptica monjita!

Se rieron, Ángeles, el tío Homero y sus horrendas hermanas Capitolina y Farnesia (edades inconfesables) mientras tomaban detallado inventario de la casa que fue de mis padres y mía en la vecindad de la iglesia de San Pedro Apóstol en Tlalpan: una casa de colorines amarillos, azules, verdes, sin ventanas al exterior, pero llena de patios interiores, situada entre un hospital porfiriano y una bomba de aguas: tomando inventario de lo que un día, por voluntad específica de mis padres, debía ser mío, junto con una herencia de cuarenta millones de pesos oro. Al cumplir veintiún años de edad.

—Puedo quedarme a vivir solo aquí, dije, terco te mí y lleno de la suficiencia de mis once años.

—Jesús mil veces! exclamó Farnesia. En este adefesio!

—Muy adefesio, hermanita, pero el terreno aquí va a subir dada la cercanía de la fábrica de papel, los merenderos y la salida a la carretera de Cuernavaca, calculó rápido don Homero, que sería muy académico de la lengua, pero también era muy académico de los negocios.

—En todo caso, el niño debe venir con nosotras para ser educado: tiene nuestro nombre y por ello debemos sacrificarnos, opinó Capitolina. Pobrecito huerfanito!

—Ay hermanita, corroboró Farnesia, hablando de sacrificios, cómo me pagará este escuincle ingrato el sacrificio de haber salido de mi casa para enterrar a sus padres y recogerlo a él, cuando tú sabes que para mí salir a la calle es un pecado!

—Y el niño luego se ve que no cree en Dios.

—Prueba de su mala educación, Capitolina.

Te entiendo Ángel cuando me cuentas que de chiquito lo primero que te dijeron tus tías Capitolina y Farnesia cuando te recogieron huerfanito fue que nunca mencionaras la razón de tu orfandad, era demasiado ridícula, todo el mundo se reiría de ti, qué dirán si dicen que dijeron que eres el huérfano de los tacos o queseyóoalgo así? Qué quedará del pundonor familiar? Los vestigios, contestóle Capitolina a Farnesia; Jesús mil veces Jesús!

Fuiste a la tumba de tus padres violentando tu propia memoria, imaginando todo el tiempo que habían muerto de otra cosa, de cualquier cosa, tuberculosis o cáncer, duelo al amanecer, ahogados en una tormenta en alta mar, estrellados en una curva, romántico pacto suicida, cirrosis hepática simultánea, pero no de indigestión por tacos.

Como tuviste que imaginar la muerte como una mentira, sentiste que cuanto rodeaba a la muerte también era una mentira. Si no podías recordar la muerte de tus padres, cómo ibas a recordar la promesa de la resurrección de los cuerpos? Cómo ibas a creer en la existencia de un alma? Enterrados en una mentira, jamás resucitarían de verdad. Faltaban causa y efecto. Muerte por Taco: Alma Inmortal: Resurrección de la carne. Muerte por Cero: Alma Cero: Carne Cero. Almaceno carnicero?

Le comunicaste tus dudas a tus tías y hubo consejo familiar con tu tutor el tío Homero: niño hereje, te regañó la tía Capitolina aunque no creas en Dios como tus palabras lo indican, di que crees o qué será de ti, te irás al infierno; peor, interrumpió Farnesia, nadie te va a invitar a sus fiestas ni te van a dar las manos de sus hijas, hereje y rejego, y en segundo lugar… Ve a la iglesia, añadió Capitolina, aunque no creas, para que todos te vean allí y de más grande, observó juiciosamente Farnesia, ve a la universidad o nadie sabrá cómo llamarte si no eres señor doctor o señor licenciado: nunca ha habido un Fagoaga que sea sólo un señor a secas, vive Dios! y de más grande aún, concluyó políticamente el tío Homero, ve a las asambleas del Partido aunque te duermas oyendo los discursos nomás para que te vean allí; dormido, tío Homero?; bah, mira las fotos de los diputados oyendo dormidos el informe presidencial: luego su sacrificio hasta compasión les merece, les merece respeto y ascendentes caminos en la política nacional, faltaba más; malo sería un diputado alerta y respondón, como el barbado tribuno don Aurelio Manrique quien desde su potosino escaño le gritase "Farsante!" al Jefe Máximo de la Revolución Señor General Don Plutarco Elías Calles quien peroraba con sonorense timbre desde la augusta tribuna de Donceles; pero un diputado dormido pronto pasa a ministro despierto, mira nomás el deslumbrante ascenso del dinámico hombre público guerrerense don Ulises López, sobrinito, continuó don Homero Fagoaga, ajeno el tío a las tormentas internas de su niño sobrino, no lo dudes y aprende, sobrinito: cómo vas a hacer carrera, Angelito inocente?

—Tres siglos de Fagoagas mexicanos hemos hecho carrera en las armas y en las letras, en la iglesia y el gobierno, adaptándonos siempre a las condiciones del tiempo: un día con el virreinato, al siguiente con la independencia; acostados con Santa Anna y los conservadores, despertados con Comonfort y los liberales; allegados al imperio, abogados del lerdismo; con Porfirio por la no-reelección, con Porfirio por la re-elección perpetua; pasajeramente con Madero, incondicionales con Huerta, a las órdenes de Carranza, adictos a Calles, enemigos de Cárdenas, ah eso sí, allí sí ni modo, hasta nuestro altísimo y generoso vaso de agua familiar puede ser colmado, faltaba más; y disciplinados y entusiastas partidarios de la revolución a partir de Ávila Camacho, cuando el Presidente, general revolucionario, se declaró creyente y amigo del capitalismo y resolvió así todas nuestras contradicciones: aprende niño.

Le dice mi padre a mi madre.

Mis ojos infantiles Ángeles, miraban a esa presencia redonda y redundante —mi tío Homero Fagoaga— con la que tuve que coexistir durante los años de mi infancia y adolescencia como Juan Goytisolo con el caudillo Francisco Franco: hasta lo inconcebible, hasta no poder imaginar la vida sin mi opresor, sin sus sentencias y órdenes y concesiones y reglas. El tío Homero engordaba como si alimentara a otro. Era imposible imaginarlo niño. Seguro que desde que nació tuvo cara de viejo. Todo lo sabe. Con todos queda bien. La activa organización dialéctica de todos los opuestos es inmediatamente perceptible entre los dos hemisferios cerebrales conceblemente tan vastos como todas las otras parejas carnosas de la abominable anatomía de mi tío Homero Fagoaga.

Miradlo mientras avanza imperioso por los salones y las antesalas, los despachos y los auditorios, las iglesias y las discotecas de moda: corre la tesis arcaizante desde el suelo totémico de sus pies planos debidamente protegidos de mínimo contacto con la suciedad mexicana por blancas suelas Gucci hasta la coronilla involuntariamente tonsurada por el tiempo y las friegas de Pantene; la tesis modernizante desde las hebras grasosas y bien untadas del cráneo (esa cabeza que es cima de la pirámide corpórea de don Homero): allí, en la mirada del eminente personaje (ya llegó! ya está aquí! dejadlo pasar! todos de pie! ha entrado don Homero Fagoaga!) encontrarían las masas analfabetas que el Siglo de las Luces enterito, del espíritu de las leyes al cultivo del propio jardín, se pasea por el claro mirador de unos ojos, ahora, es preciso admitirlo, a menudo encapotados por las pestañas cada día más cortas y pegajosas, las legañas cada día más abundantes, las cejas cada día más largas, los párpados vencidos, arrugados y adelgazados y otras desgracias del otoño de la vida; pero la Contra Reforma española, con todas sus inquisiciones, expulsiones, prohibiciones y certificados de pureza, dura como los duros callos de don Homero y rasga como las intonsas uñas de sus patitas de mandarín: Torquemada habita uno de sus testículos probadamente activos (a pesar de las maledicencias de nuestro liberal tío don Fernando) y Rousseau el otro: nacido libre, su segundo huevo no conoce más cadena que la de un coqueto slip de Pierre Cardin; bajo una axila guarda a la monja, la madre, la santa noviecita santa mía; bajo la otra a la rumbera, la puta, la santa huila santa mía: no hay en México admirador más devoto, por ello, ni más apasionado, de la singular síntesis obtenida en Mamadoc; pólvora tiene don Homero en media nariz, e incienso en la otra mitad; con una oreja escucha el Alabado y con la otra la Valentina; con una nalga se sienta en la mesa de la reacción, con la otra en los escaños de la revolución; y sólo en los hoyos y centros impares, en las singularidades de su cuerpo tan vasto que es dual, blanco y fofo dos veces, fundilloso y tembloroso en cada binomio, fervoroso y oloroso en cada cotiledón de su gardenia, dos veces ambicioso, dos veces hipócrita, dos veces necio, dos veces intuitivo, dos veces malicioso, dos veces inocente, dos veces lambiscón, dos veces arrogante, dos veces provinciano, dos veces resentido, dos veces improvisado, dos veces todo, dos veces nada, mexicano hasta las cachas, a ninguna nación le tocó tanto de nada y nada de tanto salvo el espejismo barroco de un altar dorado para una virgen descalza (piensa don Homero Fagoaga clavándose un clavel en la solapa frente al espejo y soñando con seducir a Mamadoc): sólo en los hoyos y centros sin pareja se conjugan, dice mi padre Ángel, las síntesis vitales de tantísima paradoja: su ombligo es como una honda veta argentina que dice escárbame y encontrarás plata; su culo un remolino de espesos lingotes áureos que dice espera y recibirás oro, no te dejes engañar por las apariencias (nuestro tío Fernando Benítez cierra los ojos volando sobre los precipicios de la Sierra Madre rumbo al último lacandón y huele la vecindad de una montaña de oro ciego): inagotable combustible verbal en su lengua.

Porque su renombre lo debe, ante todo, a su dominio del lenguaje, al exquisito uso de las fórmulas de cortesía ("No ofendo con las que me siento, señora marquesa, si le digo que la siguiente flatulencia de su merced corre por mi cuenta; usted siga nomás comiendo este platillo excelso de la cocina nacional, los frijoles refritos con sus rajas y su queso manchego y sus chicharrones, no faltaba más") y a su sublime utilización del subjuntivo ("Si me plugiera or plugiese, no dudases, exquisito amigo, en proceder acaso, si para ello no tuvieseis o tuvierais inconveniente, a mentaros la progenitora, pero sólo si para ello obrasen pruebas inapelables de vuestra bastardía"), sin olvidar su incomparable empleo del lenguaje de la política nacional ("Despúes de la proclamación de la Independencia por el cura Hidalgo y la expropiación del petróleo por el señor general Cárdenas, la inauguración de los Ejes Viales en Chilpancingo es el acto más trascendente de la Historia Patria, señor gobernador") y aun de la internacional ("Desde el balcón cósmico del Tepeyac, escúchanse vicarios, Santo Padre, los aleluyas del genial sordo de Bonn!"). A cada palabra le otorga don Homero Fagoaga doce sílabas, aunque sólo tenga tres: oro en sus labios se convierte en ho-rro-oooh-orr y Góngora suena a gonorrea.

"Aprende, niño, los Fagoagas nunca pierden, y lo que pierden lo arrancan!"

Columnas del Gobierno, de la Iglesia y del Comercio, perdidos en la inmensidad del tiempo is pánico,

> Quién derrotó al moro en Granada?
> Fagoaga!
> Y a Castilla, quién fastidia?
> Fagoaga!

De aquellas aguas, Fagoagas.
De aquellos fueros, Homeros,

tal y como está escrito en el escudo familiar. Ángel miró al producto final de esa línea: su tío Homero y dijo no.

—Si exprimo como limones a toditos los Fagoagas que en trece siglos han sido, Ángeles, te juro que no obtengo más que una burbuja de hiel amarga y otra de flatulencia, como él dice. Perdón, chata; exceptúo a mi mamacita muerta la inventora que demostró su inteligencia casándose con un científico chambeador y sin palabrería como mi papá.

2

Mi padre se despidió de la casa de su infancia —la casa de los colorines— recorriendo en silencio la galería de luz perlada —como si aquí se filtrasen y reuniesen dos luces distintas, la del nuevo mundo y la de otro mundo, si no viejo, cada vez más lejano para la América de los noventas— donde colgaban los retratos, cuidadosamente enmarcados, de los héroes de mis abuelos.

Allí estaba Ernest Rutherford, con su aspecto de oso marino, alto y bigotón, canoso, como si saliera siempre del fondo de la cueva, deslumbrado al salir de la oscuridad, viendo en los cielos una duplicación del mundo del átomo.

Estaba Max Planck con su alta calvicie de pintura flamenca y sus hombros estrechos y bigote caído, y Niels Bohr con su aspecto de capitán ballenero bondadoso, paseándose para siempre, con sus gruesos labios protuberantes, por las cubiertas de un universo a punto de amotinarse y lanzar al sabio al mar abierto en una lancha sin remos, y Wolfgang Pauli con su consumado aspecto de burgués de Viena, retacado de pastelería y violines.

Quizás Wolfgang Pauli resucitó en su constante ir y venir en los ferrys de Copenhague el diálogo de los hombres con las palabras olvidadas. Como Rimbaud, dijo mi padre (me dicen mis genes), como Pound, como Paz: resurrección de las palabras.

—Qué lengua hablará mi hijo?
—En qué mundo vivirá mi hijo?
—Qué país es éste?
—Quién es la Madre y Doctora de los Mexicanos?

—Por qué corrieron y mataron a los habitantes de los cerros de Acapulco?

—Qué hace el Jipi Toltec rodeado de coyotes amigos en el centro de un cocotal seco?

Los ojos de mi padre niño educado por mis abuelos científicos en la casa de los colorines de Tlalpan reservaban, sin embargo, su interés más grande, su cariño mayor, para la fotografía de un joven sabio, rubio, risueño, a punto de lanzarse por las pendientes más arduas en el gran slalom científico. Mi padre siempre pensó que si alguien tenía una respuesta para todos los acertijos del día de mi concepción cristobalera, era este muchacho: su nombre, inscrito en una plaquita de cobre al pie de la foto, era Werner Heisenberg, y nada afectó tanto la joven imaginación de mi padre como la certeza de su incertidumbre: la lógica del símbolo no expresa al experimento; *es* el experimento. El lenguaje es el fenómeno y la observación del fenómeno cambia la naturaleza del mismo.

Gracias, papá, por entender esto, asimilarlo a tus genes que vienen de mis abuelos y que tú me transmites. Una nube bondadosa de lluvia tibia me baña y me cubre desde la melena y los bigotes y los ojos de ternero de Albert Einstein y con él vivo, desde antes de mi concepción, nadando en el río del cuándo y los tres dóndes de mi dimensión actual y eterna; pero cuando salgo del río interminable para ver un tiempo y un lugar (que son los míos) quien me acompaña es el joven alpinista: gracias, Werner y por ti y para ti formó ya, en el útero de mi madre Ángeles, mi muy personal Sociedad Heisenberg, el primer club al que pertenezco y desde cuyos mullidos (placenteros!) sillones observo ya el mundo que me gesta y al cual yo gesto, observándolo.

Gracias a ellos entiendo que cuanto es, es provisional porque el tiempo y el espacio me preceden y cuanto conozco de ellos lo conozco sólo fugazmente, al transitar casualmente por esta hora y este lugar. Lo importante es que la síntesis nunca termine, que nadie pueda salvarse, nunca, de la contradicción de estar en un lugar y tiempo precisos y sin embargo pensar en un tiempo y un lugar infinitos, negando el fin de la experiencia, manteniendo abiertas las posibilidades infinitas de observar los infinitos acaeceres del mundo inacabado y transformarlos al observarlos: cambiarlos en historia, narración, lenguaje, experiencia, lectura sin fin...

Pobre padre mío: creció en este mundo, lo perdió, y tardaría años en regresar a él, por las vías más laberínticas: su suave patria, mutilada y corrompida, tenía que volver a la promesa universal de la sabiduría física propia de los hombres retratados en la galería perlada de la casa de Tlalpan y a la razón del sueño de los mexicanos heroicos, capaces de ser biólogos, químicos, físicos, hombres y mujeres creadores, productores, productivos, no sólo consumidores, lapas, zánganos, en una sociedad que sólo recompensaba al pícaro. La razón del sueño y no sólo el sueño de la razón: hombres y mujeres devorados y devoradores, cronófagos, heliófagos, caníbales de su propia patria. Esto es lo que querían superar Isabel y Diego, mis abuelos. Pero ahora su hijo, mi padre, había perdido la casa de la inteligencia.

Cuánto tardaríamos en regresar a los retratos de esta galería!

Es tiempo de descubrirme ante sus mercedes los Electores y decirles que yo ya regresé, por la vía de *mis genes* que todo lo saben, todo lo recuerdan, y si más adelante, como ustedes, todo lo olvido al nacer y todo debo aprenderlo de nuevo antes de morir, quién se atreverá a negarme que en este instante de mi gestación todo lo sé porque estoy aquí adentro y tú, Elector, estás allá afuera?

3

De modo que mi padre, a la muerte de los suyos, fue llevado a vivir con sus tías Capitolina y Farnesia Fagoaga, hermanas de su madre (y difunta abuela mía) Isabel Fagoaga de Palomar y de su poderoso supérstite, mi avuncular oh-ho-rrr-horrr don Homero Fagoaga. Aunque don Homero no habitaba con sus hermanitas, sí las visitaba cotidianamente, con ellas hacía la mayor parte de las comidas y en la casa de ellas en la Avenida Durango afinaba su retórica moralista y daba sus lecciones más puntillosas de buena conducta cristiana. Mi padre fue, entre los once y los quince años, el objeto principal de esa evangelización fagoaguiana.

No es posible (me informan mis genes) dar las edades precisas de Capitolina y Farnesia. En primer lugar, las tías se han situado a sí mismas en un ambiente que les niega contemporaneidad y les facilita el verse siempre más jóvenes que cuanto las rodea. Mientras otras señoras de su generación, menos astutas, han ido vendiendo todos los muebles, bibelots, cuadros y demás decorados que en un momento dado se consideran pasados de moda, Capitolina y Farnesia jamás han accedido a deshacerse de lo que heredaron y, lo que es más, a usar y habitar su herencia. Envueltas en sus antiguallas, siempre se ven más jóvenes de lo que son.

La casa de la Avenida Durango es la última reminiscencia de esa arquitectura levantada durante la revolución mexicana, precisamente en los años de guerra civil, entre 1911 y 1921: en la transición entre los hoteles franceses del porfiriato y los horrores indigenistas y colonialistas del maximato. Don Porfirio y los suyos coronaron de mansardas sus versiones nativas del Faubourg St. Honoré; Obregón, Calles y los suyos primero construyeron edificios públicos en forma de templos aztecas y luego habitaron versiones domésticas de iglesias churriguerescas pasadas por el cedazo californiano de las estrellas de Hollywood: los guerrilleros acabaron viviendo como Mary Pickford y Rodolfo Valentino. La gente que se quedó en la Ciudad de México durante la lucha armada con oro en el colchón y capacidades infinitas de acaparamiento de víveres y remate de inmuebles, como los Fagoaga, construyeron estas mansiones de piedra, generalmente de un piso, rodeadas de jardines con senderos de tierra apisonada, fuentes y palmeras, fachadas ornamentadas de urnas, vides y máscaras impasibles, techos coronados de balaustradas y balcones con altas puertas francesas pintadas de blanco: adentro, retacaron sus villas con toda la herencia mobiliaria y pictórica de la vuelta del siglo, la *belle epoque* nacional y sus paisajes del Valle de México, sus retratos de sociedad a la moda de Whistler y Sargent, sus vitrinas llenas de minucias, condecoraciones y tacitas miniatura; sus pedestales con vasos de Sèvres y bustos blancos de Dante y Beatriz. Pesados sofás de terciopelo, mesas de caoba labrada, cortinajes rojos con abundantes borlas, emplomados en los baños, escaleras con tapete rojo y varilla dorada, parquets y camas de baldaquín; aguamaniles en cada recámara, roperos gigantescos, gigantescos espejos, bacinicas y escupideras estratégicas; sofoco de porcelana, polvo, barniz y laca, terror de la minucia quebradiza: casa de mírame y no me toques, en ellas preservaron las hermanitas Fagoaga un estilo de vida, de habla, de secreteo y de excitación, totalmente ajeno a la urbe circundante.

Dentro del estilo que compartían, ambas eran muy disímiles, Farnesia era alta, delgada, oscura, lánguida; Capitolina, bajita, regordeta, blanca, y chatita y febril. Capitolina hablaba con acentos inapelables; Farnesia dejaba todas las frases en el aire. Capitolina habla en primera persona, del singular; su hermana, en un vago aunque imperial "nosotros". Pero ambas practicaban la piedad a todas horas, cayendo repentinamente de rodillas frente a los crucifijos y abriendo los brazos en cruz en los lugares y en los momentos menos propicios. La muerte las obsesionaba, y pasaban noches eternas en camisón y trenza larga recordando cómo murieron Fulano y Mengana, Zutano y Perengana. Leían los periódicos sólo para consultar las esquelas fúnebres con un consternado regocijo. Pero si para Capitolina esta actividad se traducía en la satisfacción de saber de un mal para sentirse bien, para Farnesia se reducía a la convicción de que la santidad consistía en hacerse más mal a una misma que a las demás y ello les abriría a las inseparables hermanas las puertas del cielo. Porque Farnesia estaba absolutamente convencida de que las dos morirían al mismo tiempo; Capitolina no compartía (ni deseaba) semejante calamidad, pero le daba por su lado a su nerviosísima hermanita.

Salir o no salir: ésta era su cuestión. La casa de la Avenida Durango era para las hermanas un convento a la medida de sus necesidades. Abandonarlo era un pecado y sólo las ocasiones más terribles —como la muerte de un pariente o la obligación de recoger a un niño y traerlo a vivir con ellas— las impulsaban fuera del hogar. Pero había salidas que ellas consideraban, con todo el dolor de sus almas, impostergables. Pues Capitolina y Farnesia tenían una pasión: averiguar qué descreídos se estaban muriendo para llegar a convertirlos a última hora, arrastrando con ellas a un cura vecino de la iglesia de la Sagrada Familia.

Ninguna voluntad hereje, ninguna indiferencia atea, ningún prejuicio laico, podía interponerse entonces entre su voluntad de cruzadas y el lecho agónico. Se abrían paso a paraguazos, Capitolina bufando, Farnesia desvaneciéndose, ambas avanzando con su cura de almas hasta la cama donde, la mayoría de las veces, las señoritas Fagoaga eran aceptadas con un suspiro de resignación o una alabanza de salvación por el moribundo, quien así encontraba un pretexto fatal para admitir que era católico de clóset y ponerse bien, por si las moscas, con La Otra Vida.

Esta cruzada de las hermanas Fagoaga por salvar almas fue puesta a prueba por el más acérrimo agnóstico entre sus parientes políticos, el general don Rigoberto Palomar, padre del difundo inventor Diego Palomar, marido de Isabel Fagoaga y abuelo de mi padre Ángel. El general Palomar, cuya vida corría con el siglo, había sido niño trompetero del Ejército Constitucionalista de don Venustiano Carranza y, a los dieciocho años de edad, el general más joven de la Revolución Mexicana. Su mérito consistió en recuperar el brazo de mi general Álvaro Obregón cuando el futuro presidente lo perdió de un cañonazo en la batalla de Celaya contra Pancho Villa. Cuentan las malas lenguas que la extremidad perdida del valiente y malicioso divisionario sonorense fue recuperada cuando el propio general Obregón tiró al aire un centenario de oro y el brazo perdido surgió trémulo de entre los cadáveres de la batalla y, con codicia inmutilable, se apropió de la moneda.

La modesta verdad es que el niño trompeta, Rigoberto Palomar, acompañado de su fiel mascota, el perro de aguas llamado Moisés, halló el brazo que el can husmeó y cogió entre sus fauces. Rigo evitó que el perro se comiera el hueso. La carne blanca y el vello rubio de Álvaro Obregón distinguían al famoso brazo; el trompeta lo entregó personalmente a Obregón; fue ascendido de un golpe a general; en agradecimiento el flamante niño brigadier mató de un tiro a Moisés para que no quedara ni un testigo, así fuera mudo, de que un perro estuvo a punto de merendarse la extremidad que acabó, como todos saben, consagrada en un frasco de formol en el sitio donde mi general fue enterrado después de su alevosa muerte en julio de 1928, reelecto presidente, a manos de un fanático religioso durante un banquete en el restorán de "La Bombilla". Sólo el general Palomar se guardaba el secreto de las últimas palabras del presidente-electo Obregón al morir, arrastrando la única mano por el mantel del banquete, el ojo azul apagándose y la voz implorando:
—Más totopos, más totopos —antes de que el cuerpo se derrumbara, inerte. Hoy, un monumento en su memoria se levanta en la Avenida de los Insurgentes, en el lugar mismo de su muerte. Los novios se juntan allí de día, y los motos de noche.

Guardián de todas estas escenas, públicas o secretas, mi general Rigoberto Palomar era un tesoro nacional: el último superviviente de la Revolución en un orden político de desaforado afán de legitimación. Todo ello contribuyó a que don Rigo, un hombre cuerdo en todo lo demás, enloqueciera respecto al tema de la Revolución Mexicana, convenciéndose de dos cosas simultánea y contradictoriamente: 1) la Revolución no había terminado y 2) la Revolución había triunfado y cumplido todas sus promesas.

Entre éstas, don Rigo, formado en el ciclón anticlerical de los gobernantes de Agua Prieta, daba rango primordial al laicismo. Que no se le acercara un sacerdote: entonces don Rigo demostraba que la Revolución estaba en marcha con alguna atrocidad indescriptible, que podía ir de encuerar al cura, montarlo en burro y sacarlo a pasear por las calles, hasta formarle cuadro en el patio de su casa de la calle de Génova y fingir un fusilamiento en regla.

De tarde en tarde, acompañado de su mujer doña Susana Rentería, el abuelo Palomar subía a la punta de un cerro con una piedra en la mano, la tiraba cuesta abajo y le decía a su esposa:

—Mira esa piedra cómo ya no se para.

Esta locura del general Palomar lo convirtió en patrimonio de la patria: el gobierno lo declaró Héroe Epónimo de la República y el PRI dio órdenes de que no se le tocara o molestara en lo más mínimo, requisito indispensable en un régimen donde la ley no escrita, como siempre, era el capricho personal del gobernante. Lo cierto es que este mi bisabuelo vivió una vida tranquila, se dedicó a administrar con cordura sus bienes bien habidos y cuerdamente vivió su vida, con excepción de su locura revolucionaria y de su extraño amor por doña Susana, quien le fue entregada por el legado de un terrateniente cristero de Jalisco, de nombre Páramo, secuestrado y muerto por la tropa de mi general Palomar, cuya última voluntad fue que don Rigo tomara a su cargo a su hijita Susana Rentería, se casara simbólicamente con ella, la criara y consumase las nupcias al cumplir la nena dieciséis años. Pues la niña Susana Rentería, cuando murió su padre el hacendado cristero, tenía sólo cinco años de edad pero don Rigo respetaba la voluntad mortal, sobre todo la de un enemigo, y aceptó la herencia de Pedro Páramo.

Se trajo a Susy (como dio en llamarla) a su casa de la Ciudad de México, donde el general la cuidó, vistiéndola de muñeca, con ropones antiguos y zapatitos de raso, mientras cumplía los dieciséis y se casaba con ella. La diferencia de edad entre ambos era de veinte años, de manera que cuando Susy se casó con Rigo éste ya andaba por los 36 y Cárdenas acababa de correr de México al Jefe Máximo Plutarco Elías Calles.

Nadie que los conoció, conoció, dicen, pareja más enamorada, solícita y tierna. Susy aprendió muy pronto que su marido era la razón misma en todo menos lo que tocaba a la Revolución, y aprendió con los años a llevarle la corriente y decirle sí, Rigo, tienes razón, no queda un cura vivo en México, ni un pedazo de tierra que no se le haya devuelto al campesino, ni un ejido que no sea un éxito, ni un arzobispo que no ande de paisano, ni una monja que se vista con hábitos ni una compañía gringa que no haya sido nacionalizada ni un obrero que no haya sido sindicalizado. Las elecciones son libres, el congreso interpela al señor presidente, la prensa es independiente y responsable, la democracia brilla, el ingreso se reparte con justicia pero hay corrupción, Rigo, hay corrupción, y es deber revolucionario acabar con ella. Contra la corrupción, contra Roma y contra Washington enfocó mi general las baterías de su revolución a la vez triunfante y permanente. Imaginaos, genes alborotados y electivos, el soponcio de mi bisabuelo don Rigoberto cuando nadie pudo ocultarle que el Santo Padre, el Vicario de Cristo, el mismísimo Papa, y polaco por añadidura, estaba en México, vestido de pontífice y no de oficinista, paseándose con pompa eclesiástica por las calles, recibido por millones y millones de ciudadanos de la República, oficiando y bendiciendo en público… Derrumbóse don Rigoberto, cayó en cama clamando contra la traición, prefería morirse que admitir la violación del artículo 3º constitucional, para qué todos los muertos de la Cristiada?, por qué te nos moriste, mi general Obregón?, dónde andas cuando más te necesitamos, mi general Calles? dispara ya, mi general Cruz!

Susy llamó a los doctores, avisó a la familia y las hermanas Capitolina y Farnesia vieron su oportunidad dorada: la caridad empieza por casa. Arrastraron con ellas al cura de la Sagrada Familia y a mi pobre padre de doce años, para que se fuera enterando de la dura realidad de la vida. Entraron regando incienso y agua bendita, reclamando la salvación del alma del descarriado general Palomar y advirtiéndole a mi joven papá que no se asustara si al Rigoberto ése, si no se arrepentía de sus pecados, le salían cuernos allí mismo y el propio Satanás se lo llevaba jalado de las patas al infierno.

El general Rigoberto Palomar, hundido en su mullido aunque revuelto lecho, daba las últimas boqueadas cuando entraron las Fagoaga con el cura y el niño. Sus ojos agitados e inyectados de sangre, su nariz adelgazada y trémula, su gaznate palpitante, su boca entreabierta, su cara toda de chayote amoratado, no eran aliviadas por el gorro frigio con escarapela tricolor (verde, blanco y rojo) que, a guisa de gorro de dormir, cubría la cabeza rapada del abuelo.

Mas ocurrió que a mi general le bastó ver a las hermanitas y al cura con el Santísimo en alto, y al niño agitando el incensario como un balero, para recuperarse de su ataque, brincar sobre la cama, ladearse coquetamente el gorro frigio, levantarse el camisón de dormir y mostrarles una verga bien tiesa a las señoritas Fagoaga, al niño y al cura.

—Éste es el sacramento que les voy a dar si se me acercan un paso más!

Atarantada, Farnesia avanzó hacia el lecho del abuelo murmurando frases vagas pero con las manos tendidas, como quien espera que le caiga una fruta madura, o se le imponga un sacramento.

—Por lo demás... En primer lugar... finalmente... y en segundo lugar... Nosotras...

Pero su dominante hermana alargó la sombrilla y con el mango agarró del cuello a su extraviada sorella, a la vez que determinaba:

—Al infierno te irás, Rigoberto Palomar, pero antes sufrirás los tormentos de la muerte: Te lo digo yo! Ahora esconde tus vergüenzas, que no tienes nada de qué presumir!

El viejo miró al niño, le guiñó el ojo y le dijo: —Aprende, chamaco. Lo que les falta a este par de brujas es sentir el rigor del pene. Ya sé quién eres. Cuando ya no puedas más con estas viejas, aquí tienes tu casa.

—Te vas a morir, canalla!, gritó Capitolina.

—Y en tercer lugar, logró decir Farnesia.

El general Rigoberto Palomar jamás volvió a tener un día de enfermedad después de ése: compensó la impresión de la visita de Juan Pablo II con la vocación de la revolución permanente: había mucho que hacer aún!

Mi padre Ángel ya no fue el mismo después de esta experiencia. Empezó a darse cuenta de cosas, algunas muy pequeñas. Por ejemplo, al besar cada mañana la mano de la tía Capitolina, descubrió que siempre tenía masa de harina y chile jalapeño en las yemas y en las uñas, en tanto que la mano de la tía Farnesia olía intensamente a pescado. Las señoritas Fagoaga ordenaban su vida social con propósitos que mi padre no entendía muy bien. Sus manías le llamaron la atención. Los sirvientes de las señoritas cambiaban con rapidez y por motivos que Ángel desconocía. Pero a todas las criadas ellas las llamaban por el mismo nombre: Servilia; Servilia hazme esto, Servilia hazme lo otro, Servilia de rodillas s.v.p., Servilia quiero mi atole a las tres de la mañana, Servilia no uses trapos para lavar mi bacinica que es muy delicada y se puede romper, usa tus suaves manitas indígenas mejor. Eran más finas en esto que su hermano don Homero, aunque todos compartían el vicio criollo: necesitaban alguien a quien humillar todos los días. Las hermanas a veces cumplían este propósito organizando cenitas íntimas en las cuales se dedicaban a confundir, molestar o insultar a sus huéspedes. No les importaba que no regresaran nunca, pero de hecho la mayoría, observaron, volvían encantados por más, creciéndose al castigo.

La señorita Capitolina disparaba sus argumentos inapelables:

—Dudó usted alguna vez de la probidad del virrey Revillagigedo? Malagradecido!

Estos argumentos eran recibidos con estupefacción por los invitados que nunca habían dicho nada sobre el tal virrey, pero Capitolina ya arremetía de nuevo:

—Hacen cajeta en Celaya y panochitas en Puebla. Niégueme usted eso! Atrévase!

El asombro de los huéspedes no era consolado por Farnesia, quien alternaba la conversación de su hermana con inconsecuencias verbales de todo género:

—No importa. Jamás aceptaremos una invitación suya, caballero, pero le daremos el gusto de recibirlo en nuestro salón. No somos crueles.

—Ya que hablas de tacos, sentenciaba Capitolina, no puedo hablar de tacos sin pensar en tortillas.

—Pero yo…, decía el invitado.

—Nada, nada, que usted es judío y búlgaro por más señas, no me lo niegue, afirmaba Capitolina, una de cuyas manías era atribuirles a los demás la religión y la nacionalidad que a ella se le ocurrieran.

—No, la verdad es que…

—Ay!, suspiraba Farnesia, a punto de desmayarse sobre el hombro de su vecino en la mesa. Nos damos cuenta del placer que debe darle a usted el hecho de conocernos.

—Quién es esa vieja fea y tonta que trajo usted, señor ingeniero?, continuaba Capitolina.

—Señorita Fagoaga! Es mi esposa.

—Vaya con la pelusa. Quién la invitó a mi casa?

—Usted, señorita!

—Gorrona, le digo a usted y se lo digo yo, colada, gorrona, cursi y cómo fue a casarse con ella!

—Ay, Mauricio, llévame a casa…

—Entre paréntesis, comentaba Farnesia, y en tercer lugar, nosotras nunca…

—Señorita: su actitud es sumamente grosera.

—Sí, es verdad, abría tremendos ojos doña Capitolina.

—Mauricio, que me desmayo…

—Y no se imaginan ustedes lo que ocurrió ayer, decía en seguida Farnesia, otra de cuyas especialidades era acumular información inconsecuente y comunicarla sin aliento, cuando iban a dar las seis de la tarde y nosotras naturalmente nos disponíamos a atender a nuestras obligaciones que nunca debe dejarse para hoy lo que se puede hacer mañana, sonando el timbre con tal insistencia y nosotras que nos acordamos de la ventana abierta y subimos corriendo a ver si desde la azotea se puede ver lo que pasa nuestro gato se cruza y nos llega de la cocina un olor de coles que ay, Dios, no está una para esos sustos y al cabo la educación se mama, o la mamá se educa, nunca sabemos y estamos a punto de volvernos locas!

Estas cenas eran comentadas por las hermanitas con satisfacción. Uno de sus ideales era que en México sólo viviese gente de la misma clase que ellas. Acariciaban la idea de que todos los pobres fueran corridos de México, y toda la gente de medio pelo encarcelada.

—Ay Farnecita, je veux un Mexique plus cossu, decía Capitolina en el francés que reservaba para las grandes ocasiones.

—Cozy, cozy, a cozy little country, le complementaba en inglés su hermana y las dos se sentían reconfortadas, calientitas, seguras de sí, como la acolchada cubretetera, al decir estas cositas.

Estos intermedios amables, sin embargo, cedieron cada vez más el lugar a tensiones que mi padre fue descubriendo a medida que se hacía adolescente: las tías lo miraban distinto, cuchicheaban entre ellas y en vez de arrodillarse solas, lo tomaba cada una de un brazo en los momentos más inesperados y lo obligaban a hincarse con ellas y darse golpes de pecho.

Una noche, lo despertaron unos gritos espantosos y mi padre acudió, aturdido, a buscar el origen del escándalo. Tropezó contra innumerables bibelots y vitrinas, tumbando y quebrando cosas, y se detuvo ante la puerta cerrada de la recámara de Capitolina. Trató de mirar por la cerradura, pero estaba obturada por un pañuelo oloroso a clavo. Sólo escuchó los gritos terribles de las dos hermanas:

—Cristo, cuerpo amado!

—Novias del Señor, Farnesia, somos noviecitas del Señor!

—Esposo!

—Tú eres virgen pero yo no!

—Isabel nuestra hermana parió contenta!
—Rodeada de respeto!
—Nosotras parimos en secreto!
—Llenas de vergüenza!
—Qué edad tendría hoy el niño?
—La misma edad que él!
—Ay Señor Mío! Mi novio santo!

Mi padre se retiró espantado y ya no pudo dormir bien ni esa noche ni ninguna más bajo el techo de las hermanitas Fagoaga. A los catorce años, sintió urgencias sexuales y las cumplió frente a un cromo de la virgen ofreciéndole la teta al niño Jesús. Repetía estos ejercicios un par de veces por semana y llegó a admirarse de que durante ellos, un rayo súbito iluminara su recámara, como si la virgen le mandase destellos de gratitud por el sacrificio.

"Pocos meses más tarde, el tío Homero entró a la casa de Durango en toda su insolente prepotencia, llamó 'naca obscena' a Servilia y me juntó con ella en el salón de la casa de las hermanas en presencia de ambas, acusándonos a la criada y a mí de hacer el amor a escondidas. Servilia lloró y juró que no era cierto mientras Capitolina y Farnesia nos denunciaban a voces y don Homero me acusaba de rebajarme con la servidumbre y trataban los tres hermanos a la criada de igualada, ya se le subió, las criadas siempre nos odian, siempre quisieran ser y tener lo que somos y es un milagro que no acaben asesinándonos mientras dormimos.

"Servilia fue corrida, a mí el tío Hache me hizo bajarme los calzones y tras de acariciarme las nalgas me pegó con un zapato de la tía Capitolina sobre ellas, advirtiéndome que me descontaría de mis domingos los vidrios y los trastos rotos.

"Todo esto me parecía tolerable y hasta divertido, pues ponía a prueba mi fe cristiana y me obligaba a pensar: cómo puedo seguir siendo católico después de mi vida con los Fagoaga? Hay que tener fe!"

—Eres un romántico incorregible. Mira que tener fe!
—Qué me cuentas!
—Que todo lo racionalizas, tú.
—Al contrario, sólo repito la frase más vieja de la fe. Es cierto porque es absurdo.

"Pero, lo que me estaba devorando era mi curiosidad. Cada noche iba a espiar por la cerradura de las tías, a ver si en una de ésas se les olvidaba obturar la cerradura de la puerta."

—Qué pasó?

—Gritaban lo que te dije, parimos en secreto, el niño perdido, la edad de Angelito, el niño perdido. Una noche no pusieron el pañuelo.

La cerradura era como el ojo de Dios. Una pirámide aérea grabada en la puerta. Un triángulo ansioso de contar una historia. Como una de esas aperturas inesperadas de los viejos cuentos infantiles: la cocina da al mar da a la montaña da a la alcoba. Olía intensamente a clavo. Él imaginó el pañuelo sangrante, bordado, con orillas de plata.

—No lo pusieron a propósito, o se olvidaron?

Mi padre no quisiera haber visto lo que vio esa noche a través de la cerradura en el cuarto iluminado sólo por veladoras.

—Qué pasó, te digo? No me la hagas de emoción!

No quisiera haber visto lo que vio, pero no podía contárselo a nadie.

—Ni a mí?

—Ni a nadie.

—Dices que la curiosidad te devoraba.

—Imagínate nada más.

Embriagado por el olor a clavo, cegado por la teología fantástica de las veladoras consumiéndose, diciéndose tengo miedo de mí mismo, se escapó de la casa de la Avenida Durango, se fue a vivir con los abuelos Rigoberto Palomar y Susana Rentería en la casa de Génova, pero a ellos tampoco les contó lo que vio. Lo juró: se moriría sin decir palabra, era la prueba de que ya era hombre; cerró los ojos y dejó la boca abierta: una mosca se le paró en la punta de la lengua; escupió, estornudó.

4

Pero no te vayas, mami; quiero conocer cómo se conocieron mi papi y tú y así termino de saber lo de la santa familia.

—Lo siento, angelito, pero apenas estamos en los eneros y eso ocurrió en los abriles; tendrás que esperar el turno del mes.

—El mes más cruel.

—Quién habló?

—T. S. Shandy, nativo de San Luis.

—Potosí?

—Misuri: T. S. Elote. Arregla tus circuitos de informagenética no nos vamos a entender, hijo. Lo cual me lleva rectamente a terminar la historia de la fuente de toda confusión en esta historia y en el mundo: tu tío Homero Fagoaga, que te bautizó desde el aire en el instante de tu concepción.

—¡Mierda!

Las intrigas contra el tío Homero comenzaron un día de octubre hace más de seis años y él no lo sabía, dijo mi padre que él, el más interesado, lo ignoraba y se lo dijo a mi madre cuando los dos entraron al mar Pacífico para lavarse la mierda que les llovió del cielo aquel mediodía de mi concepción, cuando yo acababa de ser admitido en el parador supremo, bombardeado por voces y recuerdos, lugares y épocas, nombres y canciones, comidas y cogidas, memorias y olvidos, yo que acababa de abandonar mi metafísica situación de El Niño para adquirir mi nombre YO CRISTÓBAL pero de todas maneras, aunque con nombre propio, El Niño tenía que ser, miren bien susmercedes, si iba a ganar el Concurso del V Centenario del Descubrimiento de América el próximo 12 de octubre de 1992, dijeron si es vieja ya perdimos o sea la amolamos and company porque aquí no se trata de ganar el Concurso Coatlicue o Malinche o Guadalupe o Sor Juana o Adelita que son nuestras viejas nacionales ya mencionadas y ahora para gloria y beneficio patrios encarnadas en Nuestra Señora Mamadoc, sino el Concurso Colón

COLÓN CRISTÓBAL
CRISTÓFORO
CHRISTOPHER COLUMBUS
COLOMBO
COLOMB CHRISTOPHE

igual en todas las lenguas y ya ves chata: Portador de Cristo y Paloma o sea las dos personas que faltan de la Trinidad, el Hijo y el Espíritu Santo, nuestro Descubridor, el santo que se mojó las patiux para cruzar los mares y la paloma que llegó con una ramita en el pico a anunciar la proximidad de la Tierra Nueva y el que se estrelló un huevo para inventarnos, pero toda esta historia y esta nomenclatura dependen, ya van viendo ustedes, de algo sobre lo cual ni Ángel ni Ángeles mis padres tienen control alguno, o sea que la información del espermatozoide de mi padre y la información de las células reproductivas de mi madre se escindan, se separen, se despojen de la mitad de sí mismos, acepten este fatal sacrificio para poder recomponer una nueva unidad hecha de dos mitades retenidas (pero también de las dos mitades perdidas) en las que yo nunca seré idéntico a mi padre o a mi madre, a pesar de que todos mis genes vienen de ellos, pero para mí, sólo para mí y para nadie más que YO, se han combinado de una manera irrepetible que determinará también mi sexo: este único YO CRISTÓBAL y lo que ellos llaman GENES:

—La culpa de todo la tienen los genes, dijo el tío Fernando Benítez.

—Cierto, asintió el tío Homero Fagoaga, la culpa de todo la tienen los Hegels.

Con lo cual el tío Fernando, cansado de que su pariente político se hiciera el sordo por conveniencia y lo confundiera siempre todo a fin de escabullirse de las definiciones morales propuestas por el robusto liberalismo del tío mayor, decidió no hablar más con Homero y en cambio organizar a la banda de los Four Jodiditos que entonces dice mi papá tendrían entre quince y dieciocho años a fin de fregarse al tío Homero, acecharlo de día y de noche, no dejarlo en paz, seguirlo por las calles de Makesicko City a sol y a sombra, de puerta en puerta, de supendejaus en la Mel O'Field Road a su oficina en la Frank Wood Avenue, como si me lo anduvieran cazando, no se priven de nada chamaquitos, muy abusados, pónganle trampas y cepos, persíganlo.

Don Homero Fagoaga insistía en habitar este incómodo edificio de la Mel O'Field Road por una razón muy simple: todos los edificios alrededor del suyo se habían desplomado durante los terremotos consecutivos del año 85, de manera que el condo del tío H estaba rodeado de campos de soledad, mustio collado: lotes arrasados, potreros allanados por la lluvia ácida de la ciudad, pero su edificio de pie, diciéndole al mundo que donde habitaba Homero los temblores pintaban violines. Esta lección sublime y sublimada no pasaba desapercibida, le aseguraban sus expertos en relaciones públicas, para quienes adquirían a precios desorbitantes los terrenos del centro que el gobierno quiso convertir en jardines pero que Ulises López comercializó a través de su hombre de paja el licenciado Fagoaga.

—Soy veinte años mayor que tú, le dijo el tío Fernando, pero no me ganas a templar.

—Va a temblar?, otra vez?, inquirió el tío Homero, corriendo a apostarse en el quicio de la puerta más cercana.

—Veinte años mayor que vos, pero te gano en el rigor del pene, dijo con acento gauchesco don Fernando.

—Admiras las pinturas de Pene du Bois? Qué exquisito!

—A templar…

—Los templarios tenían plumas de madera?

—No, Shirley Templa, viejo idiota, exclamó desesperado el tío Fer: y le ordenó a sus muchachos: —Persíganlo como en la caza, con el rigor de la montería, el rigor del pene, faltaba más, viejo hipopotámico!: atisbándolo, mis jodiditos, burlándose de él. Sacarlo de quicio al viejo miserable.

Todo empezó cuando el más chaparrito (aunque el mayor de edad) de los Four Jodiditos, el llamado Huérfano Huerta, se instaló con su puesto de frutas mayugadas a la puerta del condo militarizado del tío Homero en la calzada O'Field dándole duro de día y de noche a su voz tipluda y gangosa. De día y de noche una vocecita penetrante de hijo de las barriadas más tristes.

—Naranjas, peras y higos, canturreaba el Huérfano Huerta con su voz insoportable cada vez que el tío Homero salía por la puerta giratoria del bildín, hecho milagroso en sí, opina mi papá, porque la mole del tío Homero no debería en principio pasar por ninguna puerta giratoria o inmóvil, abierta o cerrada, con cancel o sin él:

—Puerta canchelada.

—Poerta cuntdenada?

—Edgaralanpoerta cerrada sin libertad la marca.

—Ya entiendo, cómo no.

—No entiendes nada, pinche gordo, no te hagas.

El hecho es que ya no las hacen (las puertas) así de grandotas; el tío Homero sólo puede pasar por una puerta giratoria como una gelatina entra a un vaso, o sea adaptándose, digo yo.

—Yo prefiero a las hembras latinas, dijo el tío Fernando.

—Prefieres a las gelatinas?, comentó bufando el tío Homero.

—No, gordo miserable, serán las hegelatinas, contestó el tío Fernando y se levantó tirando la silla al suelo.

O quizás el tío Homero hace un ensayo para entrar al cielo por el ojo de una aguja cada vez que entra y sale de su casa, dice mi mamá bañándose en el mar como yo floto en el mar fetal dentro de ella.

—Por la aguja de un ojo?, se hizo el sorprendido don Homero.

El Huérfano Huerta nunca se dejó intimidar por el contraste entre la estrechez de la puerta y la holgada dimensión del señor licenciado don Homero Fagoaga, y apenas lo divisó entonó de nuevo su espantosa cantinela que sonaba a plato rayado por un cuchillo chimuelo:

—Naranjas, peras *y* higos; naranjas, peras *y* higos.

El tío Homero se estremece definitivamente (como jellotina) y le ofrece al pobre Huérfano un quinto de tiempos de Ruiz Cortines, corrigiéndolo:

—Naranjas, peras *e* higos, niño.

Ofreciéndole algo más que un quinto de los cincuentas, época inestimable en que la revolución mexicana iba a ser quincagenaria y el peso fue devaluado a docecincuenta y sin embargo se siguieron amando un ratito más (la revolución y el peso): algo más que un quinto le ofrece el tío Homero al pobre Huérfano, le otorga a su madre y a su padre verbales, le ofrece la educación sin la cual (le dice don Homero al niño Huerta) no hay progreso ni felicidad sino estancamiento, barbarie y desgracia.

—Naranjas, peras *e* higos, hijito.

El buen decir, esto le ofrece, la lengua castellana en toda su prístina pureza puritana, la virgen goda y su gordo acólito: La Lengua Castellana y el Licenciado Homero Fagoaga: la Pareja: don Homero nada más que un servidor de la Lengua Española, Hispaniae Lingua, él la pule él la fija él le da esplendor y le ofrece al futuro, al potencial, al posible señor licenciado don Huérfano Huerta la posibilidad de ser, finalmente, en ese orden, poeta del Día de las Madres, declamador de las Fiestas Patrias, orador de la Campaña Sexenal, legislador de perdida, tribuno popular a la vez que Demóstenes elitista, dueño de La Lengua: el tío Homero se lame los labios imaginando el destino del Huérfano Huerta si el niño sólo le entregara su lengua al viejo, le permitiese educarla, frasearla, diptonguizarla, vocalizarla, hiperbatonizarla.

El tío deja caer La Lengua Clásica como una pastilla de oro en la lengua salvaje del Huérfano Huerta pasmado allí con la boca abierta como buzón, chamagoso el pobrecito, con la cara más prieta por la mugre que por los genes tan mentados, la mugre y el polvo y el lodo de la tierra de nadie de donde salió el chamaco con la cabeza coronada por un casquete de fieltro gris, ruina de un antiguo borsalino incrustado con corcholatas de cerveza y refrescos. El Huérfano Huerta.

—Naranjas, peras y higos.

El tío Homero se acomodó los pantalones balún sostenidos por tirantes amarillos (una tira con la imagen del Santo Padre repetida en serie y así serenando la blandura blancuzca del seno derecho del licenciado; la otra con la imagen de Emiliano Zapata alternando sobresaltos y taquicardias sobre el izquierdo), se cerró el único botón de su barrosajarpa (como llama a los sacos de ceremonia, enigmáticamente, nuestra amiga la chilena) y dejó caer la moneda de oro verbal sobre la cabeza encorcholatada del Huérfano Huerta.

—Se dice naranjas, peras *e* higos, niño.

Dijo esto como Dios dijo hágase la luz y como su Hijo (oh-Diosoh) dijo en verdad os digo dejad que los niños vengan a mí. Así de sospechoso lo miró el Huérfano Huerta.

Pero el tío Homero era en ese instante el magister que no el nalgister: —O como escribiese en fausta ocasión esa cima de la gramática española que fue el ilustre venezolano don Andrés Bello, la conjunción copulativa vuélvese *e* antes de la vocal *i*, como en españoles *e* italianos, pero no antes del diptongo *ie* ni antes de la consonante *y*: corta *y* hiere, niño, tú *y* yo.

El Huérfano Huerta dejó de sospechar. El tío Homero culminó la lección de gramática con mirada de borrego ahorcado. Así de tiernos los ojos de la gorda ternera. Así de inflados sus pantalones balún por la pedofilia.

—Corta y hiere, niño, tú y yo, dijo tiernamente Homero acariciando la cabeza encorcholatada del niño y el Huérfano Huerta cuenta hasta hoy cómo extrajo del fondo de su alma chamagosa toda la venganza hundida en el fondo de lago de Texcoconut que cada makesicka trae guardada en medio del lodazal de sus tripas y junto a los tesoros de Whatamock padre de la patria o sea tostadas de pata para las tostadas de patria dijo muy daddy-oh el muy vacilador lavándose la mierda mientras yo nadaba muy orondo en el océano dentro de mi madre donde no me toca (oh, aún no) la caca de este mundo.

Corta y hiere, hijo: el tío Homero se cortó e hirió un dedo con las corcholatas de la gorra del muchacho. Se llevó el dedo maltratado a la lengua (Su Lengua, la protagonista, la estrella de su portentoso cuerpo, llena ahora de la sangre acre de un chamagoso chamaco de Atlampa) y miró intencionadamente al Huérfano, pero como no encontró reacción a esa dialéctica entre gramática y corcholata y dedo y sangre y lengua, terminó repitiendo:

—Naranjas, peras e higos.

Y el Huérfano contestó:

—Viejo gordo, antipático *y* hijo de la chingada.

Sólo fue el principio. El Huérfano le sacó la lengua horriblemente al tío Homero y huyó. El agilísimo gramático, con su aspecto de hipopótamo danzarín, globo cautivo, elefante sentimental y demás fantasías de Waltdysneykov o sea el Hermano Grimm de nuestras in-fancys dijo mi padre mientras se lavaba la cagadiza del pelo, intentó perseguirlo, pero el Huérfano se metió por un lote vacío vecino al condo del tío H y se juntó con otros niños —sus hermanos, sus semejantes?— que también podían correr con los pies ardientes sobre las piedras incendiadas por el detritus industrial.

El licenciado Fagoaga sabía que ellos estaban acostumbrados; los cuatemoquitos, les decía, ancianos niños, únicos héroes a la altura del parto, les decía, enfureciendo secretamente a mi lopezvelardiano padre; se habían sonado con el gran pañuelo negro del ecocidio de Anáhuac. Les habían salido huaraches de nacimiento, como diría don Lucas Lizaur, fundador del prestigioso emporio del calzado El Borceguí (antes Bolívar y Carranza hoy Bully Bar corner of Car Answer de donde los borrachos pedían sus taxis al salir del bardiscoteca-boite de nuestra amiga la chilena, ya verá Elector): nacieron con una costra de cuero capaz de hacerlos caminar las calzadas calientes de la capital conquistada esta vez por sus propios hijos, los conquistadores industriales, comerciales, oficiales.

—Oh México, hija preferida del Apocalipsis!, suspiró el tío Homero mientras miró al Huérfano perderse en la bruma ardiente del potrero y juntarse con sus amigos. Los perros tienen la nariz sangrante de olfatear pavimentos, dice mi madre, y los pies duros como suelas.

—Qué va a respirar mi niño cuando nazca?

5. Qué va a respirar mi niño cuando nazca?

La mierda pulverizada de tres millones de seres humanos que carecen de letrinas.

El excremento en polvo de diez millones de animales que defecan al aire libre.

Once mil toneladas diarias de desperdicios químicos.

El aliento mortal de tres millones de motores vomitando sin límites bocanadas de veneno puro, halitosis negra, camiones y taxis y materialistas y particulares, todos contribuyendo su flátula a la extinción del árbol, el pulmón, la garganta, los ojos.

—Control de la polución?, exclamó con sorna el ministro Robles Chacón. Eso, cuando seamos una gran metrópoli con siglos de experiencia. Ahora estamos creciendo, no podemos parar, estamos debutando como gran ciudad, ya regularemos en el futuro.

(HABRÁ FUTURO?, léese en la nueva pancarta que mi padre Ángel pasea por el Paseo)

(SOMOS UNA GRAN METRÓPOLI DESDE 1325, dice la siguiente pancarta que exhibe, ufano, por los callejones de la Zona Rosa)

—Aparatos contra la polución en los autos y camiones?, exclamó indignado el ministro vitalicio Ulises López. Y quién va a pagarlos? El gobierno? Quebramos. La i.p.? Qué nos queda para invertir? O quieren que esos lujos también nos los paguen los inversionistas gringos? Bah, entonces mejor van a invertir a Singapur o Colombia!

(INVIERTA EN SEÚL ASFIXIE AL REVERENDO MOON dice la enésima pancarta de mi tesonero padre, piqueteando en esta ocasión la embajada de Corea)

—Qué va a respirar mi hijo?

Mierda machada.

Gas carbónico.

Polvo metálico.

Y todo ello a 2 300 metros de altura, aplastado bajo una capa de aire helado y rodeado de una cárcel de montañas circulares: la basura prisionera.

Los ojos de su niño, señora, podrán contemplar asimismo otro círculo de basura rodeando a la ciudad: bastaría un cerillo arrojado con descuido sobre la masa circular de pelo, cartón, plástico, trapo, papel, pata de pollo y tripa de cerdo, para crear una reacción en cadena, una combustión generalizada, rodeando a la ciudad con el fuego de los sacrificios, desatando a las Valkirias emplumadas con nombres de luna y jade, consumiendo en unos cuantos minutos todo el oxígeno disponible.

Vomitado por la ciudad, ciego, cegado por la luz repentina, por las legañas acumuladas, por la amenaza de herpes visual, alimentado por la basura, hinchado por las aguas negras, la cabeza hirsuta coronada por un fieltro sin alas decorado de corcholatas, la piel decolorada por el mal del pinto, el Huérfano Huerta salió disparado, como un pedazo de caca mal digerida, por la salida del metro de Insurgentes a la calle de Génova en la Zona Rosa, por donde mi padre se paseaba muy tranquilo y seguro de sí con su pancarta HABRÁ FUTURO? y el Huérfano corrió cegado, como un feto prematuramente arrojado al mundo, su útero una escalera, redrojo y pedo el escuincle, su cordón, umbilical la misma línea.

INSURGENTES

que lo aventó a toparse contra la espalda del hombre pequeño y elegante, vestido de shantung gris, a la salida del restorán El Estoril y el mocoso (literalmente moquiento) alargó, ciego pero instintivo, la mano hacia la bolsa del pantalón y hacia el vientre del personaje calvo, miope, bigotón, que exclamó *miserable!* y agarró al chamaquito por la muñeca, lo hizo gritar (bien girito nuestro tío Fernando) y le dobló rápidamente el brazo ladrón contra la espalda.

Don Fernando Benítez usaba viborilla para guardar el dinero alrededor de la cintura, como todo aquel que salía a caminar por Makesicko City, pero no podía dejar de lucir el reloj de leontina que colgaba a la mitad de su chaleco, pues éste era un regalo de su más antigua a su más joven amante, que ésta le heredó a Benítez cuando murió, como todas, antes que él, subvirtiendo la regla de la supervivencia femenina y que él consideraba parte legítima de su cosecha vital histórica: a sus ochenta años, el eminente periodista e historiador criollo estimaba que el sexo era arte e historia: sus ojos azules, penetrantes, quisieron penetrar también el velo de mugre y sofoco del rostro del niño caco, el niño caca, y leer allí algo, algo, lo que fuese: no iba a condenarlo sin darle antes el *derecho a una lectura*.

Leyó en la mirada del niño: —Quiéreme. Quiero que me quieran.

Esto le bastó para llevarlo a su casa de Coyoacán, cambiarle de ropa (el Huérfano se aferró a su borsalino acorcholatado, como para recordarse siempre a sí mismo de dónde venía y quién era) y ningún zapato pudo entrarle en sus pies calcinados por el detritus industrial, sus pies de suela de hule natural: tostadas de pies, cuates moquitos!

—Hasta guapo te ves, cabrón, le dijo Benítez al escuincle una vez que lo bañó.

Sabía su nombre. —Siempre me llamaron el Huérfano Huerta.

De dónde venía?

Agitó la cabeza, negando. Las ciudades perdidas eran ciudades anónimas: más grandes que París o Roma, seis, siete, ocho millones, pero *sin nombre*. el Huérfano Huerta, al menos él sí tenía un nombre pero de la ciudad sin nombre (Cratilo lee mi madre los nombres son intrínsecos o son convencionales o los dispensa un legislador onomástico?) nada se sabía.

Benítez entendía que un lenguaje se escondiese para no ser conocido sino por los iniciados de una cábala, un grupo social o una casta de criminales, pero ocultar ciudades enteras, sin enterrarlas siquiera, sin esconderlas en los olvidos líquidos de una alcantarilla, esto sólo podía ocurrir en una ciudad, precisamente, sin drenaje!

—Hay que darle un origen a este niño, no puede andar suelto por el mundo sin un lugar de origen, dijo con buen sentido la esposa de Benítez, y los dos señalaron al azar, tapándose los ojos con la mano libre, un punto del mapa de la ciudad que colgaba en la cocina: Atlampa. Desde ese momento, se dijo que el Huérfano Huerta venía de Atlampa, su patria era Atlampa. Atlampa por aquí y Atlampa por allá. Pero un día don Fernando sacó al Huérfano a pasear por Las Lomas y el niño primero se alborotó, luego se puso triste, Benítez le preguntó que qué tenía y el niño dijo: —Me hubiera gustado ser de aquí.

De aquí: miró con ensoñación los prados verdes, las celosías y los altos muros, los árboles y las flores, sobre todo los muros, la protección, el signo de la seguridad y el poder en México: una pared alrededor de la casa.

Este niño tuvo un hermano —logró entender Benítez, descifrando la media lengua del Huérfano— pero se fue hace un año, dijo que la cosa era clara, quién le había hecho más daño a México, el General Negro Durazo que era jefe de la policía encargado del orden y la justicia en tiempos de López Portillo, o Caro Quintero que era un badulaque inmoral que se dedicó con gran éxito a traficar con drogas, conquistar viejas y asesinar gente con tanta displicencia como el jefe de la policía. La diferencia era que el traficante no engañó a nadie, actuó siempre fuera de la ley, no se disfrazó detrás de la ley. El traficante, concluyó el hermano del Huérfano, no le hizo al país el daño que el policía que corrompió la justicia y desalentó a la gente: dijo esto una tarde después de vomitar negra la comida del día, escasa y enferma: —Me voy de aquí mano y voy a ver si soy como Caro Quintero que era un tipo muy a todo dar que se hizo harto bien a sí mismo sin joder de paso al país y luego regreso por ti manito un día te lo juro por ésta.

Se besó la cruz del pulgar y el índice. Pero ese día nunca llegó (el Huérfano cuenta el tiempo en diarreas y golpizas ciegas, descontones inesperados, quién te madreó así, huerfanito?: el sol no, tampoco la noche que es eterna, sirven ya de referencias: horas huérfanas del "día", huérfano) y el hermano presente se refirió al hermano ausente como "el niño perdido" y qué era él mismo?: un día se metió como rata al metro, recién inaugurado, antes no había más que patacarril o camión, un día fue posible colarse a un tren oloroso a cosas limpias y nuevas, entrar por el polvo de la ciudad anónima y salir disparado como corcho entre las boutiques y restorantes y hoteles de la Zona Rosa:

No, le dijo Benítez, no quiero que seas un joven cadáver: uno más en este país de hombres tristes y niños alegres. Tienes mucha energía, huerfanito, quiero decir que si te sientes muy fuerte? sí, señor Benítez, entonces déjame encauzarte por la broma, la broma mejor que el crimen, no? tienes (tenemos) derecho a reír, huerfanito, por lo menos a eso tendrían derecho todos ustedes, a una carcajada, aunque hasta su risa sea mortal: agota tu fuerza en la broma y acaso allí encuentres tu vocación; yo no te la voy a imponer; quién sabe qué genio hayan gestado todos los niños como tú allá en los infiernos del mundo, tú sabes?

El niño preguntó si algún día iba a encontrar a su hermano perdido y Benítez le quitó el borsalino sin alas, le acarició la cabeza de escobillón y le dijo claro que sí, tú pierde cuidado, los niños perdidos acabarán por encontrarse, claro que sí.

Sabio el tío Fer: lo encauzó con humor, sin tiranías teutónicas, esperando ver de qué estaba hecho el chamaco disparado entre sus manos por el metro que transformó la zona rosa de oasis elitista en corte de milagros lumpen. Con quién se juntaba, hacia dónde apuntaban sus talentos? Tráeme a tus amigos a casa, le dijo, siéntanse a gusto aquí, y así un día apareció con el Huérfano un muchacho blanco y gordo, con patas planas y pelo negro abrillantado, dijo que era cácaro de un cine, huérfano como el Huérfano, proyeccionista en un cine de clásicos, donde se veían películas antiguas, se conoció con el huerfanito a la salida del hotel Aristos, le digo a tu padrino lo que hacías, huerfa? El muchacho de la pelambre de escoba asintió y el muchacho redondito dijo: —Tocaba un ritmo con su sombrero de corcholatas, le sacaba ritmo a las corcholatas, imagínese qué talento señor.

—Y tú, preguntó Benítez.

—Pues me le junté, señor. Bueno, me da pena. Quiero decir, no sé si usted… Caray, esta moda del pelo largo… Se me ha ido quedando, ya sé que pasó de moda, pero yo… Bueno, el hecho es que uso horquillas para tener en su lugar, usted sabe?, mis rizos negros, jaja, bueno, con la horquilla yo también saqué ritmo y me uní al de su ahijado…

Los dos dieron una demostración y ya quedaron en verse seguido y venir juntos a practicar música a la casa de don Fernando. El gordito, que nunca dio su nombre y evadió toda pregunta respecto a su familia, se expresaba con dificultad, pero ahora se despidió de don Fernando con las cejas preocupadas y una voz de cansancio mundano y extrema precisión:

—Don Fernando, creo que éste es el comienzo de una larga amistad.

Se puso su trinchera blanca chorreada y salió abrazando al Huérfano. Dos días más tarde, los dos regresaron con un tercer amigo: un muchacho moreno, despellejado, greñudo, descalzo y con cinturón de piel de víbora amarrado a la cintura: se caía a pedazos, el Huérfano y el gordito lo presentaron como el Jipi Toltec pero el muchacho sólo dijo en francés:

—La serpent à plumes, c'est moi.

Hacía resonar unas cajitas de fósforos y los tres se entregaron a su música, empezaron a ensayar juntos, Don Fernando pasaba y los miraba satisfecho, pero pronto se le ocurrieron dos cosas: con cada nueva reunión, la armonía musical de los tres chamacos se iba afirmando y afinando; y él, Benítez, al filo de sus ochenta años, aún no agotaba su diseño vital, su lucha por los indios y la democracia y la justicia, pero las fuerzas físicas sí se le agotaban. Quizá estos chamacos… quizás ellos serían su falange, sus adelantados, sus cómplices… ellos lo ayudarían a cumplir su programa revolucionario.

Les regaló un sábado tres instrumentos: un juego de atabales para el Jipi, una guitarra eléctrica para el Huérfano y un piano para el gordito melenudo. No hubo necesidad de cerrar trato formal. Todos entendieron que se debían algo.

—Un hombre no es nada sin su socio, enunció claramente el gordito, jalándose hacia las cejas el fedora gris.

Pero en el acto volvió a su personalidad habitual y le dijo al tío Fernando: —Bueno... es que falta... quiero decir, no somos tres...

Benítez se extrañó en voz alta: Hasta contó con los dedos.

—No... es que... bueno... este... falta la niña...

—La niña?

—Sí, sí, la Niña Ba... Ella, quiero decir, ella toca el pícolo, espetó de un golpe, suspirando al cabo, el gordito.

Benítez prefirió no pedir explicaciones, seguir la corriente y aceptar el trato tácito. Compró la flautita y se la entregó al gordito. Esa noche, desde su recámara, los escuchó practicar y distinguió perfectamente los instrumentos, el piano, la guitarra, los atabales y la flauta.

Se bautizaron a sí mismos los Four Joditos.

Benítez no pudo averiguar nada acerca de los orígenes del Jipi Toltec; aceptó la existencia invisible de la Niña Ba y todo lo escuchó de labios del gordito, tan trabado para hablar cotidianamente, pero tan seguro de sí mismo cuando aplicaba a la vida diaria diálogos aprendidos en el cine.

En cambio, nuestro tío, al cabo periodista, no cejó en sus pesquisas acerca del Huérfano Huerta, de dónde venía?, escapó de su ciudad perdida sólo porque se abrió la nueva línea del metro?, cuánto era capaz este muchacho de contar sobre sí mismo?

Con una suerte de paralelismo azaroso —comentaba don Fernando— el detestado Homero Fagoaga también tenía a un muchachillo, éste filipino de origen y llamado Tomasito, sólo que mientras Benítez le daba al Huérfano y sus cuates aliento y libertad para ser independientes, Fagoaga tenía al filipino a su servicio como recamarero y chofer.

Se contaba una historia que Benítez le repitió una noche a mi padre y a mi madre, para que ellos vieran que a él no le dolían prendas cuando don Homero se las merecía: Homero salvó al joven Tomasito de una matanza de despedida ordenada por los dictadores filipinos, Ferdinando e Imelda Marcos, antes de su caída. Lo dejó en su patria, según parece a cargo de un oficial norteamericano en la base naval de Subic, y ahora lo trajo a servirle de mozo en México.

—Pero no se me reblandezcan con Homero, advirtió en seguida Benítez, meneando el dedo severamente: —Sepan ustedes que su relación con Filipinas se debe a que actúa allí como hombre de paja de Ulises López, exportando trigo que no se puede vender en los Estados Unidos por estar envenenado por un agente químico, es exportado a México donde lo almacena Ulises López y luego, a través de Homero, lo exporta a su vez a Filipinas: donde lo recibe, acapara y distribuye el monopolio de los inaplazables cuates de Marcos. Parece muy complicado, pero no lo es en las concepciones económicas globales de Ulises López.

Al nombre del cual, el Huérfano Huerta brincó desde atrás de un sillón de terciopelo verde donde se hallaba agazapado y con furia inaudita repitió el nombre, López, López, Ulises López, Lucha López, como si fueran los nombres del mismísimo Diablo y su Consorte, ellos quemaron las casas, ellos dijeron que los terrenos eran suyos, ellos mataron a mis papás, por ellos huimos mi hermano perdido y yo!

Mi madre instintivamente abrazó al Huérfano y mi padre recitó una de sus líneas preferidas de López Velarde —el niño Dios te escrituró un establo— y Benítez asintió que la imagen de la ciudad es su destino, pero Ulises López que no, no había destino, había voluntad y acción, nada más, le repetía a su mujer Lucha Plancarte de López: dondequiera que una banda de paracaidistas se instalara en sus terrenos, ellos los sacarían a sangre y fuego, sin miramientos. Total, vivían en chozas miserables de cartón, como animales, en establos.

6. Patria, tu superficie es el maíz

La segunda venganza del tío Fernando fue ordenarle a la banda de los Four Jodiditos colocarse frente al Shogun Limousin del licenciado Fagoaga a la hora de su salida a comer.

Don Homero había pasado una mañana activísima en sus oficinas, que le ofrecían un frente perfecto para sus actividades: anticuadillas y humildonas, en un tercer piso de la Frank Wood Avenue, secretarias viejas, fodongas y cegatonas que escucharon su último piropo durante la presidencia de López Mateos, fojas y más fojas de empolvados trámites judiciales, escondido detrás de ellos un notario oaxaqueño de visera verde y ligas en las mangas, en el teléfono don Homero con su socio gringo Mr. Kirkpatrick, accediendo (Homero) a importarle al socio (Kirkpatrick) todos los pesticidas prohibidos por ley en Norteamérica, mandarlos de México a Filipinas como exportación mexicana (muy aplaudidas nuestras exportaciones porque nos traen divisas, jaja) aunque yo le pague más a usted de lo que cualquier filipino me puede pagar a mí, jaja, no sea usted bromista, Mr. Kirkpatrick, yo nunca comeré una tortilla nacida de un grano de maíz regado con su pesticida, yo mis baguettes me las mando traer por Air France desde esa panadería tan cuca en la Rue du Cherche Midi y aquí por fortuna no se imponen todavía normas en defensa del consumidor! es preferible tener inversiones y empleo, aunque sea con cáncer y enfisema!

Ahora, el licenciado descendió de sus tradicionales oficinas en la Frank Wood Avenue poniéndose los guantes de cabritilla y el fedora color palomino y se abrió paso entre las masas que a las tres de la tarde transitan por esta calle central que en otras, más castizas épocas se llamó San Francisco, Plateros y Francisco Madero, para entrar a su ancho automóvil a través de la puerta obsequiosamente abierta por el chofer filipino Tomasito, a la sazón sumamente joven pero siniestro en su aspecto oriental y al acomodarse en mullidos asientos vio que la multitud callejera se agolpó con los ojos desorbitados, mirándole a él, don Homero Fagoaga, abogado y lingüista, como si fuese un becerro con dos cabezas o un millonario que le hizo caso al presidente y devolvió los dólares exportados en 1982.

El tío Homero le ordenó al chofer filipino avanzar, avanzar rápido, pero Tomasito dijo en inglés no can do master y la multitud crecía, pegando las narices a los vidrios de la limo japonesa del señor Fagoaga, embarrando salivas y mocos, huellas digitales y vahos cegatones en parabrisas, vidrios, puertas, tal era la curiosidad masiva que el licenciado Fagoaga provocó sin poderla explicar, amedrentado y sojuzgado en toda su obesidad dentro de este baño turco en el que se le convertía su automóvil con las ventanas cerradas para impedir una muerte que el ilustre académico de la lengua no sabía si prever por odio excesivo como las de Moctezuma y Mussolini, o por excesivo amor, como la de cualquier ídolo del rockaztec de nuestros días, encuerado y desmembrado por sus grupis:

—Abre las ventanas, manilesco auriga!, le gritó el tío H. a su chofer.

—Is danger master, me no likey lookey!

—Pues a mí empiezas a disgustarme tú, rechazo del requesón, exclamó el tío H. y abrió valerosamente su ventana sobre la excitada turba, sólo para distinguir en ese instante al chamaquillo con la cabeza de corcholatas gritando urbi et orbi, acérquense, diversión gratis, el chamaquillo de los pies vulcanizados mantenido en alto por sus secuaces, un gordo de pelo negro lacio y un flaco con hocico de coyote y melena desgreñada, gritando miren el coche con ventanas de aumento, levantado en vilo por el horrible despellejado hocicón y ese gordito blando y melenudo que pudo ser, ay!, el propio Homero quinceañero, gritando miren el coche japonés último modelo con vidrios de aumento y miren aumentado al gordo que viaja adentro, ora o nunca, señoras y señores:

—Arranca, peligro amarillo!, le dijo el tío Homero con furia a Tomasito cerrando velozmente la ventana, arranca, no te preocupes, aplástalos si hace falta, ya te lo he dicho, ya conoces la disposición oficial del Departamento del Distrito: Si Atropella Usted a un Peatón, No Se Detenga, adelante Tomasito, las averiguaciones empapelan las delegaciones y luego los tribunales, arranca, aunque pases encima de ellos y los mates, estás autorizado, cuesta más interrumpir el tránsito, levantar actas, iniciar procesos: mata al machucado, Tomasito, en bien de la Ciudad y de la República: mátalos, dijo Homero, pero en sus ojos enloquecidos temblaba el deseo, los quería y los odiaba, los veía correr por los potreros, descalzos, inermes pero acostumbrados ya a las llagas de dióxidos, fosfatos, monóxidos: se asomó a la ventana cerrada, chorreada, del limo nipón y los miró con rencor, corriendo por Frank Wood detrás de él, frente a la turba curiosa: el encorcholatado, el despellejado, el gordito; observó los tres pares de piernas, a ver cuáles le gustaban más, y los seis pies que corrían detrás de su automóvil eran pies de alguna manera deformes, eddypiés pues Eddy Poe dice ahora mi papá el punditero, pies deformados por esa costra protectora de caucho humano que les ha venido saliendo a los niños citadinos y que da fe de que pasaron sus in-fancies en las calles potreros lotes lechos basureros del Defe da fe: eddypiés de niños perdidos, corriendo detrás de la limo del tío Homero Fagoaga, Niños Perdidos, Huérfano Huerta, Orphée Orphelin, David Copperfield, Oliver Twist, Little Dorrit pedorrito del Defé:

—Ándale, horda de oro!, cerró los ojos el tío Homero mientras el fiel filipino le obedecía y tiraba mirones al aire a diestra y siniestra como en un grabado de Posada; por los aires y de posaderas voló más de un curioso (papanatas!, exultó don Homero) pero el tío sólo tenía ojos para ese niño de aspecto chamagosamente feroz, el de casquete de corcholatas, y sus dos compañeros... Sin embargo, como le sucede a las obsesiones más fidedignas, dejó de pensar en ellos y en el incidente, exhausto; llegó a su casa, subió a su apartamento pidiendo un baño, Tomasito corrió a prepararlo y luego regresó encantado:

—Ready master.

Homero le pellizcó entonces un cachete, por eso te perdono todo, cuando eres eficiente eres un mago, mi fumanchú, se desnudó en el baño de mármol negro, imaginando coquetamente en los espejos otra forma para su cuerpo que siendo la misma volviese locos a los oscuros objetos de sus deseos, él Homero un Ronald Colman con bigotito Paramount, suspiró, agradeció el intenso verdor líquido del agua en su popesca tina de emperatriz romana, pensó deliberada aunque fugazmente que en México, D. F. sólo existía ya el confort privado, no sólo exclusivo, sino secreto, porque ya todo lo compartido era feo, calles, parques, edificios, transportes, comercios, cines, todo, pero adentro, en los rincones de la riqueza, se podía vivir con lujo, secretamente, porque no se trataba de violar la solidaridad nacional o de regresar tlacolines mal habidos o de renunciar a pisos de cinco millones de dólares en Park Avenue o de andar malvendiendo chalets de ski en Vail, no, no se trataba de ofender a los desafortunados que… Miró con un sentimiento de maravilla el color verde intenso, líquidamente transparente aunque hermosamente sólido (como el mármol, diríase) de su agua de baño y no la resistió más.

Se dejó caer de un alegre y despreocupado sentón en la tina, pero en vez de ser recibido por la fluidez acariciante y tibia del agua verde, fue abrazado por un pulpo frío y pegajoso: mil tentáculos se apoderaron de sus nalgas, su espalda, sus rodillas, sus codos, sus lonjas, su cogote: el licenciado Homero Fagoaga se hundía en algo peor que arenas movedizas, fango o acuario tiburonesco: incapaz de mover un dedo, una pierna, la cabeza agitándose como la de un títere, Homero era succionado por una tina llena de gelatina verde, un dulce estanque de viscoso Lime Jello en el que el tío H. parecía una gigantesca fresa conservada en el centro de la jalea.

—Conque gelatinas, señor licenciado, dijo carcajeándose desde la puerta el tío don Fernando Benítez, vestido con cuello almidonado de palomita, corbata de moño y traje de claro shantung cruzado.

—Tomasito!, alcanzó a gritar Homero Fagoaga instantes escasos antes de hundirse en el horror, la sorpresa, la cólera, más pegajosas que los litros de gelatina puestos allí por la banda de los jodidos: —Tomasito! Au secours! Au secours!

—Tu patrón sabe francés o es sólo un detestable snob?, preguntó el tío Fernando al tomar el bastón y el sombrero que Tomasito, perfecto aunque perplejo servidor, le entregó antes de acudir al socorro de su amo, quien gritaba a Benítez rusófilo!, marxista de café!, comunista de salón! y otras extravagancias, comentó mi madre, que fechaban fatalmente la educación política de nuestro pariente.

Tomasito, en cambio, después de salvar con succiones y empujones y tirabuzones a su amo, se retiró a rezarle a una palma en maceta que traía a cuestas y pidió a los dioses de su patria que nunca más le sucediera que confundiese a su patrón con los parientes, allegados o amigos de su patrón, les diese libre entrada a las mansiones de su patrón o sirviese a más de un patrón.

Luego regresó sollozando a pedir perdón y a exprimir aún más a don Homero Fagoaga, postrado sobre su cama de baldaquín.

—Creo que la gelatina aún no acaba de salirle por las narices y las orejas, dijo mi padre Ángel, pero mi madre sólo repitió estas palabras: —Qué va a respirar mi hijo cuando nazca?

—Mejor te voy a contestar lo que va a hablar el niño. No me preguntas también eso?

—Está bien, que va a hablar el niño?

Ésa es mi tercera pregunta.

7. De aves que hablan nuestro mismo idioma

Hace tiempo (una eternidad para el que crece) Ángel mi padre decidió que nadie hablaba español ya; porque creer lo contrario era privarse del deleite máximo de la lengua, que es inventarla porque tenemos la impresión de que se nos muere entre los labios y depende de nosotros resucitarla.

No sé si mi padre me comunica esto inmediatamente al crearme y destinarme (lo primero se lo agradeceré siempre; lo segundo, no te hagas pendejo, Daddy-Oh) o si yo lo aprendo a través de la cadena genética tan larga como la cuaresma opaca, que dice mi padre en seguida, adjetivándolo todo: la lengua se nos muere y sólo porque saben esto mi padre y mi madre terminan por perdonarle la vida al tío Homero o más bien tienen que sobreponerse a esa simpatía lingüística para armarse de voluntad y proclamar: delendo serás, avúnculo!

El hecho es que aquí están los tres cenando juntos en Acapulco una tibia noche de los diciembres antes de los eneros de mi concepción (mi padre Ángel, mi madre Ángeles y el reverendo tío Homero), este último secreto y enamorado y agradeciéndole a Mamadoc la recuperación de una lengua vernácula tan amenazada por el peso específico de la vecindad norteamericana y tan defendida por su Cid Lenguador nuestro tío don Homero, quien no acaba de comprender por qué un hombre dedicado a la más ingente tarea nacionalista como es la defensa de la lengua, puede ser atacado y burlado simplemente porque de paso hace su luchita en terrenos económicos que a nadie le han sido, qué va!, vedados, y la mejor prueba es que sus propios sobrinos, Ángel y Ángeles Palomar y Fagoaga, han dejado atrás amargas rencillas y estériles resquemores para venir a pasar las fiestas de fin de año con él en Acapulco, donde yo voy a ser concebido el lunes 6 de enero de 1992, con la venia de susmercedes los Electores, sin saber a ciencia cierta qué idioma voy a hablar, aunque mis genes palpiten en latín y español y mis cromosomas tiemblen ya, alterados, en los testículos de mi padre y el ovario de mi madre mientras cenan con el tío Homero Fagoaga en la fortaleza que se ha mandado construir en la antigua playa de Pichilingue ahora conocida, dice él, como la Peachytongue Beach.

Ay, suspira el tío Homero cuando Tomasito, su mozo diametralmente filipino, enciende las antorchas del patio tropical y las luces encontradas del fuego y el sol poniente combaten en los grandes cachetes del personaje como si disputasen el calor orotundo de la lengua muelle, salivosa, acolchonada que se abre camino entre mejilla y mejilla, labio y labio, muela y muela:

—Ay, cuánto sinsabor para la lengua de Lope, Lara y Miguel N. Lira! Pensar que un día ésta fue la lengua universal, la heredera imperial del latín, la lengua empleada por el genovés Colón en sus escritos prehispánicos! Porque no hay que olvidar que Colón también tuvo su época prehispánica.

Ahora, contiende el pobre tío Homero, él debe aceptar que la dirección de su condo militarizado esté en la Mel O'Field Road aunque el prócer liberal don Melchor Ocampo dé de tumbos en su michoacana tumba (está en la Rotonda de los Hombres Ilustres o lo que de ella queda, cretino, creo; sólo los huesos, huesuda, hueles a los fantasmas?, no, verdad?, ónde andará el fantasma del prócer liberal don Melchor?) y que su oficina está en la Frank Wood Avenue por más que le pese a don Panchito Madero en la suya y además quién se acuerda ya de ellos, están muertos, dicen mis papis tubí, verdaderamente muertos, Ángel, porque ya nadie los recuerda, nadie recuerda quiénes eran o qué hubo detrás de los nombres, eso es estar muerto, nada más eso, tú no crees?

Pero por otra parte nuestro tío endulza sus venganzas castizas, mandando las cartas que está obligado a redactar en su calidad de Presidente de la Academia Mexicana de la Lengua Correspondiente de la Real Academia de Madrid (o lo que de ambas ruinas resta) a las editoriales anglas con direcciones como Cafecito y Compañía de Boston, Doble Día y Arpista y Crujía de Nueva York, y también Casa Casual, y el Chato Ventanas en Londres. Mas como las cartas parecen llegar, eventual aunque lentamente, a Little Brown, Doubleday, Harper & Row, Random House y Chatto & Windus, el tío Homero llega a su vez a la conclusión, característicamente, de que en efecto vivimos en la Aldea Global y que si el idioma de la Pérfida Albión y sus perversas colonias trasatlánticas contamina la pureza de nuestra heredad verbal castellana, no es menos cierto que sesenta millones de inmigrados aztecas, guajiros y borinqueños terminarán por envenenar las tradiciones del idioma inglés y ya se sabe de modas impuestas por la reconquista mexicana del sureste norteamericano, como ponerle prefijo santo a todos los lugares Santo Bosque donde se hacen las películas de cine, en California, Santa Bruja a los emparedados, San Borns a los cafés y Misión del Jaguar Johnson a los moteles y admite, why not?, que Pichilingue puede llamarse, en el accidentado curso de las cosas mas sin perder sus esencias nativas y como aguardando, en reserva, el día siempre aplazado de la gran vendetta mediterránea contra la arrogancia nórdica, Peachy Tongue.

De esta manera, como siempre, confiesa mi padre, el tío Homero Fagoaga concilia la aparente contradicción de su ánimo: ser simultáneamente el más intolerable chovinista y el más ferviente entreguista.

—Pero esto no contesta mi pregunta, insiste mi mamá, qué lengua va a hablar el niño cuando nazca?

Mi padre sólo puede contestarle con su biografía: él creció en la Colonia Juárez antes/después de que el terremoto la devastara y en la Colonia Cuauhtémoc a medida que se transformaban oficialmente en su pronunciación fonética inglesa escrita primero parentéticamente para guiar a los turistas antes de que, insensiblemente, la fonetización se convirtiese en el nombre y éste en aquélla:

COLONIA WHATAMOCK
AVENIDA WAREHZ
JARDINES FLOTANTES DE SUCHAMILKSHAKE
CALLES DE BUCK O'REILLY

y otras nomenclaturas dadas por el distinguido crítico irlandés Leopoldo Boom, también conocido como L. Boom, durante su visita a
México en los retardados ochentas cuando el Instituto Nacional de
Bellas Artes organizó el concurso literario-oscular. J'AIME JOYCE O
GÓCELA CON JOYCE: lo cierto es que Leopoldo Boom sustituyó al
desgastado astro del auge de la novela latinoamericana, Marcelo
Chiriboga, como principal bautizador de las calles de la ciudad que
crecía tan rápido y tan vastamente rebasaba la capacidad nominativa
de sus propios habitantes, que fue necesario importar a este novelista
precariamente detenido en uno de estos países que en el Ecuador se
devoran entre sí para añadir dos metros más al *se los tragó la selva* de
sus geografías: Chiriboga, sobra decirlo (y con ello, murmura mi
madre, está dicho todo: DICHO? DICHOSO JOYCE DIXIT) suramerica-
nizó velozmente predios enteros de la todavía entonces Ciudad de
México, quiso convertir Ixquitécatl en Iquitos, Ixcateopan en Iqui-
que, Cuitláhuac en Cundinamarca, Santiago Tlatelolco en Santiago
del Estero, Chalco en Chaco y Texcoco en Titicaca.

Esto no funcionó; para devaluados, nos valíamos solos. No
hacía falta añadir depreciación a la disminución. Marcelo Chiriboga
propuso públicamente que la elegante colonia Cuauhtémoc, puesto
que sus calles tenían todas nombres de ríos —Sena y Támesis, Ganges
y Guadalquivir, Amazonas y Danubio— debería llamarse la Colonia
Entre Ríos para el vulgo, y para los iniciados, la Mesopotamia Mexicana. Fue expulsado por decreto presidencial rumbo a Lima la Horrible, de donde nunca debió salir en primer lugar, pues bien sabido es

—Que mono, perico y peruano, no debes darle la mano…
—Que es ecuatoriano, interrumpió mi madre.
—Naciones subalternas, dijo el pedante de mi papá, que se
han pasado pretendiendo ser primeros en todo lo que, obviamente,
los mexicanos tuvimos antes: civilizaciones indias, universidades es-
pañolas, catedrales católicas, colegios pontificios, democracias dirigidas y poetas populistas.

Pero de esto se hablará más tarde; basta enunciarlo una vez:
(—África empieza en los Andes, le contestó mi padre como si no la

oyera esa tarde de mi creación) y continuar con el tema que nos ocupa, o sea La Lengua, toda vez que en ella estoy inmerso tanto como en el líquido del vientre materno y en él ya sé que yo desarrollo un lenguaje; los símbolos de ese lenguaje son privativos del niño que yo seré; mi lenguaje y sus símbolos se desarrollan muchísimo antes de que yo tenga que hacer uso práctico de la lengua para comunicarme; mi actual vida intrauterina ya es parte de ese largo desarrollo del lenguaje y sus signos; mis genes han propuesto un cimiento nervioso que asegura este hecho: yo voy a *comunicarme* independientemente del vocabulario, la sintaxis y los símbolos del mundo que me espera al nacer:

—La culpa de todo lo tienen los genes, dijo el tío Fernando.

—Claro que sí: la culpa de todo lo tienen los Hegels, contestó el tío Homero.

—Tartufo!, murmuró entre dientes mi madre durante la cena al fresco en la mansión acapulqueña del tío Homero y acto seguido salió de la cocina Tomasito trayendo de postre una tarta de trufas y el tío H. no se indignó con él porque no había escuchado el pie molieresco dado por mi mamá al criado y de Tartufo a tarta de trufas sólo mediaba, mi padre le dio la razón a Nuestro Pariente, toda una era llamada la Modernidad (igualmente opuesta a la Mothernidad de los orígenes y a la Modorridad del pasado) que ha significado individualizarse al extremo para el futuro extremo que nos aguarda, alejarse, horror, de las abstracciones colectivas de nuestros antepasados grecolatinos y medionavales y ser tú sólo tú, yo mero petatero caracterizado hasta la incomprensión: nombre y renombre, suspira mi madre lectora de Platón, renombre y nombre suspira mi padre lector de Montaigne, fama e infamia, se queja don Homero:

—Mi triste destino es que nadie comprenda nada de lo que digo, como si nadie entendiera ya el castellano, dice don Homero, vaso de piña colada en ristre.

—Qué lengua va a hablar el niño?, pregunta en corte súbito mi madre al entrar al mar la mañana de mi concepción.

Pero don Homero Fagoaga sabe hablar bien de una sola cosa, y ésta es La Lengua y La Comunicación. Mis padres admiten que hasta el hombre más estúpido o detestable tiene un destello de inteligencia, voluntad, o poesía que lo salvan, y éste era el caso de Homero Fagoaga cuando nos recordaba que Aquiles y Héctor sí que se comprendían, que Ulises entendió perfectamente a Circe, Cicerón a Catulo y Dante a Virgilio, hasta que nuestros antepasados los españoles, como para vengarse de tanto dogma y criterio unificado y aquí nadie piensa por su cuenta, mandaron a dos hombres de tinta, una exclamación alta y prolongada como un geyser y una afirmación redonda, rotunda como una *oh!*, lado a lado para siempre recorriendo los campos de Montiel descubriendo que el mundo ya no se parecía a sí mismo como se pareció a sí mismo todo el mundo anterior y en La Mancha ya no: qué dices, Sancho? qué dice sumerced don Quixote? Molinos? Gigantes? Princesas? Aldeanas? Castillos? Ventas? De qué estamos hablando? De qué estamos leyendo? Por qué no se parecen ya lo que leí y lo que viví? Ya no tenemos nada en común que decirnos? Ya se separó la palabra del acto? Qué dices Tristram? Hablas de caballos o de caballetes? Pobre Tristram condolido con tu página negra: escríbase en ella el nombre que no tuviste, Trismegistus, comunicado por tu atareado padre a una gatupería pendeja y inglesa que corre de la biblioteca a la recámara del parto por escaleras y corredores, repitiendo Tris, Tris, Triste y al abrir la puerta donde tú llegas al mundo, exclama a doctores, pastores y parteras:

—Pónganle Tristán al niño! Pónganle Caballero de la Triste Figura al niño! Nadie se entiende, todos se creen otros, Emma Bovary no se entiende con su marido, ni Anna Karenina con el suyo, castillos son posadas, molinos son gigantes, Aschenbach muere en Venecia creyendo que Europa muere con él y sólo muere Aschenbach, el nombre Guermantes pierde todo su prestigio apenas encarna en una señora gorda —era sólo eso!— y un insecto despertó una mañana convertido en Franz Kafka.

—Estoy de acuerdo, les dijo el tío Homero, en que defiendo lo indefensible. El libro es sólo un episodio fugaz en la historia de la historia. Digamos, jajá, desde 1492 a 1992, cinco siglos redonditos de lectura, de Nebrija a Nabokov, de Gutenberg a Gunter Grass, un interregno impreso entre los mundos orales y visuales que siempre prefirió la humanidad.

Suspiró don Homero, levantó su copa y, con ella, recobró su habitual desplante.

—Permítanme, sobrinitos, que defienda, pues, a un cadáver, mientras retornamos al entretenimiento tradicional del canto, el discurso y la imagen. Dejemos que don Quijote se ahogue entre el polvo de sus libros y regresemos a beber y declamar y contar cuentos en la taberna de Rabelais.

—Rabble est?, enterjectó el mozo filipino, no master, no rabble here, est or west! only *very* fine people, yes?

Palideció don Homero; sus ojos empezaron a girar en redondo como los de un muñeco; mis padres sintieron que en esa mirada ellos desaparecían mientras el tío Homero le hablaba al mundo en general.

—Ay, no por eso dejaré yo de mantener en alto los pendones del lenguaje, como proclamase, desde Bogotá, la Atenas de América, su ilustre valedictorio don Guillermo León Valencia.

Dicho lo cual, el gordo tío se durmió, quién sabe si vencido por el exceso de la ubicuidad, por la excitación sexual que a ojos vistas le provocaba mi madre, por la bilis que le hacía derramar a cada rato el tarugo servidor filipino, o por los alcoholes que ingería con cada brindis, aunque cuando se emborrachaba, don Homero se justificaba:

—No fue el tequila, fue el sol.

Entre los tres —mi padre, mi madre y el mozo— lo llevaron a acostar y más tarde mi madre se preguntó si este problema del lenguaje que los había ocupado toda la noche no era un problema secreto —una secreción, una secreación?— y su origen real era no la necesidad de comunicarse, sino la necesidad de no ser comprendido por los demás: de comunicarse en secreto con la secta y defenderse del extraño, ergo Babel.

—Babble? No babble here, missy, only champagne have babbles.

Desesperada, mi madre dijo que Platón tenía razón, la única razón de ser de los nombres era usarlos para llegar a la naturaleza de lo que indicaban (leyó meciéndose en la hamaca, mareada) y saltando de la hamaca sobre el cuerpo yacente de mi padre en la cama dijo cuando hablo en latín pienso en latín, cuando pienso en griego es que te hablo diego, y yo llevaría un diario en chichimeca antiguo si estuviera segura de que nadie lo entendería y pudiera confiarle toditititos mis secretos, no crees? sin saber que en ese instante los Four Jodiditos sentados en la proa bamboleante de la discoteca Diván el Terrible comentaban que su empleadora la semiproxeneta francesa Ada Ching, que los había contratado para tocar en las fiestas de Año Nuevo, se defendía y defendía la legitimidad de su negocio gracias a una mezcla de desenfreno erótico y sentimentalismo ideológico, pero sobre todo porque el sexo y la ideología ella los expresaba en una jerga que nadie entendía, explicó el muchacho gordo ("estoy buleversada, los invito a bufear la noche del revellón, todo sobre cuenta propia para excusarnos de la blaga del garzón, no era malo, sólo juguetón, vendrían todos de vuelta a la disco, prometido y jurado?, los minetes de la banda que tocaban tan ravisantes iban a tocar más bonitamente que jamás y ahora todos a debrullarse solos!") que se podía llamar el gabachototacho, igual que nadie entendía a los asesores económicos del ministro Robles Chacón porque hablaba otra jerga, el econotacho ("… y su incidencia en la demanda de bienes y servicios resulta sumamente fluctuante, toda vez que no coincide necesariamente con las necesidades de infraestructuras evaluadas en parámetros clásicos de/") y ellos a poco se iban a quedar en el lenguaje retrasado de la clase media o de las barriadas, a ver suéltenseles dijo al Huérfano Huerta y al Jipi Toltec, a ver chavos, éste es el aliviane, al fin aquí los tres —los cuatro, perdón niñita— nos llevamos chido, nadie se agandalla, nadie se achica, la neta es que aquí nadie transa a nadie, nel?, ésta es la neta: estamos juntos los tres, digo, los cuatro y nadie va a desafanarse…?

Lo dijo bien aprendidito, sin sus tropiezos habituales, igual que repetía diálogos de películas aprendidas en su antiguo trabajo de proyeccionista, pero concluyó que cuanto había dicho podía aprenderse, la prueba era que él, un muchacho de clase media, había penetrado ese lenguaje y por lo tanto era inservible: no era secreto. El gordito se incorporó a pesar de la marea que agitaba la barca de placer, hizo un gesto típico de James Cagney (los codos acariciándole los riñones, los puños cerrados y nerviosos, dispuestos a combatir contra el mundo) y dijo que tenían que inventar un idioma nuevo, juntos, que sólo ellos entendieran.

—Sure, dijo el Huérfano que ahora se pasaba horas frente a la entrada de los hoteles de Acapulco, un poco para que los pasantes creyeran que vivía allí, otro poco para aprender inglés.

El gordito continuó diciendo que el problema de la banda (y esto lo decía, pues, le apenaba, pero, decía, él era el autor de las letras y eso estaba mal, tenían que nacer de una colaboración, colectiva, secreta, pero luego hacerse comunicables a todos, nacer del secreto pero entenderse en público, emocionar a los demás, era correcto, lo entendían?): los demás dijeron que sí, creían que sí, neto, nel?, nonono, se exasperó el gordito, miren yo he visto películas de todo el mundo, podemos poner a circular expresiones que nadie conoce aquí, saludos como en las películas checas, ahoy!, que es un saludo marinero en un país que no tiene costas, México tampico, dijo el Huérfano, y aquí, donde estamos, qué es esto, preguntó el gordo: acá es Aca, no es México, contestó el Huérfano con una sonrisa deslumbrante y así vencía sus derrotas el muchacho: estaba cambiando el buen Huerfanito, pensó el gordito. Y siguió: Serbus, es un saludo de película húngara: set, es un grupo de canciones para bailar en Nicaragua y búfala es como Omar Cabezas dice super en su libro guerrillero; y humungus es enorme en los USA y awesome es genial y sorprendente.

—Ozom?, repitió el Jipi.

—Eso mismo.

—Chécalo!

—Sure.

—In ixtli, in yollotl, dijo el Jipi llevándose sucesivamente una mano a la cabeza y al corazón.

—La niña Ba acaba de bautizar este lenguaje, concluyó el gordito.

Así nació la expresión secreta y vernácula del ánglatl, que tan de moda se puso entre los grupos juveniles de los noventas, destruyendo al cabo los motivos de los Four Jodiditos y obligándoles a buscar nuevas, más secretas voces.

Pero en cuestiones de lenguaje, comentó don Homero Fagoaga, más vale una larga paciencia. Quién entiende ahora las expresiones vernáculas de nuestra primera novela, *El Periquillo Sarniento* de Fernández de Lizardi? En 1821 eran populares; ahora se requiere un glosario para entender qué cosa quiere decir "norabuena", "hazañero" o "padre del yermo". Lo que fue secreto se volvió público y ahora otra vez es secreto! Pero gracias a estas vueltas la lengua se renueva constantemente y mantiene a la comunidad!

—La lengua, dijo mi papá, eso es Engelschen mía de los Ángeles míos, di lo que quieras de uñas y pezuñas, de cocos y cacas, de la anatomía eterna interna y externa de mi muy venerado tío don Homero Fagoaga, divídelo como quieras, córtalo y destrípalo como un buey, sobre todo ahora que nos ha hecho esta desgracia de zurrarnos aviadoramente, pero nunca olvides para que lo sepa nuestro hijo que todas las contradicciones de nuestro pariente encontraron nido y asiento allí, en su lengua, que este viejo bufo, por lo que tú quieras, por la perversión máxima sí, la perversión, Ángeles, de infligir un mal estúpido, encontrar una disculpa y un disfraz para sus actos, mantuvo este bien y reveló esta realidad: la lengua castellana existe, él miente con ella, lame con ella, halaga con ella, desdeña con ella: oh Ángeles desde el precipicio en que estamos esta tarde, cagados por el cielo y lavados por el mar, en la orilla del firmamento y en la frontera del agua, te lo digo: nomás por eso le perdonaría la vida a nuestro pariente y haría coro a su lamentable vanidad y de ella me compadecería, mi muñeca, si no supiese que él no lo sabe y que debemos dejarle saber que lo sabe, sí Ángel, te entiendo, que él no lo sepa, carajo, que nos lleve el diablo, pero que nos lleve en español!

Tercero:

Una vida padre

> Niña, moza, mujer, vieja, hechicera, bruja y
> santera, se la lleva el diablo.
> QUEVEDO

1

En mi circunstancia hay una cosa cierta y es que el niño ha sido concebido bajo el signo de Acuario y otra incierta y es que sus chances de ser un feto mexicano son de una en ciento ochenta y tres trillones seiscientos setenta y cinco mil billones novecientos millones, cuatrocientos cincuenta y tres mil doscientos cuarenta y ocho, contó mi padre cuando entró con mi mamá al mar Pacífico para lavarse la mierda que les llovió del cielo aquel mediodía de mi concepción, mi conchadía o cuntday, día del cuento dicen ellos, mi columpio columbario hacia el ovario silabario digo yo, porque aunque ellos recuerden ahora lo que pasó ese día yo lo sé réquete bien desde el momento en que la microculebra de mi papá tumbó como pétalos de una rosa la corona radiata de mi mamacita (corona extra culona: todos los coños el mundo tienen su corcholata celestial, no hay chance de arrancar los pétalos y pensar me quiere o no me quiere: la flor cae de un solo golpe brutal, la botella es destapada sin miramientos) mientras los sobrevivientes que dije de la gran batalla de los Termópelos invadieron la membrana gelatina, pitando sin ser oídos: cuál de nosotros va a tener el honor, la singularísima deferencia de fertilizar a la señora doña Ángeles sin apellidos casada con el señor don Ángel Palomar y Fagoaga Labastida Pacheco y Montes de Oca, de las mejores sociedades poblanas, jarochas, tapatías y chilangas; uno en un millón, el chaparrito de la suerte, el jorobadito afortunado. Todos como loquitos, tratando de penetrar, romper la barrera, perforar la coraza y vencer la fidelidad de esta Penélope que no admite a cualquier pene lópez de su vecino, qué va!, sólo a uno, al campión, el Ulisex sin hulisex de regreso de las guerras, the greatest, el Muhammad Alí de los cromosomas, el meromero, el maromero, el estupendo,

YOU DON'T MEAN ME?

Yo el admirable y portentoso Yo, admitido, bombardeado por voces y recuerdos, ay de mí, lugares y épocas, nombres y canciones, comidas y cogidas, discursos y tartamudeos, memorias y olvidos, este único YO CRISTÓBAL, y lo que ellos llaman genes.

—La culpa de todo la tienen los genes, dijo el tío Fernando.

—Cierto, asintió el tío Homero Fagoaga, la culpa de todo la tienen los Hegels.

Por qué tenían que encontrarse, interrumpirse, chocar, hacer corto, dos hombres que tanto se detestaban y tan disímiles eran en todo: mis tíos Homero y Fernando? Qué cosa nos impulsa a hacer lo que no queremos, lo que nos hace daño? Preferimos un insulto, un descontón, incluso un crimen —la muerte: siempre un crimen— a quedarnos solos?

Mi padre y mi madre, por ejemplo, ya no están solos: viven juntos y acaban de concebirme A MÍ. Yo los escucharé a lo largo de esta historia y me enteraré, poco a poco, de que su unión, su amor verdadero, no va a excluir una lucha constante entre lo que son y lo que quisieran ser y entre lo que tienen y lo que quieren. Diré desde ahora esto que acabo de decir sin violar regla narrativa alguna (sepan bien susmercedesbenz) porque precisamente la diferencia entre mi padre y mi madre es que de Ángel se sabrá todo al principio y de Ángeles se sabrá un poco al final. Hay gente así y no se revela nada diciéndolo desde ahora. Más importante será notar cómo se dan combate en ellos los enemigos: lo que soy y lo que quiero ser; lo que tengo y lo que quiero tener. Yo, tan solitario en el centro solar de mi narración, entiendo bien esto que les digo, señores electores. Como estoy tan solo, tengo que preguntarme sin cesar: qué es lo que más necesito para no estar solo; quién es el otro que yo más necesito para ser, insustituiblemente, yo, único, Cristóbal Nonato?

Mi respuesta es clara y contundente:

Te necesito a ti, Elector.

2

Esto me lleva a considerar que a cualquier hora del día, en cualquier clase social o indistinto círculo infernal de la selva salvaje, el problema es saber estar solo o bien acompañado. Pero en Makesicko City, la ciudad donde creció mi padre, su problema (nos dice el interesado) es salvarse (selvarse) de los latosos (le contó Ángel a Ángeles).

Me dicen que en otras naciones nadie se atreve a interrumpir una mañana ajena de trabajo o de asueto bien ganado sin establecer con anticipo una cita y luego cumplirla al minuto preciso; enviar un neumático azul (antes de su muerte prematura en 1984); telefonear al menos. Aquí no. El Defé es una aldea con relaciones de aldea en una megalópolis. "Oye, vente volando". "Oyes, puedo caerte?" Y los reyes. Y las tumbas. Y las tribus. Y los *pegostes*.

El mal social del pegoste conoce su forma más virulenta en el paracaidista que "cae" a la hora que sea, sin anunciarse, interrumpiendo una cena (si es gorrón y quiere ser invitado), un coito (si es voyeur refinado y se huele las horas del placer ajeno) o una lectura (si sufre de agrafia aguda y siente muina de que otros se acomoden a vivir con las palabras).

Qué lengua va a hablar el niño?, pregunta con insistencia mi madre, y mi padre le dice que la lengua se nos muere y sólo porque saben esto mi padre y mi madre terminan por perdonarle la vida al tío Homero. Acabamos de ver esto.

Pero para el pegoste paracaidista y metiche no hay simpatía o perdón posibles: su lengua es sólo cotorreo, yakitiyak, chismografía, labia y campeonatos de tragar pinole, aunque a menudo con pretextos dramáticos que justifiquen la intrusión indeseada por la víctima: Ángel mi padre tenía en la adolescencia la virtud (nos dice) de atraer a este tipo de tipos y de tipas: los y las que andaban desbalagados por las colonias Juárez y Cuauhtémoc.

En esa ciudad, entonces, de gente perpetuamente invasora (si j'ai bien compris) que llega de todas partes y a todas horas sin ser llamada, sin ser deseada, a tocar con los nudillos, ratatán, se puede?, tantán, es el diablo!, no hay nadie en casa?, no interrumpo?, me prestas tus maracas?, tienes tantito tepache?, el pretexto que sea, dice Ángel mi padre: en esa ciudad él cree que a él de adolescente lo buscaban más que a nadie sus compañeros y conocidos porque todos vivían aún con sus padres o por causa de la inflación todos se regresaron a vivir con sus padres o tuvieron que alojarse en incómodas y promiscuas casas de huéspedes con miedo de caer en las viejas vecindades y los nuevos barrios perdidos, y en cambio Ángel era huérfano pero bien alojado; y todos estaban sometidos a resucitadas disciplinas decimonónicas (o más antiguas: el interregno del relajo en México nació con la liberación de los Rolling Stones y terminó con la austeridad de los Rolling Debts: en las esquinas derruidas el canto más triste volvió a ser el de cuatro mil pesos tan sólo han quedado del petróleo que era mío, ay ayayay; el más alegre, se acabó el petropeso, se acabó la presunción, el que quiera superávit pagará contribución: cantar de ciegos): Alguien tocó a la puerta de la casa de los abuelos, era un mendigo vestido de monje, pidiendo caridad:

—Colabore por favor para el entierro de mi abuelita.

La abuelita de Ángel, doña Susana Rentería, se arrancó el anillo de matrimonio y, temblando, se lo entregó al monje; cerró la puerta, abrazó a Ángel y le rogó: —No vayas a decirle lo que pasó a mi Rigo.

Pues bien; el latoso o sea el pegoste o sea el metiche no sólo no hace cita, sino que cuando la hace llega tarde; en cambio, si cae de improviso, siempre llega (por definición) puntualmente: tal era el caso de los incontables paracaidistas que le caían a mi padre cuando habitaba la cochera encima de la entrada de los abuelitos don Rigoberto Palomar (91 años) y doña Susana Rentería de Palomar (67 años) en las calles de Génova, con más libertad que nadie en su generación para entrar o salir. Autoemancipado de la tiranía avuncular de don Homero Fagoaga y de sus hermanas Capitolina y Farnesia, mi padre gozaba de prestigios incomparables; si vivía solo —corría la especie— es porque era más respetable, más maduro, más confiable que cualquier otro muchacho o muchacha de la escuela pública HÉROES DEL OCHENTA Y DOS que antes de su rapto y muerte mandó fundar como prueba de civismo el banquero más expropiado de México, don Mamelín Mártir de Madrazo, mejor conocido en los círculos del underworld financiero como El Pichacas, sin imaginar que este último baluarte de su prestigio cívico también sería expropiado, aunque sin cambiar de nombre, ya que HÉROES DEL OCHENTA Y DOS, por definición, lo mismo podía aplicar a los expropiados que a los a la sazón expropiadores, toda vez que éstos, al dejar el gobierno e ingresar al mundo de las finanzas, también acabarían por ser expropiados un buen día por el gobierno en turno y así, revolucionariamente, ad infinitum: total que en la susodicha escuela Ángel Palomar y Fagoaga pagaba caro su fama con latosos y tosas que le caían a toda hora a contarle sus cuitas, pretextando angustias metafísicas o físicas urgencias, me suicido si no hablo con alguien, que se convertía muy pronto en si no me suicido hablo con alguien y qué tienes en el refrigerador (un océano), qué libro estás leyendo (La vida y opiniones de Tristram Shandy, Caballero), qué sueño tengo (acuéstate rorra), tú no? (yo también, ahí te voy), qué disco escuchamos (el último del millón de discos: el Immanuel Can't), mejor kántame algo tú, sí?

> La vida del zopilote
> es una vida arrastrada
> todo el año vuela y vuela
> con la cabeza pelada

insúltame: pécora! arráncame mi peplo mi clámide mi fíbula déjame encuerada y me ayudas con la tarea?, me duele aquí, qué tendré?, pensé que estarías triste —desocupado— pendejeando como de costumbre —tan angustiado como yo— echándote una pajita, cochinotc —a punto de salir, comer, dormir, no te entretengo?— es cierto que te dijeron que les dijiste que me dijeron? —vine a que me interpretaras tus palabras— dónde guardas la mota —puedes prestarme a tu hermana?— necesito lana, manito —préstame unos preservativos— saben de alguien que necesite un cohetero para su fiesta de muertos? un vestidor de pulgas profesional para el día de todos santos? un insultador a sueldo? —lana, manito?, sin influencias no te prestan los bancos, conoces a un director de banco, Angelito? —préstame tu peine— préstame tu pene —no tendrás una recetita para hacer tamales costeños?— préstame a —préstame a— dale una llamadita a—no me encargas un equanil aquí en la farmacia de al lado, sí? —parece que mañana estalla la revolución—el golpe de estado fascista—el golpe de estado militar—el golpe de estado comunista— manda comprar muchas latas, Ángel, vamos al estado de sitio que chutamos—laca de uñas en la perfumería, no?—dónde están las frías, maestro, se nos está volviendo usted tacaño qué pasó pues?— me guardas mi colección incunable de revistas Playboy: en mi casa, tú entiendes—mi colección de monos de colores, Angelote, en casa si los ve mi mamá, tú sabes— mi toyota super tres equis aquí en tu patio, Ángel, en mi casa mi papá es muy estricto, la renovación moral, tú me capiches— mi maleta por si me hace un viaje— mi colección de afiches de la campaña de Almazán, Angelito?— mis discos de Avelina Landín?— mi tomo de metáforas selectas de López Portillo?— mi colección de pirinolas?—

Entre los diecisiete y los veinte años, los pegostes se le pegaron, los paracaidistas se le cayeron, los metiches se le metieron, los gorrones se la despelucaron y los pelados se la pelaron, como si de la independencia de Ángel en su casa a la vista del Ángel de la Independencia dependiera la de su generación cada vez más disciplinada en tutelas paternas, como si tal fuese el precio de los agitados y excitados veinte años de muerte, represión, apertura, reforma, auge, desplome y austeridad en los que les tocó, a Ángel y amigos y amigas, nacer y crecer y ver su mayoría de edad retrasada otra vez de los dieciocho a los veintidós años y los derechos paternales extendidos y fortalecidos a un grado digno del más severo hogar porfirista en espera, pensó Ángel, mi padre, testigo privilegiado de una época, de la inevitable reacción —desamparo, soledad, fuga, nomadismo— que se inició después del Desastre del Año 90.

Pero antes se diría que del islote de autonomía angelino dependía la propia ilusión de libertad, y algo más también: como si de la tambaleante supervivencia de la Colonia Juárez, único oasis urbano con cierto cariz civilizado —oh ilusión vana— dependiese la eventual resurrección de la ciudad moribunda que ahora había cumplido, casi, todas sus peores profecías, sin que nadie levantase un dedo para impedirlas: en las orejas de Ángel, de sus genes y de su descendencia en limbo, suena un rumor de agua sucia, bombeada y pestilente, como paralelo gigantesco a los latidos y a los riesgos del propio corazón.

En su cochera vieja de la casa de los abuelos en la calle de Génova mi padre se encontró a solas con una montaña de basura y la convicción de que nada, pero lo que se dice nada, de cuanto allí se encontraba, había sido conservado: la magia del mercado, como dijera el presidente Ronald Ranger en el debut de los odiosos ochentas, no conservaba nada, lo destruía todo pero hacía creer que la basura merece permanecer allí; y lo peor es que Ángel no podía o no quería deshacerse de esa montaña de detritus que amenazaba con sepultarlo en su propia cueva, para no quedarse sin el testimonio más elocuente de la época en la que le tocó crecer: el monumento de la chatarra, el hule y el pelo viejo. El genio maligno de Hitler consistió en ofrecerle al tiempo que vivimos su pronóstico más veraz en las montañas de objetos vasallos de Auschwitz. Quién no tenía su Auschwitz inocente en un desván, una cochera, un botiquín, un baúl o un patio de su propio espacio urbano o suburbano?

Así fue como mi padre Ángel, al cumplir veinte años y uno antes de que por ley le debiera ser entregada la fortuna heredada de sus desaparecidos padres los inventores, se dio cuenta cabal de que habiendo crecido en un mundo de economía ufanamente conservadora en sus principios y su aplicación, en realidad había crecido en un mundo del desperdicio y la anarquía económicas. La verdad había sido una mentira y darse cuenta de esto lo ofendió gravemente.

Esta tarde de mi creación, mis genes y cromosomas se ponen a hablar como si mi vida dependiera de la lengua más que del semen y el huevo: oyendo hablar ya a mi padre y a mi madre inmersos en el mar que es la cuna de la vida, el único refrigerador del ardiente mundo que quemó todas las existencias del universo menos las que vinieron a refugiarse y a formarse debajo del agua y dejaron, se los digo con certeza, el océano primitivo dentro de cada uno de nosotros flotando eternamente, en cierto modo, en agua salada, porque el problema, ha de saber su Merced Elector, es no quedarse seco. Nunca y bajo ninguna circunstancia; el que se seca se muere, es como pez sin escamas, pájaro sin plumas o cachorro sin pelo: ay de aquel que descuide el océano salvaje que trae adentro porque es lo único que le queda de dos creaciones imbricadas: la del mundo y la del niño. Digo esto porque siento que mis padres están hablando, metidos una tarde en el Océano Pacífico, de otro océano de polvo: una ciudad a la que, supongo, han de llevarme un día, puesto que tanto hablan de ella, la recuerdan y la prevéen y la temen. Por ejemplo:

—Fíjate Angelito, le dijo su abuelito (mío? mero? maromero!) el general Rigoberto Palomar, el Canal del Desagüe fue construido por don Porfirio Díaz allá por el año 1900 a un nivel más bajo que el de la ciudad de entonces. Pero hoy la ciudad se ha hundido en su lecho pantanoso y el canal está más alto que el de nuestra mierda. Ahora cuesta millones bombear constantemente para que la mierda suba al nivel del canal y se vaya. Si dejaran de bombear dos minutos, la Ciudad de México quedaría inundada en caca.

3

Ángel todo lo soportó, sin embargo, hasta el día en que al río de metiches se unió uno fuera de serie. Se presentó un muchachote alto, fornido, prieto, bigotón, con ojos de guerrillero de foto de Casasola tomando chocolate en Sanborns en año de gracia de 1915 muy presente tengo yo: lo había visto en la HÉROES DEL OCHENTA Y DOS, caminando como si siempre anduviera empujando el cañón mismo de las campañas de Zacatecas con sus hombrotes casi gorilescos: carrilleras invisibles cruzábanle los pechos, invisible sombrerote de palma renegrida cubríale la cabezota: el que no evitaba la mirada corría el riesgo de no evitarle el paso y ser, así, demolido. Se llamaba Matamoros Moreno.

—En qué puedo servirte, mano?, le preguntó Ángel al abrir la puerta, curado ya de toda capacidad de asombro. Un elote pintado de mole rodó del batidillo interior hacia la calle.

—Te acuerdas de mí?

—Quién te puede olvidar?

—De veras? —mostró tremendos dientes el recién llegado, mirando con cierta lujuria hacia la montañita de condones desinflados y kótex resecos a espaldas de Ángel—. A que no te acuerdas cómo me llamo?

—Peter Palots, dijo con insuciancia mi padre, menos irreverente que inconsciente del peligro.

—Quéqué?, gruñó Matamoros Moreno.

—Oye, contestó mi papá, es una grosería llegar a una casa y pedirle a su dueño que se acuerde de tu nombre diez años después de haber estado en una misma clase de más de doscientos cabrones, mirando el mapa de la república mientras al maestro sinvergüenza se le iba la hora en pasar lista: lo único que me acuerdo es que tomaba sesenta minutos para llegar de Aguilar a Zapata, pasando por tu servilleta Palomar y...

—Moreno, gruñó el visitante, mientras mi padre, con semejante empujón mnemotécnico, volvió a ver ese mapa de la república antes de su actual desanforización (la patria abreviada durante el Desastre del Año 90!) y el foquito se le prendió.

—Tabasco Moreno.

—Muy al sur, dijo meneando la cabeza el recién venido.

—Jalisco Moreno, ensayó tímidamente mi padre.

—Más al norte, dijo con intensa melancolía Moreno.

—Sonora Moreno.

—Con "o", termina con "o", dijo esta vez casi implorando reconocimiento, hasta en el nombre soy macho, Palomar.

Miró hacia unas pestañas postizas de ojos olvidados pegadas a una cabeza de maniquí.

—Ah!, exclamó mi joven padre, por supuesto, quién puede olvidar ese nombre: Matamoros Moreno. Aturdido de mí. Y en qué puedo...?

Aunque no pudo terminar la frase, sí logró meter el pie entre la puerta y el quicio: desquiciado o no, se dijo mi padre, ya basta: y el orangután le daba miedo.

—No te asustes, Palomar, le dijo el grandote, ahora blinqueando rápidamente un ojo de tigre por la puerta entreabierta, con una voz tan dulce que mi padre hasta sintió vergüenza.

—No te asustes, coyón, no te me *friquées*, dijo en seguida con una ferocidad que convenció a mi padre de la sabiduría de mantener la entrada difícil.

—No te asustes, colega, dijo al cabo Matamoros Moreno con una voz que estremeció el alma de mi papá y confirmó sus peores sospechas.

Se dijo más tarde que había temido siempre el día en el que alguien vendría a pedirle su opinión sobre un escrito literario. Se había ganado fama de lector en la escuela HÉROES DEL OCHENTA Y DOS. Recitaba a Quevedo. Citaba a Montaigne. Era devoto de López Verlarde. Tenía a su disposición la vasta biblioteca de sus padres los científicos. Su quevedesca divisa era: Nada me asombra. El mundo me ha hechizado. Pero que resultase Matamoros Moreno quien le entregase sus cuartillas primerizas, quien le pidiese su opinión sincera, quien le asegurase que desde lejos lo había admirado en la HÉROES DEL OCHENTA Y DOS como el muchacho más culto de su generación, el más ávido lector... Mi padre se sentó entre sus botellas vacías y sus ruedas de bicicleta y sus cartones apachurrados y sus colecciones de porno prestado a leer el ofrecimiento literario de su condiscípulo Matamoros Moreno:

A estas alturas, Elector es invitado a llenar la página virgen precedente de acuerdo con su imaginación del texto de Matamoros Moreno leído aquella tarde de sus veinte años por mi padre. Las únicas pistas serían estadísticas: Matamoros dice veinte veces "corazón", dieciocho cada una "túrgida carne" y "carnes maculadas", quince veces exclama "madrecita santa", atribuyéndole once veces a esta fértil dama "blanca cabellera" y sólo diez "cabecita de algodón"; hay catorce "flamígeros brillos", trece vidas dispersas entre rosales y doce pasiones insanas, aunque sólo cuatro labios de coral.

La primera reacción de Ángel fue reírse. Pero tres cosas lo detuvieron.

La primera fue en el capítulo II, como para provocar aplausos inapelables, Matamoros sólo decía:

COMO MÉXICO NO HAY DOS, NO LE PARECE?

Este conato de demagogia era potenciado por el tercer capítulo, que, concluyente, sólo proclamaba:

NO LE HIZO TAL A NINGUNA OTRA NACIÓN

La proclama de la Virgen de Guadalupe añadía el terrorismo religioso al terrorismo patriótico, caviló mi padre. Lo estupendo de Matamoros era que su cima era su sima, su alfa su omega, y su nadir su cenit: allá abajo estaba su cumbre; no había caída, pero tampoco ascenso; sus frases eran el punto más alto de una barranca, nunca el más bajo de una cumbre.

Pero el tercer y verdadero problema era decírselo.

O dárselo a entender.

Sólo que Matamoros no dejó dirección postal: dijo que regresaría la semana entrante: los correos ya no funcionaban, quién no lo sabía. Mi padre calculó que una semana para Moreno era eso, exactamente una semana, y al cumplirse los siete días de la matamórica visita, colgó el manuscrito dentro de un sobre de manila en la perilla externa de la puerta en la calle de Génova con un recado de "Muy interesante" anexo.

Oyó las inconfundibles pisadas de Matamoros Moreno a las tres de la tarde, hora precisa en la que se cumplían los siete días. Pegó Ángel la oreja a la puerta, sin respirar. Oyó los consabidos rumores de papel. Luego la pisada de largo presidio, alejándose. Abrió para ver si *la costa estaba clara*. Ni trazas de Matamoros. Mentira. El manuscrito seguía colgado de la perilla. Al mensaje de mi padre, nuevo mensaje de Matamoros: "Muy interesante qué? Mañana vuelvo a la misma hora. Más cuidado. No me andes sacando de onda."

Pasó mi padre una mala noche en su cochera. Si se burlaba de Matamoros, su integridad física peligraba. De manera que Ángel mi padre pasó su mañana entre el miedo y la burla, la burla y el miedo: Matamoros Moreno era risible; también era temible. Qué hacer con este máximo invasor de la imposible vida privada de Ángel Palomar y Fagoaga?

Estuvo a punto de pedirle consejo al abuelo Rigoberto Palomar. Pero eso sólo lo hacía en las grandes ocasiones, cuando de plano no había salida. Su abuelo esperaba de él más agilidad, mayores recursos imaginativos. Era un trato no escrito entre ellos, el viejo y el joven. Qué iba a hacer Ángel a las tres de la tarde que su abuelo haría, o no haría, a las dos o a las cuatro?

A las tres, Matamoros Moreno se presentó puntualmente.

—Qué opinaste de mi trabajo, pues?

—Provoca fugas digresivas.

—Quequé?, gruñó Matamoros.

—Quiero decir que la transposición metafísica, apoderándose de las prácticas significantes, acaba por modificar todas las instancias prosódicas y morfológicas, hasta apresurar el triunfo del eros lingüístico relacionable en la fungosa y fusiva homofonía de lo homólogo.

Matamoros Moreno miró severamente a mi padre.

—Ésas son puras cantinfladas, manito.

Miró con una ironía paleolítica hacia el interior de la cochera, como si pudiese leer las cartas de amor ajenas y deoxidar las motocicletas abandonadas.

—Mañana regreso a obtener una opinión seria, Palomar. Recuerda, la tercera es la vencida. Ya estaría de pelos.

Se alejó arrastrando su cadena y empujando su cañón. Mi padre se recostó maldiciendo a todos los compañeros de banca que en el mundo han sido. No durmió de miedo y de risa: sus pesadillas de violencia matamórfica eran interrumpidas por ataques de risa loca, recordando las frases más singulares de la prosa condiscipular. La tercera era la vencida, advirtió el antiguo compañero de escuela de los cuales líbranos señor y a las pruebas me remito. Pero si no tenía el valor de reírse de él en sus narices y decirle mira Matamoros tu prosa es un ejercicio de humorismo involuntario; ni el coraje de decirle mira Matamoros tu prosa es una mierda, entonces al menos tendría el valor de confrontar a esta Némesis imprevista una tercera y, acaso, última vez. Ni burla ni miedo. A ver qué pasaba.

Matamoros Moreno estaba allí puntualmente cuando Ángel Palomar le abrió la puerta de la calle. Mi padre podía imaginar a Matamoros entero: su cara así, su cara asado, su jeta equis o su fachada zeta. No lo imaginó acompañado: no, Matamoros no necesitaba guaruras: él era su propio guardaespaldas, evidente. Tampoco se le ocurrió que vendría acompañado de una mujer, aunque la mujer sea otra forma de protección o chantaje —pero Matamoros hacerle esto! Esconderse o protegerse o valorizarse con unas faldas! No, eso no! Mas sí, eso sí: sólo que la mujer era una niña de once años. Morena, redonda, vestida de rosa, con trenzas, hoyuelos mejillones, ojitos capulineros, sonrisa de Shirley Temple de la raza, trenzas y fleco.

—Es mi hija. De unión fuera de matrimonio, pues luego. No pude dejarla sola. Los jueves la guardería está de asueto. Perdón. Se llama Colasa. Diminutivo de Nicolasa. No me gusta Nicolasita. Es Colasa. Besa al señor, hijita.

Húmedo, pegajoso, chocolático, bubblegomoso, aromático beso. Confiesa mi padre caer rendido, ayer y hoy y mañana, ante niñas entre los tres y los trece años de edad. Sin defensas. Víctima de. Con Colasa Moreno no se podía.

—Colasa Sánchez, perdón, como su mamá. Yo no soy machista. Por qué ha de cargar toda su vida el nombre de su padre primero y el de su marido después? Que tenga su propio nombre, el de su mamá, para toda la vida, no te parece pues?

Ángel mi padre estuvo a punto de decir que una mujer tiene siempre el nombre de un hombre, así sea el de su madre soltera que usa el nombre de un padre, de tal suerte que el nombre de la madre de Colasa era el nombre de su abuelo, pero…

—Y de mi literatura quihubo compadre?

Vencido, mi padre se vio obligado a decir en cambio que era un ejemplo insólito de prosa poética: los escollos del sentimentalismo eran evitados son agilidad y astucia; era difícil comunicar con mayor belleza un sentimiento de tanta bondad filial. No lo había dicho Dostoyevsky al abordar el tema del *Idiota*, quequé?, no, así se llama una novela rusa, sabes?, aaaaaaah, sígale compadre, me gusta lo que me estás diciendo, palabra que me gusta, y a ti también Colasa, verdá mijita: sí papacito, el señor se ve que es muy náis y muy inteligente, verdá papi: aaau agónico de Ángel Palomar: —No desmerecería en una antología de su género.

—Pues entonces vea la manera, compadre.

—De qué, Matamoros?

—De que se publique, pues. Mañana regreso a la misma hora. Véngase, mijita. Dele las gracias al señor. Gracias a su ayuda vamos a volvernos ricos y famosos, nena. Algo mejor: vamos a ser felices. De veras que eres muy de acá, Palomar.

Como si su papá fuese apuntador, la niña Colasa Sánchez cantó:

> Mi querencia es este rancho
> donde vivo tan feliz,
> escondido entre montañas
> de color azul añil.

Fue difícil mostrarle la salida, sin empujones, sin parecer descortés, asegurándole que mañana sería otra día, ya se verían, cómo no, la antología famosa, jajá, la niña cantando rancho alegre, mi nidito, perfumado de jazmín.

No salió huyendo de Matamoros Moreno y su hijita Colasa Sánchez por miedo físico a tan terribles personajes ni por miedo moral de decirles la verdad ni por miedo psíquico a las ganas de reírse de ellos: mi padre salió en camión a Oaxaca esa tarde de sus veinte años y el mes de noviembre por puritita compasión: por no hacerlos sufrir. Cómo iba a adivinar que el maldito Matamoros le había dejado apostada a la niña Nicolasita (se cansaba de llamarla así!) en la esquina de la casa de los abuelos Palomar?

De día y de noche, obviamente, pues la mocosa estaba sentada en cuclillas frente a una minitienda de campaña, como de huelguista, con un farol preparado para la noche y una bandera rojinegra y un brasero con gorditas humeantes. Abrazaba, la muy simple, un muñeco apolillado, antiquísimo, del charro Mamerto, un personaje que mi padre reconoció por la colección de comics de los treintas que alguien le depositó en la cochera.

Apenas vio salir a mi padre, la niña Colasa pegó un grito, tiró lejos al charro de bigotazos negros y señaló con el dedo a mi padre:

—A él! A él! Huye el sinvergüenza! Falta a su palabra el sicario! A él! En nombre del cielo y la justicia, no abandonéis a una pobre niña! A él! huye el cobarde, sálvase el follón!

Aterrado, mi padre corrió como alma que lleva el diablo hasta el Paseo de la Reforma, ni saludó a la estatua de don Valentín Gómez Farías, como era su costumbre, ni le mandó un beso volador al Ángel de la Independencia; se subió a un taxi y dejó atrás, llorando, con las trenzas desesperadas, a la niña Colasa. Al llegar a Oaxaca treinta horas más tarde, mi padre estaba tan agitado que entró al templo de San Felipe Neri a comulgar por primera vez desde que se fue de casa de los Fagoaga. Miró con dulcísima serenidad la iglesia hecha —me lo juran mis genes— de humo dorado. Claro, él qué iba a saber que, expulsado por la lengua de Matamoros Moreno, en Oaxaca iba a encontrar su propia lengua, como una especie de fe, como una locura casi y sobre todo como un acto de conciencia.

Se dio cuenta, en ese momento de paz, de que nunca en su vida había salido del perímetro del Distrito Federal: su horizonte había sido el valle atrapado entre montañas, en las alturas más empinadas del trópico y bajo una plancha de aire frío: la ciudad menos inteligente, menos previsora, más masoquista y suicida, más pendejamente pendeja de la historia del mundo. La dejó pensando en la afrenta de los metiches y sus montañas de desperdicio.

Ahora, un aguacero puro e imprevisto en los noviembres, el cielo lavado, la tierra resurrecta: estaba en Oaxaca.

4. Tu respiración azul de incienso

Entonces huí a Oaxaca, le contó mi padre a mi madre, lejos de las furias matamóricas; salí por primera vez del D. F. y en el camión, esculcando mi mochila para ver si traía un chicle, encontré una carta de mi abuelita Susana diciendo que en Oaxaca buscara la casa de la señora Elpidia, que ni siquiera se anunciaba, pero que recibía huéspedes recomendados y se comía como en la gloria y no lejos de la plaza de armas.

La abuela me había dejado también un sobre con doscientos mil pesos para mis necesidades mínimas y un tomo de las obras completas de Ramón López Velarde. Cómo supo la abuela que yo me iba si ni siquiera lo anuncié, es algo que guardé celosamente en mi inmencionable cofre de brujerías familiares, donde ella ocupaba la plaza magistral.

A aburrir sea dicho, pensé; pero me equivoqué porque el patio de la casa de doña Elpidia estaba lleno de árboles frescos y en él había una jaula con un perico chancero. La viejecita me dio una recámara con vista a la montaña y me sirvió el mejor mole amarillo del mundo. Agarré un ritmo suave, el de mi propio cuerpo, el son de mi corazón: me di cuenta de que había vivido dentro de un mixmaster toda mi santa vida; aprendí de vuelta a caminar, a detenerme, a reposar, a mirar, a oler.

Empecé a vivir con la luz, no contra ella; con la digestión, no en dudoso combate con mis propias tripas; con el sueño y la vigilia oportunos. Sucedió poco a poco: un amanecer esculpiéndose a sí mismo; un atardecer abrupto; una ciudad de verdes y negros y oros. Fue tiempo y experiencia de sentarme muchas horas en la plaza a oír a la banda tocar oberturas de óperas italianas. Fue ir a tomar nieves de tuna en barril en el atrio de Santa Rita. Fue entrar solo a las iglesias. Oaxaca sólo se daba a sí misma; no me daba a nadie más. Fue algo nuevo: yo estaba en el mundo, no era un refugiado del mundo. Éste fue el primer regalo de Oaxaca.

Pero como a la semana me empecé a poner nervioso. Estaba en el apogeo de mis poderes sexuales y debo confesar que a cambio de mis servicios de consuelo y guardamuebles, obtenía sin dificultad los favores de todas las gordas que pasaban por mi cueva de la calle de Génova. Más sobre esto adelante: lo asocio con los diciembres cuando a las viejas del Distrito Federal les entra por coger en un mes lo que no cogieron en un año. Antes de hacer buenas resoluciones de año nuevo, que han de ser empezar a coger más desde enero. En Oaxaca temí perder lo que había ganado, por pura intranquilidad sexual. Caminé en sentido contrario al de las muchachas los sábados y domingos en la plaza. Mi ronda fue estéril. Todas ellas parecían negarme su mirada a propósito. Empecé a hartarme de helados de tuna, oberturas de Guillermo Tell, frondosos laureles y montañas limpias y recortadas.

Hasta el mole de la señora Elpidia empezó a caerme pesado...

No me quedaba más recurso que hablarle al perico, cosa que un domingo en la mañana, aburrido y sereno, me dediqué a hacer con ahínco, tratando de enseñarle versos cochinos de Quevedo.

Puto es el hombre que de putas fía.

Y el perico de doña Elpidia indiferente a mis clásicas enseñanzas, sino repitiendo por su ensimismada cuenta, como... perico, nada más este dicho:

El que come chapulín, no se va de aquí…

Y doña Elpidia, que iba a cumplir noventa y nueve años detrás de la puerta de su cocina, canturreando, como si yo no entendiera al loro, "el que come chapulín, ya nunca se va de aquí…"

—Le hace falta chapulín, señora Elpidia?, dije yo muy acomedido y que además pesco las indirectas.

—Ay sí muchacho, me mostró ella sus desguarecidas encías, el mercado no está ni a cuatro cuadras…

Bajé la cuesta empedrada de la casa de Elpidia y en el mercado dominguero había muchos puestos de grillo colorado rociado de polvos picantes, pero sólo en uno de ellos una niña como Colasa Sánchez la hija natural de Matamoros Moreno —podía ser ella?, sería su hermana?— me sonreía irresistiblemente (te recuerdo Christo Balilla que yo no resisto a una niña entre los tres y los trece años) y me ofrecía una bolsita de plástico llena de chapulines. Pero cuando quise tomarla, la niña negó con la cabecita oscura, se apretó los chapulines contra el pecho y me dijo sígueme con un dedito torcido.

Me llevó a una iglesia diminuta, que más bien parecía un pasaje, con ventanas abiertas a la calle, y sólo allí me entregó la bolsa de chapulines y se fue corriendo, tapándose la boca con una mano.

Yo comí esos deliciosos insectos que truenan entre los dientes antes de librarle al paladar su aéreo escozor de aurora (Matamoros dixit) y entré a la iglesia de San Cosme y San Damián, acaso la más modesta que había visto en esta ciudad de oropeles barrocos.

Había mucha gente.

Pero sólo había una Águeda.

Cómo iba a dejar de reconocerla? No hubiese creído nada si la niña del mercado me lleva a una iglesia cualquier día de la semana y allí encuentro a una mujer rezando frente al Cristo de las Caídas. Pero entre la multitud dominical, tenía que creer en todo al verla a ella hincada allí, con un contradictorio prestigio de almidón y de temible luto ceremonioso.

Claro, me mordí la lengua reconociendo que estaba citando el poema de López Velarde que había leído anoche en mi cama solitaria, resistiendo la tentación de masturbarme imaginando los dedos de la prima Águeda tejiendo "mansa y perseverante en el sonoro corredor". Cómo no la iba a reconocer esta mañana si anoche apenas, tristemente, acabé por ofrecerle ese pequeño sacrificio saltarín y nervioso, yo mismo un grillo enchilado, imaginándola como ahora la veía, vestida de luto, pero resonante de almidón, con sus ojos cobrizos y sus mejillas rubicundas, y yo deseando que me acariciara como acariciaba en este instante las cuentas de su rosario con sus dedos finos y ágiles.

Ay de mi alma casta y castiza! Águeda volteó la cabeza cubierta de velos de encaje negro en el momento en el que yo decidí rendirme a las seducciones del lenguaje que le convenía a la mujer y al lugar: no resistirlo, ser el lenguaje. Ella volteó la cabeza y me miró sólo un instante (todo era aquí tan largo pero todo sucedía sólo en instantes) con sus ojos inusitados de sulfato de cobre.

"Yo tuve tierra adentro una novia muy pobre": en los ojos que rimaban entre sí adiviné una felicidad infinitamente modesta, hijo mío por nacer, y todo mi tedio acedo huyó de mí: en los ojos de Águeda descubrí, ni siquiera una conformidad, sino la paz.

Ella me miró un instante y volvió a envolver su luto en marfil y en nácar. La seguí a la salida. No trató de evitarme. No se detuvo para decirme: —No me comprometa más, caballero.

Al contrario. Volteó a mirarme de vez en cuando; y yo me detuve cada vez que me miró, diciéndole que iría a donde ella fuese: Águeda. Pues fue del templo de piso de losa de San Cosme y San Damián a la gloria dorada de Santo Domingo y de allí al Templo del Señor de la Salud, que huele intensamente a flores y a vecinas panaderías, y finalmente al templo art nouveau de San Felipe Neri y allí se prolongó largo rato su estancia —ya eran las cinco de la tarde y ella no se movía, rodeada de esos florones que parecían inventados por Gaudí en Barcelona y sólo eran obra de los artesanos zapotecas del siglo XVII en Oaxaca. La mirada de un Santo Niño de Atocha vestido con brocados y plumas rosas llegué a sentirla como la de un rival más que como la de un reproche.

—Joven, ya vamos a cerrar, me dijo no sé cuanto tiempo más tarde un sacristán calvo y vestido de casimir marrón sucio.

En cambio, no le dijo nada a Águeda, que seguía envuelta en su luto radiante.

Como yo no viese que ella se movía, me vino la idea de esconderme en un confesionario, en el lugar del cura. Fueron cerradas las puertas y apagadas las luces, pero cuando salí de mi escondite Águeda seguía hincada allí, Cristobalito, y yo temí ser el testigo de su doncellez envejecida.

Llegué hasta ella; toqué su hombro; me dio la cara. Todos sus símbolos estaban pendientes de su mirada: la apostólica araña, el jeroglífico nocturno, los edenes enigmáticos del pelo, los sañudos escorpiones del sexo; la vacua intriga de ajedrez erótico.

Tampoco ella me dijo nada; todo lo dejaba a mi recuerdo inmediato de estrofas, nombres y sonoridades del poeta López Velarde muerto a los treinta y tres años, Cristóbal por nacer, por andarse saliendo del viejo parque de su corazón natal en Jerez de Zacatecas para irse a morir en el ruidoso paseo de la metrópoli ojerosa y pintada; en 1921, una mañana de junio, se murió el poeta Ramón con las bolsas llenas de papeles sin adjetivos.

Ay mi corazón retrógrado: Águeda me miró y yo temí que pensara todo esto de mí: que yo, este muchacho moreno, alto, de ojos verdes y bigote nuevo, es mi novio mi primo mi poeta Ramón López Velarde. Pero no hubo tal; ésta era sólo mi imaginación buscando una explicación a la soledad súbita en la iglesia de San Felipe una noche dominical del mes de noviembre de 1990, cuando el poeta jerezano llevaba apenas sesenta y nueve años de inmortalidad.

Ella no dijo nada; en cambio, se levantó el velo sobre la peineta, revelando la novedad campestre de su nuca perfumada. La nuca fue el anuncio y la invitación. Yo no sabía que una nuca, el nacimiento del pelo y la desnudez del cuello, podían ser tan excitantes como el encuentro descubierto del vello y el vientre. La besé a medida que caían las prendas de su espalda y el luto almidonado se abandonaba sobre sus hombros.

Me conocía (o conocía al poeta, más bien): desnudó sólo la espalda, los hombros, la nuca; me invitó a monopolizar con mis besos esa suavidad incomparable de su cuerpo, me dio el éxtasis en la fragancia casta y ácida de sus axilas, alas diáfanas; en sus hombros, buenos para un llanto copioso y líquido; en la alada virtud de su seno blando; en la quintaesencia dormilona de su espalda leve: yo aspirándola toda, yo enamorado para siempre ya de lo suave y blando de las mujeres provincianas, blancas y leves mujeres, caras hermosas que no se quedan sin misa, señoritas con rostro de manzana, prisioneras del glacial desamparo de sus lechos, que tan súbitamente pasan de vírgenes intactas a madres dolorosas: quisiera dormirme en tus brazos beatíficos, Águeda, como sobre los senos de una santa.

La parcialidad perfumada del cuerpo de Águeda en la iglesia me enfermó de absoluto. Le dije apretando los dientes que no podía descarla y sólo desearla, que me diera lo que tuviera para mí aunque fuera en el umbral del cementerio, "como perfume", le dije a la oreja "y pan y tósigo y cauterio".

La virgen de la iglesia, vestida de luto como Águeda, también era un triángulo sombrío que preside la lúcida neblina: las vírgenes mexicanas tienen la forma del sexo femenino y entonces Águeda, que me sentía besando su espalda y sus hombros y su nuca pero inmanente también cerca de sus enaguas, levantó los pies y los ofreció, girando sobre la banca de la iglesia, a mi curiosidad insaciable.

La descalcé, le besé los pies y recordé los versos sobre los pies que tanto me fascinaban, no soy yo quien regresa sino mis pies esclavos dijo Alfonso Reyes el exilado presente, y amo tus pies porque anduvieron sobre la tierra hasta que me encontraron dijo Pablo Neruda el enamorado inmortal y Luis Buñuel el de la ternura rabiosa lavó los pies de los pobres y de las señoritas mexicanas en la escena más excitante del erotismo cristiano un viernes de Dolores y ahora los pies de Águeda buscan mi sexo oportunamente liberado de su prisión de calzoncillos y zíperes y Águeda me besa sólo con los pies, me alarga, me estremece Águeda y yo la imagino en santos oficios de Verónica, regalándome su paciencia con sus tranquilos, ahora, ojos taumaturgos mirándome gozar: para ti, mi hijo Cristóbal, todavía no: esa vez para ella y para mí, porque sin el goce del padre no habría nunca el goce del hijo.

Me dio de beber el agua contenida en el hueco de sus manos.

Ya no estaba allí cuando desperté de mañana con la entrada de los primeros fieles.

La busqué en el mercado, en la plaza de armas, en el patio de la ancianita Elpidia, en las iglesias por donde la seguí aquel domingo de noviembre. Le pregunté a la viejita, a la niña que me vendió los grillos y me guió de San Cosme a San Damián. Hasta le pregunté al perico y el perico sólo me contestó,

El que come chapulín, no se va de aquí…

Y yo quise contestarle otra vez con Quevedo, casi emparejándome al pinche perico ése;

Ave del yermo, qué sola
Haces la pájara vida…

Ni el loro iba a aprenderse esa estrofa, ni yo iba a encontrar nunca más a Águeda.

Lo supe esa noche al dar la vuelta por la plaza de armas:

Ahora las muchachas oaxaqueñas me miraban, me coqueteaban. Como si supieran que ya era de ellas; que ya les pertenecía; que con ellas compartía un perfumado y negro secreto. Como si antes no me hubieran mirado para obligarme a buscar a Águeda.

Y el verso del perico? Y las miradas y recados y direcciones de doña Elpidia? Y la niña que vendía chapulines en el mercado? Acaso no había una cadena perfecta y lógica que me conducía hasta Águeda en la iglesia penumbrosa de San Cosme y San Damián? Miré intensamente a los ojos de una sola de las muchachas de la plaza: ella se detuvo con un miedo orgulloso, como si la hubiera insultado; ocultó la cara entre las manos y se salió del círculo de los amores, acompañada de otra muchacha que me miró con reproche.

Marchitas, locas o muertas: es todo lo que les dije sin hablar; lo único que pensé al mirarlas.

Huyeron como condenadas por mis palabras al limpio daño de la virginidad: una resignación llena de abrojos.

El embrujo se rompió.

5. Patria: sé siempre igual, fiel a tu espejo diario

Mi nuevo y alegre corazón retrógrado pasó muchas semanas más en Oaxaca. Permití que esa región me penetrara y me poseyera como me hubiera gustado hacerlo con la desaparecida Águeda. Lentamente, expulsé de mí la prisa. Sabiamente, reconquisté la suavidad de la espalda de Águeda sentado solo en una banca de un parque anónimo. Todo lo gané poco a poco, hijo: los cuerpos de nardo de las muchachas, sus labios de azúcar, la amable modestia provinciana, las nostalgias de los pies de mi bienamada, los claros domingos, el cielo cruel y la tierra colorada, la tristeza crónica, las ilusiones milagrosas, los pozos y las ventanas, las comidas y las sábanas, las prolongadas exequias, el vaticinio de la tortuga…

Todo lo hice mío. Hasta la raíz de la prosa de Matamoros Moreno: la reconocí, la compartí, éramos hermanos, semejantes, apenas separados por los signos de una mano abierta: cortesía, cursilería. Hermanos, semejantes, porque López Velarde transformó el fondo común de nuestra cursilería pueblerina en poesía y misterio, y esto Matamoros lo sabía mejor que yo.

Hasta adquirí la costumbre heroicamente insana de hablar solo.

Luego regresé a la Ciudad de México cuando imaginé que las amenazas de Matamoros y Colasa no resistirían a mi prolongada ausencia sino que buscarían ávidamente nuevas y promisorias opiniones, padrinazgos y recomendaciones para sus esfuerzos literarios.

Regresé en mi camión, solitario y hablando solo, repitiendo las estrofas de *La suave patria* de López Velarde
superficie: maíz
veneros de petróleo: diablo
barro: plata
campanadas: centavos
olor: panadería
aves: idioma
respiración: incienso
dicha: espejo

Busqué a Águeda y no la encontré
Busqué a la Suave Patria y no la encontré
Encontré, tres meses más tarde, a tu madre.

Busqué a un país idéntico a sí mismo. Busqué a un país hecho para durar. Mi corazón se llenó de una íntima alegría reaccionaria: tan íntima como la de millones de mexicanos que querían conservar, limítrofemente, a su pobre país: conservadores. Dije que aprendí a amar a los conservadores reales. El obispo Vasco de Quiroga que construyó una utopía en Michoacán en 1535 para que los indios conservasen su vida y tradiciones y no se muriesen de desesperación. Fray Bernardino de Sahagún, el escriba franciscano que salvó toda la memoria del pasado indio. Los constructores indios y españoles que hicieron cosas para durar, piedras duraderas, países fieles: sólo el pasado de México fue serio?, se preguntó Ángel mi padre en los días, los meses de su regreso de Oaxaca, su pérdida de Águeda, su encuentro con mi madre. Tiene que ser su futuro como su presente: una vasta comedia de latrocinio y mediocridad, perpetrados en nombre de la revolución y el progreso?: así quiero la suave patria, nos mandó decir mi padre Ángel desde entonces a mi madre que no conocía y a mí en el más perfecto limbo: un país idéntico a sí mismo: trabajador, modesto, productivo, preocupado en primer lugar por darle de comer a su gente, un país enemigo del gigantismo y la locura: me niego a hacer nada, plantar nada, decir nada, levantar nada que no dure cinco siglos, Cristóbal hijo creado para celebrar los cinco siglos: Ángeles amada.

Ésta fue su resolución, mascullada en los instantes de soledad en el tiovivo que era su cochera de la Colonia Juárez. Pero llevarla a la práctica se le presentó como un cúmulo de contradicciones. Iba a entenderlas más adelante, en los febreros, cuando conociese a su amigo el gordito cácaro de cine y compositor de letras de rockaztec, quien le explicó que la tragedia de su vida y la raíz de su inspiración de artista era la contradicción viva de su padre, quien al casarse recibió un roperazo horrendo: nada menos que un grupo escultórico en bronce, vasto y feo, impositivo e inapelable, del cura Hidalgo, don Benito Juárez y Pancho Villa levantando juntos al lábaro patrio (éste ejecutado en seda tricolor) sobre la Basílica de Guadalupe, en cuyos portones (ejecutados éstos en madera polícroma) lucían los escudos, tricolores también, del PRI. Este regalo le fue enviado al papá del gordito, que era ingeniero contratista de obras públicas, por su principal contratador, el oficial mayor de la Secretaría de Obras Ídem, y aunque el padre de nuestro cuate detestaba la tal escultura y bufaba contra ella el día entero y su presencia en el vestíbulo de ingreso a la casa familiar de la Colonia Nápoles por poco es causa de divorcio y ciertamente de una irritación conyugal que persistió hasta la muerte de sus padres, nuestro cuate nos contaría a todos que su papá nunca la quiso quitar de allí: qué tal si llega el señor Oficial Mayor y no ve su regalo? qué tal si creen que en esta su casa no respetamos los símbolos patrios? los héroes? la bandera? la virgen? qué tal: adiós contratos y adiós frijoles!

Pero este mismo hombre su padre, recuerda nuestro cuate otra vez, se reía el día entero de la autoridad, decía que a él no había nacido quien le viera la cara, a ver quién se atrevía a darle una orden, era un profesionista serio, independiente, ingeniero para más señas: a ver quién: se negó a hacer el servicio militar, a pagar impuestos que según él iban a dar a las cuentas suizas de los funcionarios, a juntarse con los vecinos para crear un comité de vigilancia contra asaltos en la colonia, a hacer una cola para el cine o para el pan (colas a mí? no ha nacido quién!), nunca respetó una luz roja ni, digámoslo en su honor, dio mordida alguna a ningún tamarindo, tecolote o uniformado alguno: odiaba todos los uniformes, hasta los de los barrenderos y los ujieres: los instaba a ser individualistas, a vestirse como gustaran, no eran tuercas de la maquinaria, eran individuos, con un carajo, INDIVIDUOS!, no trapos, no tapetes; jamás firmó peticiones colectivas de ninguna especie, ni se unió a vaquitas de la lotería, ni le prestó velas a los vecinos en días de apagón, ni dependió nunca de nadie para que nadie dependiera de él, ni le dio la mano a nadie ni pidió ayuda a nadie: pero nunca quitó el horrendo pegoste escultórico del vestíbulo: decía que qué tal si el jefe llega y adiós frijoles, pero más que esto, no se atrevía a tocar los símbolos: su individualismo se convertía en abyección ante los símbolos imperantes; igual como se negaba a ir a una junta o respetar una luz de tránsito, se negaba a actuar contra cualquier abuso abstracto de la autoridad, inclusive el que le condenaba, a él y a su familia, a pasar todos los días frente al ya descrito adefesio escultórico: individualista a morir, pero abyecto a morir también: ah qué mi viejo, suspiraría nuestro cuate el gordito, el mero anarquista era el mero sinarquista, y así somos por aquí: rebeldes en la vida privada y esclavos en la vida pública.

Éste es el dilema que mi padre Ángel se propuso evitar. Era fácil distinguir y decidir; pero muy difícil obrar. Apenas actuaba temía despeñarse por el relajo y no salir del hoyo del mitote sino por el túnel de la desesperación. Negaba que ser conservador era ser "hidalgo", porque los hidalgos sólo creen probarse en el amor y en la guerra pero al cabo se quedan sin hacienda y sin inteligencia y ésta resulta ser la verdadera prueba de su hidalguía: no hacer nada. Y lo que mi joven padre empezó a temer fue que si no hacía algo, él también iba a desaparecer, devorado por las fauces de México y Sus Instituciones: trató de imaginar Su retrato en el Iwo Jima de pacotilla, el Laocoonte de burlas, que el padre de su futuro cuate Huevo instaló en el vestíbulo de la Colonia Nápoles. Mejor, en todo caso, la Opción Canaima, gran salida latinoamericana: permanecer inmóvil en medio del paisaje selvático, sin más compañía que un mono aragato y cubierto poco a poco de lianas. Se lo tragó la selva!

No iba a comportarse tampoco como un aristócrata criollo con nostalgias indianas de España, porque sabía que en México hay dos maneras tradicionales de ser español: el gachupín de la tienda de abarrotes, el don Venancio frugal que duerme en el mostrador y lleva la cuenta exacta de las latas de sardinas vendidas cada día, o el anti-don-Venancio, el gachupín criollo que para probar que no es abarrotero hace las cuentas alegres, tira la casa por la ventana, se compra castillos y cortijos, se entrega a la prodigalidad más impresionante, se endeuda hasta las patillas y de paso endeuda al país: todo para demostrar que él no es tendero, sino hidalgo: no don Venancio el Sobrio, sino el dispendioso conquistador, el Muy Magnífico Señor Don Nuño de Guzmán: a la quiebra y el ridículo volando! Leyó mi padre a Emilio Prados, a Luis Cernuda, a León Felipe: a los españoles exiliados del franquismo que vinieron a vivir en México en 1939. Ésos eran los verdaderos españoles: ni Venancio ni Nuño, ni indiano ni conquistador. Pero, él no podía ser como ellos. No deseaba un Camelot Criollo.

Cómo iba a ser? Se re-inventaría románticamente a sí mismo como un conservador rebelde, de la misma manera como sería un asesino si pudiese salirse totalmente con la suya: pero más le importaba que nadie se atreviese a juzgarlo apostando sobre su deshonestidad, como era normal en México, sino sobre su virtud. Creyó que para lograrlo debería hacer siempre, no lo correcto, sino lo que quisiera hacer, y eso sería entonces lo correcto. Corrió un velo sobre su despeñadero personal: la sensualidad.

—Y dime mi cuate, qué pasó al fin con esa estatua o adefesio famoso?

—Pues ahí tienes que una noche se metieron los ladrones a nuestra casa, todo porque mi padre se negó a la vigilancia de barrio. Bajaron los dos papi y mami, en piyama y los amenazaron con navaja. Yo me quedé espiando en la escalera.

—Quién los amenazó, tú?

—Un tipo grandote, enmascarado, que parecía que andaba arrastrando una cadena con bola carcelaria, tú sabes, acompañado de una enana con antifaz. Mi madre vio su oportunidad: Angelito: el cielo abierto. Corrió a donde se encontraba la escultura para entregársela al bandido. Pero la verdad es que mi jefa la abrazó (a la escultura) como si fuera su posesión más preciada. Al menos así lo ha de haber visto el asaltante que no toleró, ya tú sabes cómo está la onda psicológica ésta, la resistencia y allí mismo le cortó el cuello a mi mamacita… Ay! pues mi padre gritó, tiró por la borda todos sus razonamientos acerca del C. Oficial Mayor de la SOP y empezó a gritar:

"—Pendejo! Si lo que quería es que te la llevaras! Si lo que quería era deshacerse de…!"

Tampoco tuvo tiempo de más. Quién sabe qué habrá pensado el bandido, pero también le rebanó la garganta a mi padre. Luego se llevó la pinche estatua, ayudado por la enana, ha de haber creído que era de oro o que tenía cajoncitos secretos llenos de dólares, y ve tú a saber...

Mi padre Ángel, se presentó un día de febrero en una sesión de la Academia de la Lengua presidida por el tío Homero Fagoaga. Llegó vestido de Quevedo (allí estrenó su disfraz), escuchó respetuosamente el discurso de don Homero, saludando el ingreso del nuevo académico, el poeta gongorítmico J. Mambo de Alba, escuchó atentamente las sublimes pendejadas de éste, alabando la crisis porque encerraba a México en sí mismo e impedía la entrada de libros, películas, arte o ideas extranjeras: a rascarnos con nuestras propias uñas!, el que lee a Proust se proustituye!, el que lee *Ulises* se hulifica!, quien lee a Gide se jode!, Valéry vale risa!, Mallarmé mama mal!, no comas cummings!, vivan Tlaquepaque las ollitas de café con canela los sarapes de Saltillo las jícaras michoacanas, detengamos el paso al estructuralismo, a la nueva cocina y al rockpostpunk, seamos como Ramón López Velarde, que del aislamiento de la Revolución, sin lecturas extranjeras ni contagios de la moda, supo encontrar la esencia de la Suave Patria: fue esta referencia la que indignó a mi padre Ángel, quien imaginó a su poeta preferido quemándose las pestañas buscando y encontrando y leyendo a Baudelaire y a Laforgue, mientras el poeta y académico incoloro pero bien oloroso celebraba la carestía de los libros importados, el cierre de aduanas, a rascarnos con nuestras propias uñas!, e impetuosamente saltó Ángel de su asiento, montó al estrado, los agarró de las narices (al tío y al poeta), con la mano derecha torció la nariz del tío, con la mano izquierda la nariz del poeta y deteniéndose así declaró a la estupefacta concurrencia todo lo que acaba de decir aquí:

> BUSCO A UN PAÍS IDÉNTICO A SÍ MISMO
> BUSCO A UN PAÍS HECHO PARA DURAR
> NADA QUE NO DURE CINCO SIGLOS
> PATRIA SÉ SIEMPRE IGUAL
> FIEL A TU ESPEJO DIARIO:
> VIVA ALFONSO REYES! LA LITERATURA
> MEXICANA SERÁ BUENA POR SER
> LITERATURA NO POR SER MEXICANA!

y obligó mi padre a cada uno de los asistentes aterrados, empezando por el tío y el poeta, a respirar frente a un espejito de mano que mi jefe les puso delante de la boca.

—Ya lo sabía. Están muertos. No les regalaré la tradición conservadora a una bola de cadáveres exquisitos.

Era muy joven. Mezclaba sus referencias. Era sincero. No sabía si el capricho anárquico, la broma descomunal, el relajo meditado, le darían de la dicha la clave: Suave Patria!

6

En estos anales de una vida padre previa a mi concepción (que me obligan a imaginar si habrá con suerte algo divertido en mi vida intrauterina y, no me atrevo a imaginarlo, aún después) mi padre regresó transformado de Oaxaca en febrero de 1991 pero todavía no lo sabía.

Continuó su vida de soltero protegido por los abuelos Rigoberto y Susana. Aún no encontraba a mi madre y reanudó relaciones con una vieja novia, de nombre Brunilda, una grandulona provocativa, interesada y sentimental dotada de ojos como lagunas y una boca de payaso.

Él no le era fiel; ella tampoco y cada uno lo sabía. Pero él jamás la había invitado a ella a tomar una copa en el bar del Royal Road Hotel acompañado de otra de sus muchachas del momento. Ella, en cambio, aceptaba estos encuentros entre rivales y gozaba dejando a los dos galanes mirándose como basiliscos aunque fingiendo cortesía mientras ella se mordía la punta de su melena color ceniza y los observaba desde el fondo de sus lagunas gemelas.

—A ver, no que tan liberados?, decía con mohines gatunos de vez en cuando. A ver, no que tan civilizados? A ver, no que tan British gentlemen?

Fotos y cartas del rival abandonadas sobre el lecho amatorio.

Ahora estaban reunidos en el Vip's de San Ángel, la tarde del jueves 28 de febrero de 1991, neutralmente, para explicarse todas estas cosas. Ángel bostezó. No debió hacerlo: la vida en la Ciudad de México es siempre más sorpresiva que cualquier bostezo imaginablemente merecido.

En la clasificación ecuménica e inagotable de los latosos mexicanos, Ángel le daba una alta clasificación a las esposas profesionales: esas que se sienten comisionadas veinticuatro horas al día para promover a sus maridos, buscar invitaciones a cenas elegantes, castigar verbalmente a los críticos uxoricidas e imaginar desaires cataclísmicos provocados por las envidia ajena. Pero sobre todo, la esposa-profesional se siente autorizada para cobrar cheques, actividad sin la cual todas las demás carecerían de sentido.

De esta sub-especie, Ángel sentía particular repulsión por Luminosa Larios, esposa del millonario empresario de revistas Pedrarias Larios y no sin un temblor de fatal anticipación la vio sentarse a las dos de la tarde del día antes señalado en una de las mesas del Vip's.

Luminosa Larios, apenas vio a Ángel mi padre, pasó por encima de cualquier imaginable posibilidad de la pareja allí reunida para sacar al aire sus problemas; Luminosa obraba siempre como si en el mundo sólo existiesen ella como representante casi-eclesiástica de El Marido Genial y el interlocutor privilegiado de sus revelaciones. Las que ahora empezó a enumerar alargando la mano de uñas voraces pintadas de verde hacia el hombro de Ángel fueron que su marido Pedrarias acababa de inaugurar veinticuatro gasolineras simultáneas en las Naciones de Norteamérica, el New York Times había publicado un artículo de Tom Wicker comparando a Pedrarias con early Hearst, o late Luce, o murky Murdock, ya no se acordaba bien (arañó al aire con sus garras verdes para que sonaran mejor las sonajas de oro de sus pulseras), Pedrarias haría un bit en la nueva película de Pia Zadora, Pedrarias fue recibido por el presidente Donald Danger, Pedrarias ganó setecientos millones de pesos el año pasado, sin embargo tiene conciencia social y ha titulado su última portada de su revista *Lumière* SOLIDARIDAD CON LOS PUEBLOS AVASALLADOS DEL CUARTO MUNDO VÍCTIMAS DEL IMPERIALISMO PETROLERO DEL TERCER MUNDO.

—Qué torbellino! Qué publicidad!, exclamó satisfecha Luminosa. Mi marido, sin embargo, tiene sus límites: jamás aceptaría anunciar como se lo han pedido repetidamente, los tacones cubanos de la marca Alturízece Nomás, nomás faltaba!, quién habrá inventado eso?, lo publicaron en un oscuro periodicucho de Mexamérica que nadie lee; aquí está el recorte, y otros de gran interés también. El año entrante aparecerá el libro de mi marido, una estupenda, excitante confesión llamada *Epopeya de un payo paranoico en París*. Allí negamos contundentemente que nos hayan expulsado de siete apartamentos por no pagar la renta, ni el teléfono, ni los muebles rotos.

No es cierto que nosotros usamos las toallas para limpiarnos el culo, mentiras, mentiras de los enemigos!, gritó Luminosa, colorada y bizca.

La señora empezó a pasar catálogos, posters, recortes de prensa, copias fotostáticas de cheques, portadas de revistas con Luminosa en bikini, de una mesa a otra, con creciente excitación, como si la fama y merecimientos de su marido dependieran ahora y para siempre de ellos; los materiales gráficos volaron sobre la cabeza de Brunilda, despeinándola con visible enojo de su mirada gatuna; cayeron en las sopas de tortilla que la pareja consumía; y en la retahíla de publicidad luminosa, Luminosa se permitió introducir, como quien no quiere la cosa, esta novedad que habría de cambiar la vida de mi padre:

—Ah sí, Angelito, ya supe que tu tío don Homero te desheredó o algo así, tú.

Ángel mi padre no supo qué cosa atender primero, si el artículo de Tom Wicker bañándose en sopa de tortilla; la mirada atrozmente fulgurante y desencantada de Brunilda; o la sonrisa infinitamente hipócrita de doña Luminosa Larios, con su cabecita ladeada para invitar beneplácito clasemediero y sus ojos de Gorgona desorbitados por los escalpelos de la cirugía facial que no lograron borrar unas patas de gallo que semejaban comillas entre las que, eternamente, ella citaba las hazañas de su marido. Toda ella derramaba el gusto del mal ajeno.

La señora resolvió los dilemas de mi padre alargando sensualmente su brazo envuelto en una atroz blusita de crepé violeta y apoyando su acontecida cara en una de las muñecas deslumbrantes de joyas: —No dejes de venirme a ver a la hora acostumbrada, dijo Luminosa Larios, y retirando la mano antes de que Ángel se la tocara, se tapó la cara con la servilleta y procedió a jugar intensamente al picabú.

Brunilda miró a mi padre con una doble advertencia que él supo leer porque ella todo lo decía con la mirada: —No sólo te has quedado en la ruina; además, me engañas públicamente con esta cotorra que parece salida del Rocky Horror Show.

Ángel se levantó con el plato de sopa entre las manos y lo vació enterito, con todo y cheques, recortes y catálogos, sobre la cabeza de doña Luminosa Larios. Brunilda se levantó impetuosamente con la boca abierta.

—No es cierto! La señora se inventa amores!

—No me sigas, le dijo a Ángel. Tenías razón. Me sobra de dónde escoger. Aquí muere.

Pasó dos semanas sin verla. Entre las constantes invasoras de su cochera abundaban las muchachas ávidas de placeres y urgidas, sobre todo, de escapar a los hostigantes ambientes familiares.

—Lo que pasa con la infla ésta, resumió una de ellas, es que no hay chamba ni megalana, así que todos tenemos que regresar a la jonrón o nunca salir de ella, Ángel Baby, y las potestades se vengan de una, tú vieras, ahora que nos tienen de vuelta en su tyronepower.

—Who's got the power?, preguntaba mi papá en la puerta, inventando ineficaces contraseñas para defender su morada casta y pura, aunque a sabiendas de que el contrabando de casettes de películas viejas era el comercio más caliente de la ciudad donde no sobraban formas de entretenimiento y menos aún, comunicaciones con el exterior. Ver películas antiguas en videocaseteras era la distracción suprema en el México de los noventas.

—Who's got the power?

—Mischa Auer, le contestaba una voz de gatita cinéfila, y no había más remedio que abrir y entregarse a los felinescos brazos de María de Lourdes, María Cristina, Rosa María, María Concepción, Maricarmen o María Engracia.

—Who's got the air?

—Fred Astaire, monada.

—Who's got the marbles?

—Greta Garbles.

—Who set the table?

—Esther Fernández.

Entonces no abría.

Brunilda no conocía este nuevo set de contraseñas cinéticas y se estrelló contra la Puerta Cerrada, que diría Libertad La marca del Zorro. Telefoneó; la mitómana pero astuta abuelita Susana con gusto mandó a Ángel a una hipotética excursión sin regreso en el sónico a Chile. Las cartitas amorosa primero, desesperadas en seguida, quedaron sin respuesta. Seguramente Brunilda estaba desgarrada entre las ansias de su sexo y su vanidad, eternamente hermanados y compulsivos, y la atroz sospecha de un porvenir sin herencia.

Porque una buena mañana el abuelo Rigoberto Palomar se presentó en la cochera de mi padre Ángel con un pliego de documentos, hizo caso omiso de la nalgoncita encuerada que salió chillando a vestirse (y luego se quejó con Ángel de que el abuelito le acarició de paso una posadera) y le confirmó que el tío Homero Fagoaga, según obraba en fojas, había demandado a su sobrino Ángel Palomar y Fagoaga, emplazándolo como pródigo, irresponsable e incapaz de administrar la herencia de cuarenta millones de pesos oro que, según voluntad testamentaria de sus difuntos padres, debía usufructuar al cumplir los veintidós años de edad —nueva mayoría según la ley, y que Ángel celebraría el próximo día catorce de julio de 1991.

Ángel entendió el movimiento de hombros y la mirada desafiante de su abuelo: en uno y otro había esa mezcla de fatalismo y libertad propia un viejito tan sabio como éste, siempre diciéndole a su nieto que aunque el viejo pudiese ayudarlo —y ahora muy poco podía hacer, era cierto— el joven, por su propio bien, debía emplear su imaginación y echar mano de sus propios recursos.

—Pero usted sabe tanto, abuelo.

—Por más que sepa, no soy de tu tiempo ni me huelo todo lo que tú. Tu intuición seguro es mejor que mis conocimientos.

Luego hablaron de que todo es libertad, todo, Angelillo, le dijo el viejo, entregándole los documentos. Hasta la fatalidad, dijo, es una forma de ser libre. —A veces nuestra voluntad no basta, ves?, si no sabemos que nos puede ir mal sin razón. Entonces no somos libres. Somos ilusos. Cuenta con mi respaldo pero manéjate con libertad, con imaginación y sin miedo, Angelillo.

Ángel ya había andado un buen trecho con Brunilda y prefería poner fin a una relación sin más porvenir que un placer siempre seguro aunque idéntico a sí mismo. Las inyecciones con las que Brunilda intentaba diversificar la normalidad sexual —celos unilaterales, encuentros intempestivos con los demás amantes en turno, cartas de un galán abandonadas sin razón en el lecho de otro—, fatigaban a Ángel: una relación romántica no era nada si no era un cálculo para ser un hombre aparte de todos los demás. Brunilda lo invadía todo con similitudes para evitar la consonancia del tedio; sus diversiones frustraban el propósito romántico de Ángel.

A las tres semanas del cortón de Brunilda, mi padre decidió, como era su costumbre esporádica, salir disfrazado a la calle; se puso sus toga y bigote quevedescos, y caminó sin ser notado de la calle de Génova a la de Río Mississippi, donde el tráfico era más tupido; allí, un muchacho de blancura insólita (acentuado por el color azabache de su melena lustrosa) toreaba espectacularmente autos y camiones;

la agilidad del muchacho impedía observar, en el movimiento, la gruesa blandura corporal y su forma física de pera.

En cambio, Ángel miró pasmado esta revolera a un taxi sanguinario; este izquierdazo a un materialista iracundo piloteado por un albino de gafas negras; esta verónica repetida a una feroz escuadra de motociclistas. Pero cuando el joven gordito se le plantó en portagayola a una limusina Shogun sin placas, pero con cristales negros, que al ver al muchacho redobló su velocidad por la ancha calle, Ángel saltó a levantar al espontáneo de la posición arrodillada y arrastrarlo casi a la palmera solitaria de la calle Río Mississippi.

—Estás loco, mano?, le dijo Ángel al desconocido.

—Y tú?, vestido de Cruz Diablo! jadeó el gordito.

—Bueno, me lo quito.

—Loquito? Yo no.

—Quiero decir el disfraz.

Mi padre se arrancó la capa de los hombros y los quevedos de la nariz.

—Nomás quería llamar tu atención, jadeó el gordito. Brunilda me manda para decirte que si no la llamas esta tarde, ahora mismo en la noche se suicida. Palabra de honor.

Caminaron juntos por el Paseo de la Reforma, hasta Chapultepec y el mercado de flores a la entrada del Bosque. El gordito le contó que era compositor; quizás conocía el éxito de moda, "Regresa Capitán Sangre"?; pues era composición suya y de su nuevo grupo en formación, porque en el grupo al que pertenecía antes, el Immanuel Kan't no respetaban la personalidad individual de los artistas, exigían que todo fuera experiencia de grupo, expresión colectiva; ese era su imperativo categórico, rió el gordito conversador levantando polvo con sus grandes pies por las veredas de la Reforma, y él no estaba de acuerdo, esa era pura cruda sesentesca, él quería ser conversador conservador romántico post punk y su lema era REWARD YOURSELF!

—Recompénsate a ti mismo, digo yo. Nunca sabes lo que va a pasar mañana.

Llegaron al mercado de flores. Mientras Ángel escogía unos ramos, el gordito canturreó algunas estrofas de su éxito popoteca,

Regresa, Capitán Sangre,
que todos tenemos hambre,

de lo que diste a mi padre,
la aventura y el honor.

Se cayeron bien y quedaron en verse al día siguiente para tomar un café. El gordito le contó entonces que las coronas fúnebres empezaron a llegar al apartamento de Brunilda en Polanco a las cuatro de la tarde, una tras otra, moradas y blancas, violetas y nardos, en forma de herraduras, coronas y artísticos diafragmas; sofocantes, perfumadas, permutadas, incansables flores de muerto para celebrar su anunciado suicidio, carretadas de flores que invadieron el apartamento de la muchacha de ojos inmensos y boca de payaso: ella lloró. Se desgarró su bata de satín azul cielo, se tiró sobre la cama, trató de impedir el paso de más coronas de muerto, se dejó caer dramáticamente de la cama al piso, mostrando un exuberante pezón, lo cual sólo convenció a los mensajeros de que debían traerle más flores que las ordenadas por Ángel, todo el camión de las flores se lo dejaron caer encima, buscando una miradita nomás de esa temblorosa antena de los placeres de Brunilda.

—La dejé llorando de rabia, Ángel. Dijo que se vengaría casándose mañana mismo con tu rival. Que estarán de luna de miel desde la noche en el Hotel Party Palace y brindarán por tu muerte.

Ahora Ángel mi padre ordenó que entregaran mañana en la noche una piñata a la suite matrimonial del Party Palace y añadió una tarjeta suya dirigida al flamante marido de Brunilda: "Para que tengas algo que romper, pendejo."

Con el muchacho gordito se dedicó a los preparativos de la fiesta de mayoría de edad que los abuelitos habían insistido en ofrecerle en el mismo salón donde se casaron los difuntos padres de Ángel, el tradicional Claro-de-Luna de la Avenida Insurgentes, de donde varias decenas de miles de piñatas quinceañeras habían salido a cumplir sus hogareños destinos desde los remotos cuarentas; dicen los abuelos que aparte del valor sentimental del lugar, el tío Homero va a andar buscando pruebas del dispendio de Ángel (por ejemplo la compra de flores en Chapultepec, o la abundancia de muchachas, las salidas a comer en restorantes de postín, el comercio con casettes, o los rumores de encerronas organizadas, según las tías Capitolina y Farnesia, en casas de huéspedes y, Virgen Santísima!, hasta en las iglesias de Oaxaca fuera de horas de oficina) y en cambio celebrar la mayoría de edad en el Clair-de-Lune es tan de a tiro pinchurriento, tan peoresnada, que ello te dará un aire de modestia, nieto: no, en la casa no, porque todo lo que es privado se supone que es exclusivo, lujoso y criminal.

7

Pasaron Ángel y su nuevo cuate el gordito (de cuyo nombre original ya nadie se acuerda o quiere acordarse) una agitada semana preparando la fiesta del 14 de julio. Ángel lo convenció de que no regresara con los apretados del combo Immanuel Kan't pero que no cayera en la vulgaridad espantosa del grupo plebe de los Babosos Boys, sino que, con imaginación, inventaran los dos un nuevo grupo a medio camino entre ambos extremos. El gordito le dijo que no había problema; él conocía a un fabuloso guitarrista y cantante, un protegido del eminente polígrafo don Fernando Benítez llamado el Huérfano Huerta. También conocía en sus andanzas callejeras a un esperpento llamado el Jipi Toltec, que caminaba por las principales avenidas de la ciudad con las greñas largas y grasosas, una cara flaca y hocicona como de coyote emplumado, un traje de harapos y un lujoso cinturón de piel de víboras, anunciando en francés "La serpent-à-plumes, c'est moi".

—Cree que está siempre en medio de la conquista de México, que ha regresado y que nadie lo ha reconocido; es un loco inofensivo, hasta que confunde los signos.

—Entonces hay que mantenerle los signos, gordo.

—Vale la pena. Es el mejor baterista que hay. Pero hay que convencerlo de que son atabales, ves. Se empieza a hacer a jirones cuando toca. Las muchachas pegan gritos de placer al verlo y oírlo.

—Y tú, gordito?

—Él tocaba el piano, las maracas y el pícolo y —se sonrojó— debía incluir en el grupo a una niña de diez años que tocaba la flauta, había inconveniente?

—Es tu banda, dijo sanfazones mi padre Ángel, imaginando a la niña en la privilegiada edad entre los tres y los trece.

—Ya está, dijo el gordito. Los cuatro somos amigos y hasta tenemos nuestro nombre, Los Four Joditos. Sólo nos faltaba quién nos animara, pues, algo así como un apoyo moral. Gracias, Ángel.

—De nada. Si quieres hasta los administro.

Desde la tarde del cumpleaños el gordito se presentó antes que nadie en el Claro-de-Luna a hacer los preparativos, disponer las mesas, poner las flores, descampar el estrado para los músicos e investigar el maravilloso huevo de metal puesto allí por la siempre renovada imaginación de los administradores del salón para introducir en él a los jóvenes o a las jóvenes debutantes, subirlos con poleas al deslumbrante cielo raso tachoneado de estrellas y medias lunas de estirofoam y finalmente, una vez reunida la concurrencia, hacer descender el huevo al son de trompetas anunciando la salida del novel ciudadano, de la fresca quinceañera, del audaz debutante en sociedad.

El propósito del gordito era asegurar que todo marchara bien y que Ángel mi padre se encontrase cómodo durante la hora que debía pasar en su prisión ovoide, en espera de los invitados, hasta que llegara el momento —las once de la noche— en que diera la sorpresa, el huevo descendiera y mi papi emergiera, rozagante, de él.

En eso estaba el simpático compañero de mi papá, cerciorándose con un alfiler de que los diminutos hoyuelos de la ventilación en el huevo no estaban obturados (cosa difícil en la penumbra vespertina) cuando dos manos no poderosas aunque sí sorpresivas le empujaron dentro del improvisado sarcófago, lo encerraron y manipularon de prisa las poleas para hacerlo ascender al cielo raso del salón de recepciones.

No tardó el gordito en comprender su situación: de aquí no lo sacaría nadie antes de las once de la noche. Pero hasta esa esperaza perdió cuando, por los hoyitos de la ventilación, oyó la voz pomadosa que decía:

—No se preocupen por el ovoide artefacto, trabajadores del ramo manual. Mi sobrino ha decidido no utilizar semejante símbolo gastado. Le he convencido de que abandone esta ceremonia a cambio de un sabroso y preferible regalo de un millón de pesos. A ustedes, por acceder a mis deseos y retirarse del local esta noche, aquí les pongo otro tanto en este sobrecito. Además, como dijese frente a amotinadas marinerías el Almirante del Mar Océano, ¿de qué me sirve un solo huevo cuando necesito dos?

Y luego cuando los trabajadores del lugar se retiraron repartiéndose los devaluados, la misma voz le gritó al gordito encerrado en el huevo de metal:

—¡Ahí te pudras, pródigo irresponsable! ¡Fagoaga nunca pierde y lo que pierde lo arranca!

A esto sólo siguió una risa catacúmbica de monje loco y luego horas y horas de silencio que el joven compañero de Ángel, sintiéndose un poco héroe de Dickens que va a morir a nombre de su amigo en la guillotina, decidió emplear escribiendo mentalmente una novela y diciéndose que el principal problema de tal empresa era saber cómo comenzar. Y puesto que en Dickens pensó primero, inició su novela mental con las palabras era el mejor de los tiempos, era el peor de los tiempos, era la estación de la Luz, era la estación de las Tinieblas, era la primavera de la esperanza, era el invierno de la desesperanza: era la Edad de la Sabiduría, era la Edad de la Estupidez. Pero meneó la cabeza. Sintió que algo sobraba y tiró esas páginas escritas en la oscuridad ovoide al basurero de su mente antes de retomar la imaginaria pluma con otro arranque, "Durante mucho tiempo, me acosté tarde. A veces, mi vela siempre prendida, mis ojos abiertos tan firmemente que no tenía tiempo ni de contar borregos y maldecir mi insomnio…" No, no. Empezó otra vez: "En un lugar de La Mancha, del cual me acuerdo perfectamente, pues se encuentra situado a escasos veinte kilómetros al este de Ciudad Real, en las faldas de los montes de Valdeña y a orilla, precisamente, del río Jubalón…"

No, tampoco este inicio era bueno. Intentó otro: "Todas las familias desgraciadas se asemejan; las familias felices lo son cada una a su manera." Bah, pensó en la muerte estúpida de su propia familia o la de su cuate Ángel Palomar y se preguntó si con esa historia podría, al menos, iniciar una novela. Pero lo dejó para otro día, porque pasaban las horas y la oscuridad le rodeaba. Familias felices: "Cuando su padre lo llevó a ver el hielo, Aureliano Buendía pensó que algún día lo iban a fusilar." Familias infelices: "Cuando despertó aquella mañana, después de sueños inquietos, el insecto se encontró transformado en Franz Kafka."

En la oscuridad, vio un latigazo negro en su mente y pensó que en realidad era el espectro oscuro de un espermatozoide perfecto como el que algún día podía conferirle vida a un hijo suyo, o de su amigo Ángel Palomar, o de sus cuates el Huérfano Huerta, el Jipi Toltec y la Niña Ba y que a continuación Elector podría admirar donde quiera que se encontrase leyendo un libro apócrifamente titulado

CRISTÓBAL NONATO
por
Carlos Fuentes

varios años después de que ocurriesen los sucesos allí narrados o sea como sucede siempre, los libros más negados acaban por ser los más aceptados (escribió mentalmente el gordito roncanrolero), los más oscuros se vuelven los más transparentes, los más rebeldes los más dóciles y así, estimable Elector, lo más probable es que Tú seas una pobre muchacha adolescente del Colegio del Sagrado Corazón empeñada en copiar con letra de araña algún pasaje clásico de esta novela que tienes detenida entre el misal y un pucho de mota y que quizás hayas abierto en la página donde en este instante te encuentras Tú y me encuentro Yo y desprovista de cualquier otra guía empieces a escribir Mi Novela como Tu Novela, copiando no la que aquí estás leyendo, o sea una nueva novela que empieza con estas palabras:

PRÓLOGO: YO SOY CREADO

Yo soy una persona que nadie conoce. En otras palabras: acabo de ser creado. Ella no lo sabe. Tampoco él. Aún no me nombran. Nadie conoce mi rostro. Cuál será mi sexo? Soy un nuevo ser en medio de cien millones de espermatozoides como éste:

me engendró la imaginación primero, primero el lenguaje: me creó la serpiente negra, cromosómica, heráldica, culebra de tinta y voces, que todo lo concibe, única repetición delectable, único remache que no cansa: la conozco desde hace siglos, es siempre la misma y es siempre nueva, la sierpe de espermas espirales, el vícolo de la historia, estrecha vía de la vicogénesis, vicaria civilización que Dios nos envidia: verga y leche, conducto y producto, mis padres y yo, serpiente y huevo) sino una novela en la que las posibilidades de todos los participantes en ella sean comparables: las posibilidades del Autor (quien obviamente ya concluyó la novela que el lector tiene entre sus manos) y las de Elector (quien obviamente aún no conoce la totalidad de esta novela, sino sus primeros meses apenas), así como las del Autor-Lector que serás Tú al terminar de leer la novela, dueño de un conocimiento que aún no tiene Elector potencial que algún día lea la novela o acaso nunca la lea, conociendo su existencia y aun proponiéndose leerla, para distinguirlo de Elector potencial que sabe de ella pero se niega a leerla porque desprecia al Autor, le aburre y se niega a aceptar su invitación a Ludectura y también de Elector que ignora totalmente la existencia de este libro y nunca tendrá ese conocimiento, lo cual incluye las posibilidades de que Elector ya esté muerto o aún no nazca pero, naciendo, nunca se entere, se entere pero no quiera, quiera pero no pueda, o simplemente, la siniestra novela haya cumplido ya su destino terráqueo y se encuentre, para siempre, agotada, fuera de circulación o excluida de las bibliotecas en razón de su obscenidad, su ofensa al buen gusto literario imperante o su imposibilidad política: de todas maneras, se consuela el gordito de patas grandes colgando en su indeseado aviario, el límite para lo que se puede leer no es idéntico al límite para lo que se puede decir ni la limitación de lo decible es un límite para lo que se puede hacer: esta última posibilidad es la de la literatura, sonrió sin testigos nuestro amigo el gordito, su superioridad sobre los accidentes y casualidades de la vida o sobre las proposiciones estrictas y anhelantes de comprobación de la ciencia y la filosofía: posibilidad infinita, posibilidad común del Autor y Elector, posibilidad común de la Vida y la Muerte, del Pasado y del Presente, de un Hombre y su Hijo por nacer: reconocerse en el mismo libro, simbolizado por un chicotazo de esperma negra, una chispa de tinta sinuosa: vida y opiniones, piel de onagro que se consumen en deseo y así articulan la certeza de que hay que morir la vida y vivir la muerte.

Gracias a este símbolo, el gordito de patas grandes y lustrosa melena negra pudo imaginarlo todo, un hijo de su nuevo amigo Ángel Palomar, la madre del niño una bellísima muchacha espigada y morena que avanza por un parque, escondida una vez por un árbol, otra vez por un globo, acercándose en el vuelo de sus faldas y al ritmo de su talle: una muchacha con... con... una aureola!: Ángel y Ángeles, padres de un niño por nacer aún, cómo le pondremos al niño?, qué lengua hablará el niño en Makesicko Dee Eff, qué aire respirará

el niño de la región más transa del ídem?, encontrará el niño a sus
hermanitos cromosómicos y reconstruirá con ellos sus equis y sus
zetas, indagando hasta la raíz de su cadena de información genética?
pues igualito, escribió el gordito, busca una novela sus novelas, la
ascendencia y la descendencia de su espermatozoide de tinta negra:
la novela tampoco es huérfana, no salió de la nada, necesita una tradición como el niño necesita una ascendencia familiar: nadie existe
sin nada, no hay creación sin tradición, no hay descendencia sin ascendencia: CRISTÓBAL NONATO busca sus novelas hermanas, amadas:
extiende sus brazos de papel para convocarlas y recibirlas, igual que
el niño recién concebido añora a sus hermanos y hermanas perdidos
(añora incluso a la niña que el niño pudo ser y yo se la doy en seguida: la Niña Ba) y los convoca a todos con un movimiento ciego
de las manos: es su genealogía: son

Los hijos de La Mancha *vs*	Los hijos de Waterloo
Cristóbal (modestito él)	Bonaparte
hijo de	padre de
Jacques (fatalista)	Sorel
hijo de	padre de
Tristram (shandy of shandy	Becky Sharp
hall)	madre de
hijo de	Rastignac
Alonso (quijada o quezada)	padre de
padre de	Rubempré
Tristram (digresivo él)	padre de
padre de	Raskolnikov
Jacques (toujours des	tío de
questions!)	Nietzsche
abuelos de	sobrino de Louis Lambert
Catherine Moorland	hermano de Raphael de
Emma Bovary:	Valentín
lectoras de locuras	entenados de Nicolo
Pickwick	Machiavelli
Myshkin:	
hombres buenos como el pan,	
la cerveza, el caviar	
primos de	
Nicolás Gogol (por rama eslava)	
Charles Dickens (por rama anglosajona)	

Franz Kafka y
Milan Kundera (por rama centroeuropea)
   biznietos de
Erasmo (de Rotterdam):   elogiador de locuras
padre de
Alonso (Quijano)   :   locuras de lector
   abuelito de
Nazarín   :   cura do-gooder
Oliveira   :   doble exiliado de La Mancha
                                      La Plata
                                      La Sena

      y Pierre Menard: autor del
               QUIXOTE

EL ELOGIO DE LA LECTURA
LA LOCURA DE LA LECTURA

Erasmo: Las apariencias engañan
Don Quijote: Los molinos son gigantes
Tristam Shandy: Las digresiones son el sol de la lectura
Jacques Le Fataliste: Hablemos de otra cosa
Cristóbal Nonato: pues bien, mientras que el gordito cautivo decidió insensiblemente vencer el tedio con estas ocupaciones, recompensándose a sí mismo a pesar de la situación, pero resignado a escribir una novela demasiado pesimista cuyo único texto repetitivo sería "Era el peor de los tiempos. Era el peor de los tiempos. Era el peor de" el salón de recepciones se fue llenando de servidores, cantineros, invitados, el agasajado mismo mi papá por ser Ángel Palomar y Fagoaga felizmente llegado a los veintiún años y sus abuelitos (mi bisa pues) don Rigoberto Palomar y doña Susana Rentería, los componentes de la nueva banda, incompleta, que sin embargo (el prisionero del huevo lo sintió casi como un homenaje póstumo) tocaron y cantaron el éxito de moda por él compuesto "Regresa Capitán Sangre"

Desde el mástil nos saludas
Rumbo al atardecer...

escuchó el gordito medio sofocado ya, sintiendo ya en la boca ese sabor colorido que nos dice: Azulenco te estás poniendo, manito;

medio atarantado dentro del huevo de metal, ora oliéndose a sí mismo, ora las exudaciones de las láminas de cobre platinado: a punto de gritar auxilio! au secours! help! aiuto! I need somebody! pero en primer lugar nadie lo hubiera oído en medio del bullicio de la fiesta y en segundo él no era un chillón sino un hombrecito que ni daba explicaciones ni las aceptaba, como su héroe de las películas de corsarios,

Adiós, Capitán Sangre,
no te volveré a ver...

Cerró los ojos, inventando su último inicio de novela: "Llamadme Cristóbal". Entonces, como si hubiese pronunciado una palabra mágica (abajo sésamo!) oyó el crujir de las poleas, el deslizamiento de los cables y el abrupto descenso del huevo desde las alturas del estelar plaffond clarolunático al centro de la pista de baile.

Se escucharon trompetas y la música de la Marcha de Aída. Las voces rieron, se alzaron, exclamaron, Ángel rió y dijo que era una equivocación, cómo?, él ya estaba aquí, rió nervioso, cómo?, él ya estaba en la fiesta y no iba a salir de ningún huevo, temió lo imprevisto, una sorpresa fantástica: una muchacha iba a salir del huevo! Una desconocida amada por él, a la que él quería presentar a sus familiares y amigos, de sorpresa, como si la muchacha fuese el regalo de él a ellos, y ellos se la iban a presentar a él, ignorando que él ya la conocía! ignorando que los dos (él y ella) se habían conocido en un parque pero se habían prometido descubrirse poco a poco, entre abril y agosto, un encuentro por mes, la voz primero, en seguida el contacto con los pies (mayo), luego las puntas de los dedos solamente (junio), las manos entrelazadas, yummi-yummi (julio) y sólo en agosto, gran regalo, se verían los rostros, al fin.

El coco se le prendió: don Fernando Benítez!

Lo vio de lejos en el salón, del brazo de su esposa, saludándole ambos, levantando sus copas.

Benítez tenía el don de juntar a los jóvenes, protegerlos, apadrinarlos. Había introducido él en ese huevo a una muchacha para él, para Ángel? Era éste su regalo supremo para la mayoría de edad? Un sueño! La idea lo espantó con su exceso de placer y quiso detener la maniobra pero los empleados que ni modo, era parte de su trabajo por contrato bajar el huevo a las once de la noche, sin averiguar más nada y medio alumbrados por las frías que se compraron con el soborno del tío Homero, y el abuelo don Rigo, anden muchachos, hagan su trabajo y déjalos Angelillo, no te vayas a buscar un lío con un sindicato además de los que ya tienes con la demanda del tío Homero y los trabajadores, en voz baja, viejo gordo y pendejo, hoy cobramos dos veces, qué te creías: el odio ciega, qué duda cabe!

Cuando abrieron las puertas del sarcófago ovoide, encontraron al simpático muchacho, sin aire, azuloso ya, desorientado y sin pelo. Hasta el último cabello de su otrora negra y lustrosa melena se le había caído.

El gordito fue sacado del huevo y reanimado por Ángel, el Huérfano Huerta y el Jipi Toltec. Éste hasta le colocó un espejo de mano frente a la boca para ver si aún respiraba. Luego junto su hocico de coyote a los labios de rosa del gordito para resucitarlo, respirando como animal; como fuelle. El muchacho salió de su desmayo y se vio reflejado, pelón.

—Llamadme Huevo, logró suspirar.

—Nuestro querido cuate el Huevo, dijo Ángel mi padre, bautizándolo públicamente.

—Dónde está la Niña Ba?, preguntó al salir de su soponcio Huevo, y no supo si con esa frase podía comenzar otra novela: "Encontraría a la Niña…?"

Cuando los invitados se fueron, los abuelos Rigoberto y Susana oyeron a cada uno de los muchachos —Ángel su nieto, el recién bautizado Huevo y los nuevos amigos de la banda de rockaztec, el Huérfano Huerta y el Jipi Toltec—, exponer las razones, desconocidas hasta ese minuto, que les unía en el odio a Homero Fagoaga.

Se divirtieron mucho al darse cuenta de que cada grupo por su lado, los Four Jodiditos y Ángel con el tío Fernando como intermediario providencial, le habían hecho un montón de bromas paralelas al pesado, pernicioso y pinchurriento (cada cual su adjetivo) don Homero Fagoaga: ahora unían sus fuerzas, y ni quién los parara!

Gordo, antipático *y* hijo de la chingada, dijo sonriente el Huérfano Huerta, recordando y refrendando a un tiempo.

Los despojos ejidales en Acapulco, dijo truculentamente el Jipi Toltec; Les terres communales dépouillès à Acapulco.

La herencia de mis padres, dijo Ángel, pero secretamente se repetía: por qué México y no Acapulco, si el epicentro fue en la costa?, y la mirada se le nublaba recordando el día terrible y heroico de sus 16 años: el terremoto del 19 de septiembre, yo quisiera gritarle desde el centro nonato de mi madre preñada: y los niños de Acapulco, qué? no te hubiera importado que ellos murieran, con tal de que se salvaran los que murieron en el D.F.? Esto seguramente habla largo del sentido moral de mi padre, pero yo, por el momento, no puedo discutirle nada a su cara. Me muerto del coraje! Me lleva la tiznada! Qué impaciencia, a veces, por nacer, carajo!

No es un hombre, es un símbolo, dijo Huevo: Acapulco.

Entonces, concluyó en perfecta lógica el revolucionario abuelo Rigo Palomar, lo que deben hacer es destruir a Homero destruyendo a Acapulco. Silogismo perfecto.

No, exclamó Ángel. No Homero. No Acapulco. La Suave Patria.

Esta frase se le iba a quedar suspendida a Ángel mi padre, semejante a un sueño que convoca para siempre su mitad en la vigilia, pero mientras tanto las cosas se precipitaron, mi padre conoció en agosto el rostro de mi madre y sólo al conocerlo tuvo la voluntad de poner en marcha el plan simbólico de la destrucción de Homero a través de la destrucción de Acapulco que en realidad se resolvía en una esplendorosa ilusión de salvar a la Suave Patria, la Patria Buena: pero esto tomó, sepan susmercedesbenz, algo así como medio año entero, durante el cual nuestro cuate Huevo se preguntó por qué había dado esa razón puramente simbólica, "Acapulco", en vez de contar que fue precisamente don Homero Fagoaga quien lo empujó dentro del huevo de cumpleaños, quién más iba a ser!, pero ni él delató al tío ni los demás le preguntaron nada al respecto, cómo fue que fuiste a caer dentro del huevo, Huevo?, habrá sido el maligno tío Homero quien/Éste era un misterio y en noches de éxtasis moral Huevo se preguntó, Por qué se dejó crucificar Jesús sabiéndolo todo de antemano y sobre todo habiéndose ubicado a Judas en la Última Cena (Encontraría a la Niña Ba...?)? También supo que un día, ya iniciadas las cosas, no resistiría la tentación. Delataría al tío Homero. Huevo no era Jesús ni quería serlo. Además, Acapulco los reclamaba.

8

Pero antes de la fiesta de fin de año, tú vas a contarme cómo se conocieron tú y mi papá, mami?

—Ya te dije, niño. Eso fue en los abriles. Espera. No comas ansias.

—Como lo que puedo, mami.

—Entonces sólo sabrías cómo nos conocimos él y yo de habernos conocido en los diciembres?

—Juega, jefa.

Lo conocí, déjame ver, secreteándole a la oreja de la estatua de Benito Juárez en el Hemiciclo de la Alameda. Trepado allí. Yo me trepé con él. No, no sé qué le decía Ángel al Benemérito. Pero a mí me dijo hablándole a la oreja de Juárez y yo con mi oreja pegada a la otra oreja de Juárez: —Oye chata, si logramos escucharnos a través de las orejas de mármol del Gran Zapoteca, ya la hicimos chata, ya la hicimos.

Yo creo que balbucié de regreso estas palabras: —No nos hagamos daño. Todos estamos aquí.

Un niño gordo con sombrero de verano y un globo en alto salió del fondo del parque de la Alameda, vino hacia nosotros tomado de la mano de una mujer, un esqueleto vestido como para un baile de principios de siglo. El niño nos miró con su cara de sapo sabio y contento trepados allá arriba agarrados a la cabeza de Juárez y se fue caminando de la mano de la muerte. La verdad no sé si esto lo vimos o si luego me lo contó Ángel. Porque al mes siguiente regresamos al mismo lugar el mismo día sin haber hecho cita. Y algo más también: regresamos sin habernos visto la primera vez, como si desde el primer momento hubiéramos prometido no mirarnos todavía; hemos podido hablar a través del heroico mármol del Indio de Guelatao, no pidamos más de lo que nos es dado.

P. Qué es un milagro?

R. Algo que rara vez ocurre.

Porque el día que se dejó ver por mí ya habíamos hablado a ciegas a través de las orejas de Benito Juárez y lo seguimos haciendo durante más de cuatro meses, sin darnos cita, sin nunca decir el mes que viene te encuentro aquí mismo, chata, ni la hora tampoco; claro que a veces uno llegó antes que el otro, pero nos esperamos: cómo no lo iba a esperar, si no dormí de pura felicidad, toda la noche, al conocerlo, y eso que todavía no lo miraba, que tal si?

Ángel mi padre es poeta?

Lo sería si fuese feo. El día que por fin se dejó ver por mí apareció disfrazado de Quevedo, con sus anteojos tan respingados como sus bigotes y su barbilla y su gorguera: fingiendo ser patizambo. Pero se le olvidó una cosa: no cambió de voz. "Mi voz no era la del poeta Quevedo muerto en septiembre de 1645 en Villanueva de los Infantes porque ya no podía soportar un invierno más junto a una chimenea que con cada temblor helado le convencía de que sólo vivía para verse muerto: se murió Quevedo con los fríos y la humedad de un río que tenía en la cabecera de su cama, denunciado ante la Inquisición, cortesano e independiente, jocoso y fúnebre, imperialista y libertario, medievalizante y progresista, moralista y cínico: como el Amor, "el que en todo es contrario a sí mismo"; así se presentó tu padre la primera vez que se dejó ver por mí, disfrazado.

Tan contradictorio como el famoso tío Homero?

Sí, pero con la palabra de un gran poeta. Esto creo que tu padre lo hacía a propósito, era su primer intento de vencer al tío Homero y su mundo: no darle a Homero el monopolio de la palabra, aventarle en contra nada menos que a Quevedo, el Quevedo tan oportunista como Homero, pero salvado por el genio poético. Aunque la voz de tu padre no era la del poeta Quevedo.

Era más bien la voz del mundo recordando a Quevedo, y Quevedo recordándose, inmortalizándolo (se) cien, doscientos, mil años después de su muerte, era Ramón Gómez de la Serna llamándolo *el gran español, el más absoluto español de los españoles, el inmortal tonista —el que dio el tono del alma de la raza—*, era César Vallejo llamándolo *Quevedo, ese abuelo instantáneo de los dinamiteros* y era el propio Quevedo, pidiendo plaza en una academia de la carcajada y el regodeo, y llamándose *hijo de sus obras y padrastro de las ajenas, tan corto de vista como de ventura, dado al diablo, prestado al mundo y encomendado a la carne: rasgado de ojos y de conciencia, negro de cabello y de dicha, largo de frente y de razones!*: el retrato del poeta Quevedo era el de Ángel mi padre disfrazado de Quevedo cuando al fin se mostró ante mi madre, pero mi padre ya tenía una respuesta, una iniciativa, antes de que ella pudiera decir nada:

Lo miré por primera vez, y él a mí.

—Sabes que tienes una aureola, chata, dijo tocándome mi mejilla.

—No, antes yo nunca había tenido una aureola.

—Yo creo que naciste así pero no te habías visto nunca.

—Quizás nadie me había visto así.

Nos empujó un tipo con una torre de vidrio en la espalda; dos escuincles corretones. Yo no supe si su disfraz era en realidad su fantasma: Quevedo. Quién va a saber esas cosas en la prisa fea de la Ciudad de México. Y sin embargo existen. Pero se necesita ser poeta para saberlo. Más bien, para verlo porque se sabe, que es lo bonito de Ángel tu padre, Cristóbal. Con razón no dormí de felicidad toda la noche. Me sacó de Platón el malvado. O más bien, me metió más que nunca en él. "Pues decimos fue o es o será cuando en verdad de todas las cosas sólo podemos decir que son."

Pensé primero al ver a Ángel disfrazado: —Es Quevedo si hubiera sido guapo. Ahora me dije: —Quevedo es guapo.

Su nombre es Ángel Palomar y Fagoaga, vive con sus abuelos pero ahora me ha conocido a mí y yo soy una mujer que no duerme de pura felicidad por haberlo conocido. Pero esa noche nos fuimos al Café de Tacuba a comer pambazos y chalupas, como para arraigarnos en la tierra porque los dos andábamos volando como papalotes del puro alboroto de habernos visto las caras al fin, diciéndonos en secreto: *éste es; ésta es; es él; es ella.*

Salimos del café y en el pavimento fresco frente a la antigua Cámara de Diputados de la calle de Donceles, junto a la casa que ocupó hace un chorro de años la viejísima viuda del general Llorente con su sobrina Aura, escribimos entero esto con los dedos, yo sin saber que era la respuesta de tu papá al escudo de armas de los Fagoaga, a godos y moros y a Castilla fastidia, a Fagoaga nunca pierde. Quevedo nos ronda. Es nuestro poeta.

> Es hielo abrasador, es fuego helado
> es herida que duele y no se siente,
> es un soñado bien, un mal presente,
> es un breve descanso muy cansado
> ....
> Es una libertad encarcelada

Entonces escuchamos la gritería, los silbidos, el ratatat y las bombas, las botas corriendo sobre los adoquines más viejos de México, por esa calle llamada ahora Virgin Knights para infinita confusión del tío Hache que jamás ha hecho por la lengua castellana lo que esa noche hicimos mi Ángel y yo para celebrar nuestro encuentro, dejar la firma de nuestro amor que no pudo ir más allá de la libertad encarcelada y para qué hacernos ilusiones: corrimos lejos del estruendo de la policía que podía perseguirnos a nosotros porque escribimos un poema en el cemento húmedo de Donceles, o quizás perseguía a otros por otros motivos pero al descubrirnos también nos hubiera echado el guante, asimilado a los otros (los otros? quiénes son *los otros* en México '92?), extendiendo su persecución sin preguntar nada.

La ley suprema era otra vez dispara primero, luego averiguas.

Cómo olvidar lo primero que me dijo Ángeles en nuestro teléfono juarista.

—No nos hagamos daño. Todos estamos aquí.

—Somos invencibles, chata.

—No supe decirte nada más espontáneo y verdadero. Sólo te lo pude decir a ti porque no pienso ser lastimada por ti. Los demás no me importan.

Corrimos huyendo de una amenaza presente y ausente, la peor de todas, la que puede lo mismo ser que no ser, pegar o no pegar, averiguar o no averiguar: no habremos nacido ella y yo en los sesentas para saber que en México impera en primera y última instancia el capricho del poderoso: corrimos hasta Fat Saint Mary, lejos de la soledad de Virgin Knights al encuentro salvador con el gentío apeñuzcado, los niños dormidos amontonados sobre las parrillas calientes del metro, los niños con los pies ardientes dormidos junto a la piel hermana de los perros con la nariz sangrante. Quién te manda, Ixcuintli, andar olfateando pavimentos. Aquí las piedras arden, pero tú y yo Ángeles, dejamos un soneto de Quevedo escrito en la palma ardiente del cemento y la represión se detuvo, idéntica a sí misma, en la frontera de la oscuridad y el silencio.

—Dime: qué lengua va a hablar el niño?

9

La cosa no ocurrió así nomás: se juntaron varias veces, discutieron por qué iban a hacer lo que iban a hacer, era sólo por joder al tío Homero que le puso pleito a Ángel, le secuestró su casa y su dinero y conceptiblemente intentó asfixiar a Huevo en un ídem destinado al sobrino?, preguntó mi madre Ángeles cuando los conoció para enterarse de los antecedentes y saber dónde estaba parada y añadió:

—Harían esto sin conocer al tío Homero, sin odiarlo?, y todos a una le contestaron Sí! y fue la primera impresión que Ángeles tuvo de los Four Joditos:

El Jipi Toltec le pareció un muchacho perturbado y de ojos llorosos que tenía mucha dificultad para dormir y lo hacía contando dioses aztecas en vez de borregos y vivía dentro de sí y su confusión histórica: "La serpent à plumes, c'est moi", pero con un extraño sentido de la justicia clara y expedita: lo temió primero, luego llegó a sentir ternura por su misterio. Al Huérfano Huerta lo miró pasar de una especie de resentimiento desafocado a un goce sensual de las cosas que el éxito le regaló cuando los 4J empezaron a ser celebrados por su interpretación de las baladas de Huevo. Lo primero que le oyó decir fue: "No me acuerdo de nada. No sé quién es mi papá ni mi mamá." Lo segundo: "Nosotros sólo hemos visto la leche y la carne retratados en los periódicos." Pero después del éxito de "Regresa, Capitán Sangre", obra individual de Huevo, acumulado más adelante con los de TAKE CONTROL y "Ése fue el año", aceptados como obras de conjunto, el Huérfano Huerta empezó a comprarse zapatos china doll y chaquetas Guess y suéteres Fiorucci al por mayor, llamándolos *mis* china dolls, *mis* chaquetas guess, *mis*... Notó Ángeles que Huevo observaba con cariño y comprensión a sus dos compañeros, aunque las miradas de verdadera ternura las reservaba para una niñita invisible, la Niña Ba, a la cual le dedicaba sus frases más amorosas, niñita preciosa, nenita gorda, mi caramelo con trenzas, qué dice mi golosina de cuelga? y otras monerías que Ángeles sorprendió en flagrante invención, con la consiguiente vergüenza de Huevo, que le dijo a ella cosas como:

—Children should be sin but not hurt, o riéndose muy colorado.

—No estoy loco, señorita; nada más mi mente vacila, eh?, pero ella empezó a darse cuenta de que cada vez más él la miraba a ella mientras le decía sus palabras dulces a la Niña ausente, movía rápidamente la cabeza a otro lado o cambiaba la dirección de los ojos si mi madre lo sorprendía, o se embarcaba en las conversaciones usuales en inglés con Ángel, el Huérfano y el Jipi.

—Qué vas a hacer?
—I'll go in a while, to the River Nile…
—Have some fun…
—Where's fun in Makesicko Ninety One?
—Madness is in the mind of the beholder
—Madness is only a state of mind
—Don't let your feelings show
—Reward yourself!

pues de este banter cotidiano salían al cabo los grandes jits iniciales de la banda y así se confeccionó el disco de los treinta millones de copias THAT WAS THE YEAR que Los Four Jodiditos pensaban estrenar este fin de año en Acapulco, a donde, en preparación de sus planes de relajo apocalíptico, se habían hecho contratar por la famosa chanteuse marxista francesa Ada Ching en la discoteca flotante Diván el Terrible: se fijó mi madre en que las cosas se gestan como me voy a gestar yo: arte o niño, gota a gota, la oportunidad la pintan pelona y pensar que este éxito popular de la canción empezó con el encierro del gordito en el huevo por el tío Homero F. (?) y se fue gestando con estas conversaciones y vueltas e irse y venirse por la ciudad deteriorada donde sólo Ángel tenía techo pero no invitaba a sus compañeros para no hacerlos sentirse mal ni interrumpir la vida de los abuelitos ya ancianos, los cuates que no tenían ni casa ni parientes, pero el tío Fernando Benítez les prestaba el salón de su casa en Coyoacán y por eso acabaron metiéndolo a él en la intriga contra el tío Homero (don Fernando no se hizo de rogar, aunque su mente estaba con los indios de la sierra y no con los turistas de las playas) y con Benítez planearon la manera de escapar de Aka una vez que/ y con los 4J todos los detalles de la destrucción de la Babilonia de la Basura, y Ángeles no decía nada, Ángeles sólo miraba y trataba de entender sin comprometer su lenguaje en el rumor subterráneo, carnavalizado, canibalizado, que sentía surgir alrededor de su propio misterio femenino: como el Huérfano, carecía de pasado; como el Jipi, se imaginaba desconocida; como la Niña Ba, se concebía invisible; como Huevo, se temía demente; como el tío Fernando, se proyectaba justiciera e indignada por lo que veía en México, se sentía como una partícula de todos ellos, sus compañeros y amigos (tuvo otros, antes? no los recordaba) y en cambio se sentía extrañamente enajenada del hombre al cual, al cabo, amaba y con el cual se acostaba llena de bochinche sexual; intentaba mi madre adivinar las razones del acto terrible que se prepara para el fin de año en Aka, escuchaba a mi padre hablar de la suave patria, de la necesidad de un acto de limpia ejemplar, con furia bíblica, ay Ba ay Ba ay Babilonia que marea, ay So ay So ay Sodomá con escocés, ay Go ay Go ay Gómorra con gonorrea, ay Ni ay Ni ay Ninivé que nada ve, ay Ba, ay Soda, ay Goma, ay Nini:

La Babilonia endeudada: Ay Baby Loania

la Babilonia noqueada: Ay Baby Lonas

la Babilonia de borreguitos sin pecunio: Ay Baby Lanas:

miraba a Ángel y entendía que toda la situación anterior a la llegada de ella, la crisis, la impotencia, la rabia, la corrupción, el pasado, la juventud, todo, lo llevaba a Ángel explícitamente, a Huevo un poco menos, al Jipi y al Huérfano intuitivamente, a expulsar los demonios, a trastornar el orden, a humillar al rey, barrer la basura, encontrar (Ángel!) la suave patria: Ángel conservador romántico postpunk que pasaba del relajo a la anarquía al sadismo del subdesarrollo para encontrar la utopía de la patria sin mácula: iba a verlo hundirse en el horror para destruirlo, o serían destruidos, él, ella, todos, por el horror indiferente a ellos?

Estos pensamientos convirtieron a mi madre, durante la apepopeya (simiesca y marina) acapulqueña, en la mujer más cauta y taciturna del mundo; a veces pensó que iba a ganar el concurso Johnny Belinda y francamente no previó que su participación en los extraordinarios eventos del mes de enero iba a ser tan tranquila en medio de tanto desorden. Ella participaría desde ahora en un diálogo silencioso en espera de que todos (la banda de cuates) pudieran hablarse después y este diálogo era algo como esto y tenía una forma triangular:

ÁNGEL: QUIERO EL ORDEN
(A SABIENDAS DE QUE NINGÚN ORDEN SERÁ
JAMÁS SUFICIENTE)
HUEVO: QUIERO LA LIBERTAD
(A SABIENDAS DE QUE FRACASARÉ)
ÁNGELES: QUIERO EL AMOR
(A SABIENDAS DE QUE ES SÓLO LA BÚSQUEDA DEL
AMOR)

y por eso Ángel caminaba hacia el desorden, Huevo buscaba los compromisos de lo invisible cantándole canciones al mundo, superando su dificultad de expresarse corrientemente, y Ángeles mi madre guardaba silencio para no dar a entender que quizás odiaba lo que estaba haciendo.

—Además, le comentó mi papá, si logramos engañar al tío Hache quizás logremos recuperar la casa de los colorines. Allí pasé mi infancia. La quiero mucho. Estoy harto de que sólo nos veamos a ratos en casa de tu tío Fernando o en mi cochera. Ya necesito vivir contigo todo el tiempo.

La vistió de Anijol (saco tuid, corbata de hombre, blujuanes) y él se puso unos chinos desteñidos y una camisa de indio jopi y se colgó cuentas al cuello y los dos se pusieron pelucas de pelo largo, abundante, mazacotudo, para ir a visitar a don Homero Fagoaga a su pendejaus de Mel O'Field Road y pedirle que hicieran las paces, suave ya, y pasaran juntos el fin de año en Aka.

Mi papá no tenía muchas razones y el tío olió rata muerta pero los recibió. Sin embargo, le bastó verlos en esas fachas para juzgarlos inofensivos; y sobre todo, le bastó ver a Ángeles mi madre para sufrir un trastorno: las veleidades sexuales de don Homero Fagoaga no tienen límite y mi madre le produjo una excitación erótica que lo convirtió, casi, en un adolescente tartamudo:

—Este… bueno… conque parejita tenemos?, digo, piensan casarse…? Perdón, no es que quiera decir que… Bueno!

Ángeles se dio cuenta de que el éxito corría por su cuenta, bajó la mirada con coquetería y tocó la mano del invicto don Homero.

—Ah, meneó su dedo de salchicha don Homero, aaaah, inocente sobrinita mía, puedo llamarte sobrinita ya?, gracias: de pura honestidad templo sagrado, como escribiese en amorosa ocasión el vate cordobés don Luis de Góngora y Argote…

Revisó con delectación visual a Ángeles, añadiendo *alabastro puro, pequeña puerta de coral preciado…*

—Tío, le interrumpió dulce pero decisivamente mi madre, en primer lugar no me cambie de tema: nos acepta en su casa de Acapulco?, en seguida que no se le suban las limonadas, y tercero que si va usted a seguir en ese tono, comparando mi cuerpo con alabastro duro y mi coño con pequeña puerta de coral, mi marido aquí su sobrino no se lo va a aguantar a usted. Verdad, Ángel?

—Ángeles! Qué barbaridad! Me confundes, sobrinita! Esa metáfora gongorina se refiere a la boca, no, no, a, no a…

Don Homero dejó caer la cuchara con que meneaba su martini al piso: —Abanícame, Tomasito.

—Yes master.

—Mi esposa tiene razón. No se mande, tío Homero.

—Qué barbaridad! Por Dios, por Dios, ojalá acepten mi invitación para pasar conmigo el fin de año en Acapulco, recibieron mi invitación, verdad?, no?, qué mal andan los correos, como dijese nuestro invicto soberano Felipe II al recibir las noticias de la Armada! Con razón en el resto de Europa se decía: ojalá que la muerte me llegue de España, para que me llegue muy tarde!

Por eso están todos menos ella y la Niña Ba recostados en la Playa The Countess oyendo a tres niñas fresa cotorrear sin tregua que si estuvo muy grueso salir cada una con dos divinos a la disco del Diván anoche o si estuvieron buenas las vibras pero a los galanes les brotó lo Narvarte pero volando y se pusieron necking cuando ellas les dieron a entender que ellos habían enseñado el coppertone, no? bien picudas que les parecían estas situaciones, ponerlos como barracos a los nacos esos de la Nacolandia Narvartensis, tú, y canturrearon

I don't want to live forever
But I'm afraid to die

y cuando vieron recostados allí a mi papá y a Huevo y al Huérfano y al Jipi tomando el sol con sus bikinis muy picudos, las tres nenas dijeron que ay perdón, no los dejamos descansar con nuestros chismes y el provocador de mi padre dijo que no, ni las oí, estaba pensando, y ellas ah, ni nos oyó, tan poco interesante les parecemos a los nacurris éstos, tú, y Huevo muy amable dijo sí, sí las oímos, cómo no, muy instructivo todo lo que dijeron y ellas embarrándose la crema solar, ah conque metichitos los nacos, metiendo las narigotas donde no les importa, y ellos a la wan a la tú a la tree les empezaron a echar arena encima a las tres fresurris, que primero rieron, luego ya párenle, y luego tosieron, y luego gritaron y luego quedaron sepultadas en la arena y el Jipi les bailó encima la danza del venadito para aplanarlas y dejarlas bien ahoguis y bien privadas y lo más curioso es que ni quién volteara a ver la escena y menos la interrumpiera. Lección que no escapó a la atención de Pappy & Company.

De todos estos factores, como suele suceder en materia artística, nació el gran éxito lanzado por los Four Jodiditos para las fiestas de fin de año: y que con gusto les transcribo, desde su dickensiana inspiración (a tail of two cities; histeria de dos ciudades; color de Aka y Defé) hasta su presentación formal en la discoteca regenteada por Ada Ching y su amante Deng Chopin en Acapulco: Hela aquí, ol tugueder náu:

It was the worst of times
It was the worst of times
The year was the jeer
The day was the die
The hour was the whore

The month was the mouse
The week was the weak
Nubo tiempo mejor!

y mis padres hacen el amor en la recámara nupcial que les reservó el tío Homero y ella se siente opulenta, sensual, rica, cosas nuevas, cosas deliciosas, teme sentir cosas que nunca antes ha sentido, se siente más moderna que nunca cuando la rodea el lujo y no entiende por qué, nunca ha estado en un ambiente como éste, refrigeración artificial, música entubada, olores inéditos que expulsan toda la costumbre olfativa (mercados? iglesias? patios húmedos? selvas frondosas? piedras labradas? membrillo, mango, laurel y ceiba?: ahora empieza a regresarle lo que no está allí): teme recordar todo lo que pasó antes ahora que está en lo que no pasaría nunca allá, en un *allá* le dice después del orgasmo a mi padre, *donde* yo me veo moviéndome *ligera*, de repente me vi, hace un minuto, *moviéndome ligera en el pasado*, qué quiere decir?

Ninguno de los dos supo qué contestar. Ella se asustó por primera vez de su disponibilidad a ser todo lo que le cayera y se la pegara en su novedad o inocencia. Nunca había visto toallas marcadas Él y Ella, ni sábanas con el ratón Miguelito y la ratoncita Mimí, ni secadoras de pelo en casa ni untos vaginales con sabor a durazno. Le hizo falta su historia y le dijo a mi padre:

—Qué te podrían interesar unas sórdidas historias de provincia: hijos naturales, abandono del padre, nuevo amante de la madre, exilio con los parientes lejanos? Qué interés puede tener mi pasado?

10

A saber: Seis años después de la inmersión del tío Homero en gelatina verde, los Four Jodiditos están tocando rockaztec en la disco flotante frente a la Califurnace Beach en Old Akapulkey y mis padres aprovechan la circuncisión, como quien dice, para pedirle al tío Homero que haga las paces y los invite a pasar las fiestas del fin de año 1991-1992 en su casa amurallada de Peachy Tongue Beach, donde el gordo pariente ha levantado una especie de fuerte de la Legión Extranjera digno de *Beau Geste* para defenderse de lo que pueda venir (le comentó esta mañana finidecembrina a sus sobrinos paseándolos marcialmente por torres y almenas disparadas desde la arena, blocaus y casamatas, parapetos y escarpas y hasta temibles, enmarañados, metálicos, punzantes caballos de frisa) para defenderse contra los posibles invasores de su encalado paraíso tropical.

En el centro de su fortaleza el tío Homero construyó una piscina en forma de lengua con un túnel secreto disfrazado de desagüe que le permitiría escapar en minisubmarino (cómo cabría allí?, como el cerdo en la salchicha, dijo mi padre, como la liebre en el paté, como Cristo en la hostia, hostia!, dijo mi madre) al mar, disparado como un corcho, en caso de emergencia.

—Te regalo un terreno frente a la playa, le dijo un día con magnífica condescendencia el tío Homero al tío Fernando hace unos veintitantos años, después de los mitotes de Tlatelolco.

Le palmeó el hombro al hombrecito pequeño, nervioso y fuerte: bien girito nuestro tío Fer.

—Puedes construirte una casa para tu edad provecta.

Y don Fernando le contestó no gracias, con qué la voy a defender de los guerrilleros dentro de veinte años?

El mozo Tomasito le sirve a mi mamá una piña rellena de crema chantilly y luego se distrae con ensoñación en la mirada oblicua, mirando con nostalgia hacia la ruta de los galeones españoles, Acapulco, llave del Oriente, reposo de las sedas de Cipango, los marfiles de Catay y los aromas de Molucas: Old Akapulkey!

Mi madre le sigue la mirada al mozo y mira el mar cuando el sol se va a Filipinas.

Nada de esto le interesa al tío Homero cuando preside la cena al fresco en el patio iluminado por las antorchas que Tomasito enciende para que las luces encontradas del fuego y el sol poniente combatan en los grandes cachetes del personaje como si se disputasen el calor rotundo de la lengua muelle, salivosa, acolchonada, que se abre, camina, entre mejilla y mejilla, labio y labio, muela y muela: Don Homero suspira y mira a mis padres obligados a vestirse de folklóricos, levanta una copa de piña colada y le da instrucciones a Tomasito que el filipino no atina a comprender bien, como que el tío Homero le dice más de beber, Tomasito, y el sirviente responde Yes, master, he owes us more y el tío sibilante No No nos debe anda, quiero beber, no deber, dame másssssssss incluso ofreciendo la copa, cosa que el filipino debía anticipar aunque no sepa hablar español (suspira don Homero: ahí tienen ustedes, cuatro siglos de colonia española y acaban champurreando inglés) y Tomasito yes master, señoras tienen culo es bien sabido y señores también not only dames got ass or give ass Massster y el tío oooh te caíste de la cuna, como dijese en memorable ocasión el paciente hombre público filipino don Manuel Quezón con lo cual Tomasito simultáneamente

1) Trató de tirarse en la laguna artificial que rodeaba al islote donde iban a cenar;

—La cuna, dije, idiota, no laguna!

2) Tomarse el pulso a sí mismo;

—No, idiota, enfermo tú no, *paciente*, tolerante, perseverante, resignado o longánimo: Dios mío, mi desgracia es que nadie me comprende!

3) Servirle una rebanada de Gorgonzola al tío H., según la mexicanísima costumbre de comer queso antes de cenar, pero don Homero se bebió de un golpe la copa de piña colada y se sintió infinitamente sulageado, como diría nuestra amiga Ada Ching (a quien Elector pronto conocerá) admirando el vestido de tehuana de mi madre, huipil y falda y telas transparentes y el de mi papá de ferrocarrilero azul con paliacate rojo al cuello: quién sabe qué imágenes de pecado y revolución, Demetrio Vallejo y Frida Kahlo, disparate y despiporre pasaron por la mente cuidadosamente peinada, embarrada, partida por la mitad, de Nuestro Pariente; su gesto desde que los recibió en su casa era el de vengan a mí, inocentes palomitas.

Dijo que hoy no era su día con los fámulos, locales o importados. Decididamente, nada le salía bien apenas se le cruzaba un gatuperio sombrío de éstos, suspiró, nada le salía bien, sobrinitos, pero se sentía bien, ah, tan contento como Perón en su balcón, como escribiese con desenfado don Eduardo Mallea, mantenedor de la altiva pureza de la lengua con argentina pasión y desde silenciosa bahía, contento de tener a sus sobrinitos aquí con él de vacaciones, ya sin rencores inútiles, sin rémoras antiguas, sin emisarios del pasado, otra vez una gran familia feliz como dijera Tolstoi o Tolstuá que de ambas maneras puede y debe decirse: ah, Federico, Federico, fuiste el último poeta que dijo entiéndanme que yo los entiendo, ahora, ya ven ustedes, nadie se entiende con nadie y éste es mi desafío y en consecuencia mi misión: que todos los que hablamos la lengua que tan memorablemente dijese el gramático don Antonio de Nebrija a la Reina Isabel la Católica, la Lengua es siempre la compañera del Imperio y el Imperio (se señaló a sí mismo con un cuchillito de mantequilla) es un Monarca y una Espada: —Tomasito, escancia el néctar.

A la voz de lo cual el filipino tomó un salvavidas de hule que flotaba en la laguna circundante y se lo plantó mojado alrededor del cuello al estupefacto tío, cuyo discurso imperial feneció, junto con su caída copa, en los suelos de la islita de cemento.

Yes you said necktire Masssster, reverendo imbécil, mico de Manila, suéltame, quítame eso, tosió, tragó, se ahogó, ojos redondos y rojos a Ángel y Ángeles y vio lo que no quería ver: nadie se levantó a golpearle la espalda ni a llenarle la copa ni a aplicarle el abrazo salvador de la técnica Heimlich. Ángeles = ojos negros como de niña que no ha sentido ningún cariño, Ángel = ojos verdes serenos como un lago, verde que te quiero verde, la negra noche tendió su manto surgió la niebla murió la luz: ojos negros y ojos verdes llenos de lo que no esperaba don Homero encontrar allí a su solicitud de aiuto! help! au secours! auxilio!

—Ah, tosió el tío, ah, el odio persiste, como dijese en afable hora el esclarecido déspota venezolano don Juan Vicente Gómez al dar la noticia pública de su muerte a fin de arrestar y luego ajusticiar a quienes se atreviesen a celebrarla, ah sí, con que ésas...?

Pegó con un puño delicado sobre su palma abierta.

—Pues la razón me asiste, sobrino. Si te seguí proceso por pródigo al cumplir veintiún años no fue, Dios me libre, por aumentar mi propio caudal, sino por salvar el tuyo, por lo demás bastante mermado desde que tu padre mi pobre cuñado se lanzó a la descabellada aventura de producir el Taco Inconsumible.

—Deje en paz a mi viejo, tío Hache. Está muerto y no le hizo daño a nadie.

—Ah, muerta está también mi hermanita Isabel Fagoaga, que en malhora unió su destino, como dijese en desusada metáfora el excelso vate chileno Pablo de Rokha, a un enemigo de la economía nacional como tu padre Diego Palomar: un taco inconsumible! un taco que crece cada vez que se come!, la solución de los problemas de la nutrición nacional! la más grande idea desde que el mole fue inventado en la Puebla de los Ángeles por dispéptica monja!

Tomasito intentó servir, nuevamente a deshora, una copa de Cointreau con hielo y pepsi cola al tío ("Your peppy monjita, Massster!") pero éste continuó, arrastrado por su elocuencia motor, evocando playas amontonadas de pescados nerviosos primero, muertos en seguida, putrefactos al cabo, qué importa, millones y millones de proteínas perdidas en las exuberantes costas del cada vez más reducido, ay, territorio nacional, mientras el iluso don Diego Palomar fabrica un taco inacabable porque así lo reclaman los genes...

Did you mention Hegel?, se permitió con asombro Tomasito.

—Los genes, como en derecho de genes, como en gene decente, como en gene-ral Rigoberto Palomar tu abuelito, oooh, suspiró confundido aunque determinado el tío H.: —Sí señor don Ángel Palomar, un atentado contra el consumo, la circulación y el progreso nacionales, un taco amortizado, digo yo, pero que resultó mortal para las únicas dos personas que jamás comieron tan detestable cuan ponzoñoso bocado: tu padre y tu madre, q.e.p.d.

Respiró hondo, se hinchó, los ojos se le desorbitaron y en seguida los cerró, temió una nueva idiotez del filipino, q.e.p.d., rescatando Nuestro Pariente con sus ojos cerrados la belleza de este oasis artificial (hubo alguna vez un oasis natural? no lo piensa Homero; la creación nació subvertida) fabricado por él en Port Marquee Bay a la usanza paramount, sembrado de islotes umbríos rodeados de arroyos cristalinos que corremurmuran entre palmeras y dátiles y una banda de monos araguatos adiestrados para arrojar cocos desde los altos plumeros del triste tropique: aaaaaaaah!, lo van a interrumpir, algo va a decir el filipino, Ángeles y Ángeles no, q.e.p.d., ellos extrañamente quietos, para su edad, para su fama de guasones y rebeldes sobre todo, por qué estarán tan calladitos?, aguantando que él hablara mal de ese par de iluminados obtusos Diego e Isabel Palomar?

Y así en el silencio de sus sobrinos Homero Fagoaga saboreó un triunfo suyo pero lo supo pírrico, derrotado en su victoria, ay Tomasito, habías de sacar de la bolsa blanca de tu sutil camisa filipina una foto ribeteada de negro de Elpidio Quirino, difunto Padre de las Islas. Lo que temía el tío H. No abrió los ojos para decir:

—Yo, como tu tutor testamentario, tenía y tengo la obligación de frenar tus excesos, someterte a orden, obligarte a penar en tu esposa y también, acaso, Dios lo quiera, en un hijo, hijo, hijos!

—Tartufo, murmuró Ángeles casi mordiendo de la rabia la copa de champagne, hijos Dios no los quiera porque se reparten la herencia y entonces a ti qué te toca, viejo hipocrótamo? Tartufo! Tartufo!, empezó a levantar la voz pero calló porque Tomasito entró con una tarta de trufas y el tío Homero no se indignó con él porque no había escuchado el pie molieresco dado por mi mamá y en cambio exclamó de vuelta:

—A ustedes les falta aprender, permitan que se los diga, las virtudes de la dialéctica patria en virtud de la cual, debidamente acomodados, somos mexicanos porque somos progresistas porque somos revolucionarios porque somos reaccionarios porque somos liberales porque somos reformistas porque somos positivistas porque somos insurgentes porque somos guadalupanos porque somos católicos porque somos conservadores porque somos españoles porque somos indios porque somos mestizos.

—Y es usted miembro del PRI, tío Homero?, dijo mi madre sin mirarlo, sino mirando al mar, mira Homero, miramar, miramón, miromero, maromero oh mero oh mar oh mere oh merde Homère.

—Para servir a ustedes, dice automáticamente el avuncular, pero Ángel y Ángeles se callan porque Tomasito entra por segunda vez a servir la tarta de trufas y el tío Homero declara mirando al cielo negro que para demostrar que no le duelen prendas y celebrar tan fausta reconciliación digna de otros abrazos en guerrerense tierra de Acatempan, los invitaba a pasar el Año Nuevo de su reencuentro en la discoteca flotante Diván el Terrible a menos que

prefirieran quedarse a pelear la noche entera sobre los problemas legales del juicio por prodigalidad

le dieran libre curso a las sandeces de Tomasito, quien era muy capaz de llenar una noche de vodevil a la menor provocación semántica

se regresaran indignados a México porque el tío H. habló mal del padre de Ángel

le dieran pamba por pesado a don Homero

lo ahogaran en la piscina de su fortaleza tropical

las trufas estaban envenenadas por el tío Homero

las trufas estaban envenenadas por Ángel y Ángeles

Tomasito se emborrachó en la cocina con los fondos de la peppy monja y no sirvió las trufas

Ángeles se echó de memoria el *Cratilo* de Platón aprendido en clásico universitario de tapas verdes publicado por

Homero le sirvió un narcótico a Ángeles y, desnudo, persiguió a su delectable sobrina por la playa

Homero narcotizó sólo a Ángeles y le ordenó a Tomasito atar a Ángel para obligarlo a mirar la violación de su mujer por el faunesco tío

Melchor, Gaspar y Baltazar entraron en camello a la finca costera de don Homero

llovió inesperadamente en enero

todos se fueron a dormir.

Cuarto:

Intermedio festivo

1. —Yo no quiero servir más!

Ángel y Ángeles llegaron cantando el John Donne One de Mao Tsar a la disco flotante de Ada Ching a eso de las diez de la noche, cuando la brisa agita las cúpulas bizantinas de goma inflada y Él —Don Homero Fagoaga Labastida y Montes de Oca— se plantó insolentemente en la cubierta como si el mar, la luna, la lejana playa y el orbe entero le debieran su existencia a Él, solo. Estaba de nuevo en público, en funciones, exhibido para deleite de las masas desafortunadas, perpetuamente abanicado por Tomasito: —Io non voglio più servir!

Pero entonces, con un terrible maleficio entre pestaña y pestaña, con un gesto de odio permanente, miró a los tres muchachos que lo ayudaron a subir desde la lancha mientras Ángel y Ángeles le empujaban las nalgas desde abajo. Los miró con rencor; primero observó los tres pares de piernas, a ver cuáles le gustaban y cuatro de los seis pies eran de alguna manera deformes, eddypies pues Eddy Poe dice ahora mi papá el punditero, pies deformados por esa costra protectora de caucho humano que le ha venido saliendo a los niños citadinos: unas piernas cayéndose a tirones como de tiñoso (el tío Homero apartó con asco la mirada); otras blancas y lechosas como las del propio tío H. (asco, asco!); otras esbeltas, doradas, firmes, bien torneadas, eddypolíneas pues y en ellas detuvo su mirada hambrienta el licenciado Fagoaga y la fue subiendo sin ver todo lo que quería, mis padres tarareaban para calmar al filipino el aire io non voglio più servir del criado de Don Joe Vanny el capo de la mafia sevillana y el licenciado Fagoaga absorbía la presencia detestable, hasta cuando era deseada, de esos fámulos de cabaré vestidos con extraordinarios bikinis estampados con las lamentadas efigies de José Stalin y Mao Zedong, calzados con huaraches, el de las piernas bonitas extrañamente conocido, pugnando por salirse de la gaveta de los olvidos voluntarios del tío Homero, con un borsalino sin alas y encorcholatado sobre la cabeza chamagosa, prieta y tiesa, como que lo había visto, fugazmente, antes, le sonaba, le sonaba, como que te chiflo y sales, David Campo de Cobre, Niño Perdido, Olivo Torcido nunca su tronco endereza, Pedorrito.

Miró homérico el rostro del Huérfano Huerta con un sentimiento turbio e inaplazable de deseo y de odio conjuntados, sin ver siquiera las caras correspondientes a los otros dos pares de piernas, las gorditas y las deshilachadas, ni oír lo que uno le decía a otro, oye mano y la niña dónde quedó y el otro contestó que no la había visto y el encorcholatado que no se preocuparan, la Niña Ba y viene a su gusto, lo importante es que nos acompañe al rato a tocar la flauta.

Estuvo Homero, inconsolable e incontinente, a punto de arrojarse sobre el Huérfano Huerta; los tres muchachos se dispersaron en torbellino y sólo dos pares de manos continuaron prendidas a las manos igualmente pequeñas del tío Homero. Ángeles las miró aún más pequeñas en proporción a la mole fagoaguina de ciento cuarenta y un kilos: las manos color de rosa, como salchichas vienesas, de mi tío Homero, unidas a las manos amarillas, color limón, del hombrecito que no se desprendía de él y le impedía seguir con pasión y odio al objeto de sus deseos y le miraba con una sonrisa tan tenaz como su apretón de manos.

—Soy pianista siquiatla Deng Chopin. Atiendo bajando pol escotillón junto a bodega de cocina. Dígoselo posi necesita mis shellvicios.

—Como dijera en memorable ocasión el Procurador don Poncio P., dónde me lavo las manos?, y aléjate de mí, minihorda mongólica, dijo don Homero sin mirar siquiera al chaparrito.

Pero Deng Chopin (manos cortas, edad indefinida, dedos largos, sienes rapadas, ojos ojerosos, tufos de opio) obligó a nuestro pariente, sin desprenderse de sus manos, a doblegarse hasta que las mejillas de Homero rozaron los labios del chino polaco.

—Tonto o vicioso no vel agua cuando está en el mal, dijo Deng.

—Suéltame. No entiendo tu jerigonza, dijo don H., pero no pudo zafarse de la tenaza férrea.

—Oh, sonrió Deng Chopin, hay que salil afuela pala oíl luido de lluvia o voz de Dios. Lujulia es láglima y placel semilla de dolol polque dolol semilla de placel.

Don Homero, desde su inconfortable e indigna postura de elefante agachado para oír los consejos de un ratón, inquirió esta vez con la mirada llena de un brillo de comprensión anhelante: —Placer?, preguntó, afirmó, deseó, dolor?, dijo Usted?

—Oh sí, tú entendel. Boca puelta de toda desglacia. No hablal ya.

Deng se escurrió con pasos de Señorita Mariposa (Maid in Japan), convocando con gesto mandarinesco de la mano al azorrillado, jadeante, tío Homero, que vio pasar de nuevo al Huérfano Huerta, esta vez con una balalaika eléctrica entre las manos:

—Cuidado, murmuró Deng. Hasta Diablo fue bonito a los quince años. Mejol ven conmigo, Omelo. Lecuelda. Buenas acciones no pasan de la puelta. Malas acciones viajan mil leguas.

Siguió Homero a Deng por un escotillón y Ángel y Ángeles se miraron fosforescentes en la noche tropical, mirando desde la cubierta de la discoteca flotante el mundo nocturno de Atracapulco, dominado por este símbolo tétrico: una gigantesca balsa de placer, cuatro cúpulas de cebollas bizantinas hechas de hule e infladas con gas, flotando sobre un mar de aceite (no metan las manos al mar, papis; toda el agua de Neptuno no les lavará las manos negras del petróleo) (WELCOME TO BLACKAPULCO GOLD) batido sobre la mierda licuada de un País Imaginario: Oil of Olé! Bienvenidos! Aquí desembocan todos los oleoductos, los pozos, las refinerías, el motor del progreso, la circulación de la riqueza, el fin de las manos muertas: en una discoteca de Acapulco! Bienvenidos! TENEMOS ENERGÍA PARA BOTAR y los desechos de cien hoteles, mierda, meadas, botellas, cáscaras de naranja, corazón de papaya putrefacta, huesos de pollo, kótex y condones, tubos de aceites varios, los aceites mismos, la espuma de las tinas de baño, las gárgaras de los lavabos, el equivalente líquido y fofo de lo que Ángel guardaba en su garage de la calle de Génova, se batía entre el oleaje negro.

Bienvenidos! les gritó la propietaria Ada Ching (55 años) y mercí, mercí, agradeció Ada porque Ángel y Ángeles le mandaron recomendados a los Four Jodiditos, eran un suceso, gesticuló Ada, animó la llegada de los celebrantes del fin de año, las lanchas, las góndolas de moda y las humildes trajineras bamboleantes alrededor de la discoteca, vestida con túnica azul pizarra y pantalones de elefante que le ocultaban los pies imaginablemente diminutos, gentilísimos, les dijo sin aliento Ada Ching a Ángel y Ángeles, empujándolos suavemente hacia otro escotillón de la balsa cada vez más repleta de gente, unos chicos estupendos estos minetes, gracias por mandármelos, les iba diciendo Ada Ching, la última partidaria de la alianza sinosoviética en existencia, armada para ello de un portentoso acento francés con el cual se podía comunicar con los corresponsales de Le Monde, únicos interesados en su particular cuan peculiar caso y vengan mis infantes, les dijo a mis padres, saben ustedes sapristí sapristío que su tío mandó a su valet demandar si había un cabaret sadomasó aquí en Aca, y como aquí estamos para dar gusto porque el cliente siempre tiene razón, pues vean nomás, sagrado azul! Entren a la catedral del S & M! Etiqueta rigurosa: Hule, Cuero o Piel!

En la oscura cabina a la cual los condujo Ada Ching, del otro lado de un espejo que permitía ver sin ser vistos, mis papás vieron al tío Homero de rodillas, entrando por una puerta bajita que dio cómodo pasaje a su anfitrión el sinopolaco mas no así al gordo embutido, sudando por entrar de rodillas, Ángeles. Se levanta el tío Homero, sacudiéndose el aserrín de las rodillas; el cabaret sadomasó de Deng Chopin parece un establo, está lleno de vacas, Homero se lleva los dedos a la nariz fina y larga en medio de la cachetiza, se mira las rodillas embarradas de caca, se sienta en una mesa y Deng, con una servilleta sobre el brazo, le toma la orden, qué quieles Señol Omelo, quiero langosta dice don H., pues comerás bisté pendejo, le dice Deng y le da una sonora cachetada a nuestro embelesado tío y detrás de la cola de una vaca sale saltando un enano azul con una larga sudadera anaranjada de la Universidad de Princeton y se sienta en las gordas rodillas que dijimos de nuestro Pariente, y esto?, dice Homero con el enano pintado que le mancha de azul la blanca guerrera para el safari acapulqueño, es pala jodelte, pendejo, contesta Deng y junto a mis papás en la penumbra de los espejos Ada repite en su voz, mordiéndose las uñas de emoción.

—Pour t'embeter, pauvre con, admirando la performance de su amante el psiquiatra y pianista.

Ahora Deng toma una collera y se la planta en la obesa nuca a don H. y Deng le ordena a Homero híncate goldo y le aprieta las aguaderas sobre el lomo, le amarra la barriguera, ágil el mandarín, dice mi papá, le ensarta el freno en las anchas aletas sudorosas a Nuestro Pariente, le ciñe la doble papada con ahogadero y le ensarta baticola en el batículo ofrecido y deleitado del Presidente de la Real que aún usa su lengua y gime de placer, Deng Chopin toma el bozal y la campana de vaca, le ata la campana al cuello a don Homero Fagoaga, Presidente de la etcétera y le ordena de rodillas a mugir y mu hace el tío, muuuuuu, muuuuuuuuuuuu cada vez más largos, el chino le chicotea las nalgas y entonces aparece desnudo, como en un sueño demasiado tangible, el Huérfano Huerta, ya no prietito sino dorado, cubierto de polvo áureo, doradas sus nalgas y su pene paraditos que Homero de rodillas, batido de mierda de vaca, subyugado, alarga los brazos para tocar y muge, muge mientras el Huérfano encuerado canta con su voz característica, caga el buey, caga la vaca, y hasta la niña más guapa echa su bola de cada y deja caer un cerotito dorado también, redondo como una pepita de klondike frente a la cara embozada del tío Homero: alarga las manos, invicto tío H., toma el oro excremental del oscuro objeto de tu deseo, lo azuzan Ángel y Ángeles desde la inmovilidad del espejo, trata de comerlo, viejo coprodémico, embárralo en el bozal mientras el Huérfano pasa y desaparece como una libélula y con cada movimiento de su imposible y humillado deseo el tío hace sonar la campana y muge muuu y su voz trémula de ansiadas humillaciones y derrotas sube gimiente, a campanazos, por escotillones y entre tablones, hasta cubierta, a fundirse con la de los músicos, muuuuu, muuuuuuuusica, las lindas muchachas bailan al son de las campanas, For Whom the Belles Toil, muuuuu, muuuuuusterio, muuuuerte, el rockaztec de la cubierta contrapunteado por un lejano, subterráneo mugido de Pariente humillado, batido, temblando de inconcluso placer, besando los pies del diminuto sicoanalista y en la cubierta el Huérfano Huerta ya en el estrado con la balalaika eléctrica, el Jipi Toltec con su batería de teponaxtlis y atabales, Huevo al sintetizador y un aire de flauta, Papá, Mamá, ahora que ustedes inconmovibles en su decisión de no confundir la humillación con la muerte, no le des prerrogativas a la humillación, Ángel, no la confundas con la inexistencia, no te dejes seducir, mi amor, por la crueldad que hace saber a la víctima quién es su verdugo y así satisfaría a verdugo y víctima: sólo la muerte, la desaparición radical, aunque él no sepa quién, merece Homero Fagoaga: ahora que suben Ángel y Ángeles y se unen a los bailarines de la discoteca flotante y el aire de flauta sola acompañado por la vocalización del conjunto de Los Four Jodiditos

Serpents are better
When feathered
—See their eggs fly!
And after they shed
Their skins
You can bake them

In a pie
Baby, baby, in a pie
Reptiles in the sky!

nononó háganme caso, por favor, no cambien de tema, díganme si
no oyen esa musiquita dulce que es la única melodía de esta cacofo-
nía del rockaztec, díganme antes de ser concebido siquiera si no hay
una linda niñita con pelo castaño restirado y un par de trenzas y un
traje de percal blanco que toca una flauta en el combo de Los Four
Jodiditos, pero las miradas invisibles y apresuradas de mis padres no
ven lo que sólo yo veo desde antes de nacer, no escuchan la flauta
que yo escucho desde mi perfecto limbo,
            oyen el rockaztec de la serpiente emplumada,
            ven a Huevo y la cara que se le destiñe por minutos, se le va
el rostro a nuestro queridísimo cuate, ya no tiene rostro, no es su
culpa, vamos a devolverle su rostro a nuestro gran cuate Huevo al
que tanto le debemos, la vida nomás, dice mi papi, nuestra vida, diré
yo, porque si mi padre muere asfixiado en el huevo de metal por
mano de Homero, no conoce a mi madre ni me fabrica a mí,
            ven al Jipi Toltec cayéndose en trizas, pedacitos de piel que
va regando mientras baila en la tarima con su cinturón de culebra y
su concha de mar en los labios, una mezcla de Tezcatlipoca y Mick
Jagger,
            ven al Huérfano Huerta dirigiendo a la banda con un retro-
visor amarrado al coco para ver lo que pasa atrás, verse por detrás,
ver al mundo en redondo ah mi BARROCANROL, ah mi ROCKAZTEC,
cómo gritan cuando el Huérfano canta

Reptiles in the sky!

con su voz chillona pero erótica y el Jipi con la suya apagada como
un fantasma y Huevo sin rostro, mucho menos con voz
            (y la flauta de la Niña Ba: sólo yo)

Serpents are better
When feathered

el gran delirio dionisiaco en espacio abierto, Acapulco, bajo el cielo
luminosamente enfermo, y Ángel y Ángeles se abren paso entre la
multitud y distinguen a los que acaparan páginas a colores de perió-

dicos cada vez más numerosos y rubros sociales de televisiones cada vez más esporádicas, Mariano Martínez Mercado el chico más guapo y elegante de los Sistemas Nacionales de Bancos Obreros (SINABOS), exportable, digo, criollo de mirada violeta y aura de elegancia beige: mess-jacket, mira nomás, para venir el Raj acapulqueño desde la metrópoli azufrosa del Defé, pechera y cuello de paloma hervida, corbata de moño negro, pantalón negro con lista roja y ahora con los pies descalzos para saludarse con la prietita modosa vestida de carmelita que parece bañada en té y que de otra manera jamás hubiera tocado la piel infinitamente quebradiza y adelgazada hasta el suspiro de Mariano M. M. el Chico Más Etcétera pero que no le mira a él, la muy alzada, brincos diera, pero que no lo mira a él, sólo le da su pie desnudo al pie desnudo de Mariano asombrado de esta luz y este contacto desnudo el blanco pie de él, acostumbrado a la desnudez descalza de niña perdida el de ella:

ella anónima y naturalmente descalza pues viste de carmelita aún te mira a ti, papá, mira detrás de Mariano y te mira a ti, más allá del gringo altísimo y delgadísimo y güerísimo y desdeñosísimo que tú mi mami reconoces, D. C. Buckley, el WASP más aclimatado en nuestros campos de himenópteros carnívoros, el emisario predilecto en México de la República Liberal e Independiente de Nueva Inglaterra e Islas Adyacentes, la formación autónoma que en los early noventas agrupa todas las tendencias libertarias, las protestas contra los abusos de los derechos humanos, derechos gayos y derechos lesbios, sin prensa amordazada o dirigida o desinformada, Nueva York y sus Islas Long Island Marthas Vineyard Nantucket donde el aborto es derecho pero ningún derecho aborta: el último refugio mundial del habeas corpus y el debido proceso legal representado aquí por el último Lector de Lawrence y Lowry que cree en la sensualidad mexicana aquí no en las borracheras incestuosas de las Cuatro Islas (Manhattan y), baila D. C. Buckley dándole el pie a la maría patarrajada, vendedora de panochitas y cajetas quemadas en el muelle de Acapulco, le dice Ada Ching la patrona a mis papás, eso me pidió él, una hija de la naturaleza para acompañarlo esta noche, pura, pizarrón sin gis, recámara sin muebles, intocada por los oráculos de la sybilización, una nobel sauvage, tú sabes, mon Ange?, que te limpie de la grima de Chicago aunque te pegue las ladillas de Chilpancingo

y ahora hace su entrada, eso entonces! el pie azul! muevan los reflectores sobre ella, idiotas, está entrando a mi disco la reina de la juventud dorada de la capital, mírala, Ángel, ah, la niña dorada, se desprendió del sol para venir a consolar a las estrellas, qué honor, qué privilegio, regada de lentejuelas, quince años nomás va a cumplir, es Penny López, la hija del ministro don Ulises Mentado, autor del slogan cumbre de la industrialización de México, el que ves escrito en todos los cerros, en todos los muros, en el cielo mismo, arrastrado por los dirigibles y grabado en las nubes por aviones de humo:

MEXICANO INDUSTRIALÍZATE:
VIVIRÁS MENOS PERO VIVIRÁS MEJOR

y pasa rozándote, acompañada de su gobernanta la señorita Ponderosa, sus dos guaruras guayaberos y su habitual escorte el joven diplomático brasileño Decio Tudela vestido igual que Tyrone Power de corta memoria en las lluvias de Ranchipur, oohlalá yo bailé con Tyrone Power en el cabaret La Perla, hace cuánto, Ángel, oohlalá las nieves de antaño y oohlalá Decio Tudela viene vestido igual que Mariano Martínez Mercado, pero Decio con turbante rojo, como mahrajado y una de dos: se van a pelear o van a poner de moda el mess-jacket para ir de noche a las discos, déjame animar a mis Joditos o va a haber pleito de popis.

Mis papis: yo les digo que la morenita bañada de té con hábito monjil y marrón que baila con Mariano Martínez Mercado mira a su compañero como si fuera el mero Licenciado Vidriera y sus ojos bajos y miedosos miran sólo a Ángel mi padre. La dorada señorita López posa los ojos como dos mariposas turbias sobre mi mismo progenitor por ser y luego mira a otra parte y no le hace caso. Pero Ángeles mi madre sí le hace caso a mi padre y lo mira a él. Yo todavía andaba entre las talegas hueveras de mi papá pero puedo decirle a Elector que así lo supe allá en el fondo de mis genes: neto. Como que de esa mirada iba a depender mi propia vida, miren nomás susmercedesbenz! Nunca lo olvidaré.

Ada Ching en la tarima, bañada de mercurio, pidiéndole a su público, qué quieren mis minetes, qué desean mis infantes, tú sabes Ada!, Ching! repiten todos a coro salvo los de a tiro nacos y cerriles que nunca han venido aquí antes como la morenita lavada de té que no le quita los ojos de encima a mi papá Ángel, qué quieren ver mis minetes y dejad caer sin fazones sus calzones y en ese delectable par de nalgas blancas lucen dos tatuajes: el cachete izquierdo, magdalena normanda, se adorna con la rubicunda efigie del Gran Timonero nadando a lo ancho del glúteo de Ada Ching como si fuese un Yang-Tzé lácteo; y el cachete derecho, galleta bretona, muestra descubierto al mundo la sonriente jeta del tío José Jugos Viles con su pipita en la boca señalando hacia los deliciosos recovecos de Ada Ching como si pidiese fuego: con un gesto coqueto heredado de la improbable memoria de Renée St. Cyr, Ada Ching tira de la blusa y se levanta los calzones: D. C. Buckley ya gritó Moon-ah, Moon-ah, y los Four Jodiditos recogieron el ritmo de las EMES y total para eso están todos aquí y muuuuuuu gime Homero desde las entrañas del barrenado galeón de hule, muuuuuu Eme Mis Emes cantan ellos

Mi México Muerte Mía Marina Misterio Mordida y cada uno toma la Eme que los Músicos mandan y cada uno lanza una Eme propia hacia el altar de los múúúúúúúsicos, baterías del Jipi, sintetizador de Huevo, balalaika del Huérfano, Ada moviendo las tetas y jadeando el ritmo al micrófono, Mictlán dice Marianito y todos lo repiten con un rugido fúnebre y alegre a la vez, Maldición dice Decio y lo corean también, Marina Misterio Mordida Mamacita interpone Ada, Mierda los Jodiditos, Misterio Madre Malinche Muerte y Mustang Miramón Mariano mira con indiferencia a Decio necio recio y Mariano Morral Mendigo Metralla Emes de México, todos juntos *nau*

Mis Emes Monjas Mojadas Molidas Milagros cantan, contestan, gritan los muchachos y las muchachas mezclados mestizos mixtos todos juntos, *nau*

Metate Mesalina Monja Muerte Molcajete Mamá, Máaaaaamá, Mamad, Mamadó…

Los guaruras de Penny se llevaron las manos a las cinturas, un instante de terror pasó volando como un ángel de espuma sobre las cabezas bamboleantes de la discoteca Diván el Terrible, Penny misma no pareció enterarse de nada, bailaba con Decio el rockaztek de LAS EMES DE MÉXICO

el ritmo de moda de los Noventas, Penny López hace coro a las nuevas iniciativas Meseta Matraca Martirio Mixteca Matamoros Matamoros. Al escuchar este nombre gritado y cantado por la banda y los bailarines Ángel mi padre se detuvo, pensó algo (no sé, Elector: no soy omnisciente, sólo sé lo que mis genes me tienen reservado desde hace Mock the Suma de siglos), digo que algo le vino a la cabeza, ésta era la noche de los cabos sueltos, las sugerencias inacabadas, las promesas incumplidas: era su culpa, de él nada más, quería estar libre y disponible para el gran evento del día de Reyes y todo lo que no llevara a eso no le tocaba una campanita, su mente era un velo empañado For whom the veils soil con excepción de Lo Que Va a Pasar la Epifanía:

Miró a Penny: Penny era animada por el público a quitarse los zapatos, era la única que no lo había hecho, ahora lo hizo, sin manos, levantando la pierna, el muslo, mostrando el muslo bajo su falda de lentejuelas, y un repliegue de vello, un gajo de membrillo, una monedita de cobre húmedo. Mi padre la miró pero ella no le hizo caso. La muchacha bañada en té sí miró a mi madre; pero él no le hizo caso. Mi madre Ángeles miró a mi padre; él quiso hacerle caso pero pensó algo, algo le vino a la cabeza, Matamoros, una semilla de preocupación, hostilidad y enervamiento. Sintió el brazo y la mano de fierro deteniendo los suyos.

Bajó la mirada. Deng lo observaba impasiblemente triste. Mi bello padre, mi alto padre que no podía ser un gran poeta porque era demasiado guapo (dice mi madre olvidada de Lord B., de los jóvenes Percy B. S. y John K., del galán Alfred de M. y del anciano Ezra P.) tuvo la delicadeza de inclinarse mientras Deng Chopin se paraba de puntitas. Le dijo a mi padre sólo esto, pero sólo esto escuchó mi padre por debajo de las olas de la música y la gritería alegre:

—Usted ya estuvo en Pacífica?

La marea de gente separó a mi papá de las manos finas, largas y alargadas de Deng Chopin.

Es mi madre la que sólo tiene ojos para la dialéctica de la mirada. Mira a mi padre Ángel y se dice (le dice a mis genes) que para él habrá tres tipos de mujeres. Primero, las que como Penny, miran a otra parte y no te hacen caso. Segundo, las que, como mi madre Ángeles, te hacen caso y te miran a ti. Y tercero, las mujeres como esa muchachita morena vestida de carmelita descalza que te miran a ti pero en realidad miran a través de ti al que está detrás de ti: el demonio, el ángel. Penny no le dio envidia. Ella no sintió tristeza. La morenita bañada de té le dio miedo. Las tetitas le rebotaban bajo los escapularios.

2

Digo que los ojos negros de mi madre son una playa que sólo cambia para parecerse más a sí misma.

Digo que los ojos miopes verdeamarillos de mi padre son un mar sin progreso ni ser: se transforma mi padre todo el tiempo sin dejar de ser el mismo.

Digo que se reúnen en el baile mi padre y mi madre pero saben que ésta es una ceremonia más para aplazar la muerte.

Digo que ella silenciosa y pasmada se siente de repente ligera, en otra parte, corriendo por un jardín de estatuas pudorosas y alamedas de humo, riendo mi madre, pisando delicadamente el césped con sus zapatillas de seda, levantando discretamente mi madre su crinolina, sintiendo mi madre el golpeteo cariñoso de su guardainfante sobre el pubis y el roce almidonado de su gorguera bajo la barbilla. Está ciega mi madre: un pañuelo verde cubre su mirada y ella ríe, sin saber si la persiguen o es perseguida: jácaras, galanteos, juegos antiguos.

Digo que ella no sabe cómo llegó hasta este jardín o por qué se desliza con tanta agilidad por el pasado, ella que no recuerda pasado alguno: entre los cipreses aparece y desaparece mi madre, alejada del bumbumbúm de su corazón en la noche de Acapulco y el Rockaztec y el Barrocanrol, pero los galanes de mirada vedada la escuchan mejor que ella a ellos: oyen el crujir de sus tafetas verdes, el juego de los dobles ciegos se consume torpe, rápidamente, topaborrego: dos frentones, él y ella, sin verse: vendados los dos, se abrazan, se besan los dos bajo un cielo de ráfagas verdosas en un antiguo jardín de humo y simetría:

Digo que él le arranca la venda de los ojos y ella lo mira y grita: vestido todo de negro mi padre con su gorguera y sus puños blancos culmina la ronda, el juego, con la captura, pero ella mira los ojos de mi padre y en ellos ve a un hombre que conoce y no conoce, lo conoce en el pasado, y lo desconoce en el presente, un hombre a la vez joven y viejo, inocente y corrupto, estrenando apenas amores y a punto de saciarse con ellos, un pie en la alcoba y el otro en el cementerio, caballero malvado, la abraza, le arranca la venda (es el baile de la San Silvestre en un puerto tropical; es el baile de la San Silvestre en un paisaje de Fragonard; es el baile de la San Silvestre en un patio andaluz) y ella mira aterrada a un hombre de mirada prohibida, cubierta por otra venda: no importa, por el puro movimiento mudo de sus labios ella sabe lo que dice: me amo a mí a través de ti, y a ti sólo podría amarte si al tocarte tocara a todas las mujeres del mundo en ti: puedes ofrecerme eso? puedes jurarme que eres todas las mujeres que deseo?, puedes convencerme de que eres Eva restituida para mí?, puedes jurarme que tu amor me enviará a donde quiero ir: al infierno?

Digo que ella le arranca el pañuelo de los ojos a él y él grita de espanto: ella tiene la frente marcada con hierro candente. La frente de ella se puede leer. La frente de ella dice: ESCLAVA DE DIOS.

Digo que ella no ha estado en el pasado. Pero ha estado en el juego.

Digo que él la toma de su nuca perfumada, le desnuda los hombros, la levanta de las caderas para que la crinolina se abra como un capullo crujiente y le toma los pies, la levanta de los pies, la muestra al baile entero, sostenida como una estatua de dulce.

Digo que ella está vestida de verde y él de negro.

Digo que están en una barcaza flotante sobre el Támesis y en una discoteca flotante en Acapulco. Estallan los cohetes.

Digo que ella está anonadada por esta aparición violenta de un pasado que no recuerda.

Digo que él está asustado porque ve el sello candente en la frente de mi madre.

Digo que él le pregunta, ¿viste Ángeles? y cada vez que lo hace jura que ve cambiar los ojos de mi madre: cambian de color, o de lugar, o quizá sólo cambian de intención, que es como cambiar de color y de lugar: cada vez que la abraza, una marea de hielo, azul, clara, astilla espumosa, cruza la mirada de mi madre.

Digo que mi padre toma la mano de mi madre para resistir la tentación de besarle la nuca perfumada, la acidez de las axilas, el horno de los pies diminutos.

Digo que mi padre le dice Ángeles, dame tiempo de conocerte.

Digo que ella grita cuando él la toca: Tan largo me lo fiáis!

3

Detrás de Deng Chopin él emergió, jejeante y hambriento, el tío Homero Fagoaga en el momento en el que el baile se disolvía exhausto; don Homero se dejó caer sin ánimo sobre una silla curul atornillada a la cubierta frente a la mesa drapeada con manteles de papel donde estaban sentados Ángel y Ángeles. Detrás de él se colocó, rígido como una estatua, Tomasito. El tío dirigió la mirada encapotada y febril, como de tortuga sagaz, hasta arriba, donde se agitaban en el silencio ominoso de la noche tropical los velámenes escarlata con ideogramas chinos y, entre mástil y mástil, las cúpulas bizantinas, de los dominios de la pareja Ada-Deng.

A servir!, ordenaba imperiosa la señora Ching a los músicos, les pago más que nadie y luego quieren descansar además entre tanda y tanda, eso nunca: a servir: no, un cuarto lugar no, dijo imperioso Homero al Jipi Toltec que disponía la mesa: tú no, Tomasito, abanica, Tomasito, tú comes cuando regresemos a casa.

—Yes master.

—Io non voglio più servir.

Nuestro cuate Huevo miró debajo de la mesa preguntando con una voz quejumbrosa: —Niña Ba, dónde estás, no te escondas más nenita, sal a que te demos golosinas, bebita…

Miró homérico al criado, rarísimo, blanco, como un huevo y, como un huevo, pelón hasta la avaricia, depilado hasta la sepultura y más allá, y miró al otro criado: se caía a jirones, se estaba despellejando a la vista de todos. El mesero de la pelambre de puercoespín y el gorrito de corcholatas se acercó a la mesa del sospechoso tío Homero y el tío Homero ya no lo miró: lo olió, lo olió tan sudoroso y chamagoso desde que tuvo la desgracia de nacer, dónde?, dínoslo tú, huerfanito, niño perdido, una marea incontenible de repulsión pareció ahogar la mirada de nuestro tío:

—Por qué siempre tienen que servirle a uno gentes apestosas e inferiores?, exclamó en la cima de la ofensa, excusa, acusa, hipotenusa de su cólera contenida—: Uno paga con dólares contantes y sonantes para comer bien, sí, pero también para ser bien servido por gente tan elegante como uno mismo! Por qué seguimos tolerando que nos sirvan nuestros inferiores? No tenemos poder suficiente para que nos sirvan nuestros pares?, exclamó en un delirio que musicalmente acompañaban los canturreos imperturbables del mesero con el gorrito de corcholatas, disponiendo la mesa el despellejado mientras el gordo buscaba en cuatro patas a la niña y el encorcholatado esperaba paciente a tomar la orden de la familia Palomar y Fagoaga.

A ver tú naco, dijo don Homero, arrellanándose en la silla curul entre mis padres, junto a la brisa nocturna abanicada por Tomasito y bajo las cúpulas de caucho en el océano bamboleante.

—Se le ofrece, caballero, dijo el mozo con la voz gangosa y chillona a la vez.

—"Se le ofrece caballero", lo imitó con atroz desprecio el que a la lengua da pureza y esplendor. —A ver naco, tráeme un Dry, Straight up, twist of lemon.

—Oliver Twist?, inquirió mi padre.

—No es hora de bromas, dijo severo el Presidente de la Academia, mirando con sus ojos conflictivos al chamaco mesero y cantaor—: Y no te hagas bolas, pinche prietito (que claro, le trajo todo mal a propó, el meserito de ojos dormidos y cabeza de escobillón, una limonada con popote y Canada Dry en vez del ídem Martini que el tío Homero arrojó de un manotazo al suelo, regando de paso las cerezas y las aceitunas y le dijo al mesero híncate gato, recoge tu batea de babas, mono cerril, regresa, trata de pensar si puedes, cretinoide, y tráeme ahora, a ver si esta vez sí puedes, lo que te pedí, pobre burro analfabeto, aprende a servir a un señor!).

Se detuvo como para felicitarse a sí mismo —pocas veces has estado tan bien, Homero— y miró con redoblada furia al mesero que recogía hincado las cerezas y las aceitunas: Dónde metiste los dedos antes de meterme tus cerezas en mi limonada, chamagoso? Vaya, que como dijese implacablemente Hugo Wast al ingresar al gabinete militar argentino, la ocasión no es para pudibundeces, que seguramente, repito, se ha rascado los testículos o se ha sacado los mocos o se ha limpiado el funiculi-funiculá antes de tocar y servir mi comida. Nunca piensan en esto cuando comen en un restaurante?

Alzó la voz para que todos oyeran bien, sobre todo el chamagoso que ahora le traía sólo a él un sorbete de piña suntuosamente dispuesto.

—Se lo manda la patrona, dijo el muchacho tratando de vencer las poderosas carcajadas del robusto tío H. Obsequio de la casa, eso dijo.

—Aprende a servir a un señor, gato mugroso!, entonó el tío Homero, aguarda, siervo condón usado, pirulí demente!

Miró de arriba abajo al mesero que ahora no lucía su sombrero de corcholatas sino su pura mata cepillera, como para deslumbrar a la zoología con el erizo que se traía de copete, cruzado de brazos el chamaco después de servirle el sorbete al tío, mientras el tío paseaba la mirada por la abigarrada escena de la discoteca flotante la noche de Año Nuevo.

Levantó la cuchara para atacar el sorbete: —La gente como yo está acostumbrada a vivir con mendigos, no con pelados. No hay nada más digno que un mendigo mexicano. Cuando le ofreces un quinto a un auténtico limosnero, te contesta, negándose a tomarlo: "En mi hambre mando yo." Un limosnero auténtico es un pobre

186

como se debe, es decir sin petate donde caerse muerto pero con su hidalguía de pura savia hispanoamericana in-tac-ta.

Con sus uñas nerviosamente ávidas, don Homero arrugó el pobre mantel donde alternaban esos iconos pop, las efigies del Padrecito de los Pueblos y el Gran Timonero.

—Pero estos meseros, *este* mesero en particular, son rateros, cacos, que operan de noche y en la sombra, bandidos disfrazados de mozos, ellos no piden honradamente como lo hacen los pordioseros, qué va!, éstos te asaltan, sobrinita. Te dan gato por liebre, alborotan a la gente risueña y satisfecha con su digna pobreza y me la organizan en sindicatos, me la amargan con sus ideas utópicas y acaban robándose terrenos privados diciendo que fueron ejidos en tiempos del rey Cuauhtémoc, no producen, espantan a los turistas, arruinan a la nación y deben ser detenidos cuanto antes. He ahí mi filosofía social ahora que entramos, sobrinos, al que promete ser un muy movido año de 1992. Pues toda la vida la gente decente nos hemos defendido de los indios y los campesinos, y a esos sabemos manejarlos desde 1521. Pero a estos chamagosos salidos de la nada, cómo los vamos a dominar?, dijo con cierta angustia don H.

—Yo quiero decir —agarró aire— que a los escorpiones se los mata, como dijese Horacio el poeta, ab ovo, o sea en el huevo, antes de que puedan dañar, y a los cuervos en su nido, antes de que nos saquen los ojos: mirad ya en este niño perdido (señaló al Huérfano Huerta con el acero de su cuchara) al burócrata altanero, al redentor demagógico, al ideólogo implacable, al potencial Allende, qué esperas para abanicar, luzonesco poltrón?, miradlo y asfixiadlo, como dijese el marcial estadista chileno, señor general don Augusto Pinochet Ugarte, en ocasión no remota y quien, por la razón o la fuerza, aunque siempre para nuestro alivio, continúa ocupando la primera magistratura de aquella austral nación.

Dicho lo cual, el tío Homero al fin clavó la cuchara en su sorbete de piña como en un montículo de oro helado: hasta sus postres eran Potosíes a los que tenía patrimonial derecho de conquista; chupó y saboreó con ruidos, regüeldos y hasta se volvía simpático, pues quién que es comelón no cae bien?

Sin embargo, en su caso estos ruidos ahogaban la inocencia amable del tragón y sonaban a provocaciones eróticas en medio de toda clase de guiños y lengüeteadas incontrolables dirigidas a mi madre Ángeles o al taimado mocito de pelos enmarañados y piernas doradas, adoradas ya por Homericón nuestro tío. Pero qué carajos y qué confusión, dónde había visto a ese muchacho? Qué linda era su sobrina! Bah, de Ángeles no tenía nada, sino porque su sobrino Ángel decidió que los dos se llamaran igual, sonaba bonito, Ángel y Ángeles juntos, pero el gordo tío sabía algo mejor, de rodillas se acercaba de noche a la ventana del búngalo donde ellos dormían y los oía coger juntos y de Ángeles ella, qué va, pero para él era Diabla, Diablesa.

Ángeles Diabólica, gimió sin esperanza entrándole duro al helado y cuán deliciosamente suplió el aterciopelado sorbete otros placeres, otras lenguas!

Sólo en el instante de terminar la nieve, comiendo mecánicamente pero con la mirada puesta en sus sueños, miró don Homero hacia abajo y se percató de que el postre estaba montado sobre un artefacto que no era piña vaciada para recibir el frío regalo del paladar, ni recipiente de cristal cortado con elegantes aristas estrelladas en simulación de los capielos liquificados de la ambietácea fruta, ni siquiera vulgar barreño para fregar la losa (oh, don Homero quiso ardientemente salvar el desastre que sentía próximo mediante una apasionada adhesión al buen decir que era lengua, lengua divina, la razón de su existir) no, sino esto que ahora brilló metálico y supo acre y se desinfló mojado: había comido un helado de piña que recubría el fieltro sin alas e incrustado de corcholatas de, de, de ese mozo! de aquel niño cabrón que lo fregaba de día y de noche! El Huérfano Huerta salió triunfador del cajón de los olvidos donde el tío H. guardaba cuanto evento desagradable se cruzara en su excepcional destino, naranjas limas y limones, o era manzanas higos y peras?, se levantó don H. temblando pero el mesero del pelo de puercoespín ya huía hecho la mocha mientras Tomasito le recriminaba say yesmaster y el Huérfano Huerta gritaba desde lejos yesmother desmother y el licenciado Fagoaga se llevaba las manos a la garganta, auxilio, envenenado, atragantado, viejos corchos cocaculeados, metales oxidados, orange crotch, cerveza dos equis como mis genes potenciales, picas de frisa como las que tengo en mi playa para defenderme de los intrusos, los criados respondones, los nacos igualados, los indios alzados, Jesús mil veces, oh mi lengua taladrada de corcholatas, mi razón de ser y el ser de mi razón: lengua rayada!, mi paladar hendido por bajos metales que me harán hablar gangoso y pitudo como ese escuincle odioso, oh mi buen gusto mi savoir faire para siempre arruinado!

Tomasito abanicó con la misma tenaz paciencia a su amo, Deng Chopin se asomó inmutable por el escotillón, a ver qué pasaba, el tío Homero resbaló de su silla curul al suelo y la propietaria Ada

Ching se acercó a calmar, agradecer, era un honor para la discoteca flotante Diván el Terrible recibir al señor presidente de la Academia de la Lengua y Ángel y Ángeles que eran clientes de selección y no era hora de enojarse sino de celebrar en un par de minutos el Año Nuevo de 1992, acaso el año escogido para la renovación de las alianzas, la Tercera Roma y el Imperio de Enmedio, la cultura imponiéndose sobre la ideología, já, sólo la cultura sobrevivía a los vaivenes de la política, y la cultura era baile, carnaval, saturnalia, también, era el momento de festejar, el tío Homero se quiso abalanzar a abrazar, a besar, a matar, a coger, a golpear al Huérfano Huerta de nuevo encaramado en la tarima musical con Huevo y el Jipi Toltec, pero D. C. Buckley borracho se sentó de repente en las rodillas de don Homero Fagoaga, Buckley argumentando con un acento altivo de Massachussetts, aggarrémonoss a los tablones del naufragio del Pequado anglosajón que nos arrastró con sus arpones ensangrentados a la caza de todas las ilusiones del siglo XX: imposible salvarse de esta carrera al desastre, im-po-sible ser modernos sin participar en la cultura popular annglosexona, mientras el tío Homero, bajo el peso del altísimo gringo, buscaba una servilleta de amplitud suficiente para su vientre y se conformaba, desesperado, con la cola del mantel: clavado ahora entre la guerrera de cazador africano borroneada de azul y su vientre de jamón güey.

—Be ernest about that, dijo D. C. Buckley/

o de cetáceo cazado implacablemente por el furibundo Ajab/

—Oh you movie dick, dijo Buckley haciéndole cosquillas al pajarito en reposo del impasible don Homero, cuyas querencias andaban por otros lados/

W. C. Fields forever, cantaba la banda de rockaztec de los Four Jodiditos.

—Excusado Campos!, se carcajeó borracho Buckley, embriagado de calambures ingleses y españoles, punish the spinning spunning spanish language!, mientras don Homero suspiraba resignado, diciéndoles a sus sobrinos que admitía todo el celaje de calambures que se sirviesen ordenar, con la esperanza de que la lengua castellana todo lo deglutirá y saldrá triunfante de esta prueba, llegará viva a la playa del siglo XXI, venciendo, comiendo, expulsando al universo anglosajón y se quedó mirando, abrazado al desconocido D. C. Buckley, los bikinis de los músicos meseros y las nalgas blancas de Ada Ching.

Nunca recordarían en qué momento feneció el triste año 91 y se deslizó desapercibido, indeseado, como ladrón en la noche que diría don Homero, el seguramente fatídico 92 de nuestros cinco siglos cristóforocolonizados:

Mi madre Ángeles miró con desazón a mi padre Ángel mirando a la muchachita color de canela que bailaba entre Decio y Marianito hermanados en su deseo de confusión clasista y riesgo racista y parranda popular. The Acapulco Slumming Party, deseando menaje tríptico con inocente y telúrica nena mexicana bañada en té,

quien sólo tenía ojos, empero para mi papá,

quien miró con un deseo que quería desviar (pero no podía) a mi madre, a la danzarina quinceañera Penny López,

quien no miraba a nadie: bailaba.

4

Y esa primera madrugada del nuevo año, llegado en medio de un silencio premonitorio, mientras el diminuto sinopolaco le lamía delicadamente la entrada a la vagina y con mordisqueos igualmente delicados le arrancaba uno que otro vello del pubis y luego caía como un gatito travieso a husmearle el clítoris, Ada Ching decía sí petiso, hora de hacer dodó juntos, quién sabe, el día menos pensado el mundo cambia para siempre, volvemos a celebrar juntitos la gran pascua rusa y el año nuevo chino, no quiero perder la ocasión mi chino cochino, sí chaparrito de oro, sí peligro amarillo, llevo treintydós años esperándola, imagínate, desde que era una muchachita de veintytrés años y nos cayó la terrible noticia, se separaron Moscú y Pekín, sí ama así tu Ada Hada anda, eso hace largo tiempo, yo me haré una belleza para las suárez por venir, ahora tú ves, nadie se acordó siquiera de celebrar el nuevo año, llegó sin que nadie se diera cuenta, pero tú anda, hazme recordar con tu lengua la mía, lengua de oca, tu Ada de Provenza el mar el sol, tu flor última del cátaro árbol, tu herética sobreviviente de las criminales cruzadas de Gaston de Foix Grasse, lámeme el culo, chino cochino, méteme tu lengua en el ano, varsoviano marrano, tú y yo sí que vamos a celebrar el Año Cuatro Veintes y Doce, para que me limpie de todo deseo mortal, me vacíe de toda lujuria y no quede nada de mi cuerpo drenado por tu lengua amarilla más que mi espíritu, mi verbo, mi ideología purificada y un cuerpo blanco al fin, limpio al fin, lavado de toda mácula, mi dengchopinga, toda mi basura barrida por el barreno de tu lengua, mi chino y yo al fin sin el pecado del Dios malo que me dio tripas y trompas y sangre y excremento y las lúbricas nalgas que les enseño allá arriba todas las noches a esa banda de conos, pero sin renunciar a mis principios políticos, todo eso para llegar gracias a ti y a tu sexo tan inmenso cuán pequeñín eres tú mi cupidón al Dios bueno de la justicia, nombre de un nombre de un Lenin, nombre de un nombre de un Chou, albigense de un Marx que me esperan al término del largo túnel de mi carne impaciente y hastiada, siglos y siglos reventados que al fin de juntan en el telescopio del placer, el caño del coño de la historia, milenarios de ayer y millonarios de hoy, apocalipsis del siglo diez y a poco a lápiz del siglo veinte, tú y yo los últimos cátaros, enano manolarga, sí, trata de joderme para estar puro y reconstruir tú y yo la última chance del proletariado que viene arrastrándose de milenio en milenio por el fango de la historia, así con tus manos y tu lengua nomás, me vengo, me vengo/

—Qué le dijiste al viejo gordo, mi repollo?

—Posible todos estemos dentlo de la pesadilla de mulciélago.

—Y a Ángeles?

—Ciego no temel selpiente.

—Y al garzón Ángel?

—Sabel dónde está Pacífica?

—Tú crees que eso les fue suficiente de ver humillado al tío gordo?

—No, no. Quelel matalo ellos, no suicidio, no.

—Entonces, mi pequeño Papa-God, no nos vamos a salvar tú y yo.

—Talea de sacel-dote es salval humanidá, no humilde piel.

Ada Ching se miró con desazón y extravío en el espejo de la cabina.

—Fui de veras bellísima. Cuando nadie me quería. No este adefesio pintarrajeado y cincuentón. Ooooh, de chica me llamaron La Fellini. Hasta que entendieron el papel que cumplo y me respetaron.

Deng Chopin la miró con ojos suplicantes. Ella pescó el reflejo de esa mirada y se cepilló enérgicamente el pelo rojo, casi carbonizado por toda una era de tenazas bretonas? normandas? provenzales?

—No me mires así. Toda mi infancia tuve que soportar la humillación de mis padres después del pacto Molotov-Ribbentrop. Luego yo misma tuve que decir en los sesenta no es cierto, Pekín y Moscú no se han peleado, son los bastiones de la revolución proletaria, si Pekín y Moscú se separan no habrá ni revolución ni proletariado, nadie puede sacrificar esa fuerza, sagrado azul!

Dejó el cepillo. Deng la miró intensamente.

—Qué me dices, mi chino?

Él negó con la cabeza y miró entristecido las sábanas.

—Y el mundo, qué le dices entonces al mundo, mi enano sublime?

—Cuando te lo platican, palaíso. Cuando lo vives, infielno. Te lo digo Mundo. Entiéndelo Univelso.

—Y a mí, qué me recuentas, mi rekekete adorado?

—Con un pelo de mujel puede levantalse un elefante.

—Papa-God!

—Papa-papa-papagoda!

—Ay, ahora sí, no quisieras que te dijera adentro, mi peligro amarillo, mi vida, mi buda, mi veda, mi boda?

—Sí, mehada, Ching.

—Pues te quedas con las ganas, te pones tus lunetas y lees los cuentos del Pabellón de Placer y te dejas de coñerías porque tú sabes muy bien que no entras en mi pussycat mientras no se restablezca la Alianza Sino-Soviética. Un punto y es todo.

—Mañana podemos molil, Ada.

—No es razón para renegar de los principios.

—Nada clece si semilla no se siembra, incluso muelte.

—Alors, capullo caído nunca regresa a la rama. Bon soir, mon Chou.

5

Pues bien decíamos que las células sexuales salen al mar a encontrarse, a fertilizarse, sin todas estas complicaciones que (mis genes llevan eternidades advirtiéndome) rodean la más simple concepción de un ser humano y la ceremonia filosóficomoralhistóricorreligiosa de la cópula (conozco eras enteras de genes, sólo unos minutos de gentes, qué quieren ustedes): el coral y el aguamala salen a fertilizarse en el mar y a mirar a través del agua corrupta del desagüe hotelero y de las agitaciones de El Niño los montes donde la gente ya no puede vivir más, sólo los turistas, sólo los anuncios desvelados: todas las luces neón de Aca prendidas, desperdiciadas, en pleno sol

TENEMOS ENERGÍA PARA REGALAR!

Nadie más. Nunca más. Alrededor, sí, el coral y el aguamala se reproducen por fertilización externa (oiga Elector: voy a hablar de lo que sumerced ignora: de lo que yo soy: un esperma que dejó a sus antepasados y derrotó a sus hermanitos en las carreras charros of ire y ahora ha encontrado el huevo caliente y distribuye sus equis y sus zetas) y las células sexuales (hablo de mi historia de familia, viva ahora y sin duda afuera, que para mí es una historia corta y secreta salvo lo que susmercedes se sirvan informarme desde ahora y desde afuera para lo cual concedo exactamente una página para añadir lo que quieran ahora o nunca antes de reiniciar mi discurso, recapitulando y a saber):

LISTA DE ELECTOR	LISTA DE CRISTÓBAL
	* (ellos en la playa de Pichipichi lavándose en la mar después de haberme creado)
	* (el tío Homero volando diarreico por los aires de Acapulco huyendo de las guerrillas)
	* el tío Fernando volando por los aires del Chitacam Trusteeship en helicóptero rumbo a la selva lacandona)
	* (Mamadoc echando espuma por la boca y escupiendo a los espejos porque ha entendido la razón del Concurso de los Cristobalitos, privarla de descendencia, inventar una dinastía artificial para México)
	* (Federico Robles Chacón recordando cómo vio a su creación

él viéndola desde un balcón oscuro, sin atreverse a pensar siquiera en ella como un ser humano: su estatua, su Galatea de bronce y peluca y cohete tricolor)

* (Ulises López, inquieto entre consultar por larga distancia a su gurú indostánico de la Universidad de Oxford o defenderse de las estrategias simbólicas del secretario Robles Chacón su rival político que le privarían quizás de llegar a la presidencia y optando finalmente por olvidarse de economía y política y pensar sólo en el trinquete)

* (En el antiguo hotel El Mirador: su *forma* de terrazas escalonadas:

la Madre y Doctora conquistar al pueblo y

* (mis padres en la playa recordando lo que pasó días antes durante las fiestas de fin de año que condujeron a mi concepción)

* (yo exigiendo desde mi nueva existencia que ellos ni se huelen que me expliquen bien el cómo y el cuándo, el lugar y el tiempo en que todo esto sucede, qué es el tiempo, qué es el espacio, qué sucede adentro de adentro y afuera de afuera y adentro de afuera y afuera de adentro)

* (ellos contestando a mi exigencia anticipadamente, por pura intuición, los adoro ya!)

* LO PRIMERO QUE NOTÓ EL PROFESOR Will Gingerich al llegar al coctel de año nuevo en la terraza del hotel The Sightseer (antes El Mirador) es que todos los invitados eran de vidrio. No culpó a su dolor de cabeza de esta ilusión. El sol de Acapulco debía llegar acompañado de aspirinas. Pero ahora no había sol. La noche había caído. Su rebaño de gringos se había reunido para conocerse antes de iniciar mañana el Fun & Sun Toltec Tour. Cada uno se había pegado una etiqueta en el pecho con nombre y provenencia. Maldición! Entonces por qué no se miraban entre sí? Los observó mirando la etiqueta del vecino como el vecino miraba la etiqueta del que lo miraba a él, sonreír de una manera alegre pero ausente y buscar ávidamente la etiqueta del siguiente invitado. Las miradas traspasaban los cuerpos como si fueran los vidrios de una ventana enmarcada para ver el paisaje de Vermont en invierno. Pero

aquí, detrás del vidrio, sólo había más vidrio. Todos tenían ansias de dejar atrás al siguiente compañero de excursión y conocer a otro más que también era de vidrio: otro, otras, todos esperaban, inocentes y cristalinos.

Un mozo acapulqueño le ofreció un Scarlett O'Hara. Will Gingerich tomó la copa de pistilo quebradizo y sintió náuseas al probar el licor dulzón nadando en fresas borrachas. Miró los ojos espesos, bovinos, impenetrables del servidor mexicano. Su cuerpo espeso de dado no se dejaba traspasar por ninguna mirada de vidrio. El profesor Gingerich respiró hondo y se dijo que su deber era presentarse y atender a sus ovejas. Se paseó lentamente por la terraza encaramada en las alturas sobre el mar rocalloso y sonoro de esa noche.

—Hola, yo soy su guía profesional.

No tuvo que decir su nombre porque él también lo traía escrito en el pecho de la playera desteñida que decía Dartmouth College Vox Clamantis in Deserto 1769. Eso nadie lo iba a leer. Podía apostarlo. Nadie miró su cara. Nadie leyó la inscripción desvaída del Colegio. Y él a nadie le iba a decir que andaba de guía de turistas en Acapulco porque Ronald Ranger destruyó la educación superior en los Estados Unidos con la presteza de la pistola más veloz del Oeste. El Presidente seguramente leyó en su lista de cortes presupuestales en la ayuda federal a la educación enunciados exóticos como "Literatura Hispanoamericana" y "Mitología Comparada", se preguntó para qué servía eso y lo rayó de la lista. Gingerich se consoló pensando que a los locos les fue peor. El Presidente también suprimió la ayuda federal para la salud mental presentándose ante la televisión con un *chart* estadístico en el que se demostraba palmariamente que los casos de desequilibrio mental habían descendido abruptamente en los Estados Unidos durante los pasados veinte años. En consecuencia, la ayuda para una enfermedad declinante ya no era necesaria.

Will Gingerich no quería considerarse una víctima de la América de los Ochentas, ni anunciárselo a su grey disímbola. Además, las parejas sesentonas que la integraban no lo miraban aunque sí exclamaban, Oh qué excitante!, al leer sus señas en el rotulito de la t-shirt. Ojalá se refirieran a la antigüedad y prestigio de Dartmouth College. Pero ese escudo nunca lo leyeron. Nadie le pidió que tradujera el latín.

—Voz clamando en el desierto, lo detuvo suavemente un dedo índice acompañado de una voz modulada y grave.

Will Gingerich frenó su mirada errante para darle cuerpo a su interlocutor. Seguramente era algo más que un dedo y una voz. Gingerich sacudió la cabeza prematuramente desguarecida de pelo. Temió caer en el mismo mal de sus ovejas. Tenía frente a él a una persona que no era invisible. Will estuvo a punto de presentarse afirmativamente. —Sí, soy profesor de Mitología y Literatura en Dartmouth College. Pero le pareció una injuria a la institución.

No tuvo que decir nada, porque su interlocutor ya evocaba por su cuenta: —Ah, esos inviernos blancos de Dartmouth. Más bien, un infierno blanco, dijo José Clemente Orozco cuando fue a pintar los frescos de Baker Library en los treintas. Los conoce usted?

Gingerich dijo que sí. Se dio cuenta de que quien le hablaba no lo hacía porque creyese que Gingerich había comprado su playera en alguna tienda de excedentes universitarios por nostalgia o simplemente para apantallar.

—Por eso fui a enseñar a Dartmouth. Esos murales son una extraña presencia en medio del frío y las montañas de Nueva Inglaterra. Orozco es normal en California porque California se parece cada vez más a un mural de Orozco. Pero en Nueva Inglaterra, para mí era agradable leer y escribir protegido por los murales.

—Lo dices como si fueran un guardaespaldas de lujo.

—Sí, rió el profesor, Orozco es un guarura artístico.

No dejó de observar al hombre alto y delgado, vestido con un pulcro atuendo de camisa abierta, saco y pantalón blancos, un cinturón café oscuro de hebilla gruesa y mocasines Blucher seguramente adquiridos por correo a la tienda L. L. Bean de Freeport, Maine. En una mano, sin nerviosismo, el hombre que se presentó como D. C. Buckley mantenía un sombrero panamá y a veces lo hacía girar graciosamente alrededor del puño.

Buckley se llevó la otra mano a una cara delgada y afilada, como de antiguo anuncio de las camisas Arrow, y agitó su melena de miel envejecida. No tendría más de treinta y cinco años, calculó Gingerich que se sentía viejo a los cuarenta y dos, pero su pelo era viejo, profético, como si se lo hubiera prestado un antiguo jefe de los seminoles.

—Mira, viejo sal, le dijo con inmediatez de fronterizo eterno al profesor Gingerich, sospecho que ya cumpliste con tus obligaciones primarias. Aunque preferiría ser no-alusivo, no te parecerá, por lo menos, iliberal de mi parte que te asegure que tus fieles no se ocuparán más de ti.

Posó y pausó mirando a los acantilados de La Quebrada, que de tan iluminados por spots y antorchas, acababan pareciendo de cartón.

—Primero se quemarán la lengua y el paladar con estos atroces cocteles hasta inmunizarse contra cualquier ofrecimiento culinario. Más tarde comerán —porque así lo habrán exigido ellos y por ende sus organizadores— comida de niño —papillas, salsas embotelladas, helados de vainilla y agua fría— y al cabo estarán listos para fijar sus distraídas miradas en los clavadistas que se arrojan de lo alto. Esta estadística será el evento, no lo que sucede en el pecho del muchachito acapulqueño que, como tú, sólo hace lo que hace para comer. Cierto?

Gingerich dijo que no era difícil adivinar que un profesor universitario metido a guía de turistas en México lo hacía por necesidad. Pero —se apresuró a añadir— por lo menos él pretendía matar dos pájaros de una pedrada.

—Busqué venir aquí porque estoy terminando un estudio sobre el mito universal de la vagina indentada.

—Si es universal, por qué sólo aquí, ruego?, dijo estudiosamente Buckley.

—Porque aquí tiene su sede el Instituto Acapulco, dijo Will, como si éste también fuese un mito universal. Se dio cuenta, con un leve rubor, de su excesiva presunción profesional y añadió:

—El Instituto Acapulco ha recabado toda la documentación pertinente sobre este mito, señor Buckley.

—Por Dios, llámeme D. C.

—Claro. D. C. No son, me entiendes, estudios que oficialmente puedan prosperar. El gobierno se opone. Es más: las mujeres que aún lo practican te mandarían matar por insinuar siquiera que...

—Mi detective favorito Sam Spade dice que sólo un loco se atrevería a dañar los sentimientos de una mujer mexicana. Las consecuencias, por así decirlo, pueden ser dañinas; iliberales, por lo menos.

Dio a entender que concluía ya con un ligero florilegio de su sombrero panamá: —Si te parece, mi querido profesor, podemos matar una pedrada con dos pájaros, jajá. Yo te acompaño al Instituto Acapulco; tú me acompañas a investigar vaginas, indentadas o no, pero decididamente acapulqueñas, jajá!

Y se coronó con el sombrero ladeado.

Descendieron en el veloz Akutagawa de D. C. Buckley por las empinadas y torcidas cuestas de La Quebrada hasta la peste aplatanada del Malecón y Gingerich consultó su fiel agenda con el sello de Dartmouth impreso en la tapa: el Instituto Acapulco se situaba en la calle de Cristóbal Colón, entre Enrique el Navegante y Reyes Católicos, en la Colonia —nada más faltaba— Magallanes: los mexicanos aprovechaban didácticamente su nomenclatura urbana, dijo el profesor, y se atrevió a preguntarle a D. C. Buckley el motivo de su visita a este país.

—Sabes, viejo sal. Se puede ser, como escribiese Henry James, fiel sin ser recíproco.

Buckley dijo esto sin apartar la mirada, angosta y siempre impertérrita, de los accidentes de la carretera.

—No, no, meneó la cabeza amablemente Gingerich. No creas que soy un gringo romántico en busca de la edad de oro y el buen salvaje.

—Sería iliberal de mi parte, viejo sal, dijo Buckley. Soy habitante de Nueva York y las Islas Adyacentes. Soy miembro del Anar Chic Party of the North American Nations. Y aunque tú no creas en el hombre primitivo, eso busco yo aquí: un baño de primigenias sensaciones, pero con la mujer primitiva, jajá. Y tú, a cuál de las Naciones perteneces?

—Salí de Mexamérica cuando se independizó. Soy demasiado frugal para pertenecer a Nueva York y las Islas, demasiado liberal para ser Dixiecrata, creo tener demasiada imaginación para integrarme al Eje Siderúrgico Chicago-Filadelfia y demasiado humor para hundirme en la hipérbole de la República de Texas, de manera que pasé a ser parte de Nueva Inglaterra.

—Has oído hablar de Pacífica?, torció la boca Buckley.

—No sé si tengo derecho. En todo caso, tengo miedo.

—Pues aquí estamos. Pero tu Instituto Acapulco no se ve anunciado.

—No, hay que entrar sin más.

—Y está abierto de noche?

—Sólo se abre de noche. Eso dice el folleto. Yo no he estado antes.

Descendieron del Akutagawa. La noche acapulqueña olía a frutas muertas. Se detuvieron frente a un edificio descascarado. Subieron por escaleras de pasamanos herrumbrosos.

—Por lo menos están bien aireadas, dijo Buckley limpiándose el fierro marrón de la mano.

Se refería a que las escaleras subían entre pilastras de estuco despintado y ventanas sin vidrios; pero luego los vidrios azulencos ensombrecieron la noche. Se detuvieron en un corredor oscuro. Apenas lo iluminaba un foco solitario e inmóvil frente a una puerta indescriptible.

—Nada que vale la pena en México se anuncia ya, explicó Will Gingerich: —Pero el Instituto envía folletito al extranjero.

Tocó con los nudillos, involuntariamente, dejándose llevar por un ritmo de jazz olvidado.

—Prueba de que no vale la pena?, insistió, cortés D. C.

La puerta se abrió y un hombre de unos treinta y dos años, alto, fornido, prieto, bigotón, con ojos de jefe de tribu invicta fotografiado por Matthew Brady circa 1867, los miró sin expresión alguna. Debido al calor, usaba Bermuda shorts. A pesar del calor, usaba una gruesa sudadera con cuello de tortuga. El profesor dio su nombre y a D. C. Buckley lo presentó como su asistente.

—Matamoros Moreno, para servir a Quetzalcóatl y a ustedes, inclinó su cabezota el individuo y D. C. Buckley sintió un estremecimiento en la columna dorsal: él, que había venido a México tras las huellas de D. H. Lawrence, recibir este regalo… imprevisto! Agradeció con la mirada la liberalidad del profesor, gracias, viejo sal.

Pero no tuvo tiempo de decir nada porque Matamoros Moreno les abría paso con un gesto de hospitalidad, cerraba la raquítica puerta del Instituto Acapulco y se adentraba en la desnudez de éste con un paso arrastrado, pesado, de prisionero encadenado. Dejó caer sus hombros gorilescos y se sentó en una silla de fierro frente a una mesa de ocote pintada de laca roja.

—Como ustedes saben, dijo sin mayores preámbulos Moreno apenas tomó asiento el profesor en la otra silla de fierro, mientras D. C. asumía sin pretensiones su papel de asistente, detenido de pie detrás de Gingerich, alto y lejano a la mirada terrestre de Matamoros, quien hasta sentado parecía estar empujando un cañón cuesta arriba: —Como ustedes saben, el antiguo mito de la vagina indentada sólo sobrevivió en textos del siglo XVI gracias a los misioneros que se tomaron el trabajo de escuchar las historias orales de los vencidos y redactarlas para uso en los colegios de indígenas. Pero estos textos pronto fueron destruidos por lascivos e impuros, según órdenes de las autoridades civiles y eclesiásticas de la colonia.

Hizo una pausa, acaso para dejarse ver bajo la luz de otro foco singular que ahondaba las sombras de su rostro, amenazante en su simplicidad inmóvil. Ese rostro, se dijo D. C. Buckley, sólo anuncia el peligro del cuerpo: el que no evita esa mirada corre el riesgo de no evitar el paso del cuerpo y ser demolido por él. Buckley decidió evitar una y otro.

—El texto y la ilustración que tengo en mi poder (ahora miró sólo y terriblemente a Gingerich) son los únicos sobre el mito vaginal salvados de la herencia de don Fernando de Alva Ixtlilxóchitl, el príncipe indio convertido en escritor de lengua española, aunque descendido del príncipe Nezahualpilli de Texcoco.

Matamoros miró fijamente, como una cobra maligna, a Will Gingerich. El profesor puso una cara que sólo se recordaba poniéndoles a los muggers de las oscuras calles residenciales de Cambridge, Mass. cuando lo asaltaron allá por el ochenta y cinco. La cara de Matamoros Moreno sólo indicaba una cosa: que su información tenía precio. Pero Gingerich no dijo nada. El pez por la boca muere. Buckley tampoco habló. Su mirada llevaba unos minutos ya alejada de la del señor Moreno y buscando, en cambio, los ojos veloces escondidos en la penumbra del Instituto Acapulco.

—Mis condiciones para mostrarle los documentos son dos, señor profesor, dijo con empaque muy mexicano el presidente del susodicho Instituto.

Gingerich no preguntó. Esperó.

—La primera es que procure usted publicar mis escritos en alguna prestigiada revista de las vecinas repúblicas del Norte.

Los ojos de Matamoros Moreno no eran nada comparados con los tremendos dientes que ahora mostró. Buckley no los vio porque mejor vio los ojos de venado de una mujer en la oscuridad, detrás de una puerta de vidrios opacos que conducía a?

—En efecto, dijo Gingerich, lo procuraré, señor Moreno.

El profesor carraspeó y continuó ante el tozudo silencio de don Matamoros: —Porque la crisis de la edición en Norteamérica afecta aun a las casas editoriales más poderosas, sabe usted? Es muy difícil…

—Eso me importa una puritita chingada, dijo el temible Matamoros. Usted ve cómo le hace para publicarme en las casas editoriales, poderosas o débiles, eso me tiene sin cuidado. Usted jura que me publica, señor profesor, o no se entera del mito de la vagina indentada en la prístina versión de don Fernando Ixtlilxóchitl.

—Juro pues, dijo serenamente Gingerich.

—Y si no, sonrió con su dentadura de navajas Matamoros Moreno, que la Patria se lo demande.

Se sonó estruendosamente. Miró a Gingerich con el pañuelo cubriéndole la nariz y la boca.

—Y si no la patria, su servidor. Téngalo por seguro, amigo profesor.

Ahora Gingerich tragó grueso para poder decir en seguida:
—Y la segunda consideración, señor Matamoros?

—No, mi amigo, consideración no, sino *condición*.

Gingerich no pudo sostener la mirada de Matamoros Moreno. Se fijó mejor en los bigotes del director del Instituto Acapulco. Esos bigotes no eran de aguacero. *Eran* un aguacero: Matamoros empapaba sus bigotes y taponeaba sus orejas. Sólo así pudo pasar por alto —se dijo el profesor— los ruidos que ahora provenían de la terraza. Estaba ciego también? Gingerich se dio cuenta de que Buckley ya no estaba en la pieza.

El ciudadano de Nueva York e Islas Adyacentes tampoco miraba o escuchaba a los supuestos canjeadores de mitos. Buckley había seguido los ojos de venado que se retiraron poco a poco, con paso leve, de la puerta de cristales.

—Condición, seguro, señor Moreno, afirmó, tragando de nuevo, el profesor.

—Es ésta: una vez que mis escritos sean publicados en Norteamérica, usted personalmente tomará un ejemplar donde esté bien claro el título THE MYTH OF THE NOTCHED CUNT by Matamoros Moreno y buscará en donde quiera que esté a un tal Ángel Palomar y Fagoaga, ciudadano mexicano y residente del Distrito Federal. Lo encontrará usted, señor profesor, a como dé lugar y lo obligará, en presencia suya, a comerse el papel en el que estarán impresas mis cosillas.

—Hoja por hoja?, tragó grueso Gingerich.

—Picado como confetti, contestó con gesto truculento Matamoros.

—No conozco a este señor Ángel Palomar.

—Lo encontrará.

—No puedo delegar mis funciones?, eeeh, en mi asistente, por ejemplo? (Dónde estás cuando me haces falta, bastardo Gothamita!)

—Personalmente. En presencia suya.

—Y si no?

—No faltarán investigadores dispuestos a aceptar mis condiciones. Aquí está una carta de la Universidad de El Paso, por ejemplo…

—Acepto, dijo precipitada, aunque académicamente, el profesor Gingerich.

D. C. Buckley siguió a la venadita a oscuras, oliéndola, pisando la ropa café que la muchacha iba dejando regada sobre los azulejos mientras Will Gingerich leía ávidamente el documento que como botana le ofreció Matamoros Moreno. Matamoros miraba a Gingerich con impaciencia. Pero no apartaba la mirada del profesor. Buckley tocó el hombro de la muchacha. Era una piel suave como un vaso de rompope con canela. Tocó su rostro. Se atrevió a acercar el dedo a la boca de la muchacha. Ella mordisqueó el dedo de Buckley y rió. El neoyorquino se acostumbró a la oscuridad. La muchacha desnuda se metió en un barril. Lo invitó a acercarse a ella. Abrió la boca, desmesuradamente, hasta limpiar el cielo de nubarrones. Buckley se dejó caer en el pozo del barril junto con ella.

—"Y eres como el maguey aburrido; eres como el maguey; pronto ya no tendrás jugos", leyó apresuradamente Gingerich. "Ustedes los hombres se han arruinado impetuosamente; están vacíos. En nosotras las mujeres hay una cueva, una barranca, cuya única función es esperar lo que nos es dado. Nosotras sólo recibimos. Ustedes, qué nos van a dar?"

—Está bien, interrumpió Matamoros Moreno. Eso es sólo un anticipo. Ahora lea mis cosas. Pero ha de pensar usted que soy un majadero. Colasa! Sírvele su café de olla al señor!

Pero Colasa no contestó y Matamoros rió y dijo que de noche a la niña le gustaba salir a contar las estrellas. Gingerich buscó con la mirada a D. C. Buckley sin decir nada sobre su ausencia; Matamoros Moreno había olvidado al asistente. Lo había olvidado?, se preguntó el profesor cuando bajó a la calle Cristóbal Colón con el anticipo documental del mito en una bolsa trasera del pantalón y el manuscrito de Matamoros Moreno en la otra. El Akutagawa de D. C. Buckley seguía allí.

—Te vi bailando anoche en el Diván, le dijo Buckley en la oreja a la muchacha. —Parecías bañada en té.

Colasa Sánchez acercó el cuerpo tibio y oscuro al cuerpo blanco y frío del gringo.

—Por qué no dices nada?, preguntó D. C.

La muchacha cantó *Mi querencia es este rancho / donde vivo tan feliz / escondida entre montañas / de color azul añil* y miró largo rato a D. C. y al fin le dijo que anoche había un muchacho en la disco, uno alto y de ojos verdes, vestido de jipiteca con su mujer de tehuana y un tío gordo, no los vio?

—Tengo la vaga impresión de que había, por decirlo así, mucha gente allí.

Ah, ella creía que ese lugar era uno como club; los dueños la gabacha y el chale distribuían boletos gratis a muchachas y muchachos pobretones para promover la confrontación de clases, así le explicaron a ella para que fuera: qué bueno que el gringo se fijó en ella, estaba ahora encima de ella, qué bueno que ella podía contar las estrellas, él no, él le daba la espalda al cielo en el fondo de este barril: no podían juntos buscar a ese muchacho que decía ella?

—Qué quieres decirle? Qué quieres darle, entonces?

Lo mismo que a ti, dijo muy seria Colasa Sánchez, ven ya gringuito, estoy fresca y mojadita para ti, entra ya en tu muchachita linda, que acabo de cumplir trece tropicales años sólo para ti.

D. C. Buckley se desabotonó la bragueta y Colasa abrió como hojas de té las piernas y lo miró con ojos de venado azorado. El miembro de D. C. Buckley tanteó insensiblemente la entrada al cuerpo de Colasa Sánchez, se centró como un diestro para matar y empujó fuerte y con un solo movimiento brutal. Los dientes blancos de la vagina de Colasa Sánchez se estrellaron alrededor del pene infinitamente duro de D. C. Buckley. El gringo comenzó a reir de placer y Colasa a llorar de lo mismo.

Luego él la tomó bruscamente de la nuca, le atornilló la cabellera negra y le dijo ahora sí, cuenta todas las estrellas del cielo, no te quedes sin contar ninguna.

6

Ésta es la novela que estoy imaginando dentro del huevo de mi madre. No iba a ser menos que Huevo el cuate de mis padres. Faltaba más, Cristobalito: si la tierra es redonda, por qué no ha de serlo una narración? La línea recta es la distancia más larga entre dos palabras. Pero sé que soy una voz clamante en el desierto y que la voz de la historia siempre está a punto de silenciar la mía. Por esfuerzo no queda, sin embargo, y el que quiera puede pensar que todo esto lo estoy contando veinte años después de mi nacimiento. Pero si Elector es mi amigo y colaborador, como quiero y confío que / no se detendrá a examinar si esta novela es narrada por mí ab ovo o veinte años después (a la Horacio o a la Dumas) sino que, sea cual sea la premisa, pondrá algo de su parte, será un auxiliar, un cronista externo respetuoso de la concienzuda indagación de mi gestación interna y de lo que aconteció antes de ella, porque no hay evento que no llegue acompañado de sus recuerdos: en esto nos parecemos tú y yo, Elector, ambos recordamos, yo con la sintonía que es la de mi cadena genética y mi natación uterina, tú con la de tu presencia, vieja o reciente, en el mundo exterior al mío: lo que yo no sepa recordar, tú lo puedes recordar por mí; tú sabes lo que pasó, tú no me dejarás mentir, tú te acuerdas y me cuentas que /

7

Gingerich regresó a pie al Hotel The Sightseer y todavía encontró a un pequeño grupo de su rebaño bebiendo en la barra de timones y delfines junto al despeñadero del mar. Se veían más desteñidos que nunca; con la vejez, el color huye de los norteamericanos, hasta los de origen mediterráneo parecen deslavarse, blanquearse como polvos de arroz y quedarse con caras de sábana hasta la muerte.

—De dónde eres?
—Cuánto ganas al año?
—Cuándo te mudaste por última vez?

Estaba cansado, sudoroso, y no quería contestar las preguntas indiscretas de los viejillos alegres y borrachos. No, la filantropía no había acudido a salvar a la educción superior, les dijo Gingerich. El presidente Ronald Ranger merecía pasarse el resto de sus días obligado a ver películas de Robert Bresson o a que le leyeran en voz alta pasajes selectos del *Quijote*. Nadie entendió lo que dijo y alguien hasta hizo la señal del tornillito en la sien.

Lo salvó Buckley. Entró saludándolo, hola Pastor Gingerich, qué dicen las ovejitas?, y ordenó un escocés doble. Se desplomó en el sofá-mecedora junto al profesor. En la mano traía un artefacto de madera en forma de pene. El pene estaba maltratado, mordisqueado, erizado de astillas, pero bien erecto.

—Nunca salga usted de viaje sin su pene de bois, dijo muy serio el neoyorquino, imitando la voz televisiva de Karl Malden, el dueño (Homero Dixit) de la más capital fábrica de sombreritos del Noreste Norteamericano.

Buckley se bebió la mitad del whisky mirando entre los vidrios y los hielos del vaso, como en un prisma sin simetría, el rostro submarino de Gingerich.

Abandonó la reserva y le contó que durante la depresión de los mediochentas que acabó con la Unión Americana él vio a su padre perder su negocio de láminas en Trenton; el déficit se infló a cuatrocientos mil millones de dólares anuales, y la deuda exterior a un trillón, la deuda del consumo a otro trillón, la deuda hipotecaria a tres trillones y la deuda para adquirir compañías a medio trillón, y ni siquiera las importaciones de capital de México, Argentina y Brasil combinadas alcanzaron para financiar el déficit de los Estados Unidos, los países deudores ya no pudieron pagarles a los bancos norteamericanos, éstos ya no pudieron prestarle un décimo a nadie, las deudas se acumularon de la noche a la mañana y el banco local quebró no sin antes correrlos de su casa porque ellos no habían leído la letra pequeña de la hipoteca y los cuatro —su padre, su madre, su hermana y él— tuvieron que vivir una semana dentro de lo último que les quedaba, su Chrysler 58 con aletas ictiológicas, faros especiales y un consumo de 18 galones de gas por día; su hermana Lucy Mae pescó una pulmonía pero les arrebataron el automóvil también y durmieron una semana más detrás de los almacenes de la Sears Roebuck que tenía paredes calientes, hasta que el Ejército de Salvación les dio albergue. Lucy Mae que era como un trigal de rubia se murió allí y D. C. Buckley, que entonces se llamaba Sam Pulaski, buscó desesperadamente trabajo, como lo aconsejaba el presidente Donald Dinger, en las columnas de ofrecimiento de empleo del Washington Post; pero él sólo era un buen soldador de láminas de veinticuatro años, no era experto en los únicos empleos que encontró en el periódico:

      optoelectrónica
      bloques constitutivos de partículas subatómicas
      escaneo helicoide de azimutes
      fenómenos de tuneleo
      procesos paralelos
      criogenética
      y quinta generación de computadores

y su padre tampoco. El viejo se tiró al río desde un puente que dice una mañana helada de febrero después de oír un discurso televisado del presidente Arnold Anger en el que retiraba los beneficios legales al desempleo para desanimar a los holgazanes que no trabajaban por puro gusto personal de no hacer nada y D. C. —perdón, quiero decir Sam— dejó a su madre al cuidado del Ejército de Salvación donde una negra bondadosa llevaba, quién sabe cómo, un pavo relleno todos los domingos (nadie admitió que lo robaba, aunque esto hubiera aumentado su valor) y se fue de aventón a Nueva York, se unió a Anar Chic Party que luchaba clandestinamente por la desintegración de la Unión a favor de la libre expresión de las nuevas tendencias locales y centrífugas que por entonces se manifestaron tan poderosamente principiando por la zona fronteriza que hoy es Mexamérica.

La primera república que se independizó de los Estados Unidos y de México, suspiró el profesor Gingerich, que de allí venía, aceptando el daiquirí de banana que en medio de la plática cada vez más embriagadora le ordenó su guía? su némesis? su camarada? su Vautrin tropical? D. C. Buckley, hoy del Anar Chic Party ayer Sam Pulaski de TRENTON MAKES THE WORLD TAKES.

De allí eres tú, dijo reiterativo Buckley, contemplando con melancolía colérica digna de Burt Lancaster el fondo de su vaso de whisky. Qué se siente haber empleado tanta mano de obra barata para inundar los mercados mundiales de acero, zapatos, ropa de playa y loros bien pedos pero bien tranquilos? rió liberal, acusativamente, Buckley.

Lo demás se desintegró, le contestó con un dejo de su propia melancolía, ésta más bien bucólica (mirada de utopías perdidas) el profesor Gingerich, por cuya voz aterciopelada por el ron rodaron las sílabas de la Unión dispersa: lucha por el agua...

—Gluú-glú.

—Lucha por la energía...

—Brr-rip-zip-bang...

—Lucha por la alta tecnología y deja de hacer onomatopeyas de cartón cómico, D. C.

—Profesor, es que no hay un norteamericano que al cabo no vea los mensajes del mundo envueltos en globitos de historieta cómica. No puedes seguirme repitiendo como en clase profesor la lucha por los derechos civiles...

—Y la lucha por el empleo que los derechos civiles no aseguraron, añadió muy serio Gingerich a quien el alcohol solemnizaba por instantes.

—...si no pones todo esto en una nubecita que vuela por encima de personajes reconocibles identificables entretenidos! Tienes que entretenerme profesor o no te escucho, no puedes decirme que la gente se larga de las grandes ciudades y que la federación quiso imponerle más y más tributos a los nuevos estados tecnológicos del Sur si no me dramatizas el asunto en una sitcom casera en la que un matrimonio progresista del norte negro, Nell Carter y Bill Cosby, se van al Sur huyendo del deterioro urbano y primero en Texas se oponen a su presencia, ya no quieren más gente en el Cinturón del Sol pero cuando Bill y Nell se unen a la lucha contra los impuestos federales los blancos se dan cuenta de que aunque negros, tienen el corazón en su lugar... *Eso es entretenimiento!*

—Pero eso es lo que condujo a la bancarrota de la Unión y su balcanización en las cinco republiquetas!

—No bebas más profe o te me vas a morir de tristeza, suspiró Buckley. Dale gracias a Dios que tú y yo optamos por afiliarnos a la República Liberal de Nueva Inglaterra e Islas Adyacentes.

—Mantuve mi posición académica, se encogió de hombros Gingerich, se corrigió a sí mismo y exclamó con entusiasmo y gratitud:

—Mantuve mi posición académica!

Miró con cierta envidia a Buckley:

—Tú hasta ganaste un nuevo nombre. Por qué te cambiaste tu buen nombre de inmigrante polaco?, dijo ahora el profesor presa de las turbulentas y contradictorias emociones que embargan a un norteamericano cuando abandona por más de diez minutos su optimismo nativo, la seguridad que le da sentirse a gusto en su piel, seguro sobre todo de la ubicación respectiva del bien y el mal:

—Porque nadie elige a nadie que se llame Pulaski. Lyndon Larouche se apoderó del Partido Demócrata presentando candidatos llamados Harrington contra candidatos étnicos llamados... Bueno, llámate Kucenik y no te eligen para perrero municipal! Oye profe, yo gané algo más que un nuevo nombre: gané una nueva personalidad forjada a base de lecturas intensas de Henry James, Edith Wharton y Louis Auchincloss, está bien, una imitación, una personificación si quieres, una impostura está bien, pero en el reino de Rambo Ranger quién no interpretaba un papel y leía frases escritas por otros? El mundo era un enorme apuntador electrónico en el que tú mirabas al ojo del público mientras decías con aplomo las frases que leías en tu pantalla invisible; por qué Sam Pulaski no iba a ser D. C. Buckley, la impostura de una impostura? Hay que hacer el juego profesor, los Estados Unidos no tienen memoria porque tienen medios de información. Los *media* son nuestra historia: identifican a nuestro adversario y los Estados Unidos, sin adversario reconocible dejan de reconocerse a sí mismos: joder profesor, qué sería de nosotros sin un Malo en frente? Nazi comunista chino coreano búlgaro cubano vietnamita palestino nicaragüense: no podemos vivir sin nuestro enemigo profe! Hay que remontarse a la fuente del mal: Rusia! El Imperio Maligno!

—Pero la URSS tampoco existe! se balcanizó igual que nosotros!, arguyó débilmente Gingerich mirándose en la estepa helada de su daiquirí tropical, la URSS nunca pudo modernizarse porque se prohibieron los automóviles particulares que permitían a las jóvenes parejas huir de la promiscuidad familiar y la observancia del partido y besuquearse la noche entera; y luego se prohibieron las computadoras personales que hubieran transformado a cada ciudadano soviético en autor y actor de su propio samizdat. Sin autos y sin computadoras la URSS dejó de ser moderna para siempre!, brindó el profesor Gingerich en la tibia noche del derretido daiquirí, orgulloso de su información y ebriamente condescendiente: —Quién te entregó los ejemplares de *La princesa Casamassima* y de *La edad de la inocencia*, profesor Pulaski? En todas partes la información es el poder!

—El Anar Chic Party me dio los libros, dijo con sincera aunque etílica humildad D. C. Buckley. A un soldado de Jersey no se le permiten coqueterías comunistoides; un intelectual del Anar Chic Party puede mostrar en cambio veleidades socialistas y hasta establecer contacto con nuestro correspondiente antagónico ruso, el Partido Ortodoxo de la Tercera Roma que no es exactamente el Back to Bakhunin ni el Nova Vovgorod popularizados por la televisión norteamericana (vació Buckley toda esta información sobre la testa cada vez más humillada del profesor) sino un movimiento de regreso a los orígenes sagrados de la Santa Rusia pura ortodoxa encerrada autoritaria heredera de Roma y Bizancio indiferente a la detestada mascarilla germánica de Marx y Engels: el POTERO está dispuesto a reducir a Rusia a las dimensiones de la antigua Moscovia, entregarle Asia a los asiáticos y el Sur a los musulmanes a fin de concentrarse en su alma eslava pura!

—Mañana será otro nevsky!, bebió Gingerich.

—Lo malo es que nadie cree en nuestra información!, sonrió autoflagelante Buckley.

Todo esto se comunicaron con alegre y ebria camaradería el antiguo soldador Sam Pulaski y el mítico profesor Will Gingerich al debutar el año de 1992 en Acapulco. El ahora D. C. Buckley, quien lo había estado acariciando a lo largo de esta rememoración mítica de la historia reciente, le entregó la verga de madera astillada al profesor:

—El mito vive, señor chamán. Tómalo. Es un recuerdo. Y ahora vamos a dormir que mañana quiero ir a la playa.

8

A las nueve de la mañana del lunes 6 de enero de 1992, quejándose de las obligaciones impuestas por este tipo de encuentros, comparables a un adiestramiento militar o a una zafra forzada, el crítico antillano Emilio Domínguez del Tamal, conocido como El Sargento debido a su largo historial de denuncias, detectivescos husmeos y tronantes excomuniciones, se limpió cuidadosamente los delgados labios manchados de salsa verde y se vio pálidamente reflejado en las azulencas ventanas del comedor tropical, imitación de un acuario de vidrios espesos y ahumados.

El Sargento, con los colores de la pasión chorreándole por la boca (antigua esperanza, eterna envidia) hizo una sonriente mueca al verse, se alisó la guayabera sobre el cuerpo tan delgado que sólo era visible de frente, esfumándose en el perfil. Se dispuso a pronunciar su consabido discurso sobre la responsabilidad del escritor en la América Latina, joya retórica que fuese su caballito de escalada burocrática y en el que primero enunciaba abstractas filantropías y utópicas metas ligables por cierto a materialistas e históricas concreciones y a agoreras advertencias contra quienes no escribían para el pueblo y por consiguiente no eran comprensibles para el partido y así ridiculizaban a los representantes del pueblo encarnado en su élite dirigente más que en su élite artística, cómo iba a ser eso?, preguntaría con asombro retórico el Sargento ante la nutrida concurrencia del Primer Congreso de la Novísima Última y Reciente Literatura, de cuándo acá la élite artística le ha pagado a los burócratas, eso cuándo!, se demandaría realista aunque honradamente, dejados al garete del mercado de la edición no sobrevivirían quienes, como él, sacrificaron su estro poético a la Revolución, dejaron de escribir para aconsejar, influir, acaso gobernar, no, viva la élite gobernante porque ésta le paga un sueldo al poeta y no el público y la gente que es incapaz de comprenderlo, qué digo, en cambio el partido y el Estado comprenden su silencio, lo aprecian, lo pagan y lo premian: porque aunque Domínguez del Tamal no escriba una línea, sí es capaz de exigir conminatoriamente a todos los demás que sólo escriban de tal suerte que el partido y los gobernantes los comprendan: aquí va pues, para probar mi responsabilidad hacia el pueblo a la vez que mi fidelidad a la Revolución, la lista de artepuristas, agentes de la CIA disfrazados de poetas líricos, formalistas descastados que han dado la espalda a la nación, afrancesados! estructuralistas!, aaaah, el placer de la denuncia suple los de la fama, la carne, el dinero: me sacrificaré por la verdad y que no se me acuse de pobreza imaginativa: en nueve meses, el tiempo exacto de la gestación, el Sargento del Tamal pasó del Vademecum del opus dei que mira hacia el cielo a falangista que mira hacia Madrid a democristiano que mira hacia Roma a socialdemócrata que mira hacia Bonn a no alineado que mira hacia Delhi a demócrata dirigido que mira hacia Jakarta a titocomunista que mira hacia Belgrado a marxistaleninista que mira hacia Moscú: todo en nueve meses, digo! imaginación! imaginación! y protección! protección!: el Sargento se quedó un instante mirando el bolillo con el que se disponía a sopear sus huevos rancheros y en ese pan encontró el recuerdo estremecedor de su origen católico latinoamericano: oh, sacramento indivisible, qué falta me haces, se confesó ante el bolillo esta mañana, oh prostitución divina, posesión del cuerpo de la verdad y el verbo en mi boca hambrienta de seguridad dogmática, oh latinoamericano con cinco siglos de iglesia católica, inquisición y dogma detrás de mí, cómo abandonaros para ser moderno, cómo negaros sin quedarme a la intemperie, oh Santísima Trinidad, oh Santísima Dialéctica, oh Infalibilidad Papal, oh Directiva del Politburó, oh Purísima Concepción, oh Proletariado Fuente de la Historia, oh Camino de Santidad, oh Lucha de Clases, oh Vicario de Cristo, oh Líder Máximo, oh Santa Inquisición, oh Unión de Escritores, oh herejes cismáticos arrianos gnósticos maniqueos, oh herejes trotskos maos pequeñoburgueses luxemburguistas, oh escala mística, oh centralismo democrático, oh cúpula protectora oh protectora cúpula, oh escolástica tomista, oh realismo socialista, oh pan de mi alma, oh materia de mi pan, oh oh oh.

Y enfrente del Sargento terminaba su desayuno de waffles con pecanes el eminente crítico sudamericano Egberto Jiménez-Chicharra, gordo y olivo, barbudo y aceite, mirada melancólica. Miraba hacia la playa acapulqueña y repasaba mentalmente los dardos estructuralistas que esa mañana mandaría, acertadamente, contra Domínguez del Tamal: pero el discurso de la sincronía que se derramaba entre sus hemiciclos cerebrales como la miel de maple Log Cabin sobre sus helados waffles, duros y embarrados de una margarina inderretible, no lograba borrar la sensación de la deliciosa obligación nocturna de escoger entre el bello poeta jamaiquino y el tosco novelista argentino que lo sedujeron, literalmente, con un discurso cuyo referente estaba, d'ailleurs, ailleurs, en la otredad de una literatura que se hacía, metonímicamente, al nivel de la estructura sintagmática pero también, semánticamente, en petericiones sucesivas que constituyen constelaciones sustantivadoras sin sacrificio de la indicada preterición. Dibujó un diagramita en la miel derramada sobre el plato de waffles, pronto desvanecida, otros palindromas palpitantes pasaron por su mente afiebrada.

Se miraron Emilio y Egberto. Aquél fue el primero en desviar la mirada, buscar la salida hacia la sala de convenciones del Primer Congreso de la Novísima Última y Reciente Literatura Hispanoamericana que Nunca Envejece y Siempre Sorprende y encontrar con disgusto, en cambio, del otro lado de los vitrales azulosos, a la fila de cariátides al viento, las mujeres tan esbeltas como el Sargento censor, con los largos cuellos blancos, tuércele el cuello al cisne del sexo, no hay socialismo con sexo, se dijo como artículo de fe Emilio, no hay capitalismo sin decadencia, sonrió el fofo Egberto, incómodo con su corset en el trópico, Deo Gratias ambos, católicos al fin ambos, creyentes ambos asustados de quedarse sin iglesia o sin pecado es la sal de la vida, mirando los dos a las modelos gringas con cuellos de cisnes, en falange de la arena al mar, drapeadas en organdíes azules, rojos, lilas, pistaches, deteniéndose con el brazo levantado y las axilas limpias como el marfil y los sombreros de paja, the Acapulco touch, ellas sin el menor asomo de pesadas tradiciones religiosas, los sombreros detenidos con las manos y el viento, de dónde?, se preguntaron los dos críticos literarios, si este calor de enero te baja la presión arterial y te condena a tomar cafecitos (Emilio) o a esperar en una tina con l'aguafría y la puerta abierta y un viejo tomo de

Madame Kristeva apoyado contra la barra de Palmolive que venido el caso (Egberto), pero ellas eran agitadas por un viento que hizo temblar a los padres de familia que circulaban por la playa con sus niños rumbo al parque de recreo hasta que Pepito el travieso que perseguía a toallazos a un loro tropical dijo miren, les están echando viento a las gringas, jajajá, me hubieran mejor contratado a mí con mi pistolita frijolera, cállese escuincle cabrón para eso lo trae uno de vacaciones a estos lugares donde la cuesta de enero se sigue en la cuesta de febrero y cuesta que te cuesta y ay ya no te quejes viejo, vamos a pasarla bien y mira qué bonita brisa les hacen a las gringuitas tan bonitas esos aparatos para hacer viento y agitar la ropa, cuándo me compras unos tacuches así viejo, por qué yo siempre vestida con Salinas y Rocha cuando las demás señoras de la colonia logran darse sus vueltecitas a Mexamérica y comprar sus trapos en los Laredos y el Juarazo, por fayuqueras y cabronas, dijo su esposo y a mí lo que me jode vieja es ver a esas modelos rodeadas de mendigos, mancos, ciegos, vendedores de jícaras y blusas bordadas, como si éste fuera todavía país de indios, míralas, fotografiadas para el Vogue recibiendo sarapes y burritos de ónix y ceniceros de sombrerudos dormidos, eso lo van a ver en todo el mundo, Matildona, van a creer que así somos todos, luego tú quieres darte tu vuelta a Mexamérica a comprar atuendos y por eso te ven de arriba abajo como si te hicieran el gran favor, porque creen que eres fugitiva del metate, vieja, casada con un güevón que duerme siestas debajo de su sombrero en una calle llena de burros perdidos y nopales, de plano, para eso hemos progresado tanto?, para eso somos clase media digna y pulcra?, tú me dirás me lleva la.

—Cálmate, Rey, le dijo Matilde a su marido y los tres —padre, madre e hijo— entraron al vasto parque de recreaciones acapulqueñas pero en la reja le dijeron a Pepito que el loro no entraba, era peligroso, animal insano, y el cabrón escuincle le pintó un violín al guardia y entró corriendo aunque Matilde y Reynaldo se detuvieron un instante a contemplar la entrada al parque, unas gigantescas ballenas de yeso tridimensionales que formaban el arco de entrada, unas Mobydicks bailarinas que Matilde llamó muy monas y Reynaldo que lo asombraba su falta de ignorancia cuando toda la gente sabía que ésta era la obra póstuma del maestro David Alfaro Siqueiros, su poliforum acapulqueño de 3D pues, ah dijo doña Matilde y entraron al paraíso implacable, sin sombra de sombra, todo cemento y agua dormida, dedicado todo entero al culto de la insolación.

Se acercaron a las islas de yeso con los barcos piratas, los chisguetes y las mangueras, los toboganes selváticos a los que se llegaba por rampas de bambú y arena, a la altura tarzanesca desde donde arrojarse de nalgas por el latón ardiente, ya viene tobogán abajo el nene, a gritar una leperada al dar con las nalgas ardidas en el estanque donde lo espera un guardavidas jovencito, flaco, prieto, con calzón bikini y una como gorra de corcholatas en la cabeza hirsuta, defendiéndose del sol el pobrecito, aquí bajo el pleno rayo todo el santo día para asistir a los niños que se tiran por el tobogán pero Pepito ya corre seguido de sus padres sin aliento a la gigantesca piscina, el mar en miniatura, el Pacífico Pediátrico que un minuto es un remanso y al siguiente, bocina de bombardeo de blitz mediante, se agita mecánicamente, se encrespa, levanta su oleaje más arriba de las cabezas y Pepito feliz, para esto vino, Mati, sí mi Rey, míralo qué gusto se está dando nuestro heredero, valieron la pena los sacrificios, no me digas que no, no fuiste a los Laredos para que el Chamaco viniera a Aca, no te parece?, ay Rey, no me hagas moquear, hasta me pones a lagrimear tantito, perdóname mi papacito, tienes razón como siempre, no te apures mi Matildona, vamos parriba, contadores siempre harán falta, unos porque tienen, otros porque no tienen, unos porque ganan, otros porque pierden, pero contadores te digo que siempre habrá. Y qué es eso? Rey? Qué, mi vieja? Ese ruido, digo, no es normal.

Lo mismo se preguntaron —continúe usted cooperando desde afuera, Elector— los integrantes del Sun & Fun Toltec Tour que desayunaban a esa hora en el Burger Boy de la Costera, cuyas luces de mercurio parpadearon y luego se empardecieron con el color, otra vez, de la omnipresente miel de maple Log Cabin: ese ruido no es normal, se dijo el profesor Will Gingerich, conferenciante adjunto al tour, joven y nervioso y ávido de comunicar sus tesis hasta a la hora de los sonrientes panqués de la sonriente tía Jemima: los norteamericanos buscamos siempre la frontera, el oeste, tal fue el origen de nuestro enérgico optimismo, siempre habrá una nueva frontera, la buscamos con alegría dentro del continente americano, con tristeza fuera de él, con terror cuando uno y otro se nos acaban: ya no hay otra parte? todo el mundo es California, el fin de la tierra, el declive tembloroso hacia el mar, la falla de San Andrés? y el suelo de Acapulco temblando también, pero con un frisson no registrable en la escala de Richter: así suenan las manadas de búfalos, dijo un viejo somnoliento venido desde los témpanos de Wisconsin, encendiendo su pipa de mazorca vieja: pero por la costera lo que pasó primero fueron tres camellos veloces con sendos jinetes, un viejo, un negro, un chino, derramando pepitas áureas y espesos perfumes: oh, México típico, la fiesta, el carnaval, la alegría, pero la modelo de Vogue pidió permiso para lavarse las manos después de cuatro horas de posar y al jalar la cadena del club de playa una marea de mierda salió a borbotones de la taza del escusado, la modelo se envolvió en sus tules verdes, se tocó el estómago inexistente, plano, esa caca no era de ella, de ella no; trató de abrir la puerta, la cerradura, naturalmente, no funcionó, un beachboy extraño, gordo y pelón, había retirado la manija, la marea de caca creció, se comió las zapatillas plateadas, los ribetes del modelo de Adolfo, le mojó el discretísimo kótex lunar, el vientre plano, le hizo remolino en el ombligo y el culo fruncido, no tuvo tiempo de gritar, escapar.

Mariano Martínez Mercado despertó en su cuarto del Hotel Mister President en brazos de su rival Decio Tudela, consoladísimos los dos de una dulce noche de mariguana compartida que compensó la negativa de la heredera Penny López a acompañar a uno u otro. Pero Marianito se preguntó por la incomodidad de su pesadilla, el atufamiento letárgico de su recámara, que no era sólo el olor de petate quemado de la hierba; se levantó mareado, acomodándose entre las piernas los calzones del piyama tropical brasileño que le prestó Decio, insinuante, taparrabos apenas, para manipular a ciegas el ordenador del aire acondicionado: —Carajo, se dijo, está crevado y fue hasta la ventana; pero la ventana tampoco abría y un aviso pegado sobre el vidrio verdoso le indicaba

ESTA RECÁMARA HA SIDO ACONDICIONADA PARA SU
C O M O D I D A D
No intente abrirla: está herméticamente sellada

y en medio de los vapores crecientes que se colaban por las rendijas del aire con olorcillo a mostaza achicharrada tan insinuante como su topless carioca Marianito cayó de rodillas arañando el vidrio y recordando muy muy lejos su infancia, como si hubiera pasado hace mil años y no sólo quince: unas ventanas de tren europeo selladas herméticamente, sus magdalenas calcomaniacas

E PERICOLOSO SPORGERSI
NICHT HINAUSLEHNEN
INTERDIT DE PENCHER EN DEHORS:

prohibido pensar como Eugenio d'Ors?, se dijo inexplicablemente
mirando desde la ventana la extensión de la mancha café sobre la
bahía, como la salida del Amazonas al Atlántico, le dijo al brasileño,
pero Decio Tudela ya no se movía, Decio Tudela estaba muerto, asfixiado y Marianito pegó un grito de horror y de placer al tocarlo,
tibio aún, y decidió morir hedónicamente, por lo menos eso, viendo
el cuerpo muerto y desnudo de Decio en la cama le apartó suavemente las piernas, Marianito dijo que iba a darle sentido a su vida
con un acto de placer mortal, una culminación erótica gratuita, toda
su vida vana y frívola quedó atrás en ese instante: él iba a afirmar el
sexo hasta en la muerte, por encima y más allá de: habría testigos,
sí señor, porque los encontrarían así, muertos, unidos como perros,
así, en un éxtasis perpetuo, oh: una gran tina parda invadía la pureza del mar, un chorro color café, un vómito de toda la basura de
los hoteles y restoranes de la media luna lunera entre Lopez Ma-
tthews Avenue y Witch Point y joggeando por la playa popular de
Little Sunday donde estaba seguro de encontrar una máxima justificación para las mexicanísimas recetas de Lawrence & Lowry, D.
C. Buckley no pudo apreciar lo mismo que Marianito en su agonía,
pero sí fue el primero en ver y sufrir lo peor.

El trote parejo, dominado, no rápido pero peor que rápido
por lo parejo, como un tambor infernal, lejano primero: D. C. dejó
de joggear, paró la orejota colorada, ese ruido venía de los cerros,
cruzaba la avenida costera, ahora era trote sobre arena, horripilante,
insólito; no se iba a salvar D. C. Buckley gracias a su comunión
yanqui con la naturaleza salvaje, el paisaje del mal, según los pre-
ceptos de Larry & Lowry?, se preguntó con un fugaz presentimiento el largo y rubio y cromomacarrónico seudo-WASP y pensó
en el grupo de funcionarios y militares norteamericanos vacacio-
nando en Last Breezes y en ese momento —informó imperturbable
esa noche la cadena ABC— tomando su dip preprandial en la piscina de agua de mar del Beach Club The Shell y haciendo pattyi-
cakes con sus patitas y viendo que entre patita y patita no había sólo
lúdica voluntad y extraño amor sino tortita de mierda y luego, por
encima de sus cabezas, por encima de las murallas del mar, por encima de las sombrillas de sol, indiferentes a la contención, tan feroz

como una defoliación kampuchea, tan inapelable como un putsch chileno, la gran ola de caca enviada con impar energía por las corrientes trastocadas de El Niño desde las costas de Chile y el Perú sepultó al profesor Vasilis Vóngoles experto rumano en asuntos mexicanos del Departamento de Estado, al general Phil O'Goreman comandante de la zona de defensa del Canal de Panamá, al embajador Lon Biancoforte representante norteamericano en la vecina república de Costaguana y a la señora Tootsie Churchdean, embajadora norteamericana ante el Ministerio de las Colonias en Washington: los sorprendió a todos con su cocoloco en las manos y sus popotes perfumados de gardenias: los sepultó en las honduras, las guatemalas y las nicaraguas de su fabricación: la marea se llevó los anteojos del profesor Vóngoles y D. C. Buckley los vio desde lejos, antes que nadie, en la niebla arrepentida de esa mañana, los anteojos diplomáticos derelictos en el mar y en la playa el trote disciplinado, los ojos pardos, los hocicos mojados, la piel color de cobre: callaron todos los perros de Acapulco: iban a oír a sus amos, sus padres atávicos: D. C. Buckley, née Sam Pulaski, pensó rápido, en California le dijeron nunca los mires de frente, hipnotizan, finge indiferencia, camina despacio, entra al mar, quizás no se atrevan a seguirte.

No tuvo tiempo: los coyotes se fueron directo contra él, todos contra un punto de su cuerpo, cuidadosamente protegido mas también exhibido en su elocuencia dormida a la admiración de las playas y de las morenazas salvajes de las playas: la jauría de coyotes contra el sexo de Buckley detrás de la cortina de una malla Speedo de satín azul; devoraron satín, devoraron klínex acomodados con los que Buckley aumentaba sus admirables volúmenes priápicos, merendaron la carne nerviosa y retraída, de un gajo la arrancaron y Buckley cayó de bruces contra el mar de Little Sunday Beach, pensando que unos días antes se había salvado de la vagina indentada de Colasa Sánchez y sus nalguitas estrechas y delgadas fueron un torbellino de espuma y sangre.

9

Corrieron los coyotes por todas las playas, de Little Sunday a Tamarind a Califurnace a El Ledge a La Countess, pero no siempre atacaron, ni se detuvieron en cada punto: parecían adiestrados, sabían a dónde ir, uno era el más viejo y los demás lo imitaban, pero todos

seguían al coyote viejo porque el viejo seguía al muchacho deshila-
chado que con tanto cariño los había criado y entrenado todos estos
meses: plantado como un banderilla de piel rasgada en el centro de
un cocotal rojo en las alturas del ejido de la Holy Cross, con los ojos
cerrados el muchacho, invocando las genealogías más secretas y los
más perversos atavismos de los hijos del lobo: río de lobos, Guadalupe, masculló entre dientes Matamoros Moreno, caminando por
las playas a grandes trancos, como si empujara todo un tren de ar-
tillería, seguido por la primaveral Colasa Sánchez, buscando al enemigo: mi padre, Ángel Palomar y Fagoaga, visto la noche anterior
por Colasa en la disco, pero más veloces los coyotes que las piernas
de Matamoros, más veloces que los autos, cuando se tiraron de la
playa a la avenida para evitar la marea gigantesca que se comía las
uñas de la arena y el gordito pelón en la planta de bombeo municipal dándole la orden a todos los aliados de los Four Jodiditos, los
despojados de los cerros, y sus parientes y sus amigos, bombeen las
aguas negras hacia los excusados, devuélvanlas a los lugares de donde
salieron, las tinas de baño y las cocinas de los hoteles, obstruyan los
cauces, que la mierda regrese a la mierda.

Más veloces que los autos los coyotes: pánico al verlos y
comprenderlo, los autos detenidos, copados, rodeados de bestias fe-
roces, las ventanillas cerradas, los claxons mudos de miedo como los
perros que miraban en silencio el regreso de sus abuelos salvajes; la
manada entró al hotel El Grizzly como esa mañana entraron por los
escotillones de servicio a cada hotel de la Costera, aventadas como
pelotas de futbol americano en cadena, de mano en mano desde los
camiones de carga, las papayas inyectadas de ácido prúsico, las piñas
injertas de sulfato de cobre, las limonadas de Mirinda remojadas en
santonín y el señor presidente municipal de Acapulco, don Noel
Guiridí, se detiene en el calor a saborear una botella de tal refresco,
saca la mano desde su LTD azul marino y recibe la botella destapada
sin mirar la Mirinda siquiera, embobado mientras bebe revisando
su discurso inaugural de la Conferencia Literaria, pues don Noel no
sólo es portaestandarte de las reivindicaciones priístas en el Puerto
de Acapulco, sino ameritado crítico literario, demostrando así que
las bellas letras no están reñidas con la grilla política y quien se traslada en la lujosa limusín vestido (de allí su sed fatal) con bufanda,
orejeras y abrigo de pelo de camello, dada su manía singular de hacer creer que Acapulco no está en el trópico, sino que es un spa de
clima invernal donde las mentes se mantienen despiertas para la crea-

ción literaria: su figura, más que su discurso, pretendía añadir un capítulo inédito a la historia del Hielo en los Ecuadores (tal era la monomanía de la monografía que se proponía leer esa mañana: Rómulo Gallegos mandó un indio río abajo por el Orinoco a Ciudad Bolívar a comer por primera vez un helado; Gabriel García Márquez llevó a un niño a conocer el hielo en Macondo; Sergio Ramírez Mercado hizo que nevara en Managua para que las damas somocistas pudieran lucir sus abrigos de piel; y llovieron copitos nevados de algodón sobre los espectadores al son de Para Vigo me voy en la película de Carlos Diéguez, Bye Bye Brasil) y en vez empezó a gritar ay que todo lo veo verde; empezó a orinar, incontinente, un líquido color morado; deliró, sacudióse, cayó en la inconciencia y la muerte. El aterrado chofer subió rápidamente los vidrios color azabache del automóvil. Los coyotes cayeron encima del auto blindado, burlados en esta ocasión.

En cambio, dentro del hotel un coyote saltó hacia la garganta del eminente crítico antillano Emilio Domínguez del Tamal en el momento en que terminaba su discurso habitual con las palabras los pueblos le demandarán este compromiso revolucionario al escritor y esperaba la acostumbrada impugnación del no menos celebrado crítico suramericano Egberto Jiménez-Chicharra con las palabras de y la preterición? y la diacronía? y la epanidiplosis?, pero sólo las palabras del Sargento Literario fueron probadas mortales por los caninos aserrados del coyote, toda vez que Chicharra decidió despreciar a Del Tamal absteniéndose de escucharle y hundiéndose, en cambio, en su tina de baño burbujeante con efervescencias de Badedás color limón dejando el libro de crítica estructuralista abierto sobre un atril al lado de la tina y la puerta del apartamento abierta también, abierta al azar, al peligro, al pecado, se dijo el crítico eminente, francamente lo fastidiaba que la homosexualidad para nadie fuese ya un pecado, sino una simple práctica entre otras, por todos tolerada, por nadie denunciada: él quería que éste volviese a ser un pecado, que fuese el vicio que no se atreve a decir su nombre, no una costumbre tan indiferente como cepillarse los dientes, por qué a él podía excitarle tanto la idea de la sodomía como pecado y a los jóvenes ya no?, se preguntaba desilusionado cuando por su puerta de baño, como un sueño milagroso, penetró fugaz y atareado un jovencito desnudo, polveado de oro, con pelo de escobillón cubierto por horrendo borsalino sin alas decorado de corcholatas viejas pero ooooooh con un pene y unas nalguitas paradas que... El Huérfano

Huerta no dijo palabra; dejó caer un secador de pelo eléctrico, una radio de frecuencia modulada eléctrica y una batidora eléctrica, las tres juntas y las tres enchufadas a un transformador, a la tina de Chicharra quien así pereció, achicharrado y sin darle respuesta a Del Tamal: crítico silencioso, respiraría agradecido Ángel pero no Matamoros Moreno que se encaminaba con violencia desesperada al congreso, seguido de su hija Colasa, en espera de hacerse publicar sus textos por alguno de los concurrentes, quizás con prólogo del Sargento del Tamal y acaso con epílogo de Jiménez-Chicharra: oyeron padre e hija el sonido repetido de la canción Para Vigo me voy desde un fonógrafo roto pero no llovían copitos de algodón, aquí llovía oscuridad, se helaron las sangres y Matamoros le dijo a Colasa:

—Si averiguo que también esta oportunidad me la robó ese sinvergüenza de Palomar, te juro, Colasa, te juro que...

No tuvo tiempo de terminar; afuera la falange de coyotes avanzaba de nuevo hacia el mar, empujaba hacia el mar a la falange de modelos de Vogue; aullaron los coyotes, las modelos gritaron, hacia el mar, hacia el mar y ya no había fotógrafos en su contorno.

Los síntomas de la muerte por arsénico son retortijones y calambres en las piernas, vómitos y diarrea; gargantas secas y cerradas; insoportables dolores en la frente; colapso del pulso, colapso de la respiración, colapso al fin de los cuerpos helados (nieve en Managua, hielo en Macondo, refrigeradores en Ciudad Bolívar, Para Vigo Me Voy, Forever, Vi-Go-Go-Go Forever!) y los desplegaban en abundancia los integrantes del Fun & Sun Toltec Tour yacentes sobre los contadores, bocarriba sobre el piso de losetas agarrados a un manojo de popotes en el Burger Boy de la Costera; el profesor Gingerich, demasiado absorto en su teoría de las fronteras, no había comido nada y salió temblando a la avenida, abandonando la muerte injerta en botellas de plástico de la miel de maple Log Cabin: miró la desolación en torno al Tastee-Freeze, el Kentucky Fried Chicken, el Dennys, el Vips, los Sanborns, los Pizza Hut, que eran presas de un silencio sobrecogedor mientras sus insignias luminosas se apagaban al fin y los aullidos de los coyotes eran seguidos por sus risas casi humanas, cruce de hiena y de anciano, risas de payaso y bruja.

La risa del coyote para quien jamás la ha escuchado antes es la única risa digna de pavor: Gingerich vio algunos grupos de bestias en los montes, reunidos en círculos, como si conferenciaran antes de atacar a los turistas gringos despistados y desamparados en sus jeeps color de rosa: desde este peñasco, desde aquella ladera, saltaron los coyotes y nadie podía moverse ya en la Costera, los animales eran más rápidos que cualquier viejo taxi o moderno mustang: un nudo de silencio, nadie se atrevió a sonar la bocina por temor de atraerlos y el atorón del tránsito se extendió del nuevo hotel Señórita Mariposa en la antigua base naval de Icacos a la punta de Elephant Stone en la península de Caleta y en el parque de recreo el rumor de los chisguetes y las mangueras y las olas artificiales aislaba a las satisfechas familias del horror circundante y no me digas que no es más chulo todo esto que la playa, más cómodo y moderno, dijo Reynaldo, que se imaginaba en la Catedral de la Diversión para el Hombre de Narvarte y su Familia, la Disneylandia para los Desplazados de los Doctores, Las Vegas de los Viandantes de los Viaductos: Edén Restaurado! y Matilde que era muy católica lo seguía intuitivamente porque la naturaleza así, pues como que no, ahí pecaron Adán y Eva, no?, de allí los sacaron a toallazos a nuestros Primeros Padres, como Pepito a su periquito que ahora reapareció como ave de mal agüero, cacareando en la cima del tobogán, Cabrones, Se Acabó, Se Acabó, Cabrones, lo que le enseñaba Pepito a su Periquito de noche y encapotado, A Mojarse el Culo por Última Vez, A Tomar por el Culo luego, qué horror, hazlo callarse Rey, qué dirán, menos mal que nadie sabe que es nuestro hijo nuestro perico tampoco, dijo Matilde y prefirió mirar hacia la piscina donde las olas empezaban a agitarse de nuevo y su Reynaldo que no? porque el perico desde su selvático barandal cacatuaba Matilde Rebollo es Puta y Reynaldo Rebollo es Maricón, ay ay ay, empezó a desvanecerse Matilde, ora sí todos se enteraron, la detuvo su marido, la gorda señora se le escapó, cayó en la piscina, allí se confundió con esos cuerpos inseguros de su pertenencia a la vacación tropical, a la diversión pagada con ahorros y en atención a anuncios y sugestiones de prestigio: los dos, Reynaldo y Matilde Rebollo, se abrazaron en la piscina, en medio de ciento treinta y dos cuerpos definidos por siglos de palidez conventual o de tiña cañaveral y nuestro Pepito dónde, por Dios? por qué no lo vemos?, por qué no podemos salir de aquí?, qué resbaloso se está poniendo esto, mi Rey, crecen las olas, qué no es mucho ya?, por qué no le paran ya?, contéstame ya mi Rey, pero Reynaldo era arrastrado al ojo del ciclón junto con los otros ciento treinta cuerpos sumergidos por las olas artificiales que impiden moverse libremente, agitados como corchos, menos que corchos, qué!, el puñetazo de agua en la cabeza, una vez, otra vez, interminable, las máquinas movidas por el Huérfano Huerta desde los sótanos mecánicos, las cascadas de vidrio roto escondidas entre el agua de los toboganes, los gritos, el asombro y otra vez el silencio.

Salieron las cucarachas de los hoteles de Acapulco esa mañana, entraron los coyotes a devorar los cadáveres asfixiados y los cadáveres de pupilas dilatadas, dientes apretados, bocas espumosas y olor a almendras; y los cadáveres de entrañas ácidas, tripas ardientes, lenguas metálicas y vómito azul, y detrás de ellos los desposeídos de las laderas de los cerros a los que los Four Jodiditos y Ángel y Ángeles reunieron, les dijeron, hagan contra ellos lo que ellos hicieron contra ustedes: Acapulco le pertenece a dos naciones, el turismo abajo y los paracaidistas arriba, okey, ahora bajen y aquí este joven el Jipi Toltec ha estado adiestrando los mismos coyotes que ellos usaron contra ustedes.

—El coyote es animal miedoso. Por eso no se acerca a los lugares civilizados. Hay que entrenarlo. Aquí el Jipi les va a quitar el miedo con la ayuda de todos ustedes. Denles de comer. Déjenles cazuelitas de comida afuera. Primero no se van a acercar. Luego van a perder el cuidado. Tóquenles los claxons cerca de las orejas. Tóquenles sinfonolas a todas horas. Que se les quite el susto. Luego denles a oler todo esto para que lo distingan.

Ángel, viejo conocedor de desperdicios, puso en el suelo como en un tianguis las botellas de Ketchup Heinz, los cartones de Captain Crunch y Count Chocula Cereals, las botellas de relish y mostaza rancia, los panes de goma y los pollos de hule, las hamburguesas mortales de MacDonald's, las concocciones enfermizas de las heladerías gringas, las bolsas abiertas de la comida basura del Norte, los chips y los fritos y los poptarts y gobstoppers y smurfberrycrunch y pizza-to-blow y las melazas derramadas de Cocas y Sevens y Dr Pepper y lado a lado con lo más grotesco de esta anticomida de la locura suicida, la comida globo y pedo y lonja y corazón grasosos del Norte, puso los desodorantes de Right Guard, los jabones y champús de Alberto VO5, los fijadores de pelo Glamor y Dippity-Doo-Gel y las tinturas capilares Sun In y los bronceadores de Sea & Ski y lo más secreto, los untos vaginales con olor a limón, fresa y frambuesa, los condones untados de mentol, los supositorios de eucaliptina, para que los coyotes los olfatearan, los distinguieran, se fueran contra quienes usaban, digerían, sudaban, portaban o soportaban o eran todo esto, visto desde la recámara sellada de los fugaces amantes motos y muertos Marianito y Decio, desde la sangrienta playa donde se desangraba D. C. Buckley, desde los desolados quicklunches por donde deambulaba, trotando él también como un coyote, respetado por los coyotes porque no olía a nada de esto, el profesor Will Gingerich, desde la silenciosa tumba y los micrófonos muertos del Primer Congreso e la Novísima Literatura, sobre los cadáveres inflados bajo el sol del Destino Manifiesto en The Shell, todo esto que salió de sus receptáculos exclusivos a unirse a la mierda del mar y a los despojos nacionales de fritangas y Guadalupitas de plástico, suntuosas cáscaras de zapote y botellas de gaseosas anidadas de pequeños ratones y huevos de culebra; la basura del Norte salió a encontrar la basura del Sur y los coyotes fueron adiestrados y alimentados por el Jipi Toltec con jirones de su piel. Huevo se encargó del problema del veneno y los gases y el Huérfano Huerta de los drenajes y bombeos y, por especial inclinación, de la destrucción del parque de recreo: pasó media hora mirando el cadáver castrado del niño Pepito, sus huevitos rebanados por el vidrio del tobogán y el Huérfano con una sonrisa chueca mirándolo: conque tú sí tuviste papá y mamá, cabrón, conque mucha Colonia Narvarte y mucha vacación en Aca, conque mucho calzoncito de baño OP y pelotas de hule, pos ora pelotas de vidrio, cabrón!

Todo el espectáculo fue ideado y supervisado por Ángel y Ángeles Palomar, así como los lemas y en particular el gigantesco anuncio que ahora al mediodía se enciende desde las murallas temblorosas del Último Sanborns de Acapulco:

SHIT MEETS SHIT
SHEET MEATS SHEET
SHIT MEATS SHIT
VIVA LA SUAVE PATRIA!
VIVA LA REVOLUCIÓN CONSERVADORA!

Quinto:

Cristóbal en limbo

1. Tu casa es tan grande todavía

Mientras esto ocurría en Acapulco, don Fernando Benítez volaba sobre el territorio mutilado: lo vio desde arriba como una isla en golfo de sombras.

Luego, al descender, entendió que estaba en un valle seco y plateado, atrincherado por oscuras barrancas que lo aislaban eternamente de la mano más próxima.

Bajó en el helicóptero a la meseta y le dio las gracias al piloto del Instituto Nacional Indigenista. El piloto le preguntó si de veras no quería que lo recogiera más tarde, pero mi tío Fernando Benítez dijo que no; quizás ya no tenía fuerzas para subir hasta acá, pero para bajar, era distinto. Sí, dijo el piloto con una sonrisa chueca, de bajada todo es más fácil.

La población de la meseta se reunió cuando escuchó el ruido de las hélices y se dispersó sin rumor apenas descendió el aparato creando su propio espacio a cuchilladas. Por eso quería mi tío Ferruco que el piloto se fuese en seguida de regreso a la base de Salina Cruz y que la tribu de esta altura aislada regresase a su vida normal.

El viento se fue, agitando los jirones de ropa.

Regresó un sol alto y ardiente. Los indios lo miraron sin cerrar los ojos. El viento sí los obligó a cerrarlos.

Vio un pueblo en harapos.

Cuando el piloto del INI se perdió en la lejanía de la Sierra Madre del Sur, mi tío Fernando caminó rápidamente hacia el grupo de indios que comenzaban a dispersarse. Levantó la mano en señal de saludo. Nadie le contestó. Esto nunca lo había visto en más de treinta años de recorrer los lugares más aislados e inhóspitos del territorio mexicano. El tío Fernando ha pasado la mitad de su vida documentando a los cuatro o cinco millones de indios mexicanos, los que nunca fueron conquistados por los españoles, o jamás se dejaron asimilar al mundo criollo o mestizo, o simplemente sobrevivieron la catástrofe demográfica de la conquista: eran veinticinco millones antes de que Cortés desembarcara en Tabasco; cincuenta años más tarde, eran sólo un millón.

Mi tío Fernando los miró con la curiosidad respetuosa aunque intensa de sus ojos azulhielo, fijos y punzantes como dos puntas de alfiler detrás de los anteojos redondos, de aro metálico. Se quitó el sombrero de paja deshebrada, manchado de sudor, de alas anchas, que era como su mascota en los viajes que lo llevaron de los tarahumaras del Norte, altos, capaces de correr como caballos sobre los techos de México, a los restos hundidos del imperio maya en el sótano del Sureste, la única región del mundo donde las generaciones, en vez de crecer, declinan en estatura, como si se estuvieran hundiendo poco a poco en los cenotes de la selva.

Dijo y escribió siempre que todos los pueblos indios entre Sonora y Yucatán sólo tenían tres cosas en común: la pobreza, el desamparo y la injusticia.

—Ya no eres dueño de lo que los Dioses te regalaron, dijo en voz baja, extendiendo una mano hacia el primer hombre que se le acercó esta mañana en el altiplano asoleado y frío.

Pero el hombre se siguió de largo.

Mi tío Fernando no se movió. Algo que no podía ver le dijo estate quieto, Benítez; ni un paso; sosiego. Las nubes que rodeaban la meseta como una espuma fría descendieron un piso y se deshebraron en un viento canoso que peinó los campos resecos. Los hombres en harapos tomaron sus arados de madera, sacudieron las cabezas, espantaron a las moscas panzonas que querían descansar en sus caras y comenzaron a labrar, lentos pero por lo visto con más prisa que de costumbre —levantaban las cabezas al sol y gemían como si supieran que el mediodía iba a llegar hoy más veloz que nunca— y con los dientes apretados, como con rabia por el tiempo perdido. El ruido. El viento asesinado por el helicóptero.

No se movió mi tío. Los grupos de diez, doce hombres araban en perfecta simetría, araban como hubiesen levantado y luego decorado un talud sagrado; pero cada uno de ellos, al llegar con su palo de arar al final del campo, topaba torpemente contra la tierra rocosa, contra las raíces torcidas de las yucas, y tenía que hacer un gran esfuerzo para liberarse, voltear la estera y trillar en sentido opuesto, como si no hubiese visto el obstáculo.

Todo lo demás era pura relojería: el sol minutero, el ritmo del trabajo, el ruido de las manos femeninas cacheteando la masa.

Sólo era irregular el paso de las nubes precipitadas que huían hacia el mar; el llanto de los niños prendidos a sus madres, arañando casi los rebozos antiguos, las hilachas de las blusas alguna vez blancas, tiesas y bordadas, porque hasta las rosas de una blusa india terminan por marchitarse aquí, se dijo mi tío: en otros pueblos, los niños eran como animalitos, libres, arriesgados y alegres; en México los niños, quién sabe por qué, siempre son bonitos y alegres; país de hombres tristes y de niños alegres, se dijo Fernando Benítez sin saber por qué, a esta hora precisa del mediodía, sorprendido de la fórmula que le vino a la cabeza y que apuntó en su libreta, con una letra de mosca, garabateada y minúscula, ilegible.

Los niños aquí prendidos a sus madres, incapaces de separarse de ellas, mientras ellas espantan a las moscas que se beben los ojos de sus críos.

Se guardó la libreta en una de las bolsas de la guayabera y sacudió la cabeza, igual que los indios labriegos se sacudían las moscas de la cara. Agitó la cabeza para librarse de esa fórmula que le impedía entender el misterio, la ambigüedad de esta tierra adentro de México, semilla de México, pero tan totalmente ajena a su México blanco, de ojos azules y lecturas del Nouvel Observateur y la revista Time y BMWS y pastas de dientes y tostadores eléctricos y cablevisión y chequeos periódicos en las clínicas de Houston y próxima celebración del Quinto Centenario del Descubrimiento de América —hecho totalmente ignorado por los hombres, mujeres y niños que él estaba contemplando: una población no descubierta porque desconocía su propio descubrimiento, una fecha, un enigma impuesto por otros.

Los hombres, mujeres y niños que él estaba contemplando.

Ahora oyendo: empezaron a gemir algo, en una lengua que mi tío abandonado en la corona insular de la sierra nunca había escuchado, un símile-zapoteco, le pareció, iba a anotarlo, pero se dio cuenta de que no debía perder un solo instante escribiendo, que sus ojos eran sus lazarillos, inciertos, ayudados poderosamente por las gruesas dioptrías de sus lentes, pero al cabo bañados por la luz, no separados para siempre de ella, con un carajo, aún no, se dijo: girito mi tío Fer a sus casi ochenta años, espigado, bajito pero derecho, con su postura de gallo de pelea, cargado de recuerdos, aventuras galantes, bromas diabólicas y desplantes bravucones: mi tío Fernando Benítez, a quien Sumerced Elector llegará a conocer muy bien porque en mi vida prenatal fue mi aliado más cierto y némesis de mi horrendo tío Homero Fagoaga que en el mismo instante de mi concepción surcó excrementicio los aires de la bahía de Akapulque.

Ahora oyendo mi tío Fernando ese gemir musicalmente impresionante porque no tenía otro propósito que saludar al sol en su cénit: eso lo sentían los indios en sus cabezas, el sol del trópico alto, del desierto en las nubes, cercano primero a las manos, luego a los hombros desnudos y a las caras quemadas, por fin recto como una saeta sobre las coronillas negras y lacias del pueblo de la meseta.

Se detuvieron. El tiempo no era de ellos sino del sol.

Fue sólo un instante de caras levantadas y manos adelantadas pero no para protegerse del sol, sino para intentar tocarlo. Desde donde se encontrasen —los campos, las entradas de las chozas de adobe, un pozo sonoro como la campana ausente de la iglesia derruida, aquí no había cura ni tendero ni profesor ni médico en el sentido moderno anotó mentalmente mi tío, escrupuloso— los hombres, las mujeres y los niños ayudados por sus madres trataron de tocar el sol sin evadir la mirada del sol. Nadie se protegió la mirada. El mediodía pasó como llegó: un instante irrecuperable.

Los cúmulos de nubes alrededor de la meseta descendieron un peldaño más. Ahora era posible ver del otro lado del cañón profundísimo, hacia otra meseta congelada sobre uno de los millares de volcanes muertos de México.

Otro pueblo estaba congregado allí, a orillas del precipicio. Mi tío Fernando caminó de prisa hasta el borde de su propio espacio, donde la marea de nubes le impedía el paso. El pueblo de la otra orilla estaba demasiado lejos; no podía oír lo que decían, aunque sí adivinar sus gestos. Vestidos de blanco, con camisas y calzones almidonados y relucientes, este pueblo era otro, no la tribu abandonada que mi tío quizás acababa de descubrir, por qué no?, con tanto asombro como Cabeza de Vaca a los indios pueblo, sino un grupo de gente con ligas afuera de la aldea: agitaban los brazos saludando, le gritaban algo a mi tío, pero el viento inmóvil del mediodía se apropiaba de todas las palabras. Alargaban los brazos como si quisieran colmar de un salto la distancia entre aquel pueblo y éste: tendían la mano. Sonreían pero había angustia en sus ceños: no querían asustarlo, era todo.

Él les dio la espalda. No tenía sentido animarlos a una comunicación imposible. Nada se dirían. Se sentó a comer de los tacos que traía en su morral envueltos en servilletas de papel; un poco de agua. Oyó. La música de las gargantas de la tribu se había quedado suspendida en un risco sonoro de las montañas, mucho tiempo después de que el silencio regresó a la tierra, interrumpido sólo por la puntuación del llanto infantil. Miró. El gesto de las manos avaras de sol permaneció esculpido en el aire un instante más que la carne. El silencio era más fuerte, más persistente el goteo del llanto infantil; pero más poderosa aún era la imagen que él empezó a liberar de todas las similitudes entre este lugar y otros.

Al atardecer, los niños de diez, doce años aparecieron para guiar a sus mayores en las tareas del arado y la siembra; estos niños tropezaban un poco, aún no sabían guiarse con tanto equilibrio y experiencia como sus padres, pero los niños guiaban a los padres como un padre ayuda a su hijo en los primeros pasos. Todos, menores y mayores, se apoyaban en abéstolas, largas o cortas, que servían también para separar la tierra. Y los niños pequeños —lo vio y lo supo inmediatamente— estaban arrullando a sus madres.

Olió. En la tarde de la montaña, es cierto, los olores cercanos y secretos triunfan sobre el vasto acarreo del viento pasajero, de sus tormentas y de sus flores errabundas, que es la tarea del día. Al alejarse el sol en el poniente, la tierra se recoge a sí misma, se mete debajo de sus cobijas y se huele íntima. Los hombres dejaron los arados y las arrejadas, tomaron las estopas; los niños, en plena tarde luminosa, encendieron los fuegos que los hombres en seguida levantaron en alto.

Del otro lado de la barranca, los indios lejanos se persignaron y se hincaron.

De este lado, las mujeres sintieron el humo en las narices y se pusieron de pie con sus críos. Todos caminaron hacia el espacio de polvo que podría pasar por centro de la aldea.

Era sólo un montículo seco, con ese olor de excremento viejo, dejado a la intemperie, olvidado hasta por las moscas, de esos que se encuentran en los campos. Pero aquí la montaña de mierda estaba esculpida, arreglada —por quién, quién era el brujo de esta estela coprológica, dónde estaba?— y primero todo el pueblo se hincó frente a ella y nadie dijo nada, todos se tomaron de las manos y ahora, por primera vez en todo el día, cerraron los ojos y respiraron hondo: ni siquiera canturrearon, sólo respiraron rítmicamente, al unísono, aspiraron el olor de mierda, el más fuerte olor del cuerpo, pensó mi tío, el que más se impone y da fe de nuestra existencia física: el blando metal del cuerpo, su ofrenda a los dioses: el oro de nuestro cuerpo, la mierda, como el oro es el excremento de los dioses, su excrecencia que hace nuestra riqueza.

Mi viejo tío Fernando se sintió mortal y estúpido. El espíritu se le fue de repente, como por una coladera, tratando de racionalizar el absurdo del cuerpo. Sólo un símbolo, una alegoría, una idea era más grotesca que el cuerpo y sus funciones: el símbolo, la alegoría o la idea impuesta al cuerpo para aliviarlo de su propio horror mortal. Sintió que los intestinos se le aflojaban peligrosamente. Se retuvo. Pensó que había llegado al abismo de su propio cuerpo: allí donde ya no podía imaginarlo orinando, cagando, cogiendo naturalmente, sin un símbolo perturbador que sólo le decía al cuerpo: me necesitas porque eres mortalmente absurdo.

Conoció un pueblo polinésico para el cual toda muerte era un asesinato. El escándalo de la muerte no violaba nuestra vida, sino nuestra inmortalidad.

Duraron una hora en adoración de la montañita de caca, respirando hondo, y luego con perfecta disciplina, los niños primero, en seguida las mujeres, luego los hombres jóvenes, finalmente los más viejos (noventa y dos exactamente contó mi tío Fernando, tantos seres como años tenía el siglo que vivimos) se acercaron al montículo, se levantaron ellas las faldas, ellos se bajaron los calzones y a veces ni siquiera eso, cagaron por entre los hoyos de sus harapos: cada uno le dio a la naturaleza su ofrenda, le regresó a los dioses ausentes su tesoro, aumentó el monto de ese monumento olfativo, el templo a los sentidos vivos de la tribu de sonámbulos.

Tuvo que caer la tarde y regresaron los indios apoyados de nuevo en sus aguijadas a sus breves quehaceres domésticos, comer de cuclillas, ante fuegos moribundos, en silencio, ajenos a mi tío ahora como a toda hora, mi tío que para ellos nunca había estado allí, este hombre que viajaba y escribía libros invisiblemente, así lo sintió esa tarde en la planicie seca de las alturas: nunca lo vieron, ni lo saludaron. El autor invisible.

Se acercó a ellos sin tocarlos, a uno tras otros temiendo despertarlos de un sueño antiquísimo (y algunos sintieron su aliento cercano, gruñeron, se alejaron, dejaron caer el pedazo de tortilla azul, algunos se juntaron, se abrazaron como temiendo la cercanía de un final inapelable; alguno tomó una brea ardiente y comenzó a azotar las espaldas del viento, a quemar los ojos de la oscuridad). En ningún momento se había acercado mi tío, con sus humores de hombre, su aliento, sus lejanos afeites, a uno de ellos: apenas lo hizo, los trastornó a todos; oliendo toda la diferencia, apagaron las hurañas fogatas, innecesarias para ver en esta hora de la tarde, se tomaron de los hombros en fila india, como si hubiesen preparado desde siempre este rito (o esta defensa), cada indio con la mano en el hombro del otro, formando un círculo que iba a capturar a mi tío como a una bestia feroz. Lo olían. Sabían oler. Nada era más fuerte que el olor para ellos, nada más venerable, nada más seguro como hazaña del mundo fuera de las sombras. Ningún olor más fuerte que el de la mierda. Ni siquiera el olor de un historiador criollo.

El ruido se impuso al olor, las hélices del helicóptero le ganaron a la presencia de mi tío o a la de la montaña escatológica. Ninguna bestia se había atrevido nunca a subir hasta aquí. La puma o el ocelote sabían lo que les esperaba aquí. Nadie da palos mejores que ellos? En cambio, hoy, dos veces, un águila... Nada fue más veloz o más fuerte que el aparato tripulado por el piloto del INI que descendió en medio del desconcierto de la tribu, abrió la puerta sin dejar de mascar su chicle y le dijo a mi tío que sentía desobedecerlo, tuvo que comunicarle a sus superiores que el maestro Benítez quería pasar la noche en la sierra entre un grupo desconocido de indios, el asunto llegó hasta el señor presidente Paredes, el propio señor presidente dio órdenes de regresar a recogerlo, cómo le fue?, le preguntó el piloto a mi tío Fernando cuando el helicóptero, que jamás volvió a posarse en la tierra de la tribu abandonada, levitó en ascenso.

Ya en el aire y rumbo a Palenque, armado con un permiso especial de sobrevuelo y aterrizaje en el Trusteeship Chiapas-Tabasco-Campeche, mi tío Fernando sintió miedo de sí mismo, de su curiosidad histórica: tuvo la sensación angustiosa de haber interrumpido algo, quizás un ciclo sagrado que mantenía la vida de la tribu perdida de esa montaña que era como una isla de la luna; temió una catástrofe. Con la suya bastaba. Le bastaba su propio miedo.

El permiso del Trusteeship administrado por las Cinco Hermanas especificaba que el nacional mexicano Fernando Benítez podía aterrizar en territorio de Chitacam para entrevistar al último lacandón en existencia, antes de que fuera "too late", decía el escrito. Temió, volando sobre las montañas de Oaxaca, haber precipitado hoy la desaparición de los últimos noventa y dos seres de la tribu de la noche eterna.

Acaso, se dijo mirando el atardecer sin gloria, de ahora en adelante cada año habría un indio menos en esa tribu de ciegos hereditarios, por voluntad, nacidos con vista pero devorados todos por los huevecillos de esas moscas que eran su única compañía, víctimas todos de su aislamiento? No lo pudo averiguar; sólo lo iba a imaginar de aquí en adelante. Un autor invisible para un día imaginario.

México —lo que quedaba de México después de la Partición— se iba muriendo, sin que los mexicanos —los que andaban encerrados en los límites de la flaca República— acabaran jamás de conocerse entre sí. De conocer lo que quedaba de la patria averiada.

Los pueblos divididos por la barranca jamás se tocarían las manos. Pero un pueblo vería al otro, y éste jamás vería a sus hermanos.

Don Fernando Benítez estuvo a punto de vomitar desde la ventanilla del helicóptero, pero una extraña vacilación, como si le advirtiese secretamente contra el horror de la simetría, lo serenó.

—Crees en la virgen de Guadalupe?, le preguntó al piloto.

—La qué?, le contestó éste (el ruidero, los audífonos).

—Digo que sólo un milagro como la reaparición de la virgen de Guadalupe puede salvar a México.

—No, vamos a Palenque, gritó el piloto. No vamos a México… El Señor Presi…

Fernando Benítez cerró los ojos y apretó el hombro del joven piloto.

Qué barbaridad. Todas las soluciones parecen irracionales, salvo una: creer en la Virgen. Nuestra única racionalidad!

Entonces sucedió algo extraordinario: el atardecer renunció a la noche y de ambos lados de la barranca estallaron volando, como si quisieran alcanzar al helicóptero, competir con su vuelo o herir sus alas, ramilletes de petardos, cohetes incendiados de azul y verde, luces despavoridas, sin color, sábanas luminosas y luego racimos de plata líquida y castillos de aire hiriente: una noche llena de pólvora roja, acre y milagrosa: mi tío Fernando con sus ojos cerrados, no vio la noche de la fiesta mexicana, esa noche y esa fiesta asombrosas, nacidas del pillaje y la ausencia: abanicos de fuego, torres de metal líquido, riqueza de la pobreza, cohetes y castillos salidos de quién sabe qué escondrijo invisible, de qué dispendio salvaje; cosechas y carpinterías, alfarerías y máscaras, telares y talabarterías: todos incendiados aquí en el instante de la comunicación entre las dos orillas que él no pudo o no supo procurar, el ahorro aniquilado en un golpe de pólvora, la riqueza sólo para esto: para el esplendor de los ojos de la aldea blanca y nostálgica, para la gloria del olfato de la aldea ciega y andrajosa: al fin se habían tocado las manos, entregándole todas sus riquezas a un instante de pérdida irreparable: la fiesta.

Abrió los ojos y aún no se ponía el sol.

Miró fuera de la cabina y encontró unos ojos iguales a los suyos. Sacudió la cabeza; no era un reflejo. Era un ave. Era un águila con cabeza de lechuza y un cuello de plumas irisadas, dibujadas como un moño, ampulosas como una gorguera; el águila arpía que venía volando por todo el Nuevo Mundo, desde Paraguay hasta México, celebrando ella sí el descubrimiento que los indios ignoraban. Fernando Benítez vio esos ojos y ese vuelo pertinaz del águila, paralelo al del helicóptero: volando como flechas, los dos juntos en el atardecer de la Sierra Madre. Pero el águila arpía traía entre las potentes garras a un mono vivo, chillante, silenciado por el ruido de los motores.

2

Hay dos movimientos dice mi mamá que dice su libraco platónico, el de todas las cosas que eternamente giran sobre sí mismas, sin cambiar de lugar, y el de las cosas eternamente errantes, las cosas que se mueven, Ángel mi amor, lejos de esta apartada orilla donde yo ya brillo un mes después de mi concepción en el centro inmóvil de mi madre y en mí concentro los dos movimientos de los que ellos hablan fuera de mí, ellos desesperados por entender qué ha sucedido entre enero y febrero, yo que llegué en el chorro raudo de la errancia de mi padre y ahora siento que me cuelgo desesperadamente a una cueva mojada y caliente de la que ya no quiero moverme más nunca más mamacita te lo ruego no digas lo que estás diciendo, deja que todo gire sin fin alrededor de ti y de mí, al fin reunidos, no errantes, no desplazados, no…

Los dos se acurrucaron muy juntos en la gran mansión deshabitada y silenciosa del tío Homero en Peachy Tongue y se dieron la razón el uno al otro, nunca más se iban a juntar ocasiones tan calvas, las fiestas del fin de año, el inicio del año del Quinto Centenario, el Congreso de Literatura, las vacaciones del tío Homero y las del alto mando militar y diplomático de Washington antes de mastermindear la desestabilización de Colombia, y las vacaciones de Penny López, eh?, guiñó un ojito mi madre y mi padre se hizo el desentendido, la disco de Ada y Deng (añadió muy dueño de sí mismo el jefe), más vale preparar las cosas fáusticamente, digo yo (dijo mi mami) que abandonarlas al mexicano pos a ver qué pasa y si cae fue la de buenas (dijo ella interpretando la voluntad de mi padre). Ella decidió llevarle la contraria sólo para mantener siempre un residuo de independencia en medio de la aceptación gustosa de su estrecha unión con mi padre. Por eso dijo:

—Quiero gozar de la disponibilidad suprema. No ganar dinero, ni organizar un viaje, ni la actividad de un día. Te apuesto que los demás lo harán por mí.

Mi padre se rió y le preguntó si entonces lo de Aca *hace* un mes no fue gratuito? Podremos siempre imaginar lo que pudo haber pasado si todo hubiese funcionado bien pero siempre debimos estar seguros de que el azar metería sus pezuñas aquí y allá; por eso ella quisiera entender mejor lo que todavía desconoce y no pensar que fue sólo una broma, pero tampoco un acto de voluntad perfecta: ni siquiera un desquite, le dice, ni siquiera un acto de justicia que algún día nos separe a ti y a mí, y nos deje sin nuestro amor: amor.

ÁNGEL. —Por qué? Me gustaría que una broma, o un acto gratuito, fuese la manera de hacer justicia, por qué no, Ángeles?

ÁNGELES. —Porque el siglo veinte se nos va a morir, y yo me niego a justificar una vez más la justicia con la muerte, tú sí?

ÁNGEL. —Yo sólo sé que lo que teníamos que hacer aquí ya se acabó o debió acabar (contestó mi padre con una voz sofocada porque metió la cabeza entre las piernas de mi madre, como si me buscara).

ÁNGELES. —Tomasito decía que él hasta no ver no creer.

ÁNGEL. —Por desgracia aquí todos piensan al revés y dicen que para creer, más vale no ver (mi padre asoma su cara): por qué no cumplió el filipino con la parte final del plan?

ÁNGELES. —No sé. Qué cosa debió ocurrir?

ÁNGEL. —A las 15:49 el Jipi y el Huérfano entran a la casa del tío Homero.

ÁNGELES. —Aquí donde estamos el día después de la Candelaria, febrero de 1992.

ÁNGEL. —Un martes. Tomasito les abre el portón de fierro a sabiendas de que a esa hora Homero toma su baño sauna junto a la piscina.

ÁNGELES. —Los de la banda junto con Tomasito irrumpen ruidosamente a fin de que tu tío se dé cuenta cabal de la traición.

ÁNGEL. —Homero grita, Ah Judas, nunca debí confiar mi seguridad a un vástago de la colonia maldita de mi rey don Felipe, como exclamase en hora postrera el universal argentino don Manuel Mújica Lainez!

ÁNGELES. —Y quizás recuerda lo que le dijo mi tío Fernando cuando Homero le ofreció un terrenito aquí hace veinticuatro años: luego con qué lo defiendo de los guerrilleros?

ÁNGEL. —Pudo ser. Cómo no. Pero quizás Tomasito tuvo un ataque de conciencia.

ÁNGELES. —Qué quieres decir? Con qué me sales ahora?

ÁNGEL. —Digo, Angelucha, que después de todo Tomasito le debe la vida al tío Homero.

ÁNGELES. —Tú sabías eso y sin embargo?

ÁNGEL. —Cómo va a haber riesgo sin azar? El tío Homero, para probar su sentido humanitario, filantrópico y liberal, acogió a Tomasito de niño cuando la UNICEF lo ofreció después de la última matanza de Marcos en Manila. Quieres continuar la historia? Por favor.

ÁNGELES. —Cuando los Marcos buscaban desesperadamente maneras de acabar con la oposición. No podían dormir imaginando represiones cada vez más cruentas. Ahora tú, porfa. Ánimo inteligencia!

ÁNGEL. —Entonces a Lady Imelda se le botó la canica y le dijo a Ferdinando: Anoche soñé que hace quince años nació un niño que iba a plocamalse Ley de los Luzones: tu Helodes yo Helodías sal a matal a todos los nacidos ayel hace quince años palacabal con ledentoles y al lema de No Hay Macbeth que Pol Pot no venga, los sardos de Mindanao salieron a masacrar a todos los muchachos de quince años.

ÁNGELES. —Y Tomasito se salvó de esa muerte gracias a la protección del tío Homero, a la sazón en Manila para…? Por favor.

ÁNGEL. —Para disfrazar en el mercado de valores filipinos varios cientos de millones de pesos mexicanos defraudados al fisco por ser precio de venta de una sucursal de la International Baby Foods que debió traer a México sus inversiones desde el extranjero y no lo hizo sino que las extrajo del ahorro nacional y debió por ello tener un socio mayoritario mexicano y no lo tuvo sino a nuestro admirable tío al que es difícil imaginar como hombre de paja pero que amaneció en Manila con paga de la sucursal mexicana a la sucursal filipina de la INBAFOO a precio ínfimo que no vio nadie ni en México ni en Filipinas, ni el erario, ni los consumidores, ni los niños que se alimentan de esas porquerías, sino el Tablón Ejecutivo y los Dividendos de los Axionistas de la propia INBAFOO en la República del Cinturón Solar con capital en Dallas. Voy bien, Camila?

ÁNGELES. —Super, Ángel. Tu tío es tu monografía.

ÁNGEL. —Así se hizo de publicidad humanitaria Homero y se libró de ataques por sus malos manejos de gobituín pero el hecho, digo, es que Tomasito también lo odia aunque también debe amarlo porque si por un lado Homero lo salvó de la furia heródica de los Marcos, por otro lado sabe que los niños que no murieron en la matanza murieron de hemorragias gástricas consumiendo los potecitos de papillas distribuidos en Filipinas por la sucursal mexicana del conglomerado.

ÁNGEL. —Entonces al escuchar los golpes del Jipi y el Huérfano contra el portón de la casa de Homero, Tomasito duda.

ÁNGEL. —Imagina que su destino pudo ser éste: morir degollado por un machete pagado por Imelda.

ÁNGELES. —Y en vez se ve viviendo como príncipe cautivo en jaula de oro tropical y dime si su corazón no late lo doble y duda, Ángel, duda.

ÁNGEL. —Pero puede ser que Tomasito, paralizado por la duda, representándose su propia salvación frente a la muerte de sus hermanitos consumidores de comida infantil made by Homer, se retira a su cuarto para que las cosas tomen su curso, como tú dices: la disponibilidad suprema, los demás harán las cosas por él…

ÁNGELES. —O quizás Tomasito, dejando que su gratitud se imponga a sus dudas, en vez de admitir a los Four Jodiditos les cierra el paso y entonces el Huérfano Huerta se altera y dispara contra Tomasito…

ÁNGEL. —Te digo que hay que calmar a ese chamaco. A veces va demasiado lejos.

ÁNGELES. —Advertido por el mitote, Homero sale desnudo del sauna, poniéndose su guayabera en el instante en que el Huérfano vence la resistencia del dudoso Tomasito vencido, a su vez, por una aberrante fidelidad…

ÁNGEL. —Y Homero se pone el paracaídas, da órdenes rápidas al lanchero y escapa volando, pasa sobre nuestras cabezas, nos caga y desaparece en el aire espeso de Acapulco.

ÁNGELES. —Pero entonces, dónde está Tomasito?

ÁNGEL. —Yo no sé. Dónde están el Huérfano, el Jipi y Huevo?

ÁNGELES. —Y la Niña. No olvides nunca a la Niña. Tampoco sé.

En éstos y otros sabrosos razonamientos pasaron mi madre y mi padre el primer mes después de mi concepción en la silente y abandonada casa del tío Homero Fagoaga, quien cual adiposo ícaro se fue abandonado a la pajarera vida, añadiendo su pequeña contribución a la epidemia generalizada de Cacapulco.

Ángel y Ángeles no abrieron las puertas del fuerte. Nadie, por lo demás, se acercó a tocarlas. Tomasito desapareció dejando colmadas las bodegas; el tío Homero había preparado su mansión, desde 1968, para un prolongado sitio guerrillero.

Así, mi padre intentó convertir la casa sitiada (en la imaginación de ellos, claro, no de más allí) en un Falansterio = le dijo a mi madre que sin disciplina no sobrevivirían y sus propósitos revolucionarios conservadores se frustrarían. Puntualidad y disciplina: mi madre no objetó que a las siete de la mañana los dos prolongaran las posturas de su placer trapeando en cuatro patas las terrazas tropicales de la mansión del fugitivo don Homero.

Estas noticias sólo fueron vividas por mí y con gusto, durante este largo mes. Se las comunico a los Electores. Sepan ustedes que durante la primera semana floté libremente en las secreciones del oviducto hasta instalarme con todos mis reales en la cavidad uterina de mi madre. Para entonces, yo Cristobalito era ya un racimo de células bien organizadas, con funciones precisas, aprendiendo, inocente de mí, la clásica lección de la unidad de mi persona confirmada por la diversidad de mis funciones, pues si todas y cada una de las células emergidas del huevo fertilizado tienen la misma estructura genética y en consecuencia todas y cada una preservan latente lo que será el color de mi pelo y el de mis ojos, no todas le dan la misma importancia: sólo las células de la pigmentación de los ojos y el pelo se preocupan por una función que, sin embargo (me parece un milagro) está inscrita en todas las demás células.

Pero a la segunda semana de esperar ellos las noticias inexistentes sobre la hazaña del Día de Reyes, cuando yo ya me creía, dicho sea de paso, El Rey de Todo el Mundo (gene melódico informa), zas, que mi situación se vuelve tan precaria que casi, estimado Elector, me quedo sin contar esta intrigante historia que no tiene para cuándo acabar (porque no tuvo para cuándo empezar) porque entre que te friego piso y que me pisas fregando, yo empecé a manifestarme como lo que era, para qué es más que la verdad:

Un cuerpo extraño dentro del cuerpo de mi madre, una astilla que normalmente sería rechazada por la piel herida: un botón, un anillo, un reloj tragado por descuido: me olvidé, Elector, de concursos nacionales, de Mamadoc y del tío Homero, y me defendí como pude, me trepé a mi nave espacial y me lancé a la guerra de las galaxias intrauterinas: me comí la membrana de la mucosa de mi madre, penetré por los vasos sanguíneos de mi madre devorando su oxígeno y su alimento como una rata del desierto, excavé, Elector, un hoyo dentro del hoyo de mi madre, hasta que mi paupérrima, fragilísima y frugaloide existencia se hiciera, a fuerza de mi voluntad de vivir, parte del cuerpo y de la vida de ella: Me *enterré* en mi madre, Elector, me hice tragar por la matriz de mi madre en contra de la voluntad rechazante de mi madre (una voluntad inconsciente, pero voluntad al cabo) hasta sentir que la superficie de ese coño recóndito se cerraba sobre mi cabeza como un techo bienhechor (igualito que la Cúpula que el gobierno, dice el tío Homero, está construyendo sobre la cabeza de la Ciudad de México a fin de purificar el aire y luego distribuirlo equitativamente entre los treinta millones de habitantes citadinos) hasta sentir que yo me expandía, triunfaba canibalizando a mi madre inconsciente de que Saturnito poblaba su entraña, ocupaba todo el espacio libre de ese recoveco entrañable hasta sentir, oh Elector benigno, que la sangre materna, generosa, derramada, me ahoga...

(Mi padre, sintiendo la necesidad de la compañía constante de mi madre y sorprendido de ello, él que siempre vivió un carrusel sexual desde que escapó de las redes de Capitolina y Farnesia hasta que abandonó a la aparatosa Brunilda, recorre la casa del tío Homero al atardecer gritando melódicamente, Ángeles, Ángeles, ya regresé de la playa: entra a una larga galería sobre el mar y al fondo la ve, arrodillada, la espalda desnuda, envuelta en una sábana de la cintura abajo, la cabeza colgante y frente a ella, sobre una toalla blanca, dispuestos como elementos de cirugía, un látigo y un crucifijo, un gorro alto y puntiagudo de penitente y un cartón pintado de rojo que ella se coloca al cuello y que le cae sobre el glacial desamparo de los pechos: YO LA PEOR DEL MUNDO. Ángel está a punto de gritar algo, pero hasta el nombre de "Ángeles" se le congela en los labios. Será ella? La luz del crepúsculo es incierta y traviesa. Piensa que ella lo ha visto en situaciones comparables cien veces y nunca le ha hecho sentir que es vulnerable: ella que lo ha acompañado en todo lo que él ha decidido desde que se conocieron, no merece que ahora él la perturbe. Mira intensamente para no olvidar nunca la escena.)

3

Mientras estas cosas portentosas sucedían aquí adentro, piensen sus mercedes benz que allá afuera en el universo mundo mis padres pasaban las cuatro, las cinco, ahora las seis semanas que les separaban de la Duodécima Noche esperando una noticia que jamás llegaba.

Qué se sabía?

Qué se decía?

Qué interpretación se le daba a la catástrofe acapulqueña?

A los Four Jodiditos les encargaron: Háganos llegar por teléfono árabe (lo que ustedes en ánglatl llaman smokysignatl o popocatele) señales de humo aunque sea: cualquier noticia: Nada.

A don Fernando Benítez le pidieron: Dinos dónde juntarnos contigo en la sierra: Nada.

Mis padres pasaron largas horas contemplando el pizarrón chisporroteable, gris, rayado de la televisora Sony: Nada.

Nada sobre el Acapulcalipsis. Nada que provocase, como había sido la intención secreta de mis padres, una conmoción nacional que sacudiera la normalidad previsible y grata de los concursos de Mamadoc, que durante los días de nuestro encierro se sucedieron con toda felicidad y en medio de inexpresables entusiasmos colectivos:

1ª semana: Premio Nacional a la Mejor Descripción Oral de las Piezas de Plata de Cincuenta Centavos Ley 0720, hoy desaparecidas (la pieza y la ley), llamadas El Tostón;

2ª semana: Premio Nacional al Habitante del Altiplano Central que Venciendo su Asco Natural y Genético más Pescado Haya Consumido en la Semana;

3ª semana: Premio Nacional a la Señora que Devolvió la Billetera Perdida por Don Wigberto Garza Toledano, oriundo de Monterrey), en la Línea Niños Héroes del Metro;

4ª semana: Premio Nacional a los Ciudadanos(as) que Admitan en acto de Coraje Cívico sin Precedentes Haber sido Partidarios(as) de Benito Coquet, Donato Miranda Fonseca, Ezequiel Padilla, Emilio Martínez Manautou, Javier García Paniagua, Aarón Sáenz, Ángel Carvajal o Francisco Múgica en Pasadas Contiendas Internas del Partido Revolucionario Institucional.

Fue en función de este último concurso, celebrado durante los primeros días de febrero, que mis padres se agitaron más (y yo, aydemí, con ella) toda vez que la noticia fue dada, como quien no quiere la cosa, en perfecta armonía con el anuncio de que, en los primeros días de marzo el señor licenciado don Homero Fagoaga Labastida y Montes de Oca, después de un mes de reclusión reflexiva en su retiro costero y de minuciosos preparativos en sus oficinas de la Frank Wood Avenue, iniciaría su campaña electoral para Senador por el estado de Guerrero con un mitin de masas en la población de Igualistlahuaca. Los guerrerenses, por este conducto televisivo, eran amablemente invitados a hacer presente su adhesión al candidato del PRI, distinguido hijo de la entidad según lo comprueban documentos de identidad irrefutables y a no dejar para dentro de veinte años la oportunidad democrática de hoy, a no quedarse abstenidos a la fuerza como Benito y Donato y Emilio y...

Ángel y Ángeles exclamaron: —Pero si el tío H. es puro chilango, nunca ha puesto un pie en el interior de Guerrero, qué le habrá hecho Guerrero al centro, por qué lo castigan así, y etcétera como llevábamos décadas diciendo: Ángel y Ángeles se recuperaron de su fácil indignación y esperaron la siguiente noticia, anhelantes.

Cerró los ojos Ángel y le dijo a mi madre que estaban atolondrados por el éxito de la operación Acapulco, el fracaso de la operación, todo junto = la sacudió de los hombros para sacudirse a sí mismo.

—Todo es una invención. Lo olvidamos a cada rato. Me lleva.

—Suéltame, Ángel...

—Me da un miedo espantoso pasar del relajo a la desesperación, sin más.

—Está medio pelón esto de ser conservador anarquista, mi amor...

—Nihilista. Se dice nihilista. Y le tengo miedo, palabra. Yo quiero restaurar unos valores, no quedarme sin ningún valor.

—Cálmate. No eres eso.

—Entonces? En qué estamos acabando, sin quererlo?

—Va a haber mucho obstáculo, no va a ser fácil lo que te propones, todo esto de la Suave Patria, tu...

—Tengo miedo de acabar en lo que dices, lo contrario de lo que me propongo. Todo ha acabado así, siempre, lo contrario de lo que nos proponemos.

—Terroristas. Mi tío Fernando que vivió esa época nos llamaría terroristas, si supiera.

—No sabe. Él cree que es una broma. Mejor la broma que el crimen.

—Todo esto fue un crimen? Dime. Yo no tengo pasado. Todo lo aprendo de ti. Todo se me pega de ti, hasta la necesidad de no ser como tú!

—Ángeles, se supone que en los noventas todos los jóvenes tenemos derecho a una aventura de este tipo, es un derecho no escrito, como antes irse de putas o emborracharse; el terrorismo es un rito de pasaje, nada más, no tiene importancia… Todos lo hacen. Recuerdas cuando el Chapetón García envenenó a todos los clientes del restorán de su papá? O cuando la Bebé Fernández puso dinamita debajo del altar del Santo Niño de Praga y lo hizo estallar durante la misa de doce?

—Sí. Yo te sigo con gusto. Para mí no es problema.

—Espero que te preocupe esta maldita falta de noticias!!

—Hay algo que me preocupa más. Todo salió demasiado perfecto. No hubo un solo bache entre causa y efecto. Es como si hubiéramos iniciado un juego con diez pesos y la probabilidad de ganar cien, y en vez ganamos un millón.

—Somos unos chingones, se rió sin ganas mi padre y luego colgó la cabeza, apesadumbrado; antes de reaccionar dándole una patada al televisor Sony que cayó sobre el piso de mármol estrellándose y regando vidrio gris, perdón Ángeles, ésas son palabras, nombres, terrorista, nihilista, conservador, izquierdista, perdón: sólo soy un encabronado, te das cuenta de que me he pasado toda la vida, desde que nací en 1968 hasta hoy en 1992, desesperado de coraje e impotencia, a mí ni siquiera me tocó tener un poco de optimismo por esta apertura o aquel auge o esta renovación, a un hombre de mi edad sólo le tocó sentirse acorralado, desesperado, encabronado: por lo menos encabronado es ser algo, no? Es mejor que cambiar pesos en dólares, hacer chistes sobre el presidente, echarle la culpa a los gringos de todo lo que no hacemos nosotros, sentarse a esperar el destape del siguiente presidente, transferir la esperanza de sexenio en sexenio contra toda evidencia, exigirles a los demás lo que somos incapaces de hacer, decir no hay confianza, no hay liderazgo, no hay, no hay… Carajo, Ángeles, por lo menos yo reacciono encabronado y sólo más tarde me haré tu horrible pregunta que me duele en los güevos, como una patada allí: la justicia justifica a la muerte? Hazme esa pregunta otro día, no la olvides, no la tires a la basura, por favor. Piensa lo peor de mi sentido moral.

—Qué sabemos, Ángel?, dijo mi madre acariciando la mano de mi padre. Él esperó varios segundos.

—De lo nuestro, nada. No va a decirse nada. O por lo menos hasta que no les convenga. Si no dicen nada ahora, es porque les conviene callarse. Recuerda el lema preferido del Señor Presidente: "En México se puede hacer cualquier cosa, siempre y cuando haya un culpable."

Una luz medio opaca pasó por los ojos de mi madre.

—Tú te dices conservador, yo me digo de izquierda. Pero los dos sabemos que los lemas no importan. Importan los actos concretos, okey. Pero realmente hicimos lo que hicimos, Ángel de amor? Estás seguro? *Estamos? Hicimos?*

Les contestaron, desde la primera noche del encierro, las voces plañideras de las lloronas profesionales que siempre bajaban contratadas de la población de Treinta en la montaña a lamentar los cotidianos aunque esporádicos difuntos de Acapulco.

Estos nuevos crepúsculos eran el de su canto coral más doloroso y extenso: parecía nacer del fondo del mar y mis padres lo oyeron todas las noches, sin hablar, porque les recordaba que no sólo turistas y críticos literarios y funcionarios y millonarios murieron ese día en Aca, sino meseros y recamareras, choferes y dependientes de comercio: y en cambio Homero Fagoaga no, y ahora era candidato a Senador, nos lleva…

En mí no piensan, malvados.

No saben nada de mi asombro: expulsado de mi padre, rechazado por mi madre, en contra de los dos yo me he instalado en la matriz y yo mismo creo la placenta naciente, chupando sangre y alimento a través de la esponja que le tejo a mi madre, invadida ya por mi nuevo ser: yo el parásito aceptado, el huésped que devora la vida de la madre para mantenerse alojado allí durante nueve meses, pensando ahora que este par de locos siguen el rumor de las plañideras que ha suplantado el de los coyotes, que yo ya soy un disco con una anchura de un centésimo de pulgada que crece rápidamente de dimensión botón a ínfimo alfilercillo con cabeza, tronco y cordón umbilical. Qué importa más?, quisiera preguntarles clamorosamente, esto que sucede sin saberse? o todo lo que ustedes discuten sin parar, lo que pasa sabiéndose?

Desde la tercera semana cuando se premió nacionalmente a la señora que devolvió la cartera de don Wigberto Garza Toledano oriundo de/ yo ya soy un embrión bien establecido bajo la superficie del útero, yo erosiono y crezco en búsqueda de mi alimento, yo expando la propia cavidad que me recibió, yo lleno los espacios vacíos creando mi propia cabeza y mi propia cola.

Pero ellos ponen todo esto en peligro trepando hasta el peñasco más alto de la propiedad del tío Homero, una punta que domina los dos frentes de Acapulcro, Puerto Marqués y el Revolcadero de un lado, la bahía enterita del otro, como para cerciorarse de que Acapulcro fue destruido desde hace más de un mes, el día de la Epifanía y si ni la televisión ni los periódicos lo anuncian, las Lloronas del Treinta ellas sí y la vista de mis padres también (flota como un condón gigantesco el resto de la discoteca; flotan las gasas de las modelos atrapadas en las rocas de La Countess Beach) y sus zancadas por el peñasco me hacen temer un cristobalipsis de desiertos hormonales, hambre y sed, antes de que una lluvia de sangre me mate y lave la cloaca en la que me habré convertido, disuelto, informe, de nuevo: informo.

Mis padres bajan a la playa de mi concepción mirando el humo y la furia muerta de Acapulco, la Babilonia de los pobres, escogida para ejemplificar en el ánimo de la nación todo lo que No Es La Suave Patria: ellos oyen a las sirenas melancólicas desde los peñascos y mi padre le recuerda a mi madre que un día él regresó transformado de Oaxaca —otro hombre, desconcertado por la melancolía de haber perdido lo que acababa de ganar.

En la playa donde me crearon y por donde pasó volando el tío Homero, mi padre escribe sobre la arena:

Patria, tu superficie es el bache, digo.

Tu cielo el esmog estancado

El niño Dios te escrituró un palacio en Las Lomas y un chalet de ski en Vail

Y los veneros de petróleo un diablo que vive en el spot market de Rotterdam, digo

Vino una olita mansa y lo borró todo.

Ángel y Ángeles encontraron el cadáver de Tomasito, en avanzado estado de descomposición, dentro de una canoa abandonada entre dos rocas en la playa de Pichilingue.

En la espalda tenía clavada una lanza negra, fantásticamente estriada de plumas verdes: una lanza de la selva.

ÁNGELES. —Espera: Homero y Tomasito no eran enemigos: eran aliados.

ÁNGEL. —Homero creyó que Tomasito era su enemigo y lo mató al huir.

ÁNGELES. —Los Four Jodiditos se dieron cuenta de la traición de Tomasito y lo mataron.

ÁNGEL. —Tomasito fue una víctima más del exterminio generalizado de Acapulco.

ÁNGELES. —Tomasito murió de su muerte.

ÁNGEL. —Todo ocurrió simultáneamente. Un evento se colocó no antes o después sino al lado del otro, entre dos eventos:

TOMASITO Y HOMERO

AMIGOS

TOMASITO Y HOMERO

ACCIDENTES

TOMASITO Y HOMERO

ENEMIGOS

ÁNGELES. —Nadie se murió; todos se han ido a la playa…

ÁNGEL. —Tú y yo caminamos abrazados por la playa de Peachy Tongue.

ÁNGELES. —Animus intelligence!

Desencallaron la canoa, le prendieron fuego, la soltaron, se fue a la deriva, enfilando rumbo a Manila, el Pacífico, su hogar…

Sucedió entonces que de los mares de humo y sangre y arsénico y mostaza, entre lejanos jadeos brumosos de coyote y chisguetes obscenamente café de cucarachas aplastadas, surgió un cuerpo nadando, jadeando como coyote pero tenaz como perro en su decisión de no hundirse en esas aguas para siempre condenadas: el humo ascendió desde las cúpulas reventadas, cenizas, desplomadas como un grotesco chicle verde y amarillo sobre el mar, de la disco flotante Diván el Terrible: y la diminuta figura de un hombrecito se agarró con una manita amarilla a la popa de la góndola negra donde yacía el cadáver del criado filipino Tomasito y emergiendo de los mares de humo y sangre y arsénico y mostaza, cayó postrado como un perrito pekinés a los pies del filipino.

El día de los grandes rumores, el indio ciego y joven tomó con una delicadeza aturdida, violentado por la intensidad de los ruidos invisibles y los olores, a la muchacha virgen que él venía husmeando desde hacía una semana, cuando la muchacha tuvo la primera visita de la hechicera pegajosa y el olor de sangre lo alejó pero lo atrajo al mismo tiempo. Ella no dijo nada, se dejó tocar y tocó con gusto y miedo la mejilla lisa y caliente del hombre. Cristóbal, en Acapulco, oyó a su madre Ángeles reír, decirle a Ángel su padre "por eso te quiero, porque eres una bola de contradicciones", con la risa que se le congeló en la boca y en los ojos y le ordenó a mi padre, te he dado gusto durante todo un mes, ahora te toca a ti.

Le ordenó que se hincara y le diera placer a ella porque ella se lo ordenaba, no porque él lo quería. Ella misma se bajó los blujuanes y abajo no traía calzoncitos, sino que la mirada de mi padre hincado a la fuerza guarecía esa tupida comba de efervescencias saladas: levantó las piernas y las dejó caer, con tiranía, pesadas, sobre los hombros de mi padre.

—Anda, te hace bien; la boquita nunca se te va a arrugar si lo haces seguido.

Conocí entonces la lengua de mi padre: la lengua castellana y morisca, rayada de azteca. Detrás de ella, las lenguas de las lloronas llenaban el ocaso de Acapulco de una sola letanía fúnebre. Yo no sabía que ese llanto era de despedida. No lo sabía aún. Pero el llanto silencioso de mi semejante, ése sí que lo escuché, nítido. Fue creado ciego ese niño, al mismo tiempo que yo. Sus padres jamás lo verían. Fue creado triste en un pueblo de ciegos en la corona de la sierra y a partir de ese momento, creado en el momento exhausto de un día incomprensible, rumoroso, incomparable, en el que todos los tiempos se volvieron locos y nadie supo distinguir el calor del frío, la cercanía de la lejanía o la vigilia del sueño, yo sentí que estábamos comunicados y que los dos tendríamos que unir nuestros destinos transformando nuestras experiencias. Me dirían después que por eso estábamos capturados los dos, Elector, entre tus manos y tus palabras: te las ofrecemos este día de febrero en que yo conocí, físicamente, la lengua de mi padre y el niño ciego fue creado en el vértigo de la visita de mi tío Fernando Benítez, de cuya parte llaman ahora por teléfono a la casa del tío Homero en Acapulco: un radiograma transmitido desde un helicóptero del INI a la antena presidencial de la Ciudad de México y de allí al teléfono privado del señor licenciado Fagoaga en la Perla del Pacífico, la Meca del Turismo, el Puerto Oriental del Nuevo Mundo, la Bahía de la Nao de China y el Galeón de Manila:

—Usted ya estuvo en Pacífica?

Dice el mensaje a mis sobrinos Ángel y Ángeles Palomar los espero el día veintidós de febrero aniversario asesinato presidente Madero apóstol democracia en cuajinicuilapa comunicaciones entre defe y acá inexplicablemente suspendidas saben Homero candidato interrogación punto suyo benítez.

Despierten, niños, despierten, dijo con su voz alarmada pero grave el abuelito Rigoberto Palomar, despierten, que hoy es el sábado 22 de febrero y le han arrancado su frazada al presidente Francisco Madero, lo han sacado de su celda entre bayonetas, lo han subido a un automóvil junto con el señor Pino Suárez, los han detenido a la salida de la penitenciaría, los han hecho descender, les han disparado a cada uno un balazo en la cabeza, a las once de la noche: despierten, niños, que tenemos que irnos a la Revolución.

5

No han hablado, no han hecho más de lo que ya hicieron y dijeron, no han vivido sino lo que ya vivieron y yo qué? Casi me vuelven loco y me dan ganas de despedirme, de salir del ovario de mi madre sin regresar al testículo de mi padre, cuando en la noche se pusieron a imaginar probabilidades, alternativas del relato, sin recordar, primero, que ya me hicieron a mí, y segundo que yo mismo poseo mil alternativas:

Dicen que debo ser niño y llamarme Cristóbal, hasta eso han decidido por mí, par de pelotudos, pero qué tal si resulto niña?, me van a herodizar como Imelda a Tomasito?, se dan cuenta de que mis probabilidades de ser un niño mexicano que habrá de llamarse Cristóbal son de una en 183, 675, 900, 453, 248 y que hubiese bastado una vuelta de la tuerca genética para que fuese armadillo, eso es, eso me gusta, eso me suena, un armadillo perdido sin compañía ni obligaciones en uno de estos cerros brumosos, respira mi madre, por donde vamos dando de tumbos, o un alegre delfín; ensoñación en los ojos de mi padre, haciendo el amor a 15 kilómetros por hora sobre el azul Pacífico?

—Usted ya estuvo en Pacífica?

Por qué se pregunta eso todo el tiempo mi papá? Por qué no piensa mejor que gracias a mí se va a reconstruir la unidad perdida, el tiempo perdido, ya no más gracias a mí, mis respetados progenes, su información dividida, se dan cuenta de lo que les digo?

—La información es el poder?, preguntó mi papá y yo a trotar como burrito, con ganas de decirle a mi padre que su esperma sólo tenía la mitad de mi información vital, y las células reproductivas de mi madre sólo la otra mitad y entonces yo,

LLEGO YO

y yo por ser yo, junto toda la información NUEVA, oh qué gloria, saberlo ahora, desde ahora, yo reúno inmediatamente, ya, ahorita, el número total de los cromosomas que mi padre y mi madre pueden darle a un nuevo ser para que sea nuevo y ya no sea ellos, por más que ellos lo engendren para que un día yo les devuelva lo que perdieron, su memoria, su profecía, su ser completo: por qué me maltratan entonces llevándome a tumbos por un cerro sobre un burro bajo una tempestad y con la noche que se nos viene encima? qué mal les he hecho? apenas nos conocimos y ya empiezan las chingaderas?

Ellos no deben saber que ya me hicieron; no serían tan crueles, tan hijos de sus genes me dicen pelona: ácido y árido, irritado e inseguro, raspándome con cuanto me rodea y llega a mí en este vaivén (ojalá: que es trote y terremoto) que en realidad es escándalo trepidante para quien fue concebido junto al mar y las palmeras y se sabe ahora en otra región, trasladado salvajemente al respingo de un paisaje sin sosiego, volcánico, espinoso: un día me lo contarán y lo visualizaré, aunque desde ahora lo sé pero también sé (es mi más oscuro secreto) que un día todo lo habré olvidado porque sepan susmercedes que nadie está dispuesto a darle a un niño el suplemento de días al que tiene derecho: nueve meses extra, la lotería y el aguinaldo juntos, nueve meses más que los adultos?, dicen los adultos, cómo va a ser eso?, ellos piensan que bastaría reconocer que

AL NACER YA TENEMOS NUEVE MESES DE EDAD

para que contemos con una ventaja intolerable y acabemos, que sé yo, por imponer las leyes de nuestra infancia, lo que ellos más temen aunque no lo admitan: lo que sueño es, lo que es lo sueño, lo que quiero lo toco, todo lo que quiero, lo que deseo existe, lo que existe lo deseo, no tengo por qué trabajar, intrigar, joder a los demás, ambicionar lo ajeno, para qué, si todo lo que yo quiero lo tengo a la mano, ven bien sus mercedes ídem?

No hay nada más subversivo que convertir inmediatamente el deseo en realidad y por eso tratan de cercarnos a los nonatos y luego a los niños, limitarnos, rodearnos de escuelas y cárceles e iglesias y vacaciones programadas y festejos de calendario y prostíbulos económicos levantados entre un niño y el objeto de su deseo que es Navidad en Julio y Dos Años de Vacaciones y La Vuelta al Día en Ochenta Mundos (Julio en Navidad) y El Jardín de las Delicias no, todo aplazado, todo debemos conquistarlo gracias a la obediencia la disciplina el trabajo la austeridad la abstención el ahorro calvino y el destierro de la fantasía en vez de la fantasía del desierto, Satanás: miren me dice mi vieja e interminable cadena de genes miren dónde estamos desde que el puritanismo se apoderó del mundo, bastante jodidos desde que Simón Piedra dicen mis cadenas cromosomáticas y Saulo-Saulo-Por-Qué-Me-Persigues impusieron sus reglas de abstención tras abstención, dice mi padre a pie detrás de mi madre trotando sobre su borrico por la Sierra Madre, guiando al burro por los senderos empinados curvos casi vírgenes que van, dice el tío Fernando que nos guía, de Acapulco a la Sierra, ni Cortés siquiera conoció estas rutas añade nuestro tío que las conoce todas y ordena pónganse las mangas de agua, viene el chaparrón y las cumbres se encanecen súbitamente, coronas de hierro brumoso, fugaz taquicardia del cielo: también late el corazón cercano de mi madre y mi padre recita en voz alta, canta casi, retando a la tormenta que nos azota y está por vengarse, digo yo muy compenetrado de las acciones de papá y mamá, de los desmadres acapulqueños que organizamos, de las contradicciones que ya percibo entre sus condenas del puritanismo y su indiscriminado exterminio del vicio en Acapulco: merecían morir dos jóvenes amantes homosexuales sólo porque andaban vestidos de mess jacket a la Tyronpower?; merecía morir Egberto por puto o por crítico?; Emilio por puritano o por intolerante?; las modelos por el placer que daban o por el dinero que recibían?; Ada y Deng por…?

—Bastante malo fue el catolicismo romano: la salvación sin placer, dice mi padre y yo saltando dentro del útero; peor el protestantismo anglosajón: la salvación es el dinero.

Murió D. C. Buckley?

—Entonces lo peor es lo que pasa por catolicismo protestante en México, concluyó (qué les ha dado por hablar de todo esto mientras van a pie y en burro de la costa a las sierras guerrerenses este día de marzo de 1992?): porque para hacer capital hay que ser protestante, aunque digas creer en Roma. No hay católico capitalista que no sea protestante. Quizás llegue el día en que no haya capitalista cristiano que no sea comunista, aunque también quizás llegue el día en que no haya comunista cristiano que no sea capitalista. Aunque…

Prefiere callar. Prefiere cantar.

6. Sierra Mother here I come

TIEMPO PERDIDO

It was the worst of times	Tiempo huraño
The year was the jeer	Tiempo vivido
The day was the die	Tiempo escrito
The hour was the whore	ahora que se me hace andamos
The month was the mouse	medio perdidos a pesar de la cara
The week was the weak	de guía africano

del tío Fernando Benítez, que la verdad sea dicha va dándonos la espalda, cubierto con su ancho sombrero ya descrito y su jorongo pluvial, quien nos esperó como convenido en Cuajinicuilapa dice

porque todas las comunicaciones	—Lealtad a la muerte,
entre el Defe y Acapulco	tirando del ronzal del burro
fueron suspendidas sin	le debemos lealtad a la muerte
explicación desde enero;	tratando de subir los caminos
	empinados de la sierra

guardó silencio y luego dijo (mi padre) por primera vez: —Usted ya estuvo en Pacífica?

—Qué dices?, preguntó don Fernando, ocultando la cara (el sombrero, la lluvia, la patria perdida, un sueño convertido en hueso de dinosaurio, una montaña pariendo gatos).

—No, nada, dijo mi padre.

—Por lo menos seamos fieles a la muerte, repitió Benítez y mi padre cantó retando a la tormenta que nos azota y nalguea y está por vengarse, digo yo muy compenetrado de las acciones de papá y mamá, de los desmadres acapulqueños que organizamos y que nunca fueron dados a conocer, de las contradicciones que yo voy a concebir entre mis condenas genéticas al puritanismo y el indiscriminado exterminio de ellos contra el vicio de Acapulco: merecían…?

—No, nada, mi padre dijo y miró un instante la máscara de su tío don Fernando Benítez, que iba a cumplir ochenta años dentro de unos días y todavía andaba muy giro él bajo las tormentas del trópico alto, guiándonos a pie por unas montañas que él conocía mejor que el patio de su casa, la máscara criolla de don Fernando Benítez, su mirada azul empañada por la tormenta que golpea los cristales de sus antejos de alambre bañado de oro, su nariz ligeramente bulbosa destilando la esencia de la borrasca que se va goteando por la punta de su bigote de aguacero bañado por el ídem, su boca con un rictus de triste sabiduría:

—Me preguntan por Pacífica, pero saben de dónde vengo? De entrevistar al último lacandón. Y saben qué pasó? El último lacandón me entrevistó a mí.

Gimió y cruzó las cejas, llevándose una mano al nudo imaginario de una imaginaria corbata. Dice que los indios son lo único que nos queda; son nuestros fantasmas; él lleva treinta años entrevistándolos, defendiéndolos, yendo a los lugares más remotos a verlos antes de que desaparezcan, ah cómo no, diciéndole a los mexicanos que le debemos lealtad al mundo de los indios, aunque lo despreciemos y lo explotemos, porque es la lealtad que le debemos a la muerte. Se excita con el tema, detiene un momento, por puro efecto teatral, a la caravana, exclama que nos hemos vuelto tan excéntricos, tan frágiles, tan condenados a la extinción, como ellos, por qué no nos damos cuenta?

—Matar a un indio es como incendiar una biblioteca.

Pegó un grito que venció a la tormenta y retumbó en todos los ecos de la sierra:

—Oh Dios, todos somos lacandones!

—No se dijo nada de Acapulco en el resto del país?, preguntó insistente pero serena mi madre Ángeles, que empiezo a sospechar ni se las huele que yo vengo dando de botes como canica por estos andurriales a donde me ha traído.

—No, meneó la cabeza ensombrerada el tío Benítez, dándoles la espalda de nuevo y empecinado en el trote, no se sabe nada de nada.

Nuestro tío Fernando Benítez puso su cara de némesis y yo registré lo ocurrido en la semilla de lo que pronto será mi corteza cerebral: "matar a un indio es como incendiar una biblioteca" y llevamos más de doscientas páginas escritas, una hora de película, dos de TV con comerciales, varios sueños agobiantes en noches sin fin, el consumo mundial de varios cientos de miles de botellas de cocacola, el peso de las pesadillas porque ya todo pasó, y sin embargo nos empeñamos en revivirlo todo cada veinticuatro horas: mis genes padre y padre me dicen vete acostumbrando Cris esto es México, vive un día más para vivir en ese día los siete siglos desde la fundación del Hágala y la Herpiente.

No me pidan susmercedes electores saber qué es lo que ven mis padres y el tío Fernando Benítez al bajar a las dos de la tarde tres días después del ascenso en la tormenta de la sierra, madre del sur, tres días después de dormir en chozas que don Fernando conoce y en pueblos de indios que lo acogen con reconocimiento extrañado como si se dispusieran muy pronto, en efecto, a irlo a visitar a él y ya no nos vengas a ver tú a nosotros, Quetzalcóatl: noches frías y altas recuerdo (recordaré), olor de bosque quemado, gruñir de cerdos sueltos y la risa plañidera del burro que confía con alegre tristeza en que no lo entendemos simplemente porque no nos habla. Ahora al bajar al llano por donde el sol y la sombra son igualmente largos a todas horas, esculturas de aire maravillado de sí mismo (estamos en Guerrero esquina con Oaxaca, dice mi padre; vamos al mercado de Igualistlahuaca, tengo hambre y hacen saltamontes deliciosos bañados en pimienta roja y luego dicen que el que come chapulín no se va nunca de aquí):

—Miren mejor sobrinos lo que está escrito en los montes

INDUSTRIALÍZATE MEXICANO:
VIVIRÁS MENOS PERO VIVIRÁS MEJOR

la frase que hizo célebre a don Ulises López el padre de Penny eh? mi madre arrojó sobre sus hombros el rebozo que venía cubriéndole la cabeza, está en todas partes la dichosa Penny, la conocemos, cómo no, allá,

MIXTECO: SÉ CONSECUENTE!
VOTA DIALÉCTICAMENTE!

pero mi padre dice mira los rancheros a caballo, el trote dominado, los sombreros de palma renegrida, las bridas negras de sudor, los tulipanes rojos, el cielo azul a través de los frondosos laureles, los burros cargados de heno, la lluvia ligera, un rocío de tres minutos, el rumor de los ríos escondidos bajo tierra y el vasto campo color de rosa, un valle de brezos ondulantes y el fin súbito de la lluvia.

No, dice el tío Efe, no miren tan lejos, aquí cerca, miren los muros gangrenados de Igualistlahuaca, Gro.:

> GUERRERENSE, CAMPESINO O PANADERO
> PROLETARIO O BARRENDERO
> COMERCIANTE O PORDIOSERO
> TODOS CON HOMERO!

y por si quedaran dudas

PARTIDO REVOLUCIONARIO INSTITUCIONAL
Hoy a las catorce horas
Arena de Igualistlahuaca

GRAN ESPECTÁCULO DE CATCH
Licenciado Homero Fagoaga, Candidato a Senador
Mitin frente a la parroquia de Igualistlahuaca

ROBIN VERSUS BATMAN
Veinte horas en punto
Cinco sensacionales caídas

Dos horas precisas, en el atrio de la iglesia

Compañero, con Homero
No te hagas, con Fagoaga

Bludemonia *versus* G a t a I n g r a t a
AGUAS, FAGUAGAS!

Paraguas, Homero!

DESPIERTA IGUALISTLAHUACENSE: CON EL PARTIDO SOCIALISTA INTERNACIONALISTA FRACCIÓN LUXEMBURGUISTA TENDENCIA LIEBKNECHT CAPÍTULO PLEJANOVISTA DE OAXACA Y GUERRERO A LA VICTORIA DE LA DICTADURA PROLETARIA! TODOS CONTRA HOMERO!

HOMERO: EL CANDIDATO DE LA LENGUA

Sí, paraguas soy, techo, salvación para las legiones olvidadas de la patria chica mexicana, entonó el licenciado Homero Fagoaga desde el templete levantado en el atrio de la iglesia de Igualistlahuaca, él insistió en ello, mi discurso de presentación, mi maidenspeech, si se me permite la coquetería, señor delegado estatal del PRI, eso significa en chespiriana lengua discurso virgen ja, ve usted, imagínese nadamás, con lo que esta lengua que me dio el excelso mutilado de Lepanto ha penetrado!, por decirlo metafóricamente, valga entender las sutilezas de nuestra prosodia maidenspain o sea el idioma español, señor delegado, made in pain, pues Pain is Spain, señor delegado, la lengua española como perpetua y dolorosa noche de bodas con el buen decir y como el delegado estatal, un abogado dientón y présbita y oriundo de Cuajinicuilapa y bautizado para colmo Elijo Ráiz, le mirase con incomprensión, Homero para sus adentros musitó bah, no hay cagatintas graduado de una academia de solfeo en estas provincias que no se sienta un Benito Juárez en potencia: ahora verán lo que es el uso del verbo para fascinar a las multitudes ahoritita nomás!, y exigió y obtuvo del PRI local que su oración inicial, su discurso virgen pues su maidenspich made in Spain maiden's pain Maiden Spain y Mad in Spain tuviese lugar, como él lo pidió, en el atrio de la iglesia de Igualistlahuaca, abierto a la calle y al mercado por delante, mas también a los altares por detrás, demostrando así, le explicó el candidato Fagoaga a su bizqueante interlocutor, que en el Partido de las Instituciones Revolucionarias podían, al cabo, co-existir de verdad todititos los mexicanos, desde siempre el rico y el pobre, ya antes de chovinista y el entreguista, sin faltaba más el reaccionario y el progresista, pues cuál era el sentido del sistema político nacional sino superar para siempre, señor delegado estatal, las fraticidas confrontaciones de liberales y conservadores que en decimonónicos avatares nos condenaron, como a nuestras hermanas repúblicas del bolivariano sino, a oscilación entre la anarquía y la dictadura, despotismos autoperpetuados y ensañados odios de veronesca estirpe: la Revolución Mexicana, señor delegado, concilió a los Montescos del rito escocés y a los Capuletos del rito yorkino, trascendió las debilidades sicilianas de México y los balcánicos sopores de la América Latina y sólo se equivocó en su retórica oposición a las banderas de Cristo.

—Mas ahora también, dijo el tío Hache mientras consumía un armadillo en mole verde en los incomparables solares culinarios de la plaza de armas de Igualistlahuaca, úrgenos conciliar la fe secular con la fe divina, lo sagrado y lo profano.

Quién no recordaba la visita del Papa polaco a México hace catorce años, el arribo más espectacular a la ciudad capital desde el de Hernán Cortés, cuando los más avisados estrategas de la política nacional se dijeron sotto voce, mirando escondidos detrás de las gruesas cortinas de brocado de la Sede del Poder Ejecutivo a los siete millones de almas que esperaban, seguían y envolvían al Vicario de Cristo en el Zócalo y la Catedral:

—Bastaría que el Santo Padre les diera órdenes de tomar el Palacio; lo harían, señor licenciado, y ni quién los pare. Júrelo usted.

Pues bien, enderezó el tío Homero su bien enunciada prosa contra las dificultades de un chicharrón (venciéndolas), ha llegado el momento de la reconquista de lo sagrado para la Revolución. Basta ya, señor delegado, de hacernos tontos presumiendo de anticlericales. Todo lo hemos recapturado para la anhelada Unidad Nacional: la izquierda y la derecha, los banqueros y los braceros, ahora inclusive, gracias a nuestra Augusta Guía Nacional, hasta el Matriarcado Ancestral es nuestro. Yo le advierto a usted, capturemos el mundo de lo sagrado antes de que nos capture a nosotros. Yo se lo advierto, señor Delegado Estatal Guerrerense del PRI don Elijo Ráiz: Hay un Ayatola en Nuestro Futuro. Ahora termine usted sus chicharrones, si me hace favor.

Chilló un papagayo en el sombreado portal de la plaza de armas, y Homero, en alas de la metáfora, engulló de un golpe su postre de chicozapote pensando afanoso en la patria chica mixtecozapoteca.

Total que ese mediodía don Homero Fagoaga montó al templete levantado frente al atrio de la vieja iglesia color de rosa de Igualistlahuaca equidistante el prócer en ciernes de las dos torres de piedra y de los campanarios labrados de cantera pálida y mármol desleído, frente a su micrófono el tío Hache rodeado de sesenta y tres jerarcas locales del Partido Revolucionario Institucional, festonada la tribuna de mantas repitiendo los slogans del día, rodeado don Homero de jilgueros pueblerinos ansiosos de ser vistos con el Futuro Senador de la República pero también con los sesenta y tres jerarcas, uno por cada año que el Partido llevaba en el poder, pensar que hay hombres de sesenta y tres años que no han conocido otro partido en el poder, murmuró indignado el tío Fernando que guiaba a mis padres Ángel y Ángeles (y de capirucho a mí pero eso no lo sabían ellos entonces, de mí sólo se van a acordar retroactivamente, reatractivamente, mente rete activa para atrás entiendo yo) que ahora entraban, ella en burro, él envuelto en su jorongo, al atrio atestado y hacia la tribuna donde el tío Hache salvado de las furias acapulqueñas ante la impotencia de mis padres Ángel y Ángeles, se deja querer por la efebocracia priísta, los jóvenes que le acomodan el micrófono y le sonríen sonriéndole al sol y buscan su ascenso veloz por no decir fulminante a través de la jerarquía de nuestra iglesia civil, el Pe Erre I, sus negros ojos brillando ya con el ensueño de ser Papa, cardenal de perdida, arzobispo? bueno, obispo ya estaría, diácono qué le vamos, sacristán de a tiro, monaguillo peor es nada, guardia suiza o sarda o lo que fuera, lo que digan sus mercedes con tal de no quedarse in albis, y el licenciado Homero Fagoaga refulgente entre la ambición de los jóvenes y el cansancio de los viejos, ay los sobrevivientes de hochenta campañas como ésta, hocho millones hochocientas hochenta y hocho horchatas, montañas de mole negro, carne de caballo, lomo de cerdo con todo y piel y pelos, desfiles cívicos y noches sociales bailando El Quelite con señoras gordas, en pueblo tras pueblo, aldea tras aldea, sobrevivientes de las fantasmales campañas sexenales para presidente y senador, trienales para diputado federal, bienales para legisladores locales y presidentes municipales, alucinados por la obligación de hacer campaña, hacerse presentes como si se enfrentaran al PC italiano, a los tories ingleses, a los golistas franceses: bah!, exclama el tío Fernando cuyo discurso está grabando mi mamá entre la multitud mixteca esta mañana para futura referencia de mi inconsciente colectivo, sólo los gringos nos ganan con un partido único que parece dos partidos y el único slogan nacional auténtico es

LOS SEXENIOS PASAN LAS DESGRACIAS QUEDAN

Sesenta y tres años, sobrinos, qué les parece y la cosa no tiene para cuándo acabar, dijo el tío Fernando: ni Hitler ni Perón ni Franco, sólo la URSS nos ganaba y ahora ni eso porque tenemos un presidente del PAN que le permite al PRI echarle la culpa de todo a la oposición y gobernar con más fuerza que nunca y por eso mismo don Homero Fagoaga acomoda el micrófono en sincronía con sus pluripapadas, prepara la presentación, se reúne la multitud, curiosa, acarreada, prometida, cien pesos, su taco, su limonada, su cerveza, una banda con trombón y toda la cosa, del carajo el asunto si no vienes, a ver qué pasa con tu pleito de linderos, a ver haber a ver ración: Homero oteó satisfecho a la multitud de ciudadanos mixtecas extendida frente a él, detenida sobre las lozas, junto a los pinos y laureles inválidos del atrio y más allá de las rejas, hasta la calle sin pavimentar y los toldos del tianguis de opulenta miseria, miró las cabezas de la multitud de sombreros de paja barnizada, las cabezas de las mujeres coronadas de seda verde, azul, escarlata, las trenzas entretejidas con lana anaranjada y lila, cuatro mil, cinco mil cabezas portadoras de tradicionales ofrendas, con jícaras reposadas sobre la coronilla, cabezas ofreciendo jitomates y hierbas, chapulines y cebollas y las cabecitas inquietas de los niños, corriendo primero como puercoespines pero al cabo ellos también, los niños alegres en la tierra de hombres tristes, capturados por el suntuoso verbo de don Homero Fagoaga, quien comparaba a la sierra de Guerrero con el Lacio itálico y la helénica Ática, altos sitios del privilegio humanista, cunas de la democracia, crisoles de la sociedad donde un metafísico estremecimiento hacía hablar parejamente a hombres y montañas, piedras y niños para repetir con el inmortal tribuno, cuestor y cónsul, mi modelo de hacer y decir don Marco Tulio Cicerón, de Arpinia oriundo, mens cuisque is est quisque, que en la lengua excelsa que hablamos gracias a la Madre Patria Hispánica mas sin mengua alguna de la Padre Matria Aborigen que aquí vislumbro en su raíz de emocionado temblor telúrico, decir quiere el espíritu es el ser verdadero y dónde, oh guerrerenses, sería más entrañablemente cierta y científicamente racional y exacta esta verdad que aquí en la patria chica mixteca cuna inmarcesible de la patria grande que es Mé-iii-cooo: Civis Romanum sum, exclamaba con orgullo mas sin arrogancia el excelso tribuno y aquí repetir podemos, Civis Guerrerensis sum, pues si bien el tío de Augusto pronunció la modesta y por ello conmovedora preferencia de ser primero en aldea que segundo en Roma, no por ello dejó, ciertamente y para asombrado ejemplo de las legiones de sus admiradores de antaño y de agora, pero anticipando sobre todo a la meritocracia mexicana que nuestro Partido de Instituciones Revolucionarias ofrece con oportunidad igualitaria a todos y cada uno de ustedes de subir, como el Benemérito don Benito Juárez, de iletrado pastor de ovejas al solio de la Primera Magistratura, de ser primero en Roma y decirle a su pueblo: Tenéis a César y a su fortuna con vosotros!

Carraspeó, le ofrecieron un tepache turbio, le acomodaron el micrófono deslizado lejos por el temblor del verbo y la oscilación de la panza, un viejecillo borracho levantó su botella de Corona Extra y dijo que viva don Porfirio Díaz y Homero: Oh pueblo fraternal de la guerrerense patria chica dígase no menos de Homero Fagoaga para servir a ustedes y a Dios Nuestro Señor (pausa preñada): no hay, electores, conciudadanos, amigos, hermanos en el Señor (pausa significativa) y correligionarios de la Revolución (apresurada conclusión con brío) *rincón del mundo que nos sonría más que éste*, cual dijese el antiguo vate Horacio de Venusina Cuna.

El tío Homero se detuvo con lejano aunque bravío fulgor en la mirada: pensando con irritación en la estupidez de los empapeladores encargados de pegar los carteles en los muros de Igualistlahuaca, confundiendo la hora, el nombre, el tema y el mensaje de su oratoria sacrorrevolucionaria con un vulgar encuentro de lucha libre entre Batman y Robin, y qué sería más remoto de sus cinco mil escuchas, se dijo repentinamente Homero, el Catch o Cicerón? No importaba, suspiró: un mexicano puede hacerle de todo porque puede serlo todo: el PRI se lo permite y asegura. Pero en ese instante brevísimo en el que los jerarcas locales del Partido pensaban unas cosas y el candidato a senador pensaba otras y el tío Fernando, mi papá y mi mamá y yo dentro de ella mero figmento del inconsciente colectivo de las espirales históricas o sea el círculo vicioso, nos sentimos empujados, primero presionados secretamente, luego poco a poco sometidos a una fuerza humana incomprensible por ilocalizable en un individuo pero también en ese gran nadie que es todos, al cabo atropellados, zarandeados por la multitud de mixtecas que avanzaba con caras impasibles, sin risa, sin odio, sin lágrima, con sus inconmovibles facies de terra cotta, diría desde su templete nuestro tío Hache, con una determinación ciega y un entusiasmo aterrador por silencioso, una horda callada de Ménades mixtecas moviéndose hacia el templete ocupado por el tío Homero y los Sesenta y Tres Jerarcas: Saben?, no aplaudieron, no gritaron vivas, ni mueras, ni arrojaron los jitomates y los chapulines contra los personajes del estrado: nomás se movieron, avanzaron, contó luego mi papá, como se mueven las olas, las nubes, lo bello y terrible de este mundo, mientras Homero abría los brazos para recibir el amor de la muchedumbre que lo llevaría al escaño senatorial, del chicharrón al cicerón, del chicozapote al gran Zapotazo, oh mi tío Hache, en qué instante supiste lo que los Sesenta y Tres Jerarcas del PRI comenzaron a adivinar, lo peor, viendo a esa masa silenciosa, empedernida, inmotivada, moverse con la fatalidad de los Sexenios, con una decisión imperturbable que se prestaba a todas las interpretaciones y Homero preguntó al joven orador tamaño jarrito de café a su izquierda, nombrado licenciado Tezozómoc Cuervo:

—Les agradó?

—Señor candidato: la pregunta sale sobrando.

Suspiró Homero ante semejante muestra de habilidad política nativa y se dirigió al jerarca situado a su derecha, un viejo con cuerpo de pera y tirantes flojos conocido en las tertulias locales como el primer callista del Estado don Bernardino Gutiérrez:

—Usted dígame: por qué no aplauden?

—No saben cómo.

—Entonces, por qué no tiran jitomates y cebollas, si no les gustó?

—Ni les agradó ni les desagradó, sino todo lo contrario.

—No entendieron mis latines, eso fue?

—No, señor. No entendieron nada. Ni uno solo de estos aborígenes habla español.

No tuvo tiempo don Homero de mostrar asombro, furia o desdén: menos de montar a su caballo; imposible saber si era odio excesivo, ultraje o fascinación, o acaso un amor incapaz de manifestarse de otra manera lo que movía a cinco mil hombres, mujeres y niños mixtecas de la sierra guerrerense que incomunicados e incomunicables, llegaron hasta el templete, alargaron las manos, arrancaron las banderas de papel tricolor, los tricolores florones y pancartas del PRI, luego los anteojos del delegado estatal de Cuajinicuilapa dientón y présbita, la margarita del ojal del jilguero y los tirantes del viejo político que rebotaron sobre su pecho endeble y ahí fue el pánico: la jerarquía dio la espalda al pueblo y entró corriendo a la iglesia gritando santuario, santuario!: el temblor de las veladoras se apagó bajo sus pies y sus gritos y mi padre con su jorongo y su barba de cuatro días condujo a mi madre sentada en el burro y envuelta en un chal azul y conmigo en el centro del universo mundo y los indios se apartaron, nos dejaron pasar y mi padre hizo una señal con la mano y dijo ven Homero, entrarás por el ojo de una aguja porque así de grande es nuestra misericordia: son las virtudes las que se miden en magnitud, no las cosas y claro que el tío don Fernando tradujo estas santas palabras al mixteco y todos se apartaron sin un murmullo como las aguas del mar color sandía mientras los sesenta y tres jerarcas atrancaban las puertas cerradas de la iglesia, se agolpaban contra ellas para añadir a las trancas el peso de cada uno de sus sesenta y tres años de primacía política y don Bernardino Gutiérrez primer callista del Estado exclamó que al buey no se le saca la leche pero que a la hora de freír frijoles manteca es lo que hace falta y el licenciado Elijo Ráiz que entró en el 40 con Ávila Camacho que todo tenía que terminar como comenzó en el seno de la Santa Madre Iglesia, aleluya, amén, pedal y fibra y unidad nacional!

8

Es curioso como lo primero que se siente, mero monozigote en materno vientre, son los movimientos de la dinámica exterior que nos rodea y de la cual participa nuestra madre, pues en la tensión de nuestra huida de los santos lugres de Igualistlahuaca íbamos a contrapelo del movimiento multitudinario de quienes escucharon el discurso de mi tío Homero y ahora presionaban contra las grandes puertas cerradas de la iglesia color de rosa con sus dobles torres de piedra donde sesenta y tres dirigentes del Partido Revolucionario Institucional de Guerrero apoyaban con todas sus fuerzas, hombros, manos, caderas y nalgas, para impedir la entrada a esa masa que acababa de asustarlos porque se movió sin ellos y ellos no entendían (tampoco nosotros, el grupito en fuga) si lo que querían demostrar los ciudadanos, los fieles, los patarrajadas, los mecos, el peladaje, la indiada, ahí iba murmurando cada uno lo que de veras pensaba sobre ellos mientras pujaba contra las puertas astilladas, era un gran amor, un concentrado odio o una desesperación explosiva incapaz ya de odio o amor.

Lo primero que se siente: las carreras, las ambiciones, los obstáculos que nos oponen otros al movimiento propio, el que nos traemos mi mamá y yo, las tensiones, los miedos de cuanto nos rodea y se mueve con o contra nosotros dijo mi madre y yo, no me aleguen sus mercedes porque yo estoy allí y ustedes ni a la vuelta, nosotros en burro y a pie otra vez rumbo a los campos y las montañas que conoce como la palma de su leticia el tío Fernando que agarra por el rumbo de Malinaltzin, nos dice, porque ya queda muy poco paisaje y menos pasaje en este país: por dónde vamos a transitar los mexicanos? vedado al norte del Temazcal porque allí dicen que está la guerra, vedado al oriente de Perote porque allí está el petróleo, vedado al norte del Infiernillo porque allí está.

—Pacífica…, dijo mi padre en voz baja, pero el tío Hache no escuchaba ni a mi padre ni a mi tío Fernando, bufando sobre el burro más sufrido de la burridad: gime y regurgujita el rotundo personaje sin escuchar siquiera lo que dicen mi padre y mi otro tío don Fernando.

—Oh, Dios mío, qué habré hecho para merecer esta humillación, yo salvado dos veces en el mismo año por mi sobrino Ángel al que tanto mal he hecho?, oh perdón mil veces perdón!

Homero Fagoaga rodó del burro a la ladera de un monte y besó los pies de mi padre erguido, barbón, ojiverde y malatesta, perdón, sobrino, estoy en vuestras manos, me salvasteis de la turba acapulga enviando a Tomasito a avisarme a tiempo para que huyese en lancha y paracaídas en vez del previsto minisub (no contaron con mi etcétera)…

—Tomasito fue a avisarle?, gimebunda mi madre.

—Exactamente. Y por su lealtad murió el heroico hijo de los archipiélagos, cómo no, a mano de rufianescos sujetos cuyas caras y modales parecíanme conocidos, dijo el tío Hache mirándonos con ojitos de yo también tengo póker de ases pero aquí nos entendemos todos; quién habrá de indagar sobradamente en los motivos de la fidelidad?, añadió con tremenda jeta de Tartufo. Muerto está Tomasito!

—Y vivo está usted, tío.

—Gracias a ustedes, a tiempo pude preparar mi campaña y traerme el aeroplano desde México, a cumplir mi cita política en la benemérita tierra mexicana, ahora me habéis rescatado de monolingües indígenas, oh, cómo les pagaré tan señalados favores?

—Gordo miserable, interrumpió el tío Fernando, de qué andas huyendo?

—Mi mejor discurso, ay, el más trabajadito, cincelado casi, el más elocuente, el más erudito, el más sentido sobre todo, perdido ante cinco mil huarachudos que no me entendieron! México en una nuez, mis queridos parientes! Todo para nada y nada para todos! Pero la duda, la duda es lo que me quema! Me amaron; me odiaron? No me arrebates mi duda!, se incorporó con dignidad Homero.

—De lo que no hay duda es de lo que estarán pensando de ti tus cuates del PRI, especie de flan, dijo concluyente el tío Fernando.

—Bah, en esa confusión, entenderán mis razones y yo las suyas, dijo con decreciente altivez el tío H., aunque montando con extraña agilidad sobre el burro.

—Pues a mí se me hace, querido tío, que en estos momentos la gleba ha descuartizado ya a los jerarcas escondidos inútilmente en el santuario religioso. Ay sí, tío. Hechos mole, tamal y atole. Imagíneselos usted.

—Los sesenta y tres, sobrino?

—Todititos ellos, tío.

—El licenciado Elijo Ráiz, delegado estatal oriundo de Cuajinicuilapa?

—Todito él.

—El licenciado don Bernardino Gutiérrez, primer callista de la entidad?

—El mismo.

—Pero si ayer nadamás, cuando íbamos del campo aéreo al hotel, le pregunté, oiga don Bernardino, usted que anda en la política nacional desde tiempos de mi general Calles, cómo le ha hecho para sobrevivir y adaptarse a tanto cambio, vaivén y tremolina? Como su humilde aprendiz que soy, documente mi esperanza. Entonces don Bernardino se chupó el dedo índice y lo sacó por la ventana para medir la dirección del viento.

"—Así, amiguito, así."

—Capado como marrano.

—El joven Tezozómoc Cuervo, orador prístino de jarriforme y cafeína estampa?

—Ése mero, como diría don Bernardino: Despedazado el jarrito.

—Dios mío, qué he puesto en marcha!, gimió Homero Fagoaga.

—El principio del fin, miserable, interjectó sin voltear a verlo nuestro guía don Fernando, arreando de vuelta al pequeño equipo de burros.

—Del PRI?, dijo Homero a punto de rodar otra vez.

—Se ve usted pálido.

—Desinflado.

—Oh! Ah!, respingó el burro, sacándole el aire al ya no tan futuro senador.

Homero se colgó al cuello de mi padre, quien luego relató que esto era como ser abrazado por un gigantesco helado de vainilla con salsa de chocolate en proceso de derretirse.

—Escóndanme, dijo con desesperación alerta el presunto senador Fagoaga, que no se venguen de mí, haré lo que me manden, pero no me dejen desamparado ante las venganzas del PRI!

Alargó un brazo: —Fernando, amigo mío.

—A callar, miserable, se volteó a darle la cara nuestro tío Fernando. Vas a pasar a la historia como el hombre que destruyó al PRI! Carajo con la ironía histórica! Tú, Homero Fagoaga, miembro ilustre del PRI...

—Para servir a usted!, exclamó Homero incorporándose casi, como quien escucha el Masiosare Nacional, pero cayendo en el acto de rodillas pidiendo ser escondido en la vieja casa de los padres de mi padre en Tlalpan, la casa de los colorines cerca de la iglesia de San Pedro Apóstol, que el gordo malvado había mandado secuestrar y sellar en su proceso contra la prodigalidad del sobrino, pero que era, dijo el muy melindroso, el lugar a donde a nadie se le ocurriría buscarlo, allí me esconden, a nadie se le ocurrirá ir a buscarme allí, bien conocida la enemistad entre los parientes, respetar en cambio el pudor recolecto de las hermanas de Homero, Capitolina y Farnesia, las dos últimas vírgenes certificadas de la República Mexicana, sí, soportar al tío Hache en la casa de Tlalpan, que permanecería con los sellos de su clausura en la puerta, embargada para las miradas profanas, donde nadie iría a buscarlo en medio de tan proclamada modestia, en tan frugal espacio...

—A cambio de?

El tío Homero, hincado, abrió los brazos como un penitente.

—Desistireme del proceso encaminado a declarar pródigo e irresponsable a mi sobrino don Ángel Palomar y Fagoaga, hareme cargo de costas incurridas, pagaré daños y perjuicios, restituiré el bien inmueble de la Colonia Tlalpan, liberaré los cuarenta millones de pesos oro legítimamente heredados por mi susodicho sobrino a la muerte perfectamente legítima, repentina e innegablemente accidental de sus padres don Diego Palomar y doña Isabel Fagoaga de Palomar, mi hermana, quien con su cónyuge llegaron a ser conocidos como los Curies Mexicanos antes de que alevoso Taco se cruzase en sus científicos destinos. Qué más quieren? Quieren más?

—Vas a renunciar públicamente al PRI, Homero.

Vas a contar de aquí en adelante mi mamacita, a quien quiera escucharla, que el asombro de Homero Fagoaga nuestro tío fue eclipsado a la vez que magnificado por el brillo del atardecer en la montaña, ese asombro de la tierra al mirar las nubes, y el de las nubes al mirar la piedra labrada, y el de la piedra al contemplarse en la luz, y el de la luz al encontrar la extensión llameante del campo de brezos. Pues nada de esto igualaba al asombro histórico pintado en las facciones de nuestro pariente.

En la mirada oleaginosa del hombre hincado ante sus detestados salvadores, en sus sílabas igualmente grasas, en la postura misma de su abyección infeudada que contrastaba con los esplendores indiferentes de la naturaleza invisible, mi madre logró distinguir una súplica de compasión, destruida en el acto por las palabras de Homero:

—Pero Fernando... Fernando... Yo nací con el PRI, ése es mi timbre de gloria nacional pero también mi destino personal, Fernando: yo no concibo la existencia sin el PRI, estoy orientado, sintonizado, enchufado con el Partido, al PRI le debo mi idioma, mis pensamientos, mis ideales, mis combinaciones, mis trácalas, mis oportunidades, mis excusas y mis audacias. Fernando: toda mi existencia, hasta mis fibritas más íntimas, te lo juro, deriva del PRI y su sistema, puedo ser católico porque creo en las jerarquías y dulces dogmas de mi iglesia política; pero puedo ser revolucionario porque creo en sus lemas y legitimaciones más arcaicos; puedo ser conservador porque sin el PRI vamos al comunismo, puedo ser liberal porque sin el PRI vamos al fachismo y puedo ser millonario católico y revolucionario progresista y reaccionario al mismo tiempo y por los mismos motivos: el PRI me autoriza todo, sin el PRI no sé qué decir, qué pensar, cómo actuar. Date cuenta: cuando yo nací, el Partido tenía tres años de edad; es mi hermano!; crecimos juntos; no conozco otra cosa! Sin el PRI sería un huérfano de la historia! A esto

me pides renunciar? Misericordia! Sin el PRI no soy! El PRI es mi
cuna, mi techo, mi sopa, mi lengua, mi cama y mi tumba! El PRI,
sépanlo todos, es mi intuición misma, la nariz con la que huelo, el
paladar con el que gusto, el tímpano de mi oreja y la niña de mis
ojos!

Pausa homérica.

—A esto me pides renunciar? Qué más?

Don Fernando Benítez envuelto en su manta de perfollas,
con la cabeza descubierta y la vieja bota raspada, enlodada y sobre
la nuca doblada del sicambro vencido, nuestro tío el licenciado don
Homero Fagoaga Labastida Pacheco y Montes de Oca.

—Sí, lapa inmunda, chupasangre, hay algo más.

—Más, más?, gimió Homero.

—Esto habrás de hacer y de confesar, Homero, para redimir
tus culpas. Creerás en la libertad y la democracia, Homero. Saldrás
a combatir por ellas cuando yo te lo ordene, Homero. Les darás a
tus conciudadanos la confianza que nadie ha querido darles. Tú le
darás a este país despreciado el mínimo chance de ser democrático,
Homero.

—Pero si nunca lo ha sido!, exclamó con un ojo hueco don
Homero y don Fernando le aplanó el cachete contra el lodo con la
bota.

—Tú habrás de hacerlo contra toda evidencia, follón. Pues
la importancia está en que sin comprobarlo lo has de creer, confesar,
admirar, jurar y defender: México puede ser un país democrático!
Con tu esforzado brazo de nuestra parte, vamos a deshacer, Homero,
todos los entuertos de nuestra historia para proclamar a éstos, dichosa edad y siglo dichoso.

Yo estoy dentro de mi madre pero mi madre no puede saberlo aún y sin embargo yo sabré un día que ella no dice nada en
voz alta esta tarde porque de una extraña manera siente que trata de
darle una imposible dignidad a las cosas con su silencio, dice mi madre en secreto mirando al tío Homero sometido a la loca exigencia
del tío Fernando, giró él, pequeño y nervioso como un gallo gam-
beteador de pelea, pelón y sonrosado, con sus bigotes de aguacero y
sus ojos azules, sus anteojillos de Franz Schubert criollo, indigenista
y escritor, capaz de escribirle una Trucha a un Huichol.

—Bájate del burro, Homero, y hazme el favor de condu-
cirme a Malinaltzin!

9

Una pausa triunfal hizo don Fernando y le dijo al humillado don Homero y a mis padres (a mí que ahí voy como puedo, sin ser reconocido aún por ellos como ellos no son reconocidos por Natura) que en memoria de esta jornada de victoria democrática todos irían a recogerse un instante en el seno de la belleza barroca de la iglesia indígena de Malinaltzin, aliando así, como era la intención permanente de nuestro tío Fernando, la tradición y la modernización, la cultura y la democracia, y hacia la iglesia encaminaron sus pasos y sus trotes, pero pronto descubrieron que el celador no estaba allí, se había ido a la ciudad capital del Estado (Chilpancingo) a beberse una buena propina de un turista que vino ayer y quién tenía entonces las llaves, inquirió don Fernando a uno de los lugareños: fulano, y dónde andaba fulano?, pues en la carretera trabajando, picando piedra y echando chapopote, por qué no sustituían al celador en ausencia de éste?, quién sabe, vaya y pregúntele usted mismo y caminaron y trotaron hacia la carretera en construcción en las afueras de la aldea pero en el camino, en este villorio misérrimo que es un vasto hoyo pardo con muchos charcos como única amenidad y distracción, los muros de lodo triste, el llanto de adobe seco que de alguna manera penetra para siempre hasta la célula latente, frágil, multidividida de donde habrán de salir mis orejas, estaban embadurnados de los slogans de la oposición a don Homero y su partido

> DESPIERTA PUEBLO MIXTECO!
> CON EL MATERIALISMO HISTÓRICO
> A LA VICTORIA DEL PROLETARIADO

y ahora junto a

> CRISTIANISMO SÍ, COMUNISMO NO
> CON TU FALANGE SINARCA
> DEJA TU CRUZ Y TU MARCA

y atrás los rostros jodidos de siempre, me manda efluvios de ácido vibrante mi madre a la gota de vida temblorosa, pequeño Mercurio sin alas, que soy yo, atrás de los muros y entre los charcos y los perros están los hombres, mujeres y niños, la masa de pulgas y hambre y enfermedad y ensimismado orgullo y abismal ignorancia de lo que en el mundo moderno cuenta y abismal sabiduría de lo que nadie puede ya tocar escuchar comprender, me manda decir mi madre, ni tú Homero ni tú Fernando ni tú Ángel ni yo ni tú Elector ni tú mi hijo probable.

De lejos divisaron al grupo de trabajadores ocupados en pavimentar un trecho del camino de entrada de la carretera: los cerritos de grava, los barriles de alquitrán, los cedazos y una vieja aplanadora que ecuménicamente hacía notar sus hipos de vapor.

—Ahora es cuando!, le exclamó don Fernando Benítez sentado en su borrico a don Homero Fagoaga que lo conducía dócilmente de las riendas, como mi padre Ángel guiaba a mi madre Ángeles por los campos de brezos color de rosa de la tierra provinciana donde él había aprendido a amar a un país al cual no daba por perdido, seguramente porque entre las rondas del jardín y la inmovilidad de las iglesias, aprendió a hablar a solas y haciéndolo escuchó esto por primera vez: no me des por perdido; borra mi maquillaje; yo sé durar. Ahora es cuando!, repitió enérgicamente.

—Cuándo qué?, dijo perturbado el tío Homero.

—Cuando pondrás a prueba tu lealtad, follón, le contestó el tío Fernando.

—No te entiendo, dijo con una ínfula tambaleante don Homero.

—Sí, señor, sí que me entiendes: vas a dirigirte a ese grupo de trabajadores que vemos en lontananza y vas a hablarles, Homero, no con la retórica oficialista, sino con la verdad democrática.

—Qué quieres que les diga?, dijo Homero con menos ironía que resignación.

Don Fernando oteó el panorama.

—Te apuesto que no están sindicalizados. Por estos rumbos determinados trabajos se hacen a destajo y sin protección alguna para el obrero. Bah, la filosofía económica del canallesco Ulises López ha cundido y ahora se supone que lo democrático es que cada obrero se las arregle solo con su patrón. Tú irás a convencerlos con un discurso de raigambre socialista sobre la necesidad en que se encuentran de unirse y negociar desde posiciones de fuerza sus salarios. Anda miserable.

El tío Homero protestó inútilmente; el grupo formado por los dos tíos, mi padre y mi madre (y yo que voy dando de tumbos sin que nadie se entere salvo susmercedes) trotó clásicamente hacia el grupo que al verlos paró de trabajar; alguien chifló, hubo risas y un hombre grandulón, fornido y prieto descendió de la aplanadora. La máquina se detuvo, como si él la pusiera en movimiento con algo más que un pedal, o ella (la aplanadora), se negara a moverse si *él* no la montaba: tal impresión de ser uno con las cosas que manejaba daba este tipo que traía puesto un ancho sombrero de palma, zambutido hasta los ojos y de alas caídas, de manera que su rostro permanecía siempre en la sombra. Un centauro de la mecánica nacional.

Los otros trabajadores de la partida vestían todos kaki viejo; parecían uniformados; a semejanza del hombre que bajó de la aplanadora, usaban sombreros viejos para defenderse del sol. Pero sus pies eran distintos; no había dos pares iguales: viejos zapatos de charol negro que habían perdido su brillo y sus agujetas; huaraches olorosos a res y a mierda; botas mineras de trencilla alta; espadrillas que debieron pertenecerle a una turista porque sus lazos colorados se amarraban a todo lo alto de la pantorrilla; pies descalzos: no soy yo quien regresa, son mis pies esclavos, dijo mi padre y mi madre apretó su mano, tratando de decirle a él, algo va a pasar, tengo un presentimiento, esto no es una broma, palabra que de repente tengo más miedo que en Acapulco, como si aquello sí fuese una broma y ahora estar aquí y frente a esta gente ya no.

Pero no hubo tiempo de corazonadas. El tío Homero, bajo orden inapelable del tío Fernando, corría con la agilidad que reservaba para las grandes ocasiones hasta la aplanadora recién desalojada por el hombre sombrío y fornido que caminaba ahora como si arrastrara una bola de cañón con cadena. Atarantado, el tío Hache abordó la aplanadora por el costado estacionado junto a una fila de magueyes secos, zambutiéndose y escurriéndose y exprimiéndose sobre dentro y lejos de la silla del conductor con grave peligro de poner en marcha el armatoste y deteniéndose al fin sobre el estribo externo de la máquina.

Allí sucedieron dos cosas: la primera fue que nuestro admirable pariente recuperó, apenas se supo nuevamente en tribuna, toda su flatulenta seguridad; la segunda, que su tradicional empaque oratorio se vio cómicamente minado por la necesidad de prenderse a la manezuela de fierro de la aplanadora para no caer en el chapopote fresco sobre el cual se columpió mientras los de la cuadrilla se codearon entre sí, y don Homero se lanzó al segundo discurso de su agitada jornada electoral: él siempre sabía a quién le hablaba; en su pecho y en su lengua se dan armoniosa cita todos los opuestos; Fagoaga nunca pierde, así que Camaradas!:

—Basta observar los callos de vuestras proletarias manos para saber que sólo un grupo divisionista y liquidador ha podido desviaros de la ruta del internacionalismo obrero pero yo estoy aquí para recordaros que en la lucha proletaria el verdadero enemigo está adentro, siempre adentro.

Miró siniestramente a los trabajadores; uno de ellos hizo el gesto de atornillarse la sien. Mi padre trató de interrumpir con un grito, como si lo impulsara el presentimiento de Ángeles: —Venimos por las llaves! Quién tiene las llaves de la iglesia?, gritó para precipitar y concluir la escena.

Pero don Homero Fagoaga, maestro de la distracción y el embeleco, no iba a dejarse distraer y embelecar, mucho menos después de los históricos sucesos de Igualistlahuaca.

Reanudó con denuedo: —El frente amplio y consecuente de las izquierdas jamás podrá integrarse si primero no descubrimos en nuestro seno a las sabandijas encubiertas cuya obra disgregadora acabará por uncirnos al carro de las clases vencidas que sin embargo no se resignan a desaparecer definitivamente del escenario de la historia. Pero apenas os unáis, expulsad a los tránsfugas, desbaratad y descubrid la traición y la provocación organizadas aquí mismo, entre ustedes (y aquí el malhadado impulso retórico del tío Homero lo llevó a señalar con el dedo a *éste* y *aquél* y al *otro*, que levantaron la mirada de los tacos y dejaron en paz la botella y se limpiaron con la manga las bocas embadurnadas de zapote prieto) porque no sabemos si *tú* o *tú* o *tú*, camarada, tienes el malsano propósito de descargar tus golpes emboscados contra la clase obrera y el movimiento revolucionario (y el primer zapotazo se estrelló contra la ya maltratada guerrera de don Homero Fagoaga), quiero decir, continuó ya un poco desconcertado nuestro pariente, por qué estas dinámicas belicistas, pueblos amantes de la paz? (zapotazo a la panza); la oligarquía y sus corifeos (zapotazo a las rodillas); haciéndole el juego abierto y sin recato al imperialismo (en busca de aplauso automático)?

Homero volvió a columpiarse desde la manezuela de la máquina y ágilmente orgulloso de sí dijo sin transición o sea para concluir basta de sangre, hermano trabajador (zapotazo al trasero cuando inútilmente Homero decidió emprender la retirada); tira por tierra el fusil asesino, abracémonos y lloremos por la muerte de nuestros hermanos; pronto no habrá más odio en el campo; todos seremos sinarquistas (el jefe de la cuadrilla le cerró el paso con una sonrisa armendárica): hombres, señores, propietarios, seres libres; vivan Cristo

Rey y la Virgen de Guadalupe (ay nanita!) y a trabajar muchachos, que el hombre nació para trabajar como el pájaro para volar y zapotazo en plena cara del tío Homero, flor negra desparramada por su nariz y sus cachetes mientras el bravucón del tío Fernando se le plantó enfrente al que intuitivamente, cruzado de brazos, la cara cubierta por la sombra de la palma, designó como jefe de esta cuadrilla.

—Dile a este atajo de miserables que cesen sus agresiones. Sólo hemos venido a pedirles que se sindicalicen si aún no lo hacen, para defender mejor sus derechos democráticos.

—No nos hace falta, dijo lentamente el sombrerudo.

—Ustedes trabajan a destajo y por un tanto alzado, no se dejen explotar, insistió el tío Fernando.

—Órale, vejete, dijo impaciente el jefe, ya no nos chingues más.

No le hubiera dirigido tan temibles palabras al gallito de mi tío Fernando, quien se le fue encima con dos puñetazos tan bien dados al susodicho jefe, tumbándole el sombrero en la sorpresa del descontón y descubriendo su cara de guerrillero de foto de Casasola que mi padre reconoció inmediatamente, con sorpresa y cólera, como la de su perseguidor literario, el frustrado escritor Matamoros, padre de Colasa Sánchez, descubrimiento interrumpido por la intempestiva sucesión de hechos: la sustitución de zapotes por piedras dirigidas contra el tío Homero que cae de panzazo en el mar de chapopote y la gritería de los doce obreros que se la mientan por echarles a perder el trabajo del día y unos ya salen a defender a su jefe Matamoros con palos con los que empiezan a golpear a nuestro tío Fernando y otros agarran a patadas al tío Homero en el lodazal en que se ha convertido al alquitrán aplanado esa mañana por los trabajadores para que pasado mañana, el Señor Presidente Jesús María y José Paredes pueda pasar por la autopista y creer que se construyó toda una carretera de Chilpancingo a Malinaltzin aunque el propio señor Presidente, efectivamente, sabe que la partida presupuestal se divide por partes no precisamente alícuotas entre el señor Gobernador (50%), el señor ministro Ulises López (20%), el señor contratista (otro 20%), y algunos subalternos locales (5%) quedando otro 5% para la construcción misma del camino federal, de manera que el Señor Presidente va a ser el primer sorprendido si cree que aquí realmente existe la carretera que mañana le va a señalar desde el Fuyiyama veloz el señor gobernador, pero estos pobres obreros qué saben de todo esto; ellos sólo saben que su trabajo no va a estar listo a tiempo y todo por

culpa de este miserable gordinflón progresista o sinarquista o poca-
madrista y otros miran a mi padre que se lanza a defender al octo-
genario don Fernando quien le grita a Matamoros y a su tropa:

—Calma, muchachos, les juro que nunca me acosté con sus
hermanas.

—Nomás por ruco no te mato a palos, dijo truculentamente
Matamoros Moreno. Podías ser mi padre, pinche viejo.

—Pude serlo, pero no quise, dijo en el colmo de una especie
de dignidad burlona don Fernando Benítez, con lo cual se redobla-
ron las palizas de una parte de la cuadrilla mientras la otra arrancaba
al tío Homero de su laguna de chapopote y lo arrojaba, con todo y
sus 140 kilos, por los aires, hasta dejarlo caer con un grito de agonía
unido a los desafíos perentorios del tío Fernando, cuando mi padre
llegó a rescatarlos, muy Amadís de Guerrero él y mi padre y Matamoros se miraron feo, cerquito, ojo con ojo como se decía en las
confrontaciones nucleares y don Fernando pregonó:

—Sindicatos! Democracia! Justicia!

Ellos le respondieron con risas, rancho, techo, churrumo,
de donde venga, en donde estén, lecho, muchachas, leche!

Los ojos se volvieron hacia mi madre sentada en su borrico
y luego vieron a don Fernando que se iba por la carretera a ciegas,
buscando sus anteojos y gritando, miserables, sólo les trajimos un
mensaje democrático, una emoción de izquierda, pobre pueblo perdido, gente envilecida, soez y de baja ralea, villanos de hacha y ca-
pellina y el pobre Homero yacía negro y pegosteado en la brea.

Los ojos de la cuadrilla se volvieron hacia el jefe y Matamoros autorizó con la mirada. Cuatro de los trabajadores apresaron a
mi padre, los demás se fueron contra mi madre y una luz roja y extranjera, irreconocible, ajena, huraña, tan fuerte, tan horrible, tan
sin un con permiso siquiera, tan larga y aceitada y sin orejas como
un gusano engarrotado, tan amoratada como un borracho perdido
que yo sólo pude gritar para mis muy adentros, no te conozco, no te
conozco, tú no eres la misma que se acercó a Guanahaní, alborotó
la Fernandina, dio Veragua, tomó Honduras, arrimó Tabasco, fon-
deó en Puerto Rico y me lanzó a mi primer viaje de descubrimiento,
a mi infinita navegación en el océano uterino, no te conozco eres
Orozco? pero a ella no le importa que yo me sienta un extranjero en
el seno de mi propia gestación, yo exiliado dentro del vientre de mi
propia madre, kaputt mi edad de oro, chao-chao mi noble salvaje, a
la chingada mis dichosos siglos aquellos: aquí entro a saco la edad

de hierro, y la burbuja de mi concepción fue devorada por estos nuestros detestables tiempos y la ley del encaje se encajó por todo lo hondo de mi refugio, empujándome hacia adentro, hasta topar con pared, cabezón: ya no refugio, desierto; claustro, ya no, avenida transitada primero por un hombre fuerte que parecía empujarme a mí, a mi madre y al mundo como si fuésemos bolas de cañones; luego los demás, menos fuertes aunque más ávidos, cada uno aprovechando su turno para visitar a Cristobalito: mi debut en sociedad, estilo 1992, el recordatorio de que no estamos solos, qué va!, el cabrón destino solidario por si me andaba yo creyendo en mi insigne destino solitario: bienvenidas al huevo de Cristóbal, atribuladas masas trabajadoras mexicanas!

A mi padre Ángel Palomar lo soltó Matamoros Moreno y se abotonó la bragueta.

—Por las que me debes, cabrón. Por haberte reído de mis pininos literarios. Por haberme negado ayuda para publicar. Por desairar a mi preciosa nenita Colasa. No te importó un carajo lo que yo era, verdad? Pues ora a ver si me olvidas! Y falta que el gringo te haga tragarte mi libro de la vagina indentada, nomás eso falta, cabrón apretado de mierda!

Luego hizo una seña para que lo apalearan a mi padre hasta que ya no se moviera, hasta que se quedara tirado allí en la carretera que nunca se acabaría de construir porque mañana vería de lejos el tramo pavimentado el señor Presidente y con las apariencias basta porque en México las apariencias no engañan: mi padre tirado allí con los pantalones enredados a la altura de las rodillas y el dolor ardiente y la impresión de que hablaba solo, soñaba solo, andaba solo.

Matamoros y su gavilla se fueron con paso ruidoso y pesado por el camino de Malinaltzin. Uno de los trabajadores tuvo tiempo de arrojarle las llaves del templo a don Fernando: —Paque vayan a limpiarse sus culpas, redentores de mierda!

Mi padre se quedó con su silencio ensimismado y los ojos cerrados, sin atreverse a ver a su Ángeles. En cambio don Fernando, buscando sus anteojos por el campo, pudo gritar aún: —Miserables! Sálvense solos! y don Homero sólo gemir, con un gesto obsceno del dedo: —Tomen su democracia.

Sólo las milpas —Amilpa!— lo contemplaron!

Empezó a oscurecer y supongo que todo se calmó. Yo me prendí con algo semejante a un sueño desesperado a la carne de mi madre, ella miró a Ángel levantándose en silencio y subiéndose los pantalones. Pero sin saber que yo dentro de ella, más que nunca entrañablemente con ella, la escuchaba, ella se preguntó qué quería o qué podía decir Ángel en voz alta? Qué puede decir nadie en voz alta, ahora, en este año, en esta tierra?

Era de noche en Malinaltzin y la aldea parecía dormida; pero una presencia incallable, más eterna que el propio Creador, continuaba dominando el aire: el magnavoz de la plaza pública frente a la iglesia, una cinta reproducida y reproduciéndose de día y de noche, sin parar, llenando de ruido el infinito silencio del pueblo. El altoparlante se convirtió en la segunda naturaleza de los pueblos abandonados de México. Ángeles mi madre se preguntó si alguien lo oía, o si ya era tan natural como respirar. Quién trata de escuchar el latido de su propio corazón?

El mariachi grabado tocaba con furia cuando el tío Fernando, con sus anteojos rotos pero recuperados, abrió los portones del templo de Malinaltzin.

> Rancho alegre, mi nidito,
> mi nidito perfumado de jazmín,
> donde guardo mi amorcito
> que tiene ojos de lucero y capulín

—Qué se puede decir en voz alta?, repitió mi madre.

10

Qué?, trato de responderle, yo que me gesto con el lenguaje porque de otra manera no podría decir nada de lo que estoy diciendo: el lenguaje se gesta y crece conmigo, ni un minuto, ni un centímetro antes o después o menos o más que yo mismo: ustedes, electores, no tienen más prueba de mi existencia que mis palabras aquí, creciendo conmigo: a mis palabras les salen ojos y párpados, uñas y cejas, igual que a mi cuerpo. Quiero ser comprendido; para ello, debo comprender. Quiero entender lo que aquí se va diciendo, fuera de mí: el lenguaje, tan *invocado* por el tío Homero, tan *aplicado* por el tío Fernando, tan *usado* por todos, yo lo *comparto*: esto me dicen, en primer lugar, mis genes: eres lenguaje. Mas, qué clase de lenguaje soy? Esta pregunta es mi espiral vicohistóricaribonucleica: soy un feto viculeado convico convicto: mi *calle* es mi vículo, que nunca me

dice, *cállese*, niño! prohibido el paso! Todo, antes de cualquier anéc-
dota aquí vivida o escuchada o repetida (quién sabe el orden de estas
cosas? tú lo sabes, sublime Elector, padre e hijo mío, oh!) es lenguaje,
pero los lenguajes que escucho, igual el del tío Homero que el de su
enemigo el tío Fernando como el de mi padre son, cómo lo diré?,
lenguajes *prealocados* (está bien dicho así? situados de antemano? locos de nacimiento? ideológicos o ideolóquicos?) es decir son lenguajes que ya están allí, no sólo me preceden a mí nonato, preceden
también a quienes los pronuncian, son lenguajes que se preceden a
sí mismos y al acto de decirlos (que por ello siempre es el acto de re-
petirlos): Son todos idiomas oficiales, declaradamente oficial el del
tío Hache, y de ello se ufana; pero mi simpático tío Efe, mi adorado
padre Ah, el discurso democrático conmovedor de aquél, el razona-
miento en tres tiempos verbales de éste (antes: suave patria; hoy:
dura patria; después: patria nueva) no son también discursos, en
cierto modo, pre-establecidos por su tradición, liberal o conservadora,
por su ciega necesidad (que es su tierno llamado) a ser compartidos
por otros? Pero al serlo, no se convertirán también en discurso oficial? No lo es todo lenguaje aprobado por muchos, aplaudido, en-
tendido: no es ésta la necesidad inmediata de otro lenguaje que no
se dirija a muchos sino a pocos, a ti y no sólo a ustedes, a mí y no
sólo a nosotros, cuando la balanza del lenguaje se inclina más al plural que al singular, y más a nosotros que a mí, a ustedes y no sólo a
ti, cuando ocurre lo contrario? Mi madre habla poco: lo habrán notado los señores electores y si su silencio se prolonga, mi progenitora
va a batir todos los récords de silencio del mundo. Ella está exhausta
de lenguaje. Vacía de palabras (me comunica en silencio o lo comunica en silencio, pero resulta que yo mero petatero estoy acostadito
en su vientre muelle, lo sepa o no lo sepa ella: la escucho, oigo su
maravilloso silencio: su silencio le habla al otro, al ausente; recibe lo
que el mundo imprime en su lengua, pero una maravillosa compensación la lleva a encontrar siempre la palabra contraria a la que le fue
dada: su discurso comparte el de mi padre pero también lo completa). Ella no habla. Yo sólo escucho. No es lo mismo. Pero algo
nos une. Ella me crea pero yo me creo también. Ella viene hacia mí.
Yo voy hacia ella. Su hijo. Mi madre. Yo veo al mundo a través de
la vida que ella me da. Pero ella también lo verá a través de la vida
que yo le regreso. Nunca seremos lo mismo, nunca seremos la unión,
seremos siempre la diferencia: madre e hijo celebraremos no nuestra
unión, sino nuestra alteridad! Somos el espejo de nuestros lenguajes.

Yo estaré dentro del suyo para decir lo que ella no puede decir. Ella dirá lo que yo no puedo decir. Señores electores: rueguen por mí, rueguen que la lección del lenguaje aprendido en el seno de mi madre no la olvide, como tantas otras cosas, apenas tenga lugar el parto. Permitan que al nacer conozca no sólo mi lenguaje sino el que dejo atrás para que siempre más en mi vida pueda decir no sólo lo que digo sino lo que dice ella: el otro: los demás: lo que yo no soy. Y ojalá que lo mismo les ocurra a ellos! No acuso hoy a nadie. Yo sé tan bien como ellos (Homero, Fernando, Ángel y Ángeles) que toda lengua tiene antepasados (como lo comprobó en su ídem Huevo) que, antes pasados, al ser dichos se vuelven presentes: zarpo de la molicie verbal de mi madre! cádize tu corazón? pero basta. A lo largo de este mi (obligado) monólogo, yo debo permitir que todas las voces exteriores se crucen como tormentas en mi discurso solitario (oigan: habla el político, el amante, el ideólogo, el cómico, el poderoso, el débil, el niño, el intelectual, el iletrado, el sensual, el vengativo, el caritativo, el personaje, pero también la historia, la sociedad, la lengua: la bárbara, la corrupta, la gálica, la ánglica, la lática, la póchiga, la sólica, la provinciana y la católica: oigan sus mercedes, por favor, pongan atención!) Pido esta ráfaga de voces en la cámara de mi propio eco con la esperanza de que un día, hoy y mañana (o ayer: quién sabe?) mi propia voz atraviese como una tormenta el universo verbal, los diálogos y monólogos de ellos, de USTEDES, allá afuera, otros y sin embargo también aquí, adentro, iguales: enviaré estos mensajes desde mi catacumba carnal, me comunicaré con los que no me oyen y seré, como todo autor minoritario y silenciado, la voz rebelde, censurada y silente ante los lenguajes reinantes, que son, no los del otro, no los de nosotros, sino los de la mayoría. Se los digo yo, silencioso como un pescado en el fondo del mar. Silencioso y no sólo minoritario sino, válgame Dios!, menor de edad! Piense entonces el sublime, sublimante, sublimado *Elector* que, dicho todo lo anterior, éste que habla con ustedes no tardará, dentro de escasos siete meses, en guardar el silencio de la minoría absoluta y catacúmbica de la infancia (in-fancy) y que en vez de estos altos propósitos genéticos, se verá reducido a decir gú-gú, con suerte be/a: ba y ya en el colmo de la elocuencia, ái viene la A, con sus patitas abiertas, ái viene la U, como la cuerdita umbilical con la que saltas tú, díganme si no es para volverse loco! qué iniquidades debemos soportar los niños!

11

El tío Fernando Benítez, que de jovencito fue católico, no sabe si esa noche rezó por primera vez en sesenta años; en todo caso, hablar (aunque fuera a solas) era una oración en éste, el último templo indio de México: Malinaltzin, fruto de una desesperada nostalgia en el alma de los vencidos: un templo de sueños aborígenes convertidos en formas y colores.

Hincado bajo las guirnaldas de limón y oro de las bóvedas y agarrado con los dos puños a los barrotes tallados, oro y verde; envuelto en el vasto engaño de las flores, nuestro tío cerró los ojos miopes: la tierra era tan fugitiva como la vida. Para Fernando Benítez, la realidad era animada por el pasado. Miró la eterna estación florida consignada por los indios en esta iglesia. Los ancestros se nos mueren antes de que estemos listos para vivir sin ellos. Entonces regresan como fantasmas, porque los dioses han huido. Los indios son nuestros fantasmas: éstas son las frases que repitió al oído de mi madre, y ésta su pregunta:

La vida se hace por ello más resistente?

Como después de lo ocurrido ellos no saben qué decirse, ella me habló a mí: esto es para mí lo importante: ella sabe que la menstruación se ha retrasado ya cuatro semanas, sabe que en un par de días sabrá, pero no sabe que mi cuerpo arqueado hacia adelante, mi cabezota que es pura frente y cerebro, el tubo curvo de mi corazón, los capullos nacientes de mis piernas y mis manos y *mis ojos eternamente abiertos porque aún carezco de párpados*, están atentos a ella, tratando de oírla y entenderla como ella oye y entiende de lejos a su tío Fernando, así quisiera yo oírla a ella, más que nunca esta noche en que me convencí de que no existo todavía fuera de ella por más que ya sea otro distinto de ella; ella me salvó de las gruesas lanzas que entraron a topar contra mi cabecita a medio hacer con sus cabezotas ciegas y hambrientas; el hecho es que me habló a mí y me dijo que no sabía cómo decirle a Ángel que lo que había oído aquí hoy era todo viejo e inservible; las ideas eran bloqueadas por un vocabulario (blocabulario) antiguo y todos, de un lado y del otro, hablábamos en absolutos, porque sólo en lo absoluto se confunden la belleza, el bien y la política; pero sólo el arte tolera realmente el absoluto; el bien común y la política no: cuando quieren ser absolutos, el bien y la política exigen nuestra entrega ciega, romántica, sin condiciones ni crítica; y esto, me dijo ella a mí que soy una inminencia más poderosa que muchas realidades, se daba por igual en las dos facciones: ser absoluto, esto era lo fácil; lo difícil era ser relativo en todo, relativo como el mundo, la ciencia, el amor, la memoria, la vida y la muerte: quién está vivo?, me dice mi madre Ángeles porque no sabe cómo decírselo esta noche a mi padre que la abraza en silencio, la arrulla, la acurruca.

Pero a mi padre sólo le dijo lo mismo que el primer día, aun a riesgo de ser malinterpretada:

—No nos hagamos daño. Estamos todos aquí.

Y le tomó la mano. Él tuvo la impresión (le contó más tarde) de que ella era la que hablaba sola. Quién la oirá?, se preguntó.

—Y yo me dije que contigo podía ser aparte.

—Fracasamos.

—Qué dices?

—Que fracasamos, Ángel.

—No te oigo, chata.

—Oh fastidio. No se puede gritar en las iglesias. —No hay nadie más que nosotros.

—Estás seguro? Oh fastidio. Llevamos diez meses juntos. Te he seguido en todo. Dijiste que el sistema es un gigantesco relajo; vamos a contestarle con relajitos chiquitos primero…

—Qué se puede hacer en el reino de Mamadoc sino echar relajo, chata?

—Fracasamos.

—Qué dices?

—Que fracasamos, Ángel.

—Qué fue de tu halo?; se te apagó, Ángeles; ahora sí que te lo manosearon, Ángeles.

—Ángel: óyeme: el millonario don Homero Fagoaga no nos ha hecho una parcela del mal que nos ha hecho el proletario, el jefe de la cuadrilla. Te das cuenta? Ángel: ahora vamos a matar al proletario?

Mi padre no contestó pero ella cerró los ojos y le apretó la mano. Es el momento en que tuvo que admitir el retraso de la sangre para admitir que yo existía: tenía que hacerlo en ese instante o perdía a mi padre y me perdía a mí: de quién sería yo hijo, si en ese instante, en la iglesia india de Malinaltzin, ella no me reconoce: de cuál miembro de la gavilla de Matamoros?, yo tenía que ser hecho antes: en la playa de Aka, el día de Reyes del año de gracia de 1992, para ganar el concurso de los Cristobalitos, yo no podía ser el resultado de una violación en la Sierra de Guerrero: Yo tenía que nacer para ella, en su mente, en su voz, desde ahora, en este instante que es el instante en el que me reconoce: me reconoce porque me desea y me desea porque me necesita y me necesita porque me imagina, allí supo misteriosamente de mí, el pobrecito de mí que estoy todavía entre ser y no ser, apenas dos meses de concebido, flotando libremente en las secreciones de mi madre en las profundidades de la cueva uterina pero ya no un bodoque cualquiera sino un sistema organizado de células activísimas que se están dividiendo la chamba, unas más rápido que otras, decidiendo ya si voy a tener pelo lacio y negro como el de mi madre o negro y cerdoso como el de mi padre, los ojos negros de ella o los ojos verdes de él: ya están chambeando todas estas células de la pigmentación y el foliculeo, solitas y sin enterarse de lo que hacen las demás, aunque todas contengan la información total al lado de la tarea particular: ves, mamá, desde ahora ya no voy a ser una copia o diez millones de copias de tu huevo acogedor, sino algo aparte, archiorganizado, distinto, único aunque hecho a mi vez de millones de partes haciendo cada una su trabajo particular: y tú me deseas, me imaginas, hasta me nombras, mamá, aunque no puedes saber si soy un extranjero que va a salir emigrado apenas termine tu siguiente sangría y entonces chaufwidersehenosvemosalututut y a darle otra vez al goce y de nuevo atacamatraca a ver si ahora sí pero yo no quiero ya perderme, mamacita, después de todo lo que ha pasado, lo que está enchufado ya a mis genes, lo que me has hecho saber, haz algo para que no me pierdas, ahora que me acabas de reconocer en este instante mientras una chispa de sangre encendida vuela de tu matriz a lo que será un día mi cerebro, y de mi existencia que ya es y no es la tuya a la tuya que ya es y no es la mía.

MAMÁ!!

SEÑORA ISABEL DE LOS
ÁNGELES PALOMAR
DOMICILIO CONOCIDO
TLALPAN MEXICO DEFE
COMPLÁCENOS COMUNICARLES
ENCUÉNTRASE

PREÑADA Y DENTRO DE OCHO MESES SI
DIOS QUIERE TENDRÁ USTED UN HIJO
STOP FELICIDADES STOP
EL SUSCRITO A SABER

CRISTÓBAL NONATO

12

Los despertó, rubicundo cual rosa, el tío Homero. La luz entraba
por las altas cúpulas, iluminando la nave suntuosa de la gran iglesia
india de madera y yeso multicolores.

No había autoridades porque en todo el estado de Guerrero,
después de ayer, las masas tomaron las oficinas locales del Partido
Revolucionario Institucional.

Aquí en Malinaltzin se apoderaron del van con altoparlantes que servía al partido para hacer propaganda.

(Lo que en los USA se llama un van, una camioneta ancha
y alta pero aquí decoradas las ventanas con una gran puesta de sol
entre el Popocatépetl y el Iztaccíhuatl.)

En su arrebato, las masas tumbaron uno de los altoparlantes. Eso no importaba. Para ponerse a tono con el humor de la compañía, Homero decidió que el van, con una sola oreja, se llamaría de
ahora en adelante el van gó.

Se irían de regreso a la capital.

El van estaba afuera, Ángel manejaría.

El tío Homero se acercó a los representantes de la comunidad mixteca aquí mientras tomaban un temprano y frugal desayuno,
pero esta vez no cometió el error de hablarles en latín o en hipérba-
ton. Pidió al indio que hablaba castellano y le dijo —guiñó un ojo
irónico y se lamió un labio sudado el tío— quién estaba aquí, y en
qué estado: don Fernando Benítez el protector de indios, el Barto-
lomé de las Casas en helicóptero, y ellos les prestarían el van para ir
a donde gustaran, no faltaba más, nada menos que don Fernando
Benítez!

Quien se levantó, se puso los anteojos rotos durante la esca-
ramuza con Matamoros y su gente, miró neutralmente al tío Homero y declaró antes de irse fuera del sagrado recinto: Los viajes
ilustran, pero estriñen.

Homero puso ojos de piadadosa dulzura y fue a hincarse frente al altar, donde hundió el rostro en las manos con actitud de profunda oración. La iglesia cambió de luz. Un intenso perfume se esparció desde las flores de yeso; una bruma de incienso alejó la figura hincada del tío Homero y acercó el cuerpo de Ángel al de Ángeles, cubiertos los dos por esa neblina sagrada —un luto ceremonioso— que no era obstáculo para que mi padre besara la nuca de mi madre y sintiera ganas de llorar sobre sus hombros: un llanto copioso y líquido. Ella le tomó la mano a mi padre y le dijo lo mismo que la primera vez que se tocaron, no dormí toda la noche, de pura felicidad, al conocerte.

Todo pasó en un instante; Homero se acercó a mis padres y convirtió su voz en un susurro; ahora ellos que habían vivido amparados por él en Acapulco, debían saber toda la verdad —les dijo— antes de regresar a México y ampararlo a él.

—El asunto es muy grave, dijo el tío Fagoaga con su máximo aire de conspirador político, tan natural en los mexicanos. Es imperativo, continuó después de una pausa llena de miradas penetrantes y silencios preñados, *que los tres,* parientes al cabo y al cabo los tres gente de buena cuna, nos pongamos de acuerdo.

Tomó aire y despepitó: El gobierno federal quería acabar con Acapulco para limpiarlo; de otra manera, no podía tocar los intereses creados, droga, alcohol, campesinos despojados de ejidos, paracaidistas expulsados de los cerros, condominios balines, tajadas en contratos concluidos con empresas extranjeras sin darle participación a los miembros del gobierno federal, y todo confluyendo en las arcas y el poder de don Ulises López.

Eso primero.

Segundo, el gobierno federal estaba enemistado además con el alcalde de Acapulco y el gobernador de Guerrero, que resultaron ser unos separatistas furibundos. El mito de Acapulco, la dolariza que entraba por aquí, la fuente de divisas más importante desde que perdimos el petróleo, el valor del terreno, todo: el gobierno federal no iba a permitir que esto se le siguiera escapando y terminara en una veleidad separatista. Sólo que aunque el alcalde y el gobernador querían separarse de la República Mexicana (o lo que de ella queda) no tenían a qué juntarse.

Eso fue lo segundo. Lo tercero —habló como tarabilla el tío Homero— es que la policía a las órdenes de nadie menos que el señor coronel Inclán su Jefe, se encargó de la operación Acaba-con-

Aca. Dejó que los revoltosos de los cerros y, según me cuentan, una pandillita llegada del D.F., lanzaran unos coyotes flacos y envenenaran a unos cuantos turistas. Eso no tuvo importancia. Los revoltosos y la pandillita, quienes quiera que hayan sido, sólo hicieron el trabajo de la policía federal, sin saberlo. Por sí solos, los pobrecitos no hubieran logrado envenenar ni a un loro. Lo importante es que con el pretexto de restablecer el orden la fuerza armada entró y se aprovechó para acabar con todos: rebeldes y autoridades locales.

—Brillante táctica!, resopló el inefable tío Homero. Nadie sabe para quién trabaja, como dijese en los marmóreos recintos de la OIT en Ginebra el denodado conductor obrero don Fidel Velázquez. El gobierno central, una vez más, acabó con los caciques locales y el ministro Robles Chacón, a quien dirijo todos mis respetos, prácticamente acabó con su rival el ministro Ulises López, hasta ahora muy de mi consideración. Pero como dijo don Bernardino Gutiérrez, primer callista del estado de Guerrero, a cada rato hay que chuparse el dedo y sacarlo por la ventana a ver por dónde sopla el aire!

Pero el grano final era éste: nuestro gobierno es tan pero tan benévolamente chingón que no informó a nadie de nada.

Acapulco ha desaparecido del mapa y no hay información sobre el hecho. O como celebradamente dijese en tiempos mejores el señor ministro Ulises López: —La información es el poder. La no información es más poder.

Eso es todo: si alguien quiere saber, no se le contesta.

Si en Nueva York la CBS hace un programa de televisión titulado WHATEVER HAPPENED TO BEAUTIFUL ACAPULCO?, nadie lo va a ver en México.

Aquí el que tiene preguntas ya sabe que va a quedarse sin contestaciones. Nadie perseverará: después de todo, hay algo reconfortante (aunque nos cueste admitirlo) en saber que una cosa ya no es o ya no está donde estuvo o donde fue. Igual que en nuestras conciencias colectivas, la desaparición sin explicaciones es una manera de aligerar la conciencia individual. Ya no tenemos que hacernos cargo del canarito Ruperto, la achacosa tía Doloritas o el asoleado puerto de Acapulco. Bravo!

—Y como nadie sino ustedes y yo, ay!, ni siquiera el fiel Tomasito muerto cumpliendo su deber contra rufianesca turba, nadie, para no hablar del canario o de la tía, sobrevivió a la catástrofe acapulqueña, pues aquí estoy yo esta radiante mañana mixteca, como entonase en fugaz visita el bardo colombiano León de Grieff, autorizado para decirles que si se callan la boca sobre lo que saben o adivinan de este asunto, pueden regresar tranquilamente a la Ciudad de México conmigo, asumiendo los tres, sobra decirlo, un bajo perfil de notoriedad, actividad y presencia, como dijese el senador don Patricio Moynihan cuando —la Irlanda en manos de Lútero— prestaba sus servicios como coordinador social en la Caza, Blanca?, del señor presidente Dickson Danger, antes del guaterlú del guatergate!

Tomó aire y miró con alegre desconcierto a sus sobrinos. Suspiró y prendió una veladora a San Antonio.

—Pero por qué tan cariacontecidos, sobrinos?, dijo dándoles la espalda. Miren que parecen que han visto un fantasma! Ale, olvidemos rencores, recuerden su promesa de alojarme mientras pasa un tiempo conveniente para que mis méritos vuelvan a brillar por sobre mis posibles defectos, piensen que ese soñado paraíso tropical, Acapulco, donde tan bien la pasamos, no ha desaparecido, sino que volverá a su esplendor antiguo pero ahora en beneficio del gobierno federal y no de una mafia de caciques locales, y que, como a ustedes les consta por haber permanecido allí cerca de dos meses, mi Fuerte Zindernuf tropical ni fue ni será afectado por turbas de damnificados, huestes de sardos o pandillitas de cadeneros del D.F.; de manera que arriba y adelante como dijese con satinada voz y opulentos perfiles la cantante de ébano, Dionne Warwick, al abordar un L1011 de la TWA. No pierdan la serenidad!

En ese momento se reincorporó a ellos don Fernando Benítez, cerrándose el zipper del pantalón, pescando la palabra final de don Homero Fagoaga y mirando las caras grises de Ángel y Ángeles, para decir:

—No sé qué les dijo el miserable gordales, pero ustedes no se dejen engatusar más por el canto de las sirenas.

—La Serena, respondió ecuánime Homero, es la capital de la provincia de Coquimbo, como moderadamente afirmase don Miguel Cruchaga y Tocornal.

—La Sirena!
—La Serena!
—Lazareno!
—Lazarillo!
—Nazareno!
—La cerilla!
—La ciruela!

—El ciruelo!

—El sir huelo?

—No, el sir Welles!

—Orson Hueles?

—All's hueles that ends hueles!

—Como dijese en waterlunática ocasión el Duque de Hue-lington.

—Huele tu waterlú?

—Huele tu watergate!

—Watermock!

—Tostadas de patas!

—Eddy Pies!

—Eddy Poe!

—Oddy Shoes!

—Las Sirenas!

—Las Serenas!

En éstas y otras sabrosas razones pasaron el tiempo los tíos Homero y Fernando mientras nuestro Van Gogh rodaba fuera de Guerrero y rumbo a (lo habéis adivinado) la otrora región más transparente, ciudad de los palacios y maravilla soñada en las historias de Amadís.

Pero ella será la materia de mi siguiente capítulo.

Sexto:

El huevo de Colón

> Todo es flujo perpetuo. El espectáculo del
> universo no ofrece sino una geometría pasajera,
> un orden momentáneo.
> DENIS DIDEROT

1. Ciudad Potemkin

La ciudad es la poesía de la pasión y el movimiento; la quietud es parte de esa poesía; es rara; es definitiva; su temor es la muerte disfrazada.

Mi padre compuso estas frases en su cabeza al darse cuenta de que regresaba por segunda vez en su vida a la capital que sólo había abandonado en dos ocasiones: para encontrar a un país en Oaxaca; para perderlo en Acapulco. La otra vez se alejó de la provincia con dos temores; el de no encontrar nada en su lugar cuando regresara a buscarlo; y el de encontrar demasiado fácilmente a otra mujer en vez de Águeda o esas sombras de Águeda que eran sus primas de invisibles hombros y pelo de enigma: las "institutrices de su corazón" a las que desterró de su vida al cruzar con ellas miradas en las que las imaginó a todas marchitas, locas o muertas.

Ángeles mi madre va dormida sobre el hombro de mi padre mientras él libra una curva tras otra en el viejo camino abandonado, de Apango a México. Pero yo no duermo: mis ojos, saben ustedes, están abiertos todo el tiempo; mi mirada es transparente dentro de la opacidad del vientre materno; mis ojos aún sin velo leen las palabras de mi padre: esto sólo lo sabemos los recién concebidos; después lo olvidamos nosotros mismos; pero ahora estamos demasiado cerca del origen: el placer y el dolor de la primera expulsión acarreando la larga cadena de la información genética. Qué son los pensamientos de mi padre mientras atiende los avisos despintados CURVA PELIGROSA A 200 METROS junto a esta mi DNA que se pierde en la noche de los siglos aztecas y andaluces, rayados de morisco y hebreo! Bueno: como la lengua del tío Homero que viene dormido allí al fondo de la camioneta de propaganda del PRI!

Por eso estoy en condiciones de informarte, Elector, que mientras maneja, mi padre mira las señales pero también a la cabeza recostada de mi madre, a su cabellera partida por la mitad y el anuncio de espectral blancura que se adivina en la raya de la misma y sabe que a pesar de todo no se equivocó por lo que hace a la segunda inquietud; hay mujeres que son vistas de una vez para siempre y otras que son descubiertas poco a poco; Ángeles era de éstas: nunca acababa de encontrarla; no era la mujer López Velardiana, ni Águeda ni sus primas enlutadas: Ángeles era moderna, intelectual, independiente y de izquierda: pero como a aquéllas, nunca acababa de encontrarla, y en este movimiento en el cual él sabía dónde estaban las cosas (Águeda en la iglesia de San Cosme y San Damián, Ángeles en el parque de la Alameda) pero las cosas se transformaban, se evadían, reaparecían enriquecidas, entregaban sus frutos dorados y volvían a escapársele con la esperanza aunque sin la certeza de un regreso, él quería encontrar la armonía de esa contradicción que mordisqueaba la manzana de su vida: ser conservador mexicano moderno. Así, encontrar a Ángeles sin acabar de encontrarla nunca fue como regresar a un lugar, recobrarlo allí, reconfortante, pero saber que no acababa de conocerlo o entenderlo. Éste, se dijo entonces Ángel Palomar mi padre, era el secreto de su alma.

Y ella, dormida, cariñosa, violada, violados los dos por Matamoros Moreno, físicamente violados, inmediatamente abusados, no de lejos, por la lana y el poder, ni emblemáticamente, como por el pobre tío Homero ahora despierto que discutía interminablemente con el tío Fernando en la parte de atrás de la vagoneta con un solo altavoz en la capota expropiada por los lugareños indios de Malinaltzin a los jerarcas del PRI local; y ella? Conocía todos los secretos de él, los entendía, los acallaba para no romper la armonía? El idilio del encuentro, la sorpresa secreta:

—No pude dormir toda la noche, de pura excitación, al conocerte/

—Y yo chata? Yo también estuve allí, recuerdas/

Y ella? antes de ella, antes de Águeda, las mujeres le *llegaron* siempre a mi padre, lo buscaron a él, él no las buscó: pero ellas eran parte de la lata citadina, también eran gorronas, paracaidistas, chinches: el problema, al rato, era siempre cómo deshacerse de ellas; él sólo buscó a dos mujeres en su vida. Ángeles dormida ahora sobre su hombro derecho, olorosa a tierra y resina; Águeda dormida sobre su hombro izquierdo, como si entrara por la ventanilla abierta con olor de polvo e incienso. Se preguntó si sabían que la feroz promiscuidad de este hombre que las buscaba a ellas tan monogámicamente estaba sólo en receso, era como una infección latente, un herpes moral que le hacía confundir el desorden económico y político de

México con el relajo amoroso: cuánto podía durar la contradicción entre el relajo social y la fidelidad erótica?

Cerró los ojos, peligrosamente, un instante, para oler mejor la cabellera de mi madre y rogó que nunca acabara de conocerla; que no hubiese un tercer deseo en su vida: nunca más otra vez la tentación de incluir la vida erótica en el desorden colectivo del cual era víctima y al cual quería juzgar y dañar por eso. Pero mi madre Ángeles tenía su propio sueño, desconocido por mi padre. Él la encontró en un jardín en el centro de la Ciudad de México. Ella soñaba en la carretera que nunca había salido de los jardines; como en algunos viejísimos libros ilustrados de infancias decimonónicas que había visto en casa de los abuelos de Ángel, la niña curiosa abría la ventana de su cabaña para ver el bosque y salir a él pero el bosque tenía otra puerta a un jardín y éste una puerta a otro parque y el parque a una selva y la selva al mar que era el jardín más mutante de todos. Él creía que la encontró en un parque. Pero no sabía que ella había vivido siempre en los parques. Y que era una ilusión creer que podía encontrarla en otro lugar. Mi madre no acaba de ser encontrada por mi padre porque el jardín donde ella vive no acaba de ser explorado por él; pero él no lo sabe aún. Las puertas de ese libro de cuentos podían ser como la cerradura de la recámara de las tías Capitolina y Farnesia.

Ella despertó cuando pasaron sobre el río Atoyac en Acatlán y una barrera los obligó a desviarse inútilmente a Puebla, evitando, por quién sabe qué motivo, el paso por Cuernavaca. Ella abrió los ojos y vio las señales inapelables y elementales de la vida: las lavanderas arrodilladas junto al río (las mujeres de rodillas para entrar a la iglesia, para amasar las tortillas, para prepararse a parir), un niño orinando risueño desde el puente, un hombre enojado arreando a un burro burlón (la paciencia es la ironía del burro), la procesión blanca del entierro de otro niño: un alfarero abstraído dándole vueltas al torno como Dios le dio una sola vuelta al trompo del mundo.

Luego los primeros muros pintados en las orillas del desierto:

DIOS PROGRESA?

La vagoneta mutilada rodó como un huizache más entre los magueyes y las yucas del desierto alto, atesorando agua, como si supieran lo que les esperaba apenas se zambullera el automóvil en el súbito hoyo negro que parecía tragarse todo lo que le rodeaba, en este caso la fila de autos detenidos y la multitud de personas a pie, algunas descalzas, otras con guaraches, todas pobres y finas, con el hueso aristocrático de la miseria rompiéndoles la cara y los brazos y los tobillos: agolpados los autos y los peregrinos que querían entrar a la Ciudad de México a través del ojo de la aguja de una auténtica Taco Curtain, nada metafórica, dijo don Fernando Benítez, sino que circundaba efectivamente al Distrito Federal, cincuenta kilómetros a la redonda de la ciudad capital, con ingresos estratégicos desde Texmelucan, Zumpango, Angangueo y Malinalco: pero éste se encuentra cerrado porque el hijo de un gobernador o de un alcalde —ya ni quién se acuerde— se apropió por sus pistolas todas las tierras adyacentes a la nueva carretera de Yautepec a Cuernavaca y nadie sabe si prosperó la denuncia de los ejidatarios expropiados sin ver un mísero endopeso, o si la carretera está siendo construida o si el hijo del gobernador o alcalde la mandó cerrar para siempre y a ver quién se atreve: quién sabe?, quién sabe?, quién sabe?, y nosotros cómo vamos a pasar la inspección de la Cortina de Tortilla sobre todo ahora que se nos adelanta un poderoso camión Leyland de dieciocho ruedas y catorce pies de alto y el chofer mira con ferocidad por la ventanilla a mi padre que conduce el Van Gogh, retándolo a ganarle la carrera a la larga fila de vehículos que ya se insinúa a la vuelta de la curva, sin importar que en sentido contrario se desplaza velozmente otra armada de desvencijados camiones de pasajeros. Mi madre despierta instintivamente en ese momento y mira junto con mi padre al chofer del camión, un albino abrupto de unos veinticuatro años, vestido de cuero con guantes tachonados de acero que se pueden ver ferozmente prendidos al volante gigantesco. El albino nos mira ferozmente negros (dicen ellos) a través de los anteojos wraparound, como de cantante ciego (felicianos, rayos charlies, wonderglasses): lo feroz son las cejas blancas, altas, curvas, mefistofélicas. Ven mis padres las estampas de la Virgen y de la Señora Thatcher y de Mamadoc y de una dama desconocida rodeadas de veladoras dentro del camión y afuera las luces de sinfonola que se prenden y se apagan, y un faro giratorio en el techo, arrojando más luces multicolores.

—Déjalo pasar, dice mi madre, a los camioneros no les importa quién eres, si mueres o vives. En mi pueblo...

No dice más; el camión se adelantó a nosotros con ruidosa insolencia. Tenía derecho a todo y lo demostraba con la puerta trasera abierta sobre el interior refrigerado, donde los cadáveres de las reses se columpiaban desde los garfios ensangrentados; frescas carroñas de vacas y terneras, cabezas y patas de puerco, gelatinas temblorosas, sesos e hígados, riñones y cabezas de borrego, criadillas y salchichas, lomos y pechugas, la armada del albino se adelanta a nuestro van, ahogando la exclamación feliz del tío Fernando: —Un Soutine!, ahogándonos a todos con la prepotencia de su misión: ellos iban a alimentar a la monstruosa ciudad de treinta millones de gentes: nosotros íbamos a ser, con suerte, alimentados y si andábamos en carretera, era porque no teníamos más remedio: primero los caminos fueron abandonados cuando costaba diez pesos ir de México a Acapulco en avión, pero luego los aviones destartalados dejaron de funcionar, desprovistos de repuestos y de inspección adecuada, aeropuertos sin radar, retraso colonial, menos que Botswana, gimió don Homero!

La armada camionera pasó riéndose, mentándonos la madre, con sus puertas abiertas y sus tasajeadores colgando de ellas para dejarnos ver lo que eran, lo que traían, por qué merecían rebasarnos en la carretera y exponernos a la muerte y entrar antes que nosotros a Mug Sicko Sity, ellos cargaban la muerte roja y helada para darle vida a la vida pálida y sofocada de la capital; ellos eran los choferes foráneos, una raza aparte, una nación dentro de la nación, con el poder para matar de hambre y comunicarse de un extremo al otro del escuálido e incomunicado territorio de la suave patria. Una calcomanía pegada al guardafangos proclamaba: LOS CAMIONEROS CON LA VIRGEN.

Su cargamento sería nuestra vida: los dejamos pasar y salvarse por un pelo de estrellarse contra el Flecha Roja que venía en sentido contrario y esperamos turno, exhaustos, detenidos, avanzando metro a metro, para tener el privilegio de reintroducirnos en el D.F. por carretera sin que el tío Homero —hubiera sido lo más sencillo— saque su credencial del PRI y ahora no puede porque tiene que mantenerse de bajo perfil un tiempecito, y el tío Fernando no puede apelar al señor presidente Jesús María y José Paredes sin echar de cabeza al tío Hache y nosotros mejor que no se sepa de dónde venimos ni qué hicimos en Kafkapulco hace ya me parece un siglo: el tiempo vuela, el tiempo huelga, el tiempo es moscas: time flies!

—Eheu, eheu, fugaces!, suspiró el ubérrimo don Homero Fagoaga como si leyera mis pensamientos intrauterinos. Mis padres voltearon a ver a los dos tíos: don Fernando se había llevado las manos a la cabeza y murmuraba entornando los ojos: —Dios mío, Dios mío!, de los parientes, líbranos, señor! Qué pesadila! Esto es el colmo!

Homero Fagoaga lucía dos trenzas de lustroso azabache entretejidas con listones tricolores; había rasurado su bigote de mosca (flies time) y chapeteado sus mejillas, polveado su frente, embarrado de carmín sus labios y resucitado su mortecina mirada con apoyos de Maybeline; no necesitó polvear, en cambio, la blancura lechosa de sus pechugas y sus brazos desnudos dada la brevedad de su blusa bordada de claveles y rosas, aunque sí debió fajarse bien el rebozo colorado en la cintura y, ahora, calzarse con dificultad los zapatitos de raso colorado y espolvorearse la chaquira de la ancha falda del traje de china poblana:

—No me miren así, sobrinitos; esta mañana, curioso que soy, anduve escarbando entre los arcones y armarios de la sacristía de Malinaltzin; no encontré ni alba ni corpiño ni estola; en cambio, hallé este trae orgullosamente nacional. Vayan ustedes a saber por qué; imaginen lo que quieran; yo repito las célebres palabras del otrora cronista de esta magnífica ciudad que nos veda su ingreso, don Salvador Novo, cuando fuese descubierto por un fotógrafo de prensa ante su tocador: —I feel pretty and witty and gay.

Entonó una canción de *Amor sin barreras* y descendió con delicado paso de la Van Gogh para enfrentarse al cuico malencarado aunque bienarmado que se acercó a interrogarnos. Espolvoreó aún más las chaquiras de la falda que en el tío Homero no necesitaba de miriñaque alguno para verse ampona: la amplitud de las caderas homéricas era tal que la figura de lentejuela del águila devorando a la serpiente sobre un nopal, en vez de caer sin gracia y fláccidamente de la cintura al piso, volaba casi, acostada, altanera, sobre las nalgas del tío Homero.

—Voy, voy, si no será l'águila acostada!, exclamó el oficial de la policía. Homero hizo a un lado, con un gesto airoso, la subametralladora del cuico, y le dijo encendiendo los ojos como faroles:
—Ya se ve que le da gusto verme, señor agente, pero no lo demuestre así tan motivoso; ande, guárdese su pistolita!

—Tienen pase?

—Pase?, se contoneó Homero con las manos en la cintura:
—Pase a la reina del jaripeo, a la emperatriz del palenque, a Cuca Lucas que ha entrado sin pase al palacio de Buckingham y a la Casa Blanca?

—Pero es que…

—Nada, nada, que el prestigio nacional se ha paseado por el mundo en mis canciones, joven: ni el mundo ni el amor me han puesto barreras; a poco usted sí?

—Pero es que hay que saber de dónde vienen.

—De donde vienen mis canciones, dijo cantarinamente Homero, y a donde van también, a loar la singularidad y belleza de la patria!

—Tenemos órdenes, señorita.

—Señora, señora.

—Señora pues.

—No se me disminuya, joven. Arriba las armas. Que de dónde amigo vengo? De un ranchito que tengo, más abajo del trigal.

—Y sus acompañantes, señora?

—Ay, pero dígalo con cariño! Guapote!

—Señora la ley…

—La ley, la ley, buen mozo! La credencial, la placa, las influencias, los conocidos, querrá usted decir!

El gendarme miró con tristeza y aprehensión los bigotes de aguacero y los antejos rotos del tío Fernando: —Soy su apoderado, dijo cerrando los ojos el leal Benítez. Miró con sospecha y curiosidad las playeras y los blujuanes de mis padres: —Somos los acompañantes musicales de la señora, dijo mi padre; yo la guitarra y la señorita el violín.

—Bueno…

—No dude, señor gendarme, dijo Homero subiendo a la vagoneta, gracias a mí se conocen las glorias de México en el mundo; por mí solito se sabe que sólo Veracruz es bello, qué lindo es Michoacán, que como México no hay dos, que qué linda está la mañana en que vengo a saludarte, que yo soy puro fronterizo, que viva mi gran Ciudad Juárez, que viva Chihuahua y mi linda nación!, que Granada, tierra soñada por mí…

—Está bien…

El gendarme cerró la puerta tras las nalgas de don Homero y el águila acostada, reservándose la tentación de alargar la mano, reprimiendo el acto reflejo de disparar la ametralladora.

—Ay qué bonito es Taxco, pueblito lindo de faz de santo! Toledo, lentejuela del mundo eres tú! Bonito Montemorelos, con tu lindo naranjal, ay que requete que chula es Puebla!

—Basta, señora…

—Que tilín, tilín, tilín, repican las campanas de Medellín; ay Jalisco no te rajes; Querétaro, rétaro, rétaro, qué pasó ya me voy...

—Eso mero les digo; basta de chingaderas, señora, lárguense que están embotellando la entrada...

—De Corralejo, parece un espejo, mi lindo Pénjamo...

—Deténgase, señora!, gritó conmovido el policía.

—Ay no sobrinito, mete pedal...

—Señora, cantó el policía, que me sirvan las otras por Pénjamo, yo soy de Pénjamo...

—Pedal y fibra, Angelito! Tenía que pasarnos esto!

—Mamacita, ésa no porque me hiere!

—Que arranques, te digo, baboso!

Oyó llorando la voz del genízaro —que yo parecía de Pénjamo, me dijo una de Cuerámaro— mientras la vagoneta atravesaba rauda la barrera de nopales, pos mire señora, que soy de Pénjamo, y entraba al mundo de cielo ceniciento, junto al antiguo coto de caza de Hernán Cortés en el Peñón de los Baños, ceñido por anuncios de cerveza y lubricantes y cucarachicidas y Ángel asomó la cara por la ventanilla en busca de una pista para avanzar en medio de las tortugas carrasposas y Ángeles empezó a toser: sus ojos buscaron en vano los pájaros del aviario de Montezuma, los quetzales de plumas verdes, las águilas reales, los papagayos y los patos de buena pluma, las huertas de flores y árboles olorosos, las albercas y estanques de agua dulce, todo ello labrado de cantería y muy encalado, y en vez encontraron la serie monumental de fachadas unidimensionales de edificios y estatuas y cuerpos de agua famosos alineadas a la entrada de la ciudad para levantar los ánimos del viajero has llegado etcétera: El Arco de Triunfo y la Estatua de la Libertad, el Bósforo y el Coliseo, San Basilio y la Giralda, la Gran Muralla y el Taj Mahal, el Empire State Building y el Big Ben, la Galleria de Houston Texas y el Holiday Inn de Disneylandia, el Sena y el Lago de Ginebra, alineados uno al lado del otro, en sucesión alucinante, como una vasta Aldea Potemkin levantada en el pórtico mismo de la Ciudad de México para facilitar el autoengaño y decirse: —No estamos tan mal; estamos a la altura de; bueno, quién sabe, estamos tan bien como; bueno, quién dijo que aquí no teníamos nuestra Galleria Shopping Mall y nuestro Arco de Triunfo: cómo que ésta es la única gran metrópoli sin un río o un lago; quién se atreve; mal mexicano, malinchista, en-vi-dioso...

Pero mirando esta alucinación, Ángel y Ángeles sabían (don Homero se despintaba el maquillaje y se quitaba la peluca; don Fernando no creía en cuanto miraba a través de sus anteojos rotos por la gavilla de Matamoros Moreno) que este prólogo de cartón unidimensional a la ciudad era idéntico a la ciudad misma, no una caricatura sino una advertencia: Ciudad Potemkin, País Potemkin en el que el señor presidente Jesús María y José Paredes preside un gobierno en el que nada de lo que se dice que se hace, se hizo o se hará: presas, centrales eléctricas, carreteras, cooperativas agrícolas: nada, sólo anunciadas y prometidas, puras fachadas y el Señor Presidente cumple ritualmente una serie de actos sin contenido que son la sustancia misma de los noticieros de televisión: el Señor Presidente reparte ritualmente tierras que no existen; inaugura monumentos efímeros como estos mismos telones pintados; rinde homenajes a héroes inexistentes: usted ha oído hablar de don Nazario Naranjo, héroe de la batalla del Frigorífico de Coatzacoalcos? de la niña Malvina Gardel que dio su vida por hermana república envuelta en celeste bandera? de Alfredo Mangino que le entregó enterita al país su cuenta de banco en dólares por la suma de $1 492 and 00/100 USCY durante la crisis del ochenta y dos? del obrero petrolero Ramiro Roldán que le arrancó las orejas y le cortó los dedos a su esposa para entregar los aretes y los anillos al Fondo de Solidaridad Nacional para pagar la deuda externa? del Carcajeante Desconocido que se murió de la risa ante todos estos actos, sentadito frente a su aparato de televisión y viendo a los funcionarios con mansiones rodeadas de muros en Connecticut y condominios vecinos al Príncipe de Gales y Lady Di en el Trump Tower de la Quinta Avenida y Partenones sobre el mar de Zihuatanejo recibir los ahorros de los miserables de México?

El Señor Presidente le ha declarado la guerra a naciones ilusorias y ha celebrado fechas fantásticas. Sabía usted que hay un batallón de zacapoaxtlas defendiendo en estos momentos el honor nacional contra las arbitrariedades e injurias del dictador de la vecina república de Tinieblas? Ignora usted que los experimentados veteranos del Escuadrón 201 de la Segunda Guerra Mundial han bombardeado, para que escarmienten, a los orgullosos déspotas de la dictadura tropical de Costaguana? Se nos acabó la paciencia de la No Intervención, faltaba más!

Y cómo pudo habérsele pasado a usted, compatriota, la celebración del Catorce de Agosto, efemérides de la identificación de

México y Calcuta como Ciudades Gemelas? o el 31 de septiembre, el Día de la Plus Patria, y el 32 de Febrero, fecha en que los mexicanos celebramos el Día de Con Nosotros No Se Puede: o tengan su Año Bisiesto que Yo Tengo Mis Cinco Orgullosos Nemontemi! Don Homero va a empezar a cantar otra vez algún horror de su cosecha patriótica,

> Yo soy mexicano, mi tierra es bravía,
> palabra de macho que no hay otra tierra
> más linda y más brava, que la tierra mía

pero todos (incluyendo a Homero) huyen de Homero, el rápsoda del vinoso esmog, vuelan lejos de la vagoneta que tose como sus tripulantes, se levantan con sus cámaras mentales en un enorme alejamiento para entrar de nuevo a la Metrópoli Mexicana, la ciudad más poblada del mundo, una urbe con más habitantes que toda Centroamérica junta, con más chilangos en su apretado perímetro que argentinos hay entre Salta y Cabo Pena, o colombianos entre la isla de la Gorgona y el Arauca vibrador, o venezolanos entre Punta Gallinas y el Pacarima!

2. En alas del diablo cojuelo

La verdad es que la ciudad más grande del mundo, la ciudad a la que entraron en ondas y tremores sucesivos los aztecas sin rostro en 1325, los españoles disfrazados de dioses en 1519, los gringos con las caras lavadas del protestantismo en 1847 y los franceses, austriacos, húngaros, bohemios, alemanes y lombardos con el rostro prognata de los Habsburgos en 1862, la ciudad del sacerdote Tenoch, el conquistador Cortés, el general Scott y el emperador Maximiliano merece siempre una espectacular entrada: mis tíos Homero y Fernando, mis padres Ángel y Ángeles y yo mero petatero Cristobalero no tenemos más remedio que imitar al primerísimo narrador de todas las cosas, al primer curioso, al demonio cojitranco que todavía tiene la memoria de sus alas, meros muñones, es cierto, pero que se levantan en vuelo acicateados por la virtud que Dios ignora y que es la de la narración: y esta tarde de nuestro regreso a la Ciudad de México (bueno, yo vengo por primera vez, pero mi memoria genética es sólo el nombre científico de mi innato sentido del déjà-vu) se escucha particularmente fuerte el gran zumbido de la creación, el his

   s

     s

       s

         s

           s

             s

               s

interminable de la explosión original: la creación aún puede escucharse, digo, por encima de la nata cenicienta de la ciudad, y nada de extraño tiene que hacia ella tratemos de volar todos, mis padres prendidos a las alas mutiladas del diablo cojuelo, Homero vestido de china poblana y agarrado a la cola escarlata y puntiaguda del demonio volador, Fernando asido a la pezuña negra y rota del genio de la narración, yo desorientado pues no sé si sigo nadando en el océano del vientre de mi madre o en el aire corrupto que sin embargo es mejor que el hoyo negro de donde ascendemos, salvándonos de la sensación de hundirnos en un pantano fétido: desde arriba vemos a millones de seres agolpados ante la entrada de la Cortina de Taco, vemos las fachadas unidimensionales del prestigio, contra las que se estrellan las filas oscuras de campesinos huyendo de la violencia, el crimen, el robo, la represión y la burla de siglos: nosotros les inventamos la ilusión de una ciudad de oportunidades y ascensos, una ciudad igual a sus pantallas de televisión, una ciudad de gente güerita anunciando cerveza, manejando Mustangs y hartándose en los supermercados antes de tomar merecidas vacaciones en Las Vegas cortesía de Western Airlines y Hoteles Marriott: ellos prefirieron la ilusión de la ciudad a los campos yermos de su origen: quién puede culparlos?: ahora quieren entrar a la ciudad ten yerma, tan violenta, tan represiva como el campo que dejaron y no lo saben o sí lo saben (miramos desde el aire a la ciudad vestida de polvo) y lo siguen prefiriendo porque al menos mientras más de ellos lleguen, más se borrará la imagen de las cervezas, los autos, los supers y las vacaciones.

    Nos alejamos agarrados de las alas y la cola y la pata del único ángel interesado en narrar una historia, el curioso ángel caído que sólo tiene su imaginación para levantarse de nuevo y volamos sobre una ciudad cuyos tejados ahora empieza, fiel a su tradición, a levantar: los techos de México D.F. (agárrate bien, Cristobalito) (tose, escupe, se echa un gargajo el diablo cojuelo sobre la Zona Rosa que va a dar precisamente en el centro de un plato de sopa straciatella en un restorán del pasaje de Génova y es consumido como yema de huevo flotante) (escarba el aire espeso con su pezuña libre el diablo cojuelo; don Fernando va agarrado de la otra y el polvo de la pezuña cae como una nieve sin temperatura sobre la Colonia Nueva Anzures y todos sacan sus arbolitos de Navidad): PARA VIGO ME VOY!

El cojitranco Luzbel de la narración destapó simultáneamente los techos de una casa en Bosques de las Lomas y de otra en Santa María Camarones: no vimos allí, si en realidad empleamos los ojos (y los míos aún no tienen el velo del párpado) el movimiento material o físico dentro de aquella mansión rodeada de bancos nacionalizados o de esta choza atrapada entre vías de ferrocarril: allá miramos una pareja abrazada desnuda pero la realidad no física era el deseo de suprimir la diferencia entre los dos y el miedo de cada uno de ellos de ser cambiado, de cambiar; aquí vimos otra pareja abrazada desnuda y su miedo era permanecer dentro de la choza y su miedo era salir de ella: prisioneros adentro, expulsados afuera: la Ciudad de México.

Subimos tanto, tan alto, que mi madre tuvo miedo de estrellarse contra la cúpula que según contó el tío Hache en Aka se estaba construyendo para repartirle su cuota de aire puro a cada habitante igualitario y gritó amedrentada pero el tío Homero se rió en los cielos y de los cielos, la cúpula era una mentira, una ilusión, otro placebo gubernamental: bastaba decir que se estaba construyendo y anunciar otro día que estaba concluida para que todos respiraran mejor: igual que una aspirina posando como vitamina y este es el jarabe de pico que a los muertos resucita: no topamos contra el arco de la cúpula entonces inexistente, pero el diablo se rió de lo que dijo Homero y nos soltó, caímos tosiendo y escupiendo al hoyo negro que todo se lo traga, pasamos como bólidos rasgando las capas de la contaminación (sólo la caída de Homero fue acojinada por sus faldas amponas), vimos de lejos la atracción turística de un bulldozer a medio enterrar entre un lago de cemento junto a unas mansiones abandonadas de prisa recorridas por perros aullantes, nos raspamos las narices contra extravagantes slogans del pasado despintándose en muros más eternos que las palabras:

LA SOLUCIÓN S
        O
           M
              O
                 S todo
                    s
miúnicareligiónesméxico

y pasamos como chiflón sobre los miles de agolpados a los que no dejaban entrar y perdimos la visión global de la ciudad cerrada, la concentración de la riqueza, la migración, el desempleo; la capital del subdesarrollo: Ahí les voy! y cuando distinguimos las nobles cúpulas, éstas sí verdaderas y sólidas, de San Juan de Dios y de la Santa Veracruz frente a la Alameda donde mis padres se conocieron, yo ya conocí, si no mi destino, al menos mi vocación:

>intentaré descifrar el perenne misterio de los nombres
>lucharé sin descanso contra lo desconocido
>mezclaré con irreverencia los lenguajes
>interrogaré, hablaré de tú, imaginaré, concluiré sólo para abrir una nueva página
>llamaré y contestaré sin tregua
>ofreceré al mundo y a la gente otra imagen de sí mismos
>me transformaré siendo el mismo:

CRISTÓBAL NONATO

3. El tiempo

Pasa el tiempo: apenas levantó el eterno diablo cojuelo los techos de la casa de mis padres en Tlalpan y nos dejó caer a todos dentro de sus aposentos (todos: el tío Homero vestido de china poblana; el tío Fernando con su manga de agua y sus anteojos rotos; mis padres de playera y blujuanes y yo Cristóbal dentro de mi señora madre doña Ángeles Palomar) todos sentimos que el tiempo era distinto: estábamos dentro de la ciudad capital de la República Mexicana donde por definición todo es más veloz, sobre todo el tiempo: el tiempo vuela, se nos va: pero al mismo tiempo el tiempo pesa, se arrastra, porque como le dice mi papá a mi mamá, quién nos manda ser modernos: antes el tiempo no era nuestro, era providencial; insistimos en hacerlo nuestro para decir que la historia es obra del hombre: y mi madre admite con una mezcla de orgullo y responsabilidad fatales, que entonces tenemos que hacernos responsables del tiempo, del pasado y del porvenir, porque ya no hay providencia que le haga de nana a los tiempos: ahora son responsabilidad nuestra: mantener el pasado; inventar el futuro:

—Pero sólo aquí, hoy, en el presente, sólo aquí recordamos el pasado, sólo aquí deseamos el porvenir, le dice mi madre a mi padre acariciándole la mejilla la noche del regreso a la ciudad; limpiándose de la basura del camino, así de sencillo, gozando como ellos gozan (para mi recuperada felicidad), sin aceptar que algo se rompió en el camino de Malinaltzin y ahora ella va a esperar hasta después del amor para informarle a él:

—Ya estoy segura.

Han pasado seis semanas desde mi concepción; la menstruación se ha retrasado más de cuatro semanas y yo ya floto en todo mi esplendor de media pulgada de largo, convencido, iluso de mí, de que sigo en el océano dador de vida y origen de los dioses, sin más amarras a tierra firme que el cordón umbilical y sin más sombra en mi horizonte que la nube oscura que es todavía mi sistema circulatorio, ajeno aún a mi cuerpo, alojado aún fuera de mí, en la placenta, chupando sangre y oxígeno, filtrando basura: si éste es mi nuevo océano, es sólo un mar de sangre que amenaza con cegarme:

Mi piel es delgada y transparente.

Mi espina dorsal fosforece.

Éstas son las luces con las que combato la extraña marea de sangre que me envuelve.

Mi cuerpo está arqueado hacia adelante. El cordón es más grueso que mi cuerpo. Mis brazos se alargan más que mis piernas: quisiera tocar, acariciar, abrazar; no quisiera correr: a dónde voy a ir? qué lugar puede haber mejor que éste?, he sabido de algo allá afuera mejor que este hogar dulce hogar?

Yo soy mi propio escultor: me estoy haciendo a mí mismo, desde adentro, con materiales vivos, mojados, flexibles: qué otro artista ha contado jamás con diseño más perfecto que el de mis cinceles y mis martillos: las células se desplazan al lugar preciso para construir un brazo: es la primera vez que lo hacen, nunca antes y nunca después, me entienden bien sus mercedes bienz? *Nunca seré repetido.*

Nada más dinámico que mi arte fetal, damas y cabas, pronto aparece un pie, y al mismo tiempo cinco condensaciones en la mano que van a ser mis huesos y mis dedos: pies y manos se alejan del tronco (pero yo no quiero huir; yo sólo quiero tocar); y las mejillas, la nariz, el labio superior se unen a la tarea: se me hunde la cavidad nasal para juntarse al desarrollo del paladar; mi cara empieza a tomar su forma; las células en los costados de mi tronco se ponen en movimiento en doce corrientes horizontales para formar mis costillas; las futuras células musculares emigran entre las costillas y bajo el pecho, los tejidos subcutáneos se extienden de atrás hacia adelante, las células de la capa externa de mi cuerpecito empiezan a formar la epidermis, el pelo, las glándulas del sudor y de la grasa: conocen susmercedes una acción conjunta más perfecta que ésta, más exacta que las pataditas de las Rockettes, el vuelo hacia el sur de los patos del Canadá en octubre, el arcoiris perfecto de las mariposas en los valles escondidos de Michoacán, el paso de ganso de la Wehrmacht o la puntería del general Rodolfo Fierro: la precisión de un batallón de paracaidistas, de un triple paso cardiaco, de un jardín de Le Nôtre, de una pirámide egipcia?

Mi sangre late rápidamente, cursa hacia el bosque de mis venas nacientes; una túnica cae sobre mí, como el sudario de la ciudad que vimos desde los aires:

Mis ojos están a punto de cerrarse por primera vez!

Entienden ustedes este terror?

Lo recuerdan acaso?

Hasta ahora, débil e informe de mí, por lo menos tenía los ojos siempre bien abiertos: ahora siento como si me adormeciera dentro de mi túnica blanca y delgada, como si un peso contra el cual no tengo recursos, me velase poco a poco la mirada:

Mi tiempo cambia porque no sé si de ahora en adelante ya no podré, privado de la vista, saber nada de lo que pasa afuera, conectar mi cadena genética con un simulacro de la visión: voy a meterle pedal a un tiempo que creí eterno, mío, maleable, tan sometido a mi deseo como los fragmentos de información proveída por mis genes: ahora los ojos se me cierran y yo temo perder el tiempo; temo convertirme en un ser que sólo irrumpe en distintos tiempos sin saber con quién o con qué va a coincidir cada vez que haga una de sus apariciones súbitas: cierro los ojos pero me preparo para sustituir la mirada con el deseo: quiero ser reconocido, sabido, por favor mamacita, júrame que me vas a conocer, júrame papacito que me vas a reconocer: no ven que no tengo ahora más armas que las del deseo, pero no hay deseo que sea tal si no es conocido y reconocido por otros y sin saber que ustedes saben estoy condenado al sin sabor del sin saber: pude haber sido concebido en Zanzíbar!

Sin mi deseo reflejado en el de ustedes, papá, mamá, yo sucumbiré al terror de lo fantástico: tendré miedo de mí mismo hasta el fin de los siglos.

4. Los veneros del Diablo

Y yo les pedí: Por favor, denle tiempo y cariño a su Cristobalito. Cuéntenle ahora lo que pasó en el tiempo entre la llegada a la ciudad y el tercer mes de mi concepción.

O sea instalados en la casa de un solo piso y mil colorines con balcón sobre la plaza que mira a un hospital porfirista cerca de las escalinatas simétricas de la iglesia de San Pedro Apóstol, el Campidoglio del subdesarrollo, la Place Vendôme de la Naquiza, la Signoria del Tercer Mundo, la situación fundamental en que nos encontramos es la siguiente:

Primero, el tío Homero Fagoaga, con fino sentido político, ha decidido esconderse en la casa de mis padres hasta averiguar la reacción oficial a los eventos del mitin electoral de Igualistlahuaca; es probable que se le haga responsable de ese estallido que pudo ser confundido con el amor o el odio, asegún, pero en la política mexicana más vale no fiarse de los asegunes —pontifica don Homero instalado, como por derecho divino, a la cabeza de las tres comidas diarias con vista sobre el nosocomio, engullendo chilindrina tras chilindrina— sino ir sobre lo seguro, como ese veterano callista don Bernardino Gutiérrez que no se movía sin antes chuparse el dedo y luego en otras palabras, no hay que dar paso sin guarache, sobre todo en tierra de escorpiones, y él se proponía pasar aquí por lo menos dos meses de reclusión, por lo menos hasta principios de mayo, cuando las festividades conjuntas de la Virgen María y los Mártires de Chicago le permitirían, acaso, mostrarse en público con la seguridad de que a un católico revolucionario como él acabarían por reconocérsele los ávilacamachistas méritos si él mismo se escondía en la época en que podían achacársele los miramónicos defectos: una cura de ausencia, pues, en la que y gracias a la cual sus vicios serían olvidados y sus virtudes volverían a brillar. Quién que era alguien en nuestra política no había hecho otro tanto?

Cuando mi padre y mi madre dejaron de oírlo, incrédulos y boquiabiertos, para comerse una pieza de pan dulce cada uno, encontraron que el tío Homero, sin dejar de hablar un instante, había acabado con la montaña de polvorones delicadamente dispuestos por mi madre sobre un plato de loza azul de Talavera. Ahora don Homero sopeaba el último trozo en su chocolate "Abuelita" y le pedía a Ángeles mi madre si no le preparaba una tacita más del brebaje, pero bien hechecito, con molinillo y todo para darle aromática espuma al néctar de la nación azteca. Ahora el chocolate ocupaba el lugar antaño reservado al bigotillo renaciente de don Homero Fagoaga.

Mis padres, malgré sus amores recuperados y ahora, a pesar también de la alegre certeza de que yo ya venía en camino y podría concursar en el certamen nacional de los Cristobalitos, tenían secretamente una fisura en cada una de sus almitas pero preferían no comunicársela entre sí. No era ya el horror de Matamoros Moreno; eso yo creo que hasta los acercó más. Era más bien una terrible sospecha de que en este país, en este tiempo y en esta historia, todos eran usados; la lengua española, el licenciado Fagoaga lo admitía durante las largas comidas en que hacía su aparición, no poseía expresiones tan certeras para indicar, lacónicamente, una colosal tomadura de pelo como este lapidario posesivo de la lengua francesa,

—Tu m'as eu

o como su no menos terso equivalente anglosajón,

—We've been had:

imposible decir me tuviste, nos tuvieron, para indicar algo que en castellano (gigantesco guiñó del tío Homero) tendría una excesiva carga sexual: don Homero los invitaba a callarse lo acontecido en Guerrero en estricta reciprocidad con su propio silencio: él no había visto nada en la carretera en construcción; ellos no habían visto nada en el mitin de Igualistlahuaca y sus actos consecuentes: don Homero no fue manteado; ellos no fueron mentados. En Acapulco todo lo que sucedió fue sabia maniobra del gobierno.

Así, las cada vez más espaciadas visitas del tío Fernando Benítez para recordarle a don Homero su promesa de salir a defender el honor de la Dama Democracia apenas terminase su encierro, no sólo eran desanimadas por el comprensible deseo del obeso académico de no ser objeto de una rutinaria exterminación a manos de la incontrolable e ignorante fuerza policíaca del señor coronel Inclán, sino por la falta de apoyo de mis padres:

—Pero de veras van a tolerar a la ballena barrenada aquí un mes más?, exclamó Benítez. A ese paso, voy a dejar de reconocerlos.

Cada vez que les miraba las caras, el tío Homero les decía que no se preocuparan, él cumplía su promesa de retirar la acusación y poner fin al proceso contra la prodigalidad de Ángel, de manera que ellos podían vivir opíparamente hasta el fin de sus días, ah!, en la vida todo era canje, dar para recibir, recibir para dar, según la ley de la conveniencia, y cuando mis padres se sentaron a la mesa no encontraron nada qué comer: Fagoaga se había tragado rápidamente, como si su boca fuese un solo y veloz popote antropofágico, el pollo en salsa roja preparado por mi madre con sus propias manitas santas. Sólo quedaban los huesos y el suspiro satisfecho de don Homero mientras se limpiaba los labios con una servilleta kingsize. Mis padres seguían temiendo, dada la soberanía del capricho en las decisiones públicas mexicanas, un cambio inesperado en las reglas del concurso de los Cristobalitos; mas los certámenes nacionales patrocinados por Mamadoc se sucedieron imperturbables; durante el mes de marzo, por ejemplo, se escenificaron casi a diario las encuestas llamadas del Último, al cabo de las cuales una representante de la Señora entregaba su premio (una calavera de azúcar con el nombre del triunfador escrito con caramelo sobre la frente) al Último Fan de Jorge Negrete, un decrépito caballero que desde su silla de ruedas con asiento de mimbre podía tocar petománicamente los primeros compases de "Ay Jalisco no te rajes", al Último Callista de la República (título previsiblemente ganado por don Bernardino Gutiérrez, ya mentado en su carácter simultáneo de Primer Callista, quien aprovechó la entrega del premio para lanzar sordas acusaciones contra los cristeros emboscados en las filas de la revolución que con sus intentos de conciliar lo inconciliable, a saber, la fluyente y cristalina agua de lo temporal con el pesado aceite sacrístico de lo eterno, minaban en sus fundamentos al Partido de las Instituciones Rev/:) el tío Homero apagó nerviosamente la televisión, tomando las palabras de don Bernardino como alusión directa y seguro índice de las bajas fortunas oficiales de nuestro pariente, quien suspiró y se colocó un cubretetera sobre la cabeza.

Pegados durante un mes a la televisión nacionalizada, mis padres y su tío Homero Fagoaga semejaban seres catatónicos en espera, cada uno, de la noticia fidedigna que les electrizara y arrancase de la hipnosis de la imagen.

El tío Homero Fagoaga, adormilado con los pies en babuchas turcas reposando sobre un viejo libro de teléfonos hacía notar que el gobierno preparaba constantemente hechos televisables falsos que parecieran verdaderos e inmediatos: miren ustedes, señaló lánguidamente una mañana, ese agente de la policía sorprendido por las cámaras en el momento de negarse a aceptar caudalosa mordida de turista norteamericano detenido por manejar borracho y, encima, intentar el cohecho de un representante de la fuerza pública; miren ahora estas imágenes de la justicia retroactiva aplicada contra funcionarios enriquecidos de pasados regímenes: miren estas subastas de bibelots, cuadros y autos de carreras para la beneficencia pública, miren esas ceremonias de distribución de parques privados a escuelas primarias y la devolución de clubes de golf tropicales a los ejidatarios: todo es falso, todo es preparado, nada de lo que ustedes ven está ocurriendo realmente, pero todo es presentado como un hecho que las cámaras acaban de sorprender: miren nadamás, Mamadoc en persona acaba de arrojarse al lago de Pátzcuaro para salvar a una excursión de niñas purépechas que le llevaban chiqueadores de cebolla y pétalos de rosa a la estatua del Padre Morelos en Janitzio, que ellas en su alegre ingenuidad pensaron sufría de perpetuas migrañas con su pañuelo amarrado a la cabeza todo el tiempo y en el alborozo de su candorosa fantasía hicieron volcar la canoa que de paso, sobrinitos, nos permite admirar las formas catedralicias de nuestra Madre y Doctora en su encajosa tanga de nado de copacabánica estirpe y esto, sobrinos, sucede ahora mismo, a las doce del día del 18 de marzo de 1992, cuando el señor presidente Paredes está en la refinería de Azcapotzalco celebrando los 56 años de la nacionalización del petróleo —pásate al otro canal, Angelito— y recordando que la ausencia de nuestra soberanía sobre el oro negro es sólo transitoria: pagando las deudas de la nación, el petróleo sigue sirviendo a México y México cumple fielmente su palabra empeñada ante el Fondo Monetario Internacional: no importa quién administre los veneros del diablo, si México se beneficia; y ahora una noticia inmediata sobre la construcción de la Cúpula famosa que debe purificar la atmósfera de la capital y dividir equitativamente el aire puro entre sus treinta millones de habitantes, pero ustedes, sobrinitos, ya saben por experiencia que éste es un engaño más para darle una distracción esperanzada a la gente y cuando algún inocente pide explicaciones sobre los trabajos de la cúpula a un funcionario, éste sabe lo que debe contestar:

—Como dice la Señora, es parte de un plan de Embellecimiento Estratégico.

Sentados allí durante un mes, parpadeando, mis padres esperan, quién sabe por qué, una señal desde la televisión que los arranque de su modorra apenas entrecortada por las salidas de mi mamá al mercado, las tres comidas con el tío Homero, en las que invariablemente el pariente aprovecha las distracciones de mis padres para comérselo todo, y las raras aunque catárticas visitas del tío Fernando Benítez, que unas veces se inician con un repiqueteo incesante a la puerta hacia las cinco de la mañana, mismo al cual mis padres responden alarmados para encontrarse a don Fernando vestido de trinchera y con stetson gacho y una lámpara en la mano apuntada a las caras legañosas de mis papis:

—Pruebas de la democracia: si alguien toca a su puerta a las cuatro de la mañana, creen ustedes que es el lechero? y otras veces terminan con un acalorado canje de incomunicaciones entre Fernando y Homero:

—Emmanuel Kant.

—Can't what?

Pero la señal desde las chispas de pedernal de la televisión no llega; lo que no es concurso es noticia inmediata y lo que no es noticia inmediata es el mensaje sublimado, dado cada quince minutos en una fracción de segundo, del lema definitorio del régimen de Mamadoc:

UNIÓN Y OLVIDO
UNIÓN Y OLVIDO
UNIÓN Y OLVIDO

Y luego vuelven a los concursos y celebraciones, pues según nos *recuerda* nuestra Madre y Doctora, no pasa un día, no pasa un minuto sin algo digno de ser celebrado, nace Bach, muere Nietzsche, sale el sol, cayó Tenochtitlan, se inventó el hilo negro, hasta que llovió en Sayula, por fin espumó la olla y se le hizo al salado

UNIÓN Y OLVIDO

Se le dio un nuevo premio al poeta naco Mambo de Alba por *No Haber Escrito Nada* durante el pasado año de 1991: La Literatura Agradecida; se declaró inválido, por falta de concursantes, el certamen acerca del Último Revolucionario Mexicano; el Presidente Jesús María y José Paredes, miembro del PAN, declaró intempestivamente que el PRI, después de recientes acontecimientos locales (el corazón, que no la chilindrina, le saltó a nuestro tío H. a la boca) reafirmaba su respeto al más absoluto pluralismo y admitía la existencia de facciones partidistas en su seno que, si la ciudadanía así lo deseaba, se constituirían en auténticos partidos políticos.

Para darle sazón al caldo, el propio Señor Presidente Paredes, en una jugada maestra, renunció a su afiliación en el partido de derecha Acción Nacional para dar el ejemplo, declaró, de una absoluta imparcialidad y sumarse a los millones de electores que, como el propio primer magistrado, deberían debatir seriamente con sí mismos una decisión tan preñada de consecuencias: a qué partido quiero pertenecer desde ahora?

Esto ocurrió a fines de marzo. Después hubo un largo silencio y el 2 de abril el señor presidente Paredes preguntó en las cámaras reunidas para rendir homenaje a Porfirio Díaz (UNIÓN Y OLVIDO) cuyo nombre fue inscrito ese día en letras de oro en el recinto de San Lázaro, el porqué de la lentitud de los ciudadanos en registrarse masivamente en las nuevas formaciones partidistas, a lo cual el señor licenciado Hipólito Zea, diputado por el noveno distrito de Chihuahuila, se levantó emocional, instantánea y fúlgidamente de su solio para exclamar:

"Porque estamos esperando a ver a cuál partido se une usted, Señor Presidente!"

Y este grito fue secundado por el señor licenciado Peregrino Ponce y Peón, senador por Yucatango:

"Su partido será el nuestro, Señor Presidente"; "Díganos pa dónde jalamos, con tal de que sea con usted!", secundó el líder campesino Xavier Corcuera y Braniff, diputado por el vigésimo de Michoalisco y "No nos torture más, Señor Presidente", con lágrimas en los ojos la diputada por Tamaleón y representante del sindicato de actores, doña Virginia Iris de Montoya.

A lo cual, emocionado, el Señor Presidente respondió en medio de impresionante silencio nacional:

—Decisión tan trascendente no se toma a la ligera. Cavilo. Pondero. Consulto mi entraña misma de mexicano. En septiembre daré a conocer mi propia decisión. Que ello no sea óbice para que el país, libremente, escoja sus formaciones preferidas.

Esta vez, el tío Homero se levantó de su postura semisupina con lágrimas que reflejaban las del primer magistrado y esta exclamación favorita, refleja, parte de su intimidad ciudadana:

—Para servir a usted, señor Presidente!

Pero sabiéndose excluido, por el momento, de estos aconte-cimientos de trascendencia histórica, suspendida (esperaba) pero no troncada su candidatura a Senador, tuvo que limitarse a elucubrar en el vacío, como cualquier hijo de vecino privado de chismes fide-dignos, desayunos políticos, rumores ciertos, bolas bien fundadas y otras fuentes de información certera: qué significa esta declaración para las fortunas del Partido de Acción Nacional, al cual hasta ese momento dijo pertenecer el señor presidente Paredes, habiendo ga-nado la elección bajo la bandera blanquiazul de la oposición?; estará tan mejorada la situación que el Partido Revolucionario Institucio-nal puede volver a hacerse cargo de la responsabilidad y el símbolo ejecutivos, sin descargar los problemas sobre las espaldas de la opo-sición?; qué papel jugará en todo esto Mamadoc como símbolo cen-tral de unidad entre las pugnas partidistas?, perderá poder en consecuencia su creador el ministro Federico Robles Chacón?, sig-nifica esta decisión un regreso al poder del más eminente emisario del pasado, el ministro Ulises López? Enigmas, enigmas, que Ho-mero no pudo, desesperadamente, resolver, volviendo a hundirse en la morosidad contagiosa del puro espectador; y qué eran, musitó, la mayoría de los mexicanos si no eso: espectadores de estos concursos sin fin servidos por la televisión nacional, apuestas sobre todas las cosas, cuántos kilómetros hay de Acaponeta a San Blas, cuántas tor-tillas se vendieron en el mes de marzo en el Estado de Tlaxcala, sea el primero en contestar, premiaremos el primer telefonazo a nuestros estudios, la primera carta, el primer cupón, qué kilometraje marca el camión número 1066 de la Leyland vendido a México porque echaba más bocanadas de monóxido de carbono y titulado "Ahí Va Mi Espada, Voy Por Ella", de la línea Flecha Roja México-Zum-pango? Vaya, que hoy la Leyland ha acaparado premios pues tam-bién gana el suyo el camionero que más mercancía ha introducido a la Ciudad de los Palacios en un solo día: aparece en la pantalla un muchacho albino vestido de cuero negro y se le anuncia como el se-ñor Gómez, chofer de camiones foráneos; desaparece de la pantalla tan velozmente como llegó a ella y mis padres, por boca de don Ho-mero, vieron a la nación entera inmersa en el concurso, el examen, la efeméride que no les dejaba ni un minuto libre, esperando el golpe de la suerte, la superlotería perpetua de Makesicko Nanny Tú: in-útil, exhausta, muerta, de la clase media mexicana pudimos decir, al cabo, que nunca se aburrió: ésta fue su solución y su paradoja:

UNIÓN Y OLVIDO y otro de los mensajes sublimados que de tarde en tarde parpadeaban en todos los aparatos de televisión decía redundante:

CIRCO Y CIRCO

trascendencia de la romana demagogia que prometía, además, los maderos de sanjuán, quieren pan y no les dan, el santo olor de la panadería, pan con pan no sabe, pero qué tal circo con circo? Ah, suspiró don Homero, el sentido del carnaval católico era cancelar el terror, aunque nuestro pariente Benítez diría que entre nuestros inditos es el diablo quien organiza el carnaval.

Don Fernando Benítez dibujó con rápidos trazos un mapa de la república en uno de los pizarrones de la casa de Tlalpan y sentó frente a sí, cual discípulo lerdo, a don Homero Fagoaga eternamente vestido con su piyama de rayas rojas y sin zapatos.

—Dónde estamos?, inquirió Benítez marcando una X con un gis verde sobre el pizarrón.

—En Tepatepec Hidalgo, resopló Homero, dispuestos a dar la vida para que se respete la organización de los campesinos.

—Y ahora?, preguntó el tío Fernando marcando otro punto del territorio.

—En Pichátaro Michoacán, acabamos de entrar a Pichátaro Michoacán para defender la cooperativa obrera.

—Mira, no cierres los ojos, gordo: ahora?

—Estoy en Coatepec de Harinas luchando porque se respete la elección municipal —Homero se incorporó con los ojos cerrados y agarró del cuello a Benítez—: Lo voy a mandar a prisión perpetua, señor juez —Benítez zangoloteado por el furibundo tío Homero— por dejarse sobornar para quedar bien con el más fuerte —y Benítez le hunde con fuerza un codo en la barriga a Homero—: Es usted quien irá a prisión, señor juez, pues sin independencia judicial todo lo demás se vuelve quimera. Y Benítez levantó su pie calzado con botas mineras para apachurrar los dedos desnudos de Homero: —Sepa usted, señor juez, bufó Homero abrazado al cuello del semiasfixiado Benítez, que los mexicanos podemos practicar la democracia sin pistoleros, sin crímenes, sin mordidas, sin chanchullos!, y dudó don Fernando: Lo dejo que siga viviendo con tanta

307

convicción mis enseñanzas, o le impido que me ahorque? —Ya no dudó: dejó caer la bota minera sobre los dedos descalzos de Homero, el gordo chilló y fue a sentarse a su silla de pupilo retrasado, sobándose el dedo apachurrado. Benítez se arregló la corbata y prosiguió, tosiendo tantito:

—Caminarás las rutas de México, incansablemente, despojándote de tus sobrados kilos, dispuesto a dar la vida porque en Tepatepec Hidalgo se respe/

Mi padre, apóstol (aunque medio desganado ahora) del relajo, imaginó entonces un teatro diabólico en el que coexistieran perfectamente la risa y el miedo: el humor, allí, no aniquilaría lo que es individual en el terror, sino lo que es finito en él. Mi madre no entendió esto, después en la cama, y mi padre señaló hacia una foto de la guerra cristera, circa 1928, que ellos tienen claveteada cerca de su lecho: un insurgente religioso de sombrero de fieltro, camisa abierta, chaleco, pantalones de montar y botas con agujetas, espera la muerte frente al paredón. Los fusiles del gobierno le apuntan ya. Pero él mantiene un cigarrillo seco entre los dedos manchados, adelanta una rodilla como si esperara a su novia y no a la muerte (y quién dijo que?) y sonríe como nadie ha sonreído nunca, chata, te lo juro: tú te imaginas a ti misma sonriendo así a la hora de la muerte, cuando te van a fusilar? Serías capaz? Te pondrías a prueba? Ella le dijo que no; ése era un mito de machos y un rito de *rotos*; a ella no le interesaba morir, con dignidad o sin ella.

Él dice qué difícil es morirse.

Ella dice qué difícil es ser libre.

Y eso es lo que él quiere también, dice él, pero si ha de llevar su rebelión hasta el borde de la vida y no de la ideología, ello significa llevarla también al borde de la muerte (le dice a mi madre en secreto esta noche seca de mediados de abril del mes más / bajo las sábanas que los aíslan de su espacio invadido por Homero Fagoaga: de día se atraganta, de noche ronca, invade siempre, qué lata el tío!) pero ella repite, no acepto la muerte, aunque sea con dignidad: si tú te me mueres a mí se me crea un vacío en el mundo, una mujer se queda sola y cualquier cosa puede ser jalada a llenarle su vacío; dijo que no quería un vacío dejado por él y él le contestó que no olvidara que esperaba a un hijo; eso —rió— debía llenar todos sus vacíos. Pero él soñaba sin desearlo con algo (soñó al separarse de mi madre y adormecerse con los tobillos pegaditos a los de ella) algo que entra a una discoteca bañada con la luz fría de los reflectores y regada de lentejuelas: tiene los ojos como dos mariposas turbias y al bailar levanta la pierna y muestra sin quererlo el muslo bajo su falda breve, un repliegue de vello, una monedita de cobre húmedo: mi padre sueña, sin quererlo, con ella.

Entretanto, mis ojos se cierran. Pero mis orejas se abren.

Mi madre sueña dormida (porque a veces sueña despierta la muy divina y adivina ella): ha perdido dos menstruaciones ya, dormida así con el pelo suelto ocultando su rostro de aceituna clara, dormida pesada ya conmigo, respirando fuerte, caliente bajo los brazos y en la nuca y entre las piernas: ardiente y yo presente toditito, como para compensar mi ceguera súbita: todo presente ya en mí, chico, no me hace falta más nada, no vayan a echarle el moco al atole: yo ya soy una personita que de ahora en adelante no hará más que crecer y perfeccionar sus funciones: saben ustedes que mi corazón lleva un mes de LATIR? Que mis músculos han empezado sus ejercicios? Despierta sobresaltada mi madre; quiere decírselo a mi padre Ángel; sonríe y se guarda su secreto; yo me siento feliz de saberla feliz y en la maravillosa piscina que ella me ha regalado, yo, de puro gusto, doy machincuepas acuáticas como una foquita que soy: pero ya empiezo a tener mi rostro humano, y mis manos sacerdotales invitan a la oración y a la paz. Mi rostro es humano, digo, pero mis párpados se han entrecerrado. Y yo no sé si voy a dormirme o si voy a despertar. Pero si digo todo esto es porque quiero convencerme rápido de que yo me convierto en el artista de mi propia creación, y digo esta mentirota sólo para protegerme de una sospecha de que mi padre pueda creer que no soy su hijo, ya no lo soy o nunca lo fui, después de que una gavilla de léperos transitó a sus anchas por el guadalcanal de mamma mia: ahora dependo más que nunca de que ella le haga creer que yo fui hecho desde antes y que lo que pasó en Malinaltzin no me afecta, pero qué tal si lo afecta a él, si le sale lo machurro mechica mechinga y aunque a él se lo haya atornillado el mero Matamoros Moreno, en esta sibilización los hombres son sacerdotes y sus augurios son permitírselo y perdonárselo todo a los hombres, pero ellas, vestales eternas, nanay: será así? Pues entonces ya me jodí, electores, y por eso mi grito fetal en este instante del regreso (arribo mío) a Makesicko Seedy es:

Denle tiempo y cariño a su Cristobalito!
Cántense una balada el uno al otro!
Recuérdense los unos a los otros!
Cójanse hasta la siamización!
Quiéranse papi y mami!

5. Balada del mes más cruel

Dice mi padre: Pausa. Necesito explicarle a mi hijo quién-es-somos Ángeles y yo: sus desconocidos: a la panza de Ángeles se lo digo: en ti veo Ángeles todo lo contrario a mí, todo lo que me completa y la esperanza de que nos igualemos sin dejar de ser diferentes: te digo dame cosas de qué pensar en las noches y tú vas a pedirme lo mismo: lo más importante que podemos pensar ahora el uno del otro es que creo en ti porque creo que lo bueno debe repetirse un día, no puede quedar atrás, y sólo si acepto eso mi amor puedo admitir que no soy lo que quisiera ser y ayúdame Ángeles a ser lo que quiero ser aunque sea tan distinto de lo que tú quieres, eso es bueno: di algo para mí, no te quedes allí inmóvil y silenciosa, y ella sonreirá (mi madre) y dirá Ángel nos conocimos muy jóvenes y muy incompletos, te doy lo que me pides, podemos formarnos (compartir la formación) después de conocernos: hubiera sido mejor conocernos maduros, hechos ya?

Yo interrumpo la balada del mes de abril; o quizás sólo añado una voz al diálogo, convirtiéndolo en coro: Mami, recuerda, juraste que en abril me contarías cómo se conocieron tú y mi papá, no dejes que pase el mes sin decirme: mamacita!

—Ángeles. Te encontré porque te busqué. No fue un accidente, aquella tarde en el monumento de Juárez.

—Es cierto?

—Quiero que sepas muy claro que no te encontré por casualidad, o porque perdí a Águeda, o porque tú eres tan distinta de Águeda y me acerqué a ti perversamente…

—No importa. Nuestro encuentro ya pasó. No insistas tanto en recordar ese momento…

(Se lo dice a él? Me lo dice a mí?)

—Es que sólo recordándolo puedes entender que si te pierdo, o si nos separamos, yo te voy a buscar de nuevo: no lo voy a dejar al azar, mi amor…

—Está bien. Ahora vivimos juntos, quizás tengamos un hijo en octubre; por el momento actuamos juntos. Está bien. En qué página vas de tu libro?

—Mira: en la página en que Platón dice que vivimos en la era post marxista, post freudiana y post industrial.

—Basta de judíos sabios, ahora necesitamos unos cuantos cristianos pendejos. Quote Plato.

—Y la muerte?

—Tan largo me lo fiáis?, rió mi padre.

—Por eso te quiero, porque eres una bola de contradicciones.

Ángel se re-inventa románticamente como un conservador rebelde. Sería un asesinato si pudiera salirse totalmente de sí mismo. No puede. La memoria no lo deja. Todos seríamos asesinos si no tuviéramos memoria. La memoria nos recuerda: Caín. El Tigre de Yautepec. Caryl Chessman. El Dr. Crippen. Goyito Cárdenas. Pero no basta decirle al crimen por la memoria me abstengo de hacerte mío. Quiero que Ángel pueda decir que nadie se atreva a juzgarme apostando sobre mi deshonestidad y no sobre mi virtud a pesar de que haga lo que quiero y no lo que se juzga correcto. Apuesto a un mundo (conmigo Ángeles) en el que lo correcto no es hacer lo correcto sino lo que se quiere: hacer lo que se quiere será entonces lo correcto. Es posible? Ángel no es lo que quiere ser. Yo quiero que me necesite a mí para serlo. Sé que todo esto es imposible. Pero voy a gozarlo mientras dure y voy a intentar que dure, sin que él se entere de mi secreto: estoy enamorada de mi amor con Ángel, amo amarlo, no quiero que él se entere. Ángel en cambio va a enterarse de que el amor es asunto de pura voluntad: se quiere lo que quiere quererse. Entender esto lo va a entristecer mucho. Pero por un tiempo no va a poder contra este poder: querrá lo que quiera. Ángeles estará enamorada de su amor por Ángel. Ángel estará enamorado de su voluntad de amor. Cuando Ángeles entienda esto, querrá que la voluntad sea amarla a ella, concentrar en ella toda la fuerza de la voluntad de amor. Esto no podrá ocurrir, señores electores, antes de que Ángel despliegue su voluntad de amor imaginando que la variedad de la voluntad es la prueba de su existencia: él confundirá la voluntad de amor con la variedad de amor y ésta con la imaginación de amor. Pobrecito: tendrá que eliminar la variedad para que imaginación y amor realmente se miren cara a cara, se besen, se cojan: la singularidad del amor sexual entre hombre y mujer es que nos vemos la cara y los animales se dan la espalda para coger: tú y yo mi amor podemos mirarnos los ojos pero somos como los animales en que jamás podemos vernos como nos ven los otros hacer el amor: somos buenos para el amor, o somos malos? cómo comparar? cómo saber? es cierto lo que ella le dice: coges divino Ángel quién te enseñó? es cierto lo que él le contesta: tú me lo enseñaste todo, tú eres la que coge como una reina? por qué dicen esto mis padres? para joder? para dominar? o porque es cierto? para quererse más? puede la gente quererse sin dominarse?, joder sin joderse? El amor de mi padre tiene lugar dentro de lo que él es y cree: Ama a mi madre como parte de lo que quiere: un orden: y sabe muy bien que ningún orden será jamás suficiente. Mi madre en cambio (estamos en abril el mes más) quiere el amor pero sabe muy bien que el amor es sólo la búsqueda del amor. Cómo carajos van a entenderse? Ella le prueba a él que tiene razón: ningún orden basta si el valor es amar y amar es buscar el amor. Él le prueba a ella que tiene razón: el amor no puede ser parte de un orden establecido, lo cuestiona y rebasa y transforma cada vez que dos labios se juntan a otros dos labios y una mano se alarga para tocar como suyo un sexo que es de otro: se inició la dominación, Ángeles, es fatal que ustedes las mujeres generan culpa, nos persigan para que nos sintamos culpables, no están contentas las muy cabronas si no nos ven aceptando que somos culpables y por eso acepto lo que pasó en Malinaltzin: yo no te haré culpable hoy para que tú nunca me hagas culpable y seamos así, amor mío, la primera pareja feliz de la historia hip hip hurray! hip hip mi costilla!

—Cierto o no?

Y Ángeles: Si me acusas de algo que pienso pero no hago, no lo puedo negar. Ésa no es culpa. Pero desear aunque no se haga, ésa sí es culpa para ti? Ahora tú no te quedes allí sin hablar, di algo. Ángeles soñó que orinó y orinó hasta llenar de vuelta el lago de Texcoco, poner a flote la pinche ciudad seca, restaurarle sus canales, su tránsito por agua, su muerte líquida. Eso soñó Ángeles cuando regresaron a la Ciudad de México y vivieron de nuevo en la casa de los colorines y yo les pedí, por favor:

—Denle tiempo y cariño a su Cristobalito.

Aunque ellos no pueden saber que yo los escucho, sé todo lo que se dicen y organizo el rompecabezas de sus pensamientos. Qué falta de imaginación!: Ellos no me escuchan a mí.

6. Ojerosa y pintada

No sé si voy a dormirme o si voy a despertar.

Pero mis orejotas crecen y oyen.

Oigo decir que la situación doméstica se vuelve imposible. Mis padres nunca han sido ejemplo de parsimonia calvinista; por más post-modernistas, post-industriales, iluminados, conservadores, freudianos, marxistas o ecólogos que se declaren o hayan declarado en el curso de sus breves y agitadas existencias, Ángel y Ángeles son católicos hispanos barrocos pródigos derrochadores y anacrónicos: no se puede ser moderno sin ser protestante, aunque se sea católico, musita de nuevo Ángel mirando cada día al tío Homero devorar las despensas del joven hogar matrimonial de la casa de los colorines, sin pensar dos veces en pedir permiso o dar las gracias u ofrecer una cooperacha hasta que Ángeles mi madre le dice una mañana de abril a mi padre Ángel:

—Ya rompí el último cochinito, mi amor. Qué fastidio. Dime, qué vamos a hacer?

Excusaban en cierto modo al tío Homero porque él dijo que se desistiría del juicio contra Ángel y en este mundo de grandes esperanzas y perpetuas ilusiones que es México '92, ello significaba que los muchachos (mis papás) ya tenían sus cuarenta millones de pesos oro, así nomás. La verdad es que en la alacena sólo quedaban dos piloncillos y ellos, mirándose seriamente a las caras, se dijeron la verdad primaria: Tenemos que encontrar chamba. Pero la verdad secundaria era que sin el auxilio de los Four Jodiditos, les era imposible valerse en el mercado del trabajo.

Por pura lógica, después de oír al tío Homero en Malinaltzin, mis padres entendieron que sus cuates Huevo, el Huérfano Huerta, el Jipi Toltec y la Niña Ba (aunque ésta era invisible) habían perecido en la hecatombe organizada por el gobierno en Acapulco y atribuido a las víctimas de la misma.

Vegetaban mis papis mirando la otra realidad ofrecida perennemente por la televisión cuando sucedieron dos cosas. El concurso de la Última Modelo de Playboy, difícil entre todos de ganar pues esa emprendedora revista de la ciudad de Chicago no se había dejado agotar ni por la reacción puritana de los ochentas (monogamia, condones, herpes y SIDA) ni por la sucesión de las generaciones, ni por las distancias geográficas, llegando a fotografiar en su momento más del 80% de los coños del planeta, sino que había desafiado a la edad y, algunos lo sospecharon, a la muerte misma. Pero el archivo de bellezas muertas, en las cajas fuertes frente al ventoso Lago Michigan de la república siderúrgica del Eje Chicago-Filadelfia permanecía vedado, en tanto que las fotos de encueradas ancianas empezaron a anunciarse insinuadamente: ganaría el concurso un centerforld post-mortem de la divina Sueca, de Lola-Lola a horcajadas en la tumba o de la venerable abuelita del seno nacional, doña Sara García en pelotas?

Nada de eso. Esta cálida noche de abril, una mujer de escasos cincuenta años, bien dotada aún, bella, aunque con mal tobillo andaluz y sin alegre nalga cubana, cuadrada de cintura y disfrazada de pecho, con el pelo de rulos colorados como una versión madura de Anita la Huerfanita y un profundo escote que no va a ningún lado y nada muestra, obligando al espectador —en este caso mis padres y mi tío— a fijarse en el extraño brillo de sus dientes trabajados, cincelados, poblados de plata y oro, acaso podridos, se presenta a reclamar el título de la Última Modelo de la Revista Playboy.

—Pucha la payasá, dijo ella, no es que ande angurrienta, pero va a haber desmoñe si no me reconocen mi derecho, pilientos de porquería, y no me muevo de aquí ni aunque me arrastren los pacos a la capacha, no piensa mijito y viva Chile mierda!

—Concha Toro!, exclamó mi padre, la mujer que me desvirgó! la cantante chilena de boleros!

Pero esta imagen, que en realidad no pareció ensayada, pasó veloz y atropelladamente y en otro estudio de televisión le era entregado el premio del último flower child al cuatezón de mis padres el Jipi Toltec, con explicaciones del locutor en el sentido de que entre dárselo al jipi más viejo (que abundaban, pues quien tenía veinte años en 1962 tenía cincuenta en 1992: por más que sea una maravilla de fragilidad, Mick Jagger va a cumplir cincuenta años de edad, y Paul McCartney se pregunta temblando Will you still need me, Will you still feed me, When I'm sixty-four; la edad que cumplen este año Shirley Temple, Gabriel García Márquez y Carlos Fuentes). De manera que como no hay nada más fané y descangachado que un flower-child de los sesentas, prefirieron darle el premio al más joven, al que personificaba, más bien, la prolongación que el exterminio de una tradición nostálgica

OLVIDO Y UNIÓN:

el Jipi Toltec, cayéndose a pedazos, tomó la calaverita de azúcar y dijo que había un error de los organizadores, él no era un jipi ni era joven, él era la serpiente emplumada que al fin regresaba a reclamar

UNIÓN Y OLVIDO:

los canales se revolvieron como huevos: las imágenes pero también el sonido; un bolero cantado por Concha Toro y un rockaztec cantado por los Four Jodiditos se mezclaron en la confusión sonora y mental de las autoridades televisivas, pero mis padres apagaron la televisión, abandonaron con la boca abierta a don Homero, se vistieron como era propio de ellos, mi padre con traje negro de tres piezas, corbata y fistol, cuello duro, botines de charol, polainas, guantes blancos, bastón y bombín (modelos: Adolphe Menjou y Ramón López Velarde); mi madre con la moda luctuosa de principios de los veintes, que tan bien le sentaba, y que a la pechera y a la falda de negro satín añadía lánguidos velos de gasa que convertían a la ropa en una cascada oscura de las rodillas descubiertas a los tobillos tapados, un bandó de satín negro apretaba su frente y dejaba libre la corona alborotada, crespa, de la cabellera (modelos: la Madre Conchita y Pola Negri) y liberados al fin de la necesidad de aparentar, de vegetar, de mirar sin fin, salieron (sus resortes, sus inspiraciones: Concha Toro y el Jipi Toltec) a la ciudad porque la ciudad al fin, legítimamente, los llamaba, los esperaba, les ofrecía estos dos amarres sólidos en un mundo sin ubicación, porque:

—Dónde estará ahora el Bulevar, chata?

7. Vives al día, de milagro, como la lotería

Encontrarían el bulevar? Andaban fuera de la ciudad desde diciembre, luego encerrados con el tío Homero en Tlalpan desde marzo; el Bulevar cambiaba de lugar cada semana, a veces cada veinticuatro horas; no era dos veces el mismo pero siempre era todo: la cita capitalina, el lugar para ser visto y ver, el Plateros, el Madero, el Paseo de las Cadenas, la Zona Rosa de antaño, pero ahora con esa escandalavillosa singularidad: no saber dónde era la cita, secreta como el lenguaje (los lenguajes nuevos) mutante cada día, cada hora, para permanecer inasible, incorruptible por escritor, orador, político o manipulador alguno.

Lo constante de la ciudad es el goteo de los cielos; llueve incesantemente, una lluvia negra, aceitosa, carbonífera, que opaca los más vistosos anuncios luminosos; la sensación de cielo encapotado, oscuro, en cuyas brumas se pierden los esqueletos de los edificios, muchos de ellos sin terminar, hierro oxidado muchos, torres truncas, cúes del subdesarrollo, rascatonatiús, otros simples telones como los de la entrada por Puebla, otros más cubos de cartón chorreados de lluvia ácida y muy pocas verdaderas construcciones habitadas: la ciudad se vive moviéndose, la permanencia se ha vuelto secreta, sólo el movimiento es visible, los puestos a lo largo del antiguo Paseo de la Reforma, fritangas, garnachas, flores muertas, dulces negros, carnitas, cabezas de burro, patas de cerdo, gusanos de maguey (humedad perpetua de la ciudad, criadero inmenso de escamoles, ahuautles, huevas podridas, hormigas enervadas y listas para ser comidas) y las filas de agachados engullendo los tacos de la Reforma frente a los toldos iluminados por focos encuerados y mosquiteros. Pero estas minucias se ven con microscopio porque desde arriba (donde ellos volaron para entrar al Defe) la ciudad es un inmenso cráter llagado, la caries del universo, la caspa del mundo, el chancro de las Américas, la hemorroide del Trópico de Cáncer.

Decenas de miles de sintechos se han aposentado desde el terremoto del 85 en las glorietas y camellones de la Reforma y otras arterias principales: chozas y tiendas de campaña, tendajones y puestos: la capital de México se parece cada día más a Tres Marías. El atuendo sombrío pero jocoso, muy tuentis, de Ángel y Ángeles manejando el Van Gogh por el Paseo de la Reforma es una respuesta, bien consciente y compartida por todos los jóvenes con algo de esprit, a la fealdad, la grosería y la violencia circundantes.

Parpadeó el letrero luminoso en la fachada cacariza del teatro del Seguro Social AFTER THE FIESTA THE SIESTA y ellos siguieron a un coche de caballos en forma de concha de mar; quiénes lo ocuparían, detrás de sus cortinillas cerradas? Se miraron Ángel y Ángeles: lo mismo que ellos pensaron debían pensarlo cuantos vieran ese carruaje salido de las pesadillas de la Cenerentola: donde vaya esa calabaza sobre ruedas está la fiesta, el bulevar, el lugar, el oasis sagrado del crimen y de la violencia catártica, seguro. Las muchedumbres crecieron por el rumbo de Constituyentes pero aún no era el Bulevar, lo supieron intuitivamente. La masa apretujada y alburera le tiraba cáscaras de mangos a las caras que no les gustaban. Muchos hombres jóvenes caminaban de prisa, sin mirar a los demás, todos con morrales colgándoles del hombro. Desde su ventana, una viejecilla tiraba macetas llenas de tierra y geranios a la calle, indiscriminadamente, rompiendo los indiscriminados cráneos de los pasantes. Nadie levantó la mirada para verla; nadie los bajó para verlos. Todos usan etiquetas de identificación pegadas al pecho (blusas, solapas, suéteres): sus nombres y ocupaciones y números de existencia en el Defe. Llueve ceniza. Las tarjetas de identidad ni se despintan ni se despegan. El desplome paulatino de todos los recursos hidráulicos —el Lerma, el Mezcala, el Usumacinta— ha sido compensado por la llovizna ácida constante provocada por el efecto de invernadero de la industrialización en un alto y ardiente valle encerrado.

—El problema es el agua, le dijo don Fernando Benítez al ministro Robles Chacón, ustedes hacen creer que es el aire para distraer, inventan esa historia rocambolesca de la Cúpula que nos va a proteger de la polución y que va a darle su ración de aire puro a cada habitante de la ciudad. Mienten ustedes, miserables! El problema es el agua, cada gota de agua que llega a esta ciudad cuesta millones de pesos.

—Usted no se preocupe, don Fernando, contestó amable y tranquilo el licenciado: —Nosotros sabemos cómo distribuimos las reservas y racionamos el precioso líquido. Dígame, cómo están sus tinacos? Ha tenido usted algún problema? No lo hemos atendido como se merece?

—Mis tinacos están bien, dijo con desánimo Benítez y en seguida recuperó su vigor combativo: —Y su mamacita cómo se encuentra?

Ciega y enterrada, dijo impávido Robles Chacón.

—Ojalá que tenga usted agua para regarle su tumba, dijo antes de salir Benítez.

—Todo se le perdona a un escritor! Ah, la legitimación, la historia, lo que queda!, suspiró resignado el señor secretario. Miró a sus pies, incrédulo y llamó a su edecán el estadígrafo escondido en el armario:

—A ver, tronó los dedos el licenciado Federico Robles Chacón, sal de ahí y péscame a esa rata, faltaba más!, una rata en el despacho del secretario de Patrimonio y Vehicul… Pero apúrate, baboso, en qué estás pensando, le gritó el señor ministro al hombrecito salido del clóset al tronar de los dedos titulares y superiores, quien se escabulló entre los muebles adquiridos en Roche-Bobois cazando a la rata y explicando que la Ciudad de México tiene treinta millones de habitantes, pero tiene ciento veinte y ocho millones de ratas —cayó de rodillas y alargó la mano debajo de una transparente mesa de aluminio y vidrio llamada en el comercio de lujo Table New York— que habitan cloacas, señor secretario, drenajes y montañas de basura contaminando anualmente a más de diez millones de habitantes con parasitosis —miró su propia mano blanca debajo del vidrio, flotando debajo del cristal transparente, haciendo gestos la mano en busca de la rata invisible— y otros males intestinales.

—Devorando treinta toneladas de maíz y otros granos cada quince días. Son ratas asesinas, señor, pero ellas mismas mueren misteriosamente cuando consumen determinados granos que ocasionan la muerte de las propias ratas que los consumen.

—Deja de esconderte en tus pinches estadísticas. Te digo que caches a esta rata particular que se ha metido a mi oficina, con mil carajos!, gritó el señor secretario.

Pero el estadígrafo no tuvo fuerzas para levantarse, sino que puso la cara debajo de la mesa de cristal New-York y aplastó las narices contra el vidrio, mojándolo con su vaho.

—Hanse encontrado montículos de roedores muertos por comer maíz importado cuyos cadáveres son devorados por gatos, coyotes, y otros animales que también sufren serios trastornos.

—No cooperan esos importadores de granos con la campaña de des-ratización?, inquirió Robles Chacón.

El pequeño estadígrafo vestido de smoking limpió con un pañuelo el vaho y las babas en el vidrio de la mesa del despacho francés del señor secretario.

—No, señor licenciado, puesto que las ratas se reproducen cada veintiún días.

Se puso de pie trabajosamente, añadiendo mientras se acomodaba el pelo despeinado: —Acaso colaboren, simplemente, a la...

—Estadísticas, no juicios morales —le dijo el ministro al estadígrafo antes de cerrarle la puerta del clóset en las narices y sentarse a chupar una paleta de la Ratoncita Mimí.

La ciudad se enciende y se apaga como un árbol de Navidad sin juguetes.

—La cruda!, grita alguien desde el cruce de Patriotismo e Industria/

318

—La cuenta, paguen la cuenta, no se larguen sin pagar la cuenta!/

—Los banqueros se fueron de México al Gran Caymán con sus indemnizaciones/

—El Pichacas hizo creer que lo secuestraron para exportar a las Bahamas las sumas de su rescate/

—Los inversionistas extranjeros se fueron a países seguros/

—Viva el Paraguay seguro/

—Oil glut/

—Deuda externa/

—Explosión demográfica/

Las funciones se invierten. El olor que sale de la gente en el remolino de Tacubaya y la Avenida Jalisco desde el edificio Hermita que se convierte en arena es el de un aliento flatulento, una respiración culera. En todas partes hay más gente de la que cabe. Los techos de la ciudad son ahora una segunda meseta, rodeada de abismos oscuros, cañones de lluvia oscura. Signos de antenas y tinacos apenas visibles ya. Señoras envueltas en rebozos corren despavoridas con sus carretillas llenas de billetes, forman colas, hay vigilantes de barrio (muchachos adolescentes con macanas y tubos de fierro) protegiéndolas en las largas filas de las tortillerías, las farmacias, las chicharronerías. Un grito desde una tienda de abarrotes en Mixcoac: "Sólo se vende azúcar a cambio de dólares." Una cáscara de mango contra el parabrisas de Ángel y Ángeles.

—Ciudad devastada.

—Ciudad jodida.

Ángel señala a los viejos de saco y corbata raídos, color caca, tocando guitarras enfrente de los semáforos,

solamente una vez / amé en la vida

y corren bufando, zapatos de El Borceguí rotos, camisas Arrow deshilachadas, corbatas High Life manchadas, a recoger lo que dioselopague en sus viejos borsalinos Tardán sin listón (en sus sesos derretidos repiquetea incesantemente la frase publicitaria de su juventud y de la promesa nacional: De Sonora a Yucatán / Todos usan Sombreros Tardán / Veinte Millones de Mexicanos no pueden estar equivocados: cuando el país entero tenía menos habitantes que la ciudad en 1992: 1932), viejos decentes escupiendo contra los parabrisas, limpiándolos rápidamente con restos de toallas del Palacio de Hierro antes de que cambien las luces. Las piedras de Mixcoac reflejan y proyectan lo que va quedando de la luz. Por la Avenida

Revolución la economía del trueque florece: calzoncillos contra peines, mejorana contra tabaco, manoplas de fierro contra muñecas Barbie, condones con cresta de plumas contra cuadros del Sagrado Corazón de Jesús, dos casettes de Madonna contra un costal de frijoles: yo era oficinista, yo era estudiante, yo era farmacista, yo era importador de granos, yo era bailarina del Blanquita; ahora todos estamos en La Calle, los cajeros de la economía paralela se desparraman por Altavista hacia Insurgentes, en la placita frente al Monumento a Obregón los bicheros disponen sus juegos ilícitos, rápidos, escondidos, juegos de manos, bajo las cáscaras de nueces, entre los telones de la gesta revolucionaria, en la confusión de cazuelas, judas de cartón, canje de bilimbiques petroleros que sólo tienen el valor que se les atribuye hoy junto al grafito que embadurna el mausoleo del Vencedor de Celaya

LENIN O LENON?

El teatro callejero para la ciudad de treinta millones se desplaza hacia San José Insurgentes, lanzallamas, boleros, billeteros, limpiacoches, músicos ambulantes, mendigos, vendedores de todas las minucias se mezclan con payasos, bailarinas, declamadores de la noche eterna.

—Qué esperaban, pendejos?
—No se hagan ilusiones.
—Esto no tiene compostura.
—Qué esperaban, cabrones?
—Matamos el agua.
—Matamos el aire.
—Matamos los bosques.
—Muere, pinche ciudad!
—Muere ya: qué esperas, ciudad jodida?

La gente se empuja por la Taxqueña, órale pendejo mire por dónde camina/pinche viejita pa qué necesitas ese bastón dámelo a mí pa jugar al golf con la cabeza de tu perrito/mira empuja el cojo nuréyef ése/ por qué quiere pasar antes que yo señora chínguese vieja pedorra/ándale pinche ciego regálame tus antiojos tíralo al in-vi-den-te contra ese camión ándale jijos parece gargajo aplastado/un coche se detiene en el cruce de Quevedo y Revolución/hay que moverse/quién se detiene/no jala el pinche patasdiule/lo rodean mil vendedores ambulantes de un golpe el auto ya no se mueve nunca más/es una ballena barrenada en un golfo de asfalto sobre el cual desciende el festín interminable de ofrecimientos un sofoco de lenguas secretas ofreciendo objetos inútiles y servicios inservibles calificados hiperbólicamente

—Tenga sus chicles ózom

—Aquí está el de la suerte kulísimo

—Palabra que los cigarritos no son bógus

—Ándale patroncita me llegaron estos brasiers homúngus

—Chéquese estos hules para el pedales

—Ora su libro de instruiciones pa los frenchis

Miraron Ángel y Ángeles a las filas de jóvenes sin destino, las largas filas de gente amolada, formada ante la nada, esperando nada de la nada, la Ciudad de México decrépita y moribunda y el teatro callejero montado en tarimas y camiones desvencijados representándolo todo, las razones y las sinrazones:

AFTER THE FIESTA THE SIESTA

Entren entren todos a ver cómo se desplomaron los precios del petróleo

THE OPEP AND ONE NIGHTS

Entren a ver cómo se le cerró la frontera a los indocumentados

TALES FROM THE TORTILLA CURTAIN

Por aquí a ver cómo se procrearon los mexicanos hasta explotar demográficamente

NO SECTS PLEASE WE'RE CATHOLICS

Aquí, aquí los espectaculares sucesos de la América Central o cómo el presidente Trigger Trader hizo que las peores profecías se cumplieran a fuerza de invocarlas

WELCOME TO SAIGONCITO

No se pierda las espectaculares escenas de la viril violencia con que el presidente Rambold Rager extiende la guerra hasta México y Panamá

IF I PAY THEM THEY ARE MY FREEDOM FIGHTERS

Entren, no se pierdan la extraordinaria comedia sobre el ascenso de las tarifas de aduana

IS THAT A GATT YOU'R CARRYING OR ARE YOU JUST HAPPY TO SEE ME?

Aquí mismo: en 3D y Kinopanorama, documente su optimismo con la historia completa de la deuda exterior o de cómo superamos a Brasil y Argentina en la carrera al desastre!

AFTER THE FIESTA THE SIESTA

y de carro a carro por el periférico los gritos de la ciudad del chisme el país del rumor:

—El peso va a bajar a treinta mil por dólar

—Sabes que Mamadoc ya se hartó y va a renunciar mañana?

—Dicen que ella y el Presidente

—No, Mamadoc prefiere que el coronel Inclán le dé para sus chiclosos

—Nhombre, dónde lo supiste?

—Tengo un cuñado en la SEPAFU

—Ése es un mentiroso

—El ministro don Ulises le pega a su esposa

—Dicen que le rompió las piernas

—Cómo te enteraste?

—Pregúntale a la señora: ahí viene saliendo del Sanborns

—El presidente Paredes dicen que sacó mil millones a Suiza

—Quién te lo dijo?

—Dicen que apareció en el Gol Street Journal

—A poco tú lees inglés?

—Me traducen pero de todos modos es vox populi

—Que se mandó hacer una copia del Trianon la Mamadoc en El Pedregal

—Vieron en Las Vegas a don Ulises López

—Que se gastó tres millones de dólares de un golpe en el bacará

—Y uno que no puede ir ni a Xochimilco ya

—Que a Robles Chacón ya no se le para, por eso le gusta tanto el poder, como si fuera una vieja

—Que el coronel Inclán en realidad es puto

—Que Mamadoc en realidad es travestista

—Me contaron que en realidad es Julio Iglesias con peluca

—No, en realidad es todo el Menudo bajo una sola falda

—Sí, se dice que sólo se acuesta con enanos

—Robles Chacón se droga

—Se agotaron los pozos de Minatitlán, pero lo tienen muy calladito

—Quién te lo dijo?

—Mi cuñado tiene derecho de picaporte en Pemex

—Pues a mí me dijeron que Guatemala ya nos quitó las Chapas, y ni quién se enterara

—Bah, mi sobrino es recluta y dice que la guerra es con Australia por las islas Revillagigedo

—Ah, por eso de los nódulos

—Qué es eso?

—En vez de petróleo, nódulos, no te enteras?

—No le des

—Con los nódulos de manganeso, nos vamos otra vez parriba

—Vamos a administrar la riqueza!

—Pero el presidente Chuchema quiere venderle las islas al Vaticano

—Nombre, quién te lo dijo?

—Tengo un tío que es sacristán en la Villa

—Yo no creo nada

—Te digo que van a anunciar otra nacionalización mañana

—Pero si ya no queda nada por nacionalizar

—Cómo no, el aire

—Quién lo quiere?

—Van a ponerle impuestos a las ventanas, igual que Santa Anna

—Dicen que mañana se declara la moratoria

—Tú saca volando tus ahorritos

—Véndelo todo

—Gástalo todo

—Esto se acaba

—Cuánta gente hay aquí?

—Bastante

y por Ermita-Ixtapalapa un ejército de impostores y coyotes se asediaba a sí mismo, presentándose los unos a los otros, si quieres entrada a los Pinos/me acaban de nombrar superintendente de la refinería de Tuxpan/salgo de embajador a Ruanda-Urundi/ le estoy escribiendo sus memorias a Mamadoc/el señor presidente me ha comisionado para/he sido comisionado para renegociar la deuda exter/me ha mandado el Fondo Monetario Internacional a/ tengo el encargo de traer al doctor Barnard a operar a particulares, firme aquí/me han ofrecido un corner de la cosecha norteamericana de maíz/la Fundación Rockefeller me ha dado el encargo de distribuir becas en Mex/le interesa pasar un mes gratis en el Hotel Ritz de París? firme aquí/estoy vendiendo a cien pesos mexicanos metro un condominio en Beverly Hills: firme aquí/la productora neoyorquina PornoCorno quisiera contratar tus servicios preciosa: firma aquí/

La vendedora de tortitas de camarón en el mercado ambulante de los Estudios Churubusco comenta:

—Mire usted Chonita, mi única contribución a la crisis de confianza que padecemos es que como lo ha declarado don Paul Volker recientemente, el déficit norteamericano mine la confianza allá también.

—Imagínese nomás, Petrita, los Estados Unidos están pidiendo prestados más de cien mil millones de dólares en ahorros foráneos cada año, qué le parece?

—Ay Chonita, yo sólo sé una cosa, y es que un dólar alto significa tasas de interés altas.

—Ni hablar, Petrita. Deme otra torta de camarón/

y el Van Gogh sigue por la Calzada de Tlalpan donde se dan cita y ofrecen sus servicios a los clientes citadinos los enanos, excéntricos y escritores orales que la provincia exporta masivamente a la capital para generar recursos fiscales. La vagoneta se detiene en la placita de la iglesia de San Pedro Apóstol, a cincuenta metros de la casa de los colorines y el nosocomio porfirista donde viven Ángel y Ángeles con la indeseada compañía del tío Homero, donde se detiene también la carroza en forma de escalopa tirada por caballos: la cita era en su casa, aquí estaba hoy el Bulevar, vuelta en redondo, toda la gente empeñada en mantener un cierto estilo, restaurar el romanticismo, poner de moda trajes oscuros, sombreros altos, penachos y crinolinas, pantalones de Nankín y chalecos bordados, plumas de avestruz y sofocantes, pincenez y derbys, se pasean hoy por aquí, no pueden evitarlo todo de la gangrena urbana, pero algo evitan, sí, se abren del carruaje las puertas y descienden el Huérfano Huerta, muy cambiado, el Jipi Toltec con un ventilador eléctrico en la mano y Huevo pidiéndole a la Niña Ba, no te quedes atrás, gordita, ya llegamos, mira: Ángel y Ángeles, nuestros cuates/

—Serbus!, saludó el Huérfano

—In ixtli, in yóllotl! saludó el Jipi Toltec

—Animus intelligence, contestó mi mamá

—Búfalo, sintetizó el Huérfano

—Creímos que no los volveríamos a ver, dijo mi padre

—Que estábamos F.U.B.A.R., no? dijo el Huérfano

```
        u  p  e  l  e
        c     y  l  c
        k     o     o
        e     n     g
        d     d     n
                    i
                    t
                    i
                    o
                    n???
```

—La verdad, sí, dijo Ángeles.

Un grupo vestido de verde agarró a palos a los caballos de la carroza hasta hacerlos caer, hincados y siguió pegándoles hasta matarlos, gritando equs, equs, los caballos de la conquista. Postrados, los dos percherones ladearon la carroza en forma de concha.

Ángel fue el único que miró. Huevo dijo sin mirar: Hay esta competencia para figurar en el friso del Monumento a los Héroes de la Violencia.

No los mataron en Aka?

Níxalo; nos draftearon mejor para el clinup de Aka

Sin condiciones?

Una: que no cantáramos un año para hacer creer que morimos también en Aka

Ce Ákatl!

Los barracos de los Babosos Brothers gonna teikover el calpulli Disisdapíts!

Marcáteso: no competencia en la magic of the tianguis más que los Immanuel Can't

La naquiza y la criolliza fazafaz

Ozom!

No te tomes un espasmo, Huérfano, ni te azotes que hay vidrios, anstoff

Laic yunó

Botas, yo besoño papiar seben nemontanis ahuic

Dammingo Loonys Madness Mercolates Hoovers Bernaise

Y Savagedog

Good buddy!

Yoyo tacucheo también de damningo a savagedog

Dice la Niña Ba que tiene hambre: no la invitan a su casa?

Sólo nos quedan dos piloncillos
Y el tío Homero
No, hoy es primero de mayo y él ya salió
Lo vimos desde aquí: glasses, se juéya!

Solo en la casa de los colorines, don Homero Fagoaga se dijo: —Ésta es la mía. Por primera vez se encontraba sin Ángeles, que a veces salía de compras pero lo dejaba en compañía de Ángel, quien no se separaba de la televisión; en qué momento, además, caería de nuevo el misionero Benítez a catequizarlo en democracia? Solo y perpetuamente en piyama de rayas coloradas: el amo de Pichilingue y Mel O'Field y Frank Wood abrigaba la sospecha feudal de que su hermana Isabel Fagoaga y su marido el inventor Diego Palomar no eran tan desinteresados y espirituales como parecía; aparte de los cuarenta millones de pesos oro que Isabel le dejó a su hijo Ángel, algo más debía haber, Homero se sintió seguro esta mañana; él había investigado cuentas bancarias, bonos, CTs, y nada: en la casa tenía que haber un escondite, dinero, joyas, papeles, algo.

Como un adolescente que aprovecha la ausencia de sus padres y criados para sacar sus revistas pornográficas y excitarse, excitándose sobre todo por la proximidad del regreso de los vigilantes y castigadores, así Homero se lanzó a explorar la casa de los Curie de Tlalpan, poblada de pizarrones y retratos de científicos famosos y *ratoneras*: lo primero que le ocurrió al pobre Homero es que en los sótanos de la casa, donde primero exploró el supuesto tesoro familiar, una ratonera le apresó el dedo meñique, y el dolor, la cólera y la humillación del avúnculo fueron tales, que ascendió lleno de furia, empujando pizarrones, a estrellar la ratonera prensil contra el retrato de Niels Bohr, como si sólo un rostro humano mereciera la respuesta de esta cólera, pero apenas pegó la ratonera contra el vidrio del retrato, el cristal se quebró primero pero en seguida se recompuso y volvió a cubrir el rostro de benigno capitán ballenero del científico danés; don Homero se fue de espaldas, pegando contra una escalera portátil que se abrió al impacto, dejando caer un balde abandonado de pintura negra sobre un gato blanco que por allí se paseaba buscando a los celebrados ratones fotogénicos de la casa; y el gato, transformado en gato negro, saltó sobre una despensa y tumbó un bote de sal sobre los hombros de Homero, quien agarró un paraguas cercano para protegerse de la lluvia de proyectiles pero al abrirlo un aguacero escondido dentro del paraguas cayó sobre su cabeza y Homero desesperado se arrojó sobre una cama de donde le arrojaron doce sombreros de copa que al impacto de la obesidad homérica se abrieron como resortes, desalojando al espantado académico, quien salió a los corredores con el ánimo de destruir el resto de los retratos de los científicos, pero encontró los marcos vacíos, los vidrios rotos expresamente para cortarle los pies y al fondo del corredor de la casa una larga mesa de banquete y doce hombres sentados allí cenando a la luz de las velas: como en el Sun and Fun Tour de Acapulco guiado por el profesor Will Gingerich, cada invitado tenía su etiqueta con un nombre pegado al pecho: E. Rutherford, Cambridge; N. Bohr, Copenhague; M. Planck, Berlín; W. Heisenberg, Gottingen; W. Pauli, Viena; R. Oppenheimer, Princeton; A. Einstein, Princeton; E. Fermi, Chicago; J. D. Watson, Cambridge; F. Crick, Cambridge; L. de Broglie, París; L. Pauling, Berkeley, y al ver a Homero se pusieron atentamente de pie y con toda amabilidad lo invitaron a tomar el último lugar en la mesa: el lugar número trece, gritó espantado el tío y dio la espalda a los comensales, salió corriendo, tropezando contra pizarrones, botes de pintura, paraguas, sombreros de copa, gatos, ratones y ratoneras empeñadas en apresarle los dedos de los pies desnudos: huyó a la calle, en piyama, descalzo, y quienes lo vieron creyeron que era un loco escapado del nosocomio vecino de Tlalpan o quizás un presidiario evadido, con esas rayas en el uniforme y sin zapatos, Chonita!

8

Decidieron buscarse ocupaciones mientras pasaba todo lo que tenía que pasar y esto era que yo naciera precisamente el 12 de octubre para ganar el concurso y entonces nos armamos y compañía, pero cómo iba el concurso?, qué se sabía?, y en todo caso había que averiguar eso y mientras tanto mantenerse todos juntos en la casa de Tlalpan, si es que el canallesco tío Homero no había huido sólo para mandar a la policía a ver que nadie habitara la casa mientras él se reintegraba al PRI, vaya usted a saber lo que pasa por su afiebrada cabeza, pero mientras tanto todos aquí en buena chorcha y bochinche de familia, el Jipi cayéndose a pedazos y con un ventilador eléctrico en la mano; el Huérfano cambiado para siempre, dice mi mamá que ahora parece el retrato del joven Chaplin, asombrado, todo cejas, con un bigotito negro y el pelo chino, y quejándose de que sin los ingresos del rockaztec ya no va a poder vestirse a la moda.

Ay, se queja paseándose por los mercados de ropa vieja que cuelgan sus hábitos en el gran tendedero de las calles del Ejido con el Monumento de la Revolución al fondo y bajo su cúpula los traficantes en marcas de importación vedada, fayuca de la ropa que ni siquiera está de moda pero lo estuvo hace diez años; ay, se queja el Huérfano seguido de Huevo y la Niña Ba entre los ganchos de alambre de la avenida, tentando suculentamente con los dedos las mezclillas y los cueros, las tachuelas de metal y los algodones suaves de los tishirts gringos, todo vedado por la abstinencia de un año impuesta por el gobierno a la banda de los Four Jodiditos, y nuestro cuate Huevo mira con nostalgia las marcas de las factorías internacionales del consumo vendidas en secreto a voces bajo la cúpula del Monumento a la Revolución que quisiera poder comprarle a la Niña Ba para su mejor lucimiento, y se limita, en cambio, a atenderla en secreto, le prepara la cama, la acuesta, la arropa, le da sus muñecas Cabbage Patch preferidas: luego se ve que él tiene pasado, y lo que me jode a mí de los jodidos es que yo tengo tanto pasado (info genética) y ellos, el Huérfano sobre todo, no tienen ningún pasado y el Jipi sólo el que se ha inventado, que ni es suyo: je suis la serpent à plumes, cómo no, con ese ventilador eléctrico en la mano y una tarde mi madre (conmigo adentro: remember) lo acompaña porque quiere el Jipi que crean que tiene una novia y hasta va a tener un hijo. Mi mami muy dispuesta le hace ese favor y él nos lleva a la casa de sus parientes que está en un techo rodeado de tinacos cerca de Balbuena y la carretera a Puebla: una barraca cuyas paredes son tinacos y un montón de gente allí que no se puede ver de tan oscura en esa oscuridad, pero el Jipi los besa a todos, les habla en náhuatl, repite mucho su saludo ése de in ixtli in yóllotl y mi madre lo repite en español (mi madre quiere ser mínimamente racional en este tiempo que nos tocó), "una cabeza y un corazón", inclinándose gravemente ante los bultos de vejetes y rucas envueltos en jorongos, sarapes y de perdida papel periódico en la barraca de la ciudad perdida sin nombre en el cinturón de la basura, pero rodeados de aparatos que, suponemos, les trae de sus expediciones el Jipi Toltec, porque a un viejecito ciruela, pero bien ciruela el rucasiano, le hace entrega del ventilador eléctrico y el viejito pasa lo coloca cuidadosamente junto a su batidora Mixmaster y su hielera Sanyo y su televisor Phillips y su tostadora Sears y su secadora de pelo Machiko Kyo y su horno de microondas Osterizer y su radio despertador Kawabata, guardados allí en esa oscuridad sepia y humosa, sin enchufes, sin luz de la calle aún, donde mi madre supone que ellos acumularán para siempre los trofeos que les traiga el hijo pródigo?, como Colón y Cortés regresando a la corte de España cargados de cocos y magueyes, hamacas y pelotas de goma, oro y maderas, penachos de pluma y diademas de ópalo, ellos se lo agradecen, él les besa las manos, ellos le acarician la cabeza grasa y lacia y luenga, todos se hablan en azteca y se dicen, cree entender mi madre, cosas muy poéticas y bonitas,

—Ueuetiliztli! (viejos!)

—Xocoyotzin! (cachorro!)

—Aic nel toxaxahacayan (nunca seremos aplastados)

—On tlacemichtia (allá fue robado todo)

—Olloliuhqui, olloliuhqui! (qué de vueltas!)

y miran con satisfacción a mi madre preñada, miran el centro de mi mamá donde yo me aviento un zambullido olímpico, pero cuando regresamos a Tlalpan yo sigo sin entender el mundo del Jipi como un pasado (quiero que todos tengan un pasado consciente para que yo nazca un poquito mejor) sino como algo muy distinto: él tiene una familia secreta y en ella sólo hay un recuerdo de silencio.

Algo parecido le pasa (les pasa: éstos son los pasados de ellos, apenas lo que pasa, nada más, me dicen mis genes tranquilos sólo la ciruela pasa) al Huérfano Huerta, aunque él habla de un hermano que se fue, el Niño Perdido, dice, y de una abuela que vive en Chicago, donde se olvidó del español y nunca aprendió el inglés: y la pobre se quedó muda: un recuerdo de silencio, les digo, nuevamente, esta vez capturado entre los sucesivos infiernos de viento y hielo y un purgatorio sofocante: Chicago, la ciudad de los hombros anchos, dice mi madre recitando algo y una luz de ensoñación aparece en los ojos de todos —Huevo, Huérfano, Jipi, la invisible Niña Ba que súbitamente yo quiero ver más que nada en el mundo, convencido de repente de que sólo yo podré verla: pero para eso necesito nacer, nacer y verla, no es cierto que no sea visible, me convenzo porque a mí nadie me ve tampoco, ni me hacen el menor caso, si no pataleo o doy de brincos o me echo clavados de cisne en la panza de/: Chicago y el Lago Michigan.

Se habló mucho de Chicago en estos mayos porque allá vivía la abuelita del Huérfano condenada al silencio, pero también porque pasó por la casa de San Pedro Apóstol el tío Fernando con dos indios, una pareja que él dijo conocer en su excursión del mes de febrero a una tierra de ciegos y vimos a esta extraña pareja de ojos claros y tez oscura, parados como dos estatuas flexibles en el umbral de la casa de los colorines, yo no sé si ciega (ya lo dije: a mí no me ven, cómo voy a juzgar a los que tampoco son vistos y ya se acumulan, cuenten bien sus mercedez biens: la Niña Ba, la familia humeante del Jipi, ahora esta pareja que me dicen mis padres es hermosa, fuerte, con una extraña determinación en la mirada nublada): habla el tío Fernando por ellos pero dicen mis padres que habla aún más el silencio de la pareja: no hay nadie mejor, no hay nadie más inteligente en este país que esta pareja y la gente como ellos, nadie, ni el financiero don Ulises López ni el ministro don Federico Robles Chacón ni el académico don Homero Fagoaga ni el sensible y atormentado conservador rebelde de mi padre ni la serena y (trata de serlo!) razonable da sinistra mamma mia que tan silenciosa se muestra a veces para no interferir en las conclusiones obvias de todo lo que ocurre, todos ellos juntos no son tan inteligentes, tan determinados como esta pareja de indios que se casaron el día de los grandes rumores y la noche de la primera luna de ella, creando a otro niño al mismo tiempo que yo, dándome un hermano invisible que jamás será visto por sus padres, creado (recuerde Elector) en el momento exhausto de un día incomprensible, rumoroso, incomparable, en el que todos los tiempos se volvieron locos y nadie pudo distinguir más la vigilia del sueño: regresó el tío Fernando a la sierra de los ciegos y esta pareja, que había aprovechado su anterior visita para casarse y hacer un niño, reconocieron el olor de su regreso (inconfundible historiador criollo), se le pegaron, repitieron sin cesar una palabra que aprendieron sólo los dioses saben dónde (*Chicago, Chicago*) y Benítez les dijo, *no Chicago, Chicago no*, se quedan aquí, ésta es su tierra, hacen falta aquí, se perderían en el mundo, y dos meses más tarde aquí están, ella embarazada, los dos ciegos, indios, monolingües, idólatras, mitómanos, chamánicos, sincréticos y en resumen amolados, qué tal como colección de handicaps?, eh?, digo yo? y diciendo *Chi-ca-go* llenos de determinación, mágicamente voluntariosos, allí están y nadie los va a detener: ellos van a escapar del círculo de la pobreza aldeana secular, ellos son los dos seres más valientes, más tercos, más locos del mundo: y han creado a mi hermano, el niño que fue concebido conmigo! Ellos van a romper la fatalidad. Valdrá la pena?

No entiendo bien lo que ocurre, lo admito. Razona y pugna don Fernando; ellos dicen "Chicago"; hace frío; allá está la abuela del Huérfano Huerta; si insisten, aquí está su dirección; pero están zafados.

Luego mi padre le dice a mi madre en la cama:

Al este se fue Quetzalcóatl

Del oeste llegó Cortés

Al norte se van los braceros

Al sur se van los muertos

Son los puntos cardinales de México y ninguno puede escapar a ellos!

9

Mi padre necesita una brújula para orientarse en la ciudad: es como un navegante del Mar Ignoto. El grupo ha decidido que si van a sobrevivir todos tienen que encontrar trabajo en una ciudad de desocupados; del tío Homero, sospechosamente, no se sabe nada, y el tío Fernando, que vive de una modesta pensión universitaria y del éxito de sus libros en Polonia y Yugoslavia (ha acumulado millones de Zlotys y dinares que nunca espera ver pero consume los ingresos en pesos de trece escritores polacos y yugoslavos en México) se ha dedicado a sembrar el pánico en los parkings del Defe.

Por ejemplo: se presenta como inspector de estacionamientos y hagan de cuenta que se presentó Júpiter al Juicio Final: todos corren, esconden, fingen, le echan agua a la nieve, echan por la coladera la verde esmeralda, se hacen los pendejos con el olor de mota quemada y aunque todo el mundo sabe que en los estacionamientos, en las cajuelas y los motores y debajo de los asientos de los coches se hace el tráfico de drogas, sólo don Fernando toma el toro por los cuernos moralizadores y se presenta como inspector incorruptible. No se ha visto susto igual, y sembrar el terror moral le basta a nuestro tío Fernando: el punto consiste en no recibir mordida alguna, de suerte que su actividad ni lo beneficia a él ni a nosotros.

—De todos modos, la mordida se nos ha vuelto muy exclusiva. Antes hasta eso era seguro y democráticamente asequible. El único derecho del hombre ganado por la Revolución Mexicana fue el derecho a la corrupción, que en Salvador o Paraguay es privilegio de una minoría pero en México le pertenece a todos, del Presidente al periodista al policía —y el que no es corrupto, es pendejo. De todos modos, en México el cohecho era natural, como lo ha sido desde los aztecas y el virreinato, cuando el soborno era conocido en la corte de Carlos III como "el unto mexicano". Pero ahora, queridos sobrinos y jodiditos que los acompañan, los funcionarios ya no aceptan la primera mordida, sino que juegan a ver quién da más, hacen escenas, cómo se atreve usted, la International Baby Foods me ofreció el doble, la Emirates Baksheeh Corporation el triple, faltaba más! haga un intento mejor, señor. Ahora hasta usan un vocabulario internacional: la mordida pura y simple se llama la coima y el bajchich, el kickback, el pot-de-vin. El mordelón mismo se ha puesto sus moños, ahora escoge a quién quiere morder, no a cualquiera, hay categorías, qué va! el que soborna a un policía de tránsito de plano se quema. El que lo hace con un agente aduanal se hunde en el desprestigio más absoluto. Morder, lo que se llama morder, sólo mordiendo al Cardenal Primado, al Señor Presidente, al ministro Robles Chacón, a Mamadoc y extraterritorialmente, al Presidente Norteamericano Ronald Ranger (si es que éste existe de verdad y no es sólo lo que siempre fue: una oportunidad fotográfica, una fugaz imagen de televisión inaudible frente al motor de un helicóptero que se lo lleva de weekend a Campo Goliat, una calcomanía más en vagonetas con ventanas de oasis en Colorado, un holograma!). A ver, muérdame nomás a la Dama de Hierro, al Emperador Akihito, a la Madre Teresa, al Obispo Tutú o al Ayatola Jomeini; *eso* es morder, no al pinche diputado, al cuico de la esquina o a la revisora de equipajes, me lleva!

Así las apuestas, mi padre tomó su brújula y acompañado de mi madre (yo adentro) y Los Four Jodiditos, organizaron primero sus ocupaciones en la desocupación generalizada, a fin de sobrevivir hasta que ganáramos el Concurso de los Cristobalitos en octubre y entonces sí pal real y qué nos duras, maduras, o ya no seas perverso, universo, o como dice mi papá: —Avoid the mess, avoid the mess…

He aquí lo que lograron hacer uno de estos mayos:

Huevo se colocó como meteorólogo de televisión del distrito de Tlalpan pero fue corrido cuando la probidad de su temple le condujo a desdeñar las tormentas, huracanes, terremotos y demás excitaciones que tradicional y oficialmente eran sugeridas para amenizar los programas, contentándose en cambio con declarar: "El tiempo hoy es el mismo de ayer" o cuando mucho: "El tiempo ayer fue un poco mejor que el de mañana."

Corrido de este puesto, consiguió chamba de limpiador en el Sanborns de la Avenida Universidad. Cuando el restorán y las tiendas se quedaban vacías, nuestro cuate Huevo primero juntaba la basura y trapeaba los pisos, luego tomaba del puesto de libros y revistas un volumen de Alianza Editorial de Madrid (cuya adquisición era prohibitiva) y se sentaba a leer en el café solitario hasta la madrugada. Se convirtió así en algo sumamente secreto: El Lector de Sanborns. Sin saberlo, tomó el mismo libro que Ángeles mi madre nunca acaba de leer: el *Cratilo* de Platón, ese diálogo donde nomás se habla de nombres, qué es un nombre?, un nombre existe porque la cosa exige ser nombrada?, es un nombre un puro capricho?, o quizás es Dios quien nos nombró?: Huevo y Ángeles, ese libro enchufó a Huevo en el mundo de Ángeles y ninguno de los dos lo sabía.

El Jipi Toltec, sucesivamente, fue escupidor de tabaco y tragafuego en las calles, vestidor (sastre) de pulgas, cohetero y paseador de perros elegantes. Pero a todos los perros les dio hidrofobia en sus manos; uno de sus cohetes se fue tan alto que demostró fehacientemente que lo de la cúpula era pura fábula; las chinches se le sindicalizaron abruptamente; y su escupitajo de tabaco más largo le dio en la placa de su Transnational negro a don Ulises López y ya no se pudo limpiar: el Jipi escupe, creo yo, el equivalente líquido del fuego del Quinto Sol.

El Huérfano Huerta empezó yéndose a Cuernavaca como cavador de albercas pero abandonó la chamba cuando, regularmente, vio que en vez de agua eran cadáveres lo que se aventaba a los hoyos y le caían sobre la cabeza. No quiso averiguar más y regresó a México, donde su nuevo aspecto de simpática inocencia chaplinesca le aseguró cierto éxito como house sitter o nodrizo de casas en ausencia de sus dueños. Así logró "sentar" la inmensa casa de don Ulises López y su esposa doña Lucha cuando salieron de viaje a Taxco en mayo, e informarle a mi padre que la niña Penny López, que creíamos muerta en la boite de Ada y Deng en Aka, estaba vivita y coleando, pero no culeando: muy sola en su caserón de Las Lomas del Sol y vigilada por su sombría dueña, la señorita Ponderosa.

Mi padre archivó este precioso pedazo de información y ofreció sus servicios a la SEPAVRE que reclamaba un traductor de dichos mexicanos ya que, sorpresivamente, se había encontrado un mercado europeo para la exportación de refranes, tal era el hambre de certidumbre y sabiduría en el Vecchio.

Entre las exportaciones más celebradas de mi papi se encuentran estas muestras recibidas con beneplácito hasta en Londres y París:

You left me whistling in the hill
Ah qu'elle est naine ma fortune, quand est-ce qu'elle grandira?
Thou hast made me muffins with goat's meat!
La prudence, on l'apelle connerie
Here only my fried pigskins crackle!
Aux femmes, ni tout l'amour ni tout le fric
We only visit the cactus when it flowers
Faute de baguette, mangez des tortillas
Don't call me uncle, we haven't event met
Les amours a la distance, sont pour des cons à outrance

Esta industria sin chimeneas (salvo cuando Ángel tuvo que traducir "Aguacate maduro pedo seguro" y se contentó con "Art is a Fart") y sin problemas (hasta "rosario de Amozoc" tenía ilustres equivalentes extranjeros en "Donnybrook" y "Branlebas") redituó pingües ganancias que, de acuerdo con el pacto de Tlalpan, mi padre dividió entre mi madre, Huevo, el Jipi, el Huérfano y (discutiblemente) entre la Niña Ba y su humilde servidor.

Paralelamente, mi madre fue contratada por la Secretaría de Cultura, Letras y Alfabetización (SECULEA) para pergeñar versiones vernáculas de Shakespeare que pudieran entenderse en las colonias proletarias de la ciudad (hay otras?) del D.F. De Fe De Forme De Facto De Feque De Facultades. Su éxito fue la traducción de *Hamlet*:

Ser o qué?,

Pero luego tuvo que revisarlo todo porque quizás debía empezar: "Estar o no?"

No todos conocieron éxitos comparables. Los Four Joditos estaban fundamentalmente desmoralizados por la frustración de su vocación musical, enervados por su ausencia del terreno pre-empitvamente ocupado y dividido por los relamidos intelectales del conjunto Immanuel Can't.

La crítica de la razón púuuuuura
Es el mejor remedio contra la locúuuuuura

y la violencia cruda y grosera de los Babosos Brothers,

> Anoche vi a tu papá coger
> se a tu mamá y me vomité

que se oían el día entero por el radio, mientras ellos guardaban para un año mejor sus felices líricas noventas:

> Si me quedo, la olvido.
> Por eso mejor me voy.
> Ah, Lady Disdain, do not
> let me be your Swain:
> Si la olvido, me quedo.
> Por eso mejor me voy,

compuestas de noche, exhaustos, en la casa de Tlalpan, a donde un día llegó puntualmente la siguiente nota del tío don Homero Fagoaga:

> Ciertamente distinguidos sobrinos:
> Los vi salir el primero de mayo. Observé sus atuendos y escuché sus comentarios. Creí que, albergados bajo un techo común al cual todas las partes tendríamos derechos, por lo menos, juris tantum, nos habíamos dicho la verdad absoluta sobre lo ocurrido en el pasado próximo. Confieso mi desengaño. Ustedes, con alevosía y ventaja, se hicieron pasar por jipitecas trasnochados con melenas largas y bluejeans y vocabulario de los sesentas a fin de adormecer mi habitual sagacidad y creer que tenía que vérmelas con ingenuos retoños de la era de Mick Jagger, Janis Joplin y el Chic Guevara. De manera que todo fue un colosal engaño! Son ustedes parte de la vanguardia reaccionaria del conservadurismo rebelde! Buscan ustedes sus modas en la primera mitad del siglo, antes de que gringo alguno dejase su caca en la luna, cambiando para siempre el equilibrio del universo! He debido sufrir muchos quebrantos en mi vida. Pero ninguno ha puesto en crisis mi composición de lugar como este engaño de ustedes. Esperen mi revancha. Vayan empacando los mundos. La casa no será suya largo tiempo!
> Sufragio Efectivo. No Reelección.
> Lic. Homero Fagoaga (fdo).

El Jipi y el Huérfano dijeron que prepararían el sitio de Tlalpan: Homero sólo los desalojaría a la fuerza y antes ellos lo bañarían con hierro derretido y lo clavarían sentado en estacas, aunque su placer fuese infinito, pero Ángeles mi madre dijo que lo que de verdad la sobresaltaba era la idea de que el tío Hache se hubiese reconciliado con el Partido y el Gobierno (lo demás era pretexto), y diera al traste con la posibilidad de ganar el concurso de los Cristobalitos: esta sería su perversidad mayor, había que impedirla y una mañanita de mayo mis padres trajeados a su manera más conservadora y anticuada tomaron el Van Gogh y la brújula y se trasladaron (yo canica adentro) a investigar en qué andaba el concurso y a registrarse debidamente ahora que más allá de toda duda Ángeles estaba, como decían Capitolina y Farnesia, "en estado interesante".

10. Las campanadas caen como centavos

Simbólicamente, el Palacio de la Ciudadanía al norte de la ciudad cerró, al ser construido, la Carretera Panamericana a fin de que lo flanqueasen las estatuas de los Indios Verdes. Desde allí se tendió una calzada, rodeada de agua retroalimentada, al vasto islote central donde, deadeveras, un águila posada sobre un nopal devoraba a varias serpientes diarias. Si el águila era también sustituida de tarde en tarde era algo que nadie averiguó ni quiso averiguar.

Del islote central bajaban una docena de escaleras a los túneles donde, asimétricamente, las ventanillas enrejadas se ofrecían a la función que justificó, sobradamente, esta multimillonaria construcción erigida por el gobierno del señor presidente Jesús María y José Paredes en plena crisis

TODO CIUDADANO TIENE DERECHO A
INFORMARSE
TODO CIUDADANO TIENE DERECHO A QUEJARSE
TODO CIUDADANO TIENE DERECHO A
RESIGNARSE

Vestidos de negro, él manipulando su bastón de caña, ella sus gasas de luto, Ángel y Ángeles bajaron por una escalera al túnel y antes que nada hicieron cola en INFORMACIÓN, pues lo primero que debían saber es dónde se inscribía una pareja concursante para la celebración del Día de la Raza 1992. Dos horas más tarde, un señor peinado de prestado, muy a la vieja usanza burocrática, con visera azul y ligas en las mangas de la camisa, escuchó distraídamente la solicitud de mis padres:

—Uuuy, hay tantísimo concurso...

—Sí, pero éste es el Concurso de Cristóbal Colón, previsto para el 12 de octubre del año en curso...

—Hay varios concursos diarios, sabe usted...

—Sí, pero sólo hay un Concurso Colón...

—Está seguro, caballero?

—Sí, y usted también debería estarlo, si conoce su chamba...

—No, joven, altanerías conmigo no... Siguiente...

—La siguiente es mi esposa y le va a preguntar lo mismo: el Concurso de los Cristobalitos...

—Ah, no que Colón, usted dijo Colón hace un momento, ya cambió?

—Cristóbal o Colón, da lo mismo, Cristóbal Colón, no sabe usted quién era Cristóbal Colón?

—Mire, si se pone altanero le cierro la ventanilla en las narices...

—Atrévase...

—Bah, prefiero evitarle a otro colega el trato con usted, señor, me da compasión...

—Déjese de historias. El Concurso Colón, proclamado por Mamadoc el 12 de octubre de 1991...

—No dijo usted hace un rato que 1992, el año en curso? Quién le entiende?

—El Concurso se celebra en 1992, pero fue anunciado en 1991 por Mamadoc...

—Ah, ahora quiere echarme encima influencias...

—Da la casualidad que ella proclamó el concurso...

—Sabe qué les pasa a los que amenazan con influencias? Ha oído hablar de la renovación moral?

—Era muy chiquito entonces.

—Ah, además me llama vejestorio, falto de respeto...

—Mire señor, yo sólo quiero saber dónde me informo sobre este concurso, ni siquiera voy a tramitar nada con usted...

—Ah, así que me juzga incompetente. Sígale, sígale nomás, quiero ver hasta dónde llega su insolencia, jovencito...

—Respetuosamente le pido, señor, dónde puedo...?

—Oiga, yo tengo nombre, por qué me dice "señor", nomás falta que me llame "ese", falto de…

—Cómo se llama, pues?

—No tiene imaginación?

—No, usted me la agotó hace un buen rato, igual que la paciencia…

—Pues entonces vaya a la ventanilla de personal y averigüe primero cómo me llamo para que trate con respeto a un empleado público…

—Pero si yo…

—Nomás falta que me diga ese tipo, o el pinche calvo ése detrás de la reja, nomás eso falta, que me diga el triste burócrata ése con hedor de patas parado allí el día entero como pendejo, cuidado con llamarme pendejo, jovencito, o lo mando sacar de aquí a la fuerza, hey, seguridad, vengan aquí, me amenaza con violencia este muchacho, faltaba más!

Mis padres, a los cuales seguía, quiéranlo o no susmercedes, sospechosa la nube de los acontecimientos acapulqueros, rompieron filas y giraron en redondo, mareados y en busca de otra ventanilla de información. Se atrevieron a preguntarle a un guardia sentado en una silla de ruedas junto a una escalera, vestido con uniforme gris, de edad mediana y labio superior sudoroso (usaba un extraño kepí francés): información sobre el concurso de Cristóbal Colón, por favor, y respetuosamente?

Por esta escalera, dijo el guardia tullido.

—Gracias.

Avanzaron mis padres hacia los escalones.

—Un momento, dijo el guardia.

—Sí.

—Van ustedes a subir o a bajar?

—No sé; vamos a la oficina del Concurso; usted nos dijo…

—Esta escalera es sólo para bajar.

—Bueno, las oficinas del Concurso están arriba o abajo?

—Depende/

—Cómo que depende? depende de qué?

—De que ustedes suban bajando o bajen subiendo. Gran diferencia/

—Dónde están las oficinas del concurso?

—No me desvíe la conversación/

—Pero si yo no quiero conversar con usted, yo lo que quiero es información…

—Ah, lo hubiera dicho: la reja de la información está allí nomás, allí donde despacha el señor de la visera azul…

—Tranquilamente vuelvo a pedirle, señor: Usted nos dijo que tomáramos esta escalera. Ahora dígame: debemos subir subiendo o bajar bajando?

—Vaya, hasta que me habló claro.

—Y?

—Depende.

—Ahora de qué depende?

—Antes de la escalera, ve usted, está la puerta.

—Sí, no estoy ciego.

—Pues dígame si piensa salir por la puerta o entrar por la puerta/

—Salir, salir, qué duda cabe: salir/

—Ah, entonces baje tres niveles y a la izquierda están las oficinas del Concurso de Colón.

—El Concurso de Colón?, dijo sospechosamente la señora con cara de carcelera de Bergen-Belsen en versión Warner Bros Earley Forties: pelo restirado, chongo, pince-nez, ojeras, labios de Conrad Veidt, cuello alto, corbatín de tisú y camafeo con la efigie pintada de Herman Goering y la cabalgata de La Valkiria pasando insinuante por el sistema Muzak:

—Mozart, dijo mi madre.

—Qué?, angostó los ojillos de víbora la señora sentada ante su mesa con una navaja en la mano, diseñando una cruz de hierro en la madera.

—No, queremos saber dónde nos inscribimos en el Concurso Cristóbal Colón previsto para el Doce de Oct…

—Han venido al lugar preciso.

—Vaya, suspiró mi padre colocándose los pince-nez para no ser menos que la recepcionista.

—Quién va a tener el niño?, dijo directamente la burócrata.

—Yo, dijo mi madre.

—Deberá comprobarlo.

—De acuerdo.

—Doctor Menges! ladró la señora. Otra para el Gotterdamerung!

Un hombre de pelo negro pintado, tics en la mejilla y ojos azules ligeramente bizcos, apareció detrás de un biombo blanco de hospital. El mismo lucía bata blanca, zapatos de charol negro y guantes de goma color ladrillo. Sonrió.

Pidió a mi madre pasar al espacio detrás del biombo (yo adentro, temblando de aprehensión), mi padre quiso seguirla pero la señora lo detuvo:

—Usted no.

—Ábrase de piernas, dijo el doctor.

—No le basta mi información? Dejé de menstruar hace casi dos meses y...

—Ábrase de piernas!, gritó el doctor.

—Cree que va a parar de llover?, le dijo mi padre a la señora del chongo.

—No intente *small talk* conmigo, contestó la dama.

—Ah, bueno, cuándo cree que va a estallar la III Guerra Mundial, entonces?

—No se me ponga gemutlichkaicito, se lo advierto.

—Yo? No me atrevería. Mejor la escucho.

—Qué quiere saber?

A mi padre se le iluminó el coco:

—Cuál es la ley que rige las actividades de esta oficina, el imperativo categórico kantiano, digamos?

La señora directora contestó con gran seriedad:

—Todos pueden hacer lo que gusten, siempre y cuando haya un culpable.

Ángeles gritó espantosamente cuando el doctor acercó un fierro candente con la punta en forma de suástica a las labias de mi madre: la entrada, meine dame und herren, de la cueva de Alí Babá donde el último tesoro soy Yo Mero: mi madre le dio una patada en la quijada al doctor, quien cayó por tierra, gritando, este niño no es ario, este niño no debe concursar, este niño tiene sangre de esclavos, gitanos, indios, moros, judíos, semitas, sematan, enloqueció gritando y nosotros huimos de allí, subimos los tres niveles, vimos al guardia en su silla de ruedas, abandonado, incapaz de moverse, mojado en sus propios orines, preguntándonos: —A dónde van, señores? Deténganse! Primero pregúntenme a mí! Por allí no! Esa ventana no es para mirar afuera, es para mirar adentro!

Hacia una fuente de luz corrían mis padres y yo más sobresaltado que nunca, más que cuando me visitaron los proletarios cilindros carnales de la sierra de Guerrero, yo aterrado de lo que vi, inocente e impuro de mí, en el relámpago del instante en que mi madre apartó los muslos y el fierro gamado del doctor se acercó a mi éxito (servirá esa apertura sólo para entrar mas no para salir?) y yo vi, sólo yo, en la cruz ardiente un par de ojos azules hipnóticos, un par de ojos que eran al mismo tiempo un mar de ojos, ola tras ola con los mismos ojos, como si el aire, el océano y la tierra estuviesen fabricados de ojos azules, hipnóticos, crueles: mi padre, de prisa, se topó contra un hombre y mi madre, sin aliento, cayó en sus brazos en el gran corredor de mármol del Palacio de La Ciudadanía. El hombre se ruborizó, la detuvo para que no cayera pero en realidad se la ofrecía a mi padre con una dulzura extraña que decía, no la quiero, no es mía; es tuya?

El hombre alto y delgado, con tamaños ojos negros, cejas pobladísimas, la cabellera negra y espesa sin entradas y las orejas largas de lobo, de vampiro transilvánico, de Nosferatu mudo, pidió mil excusas por su torpeza. Buscaba la salida.

—Busco la salida.

—Es para allá, creo, indicó mi padre.

—Llevo años buscándola, añadió el hombre vestido con cuello de celuloide y traje negro, chaleco y gruesa corbata gris, sin escucharnos.

Añadió con escasa esperanza que no esperaba encontrarla nunca, pero que no por eso cejaría en su intento.

Mis padres pasaron junto a la ventanilla del empleado con la visera azul, quien le decía a un retaco gordito, de edad indeterminada: —Ya le dije que no podía usted ir porque está borracho, pero a usted qué le importa si al cabo mañana se va.

Levantó la mirada y observó a mis padres:

—Y ustedes qué quieren ahora?, les gritó. Acaso quieren que se sepa todo? todo? todo?

11. Creeré en ti mientras una mexicana

Los veintitantos días pasados en la siú de Méx habían transformado a mis padres. Me dicen mis genetivos que cuando vivimos con alguien no notamos el paso del tiempo, hasta que un día exclamamos, dio el viejazo!, a qué horas le cayó encima la bola?, pero si ayer nomás era un jovencito! y luego nos vemos al espejo humeante y nos damos cuenta de que tampoco nosotros nos salvamos de los estragos del: bueno, yo lo único que sé es que mi mami apenas llegó a México Circus empezó a carraspear, a moquear, a sonarse el día entero, a toser, cosas que yo siento y resiento convulsivamente, díganme si no tengo razón señores electores, si nadie está más cerca de sus secreciones que yo y esta moquiza eterna me está infestando la piscina. Tose en la escala de Richter, número 7.

Estoy dentro de ella y por eso sé lo que nadie más: mi madre Ángeles a ratos puede parecer pasiva, pero adentro es activísima, si no lo sabré yo, adentro su coconut gira a mil por una y la mejor prueba es todo lo que yo vengo diciendo, pues sin el intermedio de ella, estaría más callado que los diputados de la legislatura diazordacista. Lo único que quiero decir en esta ocasión es que gracias a ella sé que ella ve a mi padre Ángel, veintidós años, al regresar todos a México D. F. y dice: —Es joven. Pero se ve cansado. Va a inspirar demasiada compasión. Ninguna vieja se le va a resistir.

Hubo ciertas pruebas de que algo ocurría. Como en la traducción de proverbios había interesantes ganancias en divisas mis padres se dieron el gusto de hacer incursiones al gigantesco Tex-Coco-Mex-Mall, dividido en cuatro enormes secciones en cruz, Mall Eficio, Mall Inches, Mall Zano y Mall Etha, donde se ha concentrado, sobre el fondo del antiguo Lago de Texcoco, todo el lujo, el consumo elegante, la oportunidad de ir de compras sin hacer colas, la abundancia: algo así, dice mi padre, como las tiendas de divisas de los países comunistas, pues aquí el que no tenga dólares, que ni se acerque.

Ángel sube por las escaleras mecánicas de Nuevo Liver Puddle en sentido contrario a las escaleras ídem que bajan: tiene la mano puesta en el pasamanos de goma. No la quita ni cuando (menos cuando) ve una mano de mujer que baja. La toca. Unas veces la mano femenina se retira. Otras no. Otras aprieta. Otras roza. Otras acaricia. Y otras mujeres, apenas nos distraemos mami y yo, regresan al lugar del crimen y dejan pedacitos de papel en la mano predispuesta de mi padre. Mi padre vuelve a aplicar la divisa eterna del eterno don Juan (que él es): a ver si es chicle y pega!

Esto no significa que por estos mayos floridos, a medida que crecía la barriguita de mi mamá (y yo adentro de ella) a mi padre no lo asaltase la angustia de saber si se hacía viejo sin haber vivido la plenitud sexual, dejando pasar las oportunidades, aunque lo frenaba el sentido de la contradicción entre sus ideas y su práctica. Su sexualidad renaciente, era progresista o reaccionaria? Su actividad política, debía conducirlo a la monogamia o al harén?

Al cabo pensó que ante un buen acostón se estrellan todas las ideologías.

Ella se lo perdona todo, la muy mensa digo yo, porque la muy cabeza de huevo dice que los celos son un ejercicio sobre la nada: el otro no está allí, ella se niega a verlo (la): la otra. Lo que está allí, al cabo, son los celos y su objeto: lo invisible. Para ella importa más que de noche él se le acerque y le diga perdóname, no soy perfecto, quiero ser otra cosa y aún no lo soy, ayúdame Ángeles y como ella, la muy taruga, lo quiere de veras, pues ve en él todo lo contrario de sí misma y esto es cuanto la completa. No pierde por ello la esperanza de que al cabo los dos se igualen.

"Dame cosas de qué pensar en las noches", le dijo ella a él un día y ahora ella no se puede quejar. Él se las está dando, en abundancia. Ella no sabe si poco a poco en vez de ser fascinante se está volviendo fascinada por Ángel y el problema de mi padre es trazarse una línea de rebeldía y creación personal y no poder sustraerse sin embargo a las tentaciones que la niegan y quebrantan. Esto la fascina a Ángeles, pero Ángeles deja de ser fascinante para él y ella no se da cuenta y yo no sé cómo comunicar esto. No sabe decir otra cosa que ésta para aproximarse a un reproche:

—No vayas a decir un día que quise que fueras como todo el mundo.

Ángeles mi mamá mantiene a como dé lugar una confianza admirable. Se dice que ella y mi padre se conocieron muy jóvenes e incompletos. Cree que los dos pueden formarse, compartir su formación, a medida que se vayan conociendo. Es una optimista. Por esto admite que una vez gane uno y otra vez el otro. Es un juego que ellos aceptan como alternancias desde que los dos, al mismo tiempo, fueron vejados por Matamoros y su cuadrilla en Malinaltzin: allí los dos perdieron juntos pero juntos ganaron la capacidad de aceptar lo que pasó un atardecer del mes de marzo, sin echarse culpas uno al otro. Sólo en mayo empezaron a compensar su sublime nobleza de marzo y a echarse puyitas que querían decir, esta vez gano yo, esta vez pierdes tú, pues incluso la nobleza institucional de Ángeles cuando registra los deslices de Ángel es una manera de decir: esta vez gano yo por noble y comprensiva. Entonces él le da a entender que no se sentirá culpable a menos que ella demuestre un poco de enojo, lo que lo enferma es precisamente tanta nobleza de alma: mi mamá como una especie de Nicolás Bravo del lecho nupcial, jajajá! Todos perdonados y a sus casas a beber margaritas, pero si mi mamá demuestra el mínimo disgusto, entonces mi papá vuelve a hablar de las mujeres como criaturas creadoras de culpa. Entonces ella se indigna y le dice:

—Dibújamelas.

—Te lo platico mejor, dice Ángel y apaga la luz y yo me quedo desconcertado. Pero al rato uno u otro (aquí es donde realmente se alternan, puntual, matemáticamente) ya acercó el cachete a la oreja del otro, ya buscó la patita ajena como un hámster, ya metió los dedos (él) por el lujoso triángulo de mink de ella, ya pesó (ella) las talegas de oro de él, ya vamos que volamos a lo que te truje, ya se calentaron las sabanitas, ya se apapacharon las almohaditas, ya está adentro de su hogar mi viejo conocido el sinorejas y yo gratamente lo saludo: ahoy! ánimus intelligence!

Cuánto tiempo pasará antes de que cada uno rehúse verse en el espejo del otro, saber en el otro si envejece, si hace bien el amor, si debe ponerse a dieta, si es tomado en serio, si los recuerdos son compartidos? Vaya usted a saber, Elector! Y mejor dele vuelta a la hoja.

Séptimo:
Accidentes de la tribu

...la ciudad es una tribu accidental...
DOSTOIEVSKY

1

Medoc D'Aubuisson, el cocinero de la familia López, era el único sobreviviente de la explosión final, atribuida a los infantes de Turena y las Abadesas de Orleáns (INFATUADOS), la organización de terror legitimista que hizo volar en añicos el añoso restaurante del Grand Vefour, que ocupaba un hermoso rincón del Palais Royal en París desde tiempos del Duque de Choiseul.

La razón de los INFATUADOS era que en Le Grand Vefour se le servían comidas a los funcionarios del vecino Ministerio de la Cultura de la rue de Valois y que el ministerio era el centro de la propaganda roja y antimonárquica en Francia. Adiós Vefour, bienvenido Medoc: la celebridad del sobreviviente hizo que doña Lucha Plancarte de López, esposa del ex-superministro Ulises López, clamara por los servicios del chef de cuisine: la rabia de sus amigas cuando se enteraran!

Peleado por las burguesías del Perú, la Costa de Marfil, las islas Seychelles, el emirato de Abu Dhabi, y la República de México, Medoc aceptó la oferta última en honor a una circunstancia: su tatarabuelo había sido cocinero de la Princesa Salm-Salm, amante de Maximiliano en Cuernavaca durante el efímero Imperio mexicano. Además, un tío de Medoc, pistolero y matachín de Marsella, emigró a El Salvador y allí fundó los escuadrones de la muerte. Medoc quería estar al menos cerca de su pasado americano, pero aceptó con condiciones bárbaras: los metecos de Las Lomas del Sol no sólo le pagarían en dólares y en Nueva York (veinte mil al mes) sino que aceptarían sin chistar sus menús, conseguirían la materia prima, donde fuera, así fuera trufa romana de estación u hormiga china de las tumbas de Qin Shi Huang y al precio que fuera; una vez por semana la señora de la casa (doña Lucha en persona) le prepararía y serviría su comida a él, sólo para que se establecieran insidiosas comparaciones, y aunque Medoc se reservaba el veto relativo respecto a las personas que los López podían invitar a comer sus bocadillos, imponía su veto absoluto a una comida de más de ocho gentes.

Era esta última disposición la que chocaba frenéticamente con las ambiciones de doña Lucha, pues si la señora quería tener al mejor chef de México (perdón: del mundo) también quería ofrecer las más rumbosas y multitudinarias fiestas.

—Pida sandwiches a un hotel, le dijo Medoc cuando doña Lucha, plañidera, le explicó que la inminente celebración de los quince años de su hija Penélope López, la célebre Fresa Princesa del México en Crisis, la Debutante de moda de una Sociedad sin nada Debut y moda cual ninguna, requería por lo menos quinientos invitados, bien escogidos, pero medio millar al fin.

Medoc, con la frase arriba citada, se retiró a pasar sus vacaciones en los feudos del Club Med en Cancún, abandonando a la familia López a encontrar, no sólo viandas recomendables, sino ese medio millar de muchachos y muchachas jóvenes para acompañar a Penny en su onomástico. Nuevo problema: la peste política que rodeaba al licenciado López desde el ascenso vertiginoso de Federico Robles Chacón y su criatura, Mamadoc, hacía improbable que lo que restaba de la juventud dorada de la alta del '92 acudiese a una celebración en el ghetto, dorado también, de Lomas del Sol, con lo cual el prestigio de madre e hija se vendría abajo.

Entra la señorita Ponderosa, seca y galvánica, segoviana a morir, flaca flaca pero con tobillo gordo gordo, bigote portugués y tufillos de ajo para desmentir el aspecto de austeridad implacable, inquisitorial, contrarreformista, que la distinguía. Señaló la señorita Ponderosa, primero, que para un segoviano cualquier chivo es bueno para hacer un asado y, en seguida, que tanto los doce mil y pico periódicos de la ciudad como sus innumerables cadenas de televisión anunciaban profusamente un nuevo servicio al público, titulado TU-GUEDER, cuyo encargado, un simpático muchacho con cabecita de huevo, lo ofrecía para salir del laberinto de la soledad, reunir parejas (se sonrojó la señorita Ponderosa) y evitar las fiestas deslucidas en medio de la actual crisis asegurando el número de invitados requeridos por los contratantes.

—Ni siquiera tenemos pastel; yo no sé hacer pasteles, mugió doña Lucha: —Usted sí, señorita?

Ponderosa negó, pero triunfalmente: —Aquí abajo dice: Pasteles de cumpleaños preparados especialmente por La Niña Ba.

—Pero quién es el encargado de todo esto? Pertenece a una familia conocida?

—Aquí dice que el responsable se llama Ángel Palomar y Fagoaga…

—Labastida, Pacheco y Montes de Oca!, exclamó doña Lucha, que conocía de memoria su Gotha mexicano: —De las mejores familias chilangas, tapatías y poblanas!

—Si usted lo dice, comentó secamente Ponderosa y salió sin darle la espalda a su ama.

2

El licenciado Ulises López se paseaba de noche, como un fantasma, por su casa oscura de Las Lomas del Sol. De día, iluminada con tubos de mercurio, spots incandescentes y strobes multicolores, la mansión parecía el Duty Free Shop de cualquier aeropuerto internacional. Todos los mementos de la opulencia petrosetentas se daban cita allí, como en vitrina: perfumes franceses, cámaras alemanas, computadoras japonesas, grabadoras yanquis, relojes suizos, zapatos italianos, todo, sentía doña Lucha, debía exhibirse, pues como ella no se cansaba de repetir:

—Mi dinerito es mío y no tengo por qué andarlo escondiendo de los envidiosos. A mí mis timbres!

Pero a las cuatro de la mañana, el dueño de la casa iba espectralmente de su severa recámara de caobas y paredes forradas de pana a la disparatada escalera Guggenheim inventada por su esposa a los jardines de cemento a la pileta con la forma de los U.S.A. y un fondo pintado de barras y estrellas al casino privado y al palenque vacío, musitando para sí sobre su carrera y su fortuna, sin saber que Federico Robles Chacón su archirrival le ha regalado al cocinero Medoc D'Aubuisson una finca con árboles frutales y campo de tiro en Yautepec para que cada día le ponga en la papaya del desayuno a don Ulises un granito minúsculo de azúcar que en realidad es la computadora más novedosa inventada en

———————— ((Pacífica)) ————————

pues ingerida cada veinticuatro horas registra los murmullos y pensamientos más secretos, transmitiéndolos a un banco de información en la oficina del señor licenciado Robles Chacón, donde son descifrados y pasados a una computadora Samurai que se los pica al señor licenciado para su cotidiano deleite y gobierno. Como entra con la papaya, la microchip sale con la papaya y necesita renovarse diariamente. Pero Medoc no faltará a sus deberes escapándose de vacaciones para no darle de comer a medio millar de nacos. Al oído de la señorita Ponderosa ha hecho la promesa de que ésta abandonará, si no su virginidad, pues hace tiempo le fue arrebatada por fornido guardia civil, al menos su soledad presente

TUGUEDER (brilla el anuncio luminoso en coco ponderoso)

apenas regrese Medoc, si diariamente pone el granito de azúcar en la papaya del señor.

En un palenque solitario a las cuatro de la mañana, pues, insomne de rabia contra Federico Robles Chacón y justificando la rabia con el compasivo recuerdo de su carrera, está don Ulises López —fue un niño pobre en la costa chica de Guerrero, pero ahorrador desde entonces, un niño-urraca que todo lo guardaba, todo le servía, y así fue: cuando nadie tenía un cepillo de dientes, Ulises!, cuando se necesitaba un trompo, Ulises!, cuando le faltaba una balata al camión, Ulises!, cuando con una urna bien retacada de votos para el PRI se ganaba la elección, Ulises!, y cuando Ulises pidió prepa en Acapulco, escuela de derecho en Chilpancingo, doctorado en la UNAM, y postgrado en Southern California, pues se lo dieron porque Ulises López siempre tenía algo que le hacía falta a alguien: éste era su secreto y, de ahí pal real:

—Hice mi dinero de acuerdo con el lugar y la costumbre, acostumbraba decir y nadie lo desmentía: de los pequeños puestos subió a los grandes puestos pero en todos, grandes o pequeños, mantuvo o creó sus bases. Guerrero, la patria chica indispensable; la iniciativa privada nacional; las relaciones exteriores con las finanzas y los negocios en Estados Unidos; el gobierno federal y su partido. Historias bien sabidas. Sólo que Ulises las encarnó en un momento único de la vida de México: cuando entre 1977 y 1982, entraron al país más divisas que en los pasados ciento cincuenta y cinco años de nuestra independencia. Durante el boom petrolero, todo era caro en México menos el dólar. Ulises se dio cuenta de esto antes que nadie. Fundó el célebre Grupo Theta (cuyo único miembro era él) y se apoderó de bancos para prestarse dinero barato a sí mismo e importar una cascada de bienes de consumo que le vendió carísimos al mercado de símbolos de status del boom clasemediero; metió cientos de millones en bancos rivales y luego los retiró abruptamente, causando el desplome de la competencia; creó imperios de finanzas en México y en el extranjero, vastos laberintos de papel dentro de pirámides de créditos no asegurados y compañías que sólo detentaban documentos con base en la promesa petrolera del país, aprovechando los bajos intereses, los préstamos de petrodólares y el aumento de los precios de materias primas; sacó a carretadas sus ganancias a bancos de Europa y Estados Unidos, pero fue el primero en pararse a aplaudir como resorte cuando López Portillo nacionalizó la banca y denunció a los sacadólares en 1982: total, todos los denunciados estaban allí mismo, aplaudiendo a rabiar la denuncia que el presidente, en un acto teatral sin precedentes desde que Santa Anna se dio un golpe a sí mismo, hacía contra los demás y contra sí mismo; al cabo, se dijo Ulises y se dijo con certeza, mis bancos me serán indemnizados y el dinero lo mandaré muy segurito al Gran Caymán; y así fue: y aunque por muy Caimán que fuera don Ulises sufrió las consecuencias de sus especulaciones de papel, para 1989 ya había compensado sus pérdidas de 1982. En medio de la crisis, se encontró con que los accionistas extranjeros de su Mexico Black Gold Mutual Fund (subsidiaria fantasma del grupo Theta) habían comprado diez millones de acciones a doce dólares cada una en 1978; ahora sólo valían dos dólares acción. Él se convirtió, para compensar esta pérdida, en el primer latinoamericano que entró al racket de los greenmailers —los chantajistas verdes como sus verdes bonos, bono que te quiero verde, verde célula, verde acción, verde dólar, dolor verde: los préstamos que nos quebraron fueron préstamos pendejos hechos por bancos pendejos a gobiernos pendejos, decía Ulises; pudimos quebrar al sistema bancario internacional dejando de pagarlos, no nos atrevimos, nos jodieron por decentitos y nos olvidamos de que los Estados Unidos jamás le pagaron su astronómica deuda externa a los bancos ingleses en el siglo 19: yo encantado —saltaba Ulises, haciendo repiquetear sus talones en el aire: Yo soy fiel al capital, no a la patria!) Convertido en chantajista verde, don Ulises fue la estrella de una forma de chantaje financiero que consistió en comprar un vasto número de acciones de una corporación transnacional famosa, publicitar que estaba a punto de adquirirla, disparando el valor de las acciones hasta los cielos multinacionales y obligando a la compañía a comprar a un precio altísimo las acciones del licenciado Ulises López a fin de retener el dominio corporativo y silenciar las especulaciones, con lo cual el astuto guerrerense ganó limpiecitos cuarenta millones de dólares de un golpe y pudo rehacer su fortuna dañada por el derrumbe de los imperios de papel —no demasiado dañada, musita el chaparrito y taconeante Napoleón de los negocios, pues si no hay plazo que no se cumpla, como decía don Juan Tenorio, también es cierto que no hay deuda que no se pueda negociar a fin de no pagar en pesos de hélice lo que se contrató en dólares supersónicos; hay mucho que vender en México, empezando por dos mil kilómetros de frontera elástica y continuando con revaluados terrenos terremoteados, expropiados por el gobierno en 85 y renegociados por Ulises en 89.

En efecto, el principal cometido del superministro don Ulises López durante la Crisis del Año Noventa fue presidir en condiciones ventajosas los desmembramientos de facto que, de jure, se disfrazaron de condominios, fideicomisos, usufructos limitados y cesiones temporales, cediendo Yucatán al Club Med, creando el CHITACAM Trusteeship para las Cinco Hermanas, sancionando la existencia de Mexamérica y haciéndose guajes respecto a lo que ocurría en Veracruz y en el Pacífico al norte de Ixtapa.

Nada le otorgó mayor celebridad a Ulises López que estos trafiques, disfrazados con frases como "aceptación realista de la interindependencia", "adaptación patriótica a las fuerzas dominantes", "paso adelante en la concentración nacionalista revolucionaria", "aportación patriótica a la coexistencia pacífica", y etcétera y de acuerdo con las inclinaciones partidistas de cada quien: para todos hubo.

Por sus múltiples esfuerzos fue recompensado don Ulises durante la Crisis del Año Noventa con el portafolio de la SEPAFU (Secretaría de Patriotismo y Fomento Ultranacional); algunos dijeron que se recompensaban sus éxitos empresariales con un desastroso ministerio y otros que se premiaba con un portafolio brillante sus desastres como empresario. Nada de esto arredró al valeroso Ulises: desde la Super Secretaría Económica, anunció por todos los medios sus filosofías de mercado:

En público: —No importa quién haga el dinero, con tal de que pague sus impuestos.

En privado: —Estoy dispuesto a perder todo el dinero del mundo, con tal de que no sea mío.

En público: —El poder sólo se justifica mediante el servicio a los demás.

En privado: —El poder sólo se disfruta sin justificaciones, como el sexo.

En público: —La producción somos todos.

En privado: —Este país se divide en productores y parásitos. Yo no tenía nada en Guerrero. Me hice a mí mismo. Nadie me dio una tortilla gratis.

En público: —La justicia distributiva anima la producción.

En privado: —El gobierno sólo debe ayudar a los ricos.

En público: —La grandeza del país la hacen cien millones de mexicanos.

En privado: —La grandeza de Ulises López se hace sobre cien millones de pendejos.

En público: —Como decía el poeta, nadie debe tener lo superfluo mientras alguien carezca de lo necesario.

En privado: —Quién necesita un Jaguar o un Porsche para sobrevivir? Yo! Para quién es asunto de vida o muerte una botella de treinta onzas fluidas de Miss Dior? Para miguelito nomás!

Pública o privadamente, Ulises y sus políticas sólo ilustraban y arrastraban un secreto a voces: Ulises y los suyos se hicieron ricos porque el país se hizo pobre; ganó dinero gracias a la mala administración; el petróleo nos arruinó pero Ulises se armó; el gobierno saquea el país; los bancos extranjeros saquean el gobierno; Ulises saquea a ambos:

—Encarcélenme por ratero!, le gritó Ulises con amarga soberbia, esta noche, a los invisibles gallos del palenque vacío: Entánbenme! y esperen a que alguien con mi genio retoñe! Todos los aspectos de la naturaleza humana reverdecen, exigen presencia, crecimiento y fruto: TODOS!

Mas, de un golpe, el nefasto Robles Chacón había sustituido toda la sabiduría, la capacidad de intriga, el margen de maniobra, la sapiencia retórica, la simetría de favores y, asimismo, las contradicciones y el desprestigio, la falta de resultados y la inquina popular provocados por la gestión de Ulises López con una política de símbolos, Mamadoc, los concursos, Circo y Circo, con espectaculares resultados que Ulises, encerrado en su caserón, insomne en su palenque, bebiendo café a todas horas y pensando en cómo vengarse de Robles Chacón, del engendro ése de la Madre y Doctora, de los antiguos rivales financieros que se habían acomodado a la nueva situación, amenazaba con algo más que insultos, como lo haría cualquier resentido: Ulises López creía en la autoafirmación y su grito en la noche fue éste:

—Fui piraña y lo volveré a ser!

Todo lo dicho le importaba un pepino a la distinguida señora Lucha Plancarte de López, mientras no afectara su estilo de vida, que para ella era todo. Parte esencial de este estilo era viajar al extranjero, y cuando su marido le anunció que de ahora en adelante se irían de viaje sólo a Querétaro y a Taxco, la dama casi sufre una apoplejía:

—Por qué, por qué?

—No podemos ofender a las clases medias impedidas de moverse por falta de divisas.

—Pues yo no soy clase media, a Dios gracias.

—Pero lo volverás a ser si no te cuidas. El horno no está para bollos, mi Lucha. Ya no tengo puesto en el gabinete y no quiero darle pábulo a Robles Chacón para sus venganzas.

—Piensa mejor en las tuyas, tarugo.

Doña Lucha López era alta, embestidora, morena, buenota, crespa en todas sus pilosidades, con nalgas de Narciso, decía su marido cuando la conoció, porque te puedes ahogar en ellas, y tetas de Tántalo, huidizas al tacto cercano, juguetonas, y fama de femme fatale en la ciudad de Chilpanchingo cuando los dos salían a bailar de novios y él tenía que defenderse de la corte de rotitos y pachucos que la seguían a la buenota de la Lucha al cine, a los cabarets, a las vacaciones, a los merenderos. Pero Ulises hizo su primer millón antes que los otros y eso la decidió: alta y garbosa ella, chaparro y nervioso él, no perdieron mucho tiempo en lunas de miel: él la des-fatalizó como mujer fatal, ella lo des-tenorizó a su Tenorio de Chilpancingo, y los dos des-cansaron. Ella engordó pero mantuvo siempre —se dijo Ulises— "una divina calaverita". Sabía sentarse como si estuviera posando para un cuadro de Diego Rivera toda la vida. Protagonizó, a sabiendas de su marido, una serie de amasiatos compensatorios que fueron el precio, él lo admitió comiendo su papaya cotidiana, del amasiato de Ulises con el poder y el dinero:

—Sólo uso a los que me usarían a mí o usan a los demás. Si los exploto, es porque explotan; si engaño, es porque engañan. Todos quieren lo mismo que tú y yo. Poder, sexo y dinero.

—En cantidades desiguales, tú.

Ella quería sexo y dinero, el poder no le importaba. Mientras se sintió joven, protagonizó el laberinto de los amantes ilícitos, las citas clandestinas, los hoteles de paso, las amenazas, las fugas, la excitación diaria y sobre todo la aventura de saberse perseguida por una docena de guaruras y detectives privados de su marido y que ninguno pudiera encontrarla nunca ni decirle nada seguro al pobre de Ulises. El capitán de industria decidió guardarse para el momento oportuno su venganza y gozar entre tanto del desinterés de sus relaciones sexuales y del interés que ambos profesaban en su hijita Penélope y su sitio en el mundo social mexicano.

La crisis lo echó todo a perder. Lucha no le perdonó a Ulises la pérdida de los viajes al extranjero. Ni la casota de Las Lomas del Sol, ni el cocinero del Grand Vefour, compensaron la emoción que doña Lucha sentía al entrar a una gran tienda en el extranjero.

—Somos o no somos mexicanos pudientes?, le decía con mala uva a su marido don Ulises López mientras éste tomaba su diaria ración de papaya con azúcar y limón, sin la cual el pequeño tycoon sufría de dispepsia e irregularidad intestinal.

Él no contestaba a esta recriminación, pero la compartía. El sueño de Ulises López, su compensación por la niñez guerrerense y el ascenso esforzado en México, era un sueño poblado por meseros y maîtres de'hotel, restoranes, hoteles, primera clase en los aviones, castillos europeos y casas de playa en Long Island y Marbella: oh, entrar y ser reconocido, saludado, zalameado, en el Plaza-Athenée y el Beverly-Wilshire, dirigirse por su primer nombre al maître de Le Cirque... Para don Ulises, estas recompensas, sin embargo, le planteaban una especie de esquizofrenia perpetua: cómo ser cosmopolita en Roma y pueblerino en Chilpancingo? No quería perder ni su base provinciana (pues sin ella carecía de sustento político) ni su mirador internacional (pues sin él carecía de recompensa a sus fatigas).

Mi Lucha, en cambio, disfrutaba menos de estos refinamientos que su marido: para ella, se trataba nada más que de tiendas, tiendas y más tiendas, sobre todo los malls norteamericanos; el premio por ser orgullosamente rica y mexicana era pasarse horas caminando, obsesivamente, por la Galleria de Houston y el Trump Tower de Nueva York, el Hancock de Chicago, la Rodeo Collection de Los Ángeles y el Copley Place de Boston: horas y horas, del momento de apertura al momento del cierre, Lucha Plancarte de López caminó más por los pasajes comerciales de los Estados Unidos que un tarahumara por la sierra de su nombre.

—Para eso hicimos lana, tú! y ahora nada? Te odio!

Con estas palabras esquiándole por las circunvoluciones cerebrales, Ulises regresó del palenque a su recámara, se recostó y en vez de contar borregos, repitió, yo hice muchos favores, me hicieron muchos favores, me los devolvieron, nunca hubo contradicción entre mis intereses y los intereses de la nación, todo es favor, yo le hago un favor a la nación, la nación me lo devuelve, yo se lo devuelvo, cómo me vengaré de Robles, cómo me vengaré de, cómo me venga/ zzzzzzzzzz y Lucha, en cambio, trataba de dormirse leyendo, por consejo de su marido, *La suave patria* de López Velarde, ilústrate un poco, corazón, no hagas el ridi, eres la mujer de Ulises López, no lo andes olvidando, y todo esto le parecía verdad a la señora, pero lo que se le atoraba en el gaznate era la línea aquella de "El niño Dios te escrituró un establo", esto, en vez de reposarla, la ponía a dar de brincos, recordándole subliminalmente que Cristo era el dios nacido en un pesebre (donde menos se piensa salta la liebre) y literalmente que a ella le construían pesebres en sus terrenos una bola de paracaidistas y damnificados de los terremotos. Narices, decía doña Lucha Plancarte de López, esposa del eminente financiero y ministro, establos para los nacimientos del 24 de diciembre, pues, a mí Dios me escrituró mi casa en Lomas del Sol con cinco mil metros, cancha de tenis, con mis excusados de mármol negro y mis recámaras tapizadas de piel de lince para frotarse muy a gusto la espalda antes de hacer la memelolo en colchón de agua con melodiosas músicas entubadas por el gran compositor Mussart y mi báscula televisiva que me anuncia electrónicamente mi peso y la imagen de la figurita ideal a la que me voy acercando: tallita doce, cáiganse muertos! además de todo lo que le hicimos a Penny nuestra princesita para hacerle pues muy cute la existencia: un jacuzzi en forma de corazón, un salón de baile anexo con trescientos decks de casettes de moda, un casinito para que sus amigos se entretengan, con mesas de bagámon y ruleta, una sala de cine toda ella de terciopelo rojo, una cuadra con ponys que tiran carretas engalanadas cuando Penny recorre el jardín vestida de María Antonieta, dice ella, aunque a mí me parece una como pastorcita elegante, y un galgódromo, un palenque de gallos, una piscinita caliente con la forma del mapa de los Estéits, una reproducción discreta del primer piso de Bloomingdale's pues para no extrañar ahora que vivimos en crisis y casi nunca viajamos, con dependientas norteamericanas y una sección de perfumes que ay Dios, hasta me tiemblan las... Narices! Tengan su pinche establo y brincos dieran!: yo mi dinerito, yo mis casitas, yo mi hijita que habla inglés, yo mis dolaritos para viajar de vez en cuando aunque sea a Mexamérica, yo mi grupito de cuatitas chistosas y jaladoras para reírnos mucho juntas y ponernos tantito cuetes: Establos? Para las posadas!

Mis papis pasaron la mitad de junio corriendo de una oficina a otra, pues de la SECULEA, que era donde Ángeles hacía sus versiones teporochas de Chaquispiare y donde naturalmente debía tener incidencia cultural el Concurso, los mandaron de vuelta al Palacio de la Ciudadanía donde el mismo viejecillo de la visera verde les sacó la siguiente regla:

—No se pueden inscribir si no presentan al niño.

—No podemos presentarlo si todavía no nace.

—Ni modo; aquí dice que sólo pueden concursar si presentan al niño, razones que los condujeron a la SEDECONA (Secretaría de Demografía y Control de la Natalidad) para encontrar explicación posible a este requerimiento, pero sólo hallaron atendiendo allí de tarde al mismo vejete que de mañana trabajaba en Ciudadanía y haciéndola de portero al mismo tullido en su silla de ruedas y eternamente sentado en su propia mierda, sin nadie que lo ayudara. Mis padres, más cansados que desesperados (y Ángel pensando: de todas maneras ella va a tener al niño, con concurso o sin concurso, con quinto centenario o sin él) (y Ángeles diciéndose: este concurso era parte de la vida libre y azarosa de Ángel, el concurso le daba una meta; sin él, serán compatibles su aventura y su fe, su amor por la anarquía y su ideología del orden?) decidieron que por si las mouches lo mejor era aumentar los ingresos vía nuevas chambas e iniciativas y así nació la actividad paralela del

TUGUEDER
Servicio para Reunir Parejas
y Organizar Lucidas Fiestas
Salga Usted del Laberinto de la Soledad!

—Conocen ustedes a un proletario solitario?, inquirió y justificó a un tiempo Huevo: Verdad que no? Este servicio lo van a requerir los ricachones, ya verán:

Pastelería a cargo de: Encargado del servicio:
La Niña Ba   Ángel Palomar y Fagoaga

mientras Ángel seguía traduciendo proverbios, Ángeles traducía clásicos al totacho, el Huérfano Huerta se contrataba en los diversos y novedosos partidos surgidos de la reforma Marcista del Señor Presidente Paredes, como professional pie-thrower o sea aventador profesional de pasteles de crema contra las caras de los oradores contrincantes en mítines políticos, el Jipi Toltec con su aspecto mágico vendía píldoras para soñar su programa de TV favorito y Huevo con la Niña Ba se encargaban, estrictamente, del servicio TUGUEDER.

—A que no sabes?, le dijo una tarde de junio Huevo a Ángel. Me llamaron de casa del licenciado Ulises López. Quieren que organicemos una fiesta de cumpleaños para su hija Penny.

Hizo una pausa Huevo mientras preparaba una lista y miró con intención a Ángel: —La recuerdas bailando en la boite Diván el Terrible en Aka?

Cómo la iba a olvidar? Huevo miró la ensoñación pasar por los ojos gitanos aunque miopes, rayados de moro y azteca, de su amigo Ángel: como los ojos de mariposa dorada de la nena Penélope López no se posaron casi en él la noche del Año Nuevo, los de él sí se posaron ahora en la memoria de ella, vista una sola vez y por eso más nostálgica, más bella, más brillante que si la hubiese visto diariamente y, sobre todo, que si ella lo hubiese visto UNA SOLA VEZ a él: ah, la niña dorada, se desprendió del sol para venir a consolar a las estrellas, dijo con razón esa noche Ada Ching, pasó posando los ojos como dos mariposas turbias sobre mi padre y luego miró a otra parte y no le hizo más caso; bailó, levantó la pierna, mostró el muslo bajo su falda de lentejuelas, y un repliegue de vello, un gajo de membrillo, una monedita de cobre húmedo que súbitamente, esta noche, mi padre desea más que nada en el mundo, rechazando de un golpe a mi madre, al Concurso y a mí, deseando más que nada una noche con Penny, su pene con Penny, penetrando a Penny, obligando a Penny a mirarlo a él con sus ojos de mariposa mientras se venían juntos, por esta promesa que en ese instante pasó por su mente llenándola de fugas de colores, círculos rojos y azules que se encendían y apagaban, murales futuristas y enérgicos disparados al infinito, todo en nombre de su pasión resurrecta por Penny López la hija del Ministro y todo porque sentir la nostalgia, vivir de la nostalgia de lo inalcanzable se convirtió para mi padre en algo intolerable, una especie de muerte al revés, una espera del pasado para morir en él, una impotente insatisfacción con lo que ya pasó para siempre: era posible una nostalgia catatónica por las películas de Constance Bennet o los discos de Rudy Vallee o los vestidos de Schiaparelli o postales de Baden-Baden a la vuelta de siglo, pero también una violenta nostalgia por recuperar Fiume, anexarse a los Sudetes o manifestar el destino hasta Texas y California: mi padre no quería nostalgia, quería Penny y que Penny quisiera pene y al querer todo esto nosotros (Concurso, Mamma y Bimbo Yoyo) pasamos a segundo plano aunque mi padre sintió el remordimiento de admitir las fallas de su caracterización estable, conservadora, tradicionalista; carajo, se atrevió a decirle en voz alta a Huevo, todo conspira contra lo que quiero ser; así sería también si quisieras ser lo contrario, le dijo con una sonrisa en la mirada nuestro cuate Huevo; no puedo dejar de ser galán, me cuesta un güevo, dijo ya en silencio mi padre (yo lo sé porque más adelante se lo dijo en voz alta a mi madre):

—Ésta es mi peor contradicción, chata. Quiero ser conservador sin dejar de ser galán.

—Cuál contradicción, tú?, le contestó mi madre. No te engañes. Más bien estás en la puritita tradición. No te andes creyendo que el capricho sexual es señal de progreso.

De todas maneras, Ángel recortó una foto a colores de Penny López aparecida en la sección de sociales de Nicolás Sánchez Osorio en *Novedades* y lo pegó sobre un artículo de Philip Roth en un ejemplar del *New York Review of Books* que Ángeles rechazaba leer por miedo a que se le pegaran más ideas. Mi padre tembló de emoción con el riesgo.

Pero eso ocurrió más tarde. Ahora se trataba de organizar para el 15 de junio la fiesta de quince de Penny López en casa de sus padres, el magnate y ex funcionario don Ulises y su esposa doña Lucha: quinientos invitados de primera solicitaba la señora, no los había dijo Huevo muy serio, la alta se despobló o huyo hace tiempo, sólo los que de veras están enamorados del poder siguen aquí porque ni modo que lo ejerzan desde un jacuzzi en Malibú California y además recordó mi madre Ángeles este Ulises está quemadísimo y nadie va a querer dorarse siquiera yendo a su casa y entonces se le encendió el coco a Pater Meus: Concha Toro! La cantante chilena existía, había salido en la televisión ganando un concurso de la Último Modelo de Playboy, qué hacía?, que el Huérfano y el Jipi que andaban el día entero por la ciudad lo averiguaran pronto y a las veinticuatro horas comunicaron efectivamente su ficha que Huevo tradujo del slang anglatl con su reconocida agilidad mental:

Concha Toro
(né) María Inéz Aldunate y Larraín
en Chillán, Chile,
el 6 de enero de (año indefinido)
a.k.a. Dolly Lama
Origen aristocrático
Familia arruinada por desplome mercado salitre
Ed.: Santiago College
Emigra a Argentina de joven
Proclamada Sacerdotisa Ultraísmo Sexual
Emigra usa
Iníciase en línea conga orquesta Xavier Cugat
Cantante de coros celestiales en películas mgm
Bailarina en chorusline de compañía viajera 42nd Street
Backup girl en espectáculo Dionne Warwick Las Vegas y
Boy George
Triunfa en México cantando boleros
Regentea el simon bully bar
Preside servicios teatro a domicilio

—Perfecto!, exclamó Huevo. Quién se entrevistará con ella?

—A mí me desvirgó, dijo Ángel mi padre.

—Entonces tú no. Queremos que esto sea de lo más pro, nada de personalismos, yo hablaré con ella, dijo con entusiasmo sin censuras nuestro cuate.

Y mi padre consideró que bastante tenía con su alma dividida entre la presencia de Ángeles y la potencia de Penny para darse el lujo de la nostalgia con una mujer seguramente sesentona a estas alturas: que Huevo dispusiera el teatro a domicilio en casa de los López para celebrar a Penny mientras mi padre intentaba agotar, inútilmente, las dos angustias de su vida en junio:

Podía confiar en el Concurso como avenida del futuro?

Podía ser fiel a Ángeles sin dejar que se le escapara Penny?

La primera angustia (y con qué rapidez vas corriendo, padre mío, del relajo a la desesperación!) se agravó cuando en su enésima, tesonera visita al Palacio de la Ciudadanía, encontró a todos los empleados en afiebrado plan de abandonarla, destazando documentos oficiales en máquinas de hacer confetti, empacando en cartones libros y máquinas de escribir, descolgando las fotografías oficiales del presidente Paredes y de Mamadoc, barriendo las hojas secas que habían invadido con un preternatural aire de otoño los pasillos del lugar; el oficinista de la visera ya no estaba en su ventanilla, ni el portero tullido en su silla, el doctor Menges y su compañera la dama con el camafeo de Goering estaban siendo retirados, bien tiesos, en camillas: sus rostros azules y sus lenguas como corbatas indicaban un final más bien siniestro; y la operación era dirigida por un rostro que, con supremo temor y excitación supremas, Ángel reconoció como el del implacable coronel Inclán, jefe de la policía metropolitana: quién iba a olvidar sus antejos negros, su rostro de calavera, su color verdoso, su baba blanca escurriéndole por una comisura, su ronca voz dando órdenes rápidas y precisas:

—Rápido o me los trueno a todititos.

Supongo que las dos angustias de mi padre se resolvieron en una sola acción desesperada: dirigirse a Inclán, preguntarle por el concurso, por lo que pasaba; pero al verlo acercarse gritando, y el concurso, qué?, el Coronel se llevó la mano a la funda del pistolón, lo mismo hizo su guaruriza, Ángel tembló pero no sabía si Inclán lo miraba detrás de esos antejos negros, enséñeme su credencial, estuvo a punto de decir, cagado del miedo mi padre, show me your badge!, le reclamó su exquisita memoria cinematográfica a esta especie de Indio Bedoya Para los Noventas que echaba espesa espuma amarilla por la boca mientras repetía incesantemente, la mano posada sobre el pistolón, acariciando la funda:

—Balazos sólo cuando de veras son necesarios. Cuenta hasta diez. Recuerda el estilo. No queremos Tlatelolcos. Cuenta hasta veinte. No le digas pendejo a este pendejo. Mentarme a mí el concurso de la Mamadoc! Mentarme a mí los símbolos de Robles Chacón! Pero no mates a este pendejo. Todavía no. Mejor tiéndele tu mano amiga. Tiende tu mano amiga. La prueba de la parafina para mi mano amiga. Toma mi mano amiga. Tómala. Tómala!

Ángel agarró la mano tendida del Policía Supremo ominosamente respaldado por los sardanápalos de verde; le quemó el frío de esa palma archirreseca, le arañaron levemente las uñas grises como de acero, buscó en vano calor, sudor, o pelo: como la piel de un cocodrilo, la mano del coronel Inclán no tenía temperatura, ni siquiera era fría, se dijo Ángel al soltarla y retirarse como Ponderosa ante su ama, sin atreverse a dar la espalda en el crepúsculo de esta Tenochtitlan de cemento donde el coronel Nemesio Inclán, inmóvil, sin temperatura, rodeado de sus asesinos, murmuraba violencia no, mano amiga, mano amiga con una voz cada vez más espantosa y gruesa, era tragado por la noche azteca y el águila viva posada en el nopal del Palacio de la Ciudadanía emprendió el vuelo contra un cielo rojo pero a los pocos metros fue detenida en su impulso por la cadena que le ataba la pata y al cabo fue a anidarse en una antena parabólica. Pero nunca soltó a la serpiente que traía en el pico y Ángel dio la espalda y corrió.

3

"La vida, escribió un día Samuel Butler, es como dar un concierto de violín mientras aprendemos a tocar el instrumento" y nuestro cuate Huevo, vestido de jacket y pantalón a rayas, plastrón y fistol de perla, la recordó mientras intentaba afinar a la orquesta de siete piezas contratada para los festejos quinceañeros de Penny López por la amalgama del servicio TUGUEDER y del TEATRO A DOMICILIO de Concha Toro, alias María Inez Aldunate y Larraín alias Dolly Lama. Como los Four Jodiditos no podían manifestarse durante un año después de los sucesos de Acapulco, este conjunto salido de Dios sabe dónde no entendía a Huevo ni aun con las hojas de música compuestas por nuestro cuate enfrente de las narices; el conjunto se la pasaba afinando sus instrumentos y el medio millar de invitados balines hacía bulto pero no ambiente y sus disfraces eran deprimentes, folklóricos o cosmopolitas según visiones de cine mexicano de los cuarentas. Había gente vestida de tehuana y de chinaco, damas de sociedad con copetes de cemento y trajes de baile de corte diosa griega de la era de Eisenhower, caballeros con fracs de chaleco blanco demasiado largo o smokings con corbata blanca de piqué (y atada chueca), señores con pantalones de golf y señoras con zorros blancos y sombreritos inspirados por el paisaje de la Línea Maginot: la guardorropía entera de los Estudios Churubusco, los roperazos y herencias de Virginia Zury y Andrés Soler, hicieron su fantasmal aparición chez Ulises López, su esposa Lucha y su hija Penny el día que ésta cumplió 15 junios y el salón de baile de la mansión de las Lomas del Sol resultó insuficiente para dar cabida —así escribía doña Lucha una crónica en su mente— a las parejitas de la juventud dorada acompañadas de sus distinguidos chaperones que parecían (reprimió don Ulises su disgusto: peor era nada; había que atravesar el desierto político con dignidad) extras de alguna película de María Antonieta Pons y, según al cabo transpiró, eso y sólo eso eran: el TEATRO A DO-MICILIO de Concha Toro daba ocupación a miles de viejos extras de películas mexicanas. Todo esto tenía muy sin cuidado a mi padre Ángel, en cuya mira sólo estaba esa noche la festejada misma, la adorable nena Penélope López, aparecida con minifalda y pechera de metal dorado, largas piernas doradas y zapatos de tacón alto de stiletto, un poco engentada, un poco en las nubes, mirando a través de la concurrencia como si fuesen de vidrio. La verdad es que no tenían más importancia que su bulto, su número, su expansión por el salón de baile animado por un conjunto que jamás logró tocar una sola pieza, que acompañaba afinando sin fin, afinando, afinando, desesperado nuestro cuate Huevo, qué se traían éstos contra su composición?, por qué no la tocaban? y Penny en su nube sin que Ángel lograra hacer contacto ocular con ella.

La señora Lucha Plancarte de López, en cambio, se dejó atraer de inmediato por la figura de mi padre Ángel (de las mejores familias); se le acercó con paso de pantera, lo guió al ponche y le habló de la gente como nosotros, usted sabe joven, los mexicanos pudientes y aristócratas, le relató pormenorizadamente su primera visita a Bloomingdale's, un evento definitivo de su vida, y le describió detalladamente cómo era la suite que solía ocupar en el Parker Meridien de Nueva York, ay, otros tiempos, la burbuja se quebró pero ella (mi padre tomado del brazo, la mano de mi Lucha escondida en la axila de mi padre) sobreviviría a todas las crisis, con un poquito de cariño y comprensión. La verborrea de la señora López envolvió a mi padre Ángel: hablaba incesantemente de viajes al extranjero, y cuando esto se agotaba, seguía con parientes, enfermedades, criados y curas, en ese orden.

—No soporto más su conversación plana, le dijo brutalmente mi padre.

—Anoche fui a un terreno de mi propiedad ocupado ilegalmente por paracaidistas —dijo de repente y a guisa de contestación la señora Luz P. de López—. Llevé a mis pistoleros y pusimos fuego al campamento. Nadie salió vivo de allí, joven. Quién es su confesor? Quiere ver fotos de Penny cuando era niña?

Arañó la mano de mi padre. El licenciado Ulises López, con un puro en la boca, miraba de lejos el movimiento del salón, el acercamiento de su mujer a mi padre Ángel, la ansiedad con que Ángel buscaba la mirada ausente de Penny y el círculo que en su activísima mente estaba a punto de formarse fue roto por una aparición: un muchacho chaplinesco, sus cejas todo asombro, ayudaba a otro muchacho vestido con pieles de serpiente a cargar el estupendo pastel de cumpleaños a la mesa redonda dispuesta en el centro del salón; lo colocaron allí, encendieron las quince velas, invitaron a Penny a apagarlas, la Fresa Princesa se acercó y sopló como un toro, las velas se apagaron, todos cantaron el Japi Verdi sin acompañamiento porque el conjunto seguía afinando interminablemente, el Huérfano Huerta y el Jipi Toltec cortaron el pastel y pasaron las rebanadas a los invitados, primero a la propia festejada y a sus padres. Don Ulises vio entrar de reojo, al llevarse a la boca el trocito de pastel de chocolate con capa de azúcar de vainilla y relleno de fresa, a una muchacha color de té de canela, la carne morena visible a través del impermeable transparente, los guantecitos de plástico transparente, la sombrilla transparente, las botitas de agua transparente, entrando al salón con cara de pastora de ovejas extraviada, goteando la lluvia ácida de la noche de junio en el momento en que Ulises, Penny, Lucha, todos mordían el pastel y lo escupían, gritaban, vomitaban:

—Es de caca! El pastel está hecho de caca!

Y la muchacha de dientecillos afilados y atuendo transparente gritaba "I'm a lollypop!" y caía desmayada.

Don Ulises López le ofreció a mi padre Ángel una copa panzona de Ixtabentún-on-the-rocks y le confesó que los colores de este salón donde el elegante pater meus, madreado por los guaruras de la familia López, se secaba la sangre de la frente con un klínex color de rosa, habían sido escogidos por su esposa doña Lucha de acuerdo con identificaciones de la época en que eran novios e iban juntos al cine, de manita de torta compuesta y toda la cosa:

—Ja, rió el ilustre político y financiero en reserva de la República, a esas sillas las llama Azul Ángel Marlene, los tapices son Rojo Rhonda y el tapete es Garbo Beige, qué mona!, qué fantasiosa!

Ángel tomó la copa: la necesitaba después de la guamiza que le metieron ("conque responsable del servicio Tugueder?, tu moder cabrón! a comer caca con tu abuelita!") y al tocar la mano de Ulises la comparó con la de Inclán: qué, nunca sudaban los que tenían el poder de México? nunca iban al baño?, cómo podían pasarse nueve horas corridas en giras, discursos y eternas reuniones del IEPES del

PRI, sin necesidad de mear, u ocasión de sudar? Miró los ojos amablemente fríos de su anfitrión y los borró a través del filo de la copa para que los rasgos se licuaran en la marea dulzona del licor; ni así; Ulises salía vencedor, íntegro, sin titubeos, yo - sé - lo - que - quiero, de cada marejada de Ixtabentún.

—Pero yo la quiero mucho, joven. Sabes? Te soy sincero porque aunque me ofendiste gravemente admiro tu caradura y tu iniciativa, aunque sea para el relajo. Pero volviendo a mi Lucha: mientras estoy al lado de ella puedo ser generoso, incluso magnífico. Sabes una cosa? Todos los días en el penthouse de mis oficinas en Calle River Nylon está listo un banquete para cien gentes, con alantinas de pavo, paté de foie, camarón del Golfo, carré d'agneau, pasteles (de verdad, jajá, qué puntadón), lo que gustes, listo para cien gentes, venga o no venga nadie, y lo que sobra se les da a las cinco de la tarde a los mendigos del barrio. Lo que pasa es que mientras estoy al lado de ella puedo ser generoso... —repitió don Ulises con una como ensoñación—: Temo volverme tacaño sin ella y por eso la amo, la conservo y temo su muerte.

Hizo don Ulises un mohín singular de recato, modestia o algo así.

—Para mí, mi mujer sigue siendo la muchachita a la que yo trataba de seducir con flores y cajas de chocolates cuando llegué a Chilpancingo de la Costa Chica.

Cariñosamente, le pegó con la palma abierta a Ángel Palomar en la rodilla y le dijo que seguramente mi padre sabía muchas cosas de él; la mayoría eran ciertas y con gusto se las confirmaba. Qué decían de él? Lo peor!, pidió Ulises. Y Ángel se lo dijo: Que es usted muy ladrón. Pues Ulises López dijo con ecuanimidad que él prefería a un gran estadista ladrón que engrandeciera a México a un estadista honesto que lo arruinase: por desgracia se habían dado hace poco el extremo del ladrón que nos arruina tanto o más que el inocente, pero se trata de restaurar el balance, ni tanto que queme al santo ni tanto que no lo alumbre, eso se proponía Ulises y por eso lo tenían congelado la mediocridad, la envidia y el resentimiento. Pero él medía su tiempo; un gran político, le dijo esa noche a Ángel, tiene que ser un pícaro abstracto, manejando inmoralmente las pasiones de los demás, pero poniendo en cuarentena las suyas.

—Me gustó tu iniciativa, repitió mirando con ojitos de mandarín a Ángel. Lástima que no sepas encauzarla. Aprende mi lección esta noche, chavo. Oye mis reglas para triunfar en México.

En primer lugar, recuerda que la única pasión mayoritaria es el dinero. Las demás son pasiones privadas y cada cual mata pulgas a su manera. Tú sírvete de los mejores. Pero no les digas para qué te sirven. Habla muy poco. Piensa mucho. Recuerda que el que tiene el poder es grande cuando sólo quiere el poder. Pero si esto interfiere con la posibilidad de ser rico, más vale ser rico que ser grande. El problema es tener lana y poder, aunque es mejor tener lana sin poder que poder sin lana, porque la lana es poder: no necesitas más. Piensa que lo malo en México no es ser ratero; es no ser bastante ratero. Tú piensa esto siempre mientras declares en público que no se tolerará más la inmoralidad en el manejo de los fondos públicos y mete al tambo a dos o tres desgraciados del sexenio anterior. Recuerda que en este país puedes navegar medio sexenio sobre los pecados de tus antecesores. El otro medio sexenio, prepárate a que te acusen a ti, pendejo. Ja, Ja!

Don Ulises se rió mucho con esta salida y volviendo a palmear la rodilla de Ángel, le dijo para terminar: —Ya ves, joven; pongo todititas mis cartas sobre la mesa. Ahora tú debes ser franco. He notado que te gusta mi Penny.

—Yo voy a donde me lleve mi pene, dijo con cinismo mi padre: si se trataba de ser franco…

—Te repito que me gusta tu frescura, pero tienes que encauzarla mejor. Imagínate, si fueras mi yerno…

Los ojos de Ángel se dejaron nublar de emoción, no por Ulises, sino por Penny.

—Ya ves, repitió. Pongo todititas mis cartas en la mesa.

Mi padre entendió, reaccionando contra el sentimentalismo, que ésta era una reiterada invitación para que él hiciera otro tanto, pero se rehusó a sí mismo la tentación de caer en la trampa más obvia de don Ulises; sin duda el viejo tenía otros ases en la manga; repitió que era un hombre sincero, pero podía ser frío y calculador; acababa de repetir que su máxima de acción política era "No hables de nada, pero piénsalo mucho", y su estilo de conversación un juego de ajedrez en el que Ulises con toda sinceridad podía decirse siempre al cabo de toda plática: "Ya lo sabía. Lo adiviné. No me sorprendes."

No obstante, suspiró, junto a este hombre maquiavélico —yo, mi joven amigo, Ulises - López - yo— existe un hombre enamorado, sentimental y generoso. Apretó un botón y una pared mostró su opacidad vidriosa.

—Cómo no voy a estar enamorado de mi mujer? —preguntó inútilmente Ulises—: Si es mucho más bella que mi hija. Mírala.

Apretó varios botones y se adormecieron las luces del salón, pero las de la pantalla (o era una ventana unilateral, de esas que permiten ver sin ser visto?) se iluminaron y del otro lado Lucha Plancarte de López apareció bostezando. Estaba vestida con una bata de seda rosa con puños y cuello de plumas blancas. Se lavó los dientes. Luego se quitó la bata y apareció con un monokini de encaje escarlata y los pechos rebotantes, gordos, sedosos también y adornados por un par de enormes pezones negros como el zapote prieto. Doña Lucha enjuagó un diminuto rastrillo y se rasuró con esmero la axila derecha poblada por pequeñas cerdas negras. Hizo lo mismo del lado izquierdo pero allí se cortó. Gesticuló y con saliva se sanó la leve herida. A Ángel le fascinó el hilo de sangre en el sobaco tesoneramente grisáceo. Luego Lucha se miró el mono extenso que ascendía en rizos caucásicos casi hasta el ombligo y se extendía hacia los lados como un campo de golf, que diría don Fernando Benítez. Doña Lucha se enjabonó velozmente los extremos de su prado púbico y con una mano se rasuró mientras con la otra acariciaba suavemente las labias y su marido le decía a mi padre, no está sola, jajá, mira mientras ella metía un dedo en un frasco de cajeta de Celaya (envinada) y se lo untaba sobre el clítoris, que no está sola: un gato siamés de gesto enfurruñado observaba las operaciones de la señora y en un instante, al parecer habitual, esperado, saltó al regazo de su ama y comenzó a lamerle las carnes recién afeitadas, limpiándolas de cualquier traza de pelusa excedente.

Repentinamente doña Lucha dejó de tocarse, se detuvo, y los miró a ellos, miró a mi padre (o esto se creyó él), a través del vidrio los miró con todas las emociones del mundo, rabia de ser descubierta en su intimidad, sorpresa de que su marido estuviera acompañado de ese hombre joven, deseo del mismo, envidia de toda la gente acompañada del mundo, celos de sí misma y la soledad de su cachondería, invitación (a quién? a Ulises? a Ángel? los miraba a los dos? miraba sólo a Ulises porque estaba acostumbrada a hacerle este pequeño teatro y se encontraba con un extraño a su lado?, miraba a Ángel esperando encontrarlo solo como se lo había prometido a Ulises y en cambio encontraba a los dos, unidos contra ella? o deseándola —sonrió un instante— los dos? o riéndose de ella, y arrojó lejos de sus rodillas al gato malencarado) o quizás ella no miraba nada, no sabía nada, y su mirada era sólo de decepción y soledad ruinosas?;

todas las pasiones del mundo se vieron en la cara de doña Lucha menos una: vergüenza. Se llevó el dedo lleno de dulce del clit a la boca. Se chupó el dedo mirándolos a ellos. Ulises apagó la pantalla. Escoja Elector.

Tocaban a la puerta del salón Dietrich-Garbo-Fleming.

—Pasa, Penny, dijo su padre.

La muchacha entró sin mirar a Ángel.

—Enséñale al joven la recámara Gloria Grahame, dijo don Ulises sin apelación posible de parte de Penny, que quiso interrumpir para decir pero Mommy duerme al lado, ni de Ángel, que quizás pudo decir, pero tengo una mujer embarazada que me espera.

La mirada de Ulises decía: —Ya lo sabía. Lo adiviné. No me sorprende. Pero obedézcame.

4

La emoción nubló la mirada, los reflejos, los andares de Ángel mi padre caminando de frente a Penny López por la rampa de caracol de la casa guggenhéimica de las Lomas del Sol, sin darle la espalda, dándosela en cambio al precipicio del descenso a las recámaras, ella sin mirarlo, desdeñosa a morir la muy pesada, él caminando chueco, de espaldas para no dejar de mirarla un minuto, y explicarle, y decirle lo que desde la noche de San Silvestre en Aka pensaba ahora que aquí estaba su quinceañera presencia a la mano, tocable, olorosa, tan cercana y sin embargo tan lejana: miraba por encima de él y cuando él se le paró enfrente para obligarla a verlo, ella dijo algo que él sintió, para suavizar el trancazo, como algo que Penny le debía decir a todos, a él también, okey, pero no sólo a él:

—Mírame y no me toques. Eres pobre, feo y naco. No eres para mí.

Ella siguió adelante pero él pensó que si no aprovechaba la ocasión quizás no la volvería a ver, nunca le diría lo que traía adentro, no importaba que ella no entendiera nada, Ángeles mi madre sí entendería y yo dentro de ella, ni hablar! y si sé todo esto, Elector, es porque lo mismo que mi padre Ángel le dijo a las carreras esa noche a Penny López cuando la Fresa Princesa lo conducía a su recámara de huésped, se lo dijo también de rodillas y sin prisas a mi madre días más tarde, cuando Ángeles y yo adentro de ella nos fuimos a vivir a casa de los abuelitos Rigoberto y Susana para dejarle a mi padre su libertad y ni ésta le quedó pues el tío Homero, bienquistado de vuelta con The Powers That Be (cuando descubrió que nunca estuvo malquistado, sino que los Poderes lo andaban buscando afanosamente, qué se fizo S. Md., le dijo el delegado del PRI que lo esperaba a la puerta de su casa cuando el presunto candidato a Senador se presentó e hizo un berrinche pensando que allí lo esperaban siempre y que había pasado todo ese tiempo perdido con los tocados y malagradecidos de sus sobrinos) llegó con una escuadra de guaruras azules, agentes del público ministerio, y abogados surtidos, a requisarle de vuelta la casa de los colorines en Tlalpan. Pero antes ocurrió lo que sigue, y que yo fielmente reproduzco para que S. Mds., en efecto, vean los peligros que corre un feto cuando todos se olvidan de su presencia y, si la recuerdan, lo consignan apenas a la lista de los errores. Pues yo soy y soy un error!: gigantesco error, fortuna gigantesca, aparición ocasional y pasajera en el infinito de una burbuja —YO— que logró exprimirle a la creación su gota de líquido en el momento de coincidir con la temperatura extraña, improbable también, de unas gotas mojadas en la tibieza improbable del amor, y qué chingados le importan todos estos accidentes a la gran nube prestelar que es inmutablemente eternamente infinitamente y yo les digo padres míos y universo mundo lo que escondidito aquí me sé para mí:

SÓLO LOS ERRORES HACEN POSIBLE LOS MILAGROS

Yo ya soy otro, Cristóbal o Cristina, no importa, tan diferente como si hubiera sido creado delfín o armadillo, yo diferente ya y único ya y siendo de ustedes ya no soy de ustedes, soy yo y soy diferente y soy todos, eso lo olvidaron, verdad?, soy otro, soy todos, mi pobre vidita prendida con alfileres es el triunfo de la vida, tan triunfal en lo suyo como las montañas de piedra, los nopales testarudos o los coyotes que bajaron a comerse a los gringos y a los críticos literarios. Yo soy Yo. Descanso, respiro, suspiro. Y ustedes? Síganse peleando:

—Penny López —repitió aquella noche mi mamá y añadió en seguida, esta vez con cólera y tristeza: —Por qué te brillan los ojos así cuando la menciono?
    —Eh? Pensé que estaba muerta, igual que tú. Nada más.
    —Óyeme y deja de leer ese periódico.

—No es un *periódico*. Es el *New York Review of Books*. Me llegó de contrabando desde Sandy Ego, qué te parece?

—Oh fastidio. No me cambies el tema. Sí, fuimos a Aka a acabar con gente como ella.

—Ella?

—Penny! Gente como ella! Símbolos, tú! Pero por qué te ves tan interesado…?

—Estoy leyendo un artículo de Philip Roth, nada más. *Escritores de Newark, Uníos!* "No tenéis nada qué perder más que vuestro guante de beisbol…"!

—Oh fastidio, hazme caso: Por qué te pones tan nervioso?

—Te decía que a ustedes les encanta crearnos culpas. Es su misión en la vida.

—La misión de la mujer.

—Sí.

—Los hombres no?

—No. Nosotros no. Los hombres somos leales y sinceros los unos con los otros. Nunca hablamos mal de nuestros amigos.

—Sabes una cosa? Tendría un diario para escribir todas estas cosas que nos decimos, pero sólo si pudiera escribirlo en chichimeca antiguo. Qué fastidio!

—No: prefieres que tus acusaciones se *sepan*, no te engañes.

—Y tú de qué me acusarías?

—Yo? De nada. Yo simplemente estoy enajenado por los medios de reproducción.

—Pues ponte a pensar que este bebé que tanto te pesa…

—Yo no he dicho eso!

—Sí!, gritó ella, arrancándose los rizadores, sentada allí contra el respaldo de la cama mientras Einstein la mira con melancolía desde la pared y le enseña la lengua.

Le arroja los bigudíes a mi padre: hacen chac chac contra las páginas abiertas del *New York Review of Books* y ruedan hacia el regazo de mi padre, posándose sobre la bragueta de su piyama.

—Piensa que este bebé yo lo pude tener *sola*, que pude acudir a un banco de esperma de gente famosa y hacerme mi bebé sin tu concurso!

—El Concurso!, recordó súbitamente el muy distraído de mi padre que ya sólo pensaba en conquistarse a Penny López mientras duraba el embarazo de mi madre.

—Sí, que pude usar el esperma de don Ulises López el papacito de tu Penny, o del ministro Robles Chacón o de Julio Iglesias o del grupo Durán/Durán o del propio papa Juan Pablo o de Einstein que me saca la lengua desde la pared y que seguro dejó un guardadito de leche en su refrigerador! Ozom!

—No ganarías el concurso, so bemba, dicen que el niño sea de los padres que se inscriben...

—La madre siempre sabe que el hijo es suyo, el padre *nunca* sabe de quién es su hijo, *voila!*

—Quieres decir?

—No quiero, digo y repito y reitero y proclamo: tuve el hijo sin ti, no te necesito para nada, y además el niño es sólo mío, nadie puede probar que no sea mío, pero nadie puede probar quién es el padre y no eres tú, cabrón, no eres tú, dijo mi madre de rodillas sobre la cama y empezando a arrojar lo que encontró a la mano contra la cabeza fugitiva de mi padre, los seis tomos de *Los indios de México* de Fernando Benítez, la *Carta de Deberes y Derechos de los Estados* de Luis Echeverría, el cenicero de Tlaquepaque, *Palinuro de México* y *Terra Nostra*, la foto a colores de Penny aparecida en *Novedades* pegada a la página del *New York Review* con el artículo de Philip Roth = los celos visibles al fin, los celos hacia el objeto palpable del deseo, la marea ciega del odio como mirada cínica de mi madre, toda su ternura y comprensión olvidadas, los gises regados por toda esta casa de pizarrones, la foto de Albert Einstein sacando la lengua, la bacinica con florecitas pintadas abandonada por el tío Homero en su fuga encolerizada, mi madre gritando pude tenerlo sola!, sólo la madre siempre sabe que el bebé es suyo!, consumando la ruptura con mi padre que quizás él quiere más que ella, demostrándome ya a mí qué delgados son los sueños y con qué facilidad se destruyen las imágenes: dejándome desguarecido, a la intemperie, en el momento en que más los necesito porque al oírlos me doy cuenta de que el mundo es siempre un acto con dos actores, igualmente determinado por el que hace y dice y el que oye y recibe: mi cuerpo.

mi cuerpo
es el sistema
con el que voy a contestarle
al mundo físico, le contestaré al mundo
creando al mundo, seré el autor de lo que me precede,
contestándole, hagan lo que hagan ellos, se quieran o se

odien, se separen o se reúnan, yo tendré que responder con mi
cuerpo y mis palabras al mundo que ellos me están
creando, *cuidado*!, apenas aparezca yo
empezaré a crearles su mundo
a ellos
respondiéndole a ese mundo que ellos me crearon: no se escaparán
sin consecuencias, ni se lo anden imaginando, no será gratuita su
acción de pelearse o contentarse, acaso creen que apenas haga mi
aparición ya no voy a intervenir con
palabra y carne
para crearme mi mundo a partir de ellos, cambiando así el de ellos
que aún no me imaginan afectando sus ridículas riñas, ni se lo huelen, pobrecitos!

AHÍ VENGO!
CUIDADO!

Seremos tres en el mundo
y ya no podrán nunca más actuar o hablar exactamente como lo hicieron hoy! *cuidadito*, digo!

—...nada, iba diciendo Penny
por la escalera rampante, que mi
mamá es muy de armas tomar y
me dice aprende niña para cuando
seas grande, aquí le das la mano a un
naco de éstos y te toma el brazo y algo
más, no seas de a tiro tonta con pé, ayer
Mommy fue y le puso fuego a las chozas de
unos paracaidistas y creo que todititos se achi
charraron como barbacoa y hoy le pidió a mi apá
que fusilaran a mi chaperona la señorita Ponderosa
frente a la pared del jardín por haberlos contratado a ustedes la muy de a tiro gachunaca por no decir pendejurris
ay chulis y haber traído a esas momurrias de a tiro apolilla-
das y el pastel de cuacha ese fuchi fuchi mil veces fuchi pero
yo intervine de rodillas y pedí su vida y mi apá decidió, mejor la
mandamos de regreso a Segovia eso es peor que la muerte, ha de ser
como Chilpancin go de donde salió el pobre de mi papá y aquí está
tu recámara, joven, pásala bien y ni te atrevas conmigo, estoy fuera
de tu alcance, nacurris, tú, fúchila.

Ángel vio como en un ensueño la cabecita bamboleante de Penny López que se retiró con sus rizos de color zanahoria brillante, sus cejas pintaditas y sus párpados regados de polvo de oro, su mirada de honduras oníricas y su mueca de tics salvadores: vaya, todo un istmo de bellezas y emociones, se dijo mi padre el punditero de siempre, guatemala y guatepeor: los labios de fresa, las orejitas graciosamente perfumadas y atravesadas por aretes con la forma de orquídeas y los andares neumáticos, las piernitas euzkadi y los muslitos goodrich y las nalguitas general popo, yéndose de su vida: entró a la recámara Gloria Grahame así llamada, se dijo el muy cinéfilo de mi padre, por su parecido a un set de film noir de los cincuentas: un art-deco deslavado, sin personalidad, hecho para resistir la identificación ideológica del presidente Eisenhower o del senador McCarthy: Una cama con cubierta de satín…

Mi padre, digo en complicidad imaginaria con él, entró con un sentimiento de frustración, incompetencia y reducida escala social, moral y sexual: todo esto le comunicaba la tal Penny pero aquí seguía él, el rebelde conservador, el limpiavidrios del edificio ennegrecido de México 92, el purificador de la Suave convertida en Puta Patria, de rodillas ante una cursi de Lomas del Sol y qué más: reaccionó mi viejo, cómo no iba a reaccionar si para encontrar justificaciones él se pinta solo y dijo en voz alta:

—Voy a joder a Penny! Por eso estoy aquí!

—Ay monada, por qué mejor no me jodes a mí?, dijo una voz a través de la puerta, misma que unas uñas invisibles pero cachondas arañan con singular ritmo de invitación.

Ángel acercó su rostro a la puerta: olió una bocanada de mariscos y perfume Joy de Patou, revueltos.

La puerta se abrió y su vecina prevista pero de todos modos inesperada, excitante, apareció en toda su gloria adquirida en Frederick's de Hollywood: peignoir de gasa negra transparente, con anchas mangas rematadas con plumajes de cuervo, cuello de lo mismo y debajo un brasiére de pastelitos negro, esperando ser arrancado olán tras olán como el de un bisquit, y las zapatillas de tacón de puñal de raso negro, las medias negras con dobladillos sostenidas por tirantes desde el calzoncito de encaje con apertura de olanes frente al monopolio y las letras bordadas encimita,

QUÉ ESPERANZAS!

Cuando mi padre le dio las mismas razones a mi madre que antes le dio a Penny López en la escalerita de sacacorcho ésa, las palabras fueron las mismas, Señores Electores, pero todo sonó distinto, por ejemplo, aquello de que dejaba a mi mamá porque ella era su mujer ideal y él necesitaba a Penny para mantener viva su rebeldía, su odio, a nosotros nos pareció de risa loca, porque venir a decirnos que nos dejaba por ideología cuando era por pura cachondería era añadir una pequeña mentira a la gran mentira que él decía combatir. Yo no sé qué tan consciente era Ángel, mi padre, de que su rebelión era una actitud romántica, como piensa mi madre; pero ella le dice que a ella no le importan las razones porque para ella él siempre ha sido y será un hombre aparte, sólo que él ha calculado todo para ser un hombre aparte y en cambio ella lo ve naturalmente así, un hombre aparte, sin cálculo ni esfuerzo.

Ángeles teme en todo esto que Ángel esté usando contra ella sus propios deseos, sin entender que ella los comparte con él; esto es lo que más nos duele de la traición (cómo llamarla?) de mi papá instaladote en la recámara Gloria Grahame de la familia López y gozando de los favores de doña Lucha sin darse cuenta de que las palabras de mi mamá no eran puro jarabe de pico, que ella estaba con él hasta en este trance pero no podía decírselo para no humillarlo:

"—No dormí toda la noche, de pura felicidad, al conocerte"

esperando que él le contestara con las palabras de ella, recobradas por él para hacerlas de los dos:

"—Yo también estuve allí, recuerdas?"

y culminando con uno como coro al cual se uniría mi voce poco fa:

"—No nos hagamos daño."

Pues nada de esto ocurrió. Ella se quedó sola y bien barrigona conmigo adentro mientras nosotros no sabíamos del señor Ángel Palomar y Fagoaga sino por lo que nos dijo la tarde en la que se las dio de muy sincero y nos disparó sus absurdos pretextos sin darse cuenta el muy baboso de que el halo de mi madre que él tanto decía cuidar estaba apagadísimo, maltrecho, desgastado. Lo peor que nos dijo mi padre fue que a mí me habían creado por lo del Concurso, pero que a ella le constaba que el tal Concurso no era más que una tomadura de pelo más del gobierno, y si el Concurso era una farsa, dio a entender el archicabrón, entonces no importaba abandonarnos a mi mami y a mí: la razón del embarazo fue el Concurso? Este insulto que a mí me pareció imperdonable mi madre lo tomó con mucha serenidad y aunque él no llegó a la grosería de decirle que lo de Penny era pasajero, que lo dejara agotar su capricho y ya regresaría allá por agosto o septiembre antes de que ella me pariera, ella de todos modos aceptó tanto la maternidad como la soledad por más que yo le gritara desde el vasto eco silencioso de mis seis meses de concepción: "Una mujer se queda sola! Crea un vacío! Cualquier cosa puede llenarlo!" Pero quizás ella no creía que yo lo llenaba de sobra (la adoro!) y que ella podía comprender el miedo de un hombre que no se atreve a abandonar a su mujer porque se siente inseguro de conquistar (no amar, sólo conquistar) a otra y ella prefería que él se atreviera, no se frustrara a riesgo de que no regresara nunca. Pero si regresaba, ella lo recibiría de nuevo esperando que él se diera cuenta de que ella lo dejó ir. Ésta era su manera de amarlo: dejarlo ir.

Todo esto me pareció una soberana pendejada, un disparate indigno de mi madre y de mí y desde ese momento decidí obrar mediante los misteriosos poderes que acaso perdería al nacer, para que mi madre, con panza y todo, conmigo y todo, le pusiera pronto cuernos al cabrón de mi padre Ángel. Muy scout, me dediqué a mirar a mi alrededor y pronto, sin que mediara persuasión de mi parte, el otro se hizo presente, aunque muy a su peculiar manera. No se puede tenerlo todo.

Digo que ella se quedó sola y bien barrigona conmigo adentro mientras él vivía la ilusión rebelde de penetrar el santo de los santos de la familia López y darle en la mera madona al centro mismo del poder en México. Brincos diera!, como dice doña Lucha López. Pero entre paréntesis, cómo sabemos ahora qué se dice y cómo se dice? Pues bien sencillo: a la señorita Ponderosa la mandaron a Segovia por vuelo fatal de la Iberia que naturalmente se estrelló en Barajas cero y van y con él la ilusión y el secreto de la chaperona: aquélla, ser poseída apasionadamente por el chef de cuisine Medoc D'Aubuisson, en cuya ausencia pasaron estas tragedias; y éste, comunicarle al mismo cocinero de lujo que por causas de fuerza mayor se interrumpía el servicio de microchip en la papaya diaria de don Ulises. En resumen: como don Ulises le dijo a doña Lucha que el azúcar con que le servían la papaya le daba fuerzas sexuales duplicadas, la señora robó el tubito de granulados y se lo sirvió a mi papá con cada desayuno; la información interna de mi desviado progenitor fue a dar a la computadora Samurai del desconcertado ministro don Federico Robles Chacón, quien al principio no pudo entender qué chingados le había pasado al truculento don Ulises, por qué la mente del funcionario y financiero le mandaba mensajes extravagantes diciendo:

+ Cuánto dura una pasión?, cuánto un odio? Quisiera llevar mi rebelión al borde de la vida, no al borde de la ideología
+ Tengo miedo de volverme loco. Tengo miedo de volverme razonable
+ Qué es más difícil: ser libre o morirse?/
+ Busqué a un país hecho para durar, como las piedras de los indios y de los españoles: sólo el pasado de México fue serio?
+ Soy un conservador romántico post-punk/
+ Tiene que ser el futuro de México como su presente, una vasta comedia de latrocinio y mediocridad perpetrados en nombre del progreso?/
+ Mi corazón se ha llenado de una íntima alegría reaccionaria: tan íntima como la de millones de mexicanos que quieren conservar a su pobre país: conservadores/
+ QUIERO EL ORDEN A SABIENDAS DE QUE NINGÚN ORDEN SERÁ JAMÁS SUFICIENTE
+ Voy a reinventarme románticamente como un conservador rebelde: me estoy traicionando cogiéndome a la señora Lucha y deseando a su hija?

Fue esta última frase la que al cabo convenció a Robles Chacón de que su Samurai no le estaba transmitiendo el pensamiento de Ulises que no se traicionaba cogiéndose a su esposa aunque quizás sí deseaba a su hija.

INCEST IS BEST BUT ONLY WITH THE FAMILY, relampagueó la Samurai en diálogo inmediato con Federico Robles Chacón. Éste la apagó y se dijo: Quién estará comiéndose el microchip disfrazado de azúcar granulada destinado a mi rival Ulises López?

5

Elector: piensa en nos. No nos abandones, excitado tu morbo por las aventuras de mi padre en casa de la familia López. Detente. Piensa.

Recuerda que aquí nos quedamos ella y yo. Ella con su abdomen pesado por el intenso aumento de la circulación de la sangre, adolorida por la expansión del útero, pechugona como una vaca: Vela y compadécela con sus pezones irritados y su hambre colosal, aumentando de peso, aumentada la producción de hormonas en la placenta, estimuladas todas las glándulas, cansada, soñolienta, con ganas permanentes de echar la guácara feroz, imaginando banquetes de foie gras y cuscús y gulash y ahuautles y ni quién vaya a buscárselos, con estas ausencias del cabroncito pater meus que ha decidido vivir su vida hasta las heces (ése es) antes de convertirse en un hombre puro e idealista, cuándo, el doce de octubre que viene? Y como si no bastara, yo aquí robándole a la pobre el calcio, la leche, casi la mitad de su hierro (quiero huevos de avestruz con trufas!) y amenazada de que se le caigan los dientes! Carajo, señores electores, piensen ustedes nomás: para qué me tuvo mi madre? Para qué tuvieron cientos de miles de millones de madres a todos los hijos de la chingada nacidos a partir de Citizens Kane and Able? Y ni modo: no hay marcha atrás: estoy en mi quinto mes de concepción, y mis patitas me sirven ya para nadar, echarme clavados, bailar en el agua y patear: hasta este mes, daba pataditas en el agua, sin tocarla a ella; desde ahora, encima de las infidelidades de Ángel, la pobre señora tiene que aguantarse patada tras patada en los muros de la patria mía que es su vientre: mi madre siente que tiene metido a Moby Dick en persona allí dentro, la pobre está dada al cuás, cada vez más tensa, con secreciones vaginales, hemorroides, calambres, acidez estomacal (mi padre no le da amor: ella lo suple con melox), se le hinchan las manos, los pies, la cara, tiene hipertensión, respira con dificultad, está llena de agua, da gracias de que no tiene anillo de matrimonio porque no podría quitárselo, siente calor a las horas más extrañas, suda, quisiera comer pero también talquearse, colonizarse, oler bien, vive aterrada de apestar sin darse cuenta, el líquido se le seca en los pezones, quisiera aplicarse allí un tubito de Suzy Chapultepecstick, válgame!, y yo inútil dentro de ella, un pinche campeón de natación olímpico, el Mark Spitz de la Naquiza, olé y díganme sus mercedes bien si no es como para pensarlo dos veces!

Por eso te pido, Elector: Ahora más que nunca, no nos abandones! Date cuenta de que tu lectura es nuestra compañía, nuestro único consuelo! Todo lo soportamos si tú nos tomas de las manos! No hay que ser! Sigue leyendo!

6

Qué iba a recordar mi padre, al cabo, de su tormentosa pero olvidadiza relación con la señora Lucha Plancarte de López?

Esto nada más: Cómo la primera noche ella le dijo que no le importaba que su marido Ulises le hubiese dicho a Ángel: Espíala desnuda. Ella no sabía si se lo había dicho y nunca le diría a Ángel si los vio espiándola desde el saloncito de las Vedettes. Le pedía que él creyera que ella lo había sorprendido espiándola, lo hizo su amante pero no le exigió la muerte del marido a cambio de sus favores. Esto no se le habría ocurrido a Ángel si ella no lo dice y repite cien veces: No te exijo la muerte de mi marido por haberte incitado a que me espiaras desnuda. Pero la verdad es que la mitad al menos de las ideas que alimentan un amor no son nuestras, sino de la pareja; lo malo es que lo mismo es cierto de las ideas destructivas. Lo bueno de doña Lucha era que su vagina tenía vida propia, más que perrito tenía propulsiones autónomas equivalentes a los movimientos de una boca abierta (lo más banal), pero también una mano enguantada, un colchón de plumas ondulante, una cacerola llena de hof fudge hirviente, un jacuzzi en remolino, el triunfo de Seabiscuit en el Kentucky Derby, la emoción del Cuarteto Italiano interpretando el Emperador de Haydn, para no hablar de las andanzas de Ehécatl el dios del Viento al encontrarse con Anfirita diosa del Océano en medio del Mar de los Sargazos y sobre la Atlántica hundida, guau!

Cómo se sentaron noche tras noche, la Cherezada de Las Lomas y su Sultán inocente, a contarse actos de violencia en las calles, incidentes con la policía, robos a mano armada, historias de terror ecocida, el goteo criminal de la basura tóxica, los escapes de los camiones, la contaminación de agua y atmósfera: y cómo se excitaban con ello, ella más que él, pero excitándolo de verdad (lo sabía doña Lucha) cuando sacaba un álbum de raso azul y le mostraba la huella dibujada a lápiz del pie de Penny cuando era bebé, la lista de sus regalos de bautizo, la participación del mismo y sobre todo el rizo recortado de la nena, pegado a la página azul y adornado con listón del mismo color, y la excitación creciente de doña Lucha:

—Mira, Ángel, aquí está la prueba, de niña era güerita, mira, era güerita de niña, no es cierto lo que dicen las malas lenguas, no le oxigené los chinos ni se los planché, eso lo dicen mis enemigas, Penny es blanca, no tiene pelo crespo, no tiene sangre cambuja de la costa chica de Guerrero como su papá, me salió a mí que mi padre era comerciante honesto y emigrado de Zapotlán el Grande, Jalisco, donde los franceses dejaron un reguero de mocosos durante el Imperio, y todos son medio güerejos, me crees, Ángel de amor? y entonces le pedía que le mirara el mono caucásico, de vello abundante, ondulado casi, pero que se la cogiera ay como negra cachonda, rumbera, si ella sabía mover la cintura como la mejor bailarina de afro ay pero mi padre por más que trataba no lograba ascender con ella al clímax febril de mi concepción ni al anticipo de sus amores aplazados con Penny y llegó el momento en que con doña Lucha ya no se le paraba si no tenía frente a la mirada el rizo rubio de la infancia de Penny.

Cómo ella le recibió sollozando una noche y él no se dignó preguntarle que qué se traía y ella le dijo sin más:

—Estás casado?

—No.

—La noticia le va a gustar a tu esposa.

Cómo se desesperó Ángel de que noche tras noche doña Lucha lo chupara, lo extenuara, lo dejara en los huesos mientras nada le autorizaba a él a pensar que sus sacrificios lo acercaban a la codiciada meta de una noche con Penny, por lo cual se dedicó a fines de junio a hacer que la señora se sintiera vieja y jodida, recordándole a cada rato su edad —48, 50?—, obligándola a delatarse recordando el pasado remoto, poniéndole trampas para que admitiera haber aprendido a remolinear el culo estudiando a las exóticas del Tívoli en los cincuentas, a canturrear boleros escuchando a Agustín Lara en noches desveladas del viejo cabaret Capri del Hotel Regis, en vez de lograr que doña Lucha lo odiara por hacerle ferocidades como plantarla ante un espejo a hacer muecas o si no no hay Ricardito ce soir, a quitarse las partes postizas de los dientes frente a él, a maquillarse como gárgola pintándose cejas gruesas y puntiagudas, labios demacrados, fisuras en la frente y cavidades en los cachetes, a arrancarse el pelo para ofrecérselo a él, a caminar como renga por la alcoba y a provocarse a sí misma diarreas con abundantes dosis de papaya compartida y azúcar granulada abundante, secretamente la servía ella, esperando que el afrodisíaco surtiera efectos y mandando sin quererlo mensajes múltiples, incomprensibles, garabateados a la computadora de Robles Chacón, recargada y comprometida hasta la saturación por el hecho de que Medoc el cocinero regresó de sus vacaciones, comprobó con una sonrisa sardónica que la Fiesta de

Quince Años fue un fracaso, no lloró la prematura desaparición de la señorita Ponderosa pero buscó afanosamente y sin éxito las minicomputadoras en forma de azúcar granulada para servírselas de vuelta a don Ulises y debió pedir un nuevo lote a su Mecenas secreto el licenciado Robles Chacón, quien así se enteró de que Ulises no tomaba ya azúcar con su papaya y en cambio lo hacía el no tan secreto amante de la señora López y que éste era un tal Ángel Palomar y Fagoaga y que era sobrino del nuevamente resurrecto candidato a senador por Guerrero don Homero Fagoaga y que aquí había gato encerrado o como decía don Bernardino Gutiérrez, primer callista del estado de Guerrero, en este país hasta los tullidos son alambristas.

—Pero ya ódieme un poquito, señora!

    —Si me tratas mal, te quiero más; si me tratas bien te quiero más; no tienes manera de escaparte, querubín: Angelote!

    —Está bien: pienso en su hija cuando me la ensarto, le parece bien?

    —Me encanta la idea, querubín! Me excitaste con esa idea! Vente!

    —Su esposo me la mostró encuerada, señora, quiere que se lo recuerde? No lo odia usted?

    —Lo adoro más que nunca! A él le debo tenerte a ti!

    —Yo la detesto, señora, me da usted asco, está usted jamona, con celulitis, halitosis avanzada, sus nalgas parecen un plato de queso cottage, tiene caspa y se le juntan pedacitos de tortilla entre diente y diente!

    —Y a ti se te para a pesar de todo! Me quieres, me quieres, no lo niegues!

    Y en efecto éste era su problema del priápico padre mío: su vanidad masculina era más fuerte que su posible asco y aunque no lo quisiera, precisamente por no gustarle la señora López pensaba en otras cosas, en Penny inalcanzable, en mi madre cuando lo excitaba, y ello lo ponía listo para doña Lucha, a la cual, según su decir, le venían guangos los motivos: lo que ella quería era el rigor del pene.

    —Mira! Ya se te paró! Otra vez! No te cansas nunca?

    —No es por usted, se lo juro.

    —No veo a nadie más en esta recámara, tú sí? Yo no!, sólo yo, tu alcatraz fané pero amoroso!

—Pienso en otras mujeres.

—Brincos dieran! Estás encerrado aquí conmigo.

—No, puedo marcharme cuando guste.

—Ahí está la puerta, querube!

—Usted sabe que mi pasión por su hija me impide irme.

—Entonces sal a conquistarla!

—Usted sabe que no me hace caso.

—No le hace caso a nadie!

—Lo sé, y por eso me la voy a seguir cogiendo a través de usted.

—De eso pido mi limosna, rorro!

—Mein Kampf!

—A mí mis timbres!

7

La "Servilia" en funciones les sirvió su té (un Lapsang Suchong contrabandeado por su hermanito Homero desde Mexamérica y/o Pacífica?)

a Capitolina y Farnesia vestidas con sus batas de cocottes de farsa de Feydau: sedas, mangas anchas, boas en el cuello y los puños, pantuflas de raso. Decían las dos que así, por lo menos a la hora del desayuno en su boudoir compartido, podían vestirse con cierta alegría (no sólo de religión vive el hombre, ni la mujer tampoco) ya que sus múltiples deberes sociales las tenían siempre pendientes de agonías, velorios y entierros: vestían de negro casi siempre, pues como acostumbraba sentenciar Capitolina:

—El luto se lleva por fuera.

Era también la hora en que se comunicaban sus confidencias más íntimas, pero esta mañana de julio de 1992, diez años después de las catástrofes del portillato (la mayor de las cuales, para las hermanas, resultó ser la fuga de su sobrino carnal Ángel Palomar y Fagoaga, en el cual ellas habían fincado sus mejores ilusiones) había en la mirada de la decisiva Capitolina una malicia no desacostumbrada sino más vivaz a la vez que más retenida, más hambrienta por manifestarse y asombrar de manera inapelable a la hermana menor, generalmente afectada de vaguedad:

—Por lo demás… —fue la primera frase de esta mañana, y la pronunció, naturalmente, Farnesia, pero Capitolina sólo la miró de esa manera penetrante e inteligente que tanto asustaba a la hermana menor.

—Desatino, me amodorro, dijo en seguida Farnesia para salvar la situación, cubriéndose, sentada en su love-seat preferido, los ojos con una mano morena, semejante a un cisne oscuro. Capitolina sorbió lentamente su taza de té (sentada ella, muy a lo Madame Recamier, en su chaise longue particular, con las patitas regordetas cruzadas) y miró con intenciones indescifrables a Farnesia.

—Te veo preocupada esta mañana, dijo sin apelación Capitolina: —Qué te preocupa? Dime!

—Ay!, suspiró Farnesia. Algo que tú ya sabes.

Se levantó velozmente del love seat, arrojándose a los pies de su hermana y posando la cabeza sobre las rodillas sorelianas.

—Júrame, dijo Farnesia renunciando por una vez a su habitual "nosotros", júrame Capitita que cuando me esté muriendo no dejarás que las viejas entren a hurgar en mis cajones y remover mis armarios.

—Eso es lo que más te preocupa hoy?

—Sí, sollozó Farnesia con la cabeza guardada en el regazo de Capitolina; hoy y siempre.

—Sigues temiendo que se descubra tu secreto?

—Sí, sí, eso tememos!, lloró Farnesia muy en forma otra vez.

—No temes aún más morirte sin compartirlo?

—Ay, ése sería un regalo. No tenemos derecho a tanto: tener un secreto y sin embargo encontrar a alguien digno de compartirlo!

—Casi lo logramos con el niño Angelito.

—Casi, hermanita, casi. Pero ya ves… En primer lugar…

—Sí, sí, interrumpió Capitolina, tomando la cabeza de Farnesia y obligándola a levantar la cara: —Y si te dijera que podemos cumplir ese deseo?

Farnesia abrió tremendos ojotes, redondos y oscuros como los de una muñeca quiupí, interrogantes y silenciosos.

—Te voy a decir lo que más debía preocuparte esta mañana, hermanita. Nuestro sobrino Ángel va a tener un hijo.

—Con quién, con quién? La conocemos? Están casados? Cuenta, cuenta…, ay qué curiosidad, me desmayo, en segundo lugar y finalmente, me da el soponcio!

—No, no te desvanezcas, Farnecita. Se llama Ángeles. No la conocemos. No están casados. Y agárrate: Él la ha abandonado por la tal Penélope López, esa muchachita nueva rica que vive en uno de esos fraccionamientos recién estrenados, donde sólo antier pusieron el tanque séptico.

—Más, dinos más!, habló sin aliento Farnesia.

Nunca en su vida había tenido oportunidad más dramática la señorita Capitolina Fagoaga, y la aprovechó consumadamente, poniéndose de pie (con lo cual la cabeza inadvertida de Farnesia pegó contra el descanso del Recamier), caminando hasta la alta ventana francesa sobre el jardín de la casa de Durango y jugueteando con los cordeles de las cortinas, cerrándolas poco a poco hasta ensombrecer el boudoir.

—Más, más... (las sombras se iban tragando la voz de Farnesia).

Capitolina se detuvo majestuosamente, su silueta apenas recortada por un filo de luz.

—Hermana: hemos logrado defender este hogar contra todos los horrores de los últimos cincuenta años.

—Además, estamos jóvenes todavía, tenemos bríos, podemos..., dijo sin terminar, Farnesia saltando de vuelta a su love seat.

—No es ésa la cuestión, sino preguntarnos, quién va a hacerse cargo de ese bebé cuando nazca?

—Ay, pues su mamacita, claro está...

—Tú te encargaste de tu bebé cuando nació?, dijo ferozmente Capitolina, abriendo de repente las cortinas para que el sol cegara a Farnesia, quien se tapó los ojos, volvió a llorar, dijo eran otros tiempos, yo era una Fagoaga Labastida Pacheco y Montes de Oca, el nombre, la posición, la familia, cómo iba a tener un hijo ilegítimo, cómo...?

—En cambio la amasia de nuestro sobrino sí?

—Es otra época, otra gente, lloriqueó con benevolencia la hermana menor, la cara cubierta enteramente por un pañuelo de organdí con un bordado en realce, atravesado por una saeta y con las iniciales FB.

—Eres una romántica incorregible, soltó Capitolina las cortinas y avanzó hacia Farnesia: —Hasta guardas ese pañuelo ridículo con las iniciales de tu amante.

—Por eso no quiero que al morirnos nadie hurgue en nuestro armario, dijo con su voz más tiplada.

—No se trata de eso!, gritó esta vez Capitolina: —Eso ya pasó! Él nunca renegó del niño, te rogó que si tú no lo querías se lo entregaras a él, fuiste tú la que lo hizo desaparecer, no te acuerdas? Qué hiciste con tu hijo, zopenca!

—No me grites, Capititita. Ya me olvidé! Te juro que me olvidé… quiero decir, nos olvidamos no, no… quiero decir que tú hayas sabido… es mi modo de hablar… no, no lo maté, te lo juro, lo entregué, no sé a quién, ya no me acuerdo, sólo me acuerdo que le puse una esclava en el tobillo, una esclava de plata extensible, para que creciera con ella, y nuestros nombres, Farnesia y Fernando, allí está la llave en un cofrecito, por eso no quiero… no queremos, verdad?… que nadie hurgue en nuestros…

—No seas imbécil ni me tomes por tal. Seguro que le entregaste el niño a Servilia.

—A quién?

—A la doméstica en turno. No te acuerdas?

—Pero si todas se llaman igual, cómo me voy a acordar. Quién era Servilia en 1964? En todo caso, es nuestro secreto…

—Querías compartirlo con Ángel.

—Sí. Tú sabes por qué —ahora le tocó a Farnesia mirar de frente y con malicia a su hermana—. Tú sabes qué cosa le íbamos a pedir a cambio de nuestro secreto. Tú lo sabes muy bien.

—Ahora no se trata de eso. Se trata de algo más importante —Capitolina se irguió majestuosamente—. Se trata de lograr de un golpe todo lo que siempre hemos querido.

—Un niño que comparta nuestros secretos, dijo Farnesia alargando la mano para tocar la de su hermana, un niño que supla al mío, hermanita, y al Angelito que se nos fugó…

—Y sobre todo un niño de nuestra sangre, que no debe crecer en la calle, de madre soltera y padre que lo abandonó. Un Fagoaga, al cabo!

—Sí, sí, debemos educarlo nosotras, exclamó Farnesia.

—No me vengas con esos comunismos, le contestó airadamente su hermana. La educación no se enseña. La educación se mama. Con las creencias de la casa basta!

—Perdona mi falta de ignorancia, dijo humildemente Farnesia. Es que desatino, me amodorro… tú sabes.

—Está bien. Entiende nuestro plan: nos vamos a apoderar de ese niño. He averiguado que nacerá en octubre. Estamos a tres meses del desenlace. Tenemos tiempo.

8

Elector debe saber que, en efecto, mi padre intentó varias veces escapar al círculo vicioso de estos amores que lo capturaban en brazos de la señora Lucha por la promesa de obtener un día los favores de Penny, abordando a ésta cuando, a diversas horas del día, apostaba a la ruleta en su casino privado, se sentaba en su sala de cine de terciopelo rojo a ver la filmografía completa de Shirley Temple, o cuando se bañaba en la piscina caliente con la forma de los Yunaites, pero esta muchacha tenía el don de no mirarlo nunca, aumentando así el ardor de su deseo casi medieval, como de caballero frustrado por la lejanía inviolable de esta doncella prisionera de los puentes levadizos, los cinturones de castidad y la pureza improbable de su propia construcción.

Sin embargo, un día que se introdujo en su recámara desesperado y no la encontró (ella siempre estaba *en otra parte*) prefirió acercar a su mejilla una toalla abandonada de Penny, olfatear su cepillo de pelo, tal era su pasión insatisfecha, su deseo de encontrar un tampón mensual de Penny y llevárselo debajo de la almohada ensangrentada como un día le dejó un condón lleno de su semen debajo de la suya a Penny y luego lo vio pasar flotando por el jardín inflado y con la figura de Superman, pintada.

Llegó a esconderse una noche detrás de las cortinas de la recámara de Penny para verla dormirse y así descubrió un pequeño secreto de esta princesa que no se dejaba tocar por príncipe o plebeyo cual ninguno: Penny se olía a sí misma! La vio recostada primero oliéndose las axilas con amor, lentamente, luego la mano largo tiempo guardada en la entrepierna, luego el dedito pinky escondido en el ano y luego sus pedos, tronaditos, audibles, guardados celosamente en un puñito llevado en seguida a las narices y allí absorbido con un espasmo, con los ojos cerrados de deleite y la boca agonizando de éxtasis, le daba a sus propios pedos más que a él, su galán incógnito! Un gas merecía mayores arrumacos que él!

Este descubrimiento arrebató a mi padre Ángel de su secuela de actos previsibles, monótonos pero prometedores y así llegó, no de mal talante, pero con disposición distraída y escaso humor, a la cena que cada noche reunía, perversamente, a los tres miembros de la familia López con mi padre alrededor de la mesa opípara preparada por Medoc D'Aubuisson, antiguo chef del Grand Vefour de París.

—Quizás vayamos a fines de este verano a un bonito lugar de vacaciones, dijo muy sin fazón don Ulises, como para iniciar conversación plana.

—Dónde?, arqueó la ceja pintarrajeada su esposa: —A tu Chilpancingo nativo? A los jardines flotantes de Xochimilco? O nos aventuramos hasta Pachuca, Hidalgo?

—Paciencia, tesoro, le dijo Ulises a Lucha, acariciándole la mano. Las cosas se compondrán, te lo prometo.

—Bah, gruñó la señora. Sólo se compondrán si nos hacemos Estado de la Unión Americana. Qué ganas! Así no tendría que ir a otro país para salir de compras.

—No seas frívola, la regañó dulcemente Ulises. La razón es que ellos son organizados y nosotros desorganizados. A la larga, sólo nos salvaremos si somos gobernados desde Washington. Lo demás son pretextos del nacionalismo trasnochado.

—Pues yo me conformo con ser Puerto Rico, dijo la señora. Algo es algo.

—Ay, yo me confundo, dijo Penny. No me gusta viajar, de plano, porque nunca sé dónde estoy parada, ni cómo se llama el lugar donde estoy. Soy muy mensa para la geografía. Y eso que fui a la Ibero.

—Dónde no has estado, Penny?, le dijo con ojo de borrego mi pobre padre.

—Ay, eso hasta yo lo sé. Casi nadie ha estado en ese lugar, tú, con ese nombre tan cucurris, Pacífica, así se llama?, por qué allí nunca vamos, eh?

Un helado silencio de parte de doña Lucha, una patada debajo de la mesa de la corta pierna de su padre, una curiosidad repentina de parte de mi padre que en ese instante se sintió exhausto de esta pasión, de esta comedia…

—Ustedes ya estuvieron en Pacífica?, preguntó con cara de inocente, repitiendo la pregunta de Deng Chopin en la difunta boite acapulqueña, Diván el Terrible.

Nadie le contestó y mi padre va a jurar que algo ocurrió allí que él no supo explicarse pero que explicó la invitación de don Ulises a visitarlo esa noche en el salón de las estrellas (Marlene! Rhonda! Greta!) donde sin mayores preámbulos, cortando cualquier fórmula social, sin invitarlo siquiera a sentarse, sin el menor intento de cabildeo político o evocación filosófica, el millonario le dijo a mi padre:

—A ver, Palomar, ya pasaste aquí más de un mes. Te preguntarás para qué te traje y te tuve aquí.

—Don Ulises: yo vine aquí en busca de su hija, no de su mujer.

—Sí, sí, dijo con impaciencia López, confieso que necesito colaboradores sexuales con mi mujer. Su ninfomanía me agota y no eres el primer garañón que pasa por su lecho. Pero al grano: a mi hija no has podido conquistarla. Quieres que te la entregue?

Mi padre no supo si lo correcto era afirmar o negar con la cabeza. En la confusión que se apoderó de él, sólo pudo decir enfáticamente:

—Mucho gusto.

Este desfase, como el de una falla de sincronización entre los labios del actor y el sonido de sus palabras en la pantalla, ya no se compuso a lo largo del diálogo entre mi padre y Ulises:

—Vas a poder descansar de mi esposa y sus exigencias.

—Para servir a usted.

—Pero no vas a poder tocar con el pétalo de una rosa a Penny.

—Mi nombre es Ángel Palomar y Fagoaga.

—A menos que me sirvas de la manera que te voy a indicar.

—Usted primero, no faltaba más.

—Necesito un serafín para mis trabajos sucios.

—Buenos días.

—Lo que hiciste con mi mujer tan eficazmente, quiero que lo repitas con mis rivales.

—Encantado de conocerlo.

—Rivales de negocios. Rivales en el gobierno. Quiero que aproveches tu buena estampa, tus relaciones sociales, tu pedigrí aristocrático, todo eso, para abrirte puertas que a mí o a mi familia no nos abren, seducir esposas e hijas, descubrir secretos, comunicármelos, y en su caso, humillarlos a todititos, y aun conducirlos a la bancarrota y, por qué no?, hasta darles cran.

Don Ulises saltó, casi dio una machincuepa, taconeó ruidosamente en el aire y cayó de pie mientras Ángel decía como sonámbulo:

—No, no he tenido el placer.

—Ves, Angelito, yo siempre he tenido algo que le hace falta a los demás, y hoy ese algo eres tú.

—No le importa pasarme la sal?

—Dependiendo de cómo me sirvas en esto, te iré acercando, poco a poco, al favor de mi niña santa. Tú dices.

—Qué milagro! Felices los ojos! Años y felices días!, exclamó mi padre mientras, atarantado, se retiraba de la presencia de Ulises, salía instintivamente a respirar aire al jardín y divisaba a lo lejos un brillo en la oscuridad. Se dejó guiar por esa luz. Era la de la reproducción del primer piso de Bloomingdale's. Se acercó a las puertas electrónicas. Se abrieron. Subió medio piso en una escalera automática. Añoró, volviendo en sí, la libertad que le permitía buscar la mano de una desconocida que bajaba por una escalera mecánica cuando él subía o viceversa y entrelazar pasajeramente los dedos prohibidos, excitantes: amaba a las desconocidas, quería a las mujeres que aún no descubría, se preguntó si había agotado a mi madre, si la conocía ya completamente, que si lo creía era un imbécil, que a doña Lucha quizás tampoco la había agotado pero que ella sí lo había agotado a él, que le faltaba saber si Penny era agotable o agotante y por qué no preguntárselo a ella misma si allí estaba de espaldas a él en el facsímile detalladamente reproducido de esta Catedral de los Placeres Lopezcos, el Primer Piso de Bloomingdale's entre la 3ª Avenida y Lexington Avenue en Nueva York, Penny sentada en el mostrador de perfumes y maquillajes de Bloomy's, de espaldas, ocultándole ese rostro brillante, iluminado por dos mariposas en los ojos, polvo de oro en los párpados, corazones de fresa en los labios, aletas nasales temblorosas, orejitas perfumadas por Miss Dior, mentón insinuantemente partido, esa belleza ligeramente putañesca que él admiró, deseó, obsesionó desde la noche de Año Nuevo en la disco de Aka, ahora estaba aquí sentada de espaldas, ofreciéndole sus hombros desnudos, la camiseta de playa a rayas, la cintura y las nalgas cubiertas por la minifalda de mezclilla, puta, sí, así la quería, medio cambuja, guerrerense de la costa chica, alimentada durante generaciones por arroz con frijoles y plátanos fritos, calamares en su tinta y chocolatitos Larín. Todo lo que su madre dio a entender, lo más alejado de Palomar y Fagoaga y Pacheco Labastida y Montes de Oca y las mejores familias chilangas, tapatías y poblanas: Penny López de espaldas con un pincel en una mano y una toallita facial en la otra y él, torpe, que por andarla admirando se estrella contra el mostrador de Estée Lauder y derrumba una fila olorosa de frascos y ella, asustada, que deja caer el pincel y se lleva la toalla a la boca al voltear y dejarse mirar sin maquillaje, deslavada, perdido su brillo tropical y prostibulario: Penélope López Plancarte sin afeites, con la cara lavada, era (mi padre casi se desmaya) el retrato mismo de una mexicanita de buena clase, con siglos criollos detrás, misas tempranas y noches solitarias, meriendas de huevo con frijol y sopitas de fideo, desayunos de atole y chilindrina, siglos de veladoras coladas en la sangre, y él sabía distinguirlas genéticamente: Penny López sin polvos dorados y mariposas en los ojos era una monja pálida, deslavada, difícilmente distinguible de las monjas que las muchachas decentes de México representan para no parecerse a las putas que son la otra alternativa de su realidad: Penny López era de ellas, como ellas, apenas inclinada a borrar la semejanza con ellas, también ella parte de la legión de fantasmas de labios descarnados y ojos sospechosos, piel de polvo de arroz, manos de pila de agua bendita, dedos enrosariados, pechos de escapulario: la carne decente escondida durante cinco siglos de coloniaje en los conventos, lejos del sol, en las casas sombrías de patios húmedos y recámaras masturbadoras: mujeres de células muertas y la cicatriz de un silicio en cada peca: la vio así de descarnada, pálida, tradicional y vio en un relámpago oscuro a Águeda en la iglesia de Oaxaca, a las amigas de Águeda locas, a mi madre Ángeles aparecida entre los globos y los árboles de la Alameda, a la mujer que él quería, o merecía, o fatalmente amaba en una suerte de lotería desesperada en la que su verdadera mujer, la que debió querer locamente, aún no nacía o había muerto cuatro siglos antes, en un lupanar de Sevilla o en un convento de Quito: qué le iba a decir a una mujer ideal que no fuera esta absurda frase que ahora le repitió a la aterrada de Penny, pobrecita de Penny sorprendida in flagranti en su desnudez conventual, colonial, genética:

—Soñé con palabras, le dijo mi padre.

Ella se tapó la cara con la toallita facial, como una Verónica y le dijo a través de la tela: —Mi papá me dio permiso de que me beses las nalgas. Pero nada más, eh? cuidadito, currutaco, nomás las nalgurris, eh?

Ella se quedó repitiendo nomás las nalgurris eh? mientras mi padre salía lentamente de la esfera brillante de Bloomingdale's a la noche fría del trópico alto, hasta la reja de la mansión de don Ulises López, hacia la figura friolenta y recogida que lo esperaba allí, del otro lado, siempre en la calle, paciente siempre defendiéndose de la llovizna ácida con su sombrillita transparente, sus botas, sus guantes, su impermeable transparente. Colasa Sánchez le dio a mi padre la mano a través de la reja garigoleada y le dijo te estaba esperando, sabía que alguna vez saldrías, te esperé y haré lo que tú me digas.

Algo sintieron Ulises y Lucha la noche en que Ángel mi padre abandonó la casa de Lomas del Sol en compañía de Colasa Sánchez; algo
sintieron al escuchar los sollozos de Penny en su recámara; algo que
no habían sentido, ni juntos ni separados, en muchísimo tiempo;
algo que como sonámbulos los sacó de sus respectivas alcobas y los
condujo por la escalera serpentina a los brazos del otro a un abrazo
que no se daban desde hace años, desde…

—Chlipancingo, dijo don Ulises con su Lucha en los brazos.

—En qué estás pensando?, le dijo ella, temblorosa, al oído.

—No sé. En cosas sin importancia. No era un pueblo feo.
Todo lo contrario. Era un pueblo bonito, de pinos en las calles y aire
puro de montaña.

—Estás pensando que pudimos ser felices si nos quedamos
a vivir allí?

Ulises afirmó con la cabeza lustrosa. —Me gustaba ir por ti
a tu casa. Vivías, déjame ver, en…?

—La calle Heroínas del Sur. Eso te metió la idea de iniciar
el cultivo de droga en Chilpancingo… El nombre de mi calle! La
calle de tu noviecita santa, Ulises!

—Nos íbamos caminando por la Avenida Juan Álvarez, bajo
los pinos, al cine, tomados de la mano. Te llevaba flores.

—En los parques nacionales empezaste a plantar amapolas,
Ulises, recuerdas?

—Eras tan linda, Lucha. Todos te deseaban.

—Y ahora todos me tienen.

—Te saqué de Chilpancingo, te hice una reina, te di un castillo, para que nadie te arrebatara de mí. Mira nada más. Todo el
dinero del mundo no ha impedido que te comparta con otros.

—Yo te lo agradezco, chaparrito. Palabra que sí. De mi parte
no hay quejas.

—Lucha, no hubiéramos sido más felices si nos quedamos
en Chilpancingo toda la vida?

—Tú también lo has pensado, Uli?

—Sí.

—Pues piensa y piensa: Una vida entera en uno de esos pueblos rabones. Toda una vida. Toditita. Sin cambio. La repetición y
la repetición. Lo mismo siempre, como quien dice: la monotonía,
Ulises! No te veo allí. Tú me ves?

—Sí.

—Ya no soy ésa. Ya no eres aquél.

—Déjame quererte esta noche.

—Gracias, chaparrito. Me siento muy sola, palabra que sí.

Penny los escuchó asomada por la puerta entreabierta de su recámara, desconcertada, escamada, igual que cuando la llevaban de viaje y nunca sabía dónde estaba parada, si es lunes debe ser Andorra y si es martes debe ser Orquídeas, oyéndolos hablar con voces que no eran las que ella conocía, ahora eran voces de una extraña melancolía, o sería ternura, cómo se llamaba eso?, hablando de pinos y parques y plazas recoletas y una iglesia tan blanca que cegaba nomás de verla, e invitaba a entrar a su solaz, a su sombra: tomados de la mano, mami y papi, casi lloriqueó Penny, y se preguntó si valía más una casita blanca rodeada de pinos en la calle Heroínas del Sur de Chilpancingo que este adefesio, con su Bloomingdale's reproducido y su galgódromo y su pileta en forma de los USA. Pobre Penny; dejó caer la cabeza y se sintió afrentada por algo que nada tenía que ver con los lugares, sino con ella. Cómo la vio ese muchacho cuando al fin la vio como era. Nadie la había mirado nunca así, sin deseo, sino con asombro disgustado, con repulsión. A ése sí le entraba. A ése no le podía decir: "No soy para ti". Escuchó a sus padres haciendo el amor y se dio cuenta de que el muchacho ya no estaba allí y que ella no podía imitar a Lucha y Ulises.

9

Apenas se enteraron del abandono de Ángel, los Four Jodiditos acudieron, cada uno por su lado, como aves a su nido, a la cercanía de Ángeles en la casa de Tlalpan: el Huérfano Huerta y el Jipi Toltec, Huevo y la invisible Niña Ba, se encontraron allí con una puerta condenada por sellos de la Procuraduría en cada quicio; ventanas no había, pero a través de las rejas, los amigos pudieron comprobar el abandono.

Abandonados ellos mismos, se detuvieron a media calle, la imagen misma del desconcierto. Entonces Huevo, que era un hombre (para su desgracia, se diría a sí mismo) con memoria, ató cabos y les dijo a los demás que así como Ángel, cuando huyó de casa de los Fagoaga, buscó amparo en la de sus abuelos Rigo y Susy, seguramente Ángeles había hecho lo mismo.

—Vente conmigo, niña, no te quedes atrás, preciosura, vamos en busca de nuestra cuatita Ángeles, dijo nuestro cuate Huevo y acaso es tiempo de que yo reaparezca tras de prolongada ausencia y aproveche la referencia para contarles a Susmercedes que en éste mi sexto mes de gestación empiezan a amontonarse pros y contras para que en octubre próximo yo haga mi aparición repentina aunque aguardada, sumando mi existencia a los treinta millones de citadinos (o dirty million nacos en el calpulli como dice en su jerga el Huérfano) y desde ahora trato de ordenar en dos columnas como de notario, *debe* y *haber*, las razones para nacer y las que de plano me desaniman. Pues bien, esta referencia de Huevo a la Niña Ba es acaso, debo admitirlo, la más poderosa razón que hasta ahora tengo para aparecer un día.

Tengo la impresión de que ella me espera, de que me mirará al nacer y se enamorará de mí, y de que yo seré la única persona capaz de verla, aunque no pueda hablarle, no como el mentado Huevo que tiene la ruta abierta para declararle a mi madre: —Ahora te lo puedo decir, Ángeles. Yo te quiero mucho. Antes no podía, tú sabes, porque Ángel era mi mejor amigo. Pero yo te amo desde que te conozco, yo te miraba a ti mientras tocaba el piano en la boite de Acapulco y tú mirabas a tu marido y tu marido miraba a Penny López: yo, tu amigo Huevo, te deseaba a ti desde entonces!

Eso y el hecho de que no quiere establecer diferencias sociales con el Huérfano y el Jipi, que nunca han estado en casa de los abuelos Palomar ni tienen tradición, como mi padre y su amigo, en la ex colonia elegante de Bomberito Juárez; atormentan un poco el alma de Huevo nuestro cuate.

Pero cuando al fin llegan a la casa de la calle de Génova, y les abren, y entran, y encuentran a Ángeles y Su Servilleta (invisible yo) en la cochera donde creció mi padre entre montones de mementos inservibles, qué alegría, qué abrazos, qué lágrimas insólitas de mammy, qué apretujones de manos y besos en los cachetes, qué correr del abuelo don Rigoberto dándoles la bienvenida y de la abuela Susy agitándose en la cocina y prometiendo lo que en seguida les trae a todos, vasitos de rompope y quesadillas de flor, sopes en salsa verde y guazontles salados, ahuautles de temporada batidos en huevo como perlas del río y gusanitos de maguey fritos y crujientes envueltos en tortillitas tibias con guacamole, qué fiesta, qué alegría, la mejor que he conocido, la más calientita, la más cariñosa, la más fraternal, después de tanto jolgorio espantoso en Aka e Igualistlahuaca, y las calles del Defecar: cantaron el abuelo y la abuela unos corridos, y bailó el Jipi una danza extraída de la noche de los siglos, monótona como la noche o la lluvia, y el Huérfano sin memoria tuvo que inventar un sonsonete esperando que se le unieran, como sucedió, el Jipi y Huevo (y la niñita invitada por éste a participar y yo soñando con ella) y Huevo poniéndole una letra al son del Huérfano Huerta,

> Viejo a los veinte, la edad no se siente
> La mitad tiene menos de diez
> A los treinta estiraste los pies
> Veinte años de edad!

—Búfala!, dijo el Jipi Toltec.
   —Qué padre set!, comentó exhausto Huevo.
   —Kul, kulísimo, exultó el Huérfano Huerta.
   —Animus! dijo Ángeles.
   Luego todos le dijeron a mi madre que contara con ellos, que eran sus cuates, nadie mencionó a Ángel ni le echó nada en cara, qué va, bien complicada que está la laif ésta y nadie va a tirar la simónstone primero, la besaron, empezaron a irse, no querían pero
   —Qué vas a hacer?
   —I'll go in a while, to the River Nile…
   —Have some fun…
   —Where's fun in Mexicalpán Nanny tú, tú?
   —Güeraguás it B-4?
   —Don'let yur fílins chouenlai!
   —Ainoz…
   —Humungus…
   —Ózom!
   —Serbus!
   —In ixtli!
   —In yóllotl!
   Gigantesco error, fortuna gigantesca, aparición pasajera: descanso, respiro, suspiro.

10

Sólo Huevo se quedó aquella noche de nuestra reunión junto a mi madre en la cochera de la casa de los abuelos y le dijo sonriendo que su rutina verbal para atraer a las mujeres había sido siempre hablarles de ecología o de los efectos de la televisión sobre los niños; pero sospechaba que esta vez no iba a servirle.

Ella, mi madre, sólo le sonrió como tantas veces en su relación: Huevo el mejor amigo de Ángel mi padre. Eso mismo, dijo él leyendo la situación, o lo que se me ocurre esta noche ahora que estamos solitos, verdad? (y yo, cabrón, qué soy, aire o serpentina?) es que quizás la amistad sea la primera forma verdadera del erotismo, quiero decir que ves el cuerpo de un amigo y lo quieres porque quieres a tu amigo aunque ni se te ocurra un acostón con él, su cuerpo se te vuelve erótico porque no sólo no se te ocurre tener sexo con él, sino que sobre todo *no* se te ocurre para nada tener un hijo con él, y ves al cuerpo, que sirve para algo más que la reproducción y eso es lo más erótico del mundo: imaginar a un cuerpo, querer a un cuerpo sin que sirva para reproducir a otro cuerpo. Dijo que así quería a mi padre Ángel —bueno, ya lo soltó, el nombre, a ver qué ocurría— y ahora de repente él ya no estaba allí y era como si desapareciera un muro, o un biombo, y dejara ver a Ángeles por primera vez, sin la separación de antes.

Ella estaba reproduciendo, dijo en silencio mi madre (gracias, valedora, porras para ti, jipjipjú!)

Pero él la deseaba para algo más que la reproducción, le dijo él. E insistió: —Ángel es mi amigo y lo será siempre, a pesar de las apariencias. Quiero que entiendas eso.

—Me quieres ahora por lo que él hizo?, dijo mi mamá; nótese que no dijo "lo que él ME hizo" o "NOS hizo", mejor.

—No, le contestó Huevo, te quiero para estar contigo. No porque te tenga compasión. Eso no. Pero no quiero que estés sola. No quiero que des a luz sola. Y quiero asegurar que el niño gane el Concurso. Y que nadie te lo vaya a quitar —añadió esto último por pura intuición, irracionalmente.

Ella nada más lo miró, se acarició la barriga y le dijo:

—Va a temblar esta noche. Eso lo sé. El Ángel de la Independencia se va a caer desde lo alto de su columna. No sé qué premonición es ésta, Huevo, y si debemos esperar. Soñé anoche con murciélagos, muchos murciélagos llenando el cielo y eso sí lo entendí. Dije que era una premonición del mundo siguiente. Seguí en mi sueño a los murciélagos, chillantes, ciegos, orejones, porque sólo ellos sabían dónde había que comer. Sólo ellos.

Doy un brinco intrauterino del puro sobresalto.

Sorprendido en mi actividad!, que es la de comunicarle pesadillas a la gente! Confieso que desde que comenzó este sexto mes estoy empecinado en pegarle pesadillas a los demás! Tenía que empezar por lo primero: mi madre! Y tuve éxito! Sólo ahorita lo supe! Cómo debo mostrarme? Alegre? Apesadumbrado? Debo comprobar mi poder para convertir esta palabra en realidad? Me llega en oleadas francesas: Cauchemar! Me llega en nocturnas cabalgatas inglesas: Nightmare! Me cae como plomo hispano, cejijunto, barbicerrado, coñodicente y perennemente encabronado: Pesadilla! Qué haré con esta lengua mía sino actualizarla como acabo de hacerlo; madre, sueña con murciélagos: volverán chillando; madre, sueña con un temblor y un Ángel caído: ocurrirá, te lo juro.

Pero ella ya está diciendo, sin importarle que yo acabo dé adquirir este poder al enterarme de que lo tengo: —Me siento rodeada de todas las cosas no usadas por prisa, pobreza o indiferencia.

—Todo lo que Ángel dejó aquí?

—No, no sólo eso. Los parques. El pasado. La fealdad de la ciudad, no importa. La verdadera fealdad es el olvido.

—Quizás tengas razón.

—Perdóname, Huevo. Te agradezco, pero no puedo.

—Friends?

—Eso siempre.

—Nada más?

Sí, palabras, dijo ella, que creía en las palabras y no las gastaba y temía terriblemente estos carnavales verbales en los que la tenemos metidos toditititos nosotros, pero con una buena intención, sabes mami?, que es darle en la ídem a todos los lenguajes oficiales, terminados, acabados, a todas las expresiones que pretenden al buen gusto, a toda la imagen verbal clásica, en la madona, digo, a carcajada limpia, a leperada impura, a payasada implacable, para que sepan cuántos que ya no hay nada estable, perenne, ni siquiera el encabronamiento español, todo mutable, mutante, imperfecto, inacabado, madre, óyeme, ninguna prohibición, ninguna norma, la vida al revés, la vida travestida, sin más corona que un papel sobre dorado, déjame nacer riéndome, mamacita, déjame burlarme, déjame vivir mi novela nonata como una vasta parodia sacra, una liturgia escandalosa, una diablería eucarística, un banquete, una jócula pascual, unión de cuerpo y alma, de cabeza y culo, de palabra y mierda, de fantasma y fornicio, mamacita, y que empieza a temblar y yo me echo un clavado delicioso porque aquí la tierra tiembla como sobre agua, oscilante y bamboleo ay ba ay ba ay babilonia que marea! y mi madre se abraza asustadísima a Huevo que dice gracias Dios mío por tus decisiones telúricas y andamos por el siete y medio de la escala de Jaroslav Richter tundiendo el Steinway geológico con el Emperador de Ludwig van y el temblor no para y el águila suelta piquiabierta a su serpiente e intenta sin éxito zafarse de su cadena para emprender un vuelo imposible y el Jipi recibe los restos de la culebra para hacerse un cinturón avec y Julio Iglesias se digna darle un autógrafo al Huérfano sin presión alguna en suite tambaleante de Grasshopper President, Josú, que el mundo se viene abajo otra vez y más vale morir firmando el nombre propio y el coño de Colasa Sánchez se abre incontinente e incontenible ante la mirada atónita de mi padre Ángel que se disponía a mangiare micifuz y en cambio ve unos dientes de tiburón alineando el dulce tesoro de la señorita Colasa hija del inefable Matamoros Moreno mientras cae con estrépito el Ángel dorado sobre el Paseo de la Reforma, desbaratando con sus gigantescas alas de metal los puestos y tendajones de la glorieta de Tíber/Florencia y dejando su cabeza de ojos ciegos y labios sensuales mirando directamente al Castillo de Chapultepec sigilosa aunque represivamente recuperado esa misma tarde por las fuerzas del orden a cargo del coronel Inclán quien ahora invita al señor presidente Jesús María y José Paredes a pasearse por el belvedere del alcázar pensando en lo que siempre piensa, que este país lo que necesita es un dictador vitalicio, que el drama de México es que ha pasado demasiado tiempo sin un tirano tradicional, reconocible, que sume adhesiones y concentre odios y acabe con esta pinche dispersión simbólica y entonces empieza el temblor y desde Chapultepec se ve clarito cómo se desploma el Ángel de la Independencia y el coronel se pregunta si en ello debe ver un signo, casi un mandato: mira a los ojos del presidente ex panista Chuchema que en ese instante asombroso perdió todo sentido de la filiación ideológica y, ante el portento visible, se hincó rápidamente pero el coronel lo obligó a levantarse, jalándolo de las solapas, que no lo vean así, Señor Presidente, que no lo vean así, y el Presidente al coronel: —Ya no quiero el poder! Ya no aguanto la carga! Se los regalo! y el coronel con su barba verde y sus gafas oscuras, bien lángara y bien taimado:

—No, Señor Presidente, gracias, pero don Benito Juárez se daría dos vueltas en su tumba si el ejército vuelve a tomar el poder:

no, Señor Presidente. La tradición civilista del ejército mexicano es sagrada.

—Esto es un portento, dijo más sereno el presidente Paredes, que siempre le había tenido terror a los temblores de tierra. Como los avisos a Moctezuma en el año Ce Ácatl. Qué vamos a hacer si hay una revolución?

—No se preocupe, Señor Presidente. Yo me encargo de entregarle su cuota diaria de muertos. Todo está planeado por si ocurre algo. Barrio por barrio, calle por calle, donde los encuentren: su cuota diaria de muertos. Ahí se acaba la revolución.

—Bendito seas Dios!, suspiró don Chuchema.

—Que siempre está del lado de los que tienen la fuerza.

Dejó el coronel que la baba verde le escurriera por la honda comisura labial.

Sin saber los dos poderosos en turno que allá a los lejos, invisible para sus ojos, Mamadoc en persona mira directamente a los ojos de oro del Ángel de la Independencia y trata de leer en ellos una advertencia que la estatua caída no se atreve a comunicarle y Capitolina y Farnesia se abrazan llenas de congoja pensando que la muerte les llega, dejaron tanto sin hacer, quién se ocupará del pobre niño por nacer?, van a morir juntas quizás y ello alegra a Capitolina pero Farnesia llora amargamente pensando que todo el mundo vendrá a hurgar en sus cajones y a papalotear sus secretos, pero don Fernando Benítez no se arredra con temblores, y pega con el puño contra la puerta del pendejaús de don Homero Fagoaga, quien no tarda en salir amedrentado y nervioso, huyendo pero envuelto en una toalla y Fernando lo increpa, has faltado a tu palabra, gordo maricón, ni has defendido a la democracia ni has protegido a tus sobrinos, falto de honor! falto de palabra! pues ahora saldrás conmigo, miserable mondongo, a combatir a los que se enriquecen con el trabajo de los demás, vendrás, lapa inmunda, a caminar conmigo por las rutas de México, despojándote de tus sobrados kilos y dispuesto conmigo a dar la vida porque en Tepatepec Hidalgo se respete la organización de los campesinos y en Pichátaro Michoacán se respete la elección municipal!

A pura injuria y conminación asedia Fernando a Homero apartamento adentro, infeliz bodoque, chupasangre, resaca de las antesalas, náufrago del FUL, con un buen condón el mundo se hubiera salvado de tu lamentable presencia, asediado el gordo y encuerado Homero ahora sin Tomasito que lo defienda aunque el licenciado grite, Tomasito! Au secours!, y el implacable don Fernando Benítez, les darás a tus conciudadanos la confianza que nadie a querido darles y verás que desde abajo, craso y graso pariente, si los dejamos los mexicanos practicarán la democracia sin pistoleros, sin crímenes, sin mordidas, sin órdenes y acarreos, arrinconado don Homero Fagoaga gritándole de vuelta a Benítez cómo no, pueblo de holgazanes, pueblo de irresponsables, ya verán si los dejas solos lo que hacen, lo que te hacen, lo que nos hacen, igual que en la carretera de Malinaltzin!, a palos nos agarran porque somos la minoría ilustrada que para bien o para mal ha hecho este pobre país a pesar de su masa de pulguientos pasivos pendejos atontados por el incesto el licor los genes la raza sin remedio la raza maldita la ra/ arrinconado don Homero que entró a esta historia volando por los aires en un paracaídas y ahora sale de ella dando un traspiés contra su balcón sobre la Mel O'Field Road y sobre el terreno baldío por donde un día lejano persiguió, con conflictivas intenciones, al Huérfano Huerta (peras, limones y higos!) y ahora con el amenazante tío Fer Ben (Fer-de-lance!) frente a él, exigiéndole todos estos horrores, cae desnudo el licenciado y académico desde un décimo primer piso de bamboleante edificio hacia temblorosa tierra, agarrado de su inmensa toalla Cannon importada faltaba más! y da siete volteretas en el aire su cuerpo desnudo como el mío en la panza de Mamma Mia porque el temblor no cesa y al cabo ella está abrazada de Huevo el mejor amigo de mi padre, nuestro cuate Huevo y a éste le entra un ataque de risa incontrolable, abrazado al fin a mi madre Ángeles llena de mí y yo, Elector y Amigo mío, dispuesto ahora sí a apoderarme de este texto, si no del mundo sí de la novela, en medio del estrépito de un Ángel que cae dorado y Huevo que le dice a mi madre: —Mira. Tu halo estaba apagado. Ahora ha vuelto a iluminarse y yo Cristóbal yo sin más armas que mi batalla pertinaz contra lo desconocido, mi irreverente mezcla de lenguajes y mi decisión de ponerlos a todos en juego, conflicto y causa: me digo cuando la tierra mexicana tiembla y el Ángel de la Independencia cae y los murciélagos vuelan buscando la comida que queda, que la Historia es más rápida que la Ficción (aquí, en México, en el Nuevo Mundo!) y que es tiempo de pasar, sin más, al mes de agosto y lo que en él nos aguarda, empujar hacia adelante, hacia el desenlace, hacia mi Na-Ta-Li-Dad! mi Mother-Ni-Dad!

Pero el sueño, que es la memoria liberada de la acción, se interpone entre la realidad y mi deseo, y éste es el sueño de los abuelos la noche del terremoto y la caída del Ángel y la visita de los Four Jodiditos a la cochera donde mi madre y yo nos refugiamos y el sueño es éste:

11. Patria, sé siempre fiel a ti misma

Ayayay despertó gritando el abuelo Rigoberto Palomar: una pesadilla. No es nada, lo consoló la abuela Susana Rentería, recostada a su lado; estabas soñando. Un levantamiento?, dijo asombrado don Rigoberto. No, puras bolas, se rió la señora. Ay muchachita inocente, le dijo el general Palomar mi bisabuelo a su esposa mi bisabuela de sesenta y cinco años, nada más porque él tiene noventa y uno y te acuerdas Susy?

—No me digas que soñaste conmigo, Rigo.

Sonrió la señora, pausando, y le acarició el bigote sedosamente blanco a su marido.

—Porque recuerda que dijiste que era una pesadilla.

Él se le fue encima a besos, en el pelo, en los cachetes, en la boca, hasta que la manga de su piyama a rayas cafés y amarillas se le descosió en el hombro y los dos se rieron. Ella le pidió que se quitara la camisa del piyama y se sentó a cosérsela al filo de la cama, balanceando en el aire, como en un columpio, sus piernas demasiado cortas para pisar tierra, *sus pies ideales*.

Don Rigoberto, bien flaco el viejo, se abrazó a sí mismo sentado al filo del lecho. Ella suspiró: —Cuéntame lo que soñaste, Rigo.

Pues tú verás, niña inocente. Yo tendría unos veinte años y andaba en la guardia del señor Juárez por el norte de la república, perseguidos por los franceses y los traidores mexicanos que los auxiliaban. Dos años de viaje, Su, tú figúrate lo que era eso entonces, en calesas desvencijadas y carretas tiradas por bueyes, cargando con los archivos de la nación a cuestas y el señor presidente Juárez con uno como escritorio portátil en su carroza negra, donde escribía y firmaba.

Imagínate, muchachita pura, de Mapimí a Nazas a San Pedro del Gallo a La Zarca a Cerro Gordo a Chihuahua y de allí por el desierto al mero Norte. Cada vez menos soldados, menos agua, menos comida. Él aguantaba todo, porque según nos dijo cuando empezamos el viaje: "Esta oportunidad no se volverá a presentar en nuestra historia, y cuando nos cansábamos, Susana, o nos preguntábamos qué chirriones andábamos haciendo aquí empujando carretas cargadas de papeles viejos por lodazales y peñascos, recordábamos sus palabras y las entendíamos rete bien. La oportunidad que teníamos era la de salvar a México de una invasión extranjera y un Imperio impuesto por las armas.

La oportunidad de defender la legalidad que por el momento se reducía a unos archivos viejos y un escritorio sobre ruedas.

Creo que nunca fue nuestro país más pobre y más querido por los mexicanos que entonces. Tú has visto, escuinclita del alma, cómo se hace feo este país con la riqueza y la arrogancia? Pues lo hubieras visto bonito, en mi sueño.

Yo qué iba a decir entonces, muñequita? Nada: lancero con cara de palo, a caballo, protegiendo al Señor Presidente que decidió un día poner a circular la riqueza de la Iglesia, hacer respetar la ley de los hombres para que se respetara mejor la ley de Dios, y quitarles sus fueros al ejército y a la aristocracia y vámonos, que le cae encima la de Dios es Cristo con todas las furias del cielo y del infierno también. Derrotó a los conservadores; pero los conservadores le heredaron una deuda externa de 15 millones de pesos, que era el precio de unos bonos comprados por negociantes franceses a cambio de una libra de carne mexicana. Los bonos no tenían valor real. La deuda reclamada por Francia sí. Juárez decretó la suspensión de pagos. Napoleón III le contestó con una invasión y un Imperio. Lo miraba nomás a don Ben, tan serio, tan digno, tan, cómo te diré? Susanita, tan seguro de su papel en la historia. Como no dudaba un minuto que a pesar de todos los pesares México acabaría siendo un país independiente y democrático, por eso tampoco dudaba que a él le correspondía que así fuera, ni más ni menos. Yo tenía ganas de preguntarle, oiga don Benito, y si usted falta, este país se hunde, ya no lucha, o qué? No sé qué me hubiera contestado. Muchos decían saberlo: se creía indispensable. Y como era heroico, pobre, y legalista, ni quién se lo disputara. Algo más también: era esposo y padre perfecto. Protegía a su familia; la mandó a Estados Unidos para que estuvieran seguros; les escribía puntual y amorosamente a su mujer y a sus hijos. Perdóname, Susy, pero me empezó a enervar: lo veía sentado como un ídolo dentro de su carroza, imperturbable, vestido de negro todo él, capa negra, levita y pantalón, chistera, un ídolo zapoteca vestido de qué?

De tanto mirarlo, acabé por decirme, óyeme bien adorada mía, que ese hombre estaba disfrazado de algo que amaba y temía al mismo tiempo. Por qué era tan singular? A veces lo dejaba escapar en su conversación; había sido niño indio, pastor de ovejas en Oaxaca, iletrado y sin la castilla, hasta los doce años; entre los doce y veintidós años, imagínate paloma mía, ese niño agrario, heredero desposeído de una cultura espectral, tan antigua cuanto muerta, Susana, ese niño perdido en la luz de una simplicidad mágica, aprende a ver su pasado como una noche irracional, lo imaginas muchachita?, un horror del cual hay que salvar a los mexicanos: en diez años aprende a hablar español, aprende a leer y escribir, se convierte en un abogado liberal, admirador de las revoluciones europeas, de la democracia norteamericana, de la burguesía legalista de Francia, se casa con burguesa blanca, se viste de profesionista occidental, y cuando así se encuentra armado, con todas las letras y leyes de la civilización occidental, zás mi Susy, que ese mismo mundo que él tanto admira se le vuelve en contra, le niega el derecho de modernizar a México, le niega a México la independencia y lloré por Benito Juárez, palabra angelita, cuando entendí esto: este hombre estaba triste, dividido, enmascarado por su gran contradicción que iba a ser de allí en adelante la nuestra, la de todos los mexicanos: sentirnos incómodos con nuestro pasado, pero mucho más con nuestro presente. Estar de pleito permanente con nuestra modernidad que dizque iba a hacernos felices de un rayo y sólo nos trajo desgracias. Cómo miraba con tristeza el señor Juárez esos desiertos que dejaba atrás rápidamente, que ni ese huizache era suyo, ni esas yucas.

Y yo que quería decirle, déjese ir, don Ben, no se contenga tanto, yo su lancero más amolado se lo digo porque lo quiero bien y me la paso mirándolo a través de la ventanita de su carruaje, lo miro a usted al ritmo bronco y famélico de mi caballo y usted al ritmo quebrado y violento de su carricoche; la tinta se le riega, Señor Presidente, los papeles se le manchan, el sombrero de copa se le va de lado, pero usted impasible, como si estuviera presidiendo un juzgado en Poitiers cuando está aquí nomás, con nosotros, rodeado de mezquite y pluma de apache; mire nomás para afuera, mire nomás lo que es Durango, lo que es Coahuila… ay nanita.

La primera vez que lo vi quebrarse tantito fue cuando el sentido común le dijo, oiga, ya no puede usted seguir cargando los archivos de la República desde la presidencia de Guadalupe Victoria hasta la fecha como si fuera un paquetito de cartas de amor: son toneladas de papel, don Benito, por más que crea usted que la realidad la crea el papel, como todos los santos leguleyos de nuestra santa tradición jurídica romana, hay un límite: los papeles nos van a ahogar, vamos a perder la guerra de los papeles como perdimos en el 38 la guerra de los pasteles contra estos mismos gabachos? Palabra que se le quebró un poco la máscara cuando se resignó a dejar los archivos escondidos en una cueva en la Sierra del Tabaco, allá en Coahuila. Se despidió de esos papeles como de sus propios hijos: como si hubiera enterrado cada una de esas hojas que para él tenían alma.

Nunca cerraba su puerta. Era un principio suyo: la puerta siempre abierta para que entrara el que lo quisiera ver. También para que vieran siempre que no tenía nada que esconder.

Él era cristalino. A veces se daba el lujo hasta de sentarse a escribir de espaldas a la puerta de los jacales, las viejas misiones derruidas, las casas de amigos en este camino que todos creíamos era el del destierro —él que no, era sólo el del desierto, que no es lo mismo. El punto es que para un lancero encargado de protegerlo, él me hacía la vida muy difícil con sus conscientes valentías de prócer destinado al mármol.

Una vez en el mero desierto de Chihuahua se cansó de escribir toda la noche y me miró vigilando la puerta abierta que daba sobre el desierto, medio dormido yo porque iba a amanecer, pero apoyado sobre mi lanza bien clavada en esa tierra dura. Sonrió y dijo que las matas grises que nos rodeaban eran más sabias que los hombres. Que mirara yo este amanecer toda la loma punteada de matas espaciadas perfectamente, con una simetría casi legal, como la de un buen código civil, dijo. Sabía yo por qué era así? Yo que no. Y él que las matas guardaban su distancia porque sus raíces son muy venenosas. Matarían a cualquier planta que creciera a su lado. Hay que mantener las distancias para respetarnos y sobrevivir. Ésa es la condición de la paz, dijo, y caminó de prisa a sentarse otra vez, a escribir algo rápido y corto y seguramente lapidario.

No, le hubiera querido decir, no es que quiera verlo a usted yendo al baño, limpiándose, o expulsando un gas, don Benito, o sacándose un moco, Señor Presidente, eso no, pero algo que no hiera su dignidad o la mía, eso sí, quisiera verlo lavarse los dientes, señor Juárez, o dándole grasa a sus botines, porque no me diga que no lo hace usted, aquí andamos rodando entre el palo verde y las biznagas y usted sin ayuda de cámara como Maximiliano pero con los zapatos más lustrosos siempre que un archiduque austriaco: Cómo le hace? Perdería algo su dignidad si se deja ver lustrando sus zapatos, señor?

Celebramos el Día de la Raza, el 12 de octubre de 1864, en la ciudad de Chihuahua y el presidente Juárez se la pasó leyendo periódicos retrasados en inglés que habían llegado de Nueva Orléans, quién sabe cómo, pero él tenía recuerdos de ese puerto de la Louisiana adonde fue exiliado por el dictador Santa Anna y se ganó la vida enrollando puros en una fábrica de tabaco (ay, y ahora sus amados papeles estaban enrollados también en la Sierra del Tabaco, pensó con alguna ironía) y aprendió inglés, como ahora lo hacían sus hijos en sus escuelas de Nueva York.

Leyó una noticia que le llamó la atención: un gringo llamado E. L. Drake había descubierto una nueva materia excavando pozos de veinte metros en el oeste de Pennsylvania. Según la noticia, la materia fue extraída por los pozos desde hondos yacimientos de rocas sedimentarias. Esta materia es líquida o gaseosa, leyó el señor Juárez, pero en cualquier forma puede sustituir con ventaja, según Mister Drake, al aceite de ballena cada vez más escaso para proporcionar iluminación brillante y barata a las ciudades modernas. El señor Juárez meneó la cabeza oscura, pensando quizás en los cabitos de vela que en las rancherías del Norte le servían para escribir de noche.

Comentó la novedad con otros huéspedes del señor Creel en Chihuahua y un ingeniero dijo que lo de la luz era importante, claro, pero más la aplicación de ese famoso petróleo, como lo habían bautizado, a la locomoción, a las máquinas de vapor, a los trenes, a las fábricas. Vi en ese instante el pasaje de un ensueño por la mirada casi siempre impenetrable de Benito Juárez, Susanita, como si se imaginara viajando velozmente por la desolación de la República, liberado de los accidentes del terreno y el clima, tan hoscos ambos, mi muchacha, tan enojadotes con el hombre.

Sacudió la cabeza; exilió el sueño. Si lo importante, precisamente, era recobrar la república palmo a palmo, lentamente, en el amor y la pobreza, quizás don Benito Juárez, chula, hasta llegó a imaginarse, quién quita?, volando en aeroplano de México a El Paso, Texas, con escala técnica en Chihuahua; pero entonces hubiera perdido el país: se trataba de demostrar que el país era nuestro, que aquí estábamos y que como el ocotillo, teníamos raíces hondas y espinas por todas las ramas: a ver quién nos arrancaba de aquí; a ver quién se venía a vivir con nosotros en esta penuria, no en esta fiesta. Ésa era la oportunidad irrepetible como él la miraba: "Esta oportunidad no se volverá a presentar en nuestra historia." No el petróleo, Susanita, sino la dignidad. Te imaginas a don Benito Juárez aprovechando la lana del auge petrolero de los setentas para irse en un jet Grumman a París de francachela, Susy, con escala técnica en Las Vegas para echarse, qué sé yo, un pokarito en el Hotel Sands? Vaya, vaya.

Pero regresemos a mi sueño. Mi sueño que se llenó de muerte. Vas a ver. Primero se enteró de que su hijo predilecto, el niño Pepe, estaba enfermo. Toda la intuición, todo el atavismo, diría que toda la fatalidad, le salieron entonces a este zapoteca disfrazado de abogado francés. El fatalismo indio le dijo, Susy inocente, que Pepito ya estaba muerto y que no se lo decían para no hacerlo sufrir, para respetar a la estatua, cómo dices? Tú lo hubieras visto entonces en Chihuahua, chiquilla, temiendo por su chiquilín, su hijo que dijo era su "encanto, mi orgullo y mi esperanza". Se desmoronó; dijo que perdió la cabeza y llenó de borrones sus cartas. Luego se repuso; pero yo lo vi como una víctima de lo que él creía haber dejado atrás para siempre: el sentimiento fatal del indio. Su voluntad se impuso. Volvió a ser el de siempre. No le escribían de su casa. Cosas del correo; accidentes del tiempo, tan accidentado.

Cuando su premonición se cumplió, Susana mía, sólo anduvo repitiendo como fantasma, paseándose por los corredores de la casona de Creel en Chihuahua:

—Murió mi adorado hijo… murió mi adorado hijo… Ya no tiene remedio!

Yo sentí que la muerte de Pepe precipitó un desastre tras otro; poco tiempo después, el señor Juárez recibió allí mismo la noticia de la muerte del presidente Abraham Lincoln y luego, en julio, los franceses lanzaron una ofensiva general contra la resistencia republicana en el Norte y en agosto tuvimos que salir de Chihuahua hasta la frontera —pero no más allá de ella, capturados en México, arrinconados en México, pero nunca fuera de México, dijo, nunca un exiliado al que pudieran echarle en cara el abandono del país:

—Señor don Luis (le oí decirle a su amigo el gobernador Creel, quien lo instaba a salvarse cruzando la frontera), usted conoce mejor que nadie el estado. Señáleme el cerro más inaccesible, más alto, más árido, y allí me subiré y allí me moriré de hambre y de sed, envuelto en la bandera de la república, pero sin salir de la república.

Salimos dando de tumbos otra vez, en las calesas, con las carretas, por la huizachiza y la bisnagoa, mi Susanita, allí donde no hay de piña, mi señor, sólo de horchata... Qué te cuento, pues. Que una noche en una ranchería del desierto de Chihuahua, de guardia yo, apostado contra un muro de adobes derruidos, él cerró la puerta. Se va a dormir temprano hoy, me dije. Pero al rato lo oí llorar. No me atreví a interrumpirlo; pero anduve activo al día siguiente y cuando me tocó apostarme con mi lanza medio doblada, Susy, me dije, si no llora otra vez, ahí la dejamos. Pues como dijo le dijo Tallarines a Napoleón, ni yo que soy la portera me asomo tanto al zaguán; y ahí muere el asunto. Pero si el viejo llora otra vez...

—Le ocurre algo, señor Presidente?

—No, Rigo. No es nada.

—Perdone entonces, señor Presidente.

—Sí, Rigo?

—Usted sabe que yo no me meto en lo que no me llaman...

—Sí.

—Pero, no me abre usted tantito?

No era un santo, no tenía por qué serlo, le bastaba con ser un héroe, y héroes hay muchos que ni conocemos ni nadie les dedicó una calle y menos una estatua: pero un santo, para qué? Me habló esa noche de sus amores, de sus hijos fuera de la familia, de Tereso que era feo y valiente y andaba luchando igual que su padre, en la resistencia contra el invasor; y de la pobre, dolorosa Susana —como tú, mi amor, ya ves, el mismo nombre, lo sabías?— su hija inválida en Oaxaca, virgen condenada, narcotizada para aliviar su dolor, y el mío por mi hija grande, qué?, lejana, dolorosa, extraña hija capturada dentro de un sueño artificial: Susana...

Le dije a la rancherita que entrara, no fuera modosa, esto era bueno, ella lo sabía, el señor Juárez también; que la mirara como la miré yo Rigoberto Palomar del segundo cuerpo de lanceros de la república, ni más ni menos; pues todos andábamos en campaña y no por eso se acabó la vida; que la mirara con sus cachetes de manzana y sus ojos de capulín, sus trenzas hasta la cintura y el talle de alfarería nueva; tiene un nombre, es Dulces Nombres, así se llama, le cruje el almidón de la blusa, viene descalza para no hacer ruido, un día va a morir porque sus manos ya anuncian el luto, la quise para mí, señor Juárez, pero se la entrego a usted, a usted le hace falta, a nosotros nos hace falta que a usted le haga falta esta moza púdica y cachonda a la vez, a usted le hace falta una noche de amor ilícito, don Benito, sabroso, tierno, dulce como una panochita de canela y fuerte como un temblor tan cercano a la vida de donde sale, que a usted quizás hasta le parezca ya, en la inmediatez de su entrega, una respuesta de la muerte: éntrele, señor Juárez, cójase a la rancherita, sáquese la tristeza, gane la guerra, recupere el país, quiera a esta muchacha como quiso a su hijo muerto, como quiere a su hija inválida: esto es tan digno como cerrar la puerta para ir al baño o abrirla para recibir a los amigos: no se me convierta en estatua, señor Juárez, todavía no se nos muere usted.

—Cerré la puerta detrás de ellos, Susana, y corrí el riesgo de que me castigaran, pero abandoné mi puesto. Ves, chiquilina inocente, yo no quería oír nada. Esta noche era suya; él se la merecía como nadie. Rogué que fuera feliz, pero no quise robarle ni el pensamiento de su gusto. Por eso me puse a pensar en cosas tristes e imposibles, Susanita. Pon tú que el señor Juárez gane. Va a estar más pobre que nunca la república. Cómo va a pagar las deudas acumuladas por los conservadores, el Imperio, la guerra? Cómo va a reconstruir al país? Ay, me dije cerrando los ojos en la noche del desierto frío que es como una recámara en el fondo del mar: si el señor Juárez tuviera ese invento del gringo Drake en Pennsylvania para iluminar como un ascua todas las ciudades del mundo! Ay, si en vez de deberle quince millones de pesos a los franceses don Benito Juárez hubiese recibido todos los años quince mil millones de dólares por exportar fósiles líquidos! Por eso grité, Susana. Tuve esa horrenda pesadilla.

—No te preocupes, Rigoberto. Tu sueño va a terminar bien.

12

Cuando la tierra se apaciguó Ángeles mi madre quiso apaciguarse con ella y hablar razonablemente. Nuestro cuate Huevo se paseó por la vieja cochera de mi padre tocando la guitarra y ella dijo que cuando una mujer se queda sola crea un vacío y cualquier cosa puede ser jalada a llenarlo; ella no quería que Huevo fuese un relleno y era mejor que antes la oyera y la comprendiera. Cuando lo conocí —nos dijo— le dije no dormí toda la noche, de pura felicidad, al conocerte. Y era cierto: Ángel me dio la felicidad de crearme. No me encontró: me inventó, me hizo suya inventándome. No dormí de pura felicidad porque Ángel me conoció exactamente como yo me conocí y cuando yo me conocí; ni antes ni después. Yo no recuerdo nada antes de él. No sé quién soy yo, de dónde vengo, nada.

"Déjame confesarte algo. Lo vi joven y rebelde. Entonces rápido me apropié de todo lo que creí que le gustaría a él, feminismo, izquierdismo, ecología, Freud y Marx, exámenes a título, la ópera completa, el rollo entero, lo que encontré a la mano, como en una guardarropía ajena. Imagínate mi sorpresa cuando me resultó con que era rebelde conservador! Ni modo; yo ya no podía cambiar mis símbolos sólo para darle gusto, Huevito.

"Decidí que mejor era que nos complementáramos y callarme la boca para gozar los actos del amor sin comprender demasiado bien los actos de la ideología. Acto tras acto, Huevo, relajo tras relajo y al mismo tiempo, corriendo parejo con todo esto, mi pregunta, qué significado tiene todo lo que estamos haciendo? Servirá para que él vea en mí todo lo contrario de él, pero vea al mismo tiempo todo lo que lo completa y hasta comparta conmigo la esperanza de que nos igualemos siendo diferentes (el ideal?); en qué momento pasará Ángel del relajo a la desesperación, sin haber ganado nada en medio?, tenemos todos miedo de volvernos locos o de volvernos razonables?, quién pierde, quién gana realmente en todo esto?, y quién dejará primero al otro cuando los dos nos demos cuenta de que nadie puede vivir solamente en la rebelión sin acabar desesperado, hace falta algo más, te lo juro, te lo juro, cuate, algo más y te juro que yo quise encontrarlo, muy racionalmente, yo quise creer en Ángel, seriamente, en su ideología, sólo porque realmente quiero creer que lo bueno de este mundo debe repetirse un día, no quedar atrás, no ser superado a fuerzas por el progreso. Piensa mientras tocas tu guitarra: Puede el progreso matar a tu canción, porqué es tu canción, cada vez que la "tocas", Huevo, un evento, una y otra vez, con penicilina o sin ella, con televisión o sin ella, lo que tú tocas sigue siendo un evento, pero las infecciones ya no y la imagen recibida en casa ya sí? El arte es un evento continuo, o una continuidad que acontece: hubiera querido comunicarle esto a Ángel para salvarlo de su *either/or,* sabes, locura o razón, estancamiento o progreso, su mundo de opciones dramáticas que tanto le gusta y tanto daño le hace. Acepté su hijo para darle realidad a esta idea, la idea de una continuidad del acontecimiento entre el relajo y la desesperación que van a devorar a mi pobre Ángel si no me entiende. Aunque sea a solas, sin mí, pero que me entienda."

—Eres lovable. (Huevo dejó de rasguear.) Creo que eres capaz de sobrevivir con un poco de humor y de inteligencia a todos los desastres de la vida mexicana. Por eso te amo. Eres de plano lovable.

—Animus intelligence!, exclamó ella pero se dio cuenta de que éste era un acto reflejo. Mejor, Ángeles miró a nuestro amigo con una interrogación y la cabeza ladeada. Le dijo que él también había sobrevivido.

—El único genio de este país es el de la supervivencia. Todo lo demás le falla. Pero sobrevive.

Y él?

Le tomó la mano a mi madre y recordó que una vez, cuando murieron sus padres, no tuvo amigos ni dinero y cómo el descuido, la flojera y la ignorancia se posesionaron de él por un rato. Se dio cuenta y se alarmó terriblemente, porque se vio como si viera que eso le ocurría a otro. Entonces escribió su primer jit, TAKE CONTROL.

Y ella?

Tenía miedo. Tenía miedo de que las cosas pasaran sin que nos diéramos cuenta y que sólo cuando fuera demasiado tarde nos daríamos cuenta de que ya había pasado lo que fue lo más importante de la vida. También soñó que una enredadera le brotaba de la vagina.

—Hay días en que todo nos sale mal. Las opciones, los movimientos, no ser lo que se ve, no ver lo que es, creer que sé, saber que creo, todo es un error. Llevo treinta días así. Ayúdame, Huevito, por favor, ayúdame cuatecito. Palabra que te lo voy a agradecer rete harto.

Ayúdame a recuperar mi aureola, cuatito. No ves que se me apagó?

Así empezaron los agostos: el paso hacia el octavo mes de mi gestación.

13

Recordará el amable Elector que en el mes de marzo Ángel y Ángeles vieron a la cantante chilena de boleros Concha Toro aparecer en uno de los Concursos Nacionales por Televisión, presumiendo de ser la última modelo de Playboy y que en junio Huevo fue a entrevistarse con ella en el Simon Bully Bar para pedirle el servicio de

TEATRO A DOMICILIO que con tan desastrosos resultados se presentó en los quinceaños de Penny López. Recordará asimismo que Ángel se excusó de ese encargo porque Concha lo había desvirgado allá por los midochentas y a instancias solemnes del abuelo Rigoberto Palomar, general revolucionario a los quince e incapaz de soportar en su casa un nietecito virginal en edad comparable.

Como los Four Jodiditos no querían personalismos en sus proyectos apocalípticos (perennemente frustrados, ya se dieron bien cuenta sus mercedes ídem), Huevo fue a ver a la santa señora, pero la apariencia de Concha Toro, su fama, su historial, lo impresionaron tanto, que se precipitó diciendo que lo mandaba Ángel Palomar y Fagoaga y si ella lo recordaba?

—Pero cómo no me voy a acordar de él, cabro má bien dotao, pué, si al tirito reconocí el nombre, pasa nomá mijito, perdona el chiquero pero anoche hubo un desmoñe entre pacos que por poquito vamo tóo a dar a la capacha. Pero hay vino litreao, y palta, y damasco, y manjar blanco en la mesita. Toma nomá, pué, que nunca se diga que Concha Toro es una amarrete y má cuando ve a un pobre cabro angurriento como tú, pero hambriento de qué, me pregunto?

Dijo esto con su famosa caída de ojos que había trastornado a varias aunque recientes generaciones de viejos en el sótano de terciopelo del Simon Bully Bar, entrar al cual, por un largo túnel suave y rojo, era ya como penetrar una honda vagina aterciopelada: concebiblemente, la de la propia Concha.

La miró Huevo: ya no era la que fue y si nunca maravilla fue, atrayendo más por su coqueta sabiduría chilena, que por su belleza, ahora tampoco sombra era, sino una extraña superimposición en que cada etapa de su vida coexistía, en una especie de simultaneidad transparente, con todas las demás: Concha Toro! Né María Inez Aldunate Larraín y Cruchaga Errázuriz en Chillán, Chile la noche misma del gran terremoto del año 39 que acabó con la ciudad y aventó media costa, de Concepción a Puerto Montt, al mar para siempre. Creció a la sombra de los murales de Siqueiros en la Escuela México construida después del temblor: los poderosos puñetazos blanquinegros de los héroes indígenas Cuauhtémoc y Galvarino impresionaron su tierna mente aristocrática y si en la escuela veía revolución y melodrama, en el fundo paterno veía reacción y drama: la agricultura sureña era el último refugio de una familia que prosperó tempranamente al amparo de la exportación del salitre y cubrió su siglo XIX de grandes mansiones santiaguinas y chalets de playa en Viña y Zapallar, viajes a Europa y alegre dispendio comercial. La burbuja estalló en 1918 con la invención germana del nitrato sintético y la familia salvó un fundo del desplome general y en él se refugió a hacerles a los campesinos lo que antes le hacía al salitre: explotarlos, pero ahora sin poder exportarlos. Cómo se rió María Inez cuando el inefable presidente Wrinkle Wrecker pidió que los EE.UU. exportaran a los granjeros y se quedaran con las cosechas! Eso les hubiera gustado hacer a los Aldunate Larraín y Cruchaga Errázuriz, pero quién iba a querer comprarles a todos esos rotos pilientos con cascarrias en el ombligo, curaos el día entero, huitreaos hasta los ojos, Lauchas humanas, trillentos y con las gùevas como platillos! Pucha la payasá!

María Inez resolvió sus conflictos entregándose a un huaso bien dotao —tanto como mi padre Ángel Palomar, supongo— aunque con el improbable nombre de Alejandro Pope, a los catorce años y en seguida cruzando los Andes por Puente del Inca a Mendoza y de allí a Buenos Aires, donde la inteligentísima chilena se dio cuenta rápido del terreno que pisaba, se cambió el nombre a Dolly Lama y ganó un concurso de cantante de tangos con la orquesta de Aníbal Troilo "Pichuco", leyó *Otras inquisiciones*, se disfrazó de Miriam Hopkins en *Dr. Jekyll and Mr. Hyde* perfumada y rubia y platino, y pudo así seducir una noche en el pabellón de Armemonville a Jorge Borges, el guardián ciego del clavo oloroso que una joven patagona se robó del barco circunnavegante de Magallanes en 1521 y escondió en seguida en lo que los caballeros porteños elegantes llamaban "la leure de sa nature": María Inez, alias Dolly obtuvo el famoso clavo olororso de Magallanes a cambio de un acostón sensacional con Borges y, armada de Ilustre Clavo e Ilustre Ciego, fue proclamada Sacerdotisa del Ultraísmo Sexual en una ceremonia en la Librería El Ateneo y en seguida acompañó al escritor a Memphis, Tennessee, donde el autor de *La historia universal de la infamia* pidió al poeta Ossing (descendiente probable de Ossian) ser introducido hasta los tobillos en las aguas del Mississippi y luego beber el agua del río de Mark Twain. Dolly sintió que había cumplido sus deberes para con la literatura latinoamericana cuando venció la estupefacción de los menfitas que veían atónitos pasar un río de desperdicios industriales y basuras húmedas, ofreciéndole al viejo Jorge un vaso de Coca Cola que el Ilustre Ciego bebió lentamente, interjectando de tarde en tarde:

—Ambrosía, ambrosía!

Con clavo pero sin poeta Dolly Lama emigró a Hollywood, fue admitida en la orquesta catalanocubana de Xavier Cugat, e inició una exitosa carrera de backupsinger o cantante de respaldo que la llevó a cantar bubuppidup detrás de Dionne Warwick en Las Vegas a gemir narcótica y orgásmicamente ohohohuhm-huhm detrás de Diana Ross en Atlantic City a agitarse espasmódica y masculinamente aunque entrada ya en kilos y años más para establecer un contraste a la androginia triunfante, detrás de Boy George y el Culture Club en el Radio City Music Hall y el Madison Square Garden: a los cuarenta y cinco años, decidió que había cerrado un círculo viajando de Old George a Boy George aunque sin salir nunca de los Clubes Culturales y con más metamorfosis que un kafkakamaleón y temerosa de que círculo cerrado fuese círculo vicioso, viajó a México, invirtió sus ganancias en el bar de la esquina de Bully Bar y Car Answer, se cambió el nombre a Concha Toro y encontró al cabo su genio propio, su destino, la síntesis de su vida, en el bolero resurrecto, el bolero despreciado por la modernidad mexicana, la juventud del postpunk rockaztec de los earlynoventas, conservado como objeto de museo, Tezozómoc musical entre algodones y polillas, por Saldaña y Monsiváis: llegó ella, en una de esas coyunturas inesperadas, geniales, sin sospecha, purificadoras, y le devolvió al bolero lo que Homero Fagoaga no podía restituirle a la lengua: brillo, fama, emoción, esplendores incalculables: la clase media empobrecida y abandonada, sus hombres nostálgicos, sus mujeres ansiosas de una certeza, llenaron noche a noche el anfictiónico Simon Bully Bar a escuchar los boleros de Concha Toro, porque el bolero es música que se escucha, tomados de la mano, repasando el vocabulario y los sentimientos de nuestra íntima cursilería latinoamericana, levadura de nuestro optimismo melodramático (escucha mi padre el bolero "Vereda tropical":

> Con ella fui noche tras noche hasta el mar,
> Para besar su boca fresca de amar;
> Y me juró, quererme más y más,
> Y no olvidar jamás,
> Aquellas noches junto al mar

disfrazado de Quevedo en el cabaret de Concha Toro solo, disfrazado, suspendido entre los vértices (los vórtices) de mi madre embarazada, Penny desmitificada y Colasa resignada, mi padre escucha boleros una cierta noche del año del Quincentenario del Descubrimiento de América: y redescubre el Nuevo Mundo del bolero, la utopía degradada pero jamás renunciada, regada por agua que cae del cielo: la utopía de las islas, de Eldorado, de la monarquía indiana, mira mi padre alrededor suyo, escucha a Concha (quien no lo reconoce) cantar y a los rucos arruinados de la otrora próspera clasemedia embelesados, todos juntos rescatando el Paraíso —la vereda tropical— mediante las operaciones del corazón: tal es el proyecto imposible del bolero: lenguaje culterano de los modernistas adaptado a las necesidades sentimentales de la alcoba, la playa y el burdel

Era un cautivo beso enamorado	Yo fui la encantadora mariposa
de una mano de nieve que tenía	Que vino a los jardines de tu vida
la apariencia de un lirio desmayado	Yo fui la princesita candorosa
y el palpitar de un ave en agonía	Que iluminó tu senda oscurecida
LUIS G. URBINA	AGUSTÍN LARA
"Metamorfosis" (Poema)	"Cautiva" (Bolero)

recita mi padre, y define: canta Concha Toro, y evoca:

—El melodrama es la comedia sin humor.

—Yo no sé si tenga amor la eternidad, pero allá tal como aquí, en la boca llevarás sabor a mí.

Mi padre mirando a Concha Toro susurrar bajo luces suaves, irradiadas (ellas mismas pálpito de ave en agonía, encantadoras mariposas, antorchas apagadas por el destino, besos encendidos), las inmortales palabras, *Hipócrita, sencillamente hipócrita, perversa, te burlaste de mí.*

Algo que entonces no era posible prever se inició cuando los asilos de ancianos empezaron a vaciarse para ir a oír a Concha cantar boleros; la revista TIME la sacó en su portada: *The Darling of the Asylums*, y noche a noche toda la población senil del Mundet y el de Actores, del Poder Gris y el Gerontoclub "Adolfo Ruiz Cortines", en alas de la más pura nostalgia, se daba imposible cita en el sótano forrado de terciopelo del Simon Bully Bar: una marea de cabecitas blancas, cabecitas calvas, cabecitas pecosas y, a veces, las muy coquetas, cabecitas azules, iba y venía, meciéndose sentimentalmente, meneándose aprobatoriamente, al escuchar aquello de

Cuando aparezcan los hilos de plata en tu juventud
Como la luna cuando se retrata en un lago azul

Lo malo de esta emigración gerontocrática fue que los ancianos embelesados se negaron a regresar al asilo, en el bar de Concha encontraron su segundo aire, por nada del mundo iban a cortar amarras con la juventud recobrada, se plantaron en la pista y en los pasillos, desbordándose hasta la calle de Car Answer y cuando la fuerza pública, según inveterada costumbre e inclinación Pavloviana del coronel Inclán, se disponía a entrarles a matraca y gas, Federico Robles Chacón llegado en esos días al gabinete en respuesta a la crisis del Año Noventa, decidió acabar con la represión como solución a favor del simbolismo como eufemismo, propuso en cambio instalar a los ancianos en su propia colonia, unos terrenos por el camino de Toluca, donde construirían sus viviendas, y sus vidas también, con la promesa de llevarlos cada noche en autobús a oír a Concha. Los terrenos dizque eran de la esposa del superministro Ulises López, acusado generalmente de haber causado la Crisis con sus medicinas monetaristas friedmaníacas, le advirtieron al ministro Robles Chacón, y él contestó:

—Lo sé. Y qué?

Le falto decir: *Mejor*, pero sus subordinados lo entendieron. Sucede que esta maniobra, sin embargo, fue el modelo de otras de consecuencias más importantes: la oficina federal de egresos hizo notar que el cierre de los asilos de ancianos había significado un ahorro de tantos más cuantos millones, y Ulises López, agarrado de esta prueba particular, la convirtió, como ocurre en política, en principio general: Ulises le contestó a Federico en su propio terreno y mandó vaciar los manicomios; miles de pacientes en clínicas psiquiátricas y hospitales mentales fueron des-institucionalizados entre 1990 y 1992, alegando que le salían demasiado caros al gobierno. Pero los locos sueltos no tenían una Concha Toro que los entretuviera ni un Bully Bar que los reuniera.

Artista que era, a Concha Toro todas estas turbulencias le parecían lisuras que ni le iban ni le venían. Pero su gran éxito escondía un profundo vacío en su vida: Concha Toro no tenía un hombre y mirándose, cincuentona ya y acompañada de su perrito pekinés Fango Dango en el espejo de su vestidor, se decía a sí misma, chilena pateperro, peor que una judía, chita diego con el vagabundear de la chilena, todo el éxito del mundo pero lejos de mi patria y sin un hombre que me quiera!

Se miraba al espejo y le gustaba lo que veía, se miraba vestida de lentejuela roja, traje largo para esconder la pantorrilla chilena, gorda, pinturas para resaltar la mirada chilena de mujer color de mar, escote profundo, polveado, blanco, con lunares selectos y labios muy pintados para disimular la mala dentadura chilena, agua de la cordillera, precipitada velozmente al mar, sin calcio: malos dientes pero sólo un dentista traidor podría decirle al mundo la verdadera edad de María Inez: María Inez!

Pronunció su propio nombre de pila cerca del espejo, dejando en el vidrio su cálido aliento empañado: Chile, canturreó, asilo contra la opresión, campo de flores bordado, puro Chile es tu cielo azulado: lejos, sin retorno, Pinochet para siempre en La Moneda, bah, Concha Toro reaccionó, se olvidó de la niñez aristocrática, del fundo, de los Aldunates y Cruchagas de su arbolito de genes, y repitió:

—Me miro ante el espejo. Me veo vestida así, con mi lentejuela roja y mi zapatito de satín, mi polvo dorado en el pelo y mi boca a lo Joan Crawford: eso vienen a admirar mis viejitos, eso les doy, a eso me agarro, aunque los demás me tapen a talladas: la vulgaridad sincera y el sentimentalismo con fe que necesitan tanto como un viaje de compras a Houston.

Se miró, se gusto, se suspiró Concha Toro, salió a la pista del bar, cantó,

> Pasaste a mi lado con cruel indiferencia
> Tus ojos ni siquiera voltearon hacia mí…

gustó, se gustó, hizo un chiste muy celebrado.

—Cuando el sexo es bueno, es bueno. Pero cuando es malo, también es bastante bueno.

Los ancianitos rieron y se codearon: *maybe tonight…*? Cantando esa noche bajo luces submarinas, azulencas y temblorosas, después de vuelta en su camerino, sola con Fango Dango, de nuevo frente al espejo, analizó su personalidad, su éxito, en qué consistía su éxito?, su éxito era querer querer, querer ser querida pero dar a entender con la letra cruel de un bolero que su cariño era sólo la fisura de una indiferencia: querer pero sin rendirse,

Pasaste a mi lado con cruel indiferencia
Tus ojos ni siquiera voltearon hacia mí…

Ella lo que quería era lo que sus congelados familiares siúticos y fu-
tres de nariz aguileña y piel sonrosada y cruel ojo gris y aguado más
despreciaban: una amistad latina, entera, abusiva, pegajosa, inmortal,
chorchera, bochinchosa. Le dio una patada viciosa a Fango Dango,
cuyos chillidos llenaron el vacío del cabaret abandonado, pero luego
lo abrazó, lo acarició, le pidió perdón y, como todas las noches, antes
de apagar la luz y acostarse en su cama decimonónica de baldaquín
y damascos rojos, escribió con lápiz labial sobre el espejo,
VIVA CHILE, MIERDA!

14

La vida de Concha Toro, andariega y variada, sufrió nueva transformación, acaso la más importante de su vida, la noche del 10 de mayo
del año noventa y dos, el día de las madres del año del Quinto Centenario que para ella evocaba sus amados mares australes.
     Ella cantaba dulcemente, con los ojos cerrados, aquello de

A través de las palmas que duermen tranquilas
La luna de plata se arrulla en el mar tropical

y al extender los brazos a su público de ancianitos y abrir los ojos
diciendo

…mis brazos se extienden hambrientos en busca
de ti…

su mirada encontró la de ese hombre joven, mucho más joven que
ella, una mirada que ella, de ese minuto en adelante, ya no pudo
evitar más, no sólo por instinto de conservación, pues Concha se
dijo que quien la evitaba corría el riesgo de ser demolido por ella:
Concha Toro tembló, dejó de sentir añoranza de Chile, por primera
vez se sintió de veras en México, esa mirada, esa cara, ese bigote, esos
dientes, salidos de las películas que de niña vio en el Cine Santiago:
Pedro Armendáriz, Jorge Negrete, Marlon Brando en Zapata…!

En la noche un perfume de flores evoca tu aliento embriagante

cantó Concha con los ojos cerrados pero al abrirlos la luz vagabunda del bar iluminó a la mujer sentada junto a este guerrillero mexafísico y no, no había traído a su cabecita de algodón a celebrar el día de las madres, sino a una muchacha extraña, extraña pero muy joven, vestida de carmelita, el pecho lleno de escapularios y una piel que parecía bañada en té de canela.

Siento que estás junto a mí,
pero es mentira, es ilusión,

cantó llena de desesperanza y amargura Concha Toro, né María Inez Aldunate Larraín y Cruchaga Errázuriz, alias Dolly Lama, y se desmayó en plena pista de cabaret.

Quería hacer la cimarra desde niña en Chillán, se dijo entre sueños, hacer la changa y ahora la llevaban en efecto de cochinito, de piggy back, al apa, como de vacaciones, sobre la espalda del único ser vigoroso de todo el cabaret, un hombre la llevaba cargada de la pista al camerino pero en sus sueños el huaso Alejandro Pope la llevaba otra vez en brazos detrás del trigal junto al río a despojarla de lo que él más quería y ella menos necesitaba: ahora la cargaba un hombre alto, fornido, prieto, bigotón, la cargaba como si anduviera empujando un cañón cerro arriba: se abrazó al cuello de este hombre con pasión y cuando él la depositó en su cama decimonónica, ella, en vez de cantar un bolero, recitó el poema de amor más bello, el más memorable y, se dijo, el más chileno también:

Yo la quise, y a veces ella también me quiso…

El hombre alto, fornido, prieto, bigotón, le dijo:
—Yo también quería ser escritor.
—Qué pasó?, gimió Concha.
—Me frustraron los envidiosos.
—No me pareces un hombre frustrado, dijo con coquetería Concha, pero mirando a la muchacha vestida de religiosa.
—Es mi hija Colasa.
—Ah!, suspiró sin frustración alguna Concha.
—La tuve muy joven.

—Colasa Sánchez, para servir a la señora.

Quién miró con una intensidad digna del bolero *Piensa en mí* al padre de la muchacha: —Y.tú?

—Matamoros Moreno, para servirnos los dos juntos, dijo el hombre y Concha Toro se volvió a desmayar.

No olviden los electores, mientras tanto, que por más acciones que ocurran allá afuera, acá adentro no estamos nada más papando moscas: sumen ustedes todo lo ocurrido afuera, amores, desastres, bromas, viajes, política, economía, lenguaje, modas, mitos, costumbres, leyes, y compárenlo con mi escueta y esencial actividad: Mis manos, por ejemplo, han crecido más rápido que el resto del brazo, apareciendo primero con los dedos como capullitos; la falange final de los dedos ha salido de la palma de mis manos, las puntas de mis dedos se han formado, han aparecido unas uñitas muy cortas en todos los dedos y el esqueleto transparente y cartilaginoso de mis primeros cuatro meses ahora es hueso y yo muevo con energía mis brazos y mis piernas: sufro percances, me araño la cara con las uñas, sin quererlo; tengo placeres: me chupo sin cesar el pulgar; hago descubrimientos: ya puedo tocarme la cara.

Ah, mi cara: no hay hazaña mayor de mi pequeño organismo! No hay cara más cara! Primero, tengo un cráneo que es el refugio de mi cerebro. Fue de piel transparente; a la séptima semana una gran marea vascular avanzó hasta la coronilla para proteger y alimentar mi cerebrito recién nacido, que ahora flota en un baño fluido (no secarse nunca, susmercedes!) que absorbe todas las catástrofes externas a mi delicado mecanismo (y díganme ustedes si no han abundado en estos mis primeros siete meses!) Qué fuerte se hace mi tejidillo subcutáneo! Cómo crecen los huesos de mi cráneo moviéndose hacia la coronilla pero sin fundirse en la exquisita flexibilidad de mi carapacio, dotándome ya de una cabeza maleable que le permitirá a mi cerebro seguir creciendo: cuando nazca, mi coconut no tendrá el tamaño que llegará a tener un día: si vivo para verlo!

Pero hablaba de mi rostro: Puedo tocarlo con mis manos! Se dan cuenta sus mercedes? Tengo una cara y puedo recorrerla con mis manos! Mi cara que al principio era sólo una frente abombada sobre mi futura boca, se concentró más tarde sobre la ventana de mi alma oscura: apareció una retina que se hizo oscura, pigmentada; un lente y una córnea. El párpado se dibujó poco a poco. Mis orejas eran muy bajas. Mi cerebro brillaba bajo la piel translúcida. Mis ojos de cerraron. Pero eran enormes y había una gran distancia entre uno y otro. Unos gruesos párpados los cubrieron. Estoy ciego, señores electores! Mis ojos cerrados esperan la eternidad! Pero no están cerrados porque yo duerma. Piensen ustedes que aunque los cierro, no estoy dormido. Mis párpados pegados sólo protegen mis ojos que no acaban de formarse. He tomado el velo. Me agarro con más vigor que nunca a mi reata umbilical, como Quasimodo a la cuerda de la campana de Nuestra Señora. Jamás me enredo, por más que nade, por más que toque la campana: Me oyes madre? Yo sí te oigo a ti! Yo oigo al mundo, más que nunca! Yo oigo tu corazón, madre, bumbumbum, es mi turno y mi danza y cuando oigo a la banda de tus amigos tocar su rockaztec, créeme, madre, que sólo oigo, duplicado, intenso, el ritmo de tu propio corazón y el de mi gestación en tu vientre: *bumbumbum*.

Octavo:

La patria de nadie

A la nacionalidad volvemos por amor [...] y
pobreza. Hijos pródigos de una patria que ni
siquiera sabemos definir, empezamos a observarla.
Castellana y morisca, rayada de azteca...
RAMÓN LÓPEZ VELARDE,
Novedad de la Patria

1. Trueno del temporal

Fue en agosto cuando las carreteras de la República Mexicana comenzaron a llenarse de esos rumores a la vez esperados e insólitos: los caminos federales, las supercarreteras de cuota, los frigüeys como los llamaban los piporris de la Ibero, habían mantenido (le cuenta Huevo a mi madre, educándonos a ella y a mí) una como autonomía respecto a las otras realidades del país; lanzarse a una carretera, la Panamericana Mexamérica, la Cristóbal Colón a Oaxaca, la Transístmica al CHITACAM Trusteeship, era como dispersarse por la patria de nadie y de todos, el territorio libre, las carreteras de los noventas son zonas colchón en las que todo el pesar de la suave patria neomutilada se resuelve en una especie de libertad veloz y pasajera, pero libertad al fin: la carretera es de todos y todo lo reúne como la saeta que rasga el aire demostrando que no ofrece valladares.

Desde el Norte llegó a México a fines de los ochentas el sistema de los CBRadio, radios de banda ciudadana que permitían a los camioneros comunicarse entre sí en los grandes expressways para avisarse la presencia de policías motorizados, motociclistas armados y putas en las loncherías. Un aparato del CBRadio delataba instantáneamente, bipbipbip, la cercanía de un radar policíaco: el chofer disminuía la velocidad, le avisaba a sus choferes y todo esto protegía el contrabando, el tráfico de drogas y la prostitución en las carreteras: si así sucedía en los US, con más razón en el México pobre y dividido de los 90s.

La civilización de los Radios de Banda Ciudadana en las carreteras de los Estados Unidos desarrolló una jerga particular (nos cuenta nuestro cuate Huevo) que fue adaptada rápidamente al uso de los caminos agrestes, de desierto y montaña, de basalto amarillo y árboles de humo, de la repmex; el policía de carretera que en Alabama era un smoky bear aquí se convirtió en humoso y el carro de policía sin marcas exteriores, que en Louisiana era un green wrapper o envoltura verde, aquí se llamo itacate de manila. No hubo problema con los coches de las policías locales: de ambos lados de la frontera se les conoció como Tijuana Taxis. El faro giratorio y de reflejos multicolores del toldo de los carros de policía, llamado bubble gum top en Florida, pasó a ser bubblegómez en México, y así se llamó también, el joven líder del sindicato de camioneros foráneos Bubble Gómez, un muchachote albino que viajaba en un espectacular Leyland de dieciocho ruedas y catorce metros de alto, con luces de sinfonola alrededor del parabrisas, faros portuarios en el toldo, escapes de humo capaces de crear niebla al mediodía en el cañón del Zopilote de Guerrero, estampas de la Virgen de Guadalupe, Mamadoc y Margaret Thatcher a la altura de la mirada blanca del líder y chofer, cubierta por unos fabulosos wraparound glasses dignos de los cantantes pop ciegos y conocidos por ello como felicianos o rayoscharlies o wonderglasses, además de ventanas de vidrios opacos alrededor del albino Bubble Gómez en su camión británico armado del más poderoso silbato, el Whistler que era el detector de radar indispensable para avisarles con tiempo a los confreres; aguas, radar en el kilómetrece, pásale la nieve al Chotas que va a cruzarte en sentido contrario, bájale a la velocidad, aunque la red de radios ciudadanos también servía para actividades más inocentes: tres putas nos están esperando en el merendero de Palmillas Tamps/ o cantando todos juntos pamatar el tedio del paso por la Sierra Hediondilla Coah/ o preparen la mordida para los Tijuana Taxis que nos esperan a la salida de La Chicharrona Zac/

Los choferes desafortunados que pasaban sin radio de banda ciudadana o sin silbato eran pescados por los osos en los puntos estratégicos de los caminos: eran novatos e ingenuos, pero cuando esto le sucedió al mero Bubble Gómez una noche y a escasos metros de la frontera con Mexamérica en Corralitos Chih y cerca del aeropuerto de Nuevas Casas Grandes, la noticia corrió como reguero de pólvora vía los radios de los camiones, de Palmillas Chih a Palmillas Qro y a Palomares Oax, de radio en radio y camión en camión: el Jefe se dejó pescar!

Bubble Gómez fue sorprendido por un oso cualquiera en Chihuahua!

El desprestigio inmediato de Bubble Gómez (mira que será pendejo!) se unió al desconcierto general: (quién puede llenar su lugar?) La respuesta, instintivamente, la buscaron los camioneros en sus CBRadios y la respuesta estaba esperándolos, en todas las bandas, en todas las voces, corriendo ahora de Sur a Norte, de Palomares Oax a Palmillas Qro a Palmillas Chih el mensaje repetido, insistente, los lemas ofrecidos por una aterciopelada voz femenina, a veces voz de virgen, a veces voz de puta, oye goodbuddy en Nuevo León o oye buencuate en Hidalgo, bien excitante, bien atractiva la voz de la vieja, sea quien sea, y una y otra vez ese mensaje que antes nunca había llegado, ahora en todos los radios de los camiones,

> CUANDO NO CREES EN NADA, QUÉ TE
> QUEDA?
> TU MADRECITA SANTA!

que luego se fue encarnando, como se debe, en

> QUIÉN TE PROTEGE, CAMIONERO?
> TU MADRECITA LA VIRGEN!

y como no había camión de éstos que además de su CBRadio y su silbato no tuviera su estampa de la Guadalupana y a veces hasta un rosario bendito colgando a los pies de la estampa y a veces hasta veladora parpadeante en frente de la imagen morena, la frase prendió porque el camionero oía la palabra y en seguida veía la imagen y la imagen le decía que la palabra era cierta y afuera del camión no había nada más que huizache o cacto o barranca o monte pelón: la desolación afuera y aquí, compañero de la ruta, la calidez reconfortante de una voz de mujer y de un mensaje para ti:

> Benditos los que ruedan solitarios, noche y día, por las carreteras de México, expuestos a toda clase de peligros, víctimas del cohecho y la inmoralidad, perseguidos por los Humosos y los Tijuanes, a la deriva en un mar de piedra, polvo y espina, benditos sean los choferes foráneos pues ellos pueden portar en todas las direcciones la buena nueva:

> LA VIRGEN NOS NOS ABANDONA!
> LA MORENITA VELA POR NOSOTROS!
> LA GUADALUPANA VA A REGRESAR!

y luego en cada lonchería del camino, en cada caseta de cuota, en cada puesto de melones o chicharrones o tepaches de los vastos caminos, una mujer estaba lista para darle a cada chofer, disimuladamente, una casette para su CBRadio y el chofer ya estaba preparado para oír de nuevo esa voz dulce y cachonda ahora explicando más, diciendo más, "a todos los que se sienten al garete en la sociedad moderna, salud y una buena nueva: la salvación se acerca! no desesperen! la madrecita piensa en ustedes y les manda a su emisario! lo reconocerán al verlo porque reconocerán al hijo de nuestra madre!", casette tras casette anunciando la nueva bendita,

HAY UN AYATOLA EN TU FUTURO
CAMIONERO: COMUNÍCALO

y la voz de la mujer: "Benditos sean todos los que han rodado por este mundo y afrontado sus peligros. Un camionero es el hijo preferido de la virgen. Benditos los que caminan por este mundo en los momentos fatales." Los camioneros empezaron a comunicarse entre sí sus comentarios, a sentirse preferidos, a aliarse entre ellos para que lo anunciado resultara cierto: ellos eran los escogidos de lo que iba a pasar, la virgen les hablaba a ellos, ellos —les dijo entonces una voz de hombre, ruda y asimilable, complementaria de la voz modulada, dulce y sexy, de la mujer que se comía las eses, como jarochita— eran los Comanches de la Virgen, ellos cabalgaban por los desiertos y las montañas como las brigadas de Guadalupe. No tenían caballos, sino algo mejor: sus camiones, sus Dodge y sus Leyland, sus Mack como corceles rugientes, sus alazanes diesel, los comanches guadalupanos atravesando el país en todas las direcciones, uniendo de nuevo a

LA NACIÓN GUADALUPANA

separada y mutilada: Comanches! Recuerden, dijo la voz sonora y mexicana del hombre, Coahuila nunca fue del gobierno central: Fue de los comanches! Texas nunca fue de los americanos: Fue de los comanches! La nación comanche es la nación que se mueve, une, se apropia de la tierra corriendo sobre la tierra. Camionero Comanche, lleva a todas partes la nueva, llévala tan al norte como Presidio y tan al sur como Talismán: derrumba las falsas fronteras, camionero, tú eres el Comanche, el Plateado, el Jinete Guadalupano de 1992! Anuncia (todos se juntaron el 15 de agosto, día de la Asunción de la Virgen, donde las voces les dieron cita, miles de camioneros llegados del Norte y el Sur, de ambos mares, de todas las fronteras dispersas de México reunidos primero en la central camionera de Zoquiapan en

Río Frío y de allí a la Plaza de Toros de Cuatro Caminos en Ciudad Satélite de México Defé, tomada por asalto aunque sigilosamente por los comanches motorizados, curiosos, excitados, comprometidos, aleccionados, tocados en sus fibras, con sus camisas arremangadas y sus suéteres de chiconcuac y sus botas raspadas y sus adidas recién blanqueados y sus camisetas airosas y sus panzas de cerveza y sus blujuanes apretados y sus calzoncillos retacados de klínex por delante y sus músculos temblorosos y sus cachuchas de beisbol y algunos, los muy coquetos, hasta con sus guantes blancos de pedrería comprados en los Michael Jackson Shops de la frontera: todos allí y la voz de ella (pero ella invisible) anunciando por los altoparlantes que ya venía ÉL, EL AYATOLA GUADALUPANO, EL AYATOLA MATAMOROS, EL Hombre que todos esperaban, tal y como lo imaginaban pues era la imagen misma de un sueño inveterado de machismo mexicano: alto, fornido, prieto, bigotón, con ojos centelleantes y mueca encabronada pero también deslumbrante carcajada, la cabeza amarrada por un paliacate rojo digno del Siervo de la Nación el generalísimo libertador José María Morelos, con su traje de charro todo negro pero con una gran cruz de plata sobre el pecho y una capa antigua que el hombre se quitó como Manolete se echaba una manoletina, y empezó la rechifla, la burla, órale Mago Maravilla, yastará mi charro negro pero el Ayatola Matamoros se plantó en el centro mismo del coso y los miró como nadie los había mirado nunca, sin miedo pero con cariño fraternal, mirándolos directo, sin me agacho y me voy de lado, sin la mirada eterna de México: desconfiada, ladina, traidora, malintencionada, insincera, sentida y resentida y doblesentida: no los temía, los miraba derecho y la voz de la mujer que ellos conocían y amaban ya por su voz y atribuían ya a la mismísima virgen les dijo quiéranlo, éste es mi hijo, síganlo, él camina por mí, oigan lo, sus palabras son las mías:

El Ayatola Matamoros habló y su voz se fundió con la de la Madonna y les recordó que México era la segunda nación católica del mundo y la primera de habla española, ciento treinta millones de católicos, no ciento treinta millones de priístas o panistas o comunistas o campesinos o pepenadores o funcionarios o lo que fuera: *sólo ciento treinta millones de católicos era igual a ciento treinta millones de mexicanos*, eran *la única equivalencia*, ésa era la fuerza, ésa era la razón, y sin embargo, a pesar de esto, exclamó el Ayatola Matamoros con su voz ronca y emotiva, NO HAY PAÍS!

NO HAY PAÍS!

y él les dijo

QUEREMOS PAÍS!
QUEREMOS NACIÓN!

culminando con la frase

MENOS CLASE Y MÁS NACIÓN

y ellos lo corearon y ahora él les preguntó, dónde estamos?, cuál será nuestra afirmación?, y ellos aportaron el lema que iba a juntar al país alrededor de su Profeta,

ESTAMOS AQUÍ!

Estamos aquí!, rugieron los choferes foráneos reunidos en la plaza de toros y orgullosos ya de haber inventado este lema unificador, y su estamos aquí era un somos ya y un hay país y un habrá nación y un vendrá la Virgen a socorrernos para que Nosotros, Hermanos, socorramos al país: vayan por todo México, organicen a todos los que encuentren en nombre de La Nación Guadalupana y el Ayatola Matamoros que es, óiganme bien, el HERMANO MENOR DE JESUCRISTO que quiere para nuestro México

Nacionalismo guadalupano! El de ustedes!
Moralidad católica! La de ustedes!
Madrecita santa! La de ustedes!
Nueva energía! La de todos!
Nueva fe! La de todos nosotros!

gritó el Ayatola y todos lo corearon, de pie, inflamados por la misión que nunca, nadie, les había dado antes y ni quién los pelara antes, salvo unos misioneros protestantes que les regalaron calcomanías I DRIVE WITH JESUS pero que se olvidaron de encarnar a la madrecita, por eso ellos traían su retrato policromo de Mamadoc amantísima madre de todas nuestras apetencias; pero quién era esta mujer santa, esta india de perfil de hacha, pelo restirado hacia atrás, chongo severo, sin un gramo de pintura: ojos de salvaje melancolía, labios rectos como una flecha, como una bendición, como una promesa, vestida de negro, sin formas, su cabeza una calavera de porcelana lustrosa, su cuerpo un surco de sufrimientos seculares, muertes tempranas, niños perdidos, maridos ausentes, manos a la vez frías e hirvientes, rojas de tanto lavar, de tanto raspar, secas y amarillas de tanto enterrar, de tanto rezar; de pie al lado de él?

Se soltó la lluvia de agosto pero todos siguieron coreando los lemas con el Ayatola en el centro, con los brazos abiertos y la lluvia escurriéndole como llanto y la voz de la Mujer, de la Madre, ésa sí jamás mojada, rogándole a sus hijos:

> Organicen y muevan a la nación guadalupana!
> Lleven el mensaje! Lleven el mensaje!
> Ciento treinta millones de mexicanos!
> Ciento treinta hijos y amantes míos!
> Sigan al Ayatola mexicano!

Quién soy?, se preguntó con un dejo de escepticismo y un grado de asombro Concha Toro ante el espejo de su camerino, rápidamente transformando su atuendo y su maquillaje (mejor dicho: su falta de atuendo y de cosméticos, su desnudez gótica y mapuche) en la figura habitual, la cantante chilena de boleros, para presentarse ante el público nocturno pero imaginando ya, día tras día, su reaparición como Galvarina Donoso, la santera, la madre del Ayatola.

Pucha la payasá! La sorprendió ver en el espejo con qué facilidad se desprendían de su rostro los antepasados vascos e irlandeses y reaparecía el rostro esencial, araucano, de Chile.

En cambio, sintió que algo faltaba en ese espejo y ella escudriñó el azogue de los siglos ante su mirada atónita y no vio el número de la bestia 666 aparecer entre la plata fluida, ni la séptima copa llena del vino de la venganza de Dios, ni la reunión (en la plaza de toros, en el cabaret, en las carreteras) de los 144 mil justos reclamados por la visión de San Juan en su espejo de la isla de Patmos.

Esto la asustó.

En cambio, sí vio claramente reflejada a la mujer perdida, aunque serena, en el centro de la selva.

2

La primera orden del Ayatola Matamoros fue: NO MÁS DINERO! Puso
a prueba su poder: triunfó: las carretillas Made in Güeymar llenas
de papel moneda devaluado (el peso mexicano se desplomó a 25 000
por un dólar en agosto) se cambiaron por barriles de ostiones made
in Guaymas: bastó con que los camioneros foráneos no aceptaran
en los mercados de MonteKing, GuadalaHarry o Makesicko City,
dinero a cambio del producto.

—Te dejo mi carga de tabiques pero me das una carga de
piñas.

—No acepto tu fierrería. Mejor toma mis alambres y dame
tus vacas.

El alambre y el tabique los cambiaron los vendedores de piñas y los dueños de vacas por una bicicleta para hacer los mandados
o por horas de trabajo para construirse un excusado detrás de la casa,
los choferes comieron un poco de piñas y mataron a una que otra
vaca, pero cambiaron el resto por ladrillo que llevaron de Pachuca
donde abundaba a Zihuatanejo donde hacía falta: Federico Robles
Chacón se dio cuenta de lo que estaba sucediendo, un genio de la
política había movilizado a la gente más móvil que quedaba en
México, los choferes de camiones foráneos, y de un golpe había enterrado la economía del dinero y restaurado la economía del trueque,
por qué?, se rascaba la coronilla el ministro en su despacho de la SE-
PAFU, por qué? antes de preguntarse quién?: desde la terraza de su
ministerio pudo observar las fogatas de papel moneda encendiéndose
por toda la ciudad, la gente de toda condición arrojando los bilimbiques al fuego, pero los pobres antes que los ricos, los pobres sin
duda alguna respecto a la falta de valor del papel que ya no servía ni
para estraza: el periódico de ayer, o una bolsa de papel manila, valían más que la billetiza circulante; ellos sabían mejor que los ricos
el valor del trueque, cómo armarlo y ofrecerse cosas como si fueran
regalos suntuosos y hacerlo todo a través de un ejército velocísimo,
los camioneros de la república. Cómo no se me ocurrió primero!,
Federico Robles Chacón se dio de cachetadas a sí mismo para des-
ahogar su muina y el estadígrafo oficial oyó ese claq-claq sadista y
prefirió permanecer escondido en el clóset, no le fuera a tocar a él,
sobre todo porque tampoco entendía qué cosa estaba ocurriendo y
no sólo en la ciudad sino en lo que quedaba del país todo entero.

Desde su oficina Federico Robles Chacón podía mirar a los extremos desesperados de la ciudad y repetirse la pesadilla que todo millonario, funcionario o no, y todo funcionario, millonario o sí, venía soñando obsesivamente desde hacía una década: en los extremos de la ciudad doliente, extremos del basurero de la ciudad perdida y los areneros y las cuevas y las casas de cartón de las ciudades sin nombre pero con millones de habitantes tan anónimos como su ciudad, en la ciudad mierda donde siete millones de animales y tres millones de seres humanos defecaban al aire libre para que treinta millones pudieran respirar el polvo de caca, un ejército de miserables esperaba la hora para marchar contra las ciudades centrales del poder y del dinero. Nadie esperaba una revolución agraria, a lo Zapata, nunca más; y sin embargo hubiera sido más fácil —le dijo el ministro Robles Chacón al presidente Paredes mientras éste jugaba distraídamente con un balero compuesto de un barril de petróleo y una torre perforadora— manipular a campesinos que a estas masas marginadas de la ciudad: el campesino tenía una historia, una cultura, se le conocían el pasado, las caras, las mañas; pero esta gente nueva no tenía historia, ni cultura, ni caras reconocibles: eran los olvidados y nadie nunca había tenido que pelear con ellos, manejarlos, derrotarlos haciéndolos creer que habían ganado, como a los agraristas de antes, qué vamos a hacer?

El Presidente se frustró porque su balero no fue a dar con el hoyito en el palo, sino contra su rodilla y quizás por eso dijo despreocupadamente: —Échenles a la tropa, para eso está el coronel Inclán.

—Ése es el último recurso, señor Presidente.

—Eso me dicen todos, suspiró, con el balero inánime entre las manos. Pero dígame nomás, señor Secretario, yo milité años y años en la oposición con el deseo secreto de ser Presidente y echarle la tropa a la gente cuando se me antojara, en vez de que me la echaran a mí. Ahora estoy aquí y me entero de que eso es "el último recurso", que debo evitarlo para no repetir un Tlatelolco o un Corpus Christi y hundirme. Mire nomás: soy del PAN, tengo que gobernar con los cuadros del PRI y no puedo ordenarle al ejército, "salgan a darles en la madre a esos cabrones". Dígame nomás, señor licenciado, vale la pena ser Presidente así?

—Señor Paredes, dijo Robles Chacón después de mirarlo largo tiempo con incredulidad severa.

—Sí?, dijo el Señor Presidente, alarmado de que alguien, sobre todo un secretario de Estado, no lo llamara "Señor Presidente".

—Nadie lo obligó a usted a ser Presidente, dijo el ministro, no concluyentemente, pero sí esperando una respuesta que nunca llegó, dándole así una victoria más.

3

Es que no tenían cara: tenían número, masa, etiquetas vagas; eran los locos liberados de los manicomios, eran bandas de eunucos llegados de Jalisco, eran desesperados llegados de Hidalgo, eran bufones llegados de Nuevo León y pícaros que tenían su origen en Puebla, sólo que ahora no los atraía el espejismo de la ciudad, el consumo, el trabajo fácil: ahora venían llamados por esa voz de macho que era capaz de decirles en miles de caseteras llevadas por los camioneros a todos los rincones del país:

HAY NACIÓN! ESTAMOS AQUÍ!
SOMOS LA NUEVA NACIÓN!
SEAMOS GLORIOSOS!
A LOS MACHOS NO NOS DA VERGÜENZA
REZAR POR LA PATRIA!

dándole a las cosas ternura material en la voz de la mujer y muchos pantalones a la ternura de los machos.

Sabes qué cosa?, le dijo Matamoros Moreno desde un principio a Concha ahora rebautizada para los efectos de la gran campaña con el sonoro nombre chileno de Galvarina Donoso: Sabes que en mi vida descubrí que ahora hay por primera vez un montón de pobres, un chingo de jodidos, que se detestan a sí mismos.

—No es para menos, le contestó Galvarina a Matamoros: Si no lo sabré yo, pucha la payasá, ya dejaron de creer que la rubia de catego de la cerveza los estaba esperando cuando llegaran a la ciudad, pué cómo no, al tirito, pucha Diego! Si estos cabros no son tan lesos!

—Eso mero, señora, usté siempre lo sabe todo y por eso la adoro y respeto: eso mero, le digo yo, y ahora póngamelo en música. Palabra que es usted muy de acá!

Que es lo que hacía Concha Toro al tirito, como decía ella, transformando las más áridas ideas políticas en rimas de bolero, canciones tarareables a lo largo de las rutas de México: por alto que esté el cielo en el mundo, por hondo que esté el mar profundo, no habrá una barrera en el mundo que nuestro amor profundo no rompa por la virgencita santa; sálvame, sálvame! así te lo pedimos una vez, sálvame! cuando vagábamos llenos de angustias y sufrimientos: ya no, mi ayatola, ya no, ayatola, lindísimo ayatola, gracias a tu mensaje ya no estoy tan sola!

Nadie sabía a ciencia cierta de dónde venían esas consignas, no era posible que los camioneros dispersos las hubieran inventado ellos solitos, pero por todas partes llegaron, alebrestaron, enojaron, dieron pausa, aumentaron la cólera, Huevo le contaba todo esto a mi mami cuando la visitaba sin perder nunca la esperanza: él era pelón y la esperanza no la pintan calva. El propio Huevo estaba harto de su nueva chamba que era la de promotor de Retratos Souvenir, o sea filmaciones habladas que el interesado se mandaba hacer de sí mismo en vida para luego poner en su tumba y poder así hablarle a sus descendientes. Bastaba oprimir un botón.

—La idea es genial, pero nadie quiere ya que quede ni siquiera un recuerdo de sí mismo. Ni el futuro difunto ni sus futuros deudos quieren sobrevivir en nada. Se odian demasiado.

—Pues cambia de negocio y ofréceles mejor el olvido total al morir. Oblivion, Nada, Néant, dijo mi madre.

—Un seguro de olvido!, exclamó Huevo: La gente se detesta.

(Mentira, nunca seré como ese galán del anuncio manejando su Meiji-Maserati, nunca me vestiré con ese saco de Bill Blass made in Hong Kong, nunca tomaré ese vuelo del Concorde a Tokio, nunca me caerán como moscas los cueros porque me pongo Yoyimbo en los sobacos, nunca me admitirán como miembro el Diner's Club, no me espera la Rubia de Categoría en los Indios Verdes cuando entre desde Pachuca en overoles y en busca del amor, la fortuna, la gloria en la ciudad: no es cierto exclamó el Huérfano Huerta mientras colocaba propaganda electoral en las bardas para la elección del 31 de agosto previa al informe presidencial al congreso el 1º de septiembre) (el Primer Mandatario Paredes había reunido todo el calendario electoral del año en dos días: votar en uno, aplaudir al siguiente y mientras tanto Concursos Nacionales para entretenernos y el Huérfano chambea pintando paredes para el presidente Paredes:)*

---

* El destino del presidente Jesús María y José Paredes puede leerse en la novela *El rey de México* o, *El que se mueve no sale en la fotografía.*

slogans que resumían la obsesiva filosofía de Chuchema: no debe haber ex presidentes, sino candidatos; el deber más importante de un presidente en 1992 es elegir a su sucesor y luego morir: lo creerá de veras? por eso anda tan moroso, tan desesperado a veces, tan taciturno, tan dado a jugar al balero o echarle las decisiones al ministro Robles o al coronel Inclán?

La gente se odia a sí misma porque nunca podrá ser lo que se le ha ofrecido, dijo también mi padre Ángel cuando huyó de la amenaza de la vagina indentada de Colasa Sánchez y se dio cuenta, tristemente, mediocremente, sin gloria alguna, de que se había quedado sin la miel y sin la jícara: pobre jefecito, ni Colasa, ni Penny, ni de perdida mi pobre jefa embarazada! El Huérfano Huerta pinta bardas y ello le aburre tanto que cae en el entretenido vicio de la memoria y se pregunta por su hermano, el Niño Perdido, ah qué risa, calamburea como para una canción que nunca se cantará: Niño Perdido, Campo de Cobre, Olivo Torcido, Pedorrito del Defe, Eddy Pito, Eddy Poe, Eddy Pies y se mira las patas rajadas, las patas quemadas desde chamaquito por andar, sin recuerdos, entre los basureros y los potreros de la ciudad: ónde ánda mí Máano? De repente, pintando bardas y en otra parte, con nombre inglés, Little Dorrit, Copperfield, Oliver Twist Again Like We Did Last Summer, dijo cimbrándose el Huérfano Huerta mientras pintaba las bardas.

Tiene la sensación de que lo rodean los fantasmas y él hace este trabajo mecánicamente mientras sueña. El Huérfano Huerta tiene una vasta sensación de estar rodeado de agua y cae, brocha en mano, en un vasto sueño líquido: la ciudad vuelve a flotar sobre su laguna, las barcas navegan plácidas por los canales, cargadas de flores, geranios y zempazúchiles y rosas silvestres, los ahuehuetes, árboles abuelos, prestan su sombra al caminante y los sauces mojan sus pañuelos verdes en los limpios lechos de los ríos: abre los ojos el Huérfano Huerta y mira el muro blanco, sin destino, frente a sus ojos abandonados: los lagos muertos, eso ve, los canales convertidos en sepulturas industriales, los ríos tatemados, una coraza ardiente de cemento y chapopote devorando lo que iba a proteger: el corazón de México.

El Huérfano Huerta, lleno de la cólera y la amargura acumulada en sus veinte años, araña el muro blanco, deja en él una huella herida, las uñas le sangran, la firma es de sangre: un signo en la pared limpia, un destino para mí y los míos, un arañazo en la limpia pared del destino, con un carajo!

Cae fulminado por la vejez un ahuehuete y mi padre levanta la mirada de su triste chamba ahora que no tiene ni mujer ni casa.

(—Yo sé azotar a los maricas —le mandó decir el abuelo con el Huérfano Huerta, que ni se parara por Génova, Ángeles tendría a su hijo, yo, el biznieto del general Palomar, el nieto de los científicos Diego e Isabel; me cuidaría mi bisabuela Susy, que ni se parara por allí mi padre, que se fuera a vivir el muy jotete con las señoritas Fagoaga, a ver pues) (Yo te recibiría con gusto, ya lo sabes, le dijo el tío Fernando Benítez, y no soy un fariseo, te lo digo con un dolor que me desvela y que quizás algún día comprendas y yo te pueda explicar: todavía no, la paciencia es un largo arte y tú, mi amiguito, eres un hablador, un poseur, un muchachito de mucha espuma y poca sustancia y en resumidas cuentas, un miserable; haz balance de tu vida antes de seguir adelante y verás que nada de lo que has hecho tiene gran peso, ni brilla por su talento, ni conmueve por su sinceridad. Ven a verme cuando decidas qué vas a hacer. Ahorita no pasas de ser un pobre diablo: el relajo no te llevó a la alegría revolucionaria, sino a la desesperación reaccionaria. Mira: lo más que puedo hacer es prestarte la vagoneta que nos regalaron los lugareños de Malinaltzin, ésa con medio altoparlante perdido que ustedes le pusieron la Van Gogh. Allí puedes vivir y moverte: es amplia y tiene de todo, como que fue acondicionada para el jefe político del PRI en la sierra de Guerrero. Ven por ella mañana a mi casa de Lerdo de Tejada. Yo me voy. En esta ciudad no hay salvación: la gente se odia demasiado a sí misma. Pídele a mi esposa Georgina el van; ella tiene las llaves; acaba de regresar de su comuna en China y te las dará. Te deseo puras cosas buenas, Angelito. Ojalá que todos salgamos bien de este remedo de apocalipsis: yo me voy a pasar un mes con los indios huicholes, porque para ver qué pasa cuando lo sagrado se mueve, prefiero verlo en su origen que en su desenlace. Después de todo, muchacho, lo sagrado es primero que nada la celebración del origen. Aquí lo único que vamos a ver es la fuerza disfrazada de religión. Entraremos al reino sagrado y pararemos en la administración de los sacerdotes. Lo único constante a través de todo esto se llama, Ángel, la sacralización de la violencia. Yo lo miraré todo desde el origen, en la montaña, con los indios de nuevo, para no perder mi perspectiva el día en que este apocalipsis se agote. Abur, sobrino!)

Mi padre se preguntó, desalentado, qué hacía en esta empresa turística donde ahora trabajaba, entre las ruinas de la Zona Rosa infestada de asaltantes, drogadictos, agentes de la CIA especializados en neutralizar izquierdistas centroamericanos y meseros sin chamba haciendo largas colas frente a los restoranes, qué hacía él, Ángel Palomar y Fagoaga, que según dicen tuvo ideas, imaginación, audacia, sentido del humor, capacidad erótica, hasta ternura, hasta amor, qué hacía ahora sentado aquí en un oscuro y dilapidado desván de la calle de Niza esquina con Hamburgo, dedicado a fabricar slogans mentirosos para hacerle creer a los turistas nacionales y extranjeros que en México todo se obtenía, que México era un centro cosmopolita, que México era una constelación de atracciones internacionales: mi padre inventado el día entero, solitario y aburrido y despreciándose a sí mismo que

      SINATRA!
      CONCIERTO DE DESPEDIDA EN EL
      CENTRO DE CONVENCIONES DE ACAPULCO
      EL 15 DE SEPTIEMBRE DE 1992
                    (Puras papas)

      AHORA SÍ, EN LA MERA TORRE!
      LA TOUR D'ARGENT ABRE SU ÚNICA
      SUCURSAL
      EN MÉXICO
      ADIVINE DÓNDE Y LE DAREMOS UN
      CARACOL
      AL MOJO DE AJO!
                    (Mentira)

      POR FIN, ZIPPERS QUE SÍ FUNCIONAN!
      PARA SUS PETACAS DE LUJO!
      NO VUELVA A SUFRIR CON LAS CREMALLERAS
      NACIONALES!

VISITE LA TIENDA DE MARK CROSS EN POLANCO:
ZIZ, ZIP, ZURRA!

(Falso)

mientras en las calles de la ciudad, atónita, ocurría lo que él previó vagamente, lo que él quiso poner en marcha, ahora sí iba en serio, no como el carnaval de Acapulco organizado por el gobierno haciéndole creer a Ángel y sus cuates que ellos, las marionetas, eran los actores.

Ahora Ángel escuchó ese rumor, rodando solo en el Van Gogh por la ciudad extrañamente sobrecogida, como en vísperas de un eclipse, agachada como los perros ante la proximidad husmeada de la muerte que sólo ellos ven —y ven por ello antes que nadie— en blanco y negro, los colores únicos del perro; apaleada y rencorosa ciudad: Ángel vio surgir entre todas las cosas (como dijo Ángeles, Ángeles mía, qué pendejo he sido, se atragantó el muy burro de Ángel) perdidas por prisa, pobreza e indiferencia: los signos de la novedad antigua; y repentinamente lo envolvió lo invisible. Todo lo que siempre había estado allí y también todo lo nuevo, reunidos al fin: el rugir de decenas de miles de camiones foráneos entrando de noche a la ciudad, de todos los rumbos, todos conducidos por esos hombres convencidos de que habían nacido para rodar y que hoy al fin su trabajo era su destino: escogidos para mover a un país entero y entrar así a la ciudad a la vanguardia de los desesperados y los desheredados de todas las barriadas: moviéndose al fin hacia el corazón de la ciudad, millones y millones de gentes sin rostro, sin futuro, sin nada que perder, mezclada su miseria de barrios sin nombre con la desesperación de los que todo lo perdieron, desempleados recientes, damnificados eternos de los terremotos, policías corridos por corruptos, guaruras sin oficio, guerreros y condotieros del futuro en busca de su oportunidad, todos detrás de los camiones iluminados, con los magnavoces a todo volumen:

A MÍ!
CON FE!
A CONQUISTAR A MÉXICO!
PARA LA FE!
PARA LA VIRGEN!
DESESPERADOS!

435

DESOCUPADOS!
HUMILLADOS!
SIN TECHO!
A MÍ!
CON LA MADRE SANTA!
A LOS PINOS!
A PALACIO!
AL PODER!
NADIE VENCE A LA NACIÓN GUADALUPANA!
TODOS JUNTOS!
A MÍ!
TÚ SIN CHAMBA!
TÚ SIN JUSTICIA!
TÚ SIN ESPERANZA!
A MÍ!

Los camioneros reunidos en la Central de Zoquiapan, su capital autónoma en Río Frío, repartiendo antorchas desde los camiones, un río de llamas bajando por Santa Fe al Paseo de la Reforma y desde Contreras al Pedregal y del Peñón de los Baños al Zócalo y luego desparramándose confusa, imprevisiblemente, por todas las direcciones de la ciudad vasta como una telaraña de insaciable curiosidad, arrasándolo todo en su camino, devorándolo todo, creando una enorme duda, inexpresada: esta turba creaba o destruía? limpiaba o devoraba? o es que había llegado el tiempo en que las dos funciones eran indistinguibles? Los supermercados, instintivamente los supermercados fueron las metas de la chusma, mi chusma guadalupana!, gritó el Ayatola Matamoros desde el toldo de su camión negro, con la cabeza amarrada por el paliacate evocador de curas martirizados, dolores de cabeza, chinacos bandoleros: santidad y muerte, suplicio y violencia brillaban al mismo tiempo en los ojos negros y los dientes blancos del Ayatola mexicano y su chusma invadía todos los supermercados de la ciudad, la recompensa inmediata: Kellogs les regalaba sus cornflakes y sus chocokrispis, Heinz su Ketchup y Campbell sus sopas, Lipton su té y Nestlé su café, Herdez sus moles y Coronado su cajeta, Adams sus chiclets y Delmonte sus chícharos, Clemente sus rajas e Ibarra su atún, Bimbo su pan y Mundet su Sidral, French su mostaza y Buitoni sus raviolis, como una pintura líquida de Andy Warhol se vaciaban los super entre las manos de las turbas de Matamoros: TODO ES DE USTEDES, TODO LES PERTENECE,

TODO LES FUE QUITADO, RECUPÉRENLO! LA VIRGEN LOS BENDICE! se
oyó la voz de casette que era la voz de la verdad, una voz presente
aunque estuviera grabada, una voz persuasiva, actual entre los pollos
arrebatados y los filetes puestos sobre los ojos de los pobres como el
paño de la Verónica sobre los ojos del Cristo y los huevos arrebatados con pasión, bamboleantes por un momento, estrellados en el
piso al siguiente: la voz de Matamoros parte del aire, la luz, la velocidad corrupta de la noche iluminada de mercurio en las galerías de
Aurrerá, SUMESA, Comercial Mexicana: como una pintura animada
de Warhol (y mi padre en medio de la fiesta del despojo era capaz,
manejando la vagoneta sin saber si lo que a él le ocurría era bueno o
malo, de pensar en mi madre, desearla a su lado, confesar que le hubiera gustado tenerla allí con él, mira que sacrificarte por la vanidad
de conquistarme a la Penny López y acabar chupado hasta el tuétano
por la Draculina de su mamá! ah si serás pendejo, Ángel Palomar y
Fagoaga: deseó solitario en la multitud tomar la mano de mi madre
Ángeles y pedirle perdón) y en cambio la mano fría que se agarró a
la suya correspondía a un rostro muy joven pero demacrado bajo las
luces fúnebres del supermercado, las ojeras de espanto, los huecos de
los cachetes sumidos, las comisuras acentuadas: y tenía sólo trece
años! Colasa Sánchez se agarró de la mano de mi padre en medio
del mitote del supermercado invadido y le imploró:

—Déjame ser tu novia otra vez.

—No, Colasa.

—Por favorcito.

—Francamente, aprecio demasiado mi Ricardito. No sabía
cuánto lo quería hasta que se topó con tu segunda dentadura, nena.

—Déjame ser tu tapete.

—Tapete de oso, y con dientes bien afilados.

—Tu perro. Déjame ser tu perro.

—Sí, pero chimuelo.

—Tu sombra nada más entre tu vida y mi vida.

—Muerdes, te digo! Peor que un policía! Mordelona!

—Sólo quiero adorarte. Déjame.

—Qué pasó? Creí que me odiabas.

—Sí, porque me mataste a mi gringo.

—Yo te maté a tu gringo?

—El altote güero guapísimo. Tú le echaste encima los coyotes. Ése sí que sabía cogerme, aunque fuera con un palo para que
no lo mordiera. Nomás le astillaba el palo.

—Ah, conque ése es el chiste?

—Cada quien mata pulgas a su manera.

—Pues aunque tú no me odies más, tu papacito sí. Pero ya te perdoné: peoresnada!

—Y quién te dice que yo no lo odio también?

—Tú por qué?

—Mírame, mi amor, mírame nomás: bien jodida. No me dio nada de lo que hace falta para casarme, ninguna dote: ni boletos de sónico, ni pasta de dientes, ni antena parabólica, nada! una novia desamparada, eso fui!

—Y castradora.

—Otras fueron devoradoras, dijo con voz de falsete la aburrida muchacha: —A otras les dijeron así y hasta las celebraron!

—Eran metáforas.

—Pues mira mi viejo, te noto bien solitario. No tienes que meterme nada, te lo prometo, ni foras ni metas. Hay otras maneras de hacernos felices. Déjame ser tu lapa. Déjame acompañarte. Palabra que no te va a pesar. Conozco a la gente. Conozco al país. Tú conoces mi defectito. Vamos a necesitarnos. No tenemos a naiden más!

Mi padre admitió estas razones y a pesar de lo que su buen juicio le indicaba, aceptó así la compañía de Colasa Sánchez en la revolución de esa noche y el porvenir inmediato. Era una manera de resignarse, pero acompañado.

4

Los paracaidistas del camino a Toluca hicieron sin pedir permiso un rodeo por las Lomas del Sol y se arrojaron contra las rejas de la mansión de Ulises López, queremos a la vieja!, gritaron, queremos a la vieja! y los guaruras de Ulises echaron bala, sorprendidos, cuando la reja cayó ante el embate pero al cabo la filosofía del buen guardaespaldas es a poco creen que voy a dar la vida por el patrón? y salieron corriendo mientras los paracaidistas gritaban fuego a la incendiaria, muerte a la asesina y adentro de la casa la sorpresa y la confusión dispersaron a todos: un olor de chamusquina ascendió hasta las narices del Superministro en su oficina y se dijo, ahora sí, lo que siempre temimos, y trató de preparar una frase convincente, una actitud digna, qué les diría?, qué haría, no podía esconderse, no sería un cobarde, pero podía ser a la vez valiente y listo? Ulises López se turbó profundamente; era el maestro de lo que no debía hacerse y su éxito político consistió en un no hacer disfrazado de acción a fin de encubrir su única actividad, que era acumular mucha lana: qué les iba a decir a estos pelados que subían gritando y con antorchas por su escalera espiral a la Guggenheim: oigan, yo sólo me apropié de lo superfluo, no de lo necesario, eso se los dejé a ustedes; oigan, yo también fui pobre como ustedes y ahora mírenme; no, eso no; no, tampoco aquello de soy un self made man, a mí nadie me dio una tortilla gratis; no: cómo les iba a explicar que en realidad él, Ulises López, su simpático millonario de Chilpancingo, en realidad no había hecho nada, todo esto que veían era pues, pues, pues algo así como la lotería, algo inmerecido, algo tan inesperado como un milagro, la contestación a un rezo; no, eso no servía (se acercaba el rumor) y nunca entenderían que su pasividad era más sutil, ejemplar y refinada: Ulises *llegó* a millonario y *llegó* a ministro sabiendo *cómo* no hacer las cosas y no *haciéndolas*, pero quién iba a perdonar esto?, quién iba a contestar su pregunta más secreta ahora que los puños golpeaban sobre la puerta de caoba, esas preguntas que lo acompañaron siempre, colgando sobre su cabeza como una benigna espada de Damocles: merezco ser admirado por los demás?, merezco que se me quiera?, acaso quiero y admiro yo a quienes me quieren y admiran? y la admirable puerta de caoba (gracias, mi arqui Diego Villaseñor!) no cedía ante los puños así que don Ulises tuvo tiempo, iba a decirles, ven ustedes, no hay contradicción entre los intereses públicos y privados, mis intereses son los intereses del pueblo, de la nación, de la patria! cuando vio espantado a las lanzas atravesar su puerta, eran las barras puntiagudas de la reja de su casa y ahora astillaban, con un mugido de mar detrás de cada embate, la fina madera.

Él les devolvería el chirrión por el palito: —Deténganse! No se necesitan garras para combatir a la mantequilla! Por mi despacho han pasado todos! Ellos me hicieron favores! Yo les hice favores! Qué quieren de mí? Todo es posible en la paz!

Desvariaba; pero cómo iba a responder cuando la puerta cayó, y Ulises López vio las caras detestadas, no pudo fingir, los odiaba, odiaba que fueran prietos, cochinos, apestosos, molachos, despeinados, resentidos, vengativos, espesos de entenderas, gruesos de carnes, cursis de vestimenta, jodidos de nacimiento, los odiaba y no iba a hacer nada para congraciarse con ellos, faltaba más, iba a gritar en el momento en que se arrojaron sobre él después de admirarlo un segundo y ver que era él, el de los posters y las calcomanías electorales y los noticieros de televisión: Ulises López, iba a gritar en el instante en que lo empalaron con las lanzas contra su librero entre las obras completas de Vilfredo Pareto y los discursos de campaña de Homero Fagoaga:

—¡Fui piraña y lo volveré a ser!

Arrastrado por la turba, obligado a descender del Van Gogh y unirse a ella, con Colasa agarrada a las colas de su camisa, atolondrado y atormentado y al cabo fascinado cuando se dio cuenta de dónde estaba, al pie de la escalera de caracol majestuosa y guggenhéimica de la familia López, mi padre la vio bajar: la muchedumbre con las picas y las antorchas en la mano se detuvo y Lucha Plancarte de López descendió tan majestuosa, por una vez, como su escalera, envuelta en su deshabillé color de rosa con sus boas ídem en los puños y el cuello y sus zapatos de tacón estilético y satín rosa y borlas en las puntas y una orquídea de oro al cuello y su bata bien fajada a la cintura y con las tetas como pitones, orgullosas, tauromáquicas para la embestida final, la última corrida y con el gato enfurruñado en brazos, el gato que le lamía la pelusa del mono: como Gloria Swanson en *Sunset Boulevard*, la misma crepuscular imagen de videocassetera vio mi padre en la dignidad enloquecida de Lucha López que había tomado por asalto los campamentos de paracaidistas en sus terrenos del camino de Toluca poniéndoles fuego y ahora se atrevía a enfrentar la retribución, el ojo por ojo, la venganza asiática de Hamurrabbi en plenas Lomas del Sol, en la alta fortaleza de su seguridad y confort: cruzó por un instante su mirada con la de mi padre que tan sabroso se la había cogido durante más de un mes aquí mismo y sólo entonces pareció flaquear doña Lucha, pero en su mirada mi padre no vio sino fugazmente la nostalgia del placer, y en cambio como una permanencia, como una añoranza que se hacía actual por segundos, sí vio una avenida pueblerina sombreada de pinos y rodeada de casas blancas, zócalos tranquilos y montañas frescas: Chilpancingo, Chilpancingo llevaba con dignidad a Lucha Plancarte de López a la muerte, quizá sólo esta hora de dignidad tuvo en su vida y Ángel mi padre se tapó la mirada cuando le prendieron fuego a las boas y al satín y Colasa Sánchez, a su lado, le abrazó la cintura y se soltó chillando. El gato malencarado chilló también y saltó ardiendo lejos de su ama.

Nada prohibió al Ayatola: nunca se habló de prohibiciones; prohibido prohibir, igual que en los mayos parisinos, y ahora él iba a dar la prueba aquí mismo, en casa del superministro Ulises López y su esposa Lucha Plancarte de/ y su hijita la princesa fresa Penélope López, le abrieron paso todos, entre el cadáver empalado de Ulises y el cadáver achicharrado de Lucha y él entonaba sagrada ritualmente, aconsejado y entrenado por su pigmaliónica chilena Concha Toro, Galvarina Donoso ahora llamada:

—Liberados el tiempo! Liberados del cuerpo! Qué pasa si se les deja libres, hermanos y hermanas? Qué harán de su tiempo? Qué harán de sus cuerpos?

No vio a Ángel pero en la casa devastada de Ulises López todo ocurría simultáneamente, teatro en redondo, teatro sin candilejas, teatro y su doble, por la misma escalera de la muerte apareció el chef de lujo Medoc D'Aubuisson con un gorro frigio y una camisa rasgada, cantando La Carmagnole a toda voz, Ça ira, Ça ira, les aristocrates à la lanterne, pero aquí nadie sabía francés ni había oído hablar de la Bastilla, de modo que le dieron pamba y junto a mi padre una mano conocida le jaló de la manga, y mi padre volteó entre la multitud; no era ya Colasa desplazada, desaparecida, tragada por la marea, era Homero Fagoaga!, Homero Fagoaga vivo, vestido extrañamente, con un gorro de cascabeles y una gola que a mi padre le hizo pensar rápidamente en su preferido, olvidado poeta Quevedo,

> Al agua nadadores,
> nadadores al agua
> Tiburón afeitado
> anda por esas plazas

y luego una toga romana enfundando el cuerpo sólo ligeramente adelgazado, como si la muerte misma apenas pudiera arrebatarle cinco kilos, no más, el fantasmagórico tío Homero, mi azote! mi némesis! mi desmadre!, gimió aterrado Ángel Palomar buscando siquiera el apoyo de Colasa Sánchez en medio de la turba desbordada ahora, con furia destructiva, sobre los jardines, la piscina en forma del mapa de los USA donde decenas de gentes orinaban aumentando los mares con su llanto, la pista para galgos que fueron soltados y admirados, comparados con los perros bastardos de las barriadas mexicanas, arrastrando tetas, capados, tiñosos, enredados en su mugre y su enfermedad y sus ojos infinitamente legañosos, y en consecuencia detestados, pinches canijos, han de comer mejor que uno, echénles gasolina, dénles fuego, ya vivieron mejor que uno, mátenlos! y en llamas los galgos por un instinto extraño siguieron corriendo por la pista, fuegos fatuos y hocicos de humo, ladrando hasta morir:

—Hierba mala nunca muere, eh ínclito sobrino?, como dijera o dijese en ascendente ocasión la Doncella de Orléans a la que le fue mejor que a tu deseada princesita Penny, jajaja, mira al Ayatola? Lo recuerdas? Lo recuerdas en la salida de Malinaltzin? Recuerdas cómo nos apaleó? Recuerdas cómo se cogió a tu mujer embarazada? Jajaja —reía Homero de una manera nueva, profesional, festiva, como si éste fuese su nuevo papel: el de reidor—. Te falta ver algo! Yo se lo metí en la cabeza a Nuestro Guía!

El Ayatola? Nuestro Guía? Su compañero de escuela Matamoros Moreno? Hasta dónde podía llegar un escritor frustrado en México? No había muerto pues el tío Homero cayéndose desde el balcón de su pendejaus por obra y gracia del tío Fernando?

—Dile a ese petiso cegatón y muerto de hambre que hace falta algo más que un sustituto de seudobrujo mazateco para acabar con Homero Fagoaga Labastida Pacheco y Montes de Oca!, dijo Homero señalándose con un dedo de eterno grosor salchicha, despojando para siempre a su sobrino de la ilusión de que se las había con un espectro similar a su difunto tío: —El destino es más inesperado que cualquier lógica, más cabrón que la mismísima suerte, y más ancho que cualquier vida individual, proclamó ahora con el trasfondo de los galgos corriendo incendiados: óyeme y atrévete a desmentirme: debajito de mi edificio de apartamentos, en el potrero, se había instalado una feria y en la feria había un circo y el circo tenía un toldo que amortiguó primero mi caída y, rasgándose, me depositó agitada aunque salvadoramente en una red flexible y retozona de acróbata, y allí reboté un buen minuto y medio, cual Dios me trajo al mundo o sea en pelópidas mi distinguido aunque algo menguado sobrinito, y el público rió, aplaudió y de tal manera me celebró que el dueño del circo, un tal Bubble Gómez, albino ex chofer de camión cuya ilusión era ser propietario de circo, contratome ipso facto, como dijese Lana Turner, la jamás olvidada starlett al ser descubierta en marmórea fuente de sodas ingiriendo empalagoso ice cream soda de cereza y enfundada en ceñido jersey, introdújome con sus patrones el Ayatola Matamoros y la cantante Concha Toro ahora convertida en Galvarina Donoso de chilena y aristocrática cuna como acostumbraba invocar ese loco geógrafo don Benjamín Subercaseaux en salitreras noches de cueca y copihues, como dijese a su vez...

—Y esas fachas?, recuperó la palabra mi padre: —Parece usted un Rigoletto de quinta.

—Momo!, exclamó el tío Homero. Soy el Rey Momo de este carnaval estupendo!

—Estupendo? Le han vaciado los supermercados donde vendía usted sus venenosos babyfoods! Lo han arruinado, viejo nalgón!

—Ahahah, tus insultos, cuidadito, rió Homero Fagoaga advirtiendo magistralmente con su dedo de salchicha: —No está el horno para esos bollos y trata de traducir y exportar ese proverbio, rió cada vez más a gusto.

—My oven is no place for your muffins.

—Quiero decir: bien valen todos los sacrificios! Mis protectores me han proclamado rey de la risa!

—Rey de burlas, pendejo.

—Como gustes, Angelito: pero mi cetro es real en una revolución, al fin, carnavalesca, una revolución de risa loca, por fin, mi anárquico pero idiotita néfiu, por fin! una revolución mexicana horizontal, todo para todos y todos para todo, aquí en el país del vertical imperio azteca seguido por el vertical imperio español seguido por la vertical república centralizada y patrimonialista y piramidal, mira, mira, mira sobrinito ciego, la inversión de la pirámide, la inversión de la jerarquía —rió a grandes carcajadas Homero Fagoaga empujando todo el tiempo a mi padre hacia la réplica del primer piso de Bloomingdale's donde la turba santa tocaba todo sin entender qué eran esas cosas nunca vistas, jamás soñadas, perfumes y más perfumes, Estée Lauder a Givenchy a Togoaroma, vestidos y más vestidos, St. Laurent a Valentino a Cio Cio Sanel, ropa para la equitación y la cacería en África y el veleo en Cape Cod y el alpinismo en Tibet y espermaticidas vaginales con color olor sabor de fresa, uva, algarrobo, camelia, cereza. Cómo se usa, cómo se usa, cuándo, para qué: pasaron junto a la furia destructiva que lo rompió y quemó todo en el santuario personal de Penny, donde Penny dejaba de parecer monja y empezaba a parecer puta, pero dónde estaba Penny a todo esto?

—La inversión de la jerarquía!, rió Homero Fagoaga disfrazado de Rey de la Risa, Príncipe de la Comedia, Káiser de la Karkajada, Zar de la Zarambulla y Emperador de la Empanada: —Ah, qué risa, pero qué risa loca! Pensar que empezaron conmigo, ustedes empezaron conmigo, sobrinito, tú y tus naquitos mugrosos y tu mujercita embarazada bien fornicada por mi Guía Luminoso, empezaron por burlarse de mí, naranjas, peras y higos, cómo no, jajaja, vidrios de aumento, Shogun Limusin, te acuerdas?, baños de gelatina, todo se vale para reírse de Homero Fagoaga, chinos sadistas y colleras de vaca y corcholatas en mi postre, cómo no, la muerte de mi Tomasito, hasta eso, la destrucción de mi campaña electoral, mi humillación por el roto andrajoso de Benítez, ja!, triunfan mis genes y no sus hegels, ni tus gelatinas: ríanse de mí ahora, pendejos, ríanse del Rey de la Risa y la inversión de jerarquías y mira bien delante de ti, dilecto sobrino, mira bien y recuerda que

FAGOAGA NUNCA PIERDE
Y LO QUE PIERDE LO ARRANCA!

5

Todos los gestos los ensayó Matamoros Moreno ante el espejo del camerino de Concha Toro; la cantante transformó el gesto en rito enseñándole cómo mirar a los demás, levantar un brazo, o los dos, avanzar un paso y detenerse dramáticamente, sonreír, echar para atrás la cabeza, encolerizarse, hablar, callar; los extremos del orgullo y la humildad vencida fueron repetidos por Matamoros ante ese espejo donde Concha Toro se lavó de sus propias frustraciones histriónicas. Sólo que poco a poco Matamoros Moreno, quien en la compañía de la chilena había descubierto un amor sorpresivo, lleno de detalles y hasta de refinamientos (hasta de secretos) que él no conocía, fue más allá del gesto y el ritual para llegar al convencimiento íntimo de que esto que él hacía —todo lo que hacía afuera, para el público, para los seguidores— era la manifestación de lo que él era adentro: solitario, había guardado una potencia que sólo ahora se manifestaba. Sus encuentros sexuales agradecidos con Concha-Dolly-María Inez (que ella agradecía, cincuentona, aún más) le revelaban a Matamoros su energía en reserva, oscura y ciega hasta entonces, que sólo ahora brotaba pero con la condición de creer en lo que decía: el Ayatola Matamoros tenía que hablar, moverse, dejarse ver con una fe total en lo que decía, en lo que movía, en lo que veía. Iba a decirles a las masas que lo siguiesen que la fe es la fe: ni se prueba ni se insulta ni se somete a juicio ni se encarcela. Que pensaran esto por lo que pudiese ocurrir, dijo durante las semanas precipitadas y secretas en las que reunió a los halcones echados a volar desde su última hazaña en el lejanísimo 1971, a los policías desbandados desde las remotas épocas de la renovación moral, a los guaruras sin empleo por el éxodo de los ricos a Houston, Miami, Los Ángeles, incluso a esa hez él debía convencerla de que ahora se actuaba con fe, que hasta un policía o un guardaespaldas adicto al movimiento tenían que hacer lo que hacían por algo más de lo que jamás habían hecho: igual que los pepenadores y los tragafuegos, igual que los mendigos y los paracaidistas, todos debían buscar y sentir lo mismo:

"Por qué me siguen? Por ser nuevos. Por salvarse a sí mismos. Por tener buena o mala suerte con tal de tener un destino. Ya no vegeten más!"

Tenía que creerlo él mismo para que lo creyeran los demás: esto es lo que aprendió en los recovecos amorosos de la mamasota chilena tan sabia y cachonda y reveladora de los secretos sexuales que el brutal Matamoros nunca había practicado y ahora encontraba, en brazos de la chilena, la realización más absoluta de todo lo que escribió y quiso dar a conocer a través de ese condiscípulo traidor, Ángel Palomar y Fagoaga, a quien el Matamoros éste se la tenía sentenciada, nomás que gota a gota, como en los suplicios, ya se cogió a la vieja de Palomar, ya apaleó a la parentela de Palomar, ya se la metió al propio Palomar, nomás que supiera algo de tamaños y grosores y pesadillas que se vuelven realidad, nomás, segurísimo Matamoros de que si él cumplía hasta el fin su propio destino, paso a paso, ese destino incluía dos cosas: la venganza total contra Ángel Palomar que le pintó un violín y dio al traste con sus ambiciones literarias, y la prueba ante el mundo de que él, Matamoros Moreno, valía más que el otro, Ángel Palomar: la prueba iba a ser que a Matamoros lo iban a seguir las gentes y a Palomar no; le iban a creer las gentes y a Palomar no; lo iban a soñar las gentes y a Palomar no; lo iban a querer y a odiar las gentes y a Palomar no: Matamoros Moreno no se vino temblando en la boca de Concha Toro porque a él le tenían que creer y lo tenían que seguir pero en el momento de vaciarle el chuño entre los dientes a la chilena (pensando en su hijita Colasa como contrapunto negro del acto actual, sueño del acto: padre e hija) en ese instante se dijo que nadie creería en él ni lo seguiría si primero él no creía en sí y se seguía a sí... Matamoros seguido de Matamoros: el demonio de la esperanza movería al mundo, acompañado de sus acólitos la pasión y la ambición, sólo si en este momento Matamoros Moreno se daba cuenta (se dio: cedió) de que "tengo a otro hombre enterrado dentro de mí, ay mamacita linda, había otro hombre dentro de mí y yo lo sabía, por qué no me avisaste, mamacita, a poco ya no me quieres?"

A partir de ese orgasmo de adentro y de afuera, Matamoros Moreno pudo decir lo que quiso y convenció a todos los vagos, los lumpens, los deformes, los locos, los guaruras y policías, los grupis de los conjuntos de rockaztec, a todo el mundo lo supo convencer, a los intelectuales, a las amas de Casa, al Jipi Toltec y al Huérfano Huerta y hasta a la Niña Ba que dejó a Huevo en compañía de mi madre y se fue a seguir al Ayatola. Y yo qué, nenita, ya no me quieres tú tampoco?

—No se les pudra el odio'dentro. Muévanse. Miren pa'llá. Vean la suidá. Es de ustedes.

—El héroe mexicano no es proletario ni comunista, es guadalupano y en mi mano, mano, late un poder que no es de izquierda ni de derecha sino revelador de mi propia nat, natch.

—Ya no te angusties. Únete mejor.

—No sirve de nada enterrarse puñales. Muévete.

—No te odies. Mejor odia. Mira esa casa. Mira esa tienda. Mira ese coche. Por qué no son tuyos? De ti depende. Cógelos!

—Benditos sean los que han visitado al mundo en sus momentos fatales!

—México debe ahogarse en el océano de la confusión para renacer en la playa de la esperanza.

—Quiero un mundo en el que la oración se vuelva realidad! Ven conmigo, viejecita, reza caminando, reza.

Le creyeron todo porque él se lo creyó: acostado con Concha, él dejó que el otro lo penetrara mientras él penetraba a la mujer. Su cuerpo resiste. Su cuerpo le dice que se va volver loco para que salga de él el otro hombre que lo habita. Él resiste: su piel ha sido siempre la suya, no había nada detrás, nada más adentro. Sí: otro hombre sale de adentro de él pero el cuerpo resiste y la mente resiste todavía más: No vas a ser un santo, vas a ser un criminal y un loco. Pero el otro hombre ya es su espíritu. No se dio cuenta de que el espíritu dentro de él también tenía un cuerpo. Al cuerpo del otro esto no le importó: se alimentó del ambiente, de la tensión, del miedo, de la frustración, del desprecio de sí, de la desilusión: todo esto alimentó al espíritu del otro dentro de él y lo más chistoso es que transformó todas las tensiones malas en tensiones buenas. En las largas noches de cabaret y sexo con Concha Toro, preparando después del placer de la música y el amor las casettes que Colasa, diligentísima, animada (acaso más que su padre) por la venganza contra el currutaco de Ángel Palomar (objeto de odios terribles me has resultado, padre mío) llevaba muy de mañana a la Central Camionera desde donde se desparramaban por todo lo que quedaba de la H. República Mexicana, la tensión del resentimiento, la frustración, la joda colosal de México y los mexicanos humillados y dados a la desgracia desde que nacieron hasta que se murieron, se fue transformando en pasión, sueño, esperanza, movimiento. Sólo una cosa permaneció idéntica: el espíritu se mueve gracias a la tensión ambiente: quiere la catástrofe.

Matamoros Moreno dejó que el otro saliera para unirse a él en cuerpo y alma. Así nació el Ayatola Matamoros.

Nació para impresionar y derrotar a mi derrotado e insignificante padre Ángel Palomar. Viejo querido, qué te ha pasado? Por qué ya no compartimos la imaginación tú y yo? Cuándo vamos a juntarnos otra vez, viejo de mi alma?

Así arrastró a todos en su pasiónesperanza.

Ese mismo hombre, fuera lo que fuera y como fuera, estaba ahora en un espacio brillante de luces y reflejos de plata y cristal deteniendo a una muchacha sobre el mostrador de perfumes de una réplica de Bloomingdale's viéndose reflejado en los mil espejos y los mil ojos de esa noche. Este ritual se esperaba de él, el guía espiritual era el guía carnal, la revolución no exaltaba el espíritu a costa de la carne: el sexo era parte de la pasión y la esperanza de la revolución para todos en la que todos los deseos de los mexicanos perennemente frustrados iban a cumplirse gloriosamente: cogerse a la hija del patrón! chingarse a la princesita inalcanzable! metérsela a la hija de don Ulises López! acercar de un golpe feroz y vibrante lo imposible a lo posible!: Matamoros Moreno se debía y le debía *esto* a cuantos lo miraban esa noche de agosto en Lomas del Sol: quitarse la capa, desabotonarse la bragueta, sacar la rigurosa y acercarla a las piernas abiertas de la fresa princesa quien lograba murmurar al borde de la idiotez sordomuda que la acogería de allí en adelante:

—Mírame y no me toques. Eres feo, pobre y naco. No soy para ti.

Ese *no soy para ti* era la clave murmurada y recogida por todos que a todos los hacía participar vicariamente del placer de Matamoros que se fue transformando ante la alegría de todos en el placer de Penny que empezó a gritar más, más, más, no me la saques, no te vengas, espérame, más, más, más, mirando ella y el guía luminoso a mi padre, la burla terrible ensartada como garfios, es la mirada de mi padre abrazado sólo por el tío Homero Fagoaga, carcajeante: un pene para Penny!

6

El coronel Inclán se llevó los dedos nudosos como raíces de ahuehuete a los ojos, amenazándonos con algo que ninguno había visto jamás: su mirada verdadera detrás de los negrísimos espejuelos. Ni el señor secretario Federico Robles Chacón ni el señor presidente Jesús María y José Paredes habían visto nunca los ojos del coronel Inclán y los dos temblaron un poco ante esa amenaza. Era sólo eso y el coronel lo sabía. Sonrió como calavera y dejó caer la mano, crispada: *Si no ahora, cuándo?* No le había dicho él mismo al señor Presidente en la terraza del castillo que todavía no? Pues ahora todavía sí! Los pinches guaruras no servían para un carajo, todos habían huido o se habían unido al tarambana o cocacola o como se llamara el milagrero éste, pero a él le habían matado a su mejor gente, había policías colgados de los postes de la luz, con mil carajos!, hasta dónde pensaban dejar que esto siguiera antes de echar bala, hasta dónde, Señor Presidente, hasta dónde?

Se miraron feo el coronel Inclán y Federico Robles Chacón, éste dijo tranquilamente que su generación creció entre un reguero de crímenes impunes que minaron lo mismo que pretendían fortalecer: el estado mexicano, el partido de la revolución, la clase obrera controlada: el señor Presidente, el PRI, la CTM, a todas se les fue haciendo polvo la imagen y se les fue haciendo avena el poder por la memoria del dos de octubre de 1968, cuando cayeron los jóvenes de Tlatelolco, o del Jueves de Corpus de 1972, cuando volvieron a caer en el Puente de Alvarado, o del 10 de mayo de 1990, cuando la huelga de las madrecitas mexicanas fue disuelta a bala indiscriminada en la batalla de Perisur: todo esto se pagó, dijo Robles, porque el sistema ya no supo hacer con la oposición lo que siempre supo hacer antes: cooptarla e integrarla al sistema. Los fracasos costaron muy caro porque debilitaron por dentro y por fuera: la patria mutilada fue el precio de la incapacidad política interna, no de la capacidad diplomática externa.

—Usté tiene mucha labia y es muy cerebroso, dijo el coronel, pero yo quiero saber qué debo hacer con mis ametralladoras ora que sí se vale usarlas.

—Usted tráigame capturado al Matamoros ése, dijo Robles Chacón.

—Qué vas a hacer, hijo? exclamó el presidente Chuchuema, que en Federico junior veía la resurrección de Federico senior que inició a Paredes en su carrera política y financiera allá por los cuarentas.

Fue Inclán el que contestó: —Yo le traigo a su loco y, por mi parte, yo me voy a meter a la cama abrazado a la almohada donde reposó por última vez su cabeza mi mamacita antes de morir, que Dios la tenga en su cielo. Está bien: calma, señores y nos amanecemos. Lo consultaré con la almohada, como se dice. Pero…

Ominosamente se retiró el coronel y Federico le insistió al Presidente. Hay que interrumpir la cadena del crimen: necesitamos imaginación y memoria. Yo ofrecí un símbolo como sacramento entre el recuerdo y la esperanza, le dijo Robles al Presidente: la pareja salvadora? Qué le parece, Señor Presidente? No ganamos ya la partida en Acapulco cuando esos chamaquitos pendejos nos sacaron del fuego las castañas de la crisis política en Guerrero y acabamos con el poder de Ulises López que Dios tenga en su gloria igual que a la madrecita del coronel? Las noticias viajan. El poder permanece. O debe permanecer, Señor Presidente, cuidadito. Ésta es la vencida.

Salió Inclán. Se quedaron solos Robles Chacón y el Presidente. No hablaron un largo rato y luego el ministro dijo esto: —No sé si me entienda usted, señor, y francamente ya no me importa. Me hace falta hablar. Me hace falta decir cosas. Una cosa sobre todo, señor. Hace casi siete años yo fui un joven voluntario durante el temblor del 19 de septiembre. No hubo necesidad de PRI o Presidente o lo que fuera. Nos organizamos casi instintivamente, quiero decir, todos los jóvenes del barrio, de varias zonas. Tomamos combis, motonetas, vans, camionetas, lo que encontramos, palas, picos, vendas, hasta hubo uno que se nos unió con su botellita de mercurocromo. Qué nos movió ese día? El sentido de solidaridad, lo humanitario, la necesidad de salvar a los nuestros. Darnos cuenta de que los demás eran nuestros! Me entiende usted, señor? El prójimo esa mañana era mío. El otro era yo. Rebasamos a las instituciones. Pero una vez que pasó el momento heroico, volvimos a preguntarnos: Qué nos movió ese día? Y nuestra respuesta fue otra. Nos movimos porque éramos una generación de mexicanos educados, cuarenta años de educación, de leer, ver cine, hablar con el mundo, estudiar la historia de México, lo que usted guste y mande; todo eso se manifestó esa mañana del dolor. La sociedad civil rebasó al Estado. Pero fue el Estado el que creó a la sociedad civil. Éste es nuestro *conundrum* político, señor. Le debemos demasiado a la revolución para sustituirla, por vieja y apestosa y fea que se nos haya puesto, por la aventura, la nada, el riesgo. Dicen que el sistema me recuperó. Fui un voluntario enfrentado a lo que se juzgaba como la desorganización de un gobierno timorato y sin imaginación. Hoy soy secretario de Estado de un gobierno ni mejor ni peor que todos los demás: el suyo. Nuestro país es una historia de juventudes frustradas. Por eso es, a pesar de todo, un país maduro: un país corrupto. Y sin embargo, señor, por más que me justifique honestamente ante usted porque usted me oye con paciencia, señor, porque fue amigo de mi padre, quiero decirle que lo único bueno que hice en mi vida lo hice aquella mañana del terremoto. Cambiaría todo mi poder de hoy por la satisfacción de escarbar en una montaña de escombros y rescatar a una niña enterrada allí, viva después de una semana de nacer.

7

Fue esto lo que le dijo, con otras palabras, el ministro Federico Robles Chacón al Ayatola Matamoros Moreno cuando se lo trajeron a su oficina en el crucero de Insurgentes, Nuevo León y el Viaducto:

—De ti depende que la muerte se aplace y en cambio el destino tenga lugar. Mira, santero, no eres el primero de tu línea, ni te lo andes creyendo, y todos terminan igual. Abre los ojos: anuncias un paraíso y llega el infierno.

Matamoros lo miró con esa mirada carbonizante, de diamante negro, que tan efectiva le resultaba en público. Pero el razonable Robles Chacón decidió que peor era la mirada cinematográfica de Bela Lugosi: Dráculas a mí! Y sin embargo no quería reírse de él; Federico Robles Chacón no se reía de los vencidos, sobre todo cuando todavía mandaban sobre una turba suelta por toda la ciudad y para qué alegar con él? Lo que el Ayatola mexicano tenía que comprender era que la sorpresa de su movimiento ya había pasado, la fiesta instantánea ya había concluido, la familia López, ejemplarmente, había sido asesinada en nombre de todas las familias de funcionarios enriquecidos en los últimos setenta años.

Los policías que debían ser colgados colgados estaban.

Los super que debían ser saqueados saqueados estaban.

El instante del permiso había concluido y ahora —señaló el ministro la extensión de la ciudad desde su ventanal— ahora mira santero y no te hagas guaje: vuelan cinco helicópteros sobre tus turbas divinas, cada helicóptero tiene dos ametralladoras, los batallones élite de la guardia presidencial ya están apostados en cada esquina, rodean cada plaza, montan guardia en cada azotea con sus M-14 entre las manos: mira lo que puede durar una insurrección en México, santero! Pero has despertado al México bronco y lo que yo te ofrezco es la gloria útil a cambio de la muerte inútil. Mira, santero, te propongo una cosa: vamos jugando al toma y daca: yo te doy algo, tú me das algo, zas? Qué quieres?

Que cuántos chances le daba, preguntó el Ayatola tiznado por los fuegos, pero sonriendo como idiota, con esos dientes de mazorca, atado a quién sabe qué atavismos de la fábula.

Tres, sonrió con mucho menos carisma pero con gran astucia el secretario de Estado.

Que salga todo el gabinete a recorrer las calles, del Zócalo a la Villa, cargando cada ministro una cruz y cantando el Alabado.

Concedido, dijo Robles Chacón. Tú en cambio vas a usar a tu gente para secuestrar a todos los sacadólares hasta que devuelvan los trescientos mil millones de dólares que se llevaron de México de 1975 a la fecha. Lo dijo simpáticamente.

De acuerdo, masculló Matamoros Moreno, con una mirada ladina, un gesto de una cazurrería que la chilena María Inez, Dolly, Concha, Galvarina, le hubiese prohibido de estar allí a su lado, peligroso, mi amor, no te excedas, no estires tan lejos tu suerte, pucha la payasá, que… Pero el Ayatola había dejado ya que el otro hombre que traía adentro se abriera paso y cumpliera su destino. Ese hombre era él pero era otro, aunque Matamoros no hubiera sido el Ayatola mexicano sin ese otro hombre y su destino. Se miró por un instante veloz desde afuera, como él visto por otro, y no pudo ver a dos hombres, sólo a uno, aunque sí pudo mirar un destino más ancho que el que parecían depararle las circunstancias antes de esto: él era un huérfano, y eso ya era tener un destino a medias o destino cual ninguno, se dijo Matamoros, no conocía ni a su papá ni a su mamá, conocía el asilo, conocía la beca, conocía la escuela Héroes del Ochenta y Dos, conocía su vocación literaria frustrada, conocía sus tempranos amores con una mujer anónima como él (ya no recordaba su cara) en un lugar oscuro y la mujer siempre a oscuras diciendo no me veas, no me veas nunca, o dejo de excitarme: una mujer intensamente anónima, no, aquí no va a haber revelación melodramática, Colasa Sánchez es hija de Anónima Sánchez, Nadie, Nobody, Personne, la Hija de Sánchez, con ella nadie tuvo una hija, supo siempre que la niña sería de él y con él, un joven padre garañón a los quince años, un escritor frustrado por la envidia del currutaco de Ángel Palomar, un hombre alucinado por el mito como sustituto inmediato de la imaginación. El mito es la imaginación pretá-porté, como decía chistosamente su novia la chilena: la imaginación de la tribu. La encarnaba su hija Colasa, no era una fantasía, los mitos vivían y Colasa tenía la vagina indentada. Había que convertirla de minusválida en plusvalía política y económica, hacer una fortuna con eso. No fue así, pero sin duda ello es lo que iluminó la imaginación de Matamoros Moreno, desde un cerro de Acapulco vio la destrucción anárquica del puerto y le dijo a Colasa: "Así no, así no." Los mitos eran otros, no la anarquía sino el orden, el deseo de orden, moralidad, saber a qué atenerse, entender que las tradiciones más antiguas eran las únicas que habían sobrevivido y podían reunir a este pueblo y hacer que se sintiera querido, atendido, respetado, centro de su historia: recorriendo el país con su cuadrilla de trabajadores, reducido él a esto en el país sin orientación de los noventas, cuando cada cual jalaba por su lado y trataba de sobrevivir, un día aquí, otro allá, merolico o albañil, qué más da con tal de comer hoy y mañana quién sabe?

Matamoros Moreno miró fijamente con sus ojos terribles a Federico Robles Chacón a quien esa mirada le hacía temblar menos que la carcajada del monje loco y sintió a sus espaldas a esa masa de gente reunida, alterada, furiosa, en el cruce de avenidas a los pies de la SEPAFU, bajo la interminable lluvia ácida, en la mañana que parecía siempre, ahora, atardecer y le dijo lo que tenía que decirle para llevar su destino un paso más allá, un paso adelante. Siempre había que dar un paso hacia adelante para cumplir el destino duplicado, completo, que era el de Matamoros Moreno el huérfano jodidito que había puesto de pie el huevo de Colón: Ciento treinta millones de mexicanos son católicos, no son comunistas ni priístas no panistas sino guadalupanos y los habían seguido millares de gentes que sólo esperaban que alguien les dijera eso y los encabezara.

Federico Robles Chacón miró a su contrincante (no se atrevió a pensar en él como su prisionero: México no era Jerusalén ni este hombre el Nazareno ni el señor licenciado, válgame Dios!, un Poncio Pilatos) y trató de leer su pensamiento, de adivinar sus sentimientos en ese instante en que esperaba la segunda petición del Ayatola mexicano que había invadido e interrumpido con su cruzada de los marginados y su sacralización de la violencia (cuántas veces la habría practicado en privado, contra otros, en una carretera, en un patio de escuela, en una cantina, para saberse capaz de tanta violencia primero y luego, sólo más tarde, de hacerla sagrada?) el proyecto de simbolización nacional de Robles Chacón, la elaboración en gabinete de una forma simbólica que sustituyese la necesidad de la represión, sublimándola. Federico Robles Chacón inventó a Mamadoc para unir al pueblo con su madre simbólica y descartar la necesidad de la represión para contestar a la insatisfacción. Federico Robles Chacón creía profundamente en la capacidad de una minoría ilustrada para gobernar a México. No se hacía ilusiones, lo poco que este país había alcanzado lo había alcanzado gracias a una serie de élites que habían marcado el alto, sometido o derrotado a las mayorías salvajes, sin cauce, bárbaras, que cuando triunfaban imponían a minorías tan oscurantistas y brutas como ellas mismas: el fantasma anárquico de Santa Anna, el héroe de la chusma, gallero, galán, garañón, convertido en dictador plebeyo, zafio, grotesco, entreguista, recorría la historia de México como una advertencia que constantemente se tomaba en cuenta: impedir la llegada al poder de la plebe, por noble que pareciese, Zapata o Villa, para impedir su santanazo en segunda generación. Minorías ilustradas, siempre, de izquierda o de derecha, conservadoras o liberales, Lucas Alamán o el doctor Mora, los hombres de la Reforma: minoría liberal; los hombres del Porfiriato: minoría científica; los hombres de la Revolución: meritocracia más amplia que las anteriores, más porosa, más permeable: Robles Chacón y su padre, peones, sí, en otros siglos, atados a la deuda campesina, la hacienda y el fuete, sí, de haber nacido en 1700, en 1800, en... Pero nacieron con la Revolución, la hicieron, la heredaron y gobernaron en vez de ser gobernados. A costa de convertirse en minoría ilustrada. Nunca hubieran gobernado como mayoría anárquica.

Y ahora, históricamente, aquí tenía enfrente y abajo de él a la gleba resurrecta, otra vez en movimiento. No la primera vez, recordó Robles Chacón, ni la primera ni la última, pero a él le tocó enfrentarla esta vez y el Ayatola Matamoros (lo supo Robles Chacón, le leyó la mirada teatral, tan dramática que tenía que comunicar su intención: ésa era su fuerza pero también su falla) iba a actuar hasta la fatalidad el papel que se había dado a sí mismo pero que esa chusma detrás de él también le había impuesto. Iba a arriesgar algo, no iba a llegar sin drama a un acuerdo, no aceptaría la negociación sin tragedia, lo supo Robles hijo de Robles, hijo de sus genes del siglo mexicano, lo supo y le supo a hiel porque iba a obligarlo a hacer lo que no quería hacer, le iba a poner una prueba innecesaria para la historia de México pero imprescindible para el melodrama del Ayatola mexicano y la violencia sacralizada.

Quiero saber, dijo Matamoros, si de veras eres capaz de matarme a mi gente. Ésa es mi segunda prueba.

Lo dijo con una seguridad impávida.

El ministro bajó la mirada, cerró los ojos, rogó que no fuera cierto, que esas palabras se las dictara un autor teatral al personaje Matamoros pero que no fueran suyas y las retirara, recapacitando, en seguida. Pero el Ayatola repitió, quiero saber si eres capaz de masacrarme a mi gente, toda esa gente que me respalda allá abajo. Lo dijo porque lo escrito para su persona es lo que este hombre tenía que decir, y no lo que diría si el papel no fuese suyo.

Ésa es tu segunda petición?, dijo muy compuesto Robles Chacón.

Matamoros asintió con la cabezota enfundada en el pañuelo rojo, manchado de ceniza y sangre nueva.

Robles Chacón simplemente se llevó la mano izquierda a la muñeca derecha y allí apretó una de las tuercas doradas de su reloj pulsera. Otra vuelta de la tuerca, pensó lúgubre e inconscientemente, dejando abiertos todos los pisos de su conciencia a lo que iba a ocurrir a pesar de él, a pesar de toda su filosofía y toda su política.

No fue necesario escuchar nada. Como la inversión de un rayo, que primero entrega su luz y luego su estruendo, esta vez el clamor de las ametralladoras procedió a la hoguera de muerte y sangre que Matamoros, gritando, abalanzado contra la ventana del señor ministro, embarrando sus huellas digitales en los vitrales azulados para filtrar la resolana corrupta de la región más transparente, vio levantarse a sus pies desde el cruce de Insurgentes, Nuevo León y el Viaducto repletos de gente, su gente!, los que lo siguieron y estaban allí gritando libertad para nuestro guía, suelten a Matamoros! Los vio caer en silencio como moscas, el rumor cada vez más alejado, retumbando por el valle matutino, y la hoguera en cambio creciendo, color mostaza, extendiéndose por toda la Colonia Hipódromo, hasta Tacubaya y Lomas Altas, por Baja California y la Colonia de los Doctores, por el Parque Delta y Xola y la Colonia del Valle, y por Patriotismo y la Nápoles, ocultando las altas anteojeras color de rosa del Hotel de México y los cúes de vidrio de la Mexicana de Aviación, disfrazando de niebla los murales acrílicos de Siqueiros: debajo de la nata parda, la agonía le fue ocultada a Matamoros Moreno, los choferes foráneos y las viejecillas devotas por igual, los jóvenes enojados, los oficinistas sin chamba, los comerciantes quebrados, los locos sueltos ya no eran visibles, acribillados, muertos, sus destinos tan cumplidos o más que los de Matamoros Moreno y Federico Robles Chacón.

El ministro no parpadeó. El Ayatola gritó, salva a mi compañera!, salva a mi hija! salva a…!

Robles Chacón nomás se rió. Eran muchos pedidos. La amante, la hija, no había por ahí un camionero albino, una abuelita perdida, quién era la madre de la niña Colasa, quiénes eran los padres de Matamoros Moreno, pobrecito huerfanito, jijo de la madrugada, qué tal si entre los muertos estaban sus padres desconocidos, qué tal? Lo pensó antes de abrirle las puertas al cabrón país éste, México bronco, tigre dormido, lo pensó, y todos esos qué, además de su hija y su amante que le vinieron a la boca? Se atrevía a condenar al albino, por ejemplo?, o era incapaz Matamoros Moreno de singularizar la muerte, era incapaz de decir la muerte de Colasa, la muerte de Galvarinaconchadollymanés, la muerte del albino, eso no? —le dijo heladamente Robles Chacón que imaginaba a todas estas víctimas pero no se engañaba ni por un instante a sí mismo: él, Federico Robles hijo, era la víctima principal de esta jornada de sangre, una más— eso no? Sólo puedes imaginar la muerte colectiva, la muerte que me pediste, cabrón?

Lo sabemos todo, dijo Robles Chacón después de una pausa y sonrió. No quería salvar también al judas gordinflón ése, don Homero Fagoaga su rey momo? A cuántos de los suyos quería salvar? Le bastaba oprimir un botón de su radarpulsera Mikado para demostrar que los podía condenar a todos…

El ministro dejó al Ayatola freírse en su propio aceite un instante y luego lo protegió con un brazo, con un brazo de cuate le rodeó los hombros y lo apretó contra sí, el señor ministro se lo concedía todo, ni un muerto más si el Ayatola accedía a aparecer la noche del 15 de septiembre de 1992 en el balcón de Palacio al lado de Mamadoc, ni un muerto más si les hacía el favor de ilustrar y encarnar la realidad de la unidad nacional, no pidió el Ayatola amnistía para los que no aceptaran su trato y lo calificaran de Judas, ni Robles Chacón advirtió que no se hacía cargo de quienes no respetaran el trato concluido: no hacían falta esas minucias, no había por qué humillar a nadie, los hechos son los hechos y a las pruebas me remito: el Ayatola miró desde la ventana del señor secretario al cruce de caminos ensangrentados, la fuga, el llanto, el ulular de ambulancias, los disparos aislados y el rumor del agua bombeada por encima de todo, como si una gigantesca glotis de hule no se diese abasto para tragar todo el líquido sucio que corría por la plancha de asfalto de la ciudad sangrienta.

Esa bomba de agua era como el corazón de la ciudad, se dijo mi padre y encontró en una panadería al Jipi y al Huérfano repartiendo alegremente teleras y bolillos, campechanas y polvorones, semitas y chilindrinas, cuanto había allí lo distribuían a la multitud que lo hubiese tomado sin que ellos se los diesen, pero los dos se veían contentos de participar, como que se lavaban de tanta mugre, tanto desastre en Aka, y el manipuleo, y ahora creían actuar por sí solos aunque para todos, y le gritaron a mi padre, júntate!, faltan hartas panaderías!, rieron, era su misión: que coman pan!

Ángel Palomar negó con la cabeza.

Se veían con Huevo, con Ángeles, en casa de los abuelos?

A ver, quién sabe, se encogió de hombros mi padre.

8

Una vez más, la Ciudad de México vio, en la noche del Ayatola, todo lo que podía soportar; sólo la memoria —extinta— de la caída de la capital azteca o el olvido —voluntario— del terremoto del 19 de septiembre de 1985 pudieron compararse a este nuevo desastre; sin embargo, entre el humo y la sangre de la derrota de Tenochtitlán o entre la devastación por derrumbe y fuego de la metrópoli enlutada siete años antes, nadie pudo ver a dos figuras como éstas que ahora corren agazapadas, las cabezas cubiertas con chales de estambre, untadas casi a los muros leprosos, entre la Avenida Durango y la Calle de Génova; se detienen en cada esquina, miran alrededor, continúan si no advierten algo, retroceden si lo ven o intuyen.

—Yo sé que nuestro deseo ha sido paz y tranquilidad, dijo Capitolina sacándole la vuelta delicadamente aunque con asco a un tasajo violento de animales muertos de sed frente al acueducto de la Avenida Chapultepec.

—Paz primero y finalmente tranquilidad y en segundo lugar…, comenzó Farnesia pero su hermana ya se precipitaba, perdóname Farnecita, perdóname hermanita, por exponerte a esta violencia yo que tan formal quedé con nuestros papacitos que te protegería y defendería. Cuidado con el cuerpo de ese gato…

—En primer lugar, todo en su sitio, finalmente cero catástrofes, en tercer lugar ninguna crisis, gimió Farnesia.

—Creíamos que así iban a ser las cosas…

—Como nos educaron nuestros papacitos…

—Que el Señor tenga en su gloria…

—En su gloria, amén, en su gloria!

Pero mirando de reojo y con pavor no disimulado la ciudad de trincheras súbitas repletas de seres muertos, las filas de ahorcados colgados de los postes del Paseo de la Reforma frente al Seguro Social, los incendios de los puestos de fritangas en la avenida y las barracas de los merolicos y tragafuegos en las glorietas, las hermanitas Fagoaga acabaron por mirarse de reojo entre sí y estallar en carcajadas antes de disimularlas con prisa, la pequeña y decidida Capitolina con una manita regordeta sobre los labios, la alta y trémula Farnesia con el negro chal ocultándole media faz: siempre habían imaginado lo peor —mentira, mentira: lo habían deseado fervorosamente: el accidente, la enfermedad, la revolución, el terremoto, la muerte… Aquí estaba! Nadie escapaba! Todos amolados! Éste era el remate de la década de los desastres y es cierto, pensaron juntamente las hermanitas, lo que les decía su sabio y experimentado hermano mayor, el señor licenciado don Homero: sólo se necesitaba un empujoncito, apenas un volar de la uña, para precipitar a la abismal metrópoli: su destino era ya su imagen, no se necesitaron esta vez aves agoreras, columnas de fuego, mujeres lloronas o espejos que ofrecieran las estrellas al sol.

Cuántas veces no animaron las señoritas Fagoaga una cena advirtiéndole al incauto comensal sentado al lado de una de ellas:

—Si yo fuera usted, no comería eso, señor.

Así sobrevivieron.

Hasta hoy. La bancarrota y las devaluaciones no las tocaron: tenían terrenos, ahorros y altos intereses aquí, cuentas en dólares allá. El terremoto del 85, que asoló su colonia, las dejó a salvo, providencialmente, a ellas, así como a Homero: Dios quiere a los Fagoaga! A las pruebas nos remitimos! Hasta hoy, hasta hoy en que la muerte se generalizó no por error o catástrofe natural o voluntad divina, ahora la muerte era política, ordenada desde arriba y Capitolina secretamente, puso los pies en la tierra e imaginó que ni siquiera ellas se salvarían del desastre.

Una ambulancia pasó chillando por la avenida desierta a esta hora del alba escogida por las hermanitas Fagoaga para cumplir su misión final; a paso apremiado pero entrecortado y saltarín, sintiendo cómo se adelgazaban y humedecían sus zapatitos de raso sobre el polvo de la alameda empapada de sangre y de cocacola, suspiraron al cruzar la Calle de Florencia hasta entrar por la Calle de Génova rumbo a la residencia modesta, de un piso y guarecida por la cortina de fierro de un garage que podía obligar al visitante inseguro a confundir la casa donde creció Ángel mi padre con un vulgar estanquillo de comercio, de mi bisabuelo el general Rigoberto Palomar.

El amanecer negaba la muerte de las vísperas de México.

La luz naciente se afirmaba como una perla visible en una porqueriza.

El aire de las montañas boscosas y los volcanes nevados había limpiado la capa del polvo y el hedor de sangre y basura. Pronto el cristal se quebraría de vuelta; volvería a aparecer la máscara de la enfermedad.

Capitolina y Farnesia se acercaron al portón de la casa del general.

El general Palomar les abrió la puerta antes de que ellas hicieran el menor intento de entrar a la casa o llamar la atención. El viejo se fajaba los pantalones, se colgaba la .45 a la cintura y se acomodaba el colorado gorro frigio en la cabeza rapada.

Capitolina dijo:

—Queremos ver a la muchacha.

—Cuál muchacha?

—Ésa, la arrejuntada con nuestro sobrino.

—Tiene nombre, saben, lechuzas?

—Ángeles, pues.

—Y qué le quieren averiguar, *señoritas?*

—Nada, señor general sino que compenetradas de su estado interesante...

—Venimos nomás a saludarlo y ya nos estamos yendo, dijo precipitadamente Farnesia al mirar la luz asesina en los antiguos ojos de mi bisa.

—Venimos por ella, afirmó Capitolina, para que pueda dar a luz debidamente atendida y el nuevo miembro de nuestra familia llegue al mundo protegido, amado y en cuna cristiana.

—Aquí se lo llevaría el diablo?, rió quedamente don Rigoberto.

—Eso tememos mi hermanita y yo.

—Me lo harían un santurrón hipócrita y fariseo y jijo de la chingada como ustedes...

—Sus insultos, señor general, bah!, levantó los hombros Capitolina. —Bah!, la imitó Farnesia. Ultimadamente!

—Y de paso se declararían herederas del heredero, la fortuna Palomar les vendría a dar a ustedes, par de piñatas de luto...

—Nuestras miras son puramente morales!, agitó Capitolina un dedo frente a las narices del general. Farnesia que había tomado un tempranísimo desayuno para aguantar las vicisitudes de la jornada, intentó, fallidamente, hacer lo mismo, pero al darse cuenta de que en su dedo brillaban los restos de una rica jalea de zarzamora, mejor se lo chupó.

—Morales mis chiles!, gritó el general, pero en ese instante apareció detrás de él, las espaldas temblándole de frío, su mujer doña Susana Rentería.

—Diles la verdad, dijo serenamente la bisabuela Palomar.

—Tú, mujer.

Doña Susana miró severamente a Capitolina y Farnesia.

—Ángeles desapareció ayer en el tumulto.

—Nos la esconden!, alcanzó a gritar Capitolina, antes de que el general les cerrara la puerta en las narices y Farnesia, plantada en la banqueta, comenzara a reír, una risa que no parecía determinada por los acontecimientos, sino por una ausencia de causa, un tormento lejano, una humillación previsible, como si la razón inmediata, la desaparición de mi madre Ángeles, conmigo adentro bien asustado, sépanlo ya sus mercedes benz, no la afectase para nada.

Capitolina la calló de un manazo en la boca: —Babosa!

La hermana mayor se dirigió hacia el Paseo de la Reforma y la menor, agitada, corriendo detrás de ella, envuelta en el chal, riendo, que el destino de la mujer soltera es conducir a los monos en el infierno.

—La guía de turistas de los changos!

Ambas pensaban lo mismo; ambas sentían (sentiré, sabré al sentir, sentiré al saber, sabré) el inmenso dolor del niño perdido (por eso siento y sé: los fetos somos hermanos corsos de cuanto ha nacido o está por nacer): el niño perdido, uno más, otra vez sin niño, las mujeres solas, las casas vacías, los niños perdidos.

Se tomaron de las manos y sintieron ganas de morirse.

Dónde estaría mi niño, con su esclava soldada en el tobillo?, lloriqueó Farnesia.

Dónde estaría el niño por nacer?, suspiró Capitolina, dónde estaría *yo*?

9

El estruendo de los altoparlantes era peor aún debido al silencio lúgubre que pesaba sobre la ciudad el martes primero de septiembre de 1992. El presidente Jesús María y José Paredes, desde la tribuna de San Lázaro, y en medio de las aclamaciones de la soberanía nacional, había soltado una tras otra estas palomas mensajeras de luz:

Las amenazas a la nación fueron disipadas; los obstáculos al progreso de México fueron superados; el motín extremista fue sofocado en sangre porque nació de un impulso sangriento; pero la heroica acción de la policía, que aquí reconocemos y saludamos (ovación; el coronel Inclán se pone de pie, no sonríe, tiene puestas las gafas negras, la baba verde le escurre, se sienta tieso) no nos condujo a entregarle el gobierno civil a la fuerza armada: ni anarquía ni tiranía, sólo México! sus instituciones a salvo!; su revolución permanente! ni orden sin libertad ni libertad sin orden, ni progreso sin tradición ni tradición sin progreso, ni justicia sin autoridad ni autoridad sin justicia!, exclamó nuestro Chuchema en la culminación de uno como delirio quiásmico de la política mexicana y lo exclamó tan alto en todos los altoparlantes de la República Mexicana (o lo que de ella queda) que hasta yo, en materno seno, lo oí: honor al señor coronel Nemesio Inclán (segunda ovación; esta vez el hombre de las gafas negras, modesto o molesto, quién sabe, ni se pone de pie) que sometió su ambición personal al triunfo del orden institucional; gloria a la señora, Madre y Doctora (ella no está presente; ella se mira ante un espejo; ello sólo se muestra para dar el grito, para proclamar el concurso, ella no roba luz ni la comparte: ella, la faraona, torea sola!) que mantuvo en alto los símbolos patrios amenazados por el libertinaje tumultuoso disfrazado de libertad mayoritaria y que tan torpemente quiso arrebatarle al pueblo mexicano sus propios símbolos, duramente conquistados en cinco siglos de experiencia nacional; el presidente Paredes, tras de excoriar a los confusos y criminales anarquistas, culminó su discurso asegurando que la hora de la reconciliación y la unidad había sonado; admitió que el país estaba amenazado; reveló ante la nación atónita que desde enero pasado el comando norteamericano del Caribe había solicitado permiso para desembarcar veinte mil marinos en Veracruz para maniobras destinadas a presionar a los tiranos totalitarios de Costaguana y proteger las instalaciones petroleras del CHITACAM Trusteeship, amenazadas cual viles dominós por la marea roja pero determinantes para la salud estratégica del mundo libre. El permiso fue concedido de acuerdo con los compromisos de México dentro del Tratado Interamericano de Río Modificado y Reafirmado (TIAR-MIERDO) pero al terminar el plazo concedido para las maniobras, los veinte mil marinos rehusaron abandonar el estado de Veracruz diciendo que nunca habían estado allí toda vez que ni uno solo de ellos había permanecido más de 175 días en México y se necesitaban 180 días, según la ley, para considerarse trasladados de su base habitual en Honduras: cómo iban a irse los marinos si, legalmente, nunca habían llegado: rotados, trasladados velozmente a la vecina República de Tinieblas, suplantados por nuevos contingentes que jamás cumplirán los 180 días reglamentarios; en México había veinte mil marinos pero no los había y qué íbamos a hacer? si ya los inexistentes marinos se adelantaron hasta Perote y se dispersaron por las montañas y aunque el señor presidente Rambolt Ranger le ha asegurado mediante carmesí telefonema al señor presidente Jesús María y José Paredes, con quien cultiva cordialísima relación, que esas infanterías obran por cuenta propia, sin instrucciones de Washington, y animadas tan sólo por su decisión autónoma de defender la democracia donde sea y como sea, también es cierto que el presidente norteamericano no quiere desautorizarlas públicamente toda vez que sirven, objetivamente, a los intereses de los Estados Unidos y a la voluntad de grandeza del pueblo norteamericano y el presidente Paredes anuncia hoy al Congreso que sea como fuere también, a México le corresponde expulsar a estas fuerzas al cabo invasoras para lo cual es indispensable la renovación de la unidad nacional y qué mejor ejemplo que el que el Señor Presidente se propone dar en este instante en que todos (hasta yo, en mi cabina ultrasónica e impermeable) lo estamos escuchando: no es hora de partidarismos egoístas, todos debemos militar en un solo partido, el partido de México!

—Cuál, Señor Presidente, cuál?, se atrevió a gritar, interrumpiendo la alocución ejecutiva, el licenciado Peregrino Ponce y Peón, senador por Yucatango.

—No nos torture más, Señor Presidente, ya díganos cuál va a ser su partido, dijo con lágrimas en los ojos la diputada por Tamaleón y representante del sindicato de actores doña Virginia Iris de Montoya.

A lo cual, emocionado a su vez, el Señor Presidente respondió en medio de impresionante silencio nacional:

—Yo siempre he sido, soy y seré, hasta cuando he dicho lo contrario, leal militante del Partido Revolucionario Institucional.

La representación nacional en pleno de pie, vitoreando al Presidente en su hora de gloria, ahoga sus últimas palabras, el PRI, el único partido, el poder único, al cual por imperativo patriótico deben unirse todos los demás grupúsculos políticos, eso esperábamos de usted, grita el señor licenciado Hipólito Zea, diputado por el noveno distrito de Chihuahuila, de pie, gracias por mostrarnos la ruta Señor Presidente, grita el líder campesino Xavier Corcuera y Braniff, con usted hasta la muerte, Señor Presidente, viva México, viva el PRI!

El ministro Federico Robles Chacón baja el volumen de su VHS cuando estalla la ovación. Es de noche y él estudia por enésima vez el discurso del Señor Presidente, calcula su efecto, saborea la derrota de la fracción pro-yanqui encabezada por Ulises López: el poder de México, después de los acontecimientos del 28 de agosto, lo comparten el brazo armado, Inclán, el brazo pensante, Robles, y la cabeza política visible, Paredes. Ahora el ministro, magnánimo, puede recibir a la Pasionaria del movimiento derrotado, la amante del frustrado Ayatola mexicano:

—Que pase la señora Toro, le dice a su achichincle vestido de smoking.

Sí, Matamoros Moreno está muerto, le informa brutalmente Robles Chacón a la mujer que entró vestida como para película de Ramón Pereda circa 1945, con traje de noche strapless de lentejuela roja sobre satín fresa y en la cabeza aigrettes de pluma de quetzal prendidos al pelo negrísimo y abultado merced a rellenos salchichescos de pelo ajeno. Medias caladas y zapatos puntiagudos de raso color de rosa con tacón de stiletto.

Sí, Matamoros Moreno está muerto: Robles quiere quitarse eso del pecho y barrer toda ilusión, toda esperanza, no explica que quiso salvar la vida del Ayatola pero el coronel Inclán la exigió: no exigió otra cosa, como Juárez mandó fusilar a Maximiliano a pesar de las súplicas de Víctor Hugo así dice que hizo el coronel para salvar al país y escarmentar a los alborotadores y aquí se trata de cortar cabezas para que no se la corten a uno, dijo con los ojos velados por los anteojos negros, pinochetohuertistas, con la boca escurriendo baba verde, maximilianohernandista, abrazado a la almohada donde reposó su cabeza moribunda su mamacita, peñarandojuanvicentista: su signo no sólo en su genio sino sobre todo en su figura. Pero ella sólo canturrea después de unos segundos de silencio, amor chiquito, fue un crimen político declara Robles que quiere esta noche ser totalmente sincero para poder verse al espejo mañana, las plumas ocultan el rostro de Concha Toro con la cabeza colgada, amor perdido, porque fue la respuesta a otro crimen político, tanto le cuelgan las plumas que la cola del quetzal va a unirse con falsa pluma de escribir dieciochesca inútilmente ensartada en portaplumas de bronce en la mesa del señor Secretario, por eso fue un crimen legal, que viva el placer, que viva el amor (canta Concha née María Inez con la cabeza baja) porque bastante ha sufrido el país por causas naturales y actos divinos como para echarle encima un sufrimiento político, anárquico, sangriento, ay cariño, si vieras cómo estoy desesperada por tu ausencia, un terremoto no se puede detener, ay! cariño pero una revolución sí.

—No voy a decirle que lo siento.

—Si es cierto como dicen que el pecado tiene un precio…

—¿Perdón?

—Qué caro estoy pagando por quererte…

Cantó Concha Toro con la voz melancólica de quienes lo hacen sin acompañamiento, duplicando su soledad.

—Señora, por favor…

—Déjeme, señor, colgó ella aún más la cabeza, mi homenaje a mi hombre es ahora; en el momento en que me entero. Éste es mi réquiem por mi gallo, una cancioncita, pueñor…

—Prefiero que sepa la verdad por mi boca.

—Se lo agradezco. Viera la de copuchas!

—Por qué canta usted aquí, en mi oficina?, dijo muy racionalista, cruzado de brazos y sin la elegancia de la intuición el secretario de Estado.

—Ay señor, qué quiere que le cante en su tumba si el gobierno no me va a regresar a mi pololo, qué cree que no lo sé, puchas!

Robles se negó a sentir nada. Le preguntó si quería algo. Sobraba decir que ella estaba perdonada, el gobierno era magnánimo y entendía que ella sólo lo seguía a él por amor y además eso, que pidiera lo que más quisiera.

—Salvo el cuerpo de Matamoros.

—Es muy raro, dijo Concha Toro después de un momento. Cuando supe que mi hombre ya no volvería nunca, yo me quedé soñando, soñé con un toro bravo en un fundo allá por mis tierras del Maule, lo vi correr por el campo y súbitamente caer herido, miré nomá qué payasá pué, herido y castrado por el viento de la cordillera, el aire tasajeando a mi toro, el aire como cuchillo y garfio convirtiendo a mi toro en carne de matadero. Y entonces sabe usted qué?

Robles la miró con cortesía.

—Sentí la nostalgia de Chile. Me pegó en la cara, en medio de mi sueño de horror y la sangre de aquella noche, un aroma de damasco en flor y copihue y costa salada y ríos desembocando con una cabellera de cochayuyos, señor, quiero regresar a Chile, eso quiero!

Lo miró con ojos lánguidos y líquidos.

—Por favor, señor, mándeme de regreso a Chile!

—No es posible.

Robles no bajó la cabeza.

—Pero es que…

—Señora: Chile no existe.

Robles se obligó a seguir diciendo la verdad sin tapujos. Era un método seguro y sin complicaciones; sobre él podía fincarse toda una simbología; símbolo no crece sobre símbolo, símbolo sólo crece sobre la realidad, se repitió el sagaz estadista. La mudez dolorosa de la cantante chilena sólo tenía la elocuencia líquida de sus grandes ojos grises y tristes, donde cabía toda la lluvia de Temuco junta.

—Señor, dijo Concha detrás de otra larga pausa (Robles Chacón estaba armado de paciencia: hubiese querido que alguien se la mostrara, antes, antes del poder) lo chileno somo pateperro vagabundo, pero al final de la vida regresamo siempre a Chile, no me cuente otra de suitoria cruele, señor, se lo suplico, tenga un poquitín de piedad…

—Le repito, señora: Chile no existe ya.

—Pero las torturas… la casa de las campanas… Pinochet en el poder hasta 1999…

—Historias para hacer pensar que nada cambia. Perdón.

—Qué le pasó a mi patria, señor?

—Qué le iba a pasar. Un temblor espantoso, la falla del Pacífico, Chile enterito se hundió en el mar. Toditito el país, de la cordillera a la costa. De La Serena al Cabo de Hornos. Nadie tuvo la culpa: como un terrón de azúcar a Chile se lo llevó el mar.

—Y el desierto?

—Se lo dividieron Perú y Bolivia.

—Me queda el desierto, señor!

—Los militares peruanos asesinan a los chilenos que desembarcan, ilusos, en Arica y Antofagasta. No se haga más ilusiones, señora, le digo.

—Los milicos siempre! Siempre los peruanos! Miéchica! Otro favor, entonce. Por favor, dónde está él? Me deja enterrarlo yo, cuidarle su tumba, señor? Al mcno cso, me concede esa excepción?

—No toleraremos un sitio de peregrinaciones. Van a celebrar cada año su muerte yendo a su tumba? Comprenda usted que…

Él no continuó pero su gesto fue tajante. Concha Toro debió recordar en ese instante todas las actitudes, todos los gestos fatales de cuanta mujer ídem cruzó por las pantallas del mundo.

—Está bien, se echó el aigrette hacia atrás con tanta gallardía como Marlene se echaba el velo frente al pelotón de fusilamiento, no me dé nada sino su palabra, señor ministro. Dígame si mi hombre triunfó o fracasó.

Robles Chacón sabía la respuesta pero prefirió respetar a Concha Toro con un espacio de duda.

—Ése no fue su dilema, señora. No tuvo triunfo ni fracaso. Tuvo destino. Es decir, que triunfó y fracasó a la vez.

—Ah, brillaron los ojos de Concha. Eso está bien. Todos aprendemos algo. Eso lo recordaré, lo que acaba de decirme.

—Qué bueno, contestó sin compromiso pero impaciente ya el ministro.

—Yo (ella mezcló extrañamente la mirada altiva y la mirada llorosa) (mezcló el tono afirmativo de su voz y un gemido quebrado, lastimero) también aprendí algo. Su paí, señor ministro, también se lo cargó la mar. México tampoco existe ya, pue. No tiene ningún futuro. No habrá ningún progreso. Será un paí jodido hata la eternidad pu. Ustedes no quieren aceptar esto. Lo difrazan. Mi hombre lo jobligó a ver la verdad. Por eso lo mataron.

—Es una opinión, dijo Robles, se inclinó ante la cantante e hizo un gesto al canchanchán en la puerta para que la guiase fuera de la oficina.

Concha Toro descendió la escalinata de honor del antiguo palacio virreinal de la Nueva España, construido sobre las ruinas del palacio nuevo del emperador Moctezuma, donde ahora despachaba el triunviro de facto, Federico Robles Chacón, mirando ciegamente los murales de Diego Rivera sobre la gesta nacional de México, pero esta noche la épica tocaba a su fin y en su lugar, para Concha Toro, sólo había un corazón roto y unos labios de coral cantándole al ausente te juro, amor brujo, amor chiquito, amor perdido, que nunca te olvidaré…

La épica nunca más, la épica por última vez: Los murales de Rivera serían vendidos días más tarde al Chase Manhattan Bank como pago parcial de intereses, y luego trasladados, metro tras épico metro, al Rockefeller Center, donde eran aguardados desde hace más de medio siglo.

Galvarina, Concha, Dolly, María Inez se pintó la boca, se quitó los incómodos zapatos con tacones de puñal y salió descalza entre dos filas de sardos, pensando ya (me comunicas esta nueva, elector) en su próximo debut de reapertura del Simon Bully Bar, antes de que le ganara la partida el marica ése de Giuseppe Birthday en el Guadala Harry's Bar, escogiendo mentalmente su repertorio y diciéndose qué derrame de bilis de la angurrienta gabacha de la Ada Ching si me viera ahora, vivita y coleando y preparando una nueva temporada! de cabaré!

10

Como la plaga entra a la aldea, montada en el espinazo de una serpiente, así me sentí yo, a mis ocho meses de gestación, raptado, zarandeado, victimizado por este hecho inédito e insoportable: por primera vez, elector, siento que me llevan a donde no quiero ir, y este sentimiento me abre los ojos a otro hecho hasta ahora inconsciente: temo no ser lo que mi plan genético ha determinado para mí, sino lo que las fuerzas de afuera, todos esos fenómenos que mi inteligencia (privada, interior) ha venido observando con el afán de comunicarlos a su merced Electurer que aunque también está afuera quizás por ello mismo carece de la perspectiva que le doy) y registrando (por el mieditis caguenche que me traigo de que todo esto se me olvide en el momento de nacer y tenga que pasarme la vida recordando y aprendiendo de nuevo lo que una vez ya supe) toda esa minucia exterior ajena a mi ser (cuento contigo para recordar lo que olvidé al nacer, please, Electurer, corsa y recorsa conmigo!) toda esa circunstancia (pareja famosa: Ortega y Gasset) todo ese medio ambiente, se impongan en mí, anulen mi voluntad y mi inteligencia: ambas, acá 'dentro, me dicen cositas que me halagan profundamente: por ejemplo que el único origen de mi estructura innata es mi información genética; que por más que me remonte no encontraré otra fuente de lo que yo soy que esta información; que mis genes me configuran:

```
        soy tu PAPÁ       y          soy tu MAMÁ
        y abuelos y
                    bisa
                       y   tátara
                    y
                          toda
                          la
                          ascendencia
                       l
                       i
                          n
                            e
                            a
                            l
```

　　　　　ás　　a
　　l　　t　c
　p　　　i

　　　　　　　　　　　　　　　　　diversificada

　　　　　　e　│　a
　　　　　　v　│　v
　　　　　　o　│　i
　　　　　　l　│　t
　　　　　　u　│　u
　　　　　　t　│　l
　　　　　　i　│　o
　　　　　　v　│　v
　　　　　　a　│　e

sí, pero adentro, siempre desde adentro, siempre gracias a la constelación genética anterior: no, me digo ahora que voy dando de tumbos por estos andurriales, no me determinó la basura (la huelo, por Dios, es *todo* aquí: desechos, descomposiciones, montones de basura, círculo implacable de basura, cadena de basura ligada por mallas de plástico y trapo) sólo hoy, sólo aquí, se lo juro a sus mercedes, se me plantea esta espantosa duda:

no soy el hijo de mis genes sino que seré el jijo del medio ambiente? mi herencia no será esta que conozco, adentro, sino esta que desconozco, afuera? Qué miedo, hambriento!

　　　A los ocho meses de concebido, mi cuerpecito es un modelo de equi ………….. librio

he aquí ……...…. el libro

yo siento cómo responde, cómo se ajusta mi cuerpo a los cambios de afuera: desde el agua del Océano Pacífico que nos lavó apenas fui concebido y bautizado ya por la mierda hasta la dulce tranquilidad en el hogar de mis bisabuelos Palomar, a todo me he adaptado, incluso a lo peor: la salida por la sierra de Guerrero, el ataque carnal del sinvergüenza ese de Matamoros, vaya, que hasta el turbio torbellino de las corrientes de El Niño ha sido incapaz de perturbar definitivamente mi lento pero seguro desarrollo!

　　　Mas ahora, Elector, ahora sí que siento, por primera vez, que me privan de todo lo que la vida necesita; ahora el aire, el agua, la tierra, las voces (el sonido corrompido) se traban en una alianza de insultos, a esto sí que no me puedo adaptar, aquí está sucediendo algo que parece predispuesto para que yo ni respire ni digiera ni vea ni oiga ni hable: el insulto es desmesurado! mis genes han determinado (lo sé!) que yo tenga ojos castaños y camine sobre dos pies, pero al llegar a donde nos han traído (ve que te incluyo en mi receta, mamacita) creo que hasta eso puede cambiar: nos rodea una orden de muerte, o por lo menos de accidente, de defecto, tan implacables, tan temibles, que yo quisiera gritar desde el centro solar de mi gestación: A MÍ EL D.F. ME LA PELA! Yo voy a caminar derecho y voy a tener ojos cafés! Yo voy a respirar y a beber y a cagar y a coger y a oír como un ser normal!

No me va a matar el medio ambiente, mis genes van a ser más poderosos que esta vil concatenación de la basura!

Creo que mi madre ha de ir pensando lo mismo que yo, sólo que su miedo es mayor que el mío: hemos sido sacados de la casa de los abuelos, con el pretexto de los días violentos, por el llamado Jipi Toltec, quien nos ha prometido llevarnos a lugar seguro donde nos espera, conciliador, cariñoso y sobre todo vivo, mi padre Ángel; pero a medida que avanzamos, todo menos la seguridad nos rodea, y si distingo y tolero la violencia de la historia que nos ha tocado, yo ya sé que toda historia es pasajera

PARA VIGO ME VOY!

(centellazo mental desde la azotea de Mamma mía: hasta el pasaje de La Historia es pasajero: hay más tiempo sin tiempo y más historia sin historia que con avec with: tiempo antes del tiempo: no tiempo, tiempo que no se sabe tiempo, tiempo que no es capaz de imaginarse, historia que ni siquiera es prehistoria porque no la concibe: muerte de lo que nos precede en el origen absoluto; por qué no entonces, piensa Ángel, muerte de un futuro sin nosotros; se rebela y desea a mi padre, desea su compañía, su pareja, mi padre mío) el Jipi en cambio nos trae a un sitio de violencia (de historia permanente: es éste el infierno? Así de ardiente, seco, apestoso, sin redención, eterno, tan eterno como el paraíso?) (Dios mío, suspira mi madre Ángeles, cuándo perdonarás al diablo para que todo esto termine, Lucifer ascienda a tu vera y tu gracia brille fehaciente: Dios ha perdonado al Ángel Caído! Aleluya, aleluya: ya no hay tentación, ni miedo, ni duda acerca de la bondad divina; ya todos sabemos porque Lucifer aparece sentado a la diestra del Señor; entonces ya todos no creemos porque vemos? no tenemos fe porque tenemos certeza? sólo hay fe cuando sabemos que es cierto porque es imposible?)

Decía que hasta ella, Ángeles madre mía, con sus pies descalzos hundidos en un fango corrupto (hace tiempo que sus zapatillas de mujer embarazada, sin tacones, negras, quedaron abandonadas en un charco de hierba moribunda y mierda líquida) empieza a dudar, aquí, en el cinturón de la miseria, de que el medio ambiente pueda forzar a los genes a cambiarme por otro individuo no previsto en mi código DNA: algo innato y hasta reconfortante me dice que no debo ver a la herencia y al ambiente como enemigos, sino como aliados que se dividen el trabajo y se apoyan mutuamente: la naturaleza de la naturaleza consiste en nunca trabajar sola; la naturaleza y cuanto la nutre actúan dentro de límites previamente establecidos; pero esta naturaleza de la ciudad mexicana, ciudad doliente, se ha extralimitado:

QUASIMODO CITY
SAMSAVILLE
HUITZILOPOCHTLIBURG

cucaracha deforme y sangrienta, te recibo como hostia esta madrugada violenta, sacramento de la agonía, comunión de la peste: no nazco aún y amenazas ya con transformarme: seré el caso científico numerado y clasificado, pues, como la Salamandra Mexicana: bajo diferentes condiciones, asumiré diferentes formas; si hubiera permanecido para siempre en el agua de Kafkapulco, habría desarrollado escamas y aletas y cola natatoria; qué voy a desarrollar entonces si me quedo en este barrio de basura y pepenadores y cementerio de automóviles donde nos ha traído el Jipi Toltec bajo amenazas de sílex después de la noche del Ayatola, pretextando que mi padre lo enviaba por nosotros? Seré como el Huérfano Huerta, patas de goma, suela de piel, los Cuate Moquitos, David Campo de Cobre, Olivo Torcido, Pé Dorrito de Dé Fé, Edipoe, Edipiés?

Mi inteligencia de clase, genéticamente incierta, se rebela contra esto: yo no soy ni seré pelado ni naco ni lépero: yo soy Don Cristóbal Decente, sépanlo ya Sus Mercedes Benz, pésele a quien le pese y ahora recuerdo un olor, reviso un rumor, hemos salido del aire enfermo para entrar en la enfermedad del aire, qué brumoso encierro, qué próximos los techos de cinc y los tinacos de cemento, ardientes y enemigos como un baño de lava, qué inmediata una barranca en el cinturón de basura que rodea a la ciudad, qué montón de gente allí que no se puede ver de tan oscura, pero el Jipi los besa a todos, les habla, se saludan,

—Ne netiliztli!

—Xocoyotzin!

—Ollohiuhqui, ollohiuhqui!

—Cíhuatl!, señala el Jipi a mi madre.

—Xocoyotzin, ixcuintli!, señala un viejo a la barriga de mi madre, a mí!

—Toci, toci, señala el Jipi a mi madre y luego se señala a sí mismo.

Cambian otras palabras y el Jipi nos dice que su familia está muy contenta de que él se haya casado y vaya a tener muy pronto un hijo. En medio de tanta miseria y tanta hecatombe, les da gusto saber que la vida continúa, Bienvenidos sean la mujer y el hijo por nacer de nuestro joven cachorro el Xipe!

Los viejos nos ofrecen su casa, junto con todos los aparatos eléctricos que el Jipi les ha estado trayendo desde hace años: que las ofrendas sean nuestras, traduce el despellejado. Le pide a mi madre que tome asiento junto a los viejos, entre el humo y el hedor, y se ponga a gusto, porque aquí se quedarán todos hasta que nazca el niño.

—Ixcluintli, ixcluintli, dicen los viejos anunciando nuestra merienda cruda y humosa de perro sin pelo.

—Saludamos al joven hijo de los dioses por nacer.

Tomen nota sus mercedes, buena nota, señores Electores: Estos rucos se refieren a MÍ cuando dicen estas cosas, SE REFIEREN *a* MÍ! Dense cuenta de mi pavor, atrapado donde ustedes ya saben, consultando como loquito mi cadena genética a ver si algo me condena a nacer en choza de aztecas birolos y a encarnar, qué sé yo, al sol y al sacrificio y la chingada! NADA, señores electores, lo que se llama NADA, si en esta pinche choza va a nacer una especie de proto-Huichilobos, no he de ser yo, será apenas mi mellizo fraterno, nacido de mi madre al mismo tiempo que yo pero formado por un huevo distinto del mío, fertilizado por otro esperma que el que yo reclamo: señores mis mercedes, tanteo en la noche fetal que me rodea a ver si este mellizo fraterno, dizigótico (gótico y mareado!) está a mi alcance, coexistiendo cerca de mí en el seno de doña Ángeles Palomar mi madre y si es así, sepan ustedes ya, por lo que pueda ocurrir más tarde, que este mellizo dizigótico no fue creado por el mismo padre que me creó a mí, que habitamos placentas diferentes y que lo único que compartimos es el mismo tiempo en el vientre materno: sólo esto, nada más, ni el origen paterno ni el destino en el mundo, no es el OTRO CRISTÓBAL, será en todo caso el otro Jipi Toltec y allá él: Atentos, por favor, señores electores: atentos a mi voz, mi rostro, mis gestos, mis palabras; llevamos cientos de páginas conociéndonos, no me vayan a fallar aloradeloradelorean! anagnórisis se ha dicho: Reconózcanme, de ustedes depende, cuando el Jipi y sus paleototonacas me reclamen para sí: yo soy Cristóbal Palomar, no el Jijo de los Teúles!

11

Al abuelo Rigoberto Palomar se le renovaron los ánimos apenas le cerró la puerta en las narices a las hermanitas Fagoaga: se volteó para darle la cara a su esposa doña Susana Rentería y se apoyó contra la puerta, cerró los ojos y echó para atrás la cabeza añosa.

—Su, querida Su, dijo el anciano con los ojos cerrados.

—Dime Rigo. Aquí estoy.

Abrió los ojos, besó apasionadamente a su esposa y sonrió al separarse de ella.

—Te acuerdas cuando tu padre te entregó a mí y eras una niña y yo te arropaba cada noche?

—Y tú tenías treinta años pero te gustaba que una niña como yo te dijera "viejo" porque entonces todos los jóvenes querían parecer viejos para que los tomaran en serio. Tú eras un militar tan jovencito.

—La de vueltas! Ahora pasa igual. Ya ves: Ángel y Ángeles se visten como tú y yo de jóvenes.

—Son costumbres que nos vienen del norte, dijo doña Susana Rentería. No les hagas mucho caso. Hace veinte años, te acuerdas, todos querían parecer adolescentes.

—Ah bárbaros del norte!

Rieron de todo esto, mirándose tiernamente y ella al cabo lo tomó de los brazos.

—Oíste al Presidente?, dijo más tarde don Rigo. Otra vez tenemos que pelear. Claro que nada es perfecto, Su, y te repito que yo no me engaño. A mí no me importa que México esté dado al catre, lo que me importa es que México exista y no renunciar al país no-más porque se lo está llevando la recontra. Hay que tener país para corregirlo. Sé que me consideran un loco, pero dime nomás si hemos tenido tú y yo mejor manera de vivir que la de ser vistos como locos por todos y serlo en un solo punto que yo mismo escogí, siendo bien cuerdos en todo lo demás. Si no fuera loco en lo de la revolución, no me dejarían ser cuerdo en todo lo demás, como es el amor que te tengo, y lo bien que llevo mis negocios, y cómo sé emplear bien el ocio y tener amigos. Es una concesión chiquita.

—Yo te entiendo, viejito. Nada es perfecto.

—Su: cuando yo era un niño aquí no había nada sino un puñado de vanaglorias y un montón de peones. Tengo razón; no fracasamos, mi locura es razonable, se hizo lo que se tenía que ha-cer; éste era un país sin carreteras ni presas ni teléfonos ni escuelas ni industrias ni libertad de movimiento. Todo eso lo hicimos noso-tros. Dices que nada es perfecto. Pregúntales a los que nos siguieron por qué fueron tan irresponsables con lo que les dejamos los que tra-bajamos entre 1915 y 1940, cuando yo era joven y tú eras niñas. En todo caso, lo malo de la Revolución no es traicionarla. Es no hacerla por miedo a traicionarla.

—Qué me quieres decir, viejo?

—Susy. Tengo de nuevo una misión en la vida. Ya no tengo que mentirme y decir que la Revolución no ha concluido. Oíste al Presidente. Nos están invadiendo los yanquis! Hay que defender a la patria!

—Déjame recordarte una misión más cerca de la casa. Nues-tra nieta ha sido secuestrada. Junto con nuestro biznieto nonato.

—Qué me aconsejas que haga, Susana Rentería?

—General: delega y da órdenes. Ya no estás para estos mi-totes. Tienes más de noventa años. Pórtate como comandante en jefe.

—Te agradezco la sabiduría, Su. Qué órdenes debo dar?

—Huevo sabe dónde vive la familia del jipiteca ése, el des-pellejado. Ángel debe rescatar a su mujer. Y si no, que le deba el fa-vor a su amigo. Eso primero. Luego tú lo puedes mandar a Ángel a que pelee en Veracruz y se redima de tanta idiotez como ha come-tido. Ordene bien sus prioridades, mi general.

—Usted siempre tan talentosa, mi niña!

Pero todo intento de dar con Ángel fue inútil. Don Fer-nando Benítez andaba incomunicado con los huicholes, dándose un baño de edad de oro. El Simon Bully Bar se cerró y nadie conoció el paradero de Concha Toro, ni de su perrito Fango Dango. El pianista y barman del nuevo local abierto en la contraesquina, Giuseppe Birthday dijo que él era nuevo en el barrio, no sabía de ninguna chilena y esperaba que el general y su señora viniera a tomarse un libiamo en su nuevo bar *La Dama de los Camellos*: *Quítese Aquí la Sed*. La mansión de los López estaba saqueada y sus habitantes muertos (Ulises y Lucha) aunque la niña (Penny) se pasea al borde de su piscina usaiforme regando pétalos de girasol en ella y murmurando:

—Mírame y no me toques. Eres feo y naco. Si es jueves, debe ser Filadelfia.

Señores electores:

Sólo mis genes, trono actual de mi inteligencia, pueden asegurarle a ustedes que mi visión, activada acaso por un sueño o un deseo de mi madre (sueño contigo sin quererlo, Ángel, te deseo sin soñarte, no sé: tú recibe la semilla de ambos, sueño y deseo, hijo mío) es capaz de soñar desear ver a mi padre en el instante actual: yo me prendo a esa inteligencia que al cabo heredé de él y ella y no del pinche medio ambiente éste donde me asfixio en la barraca familiar del Jipi Toltec (cien genes determinan la inteligencia! la inteligencia superior domina sobre la inferior! el ochenta por ciento de las diferencias entre los individuos son de origen genético! ni raza ni nación ni clase social ni clima ni polución: la inteligencia es lo que cuenta).

Quiero decir que yo me siento seguro de mis genes, ven ustedes, y mis genes se sienten seguros de mí. Esta confianza mutua nos permite ver lo que otros sólo imaginan: iluminando mis genes, yo veo a mi padre desde el vientre secuestrado de mi madre:

Carretera fuera del hoyo negro de la cafecita defecacity. Mi padre y Colasa Sánchez miran desde el Paso de Cortés, donde la Van Gogh se rindió, sin gasolina, enferma, sorda (se le cayó, además, el otro altoparlante). Miran hacia la ciénaga de desperdicios tóxicos y aguas contaminadas. Ángel se da cuenta de que para ella todo esto es normal. La ciudad bajo la pertinaz lluvia ácida no es algo aparte. A él lo han apartado la cultura y la nostalgia. Pero ella no sabe que la ciudad es la breve antesala de la muerte. Quizás ni siquiera sabe que su padre ha muerto. Mi padre siente remordimiento por habernos abandonado. Este sentimiento suyo es disipado, mientras mira a la ciudad desde las estribaciones de la montaña, por las justificaciones de la ciudad externa (la ciudad extrema) y sus lejanos rumores de hambre, crimen y explosión: a él le persigue el goteo persistente que no sabe ubicar; a ella, su propia vulnerabilidad: ha correteado a este hombre joven que es mi padre desde que tenía once años, ha obedecido las órdenes homicidas de su padre Matamoros Moreno, ella es dueña de la única vagina indentada de la América Septentrional (Sierpe Tonal) y no obstante aquí están los dos, muertos de frío esta noche de principios de septiembre, mirando las luces engañosas de la ciudad desde el Paso de Cortés. Él la cubre con su saco, la protege, la acepta, y los dos sienten que la pareja amorosa es más difícil pero también más importante que la libertad individual. Ángel cubre y protege a Colasa porque recuerda a mi madre abandonada (y quizás a mí!) y se siente culpable. Pero esto no lo sabe Colasa y acepta la ternura de Ángel con un temblorcillo de placer que tampoco es ajeno a la culpa. Ella ha querido matar a este hombre al que desea. Lo quiere y lo odia desde que era niña y se instaló frente a su puerta en la calle de Génova dentro de una tienda de huelguista. Hoy, esta noche fría y triste desde la altura, va a tener que decidir. Si se entrega a él, lo destruye con sus dientes. Si no se entrega, deberá mantener el amor de otra manera, sin contacto físico, y ella no sabe cómo se hace esto, pero teme que él sí lo sepa y regrese con Ángeles y la tenga a ella de mascota o algo así. Entonces ella lo volvería a odiar, lo volvería a desear físicamente, y enamorada otra vez de él, tendría que negarle un amor que lo mutilaría y lo dejaría imposible para el amor. Ay qué bolas me hago!, exclama Colasita abrazada, protegida por mi padre, cubierta por el saco de corte 1920 de mi padre esta noche fría en la montaña, pero no tiene tiempo de expresar sus dudas, ni de tomar decisiones, y ello por un solo motivo: esta ciudad de la muerte debe, a pesar de todo, vivir; la bruma se disipa súbitamente y la caravana de luces ciega a la noche: es la armada de camiones foráneos que viajan en la oscuridad para alimentar a treinta millones de vientres en la Ciudad de México. Entran a la ciudad con su cornucopia fugaz de frutas y verduras, carnes y quesos y gallinas y langostas y aves y ostras y cervezas, pero Ángel Palomar y Colasa Sánchez quieren huir de la ciudad. Huir porque él se siente culpable, vencido, sin brújula, sus razones para siempre extraviadas (se lo dice a Colasa: He perdido mis razones, entiendes? y ella que no, no sabe de qué le está hablando él, pero no importa, es tan bonito estar así solitos, que siga, que siga: Una vez fui a Oaxaca y encontré mis razones; quizás debo volver allí; en todo caso debo irme de aquí, quise enfrentarme a la sociedad mexicana y la sociedad mexicana me derrotó; y sabes cómo, Colasa? *no haciéndome caso, Colasa*! Y ella: Tan bonito que hablas, cómo va a ser) y todos los camiones entran a México: sólo uno sale, va en el sentido opuesto, ellos doblemente cegados por el cruce de las luces, como una esgrima de ciegos, los rayos cruzados de los poderosos faros de los camiones y Colasa zafándose del brazo de mi padre protector, Colasa siempre excesiva e impetuosa en el centro de la carretera, exponiéndose a morir, mi padre gritándole desde la espalda del cerro, Colasa, ten cuidado, estás loca! Y las enormes ruedas del único camión que abandona la ciudad, un Leyland de dieciocho ruedas y catorce ms de alto y un faro circulante en el toldo frena chirriando enfrente de la pequeña figura vestida siempre de carmelita descalza y cargada de escapularios, aunque ahora protegida por el saco de corte antiguo de mi padre.

—Quién carajos! No se ve! Por poco te mato, so idiota!

Grita la voz del chofer del camión, asoma su cara de payaso encalado: es una calavera blanca con enormes ojos de vidrio negros. Se quita irritado la gorra de beisbolista y muestra su pelo sin color, ni siquiera blanco.

—Socorro, socorro a una pobre niña devota, misericordia, señor, dice la payasa de Colasita Sánchez hincada frente al chofer albino, bañada la niña por escamas de mercurio y el chofer abre la puerta, desciende, la auxilia a levantarse mientras ella señala a mi padre:

—Y mi amigo también. No nos da aventón, pues? El Santo Cristo de los Necesitados se lo pague!

12

En el puesto fronterizo entre Mexamérica/Norte y Baja Oklahoma el agente de la migra Mazzo Balls mira atentamente su pantalla infrarroja detectadora de emanaciones caloríficas del cuerpo humano. Pero esta noche no se lee nada en la pantalla. Las ondas de calor no activan el aparato detector ni se transforman en imágenes espectrales en la pantalla. Sin embargo, el sexto sentido del agente Mazzo Balls le dice que los fantasmas están cruzando la frontera prohibida esta noche igual que todas las noches. La excepción no confirma ninguna regla, le enseñaron en su cuerpo de entrenamiento para pescar indocumentados. La invasión desde el Sur es pareja, sin solución de continuidad; es una inundación. Ocurre a todas horas.

Esta noche sería la primera noche de sus tres años de servicio (solitario servicio en esta tierra de nadie de la llanura texana) en que el agente Mazzo Balls no detectara por lo menos a un mexicano, hondureño o salvadoreño que intentara introducirse en Baja Oklahoma, no contento con la buena recepción que se le tributó en Mexamérica, esa especie de corredor polaco entre México y los Estados de Norteamérica que supuestamente se declaró independiente de ambos países, aunque en realidad servía a los intereses de ambos, absorbiendo al ochenta por ciento de los indocumentados que antaño se colaban a Texas, California, hasta el Medio Oeste y los Grandes Lagos…

El agente Mazzo Balls era el más celoso implementador de la versión final de la Ley Simpson-Nobody que a cambio de un metafísico control de la frontera norteamericana, sancionó con multas y prisión a los empleadores de indocumentados. Previsiblemente, esta culpa se extendió a todos los empleadores de gente morena, sin averiguar si éstos eran o no nacionales norteamericanos, y desembocó (también previsiblemente) en la necesidad de moverse por las repúblicas del Norte con tarjeta de identidad primero, luego con pasaporte y al cabo dentro de zonas herméticamente aisladas como en Sudáfrica. A ello se añadió que las dificultades para la entrada y empleo de mano de obra latinoamericana no sólo acentuó la crisis social de México y Centroamérica, sino que provocó el desplome de la estructura del empleo en los Estados Unidos. La ausencia de trabajadores hispanos en hospitales, campos, restoranes, transportes, manufacturas, dejó un horrendo vacío que, en contra de las leyes de la física y el barroco (comentó con sonrisa amarga nuestro tío Fernando Benítez) no fue llenado por nadie: Nadie quiso hacer lo que no hacían ellos, pero todos tuvieron que descender un peldaño en prestaciones, sueldos, ocupaciones, para disfrazar el vacío del trabajo.

Todo esto (hubiera querido advertir don Fernando a la ciudad y al mundo) tenía que contribuir a la pauperización y división actuales de los Estados de la Unión, sin que nadie ganara nada: cómo iba el tío Fernando a hacerles entender esto a la pareja de jóvenes indígenas ciegos que un día se presentó en la casa de los pizarrones de paso a su meta ilusoria: Chicago, la ciudad de las espaldas gigantes, lejos de la fatalidad de la pobreza, la enfermedad y la tradición, rompiendo el círculo de su destino secular, insistió don Fernando, previendo una catástrofe para la joven pareja (la muchacha, recuerden sus mercedes, embarazada al mismo tiempo que mi madre, portadora ella de un bebé mi contemporáneo, olé!) y de paso informando y advirtiendo a quienes escuchábamos todo esto en la casa de mis abuelos científicos cuando regresamos de nuestro periplo por el surrealista estado de Guerrero: qué de cosas, yo concebido, mis padres creyéndose autores de un desaguisado fríamente preparado por el gobierno en Acapulco, la inexplicada muerte de Tomasito y la fuga precipitada del tío Homero, el encuentro con Benítez en la sierra, la campaña del licenciado Fagoaga en Igualistlahuaca y el espantoso incidente en el camino de Malinaltzin: estoy apenas en mi octavo mes de concepción y miren los señores electores cuánta vida hemos corrido juntos!

AHORA PREVEO: El día que nos encontremos otra vez con el tío Fernando él nos contará lo que probablemente pasó: el agente Mazzo Balls no da crédito de que una sola noche los grasientos no se le intenten colar por la ratonera, presidida por un gran rótulo en letra gótica

VOTA CON TUS PIES

y nomás por si las cochinas ordena al helicóptero de servicio que levante el vuelo y salga a ver si no hay ilegales cruzando la frontera en este punto, sería un milagro! una noche de paz! silent night, holy night!, canturrea Mazzo Balls con su cerveza Miller Lite y los pies sobre la consola y el Marlboro sin encender entre los labios, viendo su programa favorito de TV *La saga de los Forsyte* que lo traslada a otra época como de cuento de hadas: cómo le hubiera gustado a Mazzo crecer en la Inglaterra eduardiana, con mayordomos y marmitones y recamareras corriendo todo el día por las escaleras!

No será esta noche: El helicóptero sale y su piloto se comunica urgentemente con Mazzo Balls, oye cabeza de caca, se te descompuso el jodido aparato?, le dice el piloto al agente, cómo que no hay espikos?, tengo puestos mis anteojos de visión nocturna activados por la luz de la luna y mira que la noche está clara y estrellada, voy siguiendo a dos, un hombre y una mujer, te los describo ya que tu jodida pantalla no los registra, los dos con sombreros de paja, trajes blancos muy rasgados, y descalzos los muy miserables, cargando una como bolsa de supermercado o será totebag colgándoles a los lados, dando de tumbos como borrachos, arañados por los alambrados, como si no los vieran, oye Mazzo? es la primera vez en mi vida que les echo a los grasientos éstos los reflectores del chopper encima y no miran para arriba ni se espantan al verme con la máscara negra y los ojos de robot ni creen que soy Darth Vader, jajaja, deslumbrados o cubriéndose los ojos con el brazo, oye gordo, esta vez vamos a arrestarlos o no? qué dices ojete? y Mazzo Balls se puso rojo de coraje y vergüenza y dijo al micro no, ya sabes que no vale la pena arrestarlos, no tenemos con qué pagar la gasolina para llevarlos a Norman y sí tenemos gasolina para este estúpido helicóptero?, preguntó el piloto, así es, le contestó Mazzo, así se distribuyen los fondos, tú tienes gas, a ti te toca la parte buena, no te quejes, la policía de caminos no tiene un centavo, pues por mi puta madre que prefiero regalar mi gasolina para que capturen a esta pareja de salvajes, los vieras, Mazzo, parecen Powhatan y Pocahontas o algo así, aquí los hubiéramos exterminado hace años, salvajes, descalzos, parecen no verme, Mazzo, pero sí me oyen, ella se lleva las manos a las orejas, él agita los brazos como si espantara a un moscardón, o a un enjambre de abejas, oye Mazzo, checa eso, creen que soy una abeja, jajaja, buzzbuzzbuzz, cómo era la canción ésa del vuelo del abejorro con que empezaba un viejo programa de radio? buzzbuzzybuzz, jajaja, voy a bajar a darles un susto de verdad, parecen no verme el par de indios estúpidos, pero te digo que me sienten, a ella se le levanta la falda rota, Jesús, si está embarazada la muy puerca, no pueden dejar de coger y tener hijos estos cochinos, la india repugnante tiene una panza de ocho meses, casi como la tuya, Mazzo Balls, jajaja, así de hinchada, Cristo, pero no con cerveza como tú, sino con un morenito grasiento más, un jodido cabeza de caca que viene a quitarnos la comida y el trabajo a los norteamericanos, entrando como si ésta fuera su casa, Cristo!, la india con la panza llena de un vividorcillo criminal moreno, fuck! fuck! fuck!, de su morral están sacando piedras, Jesús Mazzo, unas rocas, jaja, me avientan con rocas contra el helicóptero, jaja, creen que con rocas me van a derribar, salvajes, indios salvajes! derribar con una roca a mí este par de analfabetas, piedras a mí!, quiénes se creen, Gerónimo? viva la tecnología, Jesucristo!, oye Mazzo, esto se está poniendo divertido, ojalá que estuvieras aquí, te juro que es la mejor batalla que he visto desde que le cortaron los cojones al general Custer en el Little Big Horn, tú nunca viste a Ronald Reagan en *El camino de Santa Fe* en el show de medianoche de la TV? jajaja, voy a vengarme del crimen contra Custer, voy a matar a esta sucia pareja de indios, llevo un año pidiendo licencia para matar, ahora me lo voy a tomar, bang, bang, jaja, Mazzo me pegaron en la cabeza, Mazzo puedes verme?, Mazzo la roca me dio contra los ojos, oye, qué puntería, Mazzo, no me puedes ver?, ojalá que el Congreso te comprara un nochiscopio como tienen en Sandy Ego para ver de noche, seguir a los ilegales, verlos brillantes bajo el sol en la medianoche, Mazzo, Mazzo, oye, voy a ascender, me están… Mazzo, me sigues?… Mazzo, me…?

Desde su cabina con vista de cristal a la frontera desolada el agente Mazzo Balls replanado en su espléndido trasero vio al helicóptero descender velozmente, girar con locura y desplomarse con una bola de fuego en su estela.

Buscó en vano, el instante antes del desplome, el signo de las figuras en su pantalla infrarroja: no generaban calor alguno. En cambio el helicóptero vencido sí, las agujillas saltaron a su indicativo máximo y la pantalla se llenó de un esplendor naranja. Desapareció —nunca lo hubo— todo signo de la pareja de ilegales.

Un día nos contará el tío Fernando Benítez que en la frontera de Baja Oklahoma un hombre extraño recibió a la pareja de indios ciegos, se quitó el bombín (aunque ellos no podían ver este gesto de cortesía) y con la otra mano se arregló el cuello almidonado de paloma y les dijo, con un brillo inocente en sus grandes ojos negros, insomnes, perseguidos y con un halo blanco en sus manos enguantadas, Bienvenidos al Gran Teatro de Oklahoma.

Luego este hombre alto y flaco y oscuro como un signo de interrogación señaló hacia un paraje lejano del llano y allí apareció un espejismo, seguramente sólo eso: una tienda de circo, un arco triunfal de cartón, un círculo de banderas agitadas por el viento de la llanura. El hombre alto y desvelado llamó a la pareja de poetas bálticos, el hombre y la mujer muy pálidos, para que ayudaran a la pareja de indios ciegos, los llevaran a vivir a la casa redonda y luego al gran Teatro para que allí contaran sus sueños, dijo el hombre del bombín y el bastón con las enormes orejas de vampiro expresionista temblándole como si supiera ya que los dos indios de la meseta de los ciegos soñaban todo lo que no veían:

—Que se les facilite cumplir sus deseos, que lleguen a su meta, que sus sueños sean realidad!, dijo el hombre del bombín.

—Vamos a la casa redonda, le dijo el poeta del Báltico en náhuatl al indio.

—Vamos, contestó el indio, vamos con mi mujer y mi hijo por nacer.

—Vamos, dijo la mujer poeta, tomando a los recién llegados de las manos en la noche de la Baja Oklahoma, disipados ya los mirajes, vamos a su casa. Me llamo Astrid. Mi marido es Ivar. Vamos. Ésta es otra historia.

Y la pareja de indios nada tenemos, hemos regresado a casa, esta tierra siempre fue nuestra, por aquí pasamos hacia el Sur, un día hace mucho, primero pisamos esta tierra, la recuerdas mujer?, hemos traído a nuestro hijo a nacer en tierra nuestra, no tierra extraña, no frontera: tierra nuestra, el Norte, lugar de encuentros.

13

Ha llegado el momento en que Elector debe admitir que mis poderes de adivinación fueron una vez compartidos por él o ella, sólo que sus mercedes los han olvidado y yo los estoy viviendo aunque un día también los olvidaré y sucumbiré, iluso de mí, a la creencia de que la razón sustituye a la adivinación.

Ocurre que yo Cristóbal soy capaz de encontrar relaciones y analogías (no adivino: relaciono, asemejo!) que los demás no ven porque las han olvidado. Me basta, por ejemplo, establecer la relación entre una pareja en fuga, dos indios ciegos de la meseta que un día visitó mi tío Fernando, ella embarazada como mi madre, él en busca de algo mejor como mi padre (ves que mantengo mi fe en ti, pro-ge-ni-tor!) y el feto de ambos acaso imaginando a mis padres como yo imagino a los suyos. Establezco pues la relación entre esa pareja en fuga y la pareja desunida de mi papá y mi mamá: viéndolos a los dos indios en la frontera de Mexamérica con Baja Oklahoma, veo a mis padres en otras fronteras y así me entero, en primer lugar, que todos estamos siempre en situación fronteriza, a punto de salir o a punto de entrar, como en las direcciones de escena enter Hamlet and Ofelia, exeunt Quixote and Dulcinea, etc.: Pero si tus padres ni siquiera andan juntos, exclama indignado Elector, cada uno está en otro rincón del bosque en la cueva de Montesinos uno y en el Toboso la otra, a tu madre la dejamos secuestrada en la barraca de la familia nahualoparlante del Jipi Toltec, contigo (fatalmente) en su panza, compartiendo con ellos (con Ellos) una cena de nopalitos navegantes y chaparritas de mandarina (banquetazo de

Platón en sombría cueva de pepenadores: en qué página vas, mamacita?) mientras que tu padre subió al camión del chofer albino Bubble Gómez detenido por Colasa Sánchez con técnicas dignas de Claudette Colbert de encantadora memoria: tu padre en compañía de la carmelita descalza deslumbrada por las luces de sinfonolas y las estampas de Guadalupe Virgen y de Thatcher Margaret y de Doctora y Madre, de manera que cuál comparación, Cristóbal? (por fin despiertas, Elector, y me interpelas!) sino ésta, agrego yo agredo yo:

Los individuos somos diversos pero más nos vale parecernos también. En el mundo todo es diverso pero sólo si todo se relaciona. No conozco, electores, otro secreto más cierto después de mis ocho meses de gestación: Hay que estar en la situación constante de diferencia en tensión con una semejanza. Somos reconocidos porque somos diferentes pero también porque somos semejantes: Yo Cristóbal habré de ser reconocido por la forma como comparto y admito la similitud de mis gestos y mis palabras con los demás. Los seres humanos no somos los únicos animales que necesitamos y podemos reconocer a los miembros dispersos de nuestra especie: El cordero, señoras y señores, siempre reconoce a su madre (no es cordero, que es cordera) dentro de un rebaño anónimo de cien animales.

Así reconozco yo, desde mi centro solar, ordenador, jerárquico, libérrimo, a mi padre lejano y a mi madre infinitamente cercana y los uno en mi visión como uno a la pareja de los indios indocumentados y si no a las pruebas me remito:

Mi Madre Ángeles ha perdido toda esperanza en la cueva de lámina, tinacos y cartón del Jipi & Family cuando un alboroto insólito se deja escuchar en la noche encarcelada y los fuegos de la basura circundante se prenden y corren como proverbial reguero de pólvora: (regado proverbio de pólvora) (polvoso riego de proverbios) (proverbial polvoriego): no olviden sus mercedes electores que la vasta città del Messico está totalmente circundada de basureros, su cadena genética es una montaña circular de desperdicios eslabonados unos con otros como anunciándole a la Ciudad su Destino: el Desperdicio, y ahora parece que está ocurriendo lo previsible:

A la puerta misma de la familia del Jipi ha estallado el incendio y todos corren a apagarlo, todos (los rucos y los bebés, los huehuetiliztli y los xocoyotzin, agarran lo que pueden, el sofoco crece, la asfixia es inminente, falta agua pero éste vacía una chaparrita de mandarina en el recipiente del mixmáster inútil y sale a tirarlo contra el incendio, aquél grita y ríe y orina poderosamente contra el fuego (mi madre recuerda el día que llegó a la ciudad y se hizo pipí en la llama del monumento de la Revolución, recuerda su sueño en el que orina hasta llenar de vuelta el ahora reseco Lago de Texcoco nut; ella recuerda y yo sueño con la perdida ciudad lacustre! la región más transparente!) pero no basta, todos se desparraman por la barriada de pepenadores (ciudad doliente, ciudad perdida, ciudad sin nombre) salvo un viejo porfiado como una piedra que permanece sentado en la cueva cuando nuestro cuate Huevo penetra agitado y recoge del suelo a mi madre (y yo sobresaltado, ni se comente!) y le dice córrele Ángeles, si este incendio prende va a consumir todo el oxígeno de la ciudad, la ciudad va a morir asfixiada y entonces ven al rucasiano éste sentado allí inmóvil, esperando la catástrofe, inmutable, su rostro inmóvil, la pantalla inexpresiva del juego de luces y sombras y el filantrópico Huevo lo trata de levantar a él también, lo previene del peligro pero el anciano está envuelto en su sarape y con la cara inmóvil dice algo en náhuatl y nuestro cuate Huevo lo abandona, guía de urgencia a mi madre (y a mí, señores electores, y a mí!) fuera de la choza oscura a un jeep del ejército donde los abuelos Rigoberto y Susana esperan y abrazan a mi madre y el general que es el que conduce echa reversa, se atasca un instante en la basura, ve al Jipi Toltec que lucha contra el incendio y nos mira con desolación; el Jipi recoge una vara, corre, se detiene, prende fuego a la punta de la vara, la levanta como si nos amenazara y hace como si la fuera a aventar a la pira de la basura, pero en vez sonríe feo y apaga la punta de la lanza de un silbido y la arroja contra nosotros y nos deja huir, salvarnos, mi madre y yo, Huevo y los abuelitos, en un jeep del ejército cosecha 1944 que el general Palomar dice:

—Al fin sirvió para algo la reliquia ésta! Maneje usted, señor Huevo, eh, reléveme que ya estoy anciano y llévenos lejos de aquí y hacia Oaxaca! Aaaaah, la ciudad se incendia! Vámonos rumbo al aire puro, mi Susy, tú no temas nada. En peores me las he visto! No temas, niña Ángeles! Ni tu crío nonato!

Cae el general Rigoberto Palomar con la cara contra el parabrisas y en brazos de su esposa doña Susana Rentería. Tiene clavada en la espalda la lanza arrojada por el Jipi Toltec. Mi madre grita. Es la misma lanza que mató al mozo Tomasito en Acapulco.

Igualita. Doña Susana sonríe y acaricia la cabeza rapada de su marido muerto.

El Jipi se despelleja ante las miradas fugitivas de Huevo y Ángeles y es nuestro cuate el muchacho gordo, arrancando despavorido, el que lo describe a gritos, fueron muy cuates, hicieron música juntos, se amarraba los pantalones con un cinturón de culebras y se caía a jirones siempre pero ahora a la luz del fuego la piel entera se le desvanece, se pela el Jipi, hasta el músculo se le cae la piel a grandes trizas, como a un plátano pelado el hueso blanco pero corrupto, agusanado: a lo lejos, la calavera del Jipi brilla al cabo, sonriente, en medio de la noche roja y ellos ya no ven, ya no saben, ya no imaginan si instantáneamente la nueva piel le retoña, sólo la calavera sonríe y nosotros huimos y doña Susy Rentería acaricia la cabeza rapada de su viejo marido y Huevo maneja el jeep como alma que lleva el mismo Diablo que nos trajo hasta aquí.

Al mismo tiempo que mi padre viaja sentado junto a Colasa que a su vez va junto al chofer albino y ninguno puede hablar por el jaleo que se trae este hombre al que la radio llama Bubble Gómez dándole instrucciones evita la curva del kilómetro 14, que hay un derrumbe, hay un humoso no advertido en la salida de Atlixco, no te apures por el itacate de Manila en la intersección de la Nacional 2 y la carretera Cristóbal Colón, está advertido por Inclán de tu carga, pon el silbato para que no te detecten en Huamantla, los tijuanataxis de Teziutlán me parecen sospechosos, Bubble Gómez me oyes, me registras, aquí Bubble Gómez, estoy protegido llevo conmigo jovencita vestida de loca religiosa (ey joven, cuidadito con las indirectas!) acompañada de uno que parece marica (ey joven, no cobre tan caro el aventón!) y se me ocurrió que me sirvan de camuflaje para despistar si tengo malos encuentros de la última clase, OK?, OK Bubble Gómez, tú eres el hombre de la situación, ya sabes tu misión, pero evita por igual a marines gringos rumbo al río Chachalacas y a sardos nacionales aún no advertidos por Inclán, recuerda situación es confusa, ha estallado incendio infernal en pepenadoras, está difícil respirar aquí, jálale rumbo al Sur, evita peligros, buena gente, good buddy, roger, Bubble Gómez, sufragiofectivonorrelesión, no ahorre lesión, CBRadio firma y buenas noches:

—Tengo hambre!, exclamó Colasa Sánchez cuando Bubble Gómez cortó el circuito de radio de la banda ciudadana, no tiene

usté que comer?, le preguntó al chofer y éste se rió, qué trae en el
camión? un refrigeradorzazo, dijo el albino, viene vacío?, preguntó
la nena, no, qué va, le contestó Gómez, mi chamba es llevar y traer
comida al Defe, entonces luego sacamos algo de allí para comer? si
quieres rorra, ora dile a tu padrotillo que se duerma y ya no me mire
así, no me gusta que me mire así, díceselo, es peligroso mirarme así,
díceselo, luego nos paramos a desayunar cecina!, rió el chofer y mi
padre ya prefiere no pensar ni actuar, prefiere decirse eres idiota Angelito, no oyes ni entiendes nada, toma la mano de la Colasa ésta
para que no te sientas tan de a tiro solo y jodido, ándale, pioresnada,
ándale, papacito, tú también tienes hambre?

14

Soy honesto: Elector debe saber que una tercera situación se me cuela
entre estas dos que reúnen las circunstancias de mi madre y mi padre; es como si entre las bandas normales AM y FM se introdujese
de repente esa banda ciudadana que comunica entre sí a los choferes
foráneos y si en la primera banda Colasa dice tengo hambre, en la
segunda Huevo traduce están engañados, creen que las sombras son
la realidad, pero en la tercera, intrusa, el ministro Federico Robles
Chacón se ríe y escribe como un niño castigado después de horas de
clase repite cien veces, no le puedes ganar al sistema, no le puedes
ganar al sistema, no le puedes ganar al sistema, no le puedes ganar
al sistema, no le puedes ganar al sistema, no le puedes ganar al sistema, no le puedes ganar al sistema, no le puedes ganar al sistema,
no le puedes ganar al sistema, no le puedes ganar al sistema, no le
puedes ganar al sistema, no le puedes ganar al sistema, no le puedes
ganar al sistema, no le puedes ganar al sistema, no le puedes ganar
al sistema, no le puedes ganar al sistema, no le puedes ganar al sistema, no le puedes ganar al sistema, no le puedes ganar al sistema,
no le puedes ganar al sistema, no le puedes ganar al sistema, no le
puedes ganar al sistema, no le puedes ganar al sistema, no le puedes
ganar al sistema, no le puedes ganar al sistema, no le puedes ganar
al sistema, no le puedes ganar al sistema, no le puedes ganar al sistema, no le puedes ganar al sistema, no le puedes ganar al sistema,
no le puedes ganar al sistema, no le puedes ganar al sistema, no le
puedes ganar al sistema, no le puedes ganar al sistema, no le puedes
ganar al sistema, no le puedes ganar al sistema, no le puedes ganar

al sistema, no le puedes ganar al sistema, no le puedes ganar al sistema. Se le cruzaron las pistas y respingó como un caballo bilioso cuando el flujo de su inspiración fue cortado por el repiqueteo de la chicharra.

Robles Chacón descolgó el teléfono urgente de la red presidencial con una tormenta estratosférica de imprecaciones; se sintió en seguida, lleno de autocompasión. Probaba, una vez más, con el simple acto de levantar la bocina de ese aparato verde, que sacrificaba su tiempo y su talento al bien común, a los fines superiores de la corporación. Y qué le decía la comunidad encarnada en la voz del secretario privado del presidente Jesús María y José Paredes?, qué? quequé? quequequé?

El señor secretario había dejado su oficina provisional en el Palacio Nacional para regresar a su despacho habitual de la Avenida Insurgentes, decorado con muebles de Roche-Bobois. Era el signo de que la crisis había concluido. Y ahora —quequé?— le venían a decir que la Mamadoc se negaba a dar el Grito este año? Qué chingaderas son éstas?, repítalo señor secretario privado? se niega…? Pero qué carajos… para qué carajos cree que está aquí la puta vieja ésta? cree que la trajimos para hacer calceta y ver sus telenovelas favoritas? a chingadazos me la traen aquí, quequé? ya está en mi antesala?, que eso pide, nada más, verme y hablarme o de plano no da el Grito?, dice el Presidente que la trate con guante blanco, que nos es más útil que nunca el engendro éste, que al cabo es su Frankenstein, usted la inventó, señor secretario, usted nos la impuso?, cómo no, cómo no…

Colgó con furia, le ordenó al achichincle que verificara la presencia de la Madre y Doctora de los mexicanos en la antesala.

Entretanto, el señor secretario de la SEPAFU se serenó, guardó cuidadosamente sus papeles en una carpeta escolar para botánica y ató con esmero los listones del herbario.

Recibió con una sonrisa a la aparición, tan sereno, seguramente, como ella que venía a pedirle sólo Dios sabe qué, alguno de esos caprichitos de damas con poder, manden el jet presidencial a recoger mi suetercito de angora de México a Roma, corran a esos tres funcionarios por llevarme a un restorán de quinta y entámbenlos a estos otros cinco por hacer chistes sobre mí por teléfono, excávenme una piscina en el centro del Zócalo, préndanle fuego a las obras de mis antecesores, hospitales, cines, escuelas, no hay nada antes ni después de Yomera!

Pero no, no fue nada de eso y él lo esperaba todo menos esto: La santa señora vestida con capa vaquera, gamuza naranja y chaparreras plateadas, y debajo traje de amazona nativa, tipo Jesusita en Chihuahua, gamuza, plata, chaquetilla de campo, falda de montar andaluza y un chicote en la mano con el que le cruzó de un fuetazo la cara al joven ministro ahora sí asombrado y en seguida ella cayó de rodillas ante él, llorando, carajo, con palabras casi iguales a las de Concha Toro pidiendo el cadáver del Ayatola, ay mi amor, mi amorcito, voltea a mirarme siquiera, mi amorcito, se náis, aquí está tu mera vieja, tú no me hagas sufrir, ya házmela buena cotorrito lindo, ya dame lo que quiere tu vieja, ya no me tengas así de rodillas, no ves que me estoy muriendo de amor por ti?

Nadie nunca le había dicho estas cosas al vibrante pero austero Robles Chacón: Mi macho papacho, apapáchame (Mamadoc se abrazó de las rodillas del ministro que se sentía inmerso en la peor pesadilla de su vida y por ello mantenía la esperanza de que ésta, como todas, terminaría: éste era sólo un capítulo inédito de la saga del Ayatola, cerró los ojos y se dijo: estoy viviendo algo que le faltó vivir a ese hombre que tuve la obligación de mandar matar, éste ha de ser mi castigo, estas cosas no me ocurren a mí, ésta es una escena del teatro de lo inconcluso que acompaña cada uno de nuestros actos, éste es el apocalipsis trunco, a mí me tocó vivirlo por haberlo matado al santero ése, no hemos reunido a los ciento cuarenta y cuatro mil justos, señor perdóname —deliró Robles Chacón con la Mamadoc abrazándole las rodillas— ni hemos salido de Babilonia que marea ni se ha llenado la séptima copa (que me sirvan las otras por Pénjamo!) del vino de la venganza de Dios y en el cuero cabelludo de Matamoros Moreno cuando revisé cuidadosamente su cadáver no se leía el número 666 y no sé si hay una mujer en la selva, pero la puta de púrpura si se apareció, aquí está la gran puta abrazada a mí, apretando el cachete contra mi braguette, válgame Dios! y se me está parando contra mi voluntad y ella dame tu verga dame tu hijo dame tu leche no me niegues ya lo que le has dado a todas las mexicanas, el derecho a un hijo el 12 de octubre).

—No hay tiempo!, exclamó estúpidamente el ministro.

—Podemos retrasar el concurso un año, diez años, nosotros tenemos el poder para cambiar las fechas, o si no para qué nos sirve lo que somos tú y yo? Diez años, pon tú, no importa, con tal de que lo gane nuestro hijito y la dinastía sea nuestra, papacito lindo! tuya y mía, mi amorcito, tú y yo podemos jugar con el tiempo, regresar los relojes, adelantarlos a nuestro gusto, he pensado mucho durante mi soledad, para qué somos gente con polendas si no podemos cambiar el tiempo? de qué sirve el poder si no puedes parar el tiempo y hasta mandar a paseo a la muerte, dime mi campeón?

Abrió los ojos enormemente y lo miró con el rímel escurrido por el llanto y los boquetes en el rostro encalado de blanco por donde se frotó contra la bragueta, mostrando la original piel canela.

—No se puede, gimió débilmente el ministro acorralado, convencido de que la Señora se había vuelto loca, es una ley, hay que obedecerla, las leyes se obedecen…

—Pero no se cumplen!, se desahogó ella y dejó la saliva gruesa en el pantalón del funcionario.

Él la miró como una especie de aparición fabricada por Maybeline: se dio cuenta de que esta mujer había nacido para representar precisamente esta escena; había vivido esperando el momento que ahora vivía. Por eso Robles Chacón concentró su inteligencia y dijo lo mejor que pudo:

—Querida señora: las leyes son terribles, pero las costumbres son peores.

Con esta frase, que sintió digna de él, Federico Robles Chacón empezó a recuperar su quebrantado aplomo. Se dio cuenta de dónde estaba, pero la tremenda mujer a sus pies gimoteaba, o me haces tuya o no doy el Grito, o me haces un hijo tuyo o me declaro en huelga, o retrasas el concurso o me mato, te lo juro! yo vivía muy tranquila con mi novio Leoncito y mi chamba de taquimeca, tú viniste y me transformaste, ahora a aguantar vara, me mato, te lo juro! y las chaparreras de la amazona se azotaban como cachetadas contra la alfombra ministerial.

Federico Robles Chacón se reubicó penosamente. Estaba en el despacho del titular de la SEPAFU sita en la Avenida Insurgentes casi esquina con el Viaducto en el mal-llamado Puente de Insurgentes, 15avo piso, teléfono privado 515-1521, desde donde el Ayatola Matamoros había asistido a la más terrible acción de la vida de FRCH (como lo identificaban en la prensa) mandar a la muerte a varios miles de alborotadores (inocentes? culpables? el sistema no juzga, determina: no se puede contra el sistema, es todos nosotros, pero es más que todos nosotros, no mejor, sino nosotros con poder, se dijo temblando Robles Chacón, que se consideraba a sí mismo un hombre liberal, de izquierda, humanitario, ilustrado, sensible) y a sus pies su criatura la Madre y Doctora de los mexicanos negaba todo lo que él pensaba de sí mismo, se arrodillaba, lloraba, amenazaba con hundir todas las ceremonias simbólicas de la nación: FRCH se sintió él mismo un cristobalito (como yo!): buscando el Oriente fracasa, encuentra América, su éxito se basa en su fracaso, su percepción le dice: el mundo es plano, pero su intención le dice: el mundo es redondo: la percepción ajena niega a la intención visionaria pero es la intención la que triunfa.

Sería esto cierto otra vez, aquí, esta noche con esta mujer serpiente, esta Cihuacóatl abrazada a sus rodillas?

Alargó los brazos, trató de recogerla, negó la visión que sucedió a la de Colón: ahora la percepción del secretario de Estado le decía que el país era plano y repetitivo y que así debía ser el infierno, todo se repite eternamente en México, las mismas crueldades e injusticias, las mismas bromas inútiles para exorcizar unas y otras, las mismas tonterías, pues es finalmente en la tontería repetida eternamente donde la injusticia y la broma se confunden, y disipan, y eternizan.

Ahora todo ello (la percepción fatal del país) se confundía, efecto de la causa, causa del efecto, con la planificación del país: la economía igual a la fatalidad. Y una mujer a sus pies pidiéndole algo que no era economía, pero quizás tampoco era fatalidad…

FRCH se sintió vencido por el abrazo de hinojos que le regalaba Mamadoc, cógeme o no hay Grito, fornícame o no hay concurso, dame un hijo o dame muerte, ándale, no seas puto:

Qué era mejor, sucumbir a la economía o sucumbir a la fatalidad? y en seguida mi corriente se desenchufó, mi visión de esa escena se perdió y me quedé sin saber qué decidió Federico Robles Chacón y qué decidió la ex mecanógrafa del pool secretarial de la SEPAFU. Pero en esto me pareceré de ahora en adelante a ustedes. Sean bien servidas sus mercedes, y recuerden sólo que hagan lo que hagan, el ministro Federico Robles Chacón y la Madre y Doctora de los mexicanos van a jadear corto porque el oxígeno de la ciudad se está acabando, consumido por las llamas de la basura…

Denles ustedes sus destinos, s.v.p.! Esta novela es de ustedes, señores electores!

15

—Tengo hambre!, volvió a exclamar al amanecer Colasa Sánchez y mi padre abrió los ojos, despertó del largo sueño en el que mi madre se le aparecía siempre cercana y siempre (tiéntala!) intocable, por más que mi padre alargara las manos y se repitiera: —No soy digno de ella. Aún no. Debo merecerla de vuelta.

Es un romántico, un caballero andante. Colasa tiene hambre. Bubble Gómez ni se entera de las razones de él. Comparte, al cabo, con un dejo de crueldad, las de ella. Sabe que son las de los tres y el amanecer los ha sorprendido en un paisaje nuevo, tan distinto al de la meseta consumida en fuegos y asfixias como el cielo debe serlo del infierno: aquí un llano ondulado anuncia en los reverberos del alba su ruta hacia el mar, las brumas se disipan a lo largo de los anchos ríos y los cocotales, los limoneros y los naranjales se sacuden graciosamente el rocío, ajenos a su destino en manos de la compañía de jugos Tropicana; la brisa tibia agita los tendederos de roca colorida y los tejados brillan barnizados; los rostros enjalbegados de las casas, el olor de café temprano y papaya abierta a machetazos, piña y tamarindo, llega hasta los rincones más secretos de la lengua y el paladar.

Ésta es la crueldad suprema del chofer albino. Como Lucifer en el desierto, le muestra a los peregrinos esta tentación del dulce trópico veracruzano, presagio del Golfo y el Caribe próximos, donde toda la dulzura de vivir del Nuevo Mundo regalado por Colón a Castilla y Aragón, se concentra, entre Cartagena de Indias y la Nueva Orléans, La Habana y Campeche, la Barbados y la Jamaica: la cuenca pródiga de huachinangos y langostas, ostiones y esmedregles; tintes, perlas barrocas y pródigas tortugas.

Y una vez que los tienta, Bubble Gómez dice: Comeremos carne cruda.

Abre las puertas traseras del camión refrigerador. Un aliento polar les paraliza los músculos faciales. Bubble Gómez, acostumbrado no se arredra, salta adentro del cofre de hielo, semejante a una bóveda de seguridad de banco donde se destacan aún más las reses, delirios soñados, dijo una vez el tío Fernando Benítez, por Soutine, rojas y despellejadas, la sangre y la grasa congeladas, decapitadas las bestias, truncas de pezuña, balanceándose desde los garfios negros: mundo rojo, blanco y negro por donde se pasea a sus anchas el chofer albino, escogiendo la res que más se le antoja, chiflando el muy aburrido la vieja canción de la vaca lechera, tolón, tolón, hasta levantar el brazo blanco como la escarcha que lo rodea, color de rosa como la sangre seca de las bestias y descongelar una res de forma peculiar, larga y estrecha, pequeña en relación con las demás, pero sabrosa, muy sabrosa, dice Bubble Gómez cuando los tres se juntan de rodillas en la loma en torno al animal descolgado, despellejado, decapitado, pero con una argolla de metal incrustada por la sangre congelada a la pata trasera. De allí cuelga este animal: la esclava de la pata se une al garfio congelado.

Bubble Gómez rebanó tiras de la carne cruda y Colasa se mostró interesada por la esclava de metal y Ángel trató de caer bien diciendo que sólo le hacían falta sus rajitas y sus frijolitos y sus toto-pitos y la metiche de Colasa levantó la pata de la bestia y leyó ins-crito en la esclava

FF ❤ FB

y se detuvo un instante, cerró los ojos y comió de prisa, mientras el chofer comentaba devorando la res que era como comerse un bisté a la tártara o un suchi de carne cruda o un salpicón de venado o una parrillada criolla, él sabía de estas cosas, gajes del oficio, y cantó se pasea por el prado, mata moscas con el rabo, tolón tolón.

16. Qué hacemos en Veracruz?

El vientre de la selva es como el vientre de mi madre lodo y agua pero por qué yo estoy tan contento donde estoy mientras este hombre re-aparecido corre huye quisiera gritar rodeado de la noche y los ojos lu-minosos que sólo brillan porque el aire se cubrió de luto y los ojos brillan como si se estuvieran imaginando a sí mismos viendo porque no ven en la oscuridad viendo lo que deben imaginar: corriendo fuera de la selva y mirando a veces hacia atrás desesperado corriendo y viendo siempre la proximidad de la pirámide en la selva como una proyección cinematográfica que se agiganta con la distancia.
Villa Cardel a orillas del río Chachalacas tiene todo lo que usted puede desear para sus vacaciones anuncios de pepsicola y cigarrillos rale (ralley-rattle-railing) avenidas de lodo y vistosos charcos una asombrosa variedad de insectos un zoológico suelto en las calles di-vertidos conjuntos de puercos negros y puercos famélicos estallidos de color frambuesa entre las tupidas antenas de TV cantinas de donde cada noche sólo salen vivos la mitad de los parroquianos que entraron abundantes discotecas con techo de lámina donde usted puede bailar al son de los últimos jits de los Four Joditos los me-

jores burdeles del Golfo de México una oferta inagotable iniguala-
ble de lindas muchachitas descendidas de la sierra para dar placer
a la abigarrada tropa de gringos blancos y gringos negros en perpetua rotación nunca más de 179 días en Cardel tropas del ejército
centroamericano formado por salvadoreños y hondureños entrenados por los gringos y también gringos morenos chicanos puertorri-
queños que no tienen por qué ser notados aquí en Veracruz ni
rotados de acuerdo con la ley ya que son igualitos a los niños que
asoman barrigas hinchadas y penes diminutivos entre las chozas y
las callejas de Villa Cardel pero los niños no cogen y las tropas sí
con las putas tristes descendidas del altiplano en busca de dólares
putas emigradas de Honduras cuando la operación Big Pine se tras-
ladó a Veracruz mujeres de Panamá Colombia Venezuela conocidas
como las viudas de Contadora cuando la paz se vino abajo putas
llegadas de los aposentos de Moctezuma y de las playas de Trípoli
enfermas de ERS o Enfermedades Relacionadas con el Sexo que vinieron aquí a contagiárselas a los gringos a los colaboracionistas
hondureños y salvadoreños y las más tristes de todas las señoritas
Butterfly veracruzanas las locales ingenuas seducidas y abandonadas
con sus hijos verdes como la selva rubios como los ojos dorados del
caído ángel de la independencia que mi madre miró tan de cerca el
día del temblor llorando siempre los escuincles odiados odiosos: a la
entrada de Villa Cardel un letrero mal pintado a mano letras rojas
sobre madera de ocote: AQUÍ ES SAIGONCITO

y detrás un horizonte de toldos manchados de aceite y humos de cocina portátil senderos tortuosos de lodo y charco jeeps abandonados
helicópteros caídos por falta de gasolina o tuercas los perros y en el
promontorio donde viven los oficiales los CAT HUTS con redecillas en
las puertas para dejar pasar la brisa rancia e impedir el paso de los
insectos las feces de los murciélagos las fauces del jabalí nocturno
corre sin cesar pero la mirada no se aleja se agiganta como un back
projection cinematográfico el Tajín: el hombre grita llámenme Will
para salir de la selva y entrar a una novela porque ha olvidado que
esta selva está en una novela como yo Cristóbal estoy dentro del
vientre de mi madre OUCH!

un hombre altísimo rubio calvo pero con una larga melena de cenizas amarillas cayéndole sobre los hombros de la chamarra de cuero
negro juega a los bolos en un claro de la selva tiene en la mano una
pelota de madera la arroja por un sendero improvisado y la pelota
va a chocar contra los bolos puestos de pie sobre una tarima de ta-

blones rústicos la pelota se estrella contra los bolos que no se caen se
desbaratan al impacto de la bola de madera pintada con estrellas
blancas sobre fondo azul

llámenme Will Will Gingerich corriendo sin fuerzas fuera de la selva
queriendo abandonar para siempre la pirámide asustado por el cielo
azul negro permanente de esta noche que ya es día pero él no lo sabe
bajo la sombra de la pirámide y el follaje tejido como un abrigo mojado sobre la selva veracruzana: Will Gingerich se siente atrapado
dentro de la pirámide no distingue entre aire libre y aire encerrado
no hace diferencias entre piedra y follaje.

AQUÍ ES SAIGONCITO: a las puertas de una casa de un piso pintada
azul añil y rotulada EL IMPERIO CELESTE un pequeñísimo hombre
oriental de sienes rapadas y tufillos de opio y vestido con un anacró-
nico y caluroso uniforme mao se sienta sobre su mecedora de paja y
se abanica (sus pies jamás tocan la tierra) mientras proclama y soli-
cita a los soldados rubios y morenos negros de Detroit mongoloides
de Vermont chicanos de Chicago neoricanos de la Avenida Amster-
dam la gente reclutable azorada violenta desamparada de las urbes
del Norte entlen los espela la muchacha más pleciosa de dos males
el Pacífico y el Atlántico siéntanse en casa entlen entlen dice abani-
cándose sin prisa sin aparente tristeza sólo los largos dedos amarillos
agarrados al pistilo del abanico como a un salvavidas los ojos más
velados que nunca como si una vez la luz se hubiese disfrazado de
fuego porque ese día el sol imagínense ese día sólo el sol salió por el
occidente...

Yo Cristobalito en el vientre de mi madre

Tú Elector

Mi enorme sobrehumano te lo juro esfuerzo por escuchar al OTRO
a fin de saberme ÚNICO

Ese día el sol salió por occidente: Como un ángel fabricado de ceniza amarilla y cuero negro el hombre alto con ojos de agua y quijada cuadrada rasurada cada seis horas para brillar con un lustre
niquelado su cara es azulenca y sus mejillas metálicas de un gris brillante: usa una camisa negra con cuello talar y una chamarra de
cuero negro y chinos azules botas de combate dos carrilleras cruzadas sobre el estómago plano y detenidas en los ganchos de los huesos
de las caderas obscenamente estrechas y de las carrilleras cuelgan
granadas de mano y de la mano del hombre sale disparada una pelota decorada con las barras y las estrellas y sobre la espalda de su
chamarra esta inscrito su título: THE PRIEST OF DEATH

Los ojos asustados de un tigre en la noche de la selva dos medallo-
nes amarillos entre el follaje del bosque que cubre a la pirámide Los
CAT HUTS son un acrónimo de Central American Tropical Habitat
creados para la guerra del Istmo y la invasión de Nicaragua durante
los ochentas: su particularidad es que duran sólo seis meses en el
clima centroamericano y luego se destruyen: una bonita manera de
proponernos hacer nuestro trabajo en seis meses y nos largamos nada
de Vietnams un tope de seis meses de campaña antes de que las ne-
las nerviosas de nebraska y las asustadizas abuelitas de alabama se
vuelvan locas viendo tanta sangre derramada directamente de las
pantallas de TV a sus salas de estar amuebladas por J. C. Penny's
viendo tanto muchacho muerto en body bags de plástico negro
muertos en las selvas de Veracruz todo previsto para una fulgurante
campaña ni siquiera hay que dar cuenta del movimiento de tropas
ceñidos a la ley número —que obliga a dar noticia oficial de movimiento de tropas solamente cuando éstas han permanecido más de
180 días en un solo lugar y aquí nadie dura un minuto más de 179
días de manera que no se sabe nada y sin embargo el bestseller #1
durante el año de 1992 en los Estados de Norteamérica es el libro
intitulado *Why are we in Veracruz?* por Norman Mailer el brillante
y siempre *energético* (69 años) autor brooklynés: por qué se atreve
Norman Mailer a escribir un libro de éxito llamado *Por qué estamos
en Veracruz?* por qué desanima el esfuerzo nacional para erradicar
el peligro comunista en nuestras fronteras? no cree Norman Mailer
en la teoría del dominó? no le importa a Norman Mailer la seguridad nacional? sólo le importa su fama? no le importa la marea roja
que se dirige a Harlingen Texas la destrucción de la juventud norteamericana por el tráfico de droga dirigido desde Managua declaró
desde su cuarto de hospital rodeado de flores plásticas y apuntadores
electrónicos el presidente Dumble Danger vestido con uniforme de
paracaidista de la Segunda Guerra Mundial listo par el bail-out final y cubriéndose las piernas con una colcha bordada y las letras DIOS
ES MI COPILOTO

Los bolos se desbaratan al impacto de la pelota de estrellas y un muchachito de nueve años verdoso como la selva recoge cada vez la pelota de madera y se la devuelve al hombre del largo pelo de ceniza
amarilla cayéndole sobre los hombros de la chaqueta negra: el niño
regresa a la tarima y barre los escombros con un escobillón

Will Gingerich corriendo fuera de la selva bajo un cielo azul negro
permanente

Yo en el vientre de mi madre un mes antes de mi feliz advenimiento al mundo un niño mexicano como yo pero él ya nació y yo notyet recogiendo los pedazos rotos de barro la tierra rota barnizada ensangrentada pintada el niño recoge los trozos de ídolos vasijas cerámica y pacientemente los repone con otras doce figurillas y el hombre con el rótulo THE PRIEST OF DEATH inscrito sobre la espalda de su chamarra de cuero negro vuelve a arrojar la pelota y deshace de un pelotazo sólo diez de las doce figurillas y su furia se vuelve contra el promontorio donde se hacinan los CAT HUTS: mira las ruinas inminentes de las chozas prefabricadas para autodestruirse en septiembre están aquí desde abril no han llegado repuestos gira y mira con un ardor resignado a las ruinas eternas de los totonacas cuánto va a durar esto creí que íbamos a limpiar esto en seis meses y largarnos creía que nunca íbamos a tener que pedir más CAT HUTS porque no íbamos a durar más de seis meses aquí en el claro entre la pirámide y el caserío provisional del ejército invasor

qué cosa asusta al tigre?

la ciudad de los oficiales en el monte está rodeada de alambradas y protegida por un ingreso con dos torres de vigilancia gemelas y armadas de ametralladoras y un anuncio que se puede leer desde una distancia de un cuarto de milla RESTRICTED AREA USE OF DEADLY FORCE AUTHORIZED

Yo Cristóbal no entiendo por qué el Sacerdote de la Muerte arroja de nuevo la pelota la manda rodando contra las estatuillas de barro y esta vez hace chuza porque dentro de un mes yo voy a NACER y ahora necesito dar cuenta cada vez más de la presencia del OTRO a quien le hablo aunque él no me hable a mí y sólo te tengo a ti ELECTOR para terminar de entender lo que intuyo afuera de mi cámara de ecos genéticos tú debes decirme por ejemplo que/el reverendo Royall Payne mira un día con sus ojos de acero bruñido a su oficial de inteligencia el profesor Will Gingerich y le dice con su tono más truculento acaricia mi chopper profe anda siente la suavidad de sus costados cierra los ojos y dime por favor si no se te antoja como a mí acabar con los greasers en un día disparar mis minutemen 92 portátiles contra Jalapa hacer jalapeños en conserva de las jalapeñas en celo jajaja dígame la verdad cabeza de huevo para qué estamos en Veracruz?

el terror de Will Gingerich huyendo por la selva tiene un eco: la selva de soles rojos y noches azules le dice no es posible no puedes ser uno de vuelta conmigo no hay reconciliación posible no hay no hay

El Sacerdote de la Muerte Cristobalito es un veterano de las guerras contra Centroamérica Grenada y Vietnam su nombre es Royall Payne (el reverendo Royall Payne) y es un pastor fundamentalista que levantó una fortuna negándose a predicar confortablemente sin llevar la prédica a la práctica protegido por un domo de placer construido con las contribuciones de sus fieles en alguna ciudad sureña sino que decidió llevar su cruzada anticomunista y fundamentalista a la práctica y hacerse presente en todos los frentes de batalla contra la amenaza roja: cuando Royall Payne regresa de sus cruzadas bélicas que él llama su *turismo sanguinario* en alabanza del Señor las multitudes se apelotonan a la entrada de su domo de placer en Savannah Georgia (fue un bello puerto sureño con un aire vaporoso y azucarado del Caribe Cristóbal antes de que Payne lo convirtiese en la sede de su cruzada fundamentalista lo rodeara de gasolineras construidas en forma de tabernáculos convirtiera las casas señoriales en moteles y llenara las calles y las plazas laberínticas de estancos de comercio dedicados a vender Biblias leídas en casette por el Reverendo Payne Biblias actuadas en video por los parientes y allegados del Reverendo Payne biberones de goma con la figura del Reverendo Payne en actitud de bendecir a la ciudad y al mundo y botellas plásticas de agua bendita para meter dentro de los biberones para que su niño desde la cuna aprenda a familiarizarse con el pastor que lo guiará hacia el reencuentro con Jesús protestante de signo pero católico en verdad el reverendo que como vende biberones benditos vende lavativas benditas los extremos se tocan y mucho cuidado hermanos y hermanas en no confundir los orificios) su única condición fue que donde quiera que estuviera habría cámaras de televisión el reverendo no abandonaría jamás a sus fieles pero en vez de aparecer cada domingo en las pantallas vestido de shantung brillante o doubleknits costosos y camisas Cardin o lagartijas Lacoste como sus émulos para siempre desplazados por la energía del Fundamentalista más Fundamentalista él saldría siempre de batalla vestido con su chamarra negra y las letras THE PRIEST OF DEATH como los profetas el Antiguo Testamento el A.T. en la taquigrafía personal del reverendo su télex con el Todopoderoso su línea directa con la Gracia Divina: él salía a combatir como Josué él salía a derrumbar muros a atravesar ríos a detener al mismo sol en su trayectoria celeste y ahora no lo dejan lo obligan a contentarse con acariciar el cuerpo metálico como sus mejillas rasuradas cuatro veces al día de su helicóptero E-2C acariciando las calcomanías pegadas cariñosamente al fuselaje y contentarse con treparse al rotodomo de su chopper y sermonear a su oficial de inteligencia el profesor Gingerich al niño verdoso que acomoda las figuras totonacas en la tarima a las ruinas inimitables del Tajín a los loros los tigres el río:

DIOS ES PLACER! le grita el reverendo a su oficial de inteligencia en la desolación veracruzana cuando cumplimos su obra en la tierra Él nos recompensa el placer sólo es odioso cuando no lo merecemos cuando buscamos el placer antes de buscar al Señor pero si primero buscamos al Señor lo encontraremos siempre Él sólo está ausente cuando no lo buscamos basta buscarlo para encontrarlo y entonces nada es pecado NADA NADA es imposible y todo lo posible es permitido en nombre del Señor todo le es permitido al que ha encontrado al Señor y la voz del Señor le ha dicho: Sal y sé mi soldado extermina a mis enemigos y entonces te recibiré y tendrás el placer que soy Yo! le dice el reverendo al profesor Gingerich de Dartmouth College y Will Gingerich se da cuenta de que al reverendo lo rodea un cuadro luminoso color naranja y el ronroneo felino de una cámara de televisión (un tigre en la selva): si le das la espalda a Jesús Jesús te dará la espalda a ti concluye Royall Payne seguido de música de órgano y una lista de gracias a los patrocinadores del programa y un anuncio este programa llega a su hogar vía satélite gracias a un subsidio de Unión Carbide desde un lugar de Veracruz: ahora sabe usted por qué estamos en Veracruz! gran C.U. de los puños del Reverendo y lenta disolvencia:

Royall Payne salta de lo alto del rotodomo de su helicóptero diseñado y toma una toalla y se limpia el sudor y se enjabona las mejillas y toma su navaja y le recuerda a Will Gingerich tú estás aquí para informar lo que Washington quiere saber nada más no te afanes no salgas siquiera de tu CAT HUTS tú preparas tu informe semanal diciendo que hay comunistas en Veracruz agentes soviéticos bases cubanas aunque no sea cierto: la inteligencia moderna consiste en decirles a los superiores lo que quieren saber: el resto del tiempo ahí tienes una caja de cerveza y en Cardel hay niñas muy guapas si no te importa morirte de alguna enfermedad venérea pero qué cosa puede detener al sexo eh profesor? tú nada más dime qué cosa? y yo te respondo el miedo al Señor pero tú que eres humanista agnóstico secular tú qué profesor? a coger y morir!

Los helicópteros que aún sirven salen cada mañana del claro del bosque cerca del Tajín en busca de blancos inexistentes/ ven un ramillete de tejados y dejan caer otro bouquet de napalm/ buscan lo más

tupido de la selva/ los techos del manglar las enredaderas podridas/
las copas cimbrantes de los cocotales y abren los escapes del agente
naranja para exterminar todo verdor/ una nube química color cáscara para defoliar la selva/ un jugo color gajo para defoliar a sus habitantes: regresan tarde de sus incursiones cuando el tigre abre sus
ojos de oro e inicia su vigilancia nocturna/ se retiran a sus CAT HUTS
y abren sus neveras y beben cerveza Iron City y rasgan sus bolsas de
celofán y comen pretzels doritos y pizzas tamaño individual: luego
dejan caer una moneda de cinco cents con la cabeza de Thomas Je-
fferson en el fondo de la botella de cerveza y esperan entre carcajadas y chistes sobre la naturaleza excrementicia de la cabeza del tercer
presidente de los USA a ver si es cierto lo que dicen que la cerveza
Iron City es capaz de disolver un níquel pero no saben que el pesticida naranja los está disolviendo y ellos que ahora tienen veinte
treinta años y luego regresaran condecorados y panzones de tanta
cerveza pero con el corazón hinchado de patriotismo a sus hogares
en Allentown Pennsylvania Lansing Michigan años más tarde se
preguntarán por qué se está disolviendo mi páncreas mi hígado mi
jodido cerebro mi colon mi recto?

no se preguntan esto ahora ahora salen cargando en las espaldas su
BACK PACK NUKE que es una mochila verde cargada con explosivos
nucleares equivalentes a 250 toneladas de tnt y bajan a Villa Cardel
a pasar un sábado alegre en las cantinas de donde la mitad de los
parroquianos no salen vivos ellos sí quién se mete con un negro de
Detroit de dos metros de alto cargando 250 toneladas de explosivo
nuclear? con un borinqueño de la Isla de Viéquez armado con/que
entran gritando a las cantinas THIS IS RAMBOWAR! y más tarde deci-
den visitar uno de los burdeles los han frecuentado todos y sólo les
falta uno: el del chino/ése les ha dado desconfianza/pero ellos han
apostado que antes de irse de Veracruz se cogerán a todas las mujeres disponibles y ya van a cumplir 175 días aquí saben que en cuatro
días más serán trasladados para que nunca quede registro oficial de
que estuvieron siquiera en Veracruz salen alegres cantando alegres
melopeas de Stephen Foster e Irvin Berlin América América de un
luminoso océano al otro: el cancerbero oriental del prostíbulo "El
Imperio Celeste" se abanica y se mece en su silla les sonríe y los invita Amélica? entle dos males Amélica? entlen a vel la mujel más
elótica de los dos males sonríe Deng Chopin de corta estatura invi-
tando a los soldados gringos con sus largos dedos de pianista mandarín y los de Detroit y P. R. se miran se codean las costillas con un

aire de burla y complicidad y entran carcajeándose a "El Imperio Celeste"

Will Gingerich delira sin saberlo y ve en cada forma de la selva un tigre espantado se imagina que es un gran héroe deportivo pítcher para los cardenales de San Luis fullback para los rams de Los Ángeles el campeón más viejo de Wimbledon delira pero ni esto logra disipar su miedo van a volver lo van a agarrar camina en círculos por la selva ellos están en todas partes y él en ninguna; se rasga el cielo azul negro permanente: la luna aparta el velo y se pega al cielo como una calcomanía de plata: huye Will Gingerich y arguye el Reverendo Payne: por qué estamos en Veracruz? acariciando el cuerpo metálico como sus mejillas rasuradas cuatro veces al día de su helicóptero E-2C acariciando las calcomanías pegadas cariñosamente al fuselaje cada calcomanía una estrella con una calavera estampada en el centro y rodeada de leyendas en las que sólo la toponimia varía: I WAS IN VIETNAM. I WAS IN GRENADA. I WAS IN NICARAGUA. MEXICO NEXT: El reverendo Royall Payne empieza a golpear desesperadamente sobre el fuselaje de su helicóptero maltratando las calcomanías diciendo con la voz ronca: por qué estamos en Veracruz? y Gingerich tratando de acallarlo dándole por su lado para proteger las instalaciones petroleras del Golfo de México sin las cuales el mundo libre quedará estratejodido... y el reverendo lo interrumpe de un palmetazo abierto y duro sobre el cuerpo del helicóptero que resuena como una gigantesca lata de sopa Campbell dejada a hincharse monstruosamente en la humedad hirviente de la selva: la verdad! grita el reverendo la verdad! hay que acabar con este país exportador de morenitos que nos invaden como la plaga de las langostas que acabó con el poder del faraón! Michigan no crece Carolina del Sur no crece Georgia no crece tu propia tierra Texas profesor no crece no hacemos niños mientras todos estos morenos crecen y crecen y cruzan y cruzan y acabarán por juntarse con nuestras propias hijas y madres y esposas emergidas como Venus de la piscina genética caucásica me estás oyendo profesor? los has oído mandándose todo el tiempo los unos a los otros a joder a su madre? pues allí mismo los quiero mandar desde el aire con mi fiel minuteman 92 matarlos en la semilla de su padre antes de que entren al vientre de sus madres repulsivos cochinos morenitos invasores de la casa ajena limpia y blanca del americano/ haciendo camping en nuestros céspedes verdes usted lo va a permitir profesor? pero usted se opone al aborto reverendo cómo va a impedir el crecimiento demográfico de los hispanos si es usted el apóstol de la oposición al aborto en los viejos buenos US de A, pero ya no son los US de A ni son buenos ni son viejos dijo con una horrible explosión de cólera el reverendo arrojándose sobre la figura inerme del profesor Will Gingerich y no es lo mismo matar a un niño en el vientre de su madre que matar a un mexicano adulto y bigotudo de éstos para impedirle que procree no es lo mismo admítalo profe admítalo! Will Gingerich avasallado por el reverendo Payne cae de bruces junto a un río lento rodeado de tigres ardientes

hay un solo cuarto en el burdel de Deng Chopin: lo divide una cortina vaporosa pero manchada de gasa manchada de sólo Dios sabe qué/ semen de chicano onanista o cagarruta de murciélago o cerveza o guacamole imposible saber: el pequeño oriental deja pasar a los hombres los invita a desvestirse y luego acercarse calladamente al lecho de mampostería y baldaquín envuelto a su vez en mosquiteros complicados arreglados a la manera de cortinajes teatrales sin despertar a la que duerme: es la bella durmiente ése es el secreto de esta casa celestial aquí hay *una sola puta* y hace el amor *dormida*: dormida? ríen los dos gringos juntos y cierra los ojos significativa promisoriamente Deng Chopin: dormida y los dos soldados se codean y ríen por fin Nat lo que siempre quisimos hacer y ninguna de estas marranas se dejó oye Macho Nacho el amor al mismo tiempo tú por delante yo por atrás luego al revés cómo no sonríe Deng Chopin: sólo en Caldel se cumplen las ilusiones los invita a desvestirse y a quitarse las mochilas de las espaldas ah no ríen Nat y Macho Nacho nunca, estaremos encuerados pero nuestros BACK PACK NUKES no los abandonamos ni un instante ríen no te preocupes chale los únicos cohetes que van a estallar aquí son cuando mi amigazo y yo nos vengamos con tu bella durmiente se carcajean Deng Chopin se abanica él no ríe sólo levanta las cejas y regresa a su puesto en la mecedora frente a la calle principal de Villa Cardel: Aquí es Saigoncito

me dijeron que no iba a haber muertos! exclama el profesor Gingerich me reclutaron para servir a la paz para evitar una guerra entre México y los Estados Unidos salí de la catástrofe de Acapulco y me dijeron en la embajada de los Estados Federales del Norte la manera de servir la causa de la paz es hacer un trabajo de inteligencia en Veracruz la alternativa? lo mandamos a Texas a trabajar en la frontera yo soy profesor de Dartmouth College no importa aquí dice que usted es texano no importa en dónde trabaje sino de dónde es para efectos de repatriación profesor Gingerich la salida honorable es una misión de inteligencia en Veracruz nuestra recompensa es mandarlo más tarde de regreso a Dartmouth College donde las navidades son blancas y las montañas son verdes y los veranos son lentos y cálidos como las lagunas profundas y florecen las dalias pálidas y los jacintos amarillos: pierda cuidado profesor no habrá muertos es una misión de reconocimiento e inteligencia: hay que dar una razón profesor Gingerich: por qué estamos en Veracruz?

Sube el reverendo Royall Payne a su helicóptero negro como una araña una oruga un diamante escondido una corona diabólica las pezuñas del diablo el culo del vampiro negro como la noche del día en que el sol se puso en oriente y los gatos cerraron los ojos y los perros no se atrevieron a ladrar/ sube el reverendo al avión E-2C que aprendió a pilotear por instrucciones directas del presidente Rambold Ranger con las palabras: "Royall tú eres el copiloto de Dios. Si yo faltara tú tomarías la Gran Decisión en mi lugar": el Presidente le entregó personalmente este aparato maravilloso capaz de volar a 327 millas por hora durante seis horas consecutivas y a treinta mil pies de altura detectando y calibrando toda nave aérea que se le acerque desde una distancia de más de trescientas millas: capaz de rastrear más de doscientos cincuenta blancos y treinta interceptores aéreos: pero lo más bello del avión de Royall Payne es su rotodomo el disco que aloja los aparatos de radar y las antenas del avión con un alcance que duplica el de los más avanzados sistemas conocidos hasta ahora como un blanco emblema montado encima del avión y pensando en las calcomanías estampadas por la muerte y la diferencia ansioso de estampar la calavera sobre el nombre de México y añadir la dirección de la nueva calcomanía: CANADA NEXT COLOMBIA NEXT TRINIDAD NEXT dijo Royall Payne decidido desde ese instante a hablarle al mundo a través del micrófono de su leal E-2C lanzando su mensaje de guerra y salvación con cada aletazo de fierro de las cuchillas del helicóptero relucientes como las relucientes navajas que cada seis horas afeitan las relucientes mejillas del hombre de acero el Sacerdote de la Muerte amedrentando el aire de los viejos cementerios totonacas doblando el talle de las palmeras azotando los techos de cinc contra las paredes de cartón disminuyendo la vida de los CAT HUTS a punto de desintegrarse ya: un día me lo van a agradecer gime como en un sermón estelar el reverendo pero la voz de la radio le dice no regresa Roy regresa a tu base no ruge el reverendo Royall un día me lo van a agradecer gritó de dolor mordiéndose las manos inscritas con la leyenda tatuada pero la voz de la radio voz lejana maricona pagada por los rojos antiamericana insolente massachuteca voz Roy no olvides aquí estamos solamente para proteger el abastecimiento de petróleo hacemos lo que tenemos que hacer seguimos órdenes Roy aplicamos las instrucciones del folleto de la CIA tratamos de neutralizar mexicanos en un radio de diez millas alrededor de Villa Cardel y las riveras del Chachalacas pero no podemos ir más lejos hay un acuerdo con el gobierno mexicano de no ir más lejos tú no puedes lanzar tus misiles contra la Ciudad de México contra Jalapa siquiera Roy: Tú atente a la Resolución del Golfo de Campeche! Entonces estamos en lo de siempre tampoco esta guerra la vamos a ganar! gritó el pastor de almas con las manos ensangrentadas por sus propios colmillos no seas estúpido Roy recuerda que esta guerrita es sólo un evento de los medios un espectáculo informativo cubierto por la TV y la prensa para probarle al mundo pero sobre todo a nosotros mismos que somos muy machos y para que el gobierno mexicano le pruebe a su pueblo que hay que unirse para defender al país mierda nos conviene a los dos no lo olvides qué vas a hacer Roy a dónde vas Roy Roy! no olvides cómo va el guión éste no hagas ninguna barbaridad recuerda que al final vamos a decir que ganamos la guerra y luego nos largamos ganamos y nos largamos Roy no olvides que todo está previsto GANAMOS Y NOS LARGAMOS ROY!

Un río aparece en medio de la noche fluye luminoso y lento como una caricia se oye una guitarra muy lejos y Will Gingerich se pregunta por qué le da miedo todo esto Cristóbal tú nunca sientes terror en medio de la placentera protección del vientre de tu madre ÁNGELES?

No se mueve le dijo Nat a Nacho Macho ya te lo dijo el chink éste está dormida anda parta las gasas son muchas Nat un mosquitero tras otro claro para que duerma tranquila pero si no la despierta mi negro dingalón no sé qué le va a despertar el tuyo? mejor mide el mío qué creen siempre ustedes los negros que Dios les dio las malanganas más largas del mundo? ya párale a divertirnos como quedamos tú por delante yo por detrás luego suicheamos oye mírala levántale las piernas y mírala no está muy joven ves quién se fija aquí si están jóvenes o viejas lo importante es taclear culo olvídate si es joven o vieja Macho no es que las piernas le pesan mucho sueño pe-

sado Nat trata de voltearla te digo que pesa una tonelada
el equivalente de 250 toneladas de TNT

BACK PACK NUKE
FRONT ROW DICK
NEVER LEAVE HOME WITHOUT THEM

y los brazos están bien tiesos explórarle las tetas de mármol heladas
apártarle las piernas y el culo? helado también helado y cerrado como
una caja de seguridad del Chase Manhattan Bank métele el dedo no
entra Nat el culo está seco CAT BOX! por ahí no ha entrado nadie en
un siglo y por atrás qué? BACK DOOR! le ocurre algo por atrás sí y la
cara cómo es Harry de porcelana parece de una muñeca de porcelana china es bonita pero es vieja blanca blanquísima con los ojos
cerrados polveada y el pelo rojo acaríciale el pelo Nat hazlo por mí
yo ando acá abajo Nat no es pelo es peluca joder es una peluca se
zafó le escurre un líquido por las orejas qué tiene en las narices ta-
pones algodones sagrada mierda Harry lo que le escurren entre las
nalgas huele feo a desinfectante huele a formol sagrada caca abrió
los ojos de repente Nacho Macho pero no los mueve son de vidrio
santa papaya esta vieja está enferma Nat esta vieja tiene algo mal esta
vieja está muerta no seas morón la jodida vieja ésta es un fiambre
pasado no grites así Macho por Luis Rafael te lo pido Sánchez no
grites así te digo ten cuidado fíjate en lo que haces no peles así los
ojos no aprietes así los dientes no aprietes las manos no muevas así
tu BACK PACK NUKE ya sabes que si tiras de esa cuer-da mi-er-da-
aaaaaaaaaaaaaaaaaa
un día me lo van a agradecer
los grasosos se procrean como ratas para ir a buscar la buena vida
para tener al fin lo que todos quieren
como en un sermón estelar
TV y refrigeradores y estadios de futbol y
culos blancos y cosas que funcionan y hospitales
y cereales que hacen ruiditos alegres y pan sin moscas
y coches americanos Akutagawas y Togos y Meijis y Kabukis 2002
cada uno de tus hermanitos que se quedan aquí significa un
hogar americano de sangre roja que se salva gracias a mí!
Cardel Chachalacas Tajín Totonacas
mira el reverendo Royall Payne la visión del Pico de Orizaba que se
acerca velozmente a sus ojos blanquiazules reverberando mirando en

la cúspide helada del volcán una imagen de su propia mirada como
si el humilde operativo del Señor pudiese convertirse en naturaleza
alta blanca eterna roca y hielo permanentes

NO MÁS DERROTAS! MIENTRAS MÁS DERROTAS MÁS
VENGANZAS !
NO MÁS VIETNAMS ! SE AUTORIZA EL USO DE LA FUERZA
MORTAL!
NO MÁS DERROTAS!

dentro del río cruzando el río debajo del agua enmascarado por el
agua de fuego imaginando que su sueño de antropólogo panteísta
va a resolverse al fin en la pesadilla de morir y convertirse en carne
de mole: quiero morir y convertirme en carne de mole repite Will
Gingerich debajo del río lento y llameante pero las llamas sólo consumen el poblado de Cardel el río es una frontera y el profesor de
Dartmouth College sale del otro lado y cae de boca sobre el limo
fecundo del río
los Estados Unidos perdieron su inocencia en Veracruz murmuró el
profesor Will Gingerich cuando las manos ajenas (amigas? enemigas?) lo tomaron de las axilas y lo levantaron de su lecho de lodo en
las riberas del río lento rodeado de tigres con ojos dorados y lomos
de fuego las mariposas coronando las aguas el fantasma de luna en
la eterna noche azul negra
en Veracruz
en Vietnam
en Korea
en Hiroshima
en Dresden
en Santo Domingo
en Bluefields
en Managua
en Port-au-Prince
en Santiago de Cuba
en Manila
en Andersonville
en Little Big Horn
en Trípoli
y en Chapultepec
y en Chapultepec

y en Chapultepec
y en el Tajín
el barro roto
campanas de la luna
mago colibrí
faldas de serpiente
estrellas del sur
el tigre dijo: fuego en la mitad de la noche
el barro dijo: espejo de humo
yo dije rayado de voces:

17. La otra orilla

Todo esto lo dijo el profesor Gingerich rescatado de la orilla del río mientras comía unas hamburguesas preparadas por el camionero albino y lo escuchaban mi padre y la muchacha vestida de carmelita.

A ella se dirigió el norteamericano, alzando un poco la voz por encima del estruendo a nuestras espaldas, inacabable dijo mi padre: Gingerich sólo miraba a la muchacha, reconociéndola, al hablar cerca del fuego menor, hospitalario, de este claro en el bosque.

Hacía pausas para masticar la hamburguesa. Entonces daba a entender, mirando a Colasa Sánchez, que hablaba e imaginaba al mismo tiempo; tal era la dimensión de su mirada. Cuando yo nazca, acaso tendré oportunidad de entender mejor las miradas y de leer en ellas el nombre del deseo. Aunque desde ahora sé (mi padre mira por mí, tú lo entiendes, elector) que si el deseo es sólo la imitación de otro deseo, es porque cuando queremos algo queremos, al mismo tiempo, ser queridos. Así se miran Gingerich y Colasa. Ambos saben lo que el profesor escuchó de labios de su desaparecido amigo, D. C. Buckley. Cuidado con esta mujer. Usa un pene de madera. Pene du bois.

Esta noche mi padre adivina en el temblor de los rasgos de Gingerich, salvado de la muerte en la selva, una disposición frente al deseo ajeno. Una apertura. Ella no necesita presentación: Colasa Sánchez, hija natural de Matamoros Moreno. Dice muy simplemente, después de tragar un pedacito de hamburguesa que ella toma delicadamente entre los dedos, como se toma una hostia, que él vino de la otra orilla. Qué quería? Algo muy grande, algo muy difícil, para haber arriesgado la muerte saltando desde la otra orilla.

La otra orilla: mi padre iba a interrumpir, diciendo algo banal: nadó. Se detuvo a tiempo. La noche, la luz de la fogata, el estruendo detrás de nosotros (yo soy mi padre! tú eres elector!) la transformaban; Colasa Sánchez era un ser necesario, se revelaba como una hija de la necesidad, más que de su padre Matamoros Moreno y de su madre Anónima Sánchez. Necesitaba; ésta era su súplica aquella noche.

La otra orilla: Will Gingerich alargó la mano y tocó con los suyos los dedos de Colasa Sánchez. Piel canela, color de té, color de carmelita. Adivinanza: dónde están los escapularios? Will cerró los ojos y admitió la necesidad de Colasa. El deseo es necesario y debe correr el riesgo de la transformación. Queremos lo que queremos no sólo para tenerlo, sino para cambiarlo a imagen de nuestro deseo: a nuestra imagen.

Iba a resistir el objeto del deseo?

Iba a admitir la necesidad propia y la ajena, aun a costa de la transformación?

Cuando mi padre vio los dedos unidos e imaginó la unión cruel de los sexos, se incorporó temblando, protegió su emoción en la oscuridad fronteriza y se dijo a sí mismo lo que nos diría a mi madre y a mí, turbio y luminoso en su seno, al encontrarnos de nuevo:

—Vi a esa pareja tomar ese riesgo y los ojos se me abrieron en medio de la oscuridad de la selva. Yo no arriesgo nada regresando a ti que eres mi amor, Ángeles, y a nuestro hijo por nacer. Acéptame de regreso. Déjame explicar por qué te quiero y cómo te deseo.

Colasa y Will tomados de la mano, mirándose con pasión, conscientes del peligro, riéndose del mito, de Matamoros muerto, de la matanga de madera del manhattanista mordido, de las Ms de México, el manuscrito mortal: Will Gingerich no tenía un libro, no se comería sus palabras: era dueño de un cuerpo,

—Mi cuerpo es tuyo, dijo, libre al fin, la niña Colasa.

Noveno:
El descubrimiento de América

…por qué te tengo que encontrar si no te
me has perdido…
GABRIEL GARCÍA MÁRQUEZ,
El otoño del patriarca

1. Tu verdad de pan bendito

Atento, elector: Espérame que te voy a necesitar más que nunca, no te me escondas, no te me vayas: Tú tienes que estar *allí* cuando yo necesite que alargues la mano para que yo recupere todo lo que perderé, de ello estoy seguro, al abandonar a mi madre; aún no: está viva mi madre y yo dentro de ella en los últimos días de mi gestación, está viva mi madre sentada en el Templo de San Felipe Neri en Oaxaca, rodeada de florones y mirando (puesto que aún no me puede mirar a mí!) a un Santo Niño de Atocha vestido con brocados y plumas color de rosa y si ella mira al Santo Niño a ella la mira con una mezcla de melancolía y de pasión desmedida nuestro cuate Huevo pero ella y yo sabemos que algo va a ocurrir, una premonición temblorosa nos hace verte a ti, papá, corriendo por la carretera en una motocicleta Kurosawa destartalada, arrancada al cadáver de un centinela yanqui, lejos de la tentación del dulce trópico veracruzano, lejos y de vuelta a la altura sagrada, veloz por el camino de Orizaba y Tierra Blanca y el río Tuxtepec, montaña arriba, por Cuicatlán rumbo a Oaxaca, mi padre, que dejó atrás a Bubble Gómez con su camión refrigerado lleno de cadáveres comestibles y a Colasa Sánchez y el profesor Will Gingerich reunidos para bien o para mal, mientras que tú, papá, no tienes por qué dudar, será para bien, para bien será que corras hacia nosotros, hacia mi madre y hacia mí, seguro del lugar donde nos vamos a encontrar, cuál otro podría ser, veme diciendo?

Oh, como te veo, papá, alto y color gitano y ojiverde y cegatón y tenso, cada músculo de tu rostro afilado, más recortado que nunca, el mal estado de la carretera pegándote y rebotándote en las meras pelotas, que es donde sientes el peligro físico de la carretera, su violencia, sus baches, y que yo siento contigo porque por allí nos relacionamos tú y yo, con un carajo, por allí empezamos: allí fue inventada la América, allí fue deseada, allí fue necesitada, y no en otra parte: América está en los cojones de mi padre!

Quien corre en moto por la carretera Cristóbal Colón a Oaxaca, mar amotinado de baches, y mi padre dice hijo no nazcas sin mí no nazcas a medias hijo mío espera a tu padre ya voy hacia ti ya mero voy llegando espérame tantito Cristóbal espérame esperanza detén el tiempo ya mero llego Ángeles no te acabes de ensimismar sin mí no llegues a partir sin mí no cierres todavía el círculo sin mí no sean ustedes dos nada más sino nosotros tres siempre tres no me dejes fuera de tu halo Ángeles déjame entrar a tu luz no te acabes tu luz sin mí no te lleves tu aire sin mí no tengas a nuestro hijo sin mí mira que ya vengo de vuelta perdóname y perdóname sobre todo por no explicarte que me alejé de ti por motivos que nunca comprenderé del todo, pero que empecé a entender sabes hasta cuándo? hasta que vi al profesor gringo y a Colasa Sánchez arriesgarse a compartirlo todo hasta el temible mito hasta el doloroso pasado a trascender en el peligroso amor de una pareja la estupidez social de la reputación las apariencias las convenciones porque si una pareja se quiere de veras Ángeles eso es lo más revolucionario del mundo eso cambia al mundo sólo esto no hay que hacer nada más sino vivir un amor mandando a la chingada los qué dirán qué dijeron qué pasó antes serán o no serán harán o no harán con los que llena sus días la clase media sin imaginación sin amor sinsin la sustitución de cantidades posibles de amor por cantidades equivalentes de cosas y yo perdido y desorientado no llegué a eso sino que entre mi revolución conservadora y tu revolución izquierdista metí una pasión que se llama celos y una justificación que se llama machismo y con ellas no supe imaginar lo peor que podía pasarme: no que yo te engañara Ángeles sino que tú ya no pensaras más en mí eso me mató de celos eso es lo que me arrancó de mi justificación sensual: un mundo en el que tú pudieras seguir viviendo con nuestro hijo sin quererme más sin pensar siquiera en mí: no tuve más celos de otro o de otros sino de mí Ángeles en el instante en que imaginé ya no tu ausencia lo confieso o la del niño sino *mi ausencia* en el mundo tuyo y de nuestro hijo: tu luz sin mí tu aire sin mí tu cuerpo sin mí es lo que no puedo soportar desde ahora y por eso regreso a que me perdones y me admitas de nuevo en tu luz en tu aire en tu carne: escúchame Ángeles y Cristóbal: mis palabras son un grito de socorro! Freno, derrapo, el polvo me envuelve.

Entró mi padre al templo en Oaxaca: gloria dorada, intenso olor de flores y vecinas panaderías, incienso y losas recién lavadas; llegó hasta ella, tocó su hombro. Ella no lo miró. Se levantó el velo y le mostró la nuca.

Mi madre dejó caer el tomo de Platón publicado por la UNAM con tapas verdes y el escudo negro POR MI RAZA HABLARÁ EL ESPÍRITU.

Tuvo que levantarse el pelo largo que prometió no cortarse más hasta no terminar de leer el *Cratilo*.

Huevo los miró juntos y se levantó del banco.

Salieron Huevo y la Niña Ba, él con sus patas planas y su cabeza calva, ella primorosa con su batón escolar a cuadros y sus trenzas y su carita redonda.

Y mi corazón entristecido: no te vayas, niñita, no me dejes solo, Niña Ba! Qué pasa si ahora, como parece, todo se perdona y la pareja se rehace y yo me quedo solo: quién sino tú puede acompañarme, niñita, Niña Ba: Recuerda que yo soy el único que te mira tal como eres! No olvides eso! No me olvides a mí!

Ah, el egoísmo del amor. Nadie hace nada para acercarme a la niña que se va siguiendo a Huevo por el pasillo de la Iglesia de San Felipe Neri en Oaxaca una mañana de octubre de 1992. Ella se voltea tomada de la mano de nuestro cuate y me mira:

Me hace una seña de despedida con la manita levantada a la altura del cachete.

Adiós. Hasta luego. Nos vemos, niñita dulce!

El templo está solo a esta hora.

Mi padre mantiene en alto la larga cabellera de mi madre. Acerca los labios a la nuca perfumada de mi madre. Desnuda sólo la espalda, los hombros, la nuca. Mi padre besa la suavidad incomparable del cuerpo de mi madre. Ángeles le da a él el éxtasis de la fragancia ácida de sus axilas, alas diáfanas; le da sus hombros, buenos para un llanto copioso y líquido; le da la alada virtud de su seno blando y la quinta esencia dormilona de su espalda leve: aspirándola toda, enamorado para siempre de lo suave y blando de mi madre, qué ganas de dormirse en sus brazos, olvidarse de todo, de Penny y Lucha y Ulises y el Ayatola y Colasa y el camión de Bubble Gómez y la guerra de Veracruz y dormirse entre el resonante almidón, el luto radiante y el lujo de marfil y nácar.

Le dijo otra vez que no podía desearla y sólo desearla, que le diera lo que tuviera aunque fuera en el umbral del cementerio. Los pies. Soñó despierto con los pies. Pidió los pies. Pero ella dijo entonces que no. Ella habló por primera vez entonces para decir que no. Esta vez no. Todo se repetiría menos esto.

—Por qué?, preguntó mi padre.

—No quiero que me veas nunca loca, marchita o enferma. Por eso.

Mi padre entendió entonces (entendí dice mi padre) que esta vez no la iba a descalzar (no la descalcé) ni ella le iba a ofrecer (los pies) para que no me volviera a enfermar (de absoluto) aquí en Oaxaca (donde empezó lo mejor y lo peor de mí mismo) (mi misión, se ríe ahora Ángel mi padre): (tu amor, lo mejor de mí, dice mi padre, esta vez ella:)

Levantó sus ojos taumaturgos y miró los ojos verdes de él.

Mi madre le dio de beber a mi padre el agua contenida en el hueco de sus manos.

Cuando salimos de la iglesia, sin embargo, nos esperaba lo inesperado: una Shogun limousine blanca en plena plaza de armas de Oaxaca, un chofer oriental vestido de uniforme y cachucha negras, abriendo obsequiosamente la puerta del automóvil, junto a la cual, de pie, apoyado contra el vidrio entreabierto, una patita Gucci coquetamente retenida sobre la moqueta de la bañola (como diría feu Ada Ching), la otra posada sin miramientos sobre un hermoso cuan antiguo adoquín de la plaza oaxaqueña, vestido todo él de blanco como para una extemporánea primera comunión, en la mano un elegante bastón de malaquita que hacía girar entre sus dedos sinfazones frente a nuestras miradas atónitas, su cachetona faz perfectamente acicalada, lustrosa, restiradita, bien rasurada salvo por el moscardón negro del bigotillo posado sobre su siempre sudoroso labio superior: el tío don Homero Fagoaga Labastida Pacheco y Montes de Oca, de las mejores etcéteras…

—Ah, dilectos sobrinitos, no me mireis de tan confundida manera, rió cantarinamente don Homero, repetid más bien, como dijese el excelso poeta don Luis de Góngora y Argote en azorada contemplación de estas Fabio ay dolor que ves ahora campos de soledad mustio collado fueron otra vez Cempoala famosa, o como añadiese su digno sucesor el poeta don Octavio Paz, en idéntico sitio aunque tres siglos más tarde: Sólo el académico gordo es inmortal! Heme aquí, pues, y como dijese vuestro poeta favorito (dijo Homero moviendo con broma censoria su dedo de salchicha), buscas a Acapulco en Oaxaca, oh peregrino!, y a Acapulco en Oaxaca no lo encuentras porque Acapulco resulta que está en Acapulco y que, oh Quevedo abuelo de los dinamiteros, sólo lo fugitivo permanece y dura! O sea, sobrinitos, que se acerca el Día Doce de Octubre y la celebración del Quinto Centenario de nuestro descubrimiento, o como dijesen los indios de Guanahaní al ver que se aproximaban las carabelas, Albricias, albricias, que hemos sido descubiertos! Pero yo, modestito que soy, sólo deseo que el niño de nuestra sangre, destinado a ganar, si Dios quiere, el concurso nacional de los Cristobalitos, venga a este mundo con comodidades y augurios dignos de su alto destino, para lo cual aquí está a su disposición de ustedes y amigos que los acompañan mi humilde carruaje (y adentro de la *limousine* vieron con horror mis padres a Huevo sentado entre las hermanitas de Homero, Capitolina y Farnesia, muy sonrientes las dos, muy amables, no faltaba más, vestidas con veraniegos trajes floripondios y tocadas con alados sombreritos de paja y listón a lo Scarlett O'Horror convocando con maternal solicitud a mi madre —con las manos— y a mi padre —con las miradas— y Huevo con un gesto de qué remedio! levantando los hombros y la Niña Ba ya no está, *ya no está,* YA NO ESTÁ! grito desde mi centro solar invisible pero nadie me hace caso) para viajar rumbo a Acapulco y esperar en mi casa, cuyas campesinas comodidades ustedes habrán de excusar (como dijese mi singular amigo don Enrique Larreta entre sorbo y sorbo de su bombilla de hierba mate en humoso ranchito cerca de Paysandú) pero cuyas austeras virtudes conocen de sobra, el fausto acontecimiento!

Y como viese cierta duda en el ánimo de mis padres, imperioso e impaciente les pegó con el bastoncito, levemente, sobre los hombros (los mismos hombros que besara hace unos minutos mi padre) sobre los nudillos (las mismas manos en las que mi madre mantuviera hace pocos instantes el agua que ofreció a mi padre) (y éste recordó las zurras sadoeróticas que el tío le propinaba con un zapato de señora cuando mi padre era niño) y dijo ale, ale, que la paciencia se me acaba y el tiempo también, mis hermanitas aquí Capitolina y Farnesia, virgencitas certificadas ambas, harán gustosas el papel de comadronas: manitas santas! Acapulco se reconstruye lenta pero seguramente, bajo nuevos y más propicios patrocinios que los del deplorable caciquillo local Ulises López, y es importante para nuestro futuro (que es el de vuestro bebé, amadísimos sobrinos míos!) que venga al mundo allí el Cristobalito, que Acapulco se identifique con la Magna Celebración del Quincentenario y que nuestro rostro, que recibió al Ilustre Navegante viniendo de nuestro oriente que era su occidente en busca de un oriente que quedaba más lejos, se vuelva ahora hacia el verdadero oriente clásico, el Pacífico, que en realidad es nuestro más cercano occidente y nosotros, válgame Dios, el oriente verdadero de ellos!, pero en fin, no sé lo que digo, salvo esto: que nazca el niño el doce de octubre venidero en el puerto de Acapulco que mira hacia la nueva constelación del Pacífico. Apostemos oportunamente al futuro y arriba y adelante, Tomasito, como exclamase Nuestro Candidato al enarbolar PRIstinas banderas en la lejana Campaña del Año Setenta que esta noche debemos dormir en Pichilingue y mañana, vísperas del Doce de Octubre, ir en acción rogatoria y de gracias a la catedral de Acapulco, todos juntos!

Tomaron lugar mis padres en los extrapontines del auto, mirando las caras sonrientes de Capitolina y Farnesia y el rostro ovoide de nuestro asombrado cuate mientras don Homero tomaba el suyo en el asiento de adelante junto al chofer Tomasito.

—Ay, luego se ve que nuestro hermanito es de la misma sangre, suspiró Farnesia, así como nosotros llamamos Servilia a todas las criadas, él llama Tomasito a todos los choferes…

—Basta de vaguedades, Farnesita, la interrumpió Capitolina, mejor persígnate pronto, pues esto sí que es un pecadote, salir dos días enteros de nuestra casa, andar rodando por estos cerros del Señor llenos de quién sabe qué peligros y acabar ahora de comadronas en Acapulco, la capital del vicio, la Babilonia de la Costa Chica…

—Ay Capitita, tenían razón en el convento, qué duda cabe, y en primer lugar…

Ángel mi padre dejó caer brutalmente en el regazo de Farnesia la esclava de oro salvada de la selva veracruzana, con las iniciales FF y FB separadas por un corazón.

La señorita Farnesia Fagoaga peló los ojos, tembló, y luego lloró con la cabeza colgada. Capitolina se mordió los labios y la abrazó en seguida, hermanita, hermanita… Mi madre alzó sus ojos taumaturgos y miró a mi padre. Yo sé lo que pensó:

Ángel Palomar, al fin aprendiste a utilizar tu violencia para humanizar al prójimo.

Las muchachas daban vueltas a la plaza tomadas de las manos con una resignación llena de abrojos: un atardecer abrupto, una ciudad de verdes y negros y oros, eternamente esculpiéndose a sí misma.

2. Te amo no cual mito

(Solos los tres de regreso en Acapulco: Ella, Yo, Él).
Busqué a Águeda y no la encontré.
Busqué a la Suave Patria y no la encontré.
Encontré a Ángeles, tu madre.
La encontré como perdí a Águeda.
—No nos hagamos daño. Estamos todos aquí.

Y cuando lo conociste, mamá, cuando supiste quién era de verdad él, cuando lo seguiste a Acapulco, a Oaxaca, al concurso de Mamadoc en México, cuando fuiste la parte pasiva de su aventura, la destrucción de Aka, la campaña del tío Homero en Oaxaca, el encuentro con Matamoros Moreno, el regreso a Makesicko City, la búsqueda de la ciudad en la ciudad, el bulevar, la carroza, las oficinas del concurso, los … Cuando lo terminaste de vivir todo, entonces qué, mamá, qué pasó de tu primera impresión, o de tu primera ilusión, qué te dijiste a ti misma, mamá?

Eso me dije, Cristóbal. Desde que conocí a tu padre nunca volví a dudar: tengo un cuerpo, hijo mío, mira, tócame, tengo dos senos que se revientan de leche, tengo nalgas duras y pesadas, tócalas, hijo, acaricia mi cuello, hijo, siéntelo latir, mi cintura existe, es carne y movimiento y calor, toca mi ombligo, hijo acaricia mi mono y detén tu manecita sobre el candado caliente del útero por donde vas a salir: toma, hijo, soy tu madre, es tu última oportunidad de estar dentro de tu madre, mira hacia arriba, desde tu postura, ahora que estás por nacer, dime qué ves, dímelo por favor.

Quiénes estamos? Quién eres, mamá? Ángeles? Águeda?

Las dos hijo, las dos. Aprendí a ser las dos.

Cuántos estamos, mamá?

Los tres, hijo los tres, reconciliados, con menos ilusiones pero con muchísimo más cariño.

Dónde estamos, mamá?

De vuelta en Acapulco, hijo, dando gracias porque tú vas a nacer.

Cuándo, mamá, cuándo?

Ahora mismo hijo, entre el domingo once de octubre (estamos en la playa) y el lunes doce de octubre (estamos en Acapulco) de 1992.

Con quiénes estamos, mamá?

Con nuestro amigo Huevo y el Huérfano Huerta y Tomasito, el segundo Tomasito, el chofer que nos trajo desde Oaxaca y entregó al tío Homero en manos del tío Fernando que nos esperaba en el aeropuerto de Chilpancingo donde ese día se celebraban las honras fúnebres del predilecto hijo local don Ulises López y familia que lo etcétera, embarcándose a la fuerza don Homero con don Fernando en el desvencijado bimotor del Instituto Indigenista rumbo a nuevos horizontes mientras Tomasito tomaba la dirección del Shogún, enderezándolo rumbo a Acapulco.

Y las hermanitas?

Las recogió un camionero albino a la salida de Chilpancingo. Dijo que las llevaría a México. Que pasarán a la parte de atrás, allí estarán más fresquecitas, les dijo.

Y nosotros?

Mamá, veo una lámpara, una luz encendida sobre mi cabeza, aquí adentro de tu vientre, una luz me baña y me dice: Gracias a mí lo sabes todo, todo, todo, Chris,

> Cristóbal
> Cristóbal Crítico
> Criticristóbal
> Crisis Cristóbal
> Crimen Cristóbal
> Cristóbal Incriminado
> Cri Cri Cristóbal

madre! esa luz ha estado allí desde cuándo, desde que me concebiste, encima de mi cabecita, y yo no la había visto hasta ahora, madre, apúrate, no dejes que esa luz se apague todavía, dame unos minutos más de esa sabiduría, no me la quites aún, cómo brilla, cómo brilla, con razón me lo has enseñado todo aquí adentro, con razón he podido saberlo todo aquí adentro, un fuego ardiendo encima de mi cabecita, ése es el origen de la luz, un fuego que brilla y se consume en tu plexo e ilumina mi cabecita, diciéndome a mí también, madre:

—No nos hagamos daño. Estamos todos aquí.

Oigo lo que se fue, lo que aún no toco

Estamos frente al mar, en la playa del Revolcadero: frente al Océano Pacífico. Hay doce toninas muertas en la playa: una docena justa de delfines asesinados por la contaminación de la bahía, y las agitaciones insanas de El Niño enviado desde el Perú.

Doce blancos delfines amoratándose implacablemente como si se despojasen de su inocencia idéntica a su belleza: sus ojos tiernos, hermanos marinos de la dulzura pascual; sus cuerpos lisos, cambiando de color, y sus fauces abiertas: tiburones cándidos. A nuestros pies.

El muchacho oriental da la espalda al sol poniente. Se ha quitado el gorro de chofer, revelando una cabeza juvenil y lacia, viste uniforme negro, que le da un aire irresuelto de almirante de la flota japonesa la víspera de Pearl Harbor y toma cariñosamente de la mano al Huérfano Huerta, desnudo a su lado, mirándonos los dos a mi padre y a mi madre (y yo dentro del vientre de ella!) y a Huevo descalzo, con los pantalones arremangados y la camisa abierta, revelando sus pechos lampiños, casi femeninos, Huevo no nos mira ni mira a la pareja del muchacho vestido de negro y el Huérfano desnudo: Huevo mira hacia el océano por donde un día el otro Tomasito se fue bogando, muerto; piensa acaso en la simetría de los destinos alanceados, el primer Tomasito en el mar, el abuelo Rigoberto en la sierra y el Jipi Toltec incendiado en la meseta y las bombas del reverendo Payne en el Golfo: el fin del mundo que allí venía a morir, el Mediterráneo, el Atlántico cuna y prisión, madre y madrastra del mundo durante cinco siglos: ahora ellos no miran hacia el Golfo, las Antillas, el Atlántico y el Mediterráneo: ahora ellos miran hacia el Pacífico y el muchacho oriental toma la mano de su hermano el Huérfano Huerta, mi hermano, mi hermano, lo llama repetidas veces, no podía venir por él hasta el momento preciso, yo sabía que mi hermano tenía que cumplir su destino y que su destino era inseparable del de ustedes y su niño: tenían que reunirse ustedes y su niño, que estaban separados, para que todos nos juntáramos en esa playa y yo me revelase ante ustedes:

—Es mi hermano perdido, dijo con una seriedad atónita el Huérfano Huerta, el niño perdido que les conté... Ha regresado por mí...

Y por ustedes, dijo el muchacho oriental al que costaba ahora imaginar, como intentaron hacerlo mis padres, en una barriada sin nombre, ciudad perdida del Defe pedorrito eddypiés calcinados hu-

yendo de la colonia de paracaidistas incendiada por doña Lucha
Plancarte de López: Y era él, vomitado por el metro en la esquina
de Génova y Liverpool; no obstante, de allí salió y ahora era esto: y
le daba la mano a su hermano: y le tendía la otra a mis padres (y a
mí) vengan con nosotros, vamos a Pacífica, el Nuevo Mundo ya no
está aquí, siempre está en otra parte, celebren el quinto centenario
dejando atrás su viejo mundo de corrupción, injusticia, estupidez,
egoísmo, arrogancia, desprecio y hambre, hemos venido por ustedes:
aquí está nuestra mano, el niño nacerá a la media noche, como fue
escrito, de prisa, un día, en seguida llegarán las naves por nosotros y
saldremos rumbo a Pacífica, Pacífica los espera, allí ustedes son necesarios, aquí son superfluos, dijo el hermano del Huérfano Huerta,
no le entreguen su niño por nacer al horror insalvable de México,
sálvenlo, sálvense: vengan a un mundo mejor del cual ya es parte
una parte de México, todo el Pacífico de Ixtapa al Norte, toda la
cuenca pacífica de California y Oregón, Canadá y Alaska, China y
Japón enteros, las penínsulas, los archipiélagos, las islas, Oceanía:
una cuenca de ciento ochenta millones de kilómetros cuadrados, tres
mil millones de seres humanos, la mitad de la población del mundo,
trabajando juntos, tres cuartas partes del comercio del mundo, la
casi totalidad del adelanto tecnológico, la máxima conjunción de
mano de obra y sapiencia técnica y voluntad política de la historia
humana, dijo el Niño Perdido, niño encontrado, entonando una
como salmodia con sus manos de dedos largos, vengan con nosotros
al Mundo Nuevo de Pacífica, den la espalda al tiránico Atlántico
que los fascinó y dominó durante cinco siglos: cese ya su fascinerosa
fascinación fascinada fascista con el mundo Atlántico, denle la espalda a ese pasado miren al futuro porque allí triunfamos los hombres y las mujeres que sólo nos dijimos esto, sólo esto: Detrás de la
máscara de la gloria está el rostro de la muerte; renunciemos a la gloria, a la fuerza, al dominio, rescatemos al Occidente de sí mismo
enseñándole de nuevo a rehusarle poder al poder, a no admirar a la
fuerza, a abrirle los brazos al enemigo (sí, mona, velo ahora) a optar
por la vida contra la muerte: tenemos todo para ser módicamente
felices, en nombre de qué vamos a sacrificar los medios técnicos que
ahora tenemos para la abundancia, la paz, la creación intelectual, en
nombre de qué?, nos preguntamos y no obtuvimos respuestas: a la
mano lo teníamos todo, técnica, recursos, inventiva, mano de obra,
tenemos con qué inventar un mundo nuevo —el Huérfano Huerta
desnudo con los ojos cerrados de espalda al mar imita con las manos

el movimiento de las de su hermano— más allá de las viejas fronteras separando a naciones, a clases, a familias, a razas, a sexos: por qué no lo empleamos? qué nos lo impide? decidimos que todo esto era posible en una nueva comunidad, no una utopía, porque en Pacífica nunca perdemos de vista que jamás escapamos al destino, ésta fue la locura de Occidente, creer que había dominado al destino y que el progreso eliminaba a la tragedia (nitchevoz); así se convirtió la tragedia en crimen, aprovechando el sueño de la conciencia, condenando a la tragedia a refugiarse como un animal acosado en el campo de concentración y aparecer anónima y ensangrentada en la matanza histórica, sin encontrar su lugar en la comunidad y decirle a la historia: hay demasiadas excepciones al progreso, la felicidad es capaz de atentar contra sí misma (fe-de-rico!) hay que admitir lo que nos niega para sabernos completos, nuestra cara es la del otro, nos desconocemos si no conocemos lo que no somos y lo admitimos: somos únicos porque somos semejantes: En Pacífica le dimos la mano a la vez al rápido avance tecnológico y a la conciencia trágica de la vida, tomando en serio lo que dice una novela, un poema, una película, una sinfonía, una escultura: decidimos que las obras de la cultura eran tan reales en el mundo como una montaña o un transistor, que no hay naturaleza viva sin su compensación en el arte, ni presente vivo con un pasado muerto, ni futuro aceptable que no admita las excepciones al progreso, ni progreso técnico que no integre las advertencias del arte:

Vieron mi padre y mi madre a los dos hermanos, uno vestido de chofer japonés, el otro encueradito, tomados de las manos, empezar a decir estas cosas al unísono, en un coro cuyo escenario era el océano crepuscular: miraron mis padres lo que había a espaldas de los hermanos: Ángel, Ángeles: se miraron mi padre y mi madre y sus ojos brillaron, entendieron:

—Los otros nos dan su ser/
—Cuando te completo a ti, Ángeles/
—Yo te completo a ti, Ángel/
ellos cambiaban el regalo de su existencia perfectible como lo hacían los dos hermanos y los cuatro buscaban ahora (los cinco: yo dentro del vientre de mi madre; los seis: Huevo deja de mirar con tristeza la lejanía del horizonte y se vuelve hacia nosotros, dudoso entre unirse a la pareja de los hermanos o a la nuestra: espera,

cuatezón, espera un ratito, ya vamos llegando, ya estamos entendiendo):

vengan con nosotros a Pacífica, no se los podemos imponer, sólo sugerir, aunque sí podemos advertir que en todo esto, amigo Ángel, amiga Ángeles, niño Cristóbal por nacer aún, hay algo definitivo, inapelable: amigo Ángel: tus padres eran científicos, tú debes entender de lo que hablamos, en tu casa de los colorines en Tlalpan hay muchos retratos de hombres llamados Rutherford y Planck, Einstein y Pauli, Bohr y Broglie, Heisenberg, sobre todo Heisenberg, tu preferido, Ángel, no es cierto?

La observación de todos los fenómenos simultáneamente es imposible: debemos *escoger* un tiempo y un espacio dentro del vasto continuo que nos es dado imaginar porque existe en realidad: nuestra rebanada del fenómeno global es nuestro límite pero es nuestra libertad: es lo que podemos afectar, para bien o para mal: lo que podemos ver, tocar, es sólo una cara de la realidad: la posición o el movimiento de algo, uno u otro, pero nunca los dos juntos: éste es nuestro límite, pero también nuestro poder:

dependemos de la visión del otro para completar nuestra propia visión: somos medio ojo, media boca, medio cerebro, medio rostro; el otro soy yo porque me completa:

los dos hermanos se tocaron lentamente las caras, cada uno la del otro, cada uno con los ojos cerrados, cada uno hablando ahora en la noche súbita del trópico con alternancias moduladas, un himno sorprendente:

saber esto fue entender al mismo tiempo nuestra grandeza y nuestra servidumbre, nuestra libertad y nuestra dependencia y sabiéndolas, nos fue posible alcanzar lo que nuestro conocimiento de los límites parecería vedarnos: precisamente porque uno sólo sabía perfectamente su posición pero el otro sólo sabía perfectamente su movimiento, al unirse los dos supieron lo que el otro ignoraba y pudieron, completos, ser lo que ninguno era aparte (el Pacífico es una llama horizontal; el cielo se mueve velozmente a hacerla suya, apagándola: no vemos la luz que nace en otra parte cuando aquí todo se vuelve oscuridad): así logramos en Pacífica conciliar el destino con la técnica, unir lo que sabemos espiritualmente con lo que sabemos técnicamente y hacer una vida nueva porque no controlamos la libertad pero sí dominamos la técnica:

vengan con nosotros, dijeron los dos hermanos, dijeron con ellos mis padres, volteando a mirarse entre sí, maravillados, en el atardecer renovado de Acapulco, que volvía a ser en los ojos de mi padre el puerto memorioso de su infancia, la escala feliz de sus vacaciones: se vieron mis padres espléndidos al ver las lenguas de fuego del horizonte como un mensaje literal del océano: la lejanía de las voces del otro lado se aproximaba en la presencia del mago llegado del mar, el hermano de Huérfano Huerta: el Niño Perdido ahora los encontró a ellos, regresó en el viaje contrario al de los europeos, no la carabela de Colón sino la Nao de China, no el bergantín de Cortés sino el galeón de Filipinas: la otra mitad de nuestro rostro, nuestro ojo tuerto, viendo otra vez: tenemos dos horizontes y una sola cara y el Niño Perdido decía: ya no es posible alcanzarnos técnicamente, hemos pasado a la quinta generación de computadoras, lo que deseaban, sin saberlo, tus padres, Ángel, dejamos atrás las cuatro generaciones seriales, aritméticas, de computadoras que simplemente sumaban una operación tras otra, para entrar a la generación de computadoras que procesan simultáneamente varias corrientes de información: miren —dijo con un regreso extraño a su habitual voz gangosa el Huérfano Huerta, es como si antes sólo se podía poner una tortilla a la vez en el brasero, calentarla, darle vuelta y echarla al chiquihuite: ahora, ven?, se pueden calentar todas las tortillas al mismo tiempo, de un golpe, darles la vuelta a todas juntas y ponerlas al mismo tiempo en el chiquihuite

> la mente de múltiples carriles de mamma mia
> leyendo a Platón cachondeando a mi papi en Aka
> el taco inconsumible de mis abuelitos Palomar
> los Curies de Tlalpan
> la antimateria: la vida no la muerte
> Federico Robles Chacón quiere dictar dos cartas al mismo tiempo

En Pacífica ya ganamos la carrera técnica, y por eso no queremos el poder: ofrecemos el bienestar: quien domina la computadora domina la economía domina el mundo: nosotros no queremos dominar sino compartir: vengan con nosotros, Ángel, Ángeles, Cristóbal por nacer, dejen atrás la corrupción y la muerte de México, dejen atrás la miseria interminable y los vicios seculares de su patria para salvarla un día, arrebatándola poco a poco, parcela tras parcela, a su estupidez corrupta y a su locura histórica: dijeron en coro los dos hermanos reunidos, ahora nuestro cuate también, y con ellos mi padre y mi madre: y yo a punto de nacer/

3. Patria: te doy de tu dicha la clave

Estaban en los límites de Guerrero y Michoacán cuando un grupo de campesinos armados que exigían la devolución de sus tierras robadas por una compañía maderera fueron acorralados en el monte, hambrientos y sin fuerzas, bajados a culatazos y fusilados sumariamente en el pueblo de Huetámbaro, bajo las alas abiertas del monte rapado, con estas palabras perentorias también, del coronel Inclán, encargado después de la noche del Ayatola de imponer el orden donde fuera y a como diera lugar en la República Mexicana:

—Entiérrenlos sin ataúd. Era tierra lo que peleaban, no? Pues denles tierra hasta que se ahoguen en ella.

El altoparlante de la plaza de Huetámbaro tocaba "Jingle Bells" y no se oyeron los fusiles.

Homero Fagoaga tembló de terror mirando a los campesinos caer uno tras otro cuando lo único que se oían no eran los fusiles, sino "Jingle Bells", como si los hubiera matado la Navidad.

—Mira miserable, mira derecho, le dijo Benítez al tío Homero, hundiéndole el hocico del fusil en las lonjas adiposas de los costados, mira bien.

—Fernando, yo estaba tan a gusto en mi casa de Acapulco, protegiendo a mis sobrinos... bueno, nuestros sobrinos...

—Tú te estabas aprovechando de mis sobrinos para dar tu nueva maroma, Homero maromero, tú sabes que el niño va a nacer en punto de la medianoche hoy mismo noche del once al doce de octubre, y quieres tenerlo en tu poder para entrar con el niño en brazos a Pacífica: eso es lo que quieres, gordales infeliz...

—Y qué tiene de malo?, se alborotó don Homero, calmándose en el acto cuando sintió la máuser clavándosele en las lonjas, qué tiene de malo, te digo? (susurró), para eso tenía que hacerme secuestrar por otro filipino infidente, yo puedo serles útiles a nuestros sobrinos y el niñito, yo tengo relaciones en Filipinas, conozco el...

Benítez no le hizo caso. Miraba la escena con Homero desde una ventana enrejada, la música de Santa Claus y los cadáveres regados y el coronel Inclán paseándose con el fuete en la mano, a ver apártenles las piernas, riendo, a ver quién se cagó, a ver quién se hizo chis del miedo.

—Mira Homero, dijo don Fernando, mira bien lo que no has querido ver en toda tu vida.

Una aplanadora o un cerillo pueden acabar con todo, murmuró don Fernando Benítez. Las montañas de México están pelonas, devoradas por la erosión. La tierra se vuelve tan fugitiva como la vida. Para él, le dijo a Homero Fagoaga tiritando detrás de la reja sobre la placita de Huetámbaro, la realidad era animada por el pasado.

La vida se hace por ello más resistente? Una mujer lloraba en el mismo cuarto desde donde Fernando y Homero veían la atroz escena protagonizada por el coronel Nemesio Inclán y los campesinos fusilados.

—No llores, le dijo a la mujer, ahora no hay nada qué hacer. Mañana…

—La vida siempre ha sido terrible aquí, dijo sollozando la mujer. Y además, quién va a luchar contra los helicópteros.

Benítez lo sabía. Las armas ya no eran las de la revolución de ayer. Zapata no hubiera resistido un bombardeo de fósforo y napalm? Entonces por qué Ho Chi Minh sí resistió? Por qué los sandinistas lograron derribar a Somoza? Porque sus sociedades eran más simples, más blanco-y-negro, menos complicadas y menos cómplices que México en 1992? Con qué armas se podía luchar hoy sin exponerse a una muerte inútil? Con qué armas, sin hacerle el juego a los cínicos apoderados del poder? Con qué armas, para poder decirse a uno mismo: a nadie le he pedido más de lo que yo mismo estoy dispuesto a dar? No he mandado a nadie a la muerte pidiéndole que haga lo que yo no estoy dispuesto a hacer? A nadie le he dicho: La única opción es la rebeldía armada, el suicidio romántico? A nadie?

—… pero Fernando, iba diciendo Homero Fagoaga, quien no tenía por qué escuchar la reflexión apenas murmurada de su pariente, qué tiene que los chicos se unan a Pacífica, esto no tiene remedio, ya lo viste, si me trajiste para demostrarme eso, lo lograste, Fernando, me has dado el susto de mi vida, no crees que para espantos ya estuvo suave, tú?, oye, y hasta desde el punto de vista nacionalista, Pacífica es nuestra salvación, nos negamos al mercado común con los Estados Unidos y Canadá en los setentas, pero ahora Japón y China dominan a los Estados Unidos y Canadá. Pacífica es nuestra carta, obvio; entramos por la puerta grande al comercio y a la tecnología, sin deberles nada a los gringos!

—Primero hay que terminar lo que empezamos a hacer aquí, dijo apretando los dientes don Fernando Benítez.

—Bah, aquí y en todas partes se trata de ganar lana y de tener poder, lo demás es puro jarabe de pico, dijo contundente don Homero Fagoaga y las palabras se le congelaron en los labios color de rosa, Fernando, Fernando, qué haces, apuntó Benítez el rifle entre las rejas, disparó y el coronel Nemesio Inclán cayó junto a los cadáveres de los campesinos: su cara sin sorpresa porque era ya la de una calavera. La baba verde le rodó por la mejilla en vez de sangre. Los anteojos negros se estrellaron contra una pared acribillada. La tropa señaló hacia el pequeño edificio de tres pisos. Lo rodearon en el acto. Benítez esperó con el fusil plantado frente a él. Homero temblaba como hegelatina. Los pasos pesados subieron por la escalera. Los altoparlantes, imperturbables, tocaron el bolero *Hay que saber perder*. La música fue ahogada por el vuelo de los helicópteros.

4. Tierra!

Elector: todo esto va pasando en mi cabeza, porque ahora creo que el mundo de afuera dejó de existir y si algo vivió en él hoy sólo mi recuerdo o mi imaginación lo comprueban. Puedo equivocarme. O algo peor: Quizás lo que estoy diciéndome a mí mismo puede escaparse de mi mente y ser escuchado allá afuera. Qué pasaría entonces? Qué ocurriría si la voz de un niño nonato es escuchada allá afuera antes del nacimiento?; de qué brujerías no la acusarían a la madre?; de qué tráficos en el Espíritu Santo al padre?; y a mí mismo, de qué no se me acusaría aun antes de nacer, cómo me llamarían?

Por eso necesito, Elector, tal enjambre de complicidades como las que he venido tejiendo a lo largo de mis nueve meses aquí enumerados. Tú sabes que no he narrado nada solo, porque tú has venido ayudándome desde la primera página. Tu mediación es mi salud; imagínate, sin ti, mi terror: ciego y velado y vedado, me la pasaría girando en círculos (viciosos vicos: estrechos vícolos), preguntándome:

—Dónde están los que me trajeron aquí? No los veo!

Tú sabes, Elector, que sin ti no me habría salido con la mía, que es comunicarles a los vivos mis pesadillas y mis sueños: ahora ya son *sus* pesadillas y *sus* sueños. Mis fantasmas me acompañan; ahora también los comparto con ellos: dicen mis genes (mis gegel?, mis gegelatinas?) que por cada uno de los seis mil millones de habitantes del planeta hay treinta fantasmas que lo acompañan: treinta progenitores, físicamente desaparecidos, pero vivitos y coliando, sepan bien sus mercedes benz, en cada uno de los cien mil millones de genes individuales que ocupan cada una de las células de mi cuerpecito inminente! y en cada una de estas células se encuentra inscrita TODA LA INFORMACIÓN necesaria para levantar sobre ella cada función y cada estructura del cuerpo: ENTIENDE ELECTOR POR QUÉ YO CRISTÓBAL LO SÉ TODO Y TEMO PERDERLO TODO: Ah, Elector, mi pacto contigo no es desinteresado, qué va: Te voy a necesitar más que nunca *después* (habrá un *después*...?), al nacer según dicen y llaman lo que me va a pasar, carajo, como si estuviera muerto ahora!

Después: Cuando yo necesite que tú alargues tu mano para que yo recupere todo lo que perderé, de ello estoy seguro, al abandonar a mi madre; aún no: está viva mi madre y yo dentro de ella en el último día de mi gestación, está viva mi madre y está alumbrado el fuego encima de mi cabeza y yo a punto de nacer: los delfines muertos en las playas del Revolcadero y un grito desesperado de mi madre: y como una respuesta a su grito, aparecen las naves a lo lejos, brillando en el mar del ocaso y mi madre cae de rodillas en la arena caliente, Huevo y mi padre Ángel corren a socorrerla, Dios mío, qué pasa?, qué estremecimiento es éste?, de cuándo acá mi casa, mi alberca, mi cueva húmeda y tibia, tiembla así, más allá del ritmo bumbumbum del rockaztec afuera y el corazón idéntico de mi madre adentro?

Pronto, por favor, deben decidirse, dice el Niño Perdido cegado por la luz de las naves (la Nao de China? el Galeón de Filipinas? cómo brillan en la noche de mi mente!) y mi padre mira hacia el punto más lejano del horizonte: Pacífica, Nuevo Mundo del Nuevo Mundo y en ese instante en el que yo aterrado busco un asidero en la comunicación con el mundo de afuera, todo cuanto ha ocurrido va pasando en mi cabeza, y creo que al mismo tiempo el mundo de afuera dejó de existir y si algo va a quedar vivo de él un día, hoy sólo mi recuerdo o mi imaginación lo comprueban. Puedo equivocarme. O algo peor: lo que estoy diciéndome a mí mismo puede escaparse de mi mente y ser escuchado *allá afuera*. Qué pasaría entonces? Repito el terror: qué pasaría si mi voz de adentro se escuchara afuera? Me matarían matando a mi madre de paso? Brujos, dije? Monstruos? Pero mi voz no se oye allá afuera, simplemente porque la complicidad con mi padre ya se restableció y mi padre debe pensar en mí que no he nacido pero estoy a punto de decir lo que decimos los dos cuando el Niño Perdido nos urge a escoger: Van a quedarse aquí o van a venir a Pacífica? Nuevo Mundo: eterna obligación de completar el mundo: Nuevo Mundo!

América está en los cojones de mi padre de donde yo salí, Nuevo Mundo dio Colón a Castilla y Aragón: los dobles hemisferios de tu talega huevera, progenitor mío, productor parejo de millones de espermas, ininterrumpidamente de la pubertad a la vejez: listos para abandonar tu cuerpo en cualquier momento, a la voz de újule, porque vuela la mosca, y salir al encuentro del huevo racionado de mi madre, a su cerviz tacaña, protegida del mundo con un duro tapón de moco y sólo una vez al mes, un día glorioso, se destapa, se convierte en río de vidrio, en resbaladilla del esperma; el huevo encontró a la víbora, la serpiente encontró su nido fecundo y ME VOILA!

Y pensar que en esos testículos tuyos que me crearon, padre mío, se encuentra todo el esperma necesario para generar a la población actual del mundo: en la hemisférica duplicidad de un solo hombre: tú, mi padre, Ángel Palomar y Fagoaga, veintidós años, vida incierta y fracasada, errores de juventud detrás de ti (eso te crees), nuevo horizonte, aurora prometedora frente a ti (eso te crees): en tus huevos, pá, está todo el esperma necesario para inventar a seis mil millones de aztecas, quechuas, patagones, caribes, chinos, filipinos, japoneses, y airados arios, polirraciales polinesios, hambrientos húngaros, finalistas finlandeses y voraces vascos caídos de la luna: todo tu semen cabría en un vasito de tequila (sabiéndolo acomodar): con él puedes poblar de nuevo a la tierra; patriarca!

todos los huevos necesarios para recrear las poblaciones del planeta cabrían también, mamma mia que los produces, en una cubeta:

gracias, gracias, por crearme sólo a mí!

a mí en vez de los posibles seis mil millones (plus duendes fantasmas gasparines nahuales poltergeists niños de la noche y demás frankedénicos que nos acompañan)

gracias por eyacularme a mí entre trescientos millones de espermas concurrentes a los que derroté

gracias por permitirme viajar las ocho pulgadas que medían entre el pene de mi padre y el huevo de mi madre y que a mí, señores electores, me pareció una distancia tan grande como la de Júpiter a Venus (pero yo no seré el hambriento Saturnito de mis padres, patriófago no!)

gracias por alojarme victorioso

gracias por mis nueve meses y lo que en ellos he aprendido: tengo nueve meses de vida, soy gerentonono al nacer: noto que soy nonononato! y encima de todo los hermanitos del Nuevo Mundo del Nuevo Mundo, la Utopía del Pacífico, nos convidan a dejar esta tierra por otra mejor? Como si el esperma de mi padre que digo no pudiera recrear y repoblar a la tierra donde nos tocó! Como si los genesgegelesgelatinos de mi padre pudiesen inventar un pasado distinto, una información diferente, en el paraíso tecnológico que nos ofrecen, agarrados de la mano, el segundo Tomasito, el otrora Niño Perdido y su hermano el H. Huerta! Los nuevos Colones del Oriente llegados: Nuevo Mundo del Nuevo Mundo!

Todos somos Colones que apostamos a la verdad de nuestra imaginación y ganamos; todos somos Quijotes que creemos en lo que imaginamos; pero al cabo todos somos Don Juanes que al imaginar deseamos y averiguamos en seguida que no hay deseo inocente, el deseo, para cumplirse, se apropia del otro, lo cambia para hacerlo suyo: no sólo te quiero, quiero además que quieras como yo, que seas como yo, que seas yo: Cristóbal, Quijote, Juan, padres nuestros que estáis en la tierra, la Utopía nuestra de cada día, dánosla mañana y perdónanos nuestras deudas (mil cuatrocientos noventa y dos mil millones de dólares, según el Gol Street Jornal de esta mañana!) aunque nosotros (aztecas! incas! sioux! caribes! araucanos! patagones!) no se las perdonamos nunca a nuestros deudores: sí señor, haznos caer en la tentación, porque el placer sin pecado no es placer, viva el catolicismo tomista que nos regala fines inalcanzables a cambio de medios inexcusables, viva el catolicismo agustiniano que nos protege de la responsabilidad personal ante Dios y nos obliga a buscar su gracia por el intermedio de la jerarquía, viva el catolicismo ignaciano que nos permite todo modo para conquistar a las almas en nombre de Dios y muera, Ángeles, muera sobre todo el peor enemigo de nuestra tradición mediterránea, católica, tomista, agustiniana, jesuita y mariana: no esta pacífica confuciana que nos ofrece con semejante convicción y ternura el Niño Perdido, sino los falsos revolucionarios, y modernizadores rusos, gringos o nacos, Ángeles mi mujer, Cristóbal mi niño, los destructores de nuestra imagen fiel y nuestro modesto destino: dice mi padre, los gringos en primer lugar, los más grandes revolucionarios de México, los que todo lo han trastornado, los que realmente nos lanzaron en pos del espejismo del futuro, los que mutilaron nuestro territorio y convirtieron la plata en plástico y llenaron de humo las panaderías y rompieron todos los espejos, a los revolucionarios yanquis que nos hicieron soñar con el progreso pero nos invadieron, nos humillaron, nos persiguieron y nos golpearon cada vez que nos movimos para progresar siendo nosotros mismos; a su hipocresía puritana militante; a la gigantesca corrupción agónica y pentagónica que se permite señalarnos con el dedo de una mano y taparse las narices con dos dedos de la otra nuestra pinche corrupción de enanos jocosos; a todos sus émulos los modernizadores mexicanos a ultranza, los borrachos de riqueza de papel y cemento y jugo de mercurio y derecho al robo y exportación de ganancias y amnesia total de lo que pasa en la sierra ciega y en la barriada muda; y también a todos los modernizadores de izquierda, que secularizan la tradición eclesiástica y la ofrecen disfrazada de progreso: tengan su ideología alemana y abstracta pasada por un cedazo de cesaropapismo eslavo para un pueblo cuyo autoritarismo contrarreformista le sobra y basta: y brindémosles a todos ellos esta copa de agua sucia de la bahía de los delfines muertos: Ángeles, Cristóbal, no quiero un mundo de progreso que nos capture entre el Norte y el Este y nos arrebate lo mejor del Occidente, pero tampoco quiero un mundo pacífico que no merecemos mientras no resolvamos lo que ocurre acá adentro, nos dice mi padre, con todo lo que somos, bueno y malo, malo y bueno, pero irresuelto aún; mujer, hijo, llegaremos a Pacífica un día si antes dejamos de ser Norte o Este para ser nosotros mismos con todo y Occidente. Tal será el imperativo categórico de Kantinflas: Mock the Summa! Lo cortés no quita lo cuauhtémoc! Todas las lluvias frías del mundo nos vienen de El Escorial! Juana la Lógica, Isabel la Caótica, la Tour Quemada (y el Príncipe Abolido) y la Inky Sesión: me sobro y basto borracho Cal Vino y Jacob Vino, a cagar tinta Extreñido Lútero y Jota Jota Rusó, vivan mis cadenas! Condor Ché, viva mi pasado! Jefe Erzón, Jamil Tón y Robas Pié: Calmás y Nos Amanecemos, Le Nin Le Nain Le Non, Engels Ángeles Engelschen: brille de nuevo tu halo, mi amor: brilla intensamente la aureola de mi madre, brillan las naos del Oriente y las manos doradas del Niño Perdido, la voz argentina del que fue Huérfano Huerta, pidiéndonos, vengan, preguntándonos, van o no van con nosotros?

Pero mis padres parecen no escuchar esta súplica.

Mi padre y mi madre se besan.

Ella sigue hincada.

Debe ser una postura ancestral.

De rodillas en la arena que se enfría por minutos.

Hay un momento de soledad placentera (placentera he dicho) entre los tres. Cuánto tiempo pasa entre cada temblor apocalíptico en el vientre de mamma mia? Nada se mueve y yo aprovecho el tiempo para contar el tiempo y decirme a mí mismo: aún no nazco y ya siento que mi alma es viejísima. Aún no nazco y ya temo que voy a actuar de nuevo como actuaron todos mis antepasados. Gloria y ambición. Amor y libertad. Violencia. País de hombres tristes y de niños alegres: cuántos niños nacen y mueren y renacen conmigo?

Yo sé que esta calma anuncia la borrasca. Lo sé.

Ayayay, ái viene el terremoto otra vez, ya lo sabía, ya lo sabía, tú me querías, tú me querías, Papá! Mamá! Elector! Díganme todos!, qué me pasa?, me estoy yendo?, cómo me agarro a mi destino ahora que empieza otra vez el bochinche, las conmociones de mi madre, su vientre agitado como la marea más honda del hondísimo océano por donde nos invitan a huir el Niño Perdido y el Huérfano Huerta: me repito como una oración: Mi destino es definido por los genes de mi padre y mi madre —yo soy único en sentido estricto— yo soy el producto de un conjunto de genes que jamás se habían combinado antes de la misma manera —es posible que la combinación genética que me tocó me haga feliz— es posible que me haga infeliz —pero esto no lo sabré si no nazco, y lo que estoy sintiendo a medida que las contracciones de mi madre se siguen más seguido es que voy a ser arrojado fuera de mi hogar dulce hogar, otra vez a peregrinar, pero si la primera salida de Cristobalito fue en medio del placer, ésta, me las huelo, será en medio del dolor; por qué Dios mío, por qué concebido en placer voy a nacer en dolor? Mi miedo es amarillo como los rostros de Pacífica: Voy a nacer? O en realidad voy a morir? He envejecido irremediablemente en el vientre de mi madre, sí, lo que llaman nacer es un engaño, yo voy a morir viejecito: nadie tiene más tiempo que nueve meses, todos morimos a los nueve meses de edad: lo demás es la muerte porque es el olvido (cómo tiemblas, madrecita santa, ya sosiégate, por lo que más quieras: dale paz a tu Cristobalito! tan recio no mamacita, me siento como una canica de sangre suelta en un túnel de humo! vas a echarme al mundo?, y qué tal si el mundo también dura sólo nueve meses, quihúbo?: Mamacita, mamacita, diosito santo, papacito lindo, daddy, dada, dada… me estoy olvidando de todo lo que supe, la luz se está apagando, lo supe todo aquí adentro, genes y hegels, helatinas, mis antepasados vivieron nueve meses haciéndome compañía, mis listas telefónicas de abogados y más abogados, leguleyos, retóricos, hablantines, cagatintas, soy un mexicano descendiente de abogados y no hay maldición gitana más certera: ENTRE ABOGADOS TE VEAS! Pues ahora intercedan por mí, si es que pueden, señores licenciados, cadenas genéticas de procuradores y proxenetas, oidores y veedores, síndicos y cínicos, alguaciles y alguacilados, albaceas y baciladores, corregidores: corríjanme si pueden, a ver si corrigen al mundo.

Qué va, desde el centro lunar de mi madre los oigo, los huelo, ay nanita: son los coyotes de Acapulco, han regresado para estar presentes en mi llegada a la vida? a la muerte?, huelo sus pelambres mojadas, penetran el vientre transparente de mi madre sus ojos rojizos, podrían enterrar sus colmillos agudos entre mi ombligo alimentado y el de ella exhausto: forman un círculo en torno a nosotros, mi padre, mi madre y yo, separándonos del Niño Perdido y el Huérfano Huerta que nos urgen: pronto! No queda más tiempo! Escojan! Pacífica o México?

O México: Aquí voy a nacer? Donde ustedes saben? Voy a salir a este país? Debiendo mil dólares, muera o nazca? Voy a ser conducido a la ciudad Dé Fé? a respirar desde mi nacimiento once mil toneladas de azufre, plomo y monóxido de carbono diarios? A unirme a medio millón de nacimientos anuales —naco mientes, nazi mientes, no simientes—? A unirme a un cuarto de millón de niños muertos de asfixia e infección cada año? A cagar para unir mi mierda a la de millones de perros, gatos, ratones, caballos, murciélagos, unicornios, águilas, serpientes, coyotes emplumados? A tragarme treinta mil toneladas de basura diarias? A unirme a los zopilotes que devoran la podredumbre: bendita seas, Nuestra Señora Tlazoltéotl, primera estrella de la noche eterna y del día invisible, tú que limpias devorando y luego todo lo ensucias para tener qué limpiar; puedes competir, Señora, con siete millones de automóviles, cinco millones de burócratas, treinta millones de meones, cagones, comelones, cogedores, estornudadores? Voy a salir a este país? A que me digan que gracias al petróleo ya la hicimos? Que de ahora en adelante no nos preocupemos más, vamos a administrar la riqueza? Que voy a tener mi refrigerador aunque carezca de electricidad, y mi walkman sólo para que los demás me admiren cuando paso por las calles sepultadas de basura y fuegos?

SEÑORES ELECTORES, RESUELVAN USTEDES MI DILEMA:

Vale la pena nacer en México en 1992?
    Por favor! Todo se me olvida! Con cada sacudida materna
algo más se me juye de la memoria, les hablo a mis antepasados a ver
si ellos pero ahora ellos también se juyeron y con ellos todo lo que
yo sabía, ya no voy a saber nada, agú, be-a-bá, ái viene la ahhhhh:
se apagó el fuego por encima de mi cabecita y afuera alcanzo a oír
los altoparlantes eternos que recorren los caminos y las plazas de mi
suave patria, anunciando se aplaza la celebración, se aplaza la celebración, decreto del señor Presi/discurso de Mamadoc y su/Colón
era Colonial/no hay nada qué celebrar se acabaron los cristobalitos/
el tiempo mexicano es aplazable, aplazable, aplazable: todo ocurrirá
mañana, hoy no, qué dice?, todo esto ocurrió mañana! (mi madre
tiembla aún más, ahora aúlla como los coyotes que nos rodean), se
aplaza mi nacimiento?, no voy a nacer *después de todo?*, se me da el
derecho de no nacer?, puedo escoger? puedo acaso quedarme para
siempre aquí en mi mullido salón, nadando en mi piscina olímpica,
viviendo regaladamente de la sangre, el paté y la mucosa de Madonna Angélica? Aaaaai viene la aaaaaaah: ella grita de dolor, el killer
quake del 85 se reproduce íntegro en la ciudad de mi madre, en la
avenida del útero (laberinto de la soledad! Luther's Expressway!) y
yo le echo porras a mi jefecita,

   MADRE
   NOMBRE DONDE LA BIOLOGÍA ADQUIERE UN ALMA!
   DONDE LA NATURALEZA SE VUELVE TRASCENDENTE!
   Y DONDE EL SEXO SE CONVIERTE EN HISTORIA!

Me oyes, mami? Por qué no me contestas ya? Tú también te estás olvidando—me estás olvidando? Pataleo me zambullo me retuerzo cual
mastuerzo, oigo cada vez más débil tu voz que durante nueve meses
me acompañó, me arrulló, me cantó, me celebró, que qué me pasa a
mí? eso me preguntas en el instante en que voy a salir, que qué me
pasa a mí, mamá? pues me pasa la historia, me pasa el pasado, me
pasa la nación y la narración de la nación, me pasa la tierra hacia la
que me conduces: te oigo decirlo, débilmente ya, me pasa la ciruela
pasa, me pasan la memoria y el deseo, me pasan la imaginación y el
lenguaje, me pasan el amor y la envidia, me pasan el resentimiento y

la celebración, me pasan la estrechez y los símbolos, las analogías y las diferencias, me pasan los tacos de trompa y las berenjenas con queso (un beso, por favor, un beso! un peso? un rezo? y una mordidita en el pescuezo!) voy hacia la tierra, madre en esta playa me recibiste y en ella vas a arrojarme, como al tío Homero, volando, encuerado y regando al mundo de sangre y mierda para celebrar mi arribo: sabes lo que estás haciendo al echarme al mundo, madre? calibras tu responsabilidad y la mía? me expulsas a la tierra sabiendo que voy a violarla, como tú y mi padre y Homero Fagoaga y una pareja de indios ciegos con azadones de palo y don Ulises López armado de acciones y chequeras y bonos sin abonos: nos va a recibir la misma tierra que violamos, me lo dicen tú y mi padre? Matamos a la tierra para poder vivir, y luego esperamos que la tierra nos perdone, nos absuelva de la muerte a pesar de que la matamos? Me arrojan, papá y mamá, al mundo de la reconciliación imposible: no podemos ser uno de vuelta con la tierra explotada, menos castigos nos da ella, la muerte, que nosotros a ella, la violencia: ái te vengo, mundo, para actuarte mi dosis de violencia, violencia sobre la naturaleza, violencia sobre los hombres, violencia sobre mí mismo: a ese destino voy, más allá de las idioteces pasajeras del smog, la deuda, el PRI, los símbolos nacionales, a eso vengo, vengador de mí: a explotar el mundo desde el instante en que lo piso y a pasarme la vida tratando de expiar la culpa de mi primera explotación, que fue mamar tu leche, que fue escupir en un arroyo, que fue comer una latita de puré de cordero pascual sacrificado para mí: llego sólo para compartir esta culpa? puedo hacer algo para redimirla? puedo amar a una mujer, escribir un libro, liberar a un pueblo? Ni así, ni así: lo haré todo, señores electores, menos permitirle a la buena tierra que hable por sí misma, que se exprese directamente, no a través de mi canción o mi maldición, eso no se lo permitiré porque creo (padre mío dices) que el arte o la política o la ciencia (mis abuelos!) son compensación suficiente de nuestro crimen; por eso voy resignado a la deuda, oh Electores, al PRI y al smog y la Mamadoc, porque un instante antes de salir del vientre de mi madre ya sé (y lo voy a olvidar!) que ni yo ni ningún niño por nacer, aquí o en la Cochinchina o en la Chihuahina toleraría al nacer un mundo perfecto, un mundo justo: nos horrorizaría, nos despojaría de todos nuestros pretextos, necesitamos, oh Señor, oh Lector, oh Pro-Gegel-Niche-Tories, un mundo injusto para soñar con que podemos cambiarlo, nosotros mismos, por otro mejor: la Tierra sonríe antes de pagarnos, misericordiosa, con la muerte…

Me pregunto: Te pregunto: Les pregunto:
Tendré derecho, por lo menos, a la intimidad con el mundo?

No tengo (no tengo, no tenemos) tiempo de contestar; las convulsiones del vientre son cada vez más seguidas; mi padre abraza a mi madre; se besan; los dos están hincados en la playa, de rodillas en la arena que se enfría por minutos y los dedos enterrados en el calor que sobra. Ahora mi padre le toma la mano. Le guía el dedo sobre la arena. Escriben los dedos:

> Es yelo abrasador, es fuego helado,
> es herida que duele y no se siente,
> es un soñado bien, un mal presente,
> es un breve descanso, muy cansado.

Estalla una ola y se lleva el poema de quién?, recién escrito sobre la arena húmeda: ...*cómo* se llama ese poema?

Algo más se lleva la ola: tiemblo al oír ese poema que mi padre recita en voz alta, dónde lo escuché antes? dónde? por Dios, antes yo sabía todo, yo escuché antes ese poema ahora el fuego sobre mi cabeza se apaga, yo antes sabía quién lo escribió, cómo se titulaba, ahora hasta las líneas del poema se me borran como se borran las líneas de la vida cuando el muerto envejece: envejezco yo, muero yo, dejo atrás para siempre mis antepasados, mi memoria, pero mi futuro imaginando aquí adentro también? De qué me agarro, Dios mío?, te invoco, ya ves, no cerraré mi pobre novela nonata sin dirigirte una súplica, sin reconocerte (por si las mouches) pero seré breve: Aquí te dejo este lugar, tú dirás si lo ocupas o no!

Seré breve porque ahora los acontecimientos se precipitan, señores electores, y yo soy víctima de la bendita simultaneidad que nos libra de la horrenda simetría pero ambas, me lo dice mi último (o penúl-

timo) recuerdo, son mentiras, nada es simultáneo y nada es simé-
trico; por lo menos entonces, nada es lineal, gracias a Dios todos
somos observadores circulares y espirales, es nuestro privilegio, el
tuyo y el mío, Elector aquí en esta playa de la noche, frente al mar
de olas encadenadas donde flotan los galeones de Manila y las naos
de la China que vienen a llevarme a la siguiente Utopía

— PACÍFICA —

Tú recuerda conmigo uno de los retratos de la casa de los colorines, el joven Werner Heisenberg vestido de alpinista, rubio y sonriente diciéndonos de despedida que el observador introduce la inseguridad en el sistema porque no puede separarse de un punto de vista por lo tanto el observador y su punto de vista son parte del sistema por lo tanto no hay sistemas ideales porque hay tantos puntos de vista como hay observadores y cada uno ve algo diferente: la verdad es parcial porque la conciencia es parcial: no hay más universalidad que la relatividad, el mundo está inacabado porque los hombres y las mujeres que lo observan aún no terminan y la verdad, inexhausta, fugitiva, en movimiento perpetuo, es sólo la verdad que toma en cuenta todas las posiciones arbitrarias y todos los movimientos relativos de cada individuo en esta tierra a donde me dirijo verticalmente, lejos de lamparitas encima de mi coco: Por Dios, Electores! son mis Abuelos, los del Taco Inconsumible, los que me dicen todo esto, no sé si a través de la cadena de mis genes o desde un sonar en forma de jícara que brilla negro desde el mástil más alto de la Nao de China y ésta es la coyuntura: por un lado, los Niños Perdidos nos instan por última vez, vienen o no vienen?, por la otra yo trato de prenderme a lo que puedo, extiendo mis brazos en el vientre convulso de mi madre, bajo un chubasco de coágulos, topan mis manitas santas con una envoltura de celofán, la rasgan, la rompen, y buscan, como el cartílago persigue al hueso, como los piececitos buscan al agua para chapotear, así buscan mis manos al ser próximo, el mellizo fraternal: el mellizo dizigótico, nacido de otro huevo fertilizado al mismo tiempo que yo, lo busco con mis deditos ciegos, mis dedulces que encuentran otro regalo envuelto en celofán, lo rasgan, huelen al otro ser como los coyotes que saben oler y distinguir los olores disímiles de los mellizos: toco esos deditos vecinos aunque ajenos y sé de quién son: la Niña Ba! Aquí estaba todo el tiempo! Aquí estaba y yo no lo sabía! Gestándose conmigo! No estoy solo!

La niña fue gestada con el mismo semen y el mismo huevo que yo! La mujer apareció en el mismo tiempo que yo! Cristina apareció con Cristóbal! No estoy solo: no lo estuve nunca, Electra! Pienso rápido antes de olvidarlo todo: veo una ciudad poderosa, urbe de anchos hombros, ventiscas, nieve temprana, la casucha de una india muda, una abuela que no aprendió el inglés y olvidó el español, recibiendo entre las manos a otro niño que aparece entre las piernas morenas y sangrientas de una mujer ciega, el padre ciego mantiene cómoda la cabeza de su mujer, está naciendo en Chicago el niño ciego, mi semejante, mi hermano, helado él y ardiente yo! yo que alargo los dedos y le digo a la Niña mi gemelita fraternal, ya no tengo que escoger, niñita, con razón sólo yo te podía ver, ven, ven, vamos a salir juntos, tú eres mi razón suprema para salir, repite esto conmigo, nos necesitamos, no puedo ver la mitad del mundo sin ti, niñita Ba, ni tú sin mí, vamos a salir a responderle al mundo, a ser responsables ante la realidad, alarga tu manecita y toca la mía, por favor, repite conmigo lo último que de digo:

Con la misma facilidad dejamos atrás los logros y las ruinas, te lo digo yo. Todo construye y alimenta el porvenir, el éxito igual que el fracaso. Todo, así, será ruina. Salvo el presente, niñita. Salvo el instante presente en el que nos tocó recordar el pasado y querer el futuro. Memoria y deseo, niñita. Deseo y memoria, agú, dadá, ma, aaaaaahí viene la aaaaaaaah, baca se escribe con be de burro, niñita estamos juntos, juega conmigo, seremos compañeros de juego en la tierra, ya no sientas miedo, Niña Ba, agárrate de mi manecita, me tienes a mí aquí contigo, qué no ves niñita, juega conmigo, a la víbora de la mar, de la mar, bubú, agú, dadá, mamá, papá...

Ángel Palomar negó con la cabeza: —No vamos con ustedes.

Creo que mi padre siente en ese momento que él es una aparición desesperada.

Solos otra vez! Qué soledad tan absoluta. Sólo brilla intensamente la aureola de mi madre. Huevo se fue con el Niño Perdido y el Huérfano Huerta. Nosotros nos quedamos, Las carabelas del Oriente se hicieron a la mar, brumosas, radiantes, sus velámenes rojos desplegados en las entenas, inscritos con caracteres chinos. Sus tres palos clavados a la cubierta como estacas de oro, haciéndose a la mar lejos de la playa agonizante, lejos de la fiebre turbia de El Niño y de la blancura mortal de los delfines y del círculo rojo y gris de los coyotes, lejos del poema borrado por la lengua blanca del mar, lejos, brillan las carabelas lejanas sobre un océano donde los delfines vuelven a vivir su edad placentera, su perpetuo ascenso y descenso acuático, de la superficie al fondo y del fondo a la superficie, regulares como un reloj, pragmáticos como un ancla, serenos como una sonda, del fondo a la superficie y de la superficie al fondo, eternamente, hasta la muerte. No poseen otra distracción.

El mar lejano, el mar entero, murmuró mi padre viendo a las naves de Pacífica alejarse sin ellos, resucitó el agua con *un soplo impreso en humo*.

> País de hombres tristes y de niños alegres.

Un niño está naciendo al nacer el 12 de octubre de 1992 en la playa de Acapulco. Viene tomado de la mano de una niñita de ojos cerrados. El niño tiene bien abiertos los ojos, como si sus párpados jamás se hubiesen formado. Mira fijamente a la tierra que lo espera. El niño nada hacia la tierra, suavemente, portando a la niña con él. Sale del vientre de su madre como si atravesara el mar pacífico, portando a la niña sobre sus hombros, salvándola de la muerte por agua. La luz se apagó; se extinguió el fuego encima de sus cabezas. Sale el niño. Del cielo desciende veloz Ángel, ángel de casco dorado y espolones verdes, espada flamígera en la mano, Ángel escapado de los altares indohispánicos del hambre opulenta, de la necesidad vencida por el sueño, de la cópula de los contrarios: carne y alma, vigilia y muerte, vivir y dormir, recordar y desear, imaginar: todo esto trae en sus labios el niño alegre que llega a la tierra triste, trae el recuerdo de la muerte, blanca y extinguida como la llama que se apagó en el vientre de su madre: por un instante veloz, maravilloso, el niño que nace sabe que esa luz del recuerdo, la sabiduría y la muerte era un Ángel y que este otro Ángel que vuela desde el ombligo del cielo con la espada en la mano es el enemigo fraterno del primero: es el Ángel Barroco, con la espada en la mano y las alas de quetzal y el jubón de serpientes y el casco de oro, el Ángel pega, pega sobre los labios del niño que nace sobre la playa: la espada ardiente y dolorosa pega sobre los labios y el niño olvida, lo

olvida, lo
olvida todo olvida todo, o
               l
                  v
                    i
                  d
                    a.......................

Epílogo

Carta atlántica a Cristóbal Nonato

Cristobaloón ((déjame que te mente o aumente así, Cristobaloón,
en honor del primigenio de Génova que es también gen y *ova*, nueva
progenie columbina..., y porque estás en el Huevo Mundo, ¡ei!, y
en el bombo de la Gran Lotería, ¡ay!, y porque tu cuento redondo
fuera y no fuera de cuentas ha sido rediferido en un nuevo noveloón
de esos que yo llamaría *Eggsemplary Novels* o más a las claras nivola
ab ovo o novola, ¡anda!, y volando en el huevo alado sigo con el paréntesis in loco parentis: Para resolver tu dilema Hamletal del nacer
o no ser cuenta ya con este elector (¡elijo el hijo!) que se siente muy
honrado con el título porque también él venía reclamando que el
lector es elector. Y además ahora, para seguir con las afinidades elec-
tivas, se encuentra aquí en la panza de este gran pez volador o le-
viatán que levita en mitad del Atlántico, y de la noche, mientras te
escribe a vuela pluma estas líneas aéreas para expresar la alegría que
le da la noticia que acaba de leer en la página 25 del *Diário Popular*
de Lisboa, hoy 26 de noviembre de 1987, a los pocos minutos de
despegar de la isla —sí, santo y seña— de São Miguel: Fuentes: *Pré-
mio Cervantes*. De esta misma isla de las Azores, y de los azares, hace
unos días este elector le enviaba a Carlos Fuentes una postal con la
vista de un parque llamado nada menos que Terra Nostra. La nuestra, tú lo sabes muy bien, es la literatura: Worderland, Parolandia,
Novelandia, o como queramos llamarla. La única prometida. Una
tierra que hay que ir ganando al marasmo de los momificadores del
idioma y a la marrullería de los marchantes de bêtes-sellers. Al final,
continuando con esta imagen favorita de Fuentes, lo que de verdad
cuenta es que el escritor pueda señalar: Éstos son mis pólderes... Por
eso resulta tan gratificador este premio Cervantes a Carlos Fuentes
en un momento en que en España nos invade la marea negra rosa
amarilla —de todos los colorines— de la llamada «literatura» light,
tan pesada de moda, y ha ido bajando aún más el nivel de nuestra
novela, reconvertida casi en un género chico, y tantos pretenden

echar en saco roto las grandes lecciones —elecciones— de las grandes novelas hispanoamericanas. Cervantes y después, Fuentes y antes. Con su sola presencia, al recibir el Premio Cervantes, Carlos Fuentes va a recordarle a nuestra literatura sus fuentes de energía: la invención, el humor, la aventura, la abertura de espíritu y de *esprit*: la creatividad, en suma. El premio, dice este periódico portugués, es de trece mil *contos*, que parece la misma moneda contante con que paga Shahrazad y que seguramente también le ha de convenir a Cristóbal ab ovo porque un *conto* además son o eran veinte docenas de huevos, qué moontoón Cristobaloón, y mientras echas las cuentas, ese elector va dos páginas más allá y te elige, en la DATA DE DATAS, estas flechas y el yugo de un tiempo hispánico ya fechado, pues tal día como hoy aconteció: 1504 —muere la reina Isabel «La Católica», unificadora de España. 1974—México rompe las relaciones diplomáticas con Chile… (¡¿No existirá en 1992?!) Y podría elegirte otras fechas, clavadas en el río Beresina, en el ghetto de Varsovia… Tú, que estás fluctuando en el caliginoso mar del tiempo, en esa gelatina savia de genes y orígenes, sabes que Hegel atina: lo que la experiencia y la historia nos enseñan es que pueblos y gobiernos nunca aprendieron nada de la historia. Al así se escribe la historia, la otra ficción —la verdadera— responde con un así se desescribe. Tolle, lege… (LEGE, ¡HEGEL!) ¿Nuevo evo o vicociclón clónico? Y tú te quieres ir pa'Vico, vigoroso, porque sabes que lo que faltan son recursos. Perdónanos nuestros deudos. Y sobran concursos. Ya puede aplazarse el concurso de los cristobalitos hasta las calendas aztecas. Tú seguirás naciendo y haciendo a tus electores (¡yo el hijo!), que para 1992 ya seremos muchos más, ¡viva el gran Conde de Leemos! (Lemos, sic, en este espacio portugués), y rehaciéndote en léxico lindo para dar fe (profeto en tu idiomaterno) de que la lengua mixtecastellana llegará viva y coreando a la playa del nuevo milenio. Y a tu playa paritoria de Acapulcro llegarán, con las alegres comadres de Windsurf y las nuevas olas para uso de delfines, otros cuates de novelas bastardas; los últimos de los últimos, a toda velocidad en el pintarrajado «Van Gogh» del grupo «Shamrock», dos atolondrados de Londres que también atravesaron La Mancha: Babelle de noche y su Emil Alia de los mil alias. Y llegaremos ante todo tus electores para asistir al pacto: Leímos y leímos, como diría Deng Chopin. ¡Ho! ¡Ho! Tú no necesitarás pedirle a tu mamacita «déjame nacer riéndome», porque ya pasó el grito de dolores y las contracciones son ahora de los electores y cada cual a su modo te da el plácet, si te place entera, una gran risa de América, que no homérica, y campechana sobre todo por Cam, el hijo de Noé el patriarca, que parece que hasta ahora fue el único que nació riendo, ¡reirá mejor el que ríe primero!, y en el party de tu parto cada elector dice comparto, compartimos y nos partimos, parimos de risa, ¡aha! ¡ha! ¡hai!, porque los orígenes son siempre cosmicómicos, y vendrás también tú con un Pan debajo del brazo para recordar la primera risa de la primera criatura —¡ria-tura!— que salta en mil añicos, ¡bha bha riendo!, y ya vas a gritar Nazco y este elector oye ahora *naco*, esto es, pedazo, trozo, en por-tugués, cachito cachito, fragmentos todos y cada uno, se acabaron las fetotalidades, LA TOTAL, ay, mejor no mentarla, ¡ha! Y otra ojeada a estas PALAVRAS (PALARVAS) CRUZADAS: «Cortar em pedacinhos». Una dos cinco once letras. ¿*Estraçalhar*? Ya déjala estar… Ahora es-trellada la noche allá abajo y salimos, a riveder le stelle, allegro an-dante, ¡ja! ¡ja! ¡DIE STERNE!, para desternellarnos de risas por esos aires y donaires con Clavileño y Sancho el Grande y el caballero de la Triste Figura, the Sternest Knight!, y ahora que ya casi vamos a aterrizar el riso (sí, riso) aterrorizado ahí delante, ¿o es ji-ji-jipido…?: agárrate a la risa, rabelesana, porque lo propio del hombre es reír, ajá, a la risa te vas a asir, jaja Cristobaloón!, para saltar tan campante a la vida que es todo (All!) vida: ahí abajo la gran estrella de milla-res de estrellas, estelares campos ulíseos, la ciudad de Ulises y ya la tierra de Nadie-de-Nemo el gran capitán-de Personne-de Pessoa-de Todos («o romancista é todos nós») de Cristóbal en Terra Nostra)): BIENVENIDO AL NIDO: LISBOAS-VINDAS BENVENUTA BIENVENU WEL-COME WEL-KOM, acabaré, BIEN VENIDO A LA LIBERATURA.

Postdata en 1992 (a Carta Atlántica a Cristóbal Nonato)

Una postdata, también a vuela pluma, en este vuelo Estrasburgo-Madrid, ahora que ya estamos en pleno 1992 y faltan apenas tres meses para tu nacimiento, que será a fin de cuentas y de recuentos un extraordinario renacimiento o, de hecho, re-conocimiento. Este elector quiere revelarte (puesto que tú te empeñas en no velarte) que tu Huevo (y qué pleno y eufónico o *oeufonique* me parece el título de la traducción francesa de tu vida y opiniones: *Cristophe et son oeuf*), este lector queiere recordarte, decía, que tu Huevo, nuevo Don Zigote de La Mancha, es ante todo una novela redonda, otro orbilibro, y en él se señala a las claras, con palos y señales, quién es tu verdadero progenitor. De tal palo, tal astilla o Castilla, ¿verdad? ¿O de tal palo, tal Palomar? No hagas demasiadas cábalas sobre Ángel y Ángeles (todavía seguimos sin saber a qué atenernos sobre el sexo de los ángeles), puesto que los padres carnales resultan ficticios a la postre en toda novela familiar. Desfamiliarízate, que diría algún formalista informal. Tu punto de partida —fons et origo, digamos, por no mentar tus genes de zahorí—, tus orígenes empiezan como los de todos los mortales con un espermatozoide errante. ¡Pero qué espermatozoide tan particular! «Latigazo negro», se dice en tu novela, *latigoce* de la lectura, «culebra de tinte y voces», así se denomina a esa culebra o *culetra* negrilla, que es casi una culebra arábiga y sapiente serpiente de Babel y solitaria literaria y rúbrica lúbrica y un cordón umbilical que por medio de esa imagen entre heráldica y lúdica o cromo cromosómico (que se reproduce también en tu libro[1]) te va a unir a la matriz de la imprenta, tu madre primigenia, a la reproducción de la

---

[1] Y también se reproduce como gráfico epígrafe —me recordaría oportunamente el propio Carlos Fuentes— en *La piel de zapa* de Balzac. En tu saco sin fondo y piélago amniótico tú conoces también tu «Balzac à Malice» y sabes que la novela se renueva con cada cambio de piel.

escritura, a la era del buen Guttenberg que aún está lejos —érase que se era— de haber concluido, aunque los agoreros de turno digan que tiene sus horas contadas. Y no en vano te empecé a escribir estas líneas desde Estrasburgo, que a veces llamo Strassbuch, porque en esta ciudad-encrucijada empezó Guttenberg a inventar su prodigiosa máquina de leer. Y resulta también prodigioso que tú, hijo prodigio, hayas salido al fin y al cabo de una varita mágica. De tal palo tal estilo... O mejor dicho, saliste de un movimiento caprichoso y ornamental —espermatozoide dibujado en el aire—, tienes tus orígenes en los giros de un bastón o palote de ciego de otra novela conceptista (no, el autor de tus días y noches no olvidó darle cuerda y recuerda para rato al reloj de tu libro de horas), comienzas tu sinfonía sin fin en los movimientos de batuta libérrima de otro noveloón titulado *Tristram Shandy*, tan presente en tu nivola ab ovo, Cristóbal, que merecerías apodarte Tristóbal Nonato. Con el movimiento del bastón del cabo Trim convertido casi en remolino de escriba Trismegisto, con ese peculiar garabato y *Sternografía*, digamos, se rubrica una concepción libre del libro y tiene quizá su acta de nacimiento una nueva novela más libre capaz de fijar lo efímero, de reproducir incluso la radiografía de un gesto. Con ese gesto del cabo Trim se empezó también tu gestación. Así tus rasgos más distintivos van a salir de los rasgos de tinta, de una escritura de la que saldrá una nueva criatura, una vida no extinta que sale de un «chicotazo de esperma negra», como se dice en tu noveloón, al fin y al cabo de un golpe de cabo —del cabo Trim— que ya no abolirá el azar, gesto libre que te gesta, remolino de viento que te inventa e inscribe de modo tan gráfico tu código genético: una espiral de tinta y hélice que inició su movimiento perpetuo allá en los molinos-remolinos de un lugar de La Mancha... Qué hijote trasatlántico le va a salir al Caballero de la Triste Figura. Mientras aguardas a tu gemela univitelina en la playa de Acapulco, acá en la página nuestra más que monozigote serás monoquijote, mono de imitación también tú, como tu mimético, hético, apergaminado ancestro hecho sólo de libros y más libros, a imagen y semejanza del conocido bibliotecario de Arcimboldo.

La novela tampoco es huérfana, se reconoce en tu nivola ab ovo, y en verdad no hay genio y figura sin genealogía. Tú conoces tus genes de Diógenes en su barril, en un vientre atonelado, y tu genealogía no es sólo de Génova, Fetalista Sans-Gêne, y en tu sagaz saga familiar te arrimas a tu buen árbol genealógico, en cuyo trono no trunco están Don Quijote, Tristram y Jacques el Fatalista, y en tu larga lista, para no andarnos por las ramas y los Rameau, no están todos los que son, por ejemplo no están ni Bouvard ni Pécuchet (aunque sí su prima Emma Bovary) ni Leopoldo Bloom que en otra parte de tu nivola ab ovo aparece mencionado por su exacta errata o *coquille* de Leopoldo BOOM. Bloom o Boom, tú no conoces la ansiedad de las influencias. Al contrario, sabes por experiencia que toda novela original lo es por sus orígenes, y qué larga tradición la tuya, por la acumulación de deudos no siempre bien avenidos. Y tu salida a la luz no la harás sólo de la mano de una niña (no faltará ni una Quijota en tu bebecedario), sino en el oleaje de una genealogía. En la playa de Acapulco a cada nueva ola, e incluso Zola, recomienza la novela experimental siempre recomenzada.

JULIÁN RÍOS

Índice

Cuarto:
Intermedio festivo

Quinto:
Cristóbal en limbo

NOVENO:
El descubrimiento de América

Cristóbal Nonato, de Carlos Fuentes
se terminó de imprimir en agosto de 2016
en los talleres de
Impresora Tauro S.A. de C.V.
Av. Plutarco Elías Calles 396, col. Los Reyes,
Ciudad de México